长篇历史小说系列

李斯 上

马红 著

辽宁人民出版社

图书在版编目（CIP）数据

李斯 / 马红著 . —沈阳：辽宁人民出版社，
2023.2
（长篇历史小说系列）
ISBN 978-7-205-10628-7

Ⅰ . ①李… Ⅱ . ①马… Ⅲ . ①长篇历史小说—中国—
当代 Ⅳ . ① I247.5

中国版本图书馆 CIP 数据核字（2022）第 212126 号

出版发行：辽宁人民出版社
　　　　　地址：沈阳市和平区十一纬路 25 号　邮编：110003
　　　　　电话：024-23284191（发行部）　024-23284304（办公室）
　　　　　http://www.lnpph.com.cn
印　　刷：北京长宁印刷有限公司天津分公司
幅面尺寸：165mm×235mm
印　　张：37.5
字　　数：450 千字
出版时间：2023 年 2 月第 1 版
印刷时间：2023 年 2 月第 1 次印刷
责任编辑：赵维宁
助理编辑：李　麒
封面设计：乐　翁
版式设计：一诺设计
责任校对：刘再升
书　　号：ISBN 978-7-205-10628-7

定　　价：99.80 元（全二册）

目　录

第一章

两小无猜心相印　志向不同不相容

公元前 265 年冬，上蔡的天气异常寒冷，滴水成冰。西北风刮在脸上，像是小刀子割的似的。李斯裹紧身上的裘皮大氅，还是冻得浑身颤抖。他看着灰蒙蒙的天，雪花没完没了地下，也不知道什么时候是个头！

今年天气不正常，刚进十月，竟然就下起雪来了，地里的粟米还没等长得饱满，就被冻死在地里，明年初春还不知道要饿死多少人呢。李斯家里富足，有些田产和买卖，就算赶上这样的饥荒年仍有富余，但别的百姓就说不好了。

远的不说，单说前街的涟漪一家，今年冬天怎么过就是个问题。涟漪与他同岁，但比他矮了一头，长得娇小却没有影响身段，纤细的腰身不盈一握，该有肉的地方一两都没少。从年初开始，李斯见涟漪就不敢和她四目相对，涟漪还颇有怨言，嗔怪李斯是不是也和街坊邻居一样瞧不起她。

李斯急忙否认，自己怎么可能瞧不起她呢？俩人青梅竹马一起长大，涟漪家的情况他很清楚，可从没嫌弃过她。涟漪家里有个滥赌的老爹，家里有点钱就被她爹送进赌场了，两个姐姐都被卖出去还了赌债，她娘在家里唯唯诺诺不敢吭声。涟漪幼时，家里就靠她娘做绣活养活一家老小。涟漪娘思念女儿，加上做绣活很伤眼睛，今年夏天眼睛就彻底看不见了。好在涟漪继承她娘的本领，做的绣活十里八乡都说好，平时为新嫁娘绣一些嫁衣、鞋什么的，勉强能够糊口。

自从涟漪接过养家糊口的重担，俩人见面的次数也越来越少。昨天晚上李斯约涟漪今天在树林里见面，准备问她一件很重要的事。他已经十四岁，家里开始张罗着给他定亲了，他想问涟漪要不要嫁给他。若是愿意，他就让娘请媒人去涟家提亲！

约定的时间已经过了，涟漪却迟迟未来。他安慰自己，涟漪家里事多，有数不清的绣活要做，又有瞎眼的娘和年幼的弟弟妹妹要照顾，八成是被绊住了脚，不能按时前来。

李斯在雪地里足足等了一个多时辰，脚都冻僵了，远处终于出现一个瘦小的身影。他心下一喜，急忙迎上去，却发现不是涟漪，而是涟漪瞎眼的老娘。涟漪老娘跪在他面前，请求他救救涟漪，涟漪爹昨天晚上在赌场又输了钱，赌场老板逼着她爹把涟漪以三百布币的价格，卖给上蔡郡的郡守当小妾。

上蔡郡守已年过不惑，比涟漪她爹岁数还大。这还不算，坊间都在谣传，郡守好色暴虐，当家主母嫉妒成性，夫妻俩好以折磨小妾为乐。他家中小妾不堪折磨已经吊死过三个，涟漪嫁过去就等于跳进火坑。

李斯闻言眼睛瞪得溜圆，紧紧握住拳头，牙齿咬得咔咔响，恨不得立刻冲去找涟漪爹理论。那个老东西曾不止一次从他手里要过钱，还数次承诺会把涟漪嫁给他。做人怎么可以这么无耻，说一套做一套！许久，李斯才勉强压下恨意，扶起涟漪老娘，对她道："你回家等着，我马上去找我爹，让他带上三百布币去你家提亲，千万不能让涟漪去给郡守做妾。"

三百布币，对李斯家来说也是一笔不小的支出，足够一家人吃好几年了。少年李斯终究涉世未深，满心以为他爹会欣然同意，带上钱同他一起去救涟漪，却没想到会引起轩然大波。涟漪老娘颤颤巍巍，重新跪在地上，给李斯叩了几个响头。此刻李斯是她唯一的希望，也是女儿唯一的希望。李斯回到家，把涟漪的事情对父亲说了，他跪在地上，恳求父亲能答应他的请求，派人带三百布币去涟漪家救人。

他说得太过投入，没注意到父亲的脸色越来越难看。李父猛地拍案而起，高声叫道："来人，把这个逆子关进房间，钉上他的房门，一天只准送进去一顿饭，不吃就饿死他！"

李父大发雷霆，不只把李斯关进房间不许出来，还把妻子痛骂一顿。他痛责妻子只会照顾李斯的生活，却没有看管他都和什么人来往，纵容李斯和涟家的女儿私定终身，简直是太可恶了。李父痛骂李母之后，仍不解气，又派人到涟家传话，让涟家人不要痴心妄想，想把涟漪嫁进自己家是绝对没有可能的事情。李家是什么样的门楣？家境殷实，仓有存粮，屋有多余的棉麻，还有使唤的仆役。李家的祖上都是读书人，涟家这种庶人也配和他家攀亲戚？涟漪别说是想嫁进李家为妇，就是在李家当婢女都不配！李家能拿出三百布币，但是一块铜板都不会给涟家，更不会因为他们一家人得罪郡守老爷。

李斯的父亲说话十分伤人，传话的人虽然是当着涟漪父母说的，但在里间的涟漪也一字不落地全都听去了。她紧咬下唇，生怕自己发出声音。房间里阴冷潮湿，却不如李斯父亲的话冷，她眼角余光瞥到屋角的麻绳，便愤然挂于房梁之上。

传话的人前脚刚走，涟漪爹就羞愤地抓起门栓使劲打在涟漪娘身上。他骂涟漪娘是没骨头的贱女人，还有她生的孩子都是贱骨头，嫁进郡守家当小妾有什么不好，放着富贵的日子不过，非要去李家吃糠咽菜看人脸色！涟漪已经把绳子套在脖子上，正准备蹬开凳子，却听见父亲的责骂和母亲小声的求饶。涟漪娘请求夫君轻点打，别让孩子们听见，尤其是别让涟漪听见。她每次都是这样，夫君赌输了回家就拿她出气，她把所有的苦都咽在肚子里，痛挨在身上，尽量一个人承受夫君的暴力，不让孩子们受到牵连。她虽懦弱，却爱子极深，为孩子甘愿承受一切。

涟漪着实不忍，把绳子从房梁上解下来，拎起凳子走出屋，就看见母亲在挨打，嘴角都被打得溢出血水，而她那个毫无人性的爹却仍不解恨，依旧不停地捶打。涟漪脑子一热，高高举起凳子，对准父亲后脑砸下去！赌鬼老爹被砸得浑身一僵，赤红着眼睛看向涟漪，口中叱骂不绝："贱人，你竟敢打我，看我今天不弄死你！"说着，他便一手夺过涟漪手中的凳子，高举过头准备狠狠地砸下去！

"打吧，你打死我吧，打死我就不用嫁到郡守家当小妾，反正都是死，不如把命还给你！"涟漪却不畏惧，脸上满是视死如归的决然，这成功地让赌鬼爹住了手。他猛然惊醒，女儿说的没错，她是要嫁进郡守家的人，万一被他打死了，没法向郡守大人交代，思及此涟漪爹连忙觍着脸，对涟漪挤出笑意，赔笑道："女儿，爹的好女儿，爹不会打你的，你别跟爹赌气，让爹伤心。明天郡守家就来人接你了，你以后享福千万不能忘了你爹……"一场闹剧，最终以涟漪的委曲求全而结束，为了母亲，第二日涟漪还是坐上了郡守家的马车。

涟漪出嫁后三天，李斯的父亲才让人把他放出来，对他道："涟漪已经嫁去郡守家，成了他的小妾，你们这辈子都没有机会在一起了，你也要想想自己的前途。"李斯听后万念俱灰，抱怨命运的不公，却只能认命，无可奈何地对李父说道："儿子知错，愿意听从父亲安排。"李父对他的答复很满意，让家人为他准备行装，去郡里当一名管记账的小吏。

这份工作很清闲，记录粮仓里的粮食进来多少，出去多少，每天只用一个多时辰就把所有的工作都做完了，又能远离伤心之地，李斯干得还算称心。闲来无事，他也会练字、闲逛，有时还会胡思乱想。李斯在没事的时候坐在门口，望着不远处的郡守府，常常在想涟漪现在做什么，生活得好不好。

离家之前，李斯也曾偷偷去过涟漪娘家，给涟漪娘留了一些布币，叮嘱她藏起来不要让她男人知道，这些钱可以让她和她年幼的孩子生活得好一点。涟漪娘不要他的钱，笑着说涟漪爹现在已经不敢打她了，女儿就是她的主心骨。涟漪在嫁去郡守家之前，对她的赌鬼爹说，要是再敢动她娘一个手指头，就让他死无葬身之地！李斯不敢想象，温柔的涟漪是在怎样的情况下说出那样的一番话。一定是把她逼急了。希望她在郡守家里，日子会过得好一些。

现实和理想，往往是有差距的。李斯没想到，他竟然在工作的地方见到了涟漪。有一天，郡守到粮仓来检查夏粮，肥头大耳的郡守身边正是他日思夜想的人。半年不见，涟漪憔悴不少，风一吹就能倒下的样子，虽然脸上化着浓妆，身穿华贵的衣裳，但往日的神采却不见了，漂亮的大眼睛满是茫然。她看见李斯，眼泪就掉下来了，两个人目光相对，千言万语在心头，但是一句话也不能说。

李斯低下头，把所有的思念和牵挂都藏在心里，不能被郡守发现他和涟漪是青梅竹马，那样只会害了涟漪！两人在粮仓匆匆一瞥，又再次分开。这次分开再相见就不知是何年何月，或许就是一生。自那日起，李斯就像是丢了魂，做什么事情都提不起精神。有一日李斯去厕所，发现老鼠在厕所里偷吃脏东西，见到人立刻"嗖"的一下就不见了。他只觉好奇却并未深究，但在去粮仓记粟米的时候，又发现粮仓中的老鼠在偷吃粮食，而粮仓中的老鼠看见他居然不躲，慢吞吞走着，甚至还背对着他晃尾巴。

粮仓中老鼠不仅身体肥硕，还耀武扬威的样子，像极了郡守。李斯叹息着，自言自语："一个人有出息还是没出息，就如同老鼠一样啊，是由自己所处的环境决定的。我和郡守就像是厕鼠和仓鼠的区别。"

这个念头在李斯的心中挥之不去，他不久便辞去郡里小吏的工作，回到家对父亲道："父亲，我不甘心一辈子只在郡里做个小吏，我想去学治理天下的学问。"父亲没有责怪他痴人说梦，反而兴致盎然地询问："好，有志向。但你说说，诸子百家，学问更是数不胜数，你为何单单要学治国之策？"李斯跪在地板上，对父亲重重磕头，随即将厕鼠与仓鼠的故事对李父仔细讲了一遍，最后不忘深刻地总结：人生一世，草木一秋，要成为受人敬仰的人才是生活的目标。父亲又问他可有老师的人选，李斯道："我要去拜荀子为老师，他博学多才，知晓很多道理，做他的弟子一定会有大出息。"荀子比李斯年长二十九岁，在当时早已经名扬天下。

李斯选荀子为师的行为得到了父亲的赞同，李父变卖半数家产给李斯凑齐了盘缠，为他饯行。临行之前，父子俩相对而坐，煮热酒吃炙肉，李父语重心长地告诉他："人站的高度不同，看见的东西便不相同，大丈夫就是要顶天立地，志在四方，不要纠结儿女情长，英雄气短。"酒足饭饱，李斯带着盘缠上路了。

第二章

年少情变初成长　眼光放远路变宽

　　足足走了数月，李斯终于走到位于兰陵县的荀子家大门前，他脚上的鞋已经破烂不堪，身上的衣服也脏污得没法看，头上脸上全是尘土，这副样子和要饭的没多大区别。李斯站在门口想了一会儿，最后决定还是先不要进去了。

　　他离开荀子家，到不远处的河边洗干净手和脸，然后躲到草丛后面换上干净的衣服和鞋，整理好头发和冠，这才重新回到荀子门前抓起门环，轻轻叩了三下。"谁啊？"门开了，门里是一个肤色白净的少年。

　　少年比李斯高半个头，一袭蓝衣，五官俊美带着英气，仪表堂堂。李斯躬身行礼，自报家门："我是楚国的李斯，到贵宝地求拜荀卿为师，请问尊驾尊姓大名？"李斯虽然没有见过荀子，但传闻荀子年过不惑，一定不会是面前的少年。

　　少年还礼后，笑道："我叫……韩……韩非，老师在……在讲学，你正好进……进来听听，但请脚……脚步轻些，不要影……影响到别……

别人听课。"李斯有些愕然，但还是笑着颔首，跟在韩非身后。荀子是大儒，他的家也跟寻常富贵人家不同，没有雕梁画栋，有的只是迎面书香。两人穿过前院，走过天井，路过东厢房，厢房很大，房间两侧的窗户都开着，琅琅书声从厢房传出来。房间里大约有十几名学子。

学子们形态各异，有的摇头晃脑闭目背书，有的在案上奋笔疾书，还有人在默读。李斯不禁疑惑：这些人做什么的都有，相互之间不会影响吗？韩非大概看出他的疑问，微微一笑道："如果真……真心读书，是……是不会被，被外界干……干扰的，反之亦然。"李斯缓缓点头，一点就透。韩非虽然没说，他也看得出来，这里不留偷奸耍滑的人，学子们个个刻苦读书，要想在这些人中间脱颖而出，就要加倍努力才行。

俩人走过厢房，步入后院。开始李斯有些迟疑，心想：后院不应该是家里女眷生活的地方吗？荀卿在后院教学，会不会太不方便了呀？正想着，已经到了后院，但没有见到一名女眷，而韩非也没有在后院停留，而是领着他继续往里走。走出院子，李斯彻底摸不着头脑了。

不是说荀卿在讲学吗？讲学不在房中，难道在野地吗？俩人从后院而出，前面是一片开阔地，学子们席地而坐，足有一百多人，一名干瘦的老人在侃侃而谈。所有人都聚精会神地听着，李斯的突然出现，没有引起任何人注意。韩非拉着他，放轻脚步走到最后一排，在最末位的蒲团上坐下。

荀子说："人生来便如此的东西叫作天性，不经人为努力而自然形成的东西叫作本性。本性中的爱好、厌恶、喜悦、愤怒、悲哀、快乐叫作感情。""感情是这样，而心灵给它进行选择，叫作思虑。心灵思虑后，官能为之而行动，叫作人为。思虑不断积累，官能反复练习，而后形成一种常规，也叫作人为。""为了功利而去做的事情叫事业。为了道义去做叫作德行。在人身上认识事物的能力叫作知觉。知觉和所认识的事物有所符合叫作智慧。""人身上具有的用来处置事物的能力叫作本能。本能和处置的事物相适合叫作才能。天性受到伤害叫作疾病，制约人生的遭遇叫作命运……"

李斯初时听着感觉晦涩，然而听着听着却渐入佳境，很快沉入其中，甚至忘记了自己身处何地。他对荀卿佩服得五体投地，听到后面竟然热泪盈眶，悲怆大哭。哭声太大，终于引起其他人的注意，学子们纷纷回头，大家面面相觑不知道是怎么回事。他们中间何时多出一个陌生少年？而这名少年却在课堂上放声大哭，扰乱课堂。

荀卿讲到慷慨激昂处，被人骤然打断，心生不悦。但他想到那人是韩非带进来的，以韩非的稳重，不会冒失把人带到这里，于是看向韩非。韩非连忙上前作揖，向老师道歉，并说明缘由。荀子听说李斯是楚国人，特意到兰陵寻他拜师，心里已经了然。他让李斯上前，问他为什么在大家面前失礼，痛哭流涕。

李斯走过去，对荀卿恭敬作揖，并道歉道："对不起，李斯失仪。只因老师讲得太好，我实在控制不住自己的情绪，才忍不住哭出声音。""我太后悔了，为什么我这么晚才来找您？您的见地和学识让我大开眼界，我实在是太后悔了，后悔来晚了。"李斯一席话让荀子眉头舒展开来。明知李斯有拍马屁的嫌疑，但是马屁拍好了也很舒服。

学子们也纷纷表态，认为李斯说的对，老师确实有这样的才能，是经天纬地之才，才会让大家佩服得五体投地。于是李斯顺利地拜到荀卿门下，成为他的弟子。

李斯在荀子门下求学，虽然进来的时候十分顺利，但求学的过程却不是十分愉快。他开始拼命求学，感觉一切都是新鲜的，像是打开新世界的大门，但是渐渐地，他开始不满意老师对自己的态度。荀子门下门徒众多，但是最聪慧的却是李斯，荀子也曾经在多个场合表示过，说李斯是他众多徒弟当中最聪明的一个，将来必成大器！

老师对他评价很高，但李斯感觉老师对自己不是最好。在荀卿的众多弟子中，他最喜欢的是韩非。荀子经常夸奖韩非为人正直，人品高尚，心思纯净，还写得一手锦绣文章。荀子的眼中，李斯如果能打十分，韩非就能打一百分，是完美的人才。但是这个世界上怎么会有完美的人呢？韩非虽然哪哪都好，他却有一个很明显的缺点——口吃。然而即便如此，荀子但凡接见重要的人，还是让韩非去，从未用过口齿伶俐的李斯。

李斯觉得老师偏心，心里就不是很舒服，总会暗中和师兄比较。如果有人说师兄韩非不如他，他就会很高兴；要是有人说韩非比他强，他表面不说，却在心里记住这个人。李斯城府极深，虽然心里对师兄嫉妒，面上却不会表现出分毫，在别人说韩非坏话的时候，他还会义正词严地驳斥。

李斯在老师门下学了七年，名声贤良。虽然没有老师荀子的名号响亮，但他与韩非之间的多次论道早已传遍九州。李斯准备充足，终于到了离开师门到外面大展拳脚的时候。师兄韩非早在一年前，已经离开师门回到韩国入朝为官，成为师门的荣耀。

李斯在离开之前，老师荀子找他单独商谈。荀子问李斯对未来都有什么打算。李斯没有隐瞒，对老师道："我想去秦国，秦国国力强盛，重用客卿。吕不韦能从商贾做到相邦，我如果去了秦国，一定会被重用，光耀师门。"老师叹口气，对他道："你呀，别的都很好，就是功利心太重，太看重富贵荣华，这样的心思早晚会害了你。"李斯心里不服，心想世上的人皆如此，何必把自己说得那么清高呢？

没有富贵荣华，不站在高位，就会被人欺负。这个世上根本没有公平可言，到处都是强者欺负弱者，被欺负的人只能抱怨命运不公，做不了别的。他在多年前被迫和涟漪分开那件事，给李斯造成很大的心理阴影，他决定这辈子一定要出人头地，成为人上人。李斯没有出言顶撞老师，但他的眼神出卖了他的心。荀子见状没有拆穿，师徒二人拜别，李斯离去。

时隔七年，李斯再次回到阔别已久的家。家中的房子有些破败，父母也老了许多。他跪在地上拜见父亲母亲，长跪不起。离开家这么多年，虽有书信往来，却不能承欢膝下尽孝，李斯痛哭流涕，连声称："孩儿不孝，害父亲大人、母亲大人受苦了！"

李斯离开家的时候，父亲卖了半数家产为他凑齐盘缠和束脩，他在外求学，家里人还要节衣缩食积攒下钱财为他做衣裳，送粮食。全家人都在节衣缩食，只为他在外面能多些体面，不被人瞧不起。荀子的学子们，大都是富贵人家的子弟，李斯虽然不是出身寒门，和别人相比也寒酸得很。即便如此，家人也从未让他在吃穿用度上受一点委屈。

"我儿快起，让为娘的好好看看。"父亲虽然心疼儿子，但还能撑着架子，受儿子的礼。母亲却受不住，这么多年儿子在外，她想儿子想得夜夜垂泪，眼睛都快哭瞎了。日盼夜盼，盼了这么多年儿子终于回来了，她才不舍得让儿子跪在冰冷坚硬的石板上。

李母将儿子扶起来，仔细打量："我的儿，这么多年你在外面受苦了，回来就好，回来就好。"一家人搀扶着进了院子。李斯的事在小小的上蔡郡造成不小轰动，上蔡自古以来，第一次出这么大的学问家。现任郡守亲自到李斯家中祝贺，带着肉干和山珍粟米，另外还有毛皮和棉麻。

第三章

学成归来耀门楣　成家立业娶娇妻

李斯离家七年，物是人非。原来的上蔡君已经死了，现在的上蔡君是名三十多岁的中年人，也是圆圆胖胖的脸，但是人看上去很好说话，没什么架子。郡守到李家，除了送吃的和毛皮，还有一件很重要的事——相亲，为自己的女儿相看李斯。

上蔡君只有一个女儿，名云姬。云姬年方十五，已经到了出嫁的年纪，不仅十分漂亮，且落落大方，出得厅堂入得厨房，针织女红无一不通，最重要的是持家。云姬母亲早逝，她从十二岁开始就能把家里事务打理得井井有条，里里外外都是一把好手。

从去年开始，上门求娶云姬的人就差把他家门槛踏破了。各种达官贵人都有，但郡守都没答应。郡守不是目光短浅的人，他知道，眼前的富贵不是真正的富贵，要给女儿找个真正有能力的男子做夫君才是一辈子的依靠。他到李家，受到李家热情的招待，也感受到李斯的谈吐不凡，外面的传言果然不假。

李斯名声很响亮，虽然年长自家女儿许多，但看着却是一表人才，加之谈吐不凡，郡守越看越喜欢，坐了许久才借故离去。第二天，上蔡郡守家里的仆役来了，邀请李斯父子到府上做客，称：主人已经备好酒菜，静等客人赏光。

李斯父亲觉得奇怪，自己家和上蔡郡守并没有任何交情，就算儿子是荀子学生，他也没必要对父子俩这样热情。路上，李父悄悄使了点小钱，塞给郡守家仆役，打听郡守请客的目的。仆役收下钱，很痛快地说出答案。原来是上蔡郡守看上自己家儿子，想把女儿嫁给李斯。

父子俩进门后，受到上蔡郡守的热情招待。他不只准备了丰盛的美酒、美食，还让女儿出来见过李斯父子。云姬落落大方，贤名在外，李父对云姬很满意，宴席上对云姬更是赞不绝口，赞叹云姬这样的女子谁家要是有造化娶了去，便是祖上修来的福分。

这样的夸奖有些过了，但也能很好地表达出他的诚意，上蔡君同样对李斯赞不绝口，酒酣耳热之时，两家便把婚事定下来了。

李斯大婚前几天，家里人都在修缮房屋，粉刷墙壁，只有他像是没事人一样，在外面四处走走逛逛。不知不觉，他就来到涟漪曾经的家。李斯望着眼前的残垣断壁，不禁感叹七年未归，这里早已物是人非。他在房前站了许久，隔壁的大妈似是认出了李斯，不禁走来与他攀谈，话未出口先是一声长叹："唉！李家公子，你还是回去吧，这里早就没人了。"

李斯不由追问："大妈，涟家的人呢，都去哪了？"大妈摇摇头，道："作孽啊，好好的一家人死的死，散的散，都没了……"原来在李斯离开楚国不久，涟漪的赌鬼爹就再一次输光了钱，要把年仅三岁的小女儿卖到教坊去。

涟漪娘急了，怒骂涟父不是人，是畜生，连畜生都不如！牲畜还知道护着自己的幼崽，他却为了一时痛快，把几个女儿都往火坑里推。涟漪的赌鬼老爹气坏了，抓起门后的烧火棍就准备打下去。

许是积怨已深，涟漪娘在骂夫君的时候，就已经做好豁出去的准备，她把藏在背后的剪刀拿出来，狠狠捅向夫君。涟漪娘眼盲，又是弱女子，根本不是男人的对手，剪刀没有伤到男人，反被男人夺下，狠狠刺进她的胸口。

这一幕恰好被路人撞见，杀人偿命，涟漪爹被抓，没几天就被砍了头。涟漪那几个可怜的弟弟妹妹都被亲戚接走了，从此不知去向。三年前，原来的上蔡郡守突然暴毙，家里主母立刻把一众小妾都发卖了，涟漪被卖到哪里无从得知。好好一个家，现在只剩下断壁残垣。李斯在那里站了许久，才转身离开。

两个月后，李家张灯结彩，杀猪宰鹅办喜事。今天是李家大喜的日子，李斯迎娶上蔡郡守的小姐云姬。云姬被丫鬟扶着从马车上下来，缓缓踏入李家大门。拜过天地后，新妇被送入洞房，李斯到院子里向宾客敬酒。宾客散去，他已经有七分醉意，被仆役搀扶着送到洞房门口，仆役散去，李斯才推门而入，不一会儿屋中传来几声交谈，但很快房里的油灯就灭了。

久未尽孝，李斯成亲之后便在家中待了一年，已过而立的他看着父母苍老的白发，总是会心生愧悔。直到传来秦庄襄王病逝、少年君王继位的消息，李斯才收拾好一切准备远赴秦国。李斯特意向父母辞行，要去秦国寻前程去。儿子又要远行，做父母的自然舍不得，尤其是母亲。李母问儿子："不能在家多住些日子再走吗？我和你父亲已经年迈了，你上次离家走了七年，这次离家不知道何时才能回来，我怕有生之年都再也见不到你。

"还有你的妻子，她进门不足一年，还未有孕，你若现在走，只怕左邻右舍风言风语，你让她一个妇道人家以后的日子怎么过下去呢？"

李母的话也让李斯十分为难，毕竟秦庄襄王病逝，嬴政继位不足十三，正是改朝换代的关键时刻，乱世造英雄。这种时候是他赴秦最好的时机，李斯不想错失良机，但是心里的打算却又不好对父母说出口，因此十分为难。

李父虽然觉得大丈夫志在四方，但他也觉得儿子才回来不久就要走实在不舍。最后还是云姬为李斯求情，请求公婆准许夫君现在就走，去秦国。她表明自己的态度，不惧怕邻居的流言蜚语，那些话对她不能造成任何影响。她会留在家里，安心帮夫君尽孝，照顾老人，料理家庭。

李斯不由多看妻子两眼，心生感激。他也承诺只要在秦国站稳脚跟，就会立刻回来接一家人过去团聚，决不食言。李父无奈只得同意。李母虽然还是不舍，但她听夫君的，夫君说什么，就是什么。一家人打点行装，再次送李斯离家。

李斯来到秦国，就见秦国境内一片哀恸，到处挂着白纱，酒肆和乐坊都停止营业。街上到处都是兵，手里拿着长刀，虎视眈眈地检查人们是不是按要求着装。人们一律麻衣麻鞋，面露悲痛，在街上不能说笑，否则就会被当成忤逆大不敬治罪。也有黄口小儿不懂事，觉得好玩拍着巴掌乐，大兵走过去对着小儿厉声呵斥："不准笑，哭！"

于是小儿被吓得"哇"一声，咧开小嘴哭上了。也有皮实的顽童不怕吓唬，面对亮着兵刃的士兵也丝毫不惧，还嬉笑着去抢士兵手里的刀！不远处的父母却吓坏了，急忙冲过去抓住自家孩子，狠狠在他身上肉厚的地方拧几把，于是顽童"哇"一声大哭起来，哭得凄凄惨惨。

这还没完，顽童的父母又按着孩子的头，强迫他们跪在地上磕头，家长嘴里也不停地求饶，说着好话，这才作罢。

秦国的律法太严格了，和楚国相比严得不是一点半点，律法严格有严格的好处，对管理百姓非常有用。街道边的房子整齐划一，甚至连柴火都要堆得整整齐齐。国丧期间，没有一家酒肆客栈敢违反规定开业，这也直接导致李斯到秦国后，不得不流落街头。

好不容易来到咸阳城，找到吕不韦的府邸。吕不韦身居相位，更是被如今的秦王尊为"仲父"，身份贵重，住的地方也非同寻常。吕不韦的家比老师荀子的住处奢靡华贵一百倍都不止。高大的院墙结实整齐，足足有三人高。院门更是宽敞气派，就连后角门都比寻常的富贵人家还要体面。

　　李斯没有门路，他只是一介书生，是没有办法见到秦王的。于是，他就想投奔吕不韦，吕不韦号称门下有食客三千，本事不如他的大有人在，他坚信自己到相府定会大放光彩，结果却连相府的大门都没进去！只因他穿得不够体面，便被看门的卫士赶了出去。秦国正值国丧，没有一家客栈开门，李斯多天没有地方洗漱，怎么能体面得起来呢？

　　他一筹莫展，站在路边想办法。突然一个女声惊喜又略带迟疑地问："你是李斯？楚国上蔡人？"李斯循声望去，发现是个女人，比自己矮半个头，身穿草绿色交领深服，头梳高髻，没有钗环，应该是哪家府中的女婢，但看容貌却十分眼熟。"李斯真的是你，我居然在这看见你了，真的是你，居然是你……"那女人显得欣喜异常，而李斯这才认出那女人竟是涟漪。

　　他做梦都想不到，会在异国他乡见到涟漪，激动得刚要大笑，又急忙闭上嘴巴，并且示意涟漪也不要大声喊叫，容易把秦国的士兵招来。涟漪意识到自己失态，急忙用手捂住嘴，小声问他："李斯，你怎么到秦国来了？你这是准备去哪儿？"

　　李斯简单地表明来意和目前的窘境，涟漪忙道："你想进相府，简单哪，我现在是相府的丫鬟，小姐待我极好，我去和小姐说，她一定会帮你的，你在这等我。"涟漪转身就要跑，李斯叫住她，告诉她："你不要去找小姐。若我李斯想进相府做门客，还要通过女人，那我还不如回家种地。"涟漪问他有什么办法，他却只是淡淡一笑，早已计上心头。

第四章

锦绣文章初惊艳　惊世大才露锋芒

　　咸阳的街道整齐划一，房子也不是乱盖的，公府宅子都聚集在一起。相府对面是御史大夫冯长山的府邸。冯长山虽然官职没有吕不韦高，但也只低了一点，冯府宅子的规模没有相府的宅子气派，占地宽广，但也没差太多。起码外面的围墙看上去差不多，都是高大整齐，白灰刷墙。李斯打开随身的包袱，拿出笔墨，洋洋洒洒在墙上写下一篇文章。

　　文章中大谈现在诸国的割据势力，以及对各个国家的优缺点分析，有理有据，让人叹为观止。李斯一手小篆写得非常漂亮，忽略文章内容，单看字体就足够惊艳。文章一挥而就，留下姓名李斯，大笔一挥扬长而去。

　　李斯其实并未走远，而是装模作样地在附近绕了一圈，约莫过了半个时辰，该看到的差不多都看到之后，才转身往回走。李斯谋算得不错，却不知道这半个时辰中相府门前因为他的文章，闹了一场不小的冲突。

　　李斯刚离开，相府舍人王绾和嫪毒从外面先后回到相府。王绾是个文人，脸色黝黑，身材短小，其貌不扬，但是个很有才华的人。嫪毐身材修长，容貌俊美，溜须拍马是个行家，对文章却不感兴趣。平时两人在相府就不对付，总爱针锋相对。王绾快步走上相府石阶，一回头刚好看到墙上写的文章，瞬间就被漂亮的小篆吸引住了，继而细读文章，刚喝的酒瞬间醒了一半，不禁感叹："大才啊，此人大才！"

他将文章细细阅读，见到下面的署名，心情更加激动。李斯这个名字他听过不止一次，对这个人也有所耳闻。荀子高徒，在读书人心中名声很响，是个很有才学的人。王绾询问守门卫士："写这篇文章的人呢？"王绾在相府的门客中是有官职的，守门的士兵不敢怠慢，恭恭敬敬答道："写文章的人刚走，往城南去了，您看要我们去把人追回来吗？""快去把人请回来，一定要有礼貌，切勿怠慢。"

卫士闻声刚要去追，却被嫪毐伸手拦住："干什么去？"王绾见是嫪毐，就知道要坏事。这个人除了一副好看的皮囊外一无是处，没有正经本事却嫉贤妒能，遂脸色一沉说道："不关你的事，你少打听。"嫪毐不过随口问一句，但他见王绾这样紧张，反而激起更大的兴趣。不让他知道，他就拦着卫士不让走。王绾无奈，为了摆脱嫪毐纠缠，只能实话实说，可饶是如此，嫪毐还是不让卫士离开。

"不许去，我们府上会写文章的人多了，不差他一个，这个叫李斯的是什么人？太狂妄了，想要拜见相邦却还端着架子，写什么狗屁文章，还要把人追回来？给他脸了……"嫪毐不让去，卫士左右为难，不知道听谁的。

俩人当众争论不休，而这时候墙上文章也被冯府的人发现了。冯长山府上也有门客。虽然没有相府的门客多，却也不是泛泛之辈。李斯的文章太亮眼，冯府的人拍手叫绝，并且趁着王绾和嫪毐对骂的工夫，把墙上的文章抄录下来送到御史冯长山面前。

冯长山让人去找李斯，不管用什么样的方法，都要请到自己府上。

就在这时，李斯回来了。他没有地方可去，掐准时间回来看看文章有没有引起反响。王绾和嫪毐吵得不可开交，周围围了一圈人，大多是相府的门客，有的人站王绾，有的人站嫪毐。他走在圈外，像是旁观者一样听他们的争论。

"嫪毐，你这个庸人，你就是嫉妒李斯的才能，才会在这胡说八道，真是岂有此理！"王绾气得胡子一翘一翘的，指着嫪毐骂道。读书人骂人也是文绉绉的，对于嫪毐这种人来说，这样的骂根本无关痛痒。嫪毐跳起脚来，用更大的声音指着王绾骂道："老匹夫，你才是胡说八道，我都不认识李斯是谁，长得是圆是扁，是胖是瘦，你凭什么红口白牙污蔑我？我看你才是嫉妒，你是嫉妒相爷一直器重我冷落你，小人，无耻！"

写文章，嫪毐不是王绾的对手。但是吵架，十个王绾加一起，也不是伶牙俐齿的嫪毐的对手。李斯没想到自己的文章会引起这么强烈的争议，他缓步上前，对嫪毐长揖说道："请问，你刚才说这篇文章哗众取宠，是哪里哗众，又是哪里取宠？还请不吝赐教。"

嫪毐被问得顿时语塞。他哪里知道文章是什么内容，根本就没看。他会反对，仅仅是因为王绾欣赏，仅此而已。"你是谁？"他瞪着突然冒出来的李斯，眼生，不是相府的门客。"在下是谁并不重要，重要的是世上的事情要分出是非曲直，不能信口雌黄。"李斯不卑不亢，继续说道，"我在来秦国之前，听说相府的门客都有真才实学，现在看来，不过是言过其实、虚有其表罢了！

"相邦的门客中居然有你这样的人，说明吕不韦并不是广罗天下人才，而是忠奸不分之人，我李斯千里迢迢来到秦国，想不到白跑一趟。告辞！"他双手抱拳，向众人作揖，转身就走。

众人微愣，见李斯转身离去才反应过来，急忙拦在他面前："你不能走，敢在相府门前辱骂相邦，好大的胆子！"其他人也是纷纷附和，批评李斯胆大包天，有点才华就眼高于顶，眼睛里没有别人。就连王绾，刚才为了李斯和嫪毐争得面红耳赤，现在都没办法为他说话。胆子太大了，什么都敢说啊，这是不要命的节奏啊，他不敢，他惜命。

王绾不敢为李斯出头，嫪毐一党的人气焰更加嚣张，围着李斯不依不饶，一定要把他绑了送到相邦面前治罪。李斯面色不改，他一点都不怕这些小人，相反还心中暗喜，正中下怀！他刚才听了一会儿，已经把局势分析明白了，若是让这些人和王绾继续争论下去，对他并没有好处。嫪毐等人是绝对不会让他顺利见到相邦的，所以他才铤而走险，出了一步险棋！

兵不厌诈。只要能到相邦面前，李斯就有办法化险为夷。但是，事情却没有他想的那么顺利。这时候一队兵马过来了，气势汹汹地把李斯围在中间，为首的将领高声道："御史大人有请，李斯，跟我们走一趟吧。"

来人身穿御史府的服装，腰佩长刀，领头的人大家都认得——长史冯劫。冯劫的官职比他们大得多，虽然他们是相府的门客，但和御史府长史相比，也不是一个级别。官大一级压死人，冯劫要带走李斯，嫪毐等人只能让开。

李斯不想去御史府，御史大人冯长山虽然也是秦朝中的肱骨大臣，但为人迂腐，谨小慎微，不会同意他的理念和治理国家的方法。虽然不想去，现在的情景，也不是他小小的李斯能说了算的。他无奈地准备跟着去，才走出几步，又被一队人马拦住去路。

而拦住他们的人，恰好就是相邦的车队。吕不韦刚从宫里回来，憋一肚子火。先王刚刚驾鹤西去，尸骨还未寒，太后就不甘寂寞，数次编造各种理由，把他叫进后宫。太后赵姬以前是吕不韦府上的舞女，舞技高超，又优美动人，后来吕不韦把赵姬献给还在做质子的异人，生下嬴政，秦庄襄王去世，嬴政登基，她就顺理成章成了太后。

太后年轻守寡，总是有些想法的，就想让吕不韦去宫里陪她。吕不韦不是白痴，他深知他和太后已经今非昔比，再也回不到从前了。新王嬴政虽然才十三岁，还有很多地方需要依仗于他，但他也不能和太后走得太过密切，否则早晚都是祸端。但是和太后的关系，也不能弄得太僵，弄僵了对他没有好处。

　　一路上，他都在想解决的方法，方法想了很多个，又被他一一否定，正心烦意乱的时候，发现已经到了家门口，而门口乱哄哄的全是人。自己府上的门客围着一名眼生的年轻人，不知道在争论什么，好像很激烈的样子。而冯府的人，把那名年轻人带走了。他让卫士迎上去询问，看看怎么回事。从自己家门口把人带走，如果他看见了连问都不问，有损相邦的颜面。

　　很快，冯劫和李斯都被带到吕不韦面前。冯劫浅浅行了个礼，道："冯劫奉家父之命，带李斯回府，相邦大人公务繁忙，在下就不叨扰了。"说完他就要把人带走。吕不韦听到李斯的名字，眼睛都亮了，李斯他听说过，荀子的高徒之一。秦国正是用人之际，虽然他门客众多，但能堪大用的人却不多。如果那个白衣人真是李斯，一定不能让他被冯劫带走。

　　御史冯长山虽然和他同朝为官，又是邻居，但两人政见向来不合，若是李斯投到冯长山门下，未来就会多一名政敌。他对亲卫使个眼色，亲卫立刻领会，上前拔刀相向道："大胆，这是相府门前，你也想撒野吗？来人，把李斯留下。"

　　吕不韦的亲卫能在冯劫面前拔刀，他却不能用同样的方式回应，回应就是以下犯上，是找死。冯劫虽是武将，却也不是有勇无谋之人，他越过亲卫，重新对吕不韦恭敬作揖："回禀相邦大人，李斯是家父点名要见的人，您现在把人拦下我回去无法交差，不如我把人带回去复命，然后再做商议，如何？"

　　他的心思吕不韦如何不知，他不会让冯劫把李斯带走，若是进了冯府，再想要人出来更不容易了。老奸巨猾的吕不韦，想要对付一名长史还不在话下，他避开冯劫，直接问李斯刚才为何会和他的门客犯口舌。李斯何等的聪明，当即作揖行礼，把事情简单述说一遍。重点突出到秦国来的目的就是拜见吕相，但被门口守卫以衣衫不整拦住，无奈之下才在墙上写下文章，想要吸引相爷注意，却被羞辱，因此犯了口舌。

吕不韦哈哈大笑，对冯劫道："你回去就这样对冯大人复命，说李斯是来找我的，等有空闲了我带他去府上拜访。"冯劫没有带走李斯，李斯和御史大人的梁子就算结下了。

第五章

得偿所愿成门客　满腹才华遭人妒

　　吕不韦心情大好，亲自走下马车，挽起李斯打算与他并行，把求贤若渴演绎得淋漓尽致，李斯看着吕不韦的笑脸，并未跟上，而是后撤一步，朝着吕不韦恭敬作揖。

　　"李斯不敢，相邦先请。"看着李斯恭敬的样子，吕不韦脸上的笑意更浓，深深地看了眼李斯广袖一挥，挺胸转身走上相府石阶。吕不韦走得不快，应该是故意的。

　　李斯缓步跟着，之前还在争吵的王绾和嫪毐也跟了上来，一行人浩浩荡荡走进相府。走进相府，李斯就被眼前壮观的景象彻底震撼。他还以为那高达五丈的院墙、足以并行两辆马车的大门，已经是顶级的奢华，进来之后才知道以前见过的那些高门大户，与相府一比就是个笑话。

　　看着雕梁画栋的屋舍，李斯的脚步渐渐慢了下来。他虽然掩饰得很好，却还是被一旁的嫪毐察觉，嫪毐直接嘲讽道："怎么不走了？你不是费尽心机想要入府，怎么心虚了？"嫪毐一脸得意，瞥向王绾继续说道，

"你若没有真才实学我劝你赶紧离开，省得以后被人发现赶出相府。"

嫪毐的讥讽让李斯有点难堪，他留心看了眼吕不韦的背影，按理说这个距离嫪毐的话吕不韦应该能听见，可他没有阻止，而那些跟在吕不韦身边的门客脸上，也满是不怀好意，这让李斯稍微有些羞恼。

自从上一次求见吕不韦失败偶遇涟漪以后，李斯因为国丧无处容身，只能四处游荡，反而听说了不少关于吕不韦、秦王政还有他母亲赵姬的消息，酒肆中甚至还流传着一些不入流的小道消息，李斯都默默听着，仔细地记在心里。

关于嫪毐，李斯知道的不多，只知他是作为剑客进入相府的，文墨不通，勉强能拿出手的只有那张俊美的脸，还有稍微有些名气的剑术，可他却偏偏嫉贤妒能，处处惹是生非，尤其针对王绾这种其貌不扬、又矮又矬的人。

扫过嫪毐那张阴鸷的脸，李斯只能隐忍，默默告诉自己现在还不是时候，能不能留在相府都还未知，跟嫪毐产生矛盾得不偿失。想到这里李斯拿出了他身为荀子高徒的傲气，冲着嫪毐轻蔑一笑。

嫪毐正跟熟悉的门客低语，等着李斯恼羞成怒和他争吵，像李斯这样的人，相府每年都会来千八百个，就像闻到肉味的饿狗一样烦不胜烦。不过那些人却没有李斯的心机。

有些人来了只会在门口徘徊，聪明点的花钱找人托关系，偏偏李斯一没在相府门口守着，二没有花钱找关系，随手写了篇狗屁不通的文章就被相邦撞见，甚至还当众亲自相扶，想想就来气。嫪毐正等着李斯出丑或者愤然离开，李斯却只是冲他轻蔑一笑。

嫪毐学问不高却是个心狠手辣的人，偏偏就被李斯的笑容震住了，总觉得这个面黄肌瘦浑身没有二两肉的男人跟以前那些门客不太一样。

吕不韦依旧缓步向前，穿过回廊停下步子，转头看向跟在身后的众门客，道："你们都先下去忙吧。"转而看向李斯。嫪毐和王绾都不想走，见吕不韦面色不善没敢开口只能转身离开。

　　直到两人的背影消失，吕不韦才带着李斯走进书房。宽阔的书房里，各式竹册堆得满满的，灰色的绢布挡住了屋外的日光，让整个房间都显得肃穆而压抑。吕不韦走到桌案前坐于席上，这才再次看向李斯，态度比在相府门口明显冷了很多，那双如刀子一样的眼睛，再次把李斯仔仔细细打量一遍。

　　李斯想起嫪毐的当众羞辱，迎上吕不韦打量的目光，心头一阵烦躁。自来咸阳，李斯才知道他把进入相府想得太简单了，这次能够碰见吕不韦多半是运气，如果不能抓住机会，再等下次可就难了。

　　越想他就越急，想要表现自己，引起吕不韦的重视，主动开口请他留在相府。然而吕不韦就只是打量他，不询问不探究。李斯心底一阵算计，最后干脆决定再赌一把，他把头高高地扬起，学着吕不韦的样子，打量起那个坐于席上之人。

　　来之前，李斯就知道吕不韦以前是个商贾，后来搭上了嬴异人押对了宝才从最低贱的商贾一跃成了秦国的相邦，确切地说，就是因为知道吕不韦的身份和经历，李斯才把目标放在吕不韦身上。

　　求学时，他和韩非探讨游说技巧，老师荀子就曾意味深长地说过："说人之法，有如用兵，攻心为上。若要攻心又需识人秋毫，方能制胜。"李斯对这句话格外推崇，所以留在荀子家的最后一年，他就格外留意关于吕不韦的消息。自认已经对吕不韦的性格了如指掌，可此时李斯却突然没底了。

　　李斯一直以为，像吕不韦这样出身的人应该尖嘴猴腮，其貌不扬，此刻仔细一看，他才发现吕不韦不但相貌不俗、气度非凡，气势更是他见过的人里面最内敛的，尤其是那双眼睛就像刀子一样，洞察人心。

　　李斯收回视线，挺直脊背，举止孤傲地整理身上破旧的袍服，刻意表现从容，向着吕不韦躬身行礼。李斯故意把动作做得异常郑重，声音也故意提高："楚人李斯，见过大秦相邦。"之前在相府门口，李斯已经拜过，但这一次却显得不太一样。

吕不韦脸上终于有了变化，人也缓缓坐直，语气温和地笑问："李斯……可是荀子高徒？世人都说才学过人，有经天纬地之才的那个李斯？"听到吕不韦说起荀子，李斯颔首从容笑答："正是。"李斯的坦然让吕不韦有些意外，此时若换作旁人，多少会谦虚一下，没想到李斯竟然直接认了。吕不韦忍不住又把李斯打量了一遍，低声笑问："哦……那你千里迢迢来我大秦，意欲何为？"面对李斯的傲气，吕不韦也不生气。

吕不韦的问题让李斯有点迟疑，以他对吕不韦的了解，知道这是在试探，不然以他的名气，正在广纳门客的吕不韦一定会直接开口让他留下，而不是问他来这的目的。李斯小心地揣测，两人都不说话，书房里也安静下来。

李斯拿不准吕不韦为何试探，所以不敢轻易回答，他不说话吕不韦也不着急，就只是静静地等着。终于李斯咬了咬牙，机会稍纵即逝，万一错过……"李斯不远千里，当然是来投奔相邦。李斯听闻相邦礼贤下士，门客三千，自认有些才能，还请相邦收留。"李斯没有隐瞒，直接说出目的，因为他知道就算现在做了相邦，吕不韦还是商人思维，这样的人多疑，说得太过虚伪反而不好。

说完，李斯再一次对着吕不韦作揖，静静地等着吕不韦的回应。"哦。"吕不韦不禁好奇，脸上依旧挂着笑，"先生声名远播，又身负大才，为何不留在楚国？"

李斯早就猜到吕不韦会这么问，心底反而放松下来，低声回道："相邦问得好。李斯求学的时候也曾问过老师，变法的商相和五羖大夫百里奚那么高的才学，为什么都去了秦国，而不是留在自己的母国。"李斯说得一本正经，这些说辞是他为了讨好吕不韦早就准备好的。吕不韦的表情果然有了变化，眼尾一挑看向李斯笑问："哦，那你老师荀子是怎么回答的？"

李斯继续说道："老师说，鱼入大海，猛虎归山，凡是有大才学的人都会挑选明主。商鞅虽然才高，没有秦孝公他也只是个舍人。五羖大夫如果没有遇见明主，只能养牛。"说到这李斯笑了笑，突然话锋一转故意说道，"所以，老师也曾问过李斯，将来有何打算。"李斯的话再次引起了吕不韦的兴趣，他不由追问："你是如何答的？""秦国相邦。"听到这个答案，吕不韦明显愣了一下，过了好一会儿才放声大笑。

听到吕不韦的笑声，李斯松了口气，看来他这次又押对了。吕不韦笑了好一会儿才停下，道："好，既是如此，那你就留下吧。"说着吕不韦对着门外招手，一个年纪不大的仆人走了进来，领着李斯离开。

终于成功地留了下来，李斯不自觉地挺直脊背，跟在仆人身后缓步走出书房。李斯以为，他这次一定能出人头地，直到仆人带他走进传舍。门客又叫舍人，在秦朝也分三六九等，最高等的门客就好比嫪毐和王绾住的是代舍，比较下等的舍人住的就是传舍和幸舍，这让李斯的心顿时凉了半截。他原以为有了墙上文章和书房里的那顿马屁，吕不韦一定会重用他，却没想到在吕不韦眼里，他不过是个中下等的门客。

以他李斯的名气还有学识，吕不韦不可能不喜欢，安排他住在传舍，明显是打压和冷落。暗自咬牙，李斯没把心底的不快表现出来，而是恭谨地对着引路仆人长揖，随即走进仆人手指的传舍。

这间屋舍不大，已经住了六人，李斯心中烦闷，饭也没吃就倒在床上，闭着眼睛想事。以他对吕不韦的了解，无论是墙上文章还是书房中的对答如流都没问题，唯一不妥的地方，就是应对嫪毐的讥讽。

一想到嫪毐，李斯就恨得牙痒，暗暗发誓一旦有了机会，他一定让嫪毐好看。不过那都是之后的事，眼前最重要的，是怎么样得到吕不韦的重用。剑走偏锋的事他已经做过一次，短时间内不能再做了，所以他要好好想想。

第六章

相府谋士如星辰　急功近利悔当初

　　进了相府整整一个月，李斯都没找到机会接近吕不韦。虽然着急，但他却不敢再轻举妄动。相府的规矩严苛、等级严明，身为下等的舍人，他根本没机会面见吕不韦，就算有良策想要进献，也必须通过传舍长上报给相府庶子，等到庶子看过了，觉得不错才会交到吕不韦手上。先不说这个过程就十分缓慢，就算没人从中作梗，李斯也不敢保证最后他的计策会冠上自己的名字。

　　这条路显然走不通。李斯也曾想过再出奇招引起吕不韦的注意，但这样做风险实在太高，做不好反而会给吕不韦留下一个不尊礼法、做事莽撞、急于表现的印象。一旦留下这种印象，那他的仕途就真完了。

　　思来想去，李斯有些后悔，当初不该急功近利，用那样的办法进入相府。想不出办法，李斯也没有放弃，他开始每天到门口守着，远远地观察吕不韦进出相府时的神态。渐渐地李斯捕捉到吕不韦的一些异样。如果只是参加朝会，吕不韦一般辰时三刻就能回来，然后会意气风发地在相府处理政务，或与上等门客畅谈。可隔三岔五就会有那么几天，吕不韦回来得格外晚，有时会拖到巳时末，甚至有那么几天，吕不韦一直到酉时才回，而且渐渐地频率越来越高。每次晚归，吕不韦都会显得格外疲惫，脚步虚浮。李斯察觉到这些异常之后，也开始更加留心。

秋意渐浓，昨夜又下了一场雨，李斯穿着不久前相府发放的崭新足衣和皮踏，在院门前站了许久，双脚都不觉得冷，一直到未时，才远远看到相府马车停在府外。吕不韦神色恹恹地走出马车，下车的时候不小心绊了一下，显得尤为狼狈。

李斯看人一向仔细，尤其看到吕不韦神色不对，就忍不住多看了几眼，却让他看出一件不得了的事。堂堂一国相邦，身上的衣服居然破了，只见吕不韦身上那一袭墨色银丝绣火纹交领长袍的带子居然少了一根，没有系好。这种事不要说相邦，就是一般的士族子弟，被人发现都会贻笑大方。

李斯默默看着，脑海中陡然想起之前在咸阳四处游荡时，听到茶楼酒肆中的一些流言。有人说秦王政的母亲赵姬，原本是吕不韦府上的美艳歌姬，甚至有人说秦王政的出身就不对，很可能是……

李斯对于这样的流言没有在意，毕竟王族血脉怎么可能混淆，不过另一个消息却让他格外留意。传说庄襄王薨逝不久，就有人说太后赵姬年轻守寡耐不住寂寞，竟然与吕不韦旧情复燃，吕不韦更是经常出入宫闱。现在看来出入宫闱或许是真，旧情复燃却是假的，不然吕不韦为何每次回来都阴沉着脸。吕不韦不情愿，那这件事就成了他眼前最棘手的事。可这种事涉及宫闱秘辛，而他此时又不被吕不韦信任，怎能贸然挑破？

李斯不禁沉思，这事虽然危险却也算机遇。如果处理好了，他不但能再次进入吕不韦的视野，甚至很有可能一跃成为吕不韦的心腹。

李斯心里一阵谋划，转身离开院门回到传舍，迎面撞上正准备出门的传舍长，连忙停下步子拱手作揖："姚兄这是要出去？"传舍长姚贾看见李斯连忙回礼，笑着说道："正是。相邦传召，正要过去。"闻言李斯赶紧侧身让路，目送姚贾离开。

进入相府的这一个月，李斯虽然看似无所事事，但在观察吕不韦的同时，他也简单把相府了解了一下。吕不韦号称门客三千，虽有些夸张，但确实收纳了很多人，李斯没有去过代舍不知道里面的格局，只知道传舍和幸舍像他所住的小院子，相府足足有几十个，每个小院都有十间屋舍，每间屋舍里差不多住十人，李斯和传舍长姚贾刚好就住在同一个屋舍。

今天的姚贾，依旧穿着他那身藏青色葛麻交领右衽长袍，腰上的绅带却是最上乘的锦缎，坠着一块通体莹白的玉珏。这身衣袍明显不是相府发放，李斯每次看到那条与葛麻长袍格格不入的绅带和玉璧，总是会忍不住多看几眼。目送姚贾走远，李斯才想起他打听到的关于姚贾的信息。身为魏人，姚贾的名声却不好，传说他在魏国为盗被魏国弃用，后又被赵国驱逐，这样的人竟然也能进入相府，甚至被吕不韦重用，必定有他的过人之处。

李斯突然又有些烦闷，姚贾这样的盗匪都能得到重用，而他却被冷落了这么久，李斯甚至不禁怀疑，投奔吕不韦到底对不对。转身回到屋舍，穿着衣服躺在床上，李斯睡意全无，脑子里都是关于赵姬、吕不韦还有秦王政的事。想了许久一不小心居然睡着了还做了个梦。

梦里，李斯恍惚回到上蔡，竟然变成了厕所里的老鼠，被一只大狗疯狂追赶，一不小心被狗堵在墙角，逃无可逃眼看着就要被狗吃掉，吓得李斯惊醒，出了一身冷汗，再也睡不着了。看着昏暗的屋舍，还有周围零乱的物品，鼻子里都是污糟的臭味，李斯干脆起身走出屋舍。

不知睡了多久，醒来的李斯犹豫着转身走去相府的外花园。为了容纳众多门客，吕不韦把原本的相府扩充了不止一倍，外院和内院之间也筑起高高的院墙，把硕大的花园一分为二，成了外花园和内花园。

已经入秋，花园里的景致有些颓败，看着树叶飘落，李斯心思更加郁闷，正打算回去的时候，一声怒喝引起了他的注意。"嫪毐你不要仗着曾经救过相邦，就有恃无恐，我劝你最好不要四处惹事。"李斯脚步一顿，认出是姚贾的声音，扭头去看。抄手游廊的左边有扇垂花门，垂花门的后面是块用卵石铺平的空地，空地上站着四五个人正在争执。

李斯走下抄手回廊，透过围墙上的漏花窗往里瞧，发现身材高大的嫪毐和三个剑客正围着姚贾。看到嫪毐，李斯不由想起他之前的刁难。嫪毐这时突然冷冷一笑，有恃无恐道："姚贾，凭你一个盗贼，我羞辱你，那是看得起你。"

"嫪毐，你放肆！"姚贾气得额头青筋暴起，抬手指着嫪毐的头，怒斥，"嫪毐，你我同是相府舍人，你对我这样羞辱，就不怕我告到相邦那里！"姚贾虽然住在传舍，但他的身份不比嫪毐低，严格说起来，甚至要比身为剑客的嫪毐高一些。

刚从王绾那里受了气的嫪毐可不管这个，王绾被吕不韦器重，他不能做什么，可这个姚贾明明是个盗贼，最近却经常出入相府的书房，嫪毐越想越是不服气，打算教训一下姚贾。听到姚贾要去告状，嫪毐笑道："告我，去啊！你猜相邦会不会为了你个盗贼训斥我？"

嫪毐有恃无恐，姚贾无计可施，跟一个武夫讲道理，根本就是浪费唇舌，姚贾冷静下来，反而冲着嫪毐冷笑："是吗？和你比起来，我姚贾确实不算什么，可嫪毐你别忘了，你得罪的可不止我一个，你猜我一旦带头去找相邦，以前那些被你刁难过的舍人会如何？"

姚贾的口才确实不错，一句话就让嫪毐皱眉，脸上的得意也彻底不见。姚贾继续说道："一个姚贾确实无足轻重，但如果变成几十个上百个舍人同时上请愿，你觉得相邦会怎么选？"姚贾的虚张声势让嫪毐的脸色剧变。就连李斯都忍不住惊叹，这姚贾平时不怎么说话，一开口就不简单。姚贾见嫪毐被他唬住也不耽搁，推开面前的剑客抬脚就走。

李斯看到这里，还以为事情就这么完了，正打算走回回廊，装作什么都不知道，嫪毐突然伸手扯下姚贾坠在绅带上的那块玉珏，放在手上仔细打量："姚贾，这玉珏通体莹白，一看就是好东西，该不会是你在魏国偷的吧？"嫪毐的举动让姚贾一愣，就连李斯听到这话都忍不住怀疑。

比起嫪毐，姚贾的长相差了一些，肤色黝黑，浓眉阔耳，嘴角低垂，不说话的时候看着就是个不好相处的。东西被抢，姚贾愣了一下恼羞成怒，抬手就要去抢，只可惜他比嫪毐矮了一头，抢了几次都碰不到嫪毐举起来的那只手，显得十分狼狈。看到这里李斯不由叹了口气，正要转身离开，却忽然看到姚贾趁嫪毐不注意，重重一拳打在嫪毐的肚子上。嫪毐被打得皱眉忍不住弯腰，姚贾立刻趁机抢了玉珏就走。

姚贾的动作很快，从他挥拳再到他抢了玉珏，跑出院子不到一个呼吸，嫪毐才反应过来，指使其余的几个人去追。无巧不成书，姚贾慌不择路，直接冲着李斯的方向跑了过来，那几个剑客追得很快，不用一会儿就能把人追上。看着姚贾，李斯只犹豫了一瞬就做了决定。他突然伸手，把姚贾从垂花门拽了过去，藏到抄手游廊的柱子后面。

刚把人藏好，那几个剑客就追了出来，他们站在垂花门口四处寻找，没找到姚贾却发现了李斯，立刻冲着他大声问道："哎……那边的舍人，看没看到有人从这里跑过？"李斯装作被吓了一跳，连忙伸手指向前面，对那几个剑客说道："哦，我刚看到有个人往那边跑了。"那几个人见状匆忙向着李斯所指的方向追了过去。

又过了一会儿，嫪毐捂着肚子也从小院追出来，扫了李斯一眼，便去追那几个剑客了。直到嫪毐也跑得没影了，李斯才小心地走到姚贾藏身的柱子旁，叹了口气。姚贾的脸色也不好，冲着李斯深深作揖，道谢："姚贾多谢李兄解围。"

李斯无奈摇头，冲着姚贾摆手，看着嫪毐离开的方向说道："姚兄客气。这里不方便说话，咱们还是先回去吧。"

第七章

斯设妙计丰羽翼　一石二鸟神不觉

西边的落日余晖将尽，天色也暗了下来。姚贾手握玉珏从柱子后面走出，冲着李斯默默点头。两人一前一后走回屋舍，看着姚贾的背影，李斯激动得忍不住握拳。他的机会竟然就这么送上门了。

推开门，屋舍里已经掌灯，三头荷花铜灯上泛着豆大的火苗。李斯的脚步一顿，深深地看了眼灯盏里的火苗转身关门。两人走到桌案边坐下，谁都没有说话，气氛显得有些压抑，过了一会儿，李斯扭头看了眼空荡荡的床铺笑着说道："看来今夜他们又要外宿，只剩咱俩了。"

姚贾没有回话，视线一直盯着手心里的玉珏。李斯直接起身，打开身后的黑底红漆雕花矮柜，从里面拿出一个双耳刻云纹的铜酒壶和两只木胎黑漆双耳杯，放到桌案上，笑着对姚贾说道："闲来无事，姚兄要不喝几杯？"姚贾缓缓抬头，浅黄色的眼瞳总是给人一种阴鸷的感觉，也不说话，视线扫过李斯手里的酒壶，眼中闪过一抹警惕。

李斯连忙笑着解释："姚兄不要多想，我也是心中烦闷，刚才去花园也是为了散心。"李斯点到即止，没有提起花园里的偶遇，反而打消了姚贾的戒心，他索性笑着点头："好。那今夜咱们不醉不归。"姚贾说着爽朗地接过酒壶，把双耳杯倒满。李斯也不客气地给自己倒酒，然后捧起双耳杯一饮而尽。酒是男人的解愁药，一杯酒下肚立刻就将两人的感情拉近。姚贾心里有事，一杯接一杯根本不用劝，不到半个时辰，酒壶里的酒就喝得见底。姚贾脸色酱红，说话的时候舌头都大了，李斯也东倒西歪地去了几次茅厕，说话更是前言不搭后语，趴在桌上睡着了。

姚贾勉强还有些神志，看着醉成一摊泥的李斯，痴痴地笑着把人架起来扔到床上，自己也直接栽到床上睡了。不知过了多久，姚贾在梦中恍惚回到故国，那高高的安邑城楼是他挥不去的噩梦。正在这时天上忽然下起大雨，把他冷得浑身一哆嗦，猛地睁开眼看到的却是冲天的火光。

姚贾愣了许久，才恍惚听到一声焦急的呼唤："姚兄，你别吓我，快醒醒！"姚贾扭头看到浑身焦黑的李斯，半晌才从地上的水坑里坐了起来。事后姚贾才知道，那夜他睡着之后屋舍突然着了火，李斯先被呛醒，不顾自己安危，背着昏迷不醒的他艰难地爬了出来。为了救他，李斯的手臂都被大火烧伤了，好几天抬不起胳膊。这场大火最后被判定是意外。从那天开始，姚贾和李斯就成了兄弟、知己，可越是这样，姚贾就越是觉得李斯有些奇怪。看着他的时候，总是一副欲言又止的样子，让他很不舒服。

就这样过了大概十天，姚贾终于憋不住，沉着脸把李斯拖到咸阳城里最出名的礼乐府，开了个雅间质问："斯兄，你对我有救命之恩，有什么事不能直说，何苦每天欲言又止！"李斯有些愕然，似乎没想到姚贾会直接询问，脸上犹豫再三，终于下定决心对着姚贾长揖说道："贾兄说的对，是我想多了。"李斯一面这样说，一面却又警惕地看了眼门外，确定无人之后，才压低声音对姚贾说道，"贾兄还记不记得那夜大火？"

姚贾一愣，没想到李斯要说的是这个，脸上闪过狐疑，盯着李斯没有说话。李斯凝眉干脆直说："那夜，我被浓烟呛醒的时候，恍惚看到一个人影。"

李斯的话还没说完，姚贾的眼睛都瞪圆了，眼角的肌肉明显一抽，看向李斯的眼神也瞬间冷了："谁！"李斯又是一噎，半晌才压低声音说道："当时眼前恍惚，没看清，但事后一想……"李斯没有直接咬定，反而让姚贾更加坚信他确实看到了什么，咬牙继续追问："谁？"李斯叹了口气，抛出一个名字："嫪毐。"姚贾猛地站起，气得脸色灰白："你确定？"李斯扭头看向窗外像是在回忆，半晌才呢喃自语："虽然没有看清容貌，不过那身高、背影应该就是他了。"

房间里立刻安静下来，姚贾低沉着脸不知道在想什么，正在这时隔壁突然传来一声娇笑："大人真坏！"礼乐府里人多眼杂，客人跟歌姬调笑向来都是习以为常的，李斯和姚贾也猛地惊醒，谁都没有说话，沉闷地倒酒喝酒。偏偏就在这时，一个熟悉的声音再次传来："坏……昨夜你可不是这么说的。"这声音立刻引起两人的注意，姚贾更是直接拍案站起，沉着脸就要去隔壁，幸亏被李斯一把抓住："贾兄，你要做什么？"姚贾脸色漆黑，咬牙说道："当然是……是……"他话说一半猛地惊醒，烦闷地走回桌案前，坐了下来。以他的城府当然能够想到，没有当场抓住，就算他去质问，嫪毐也不会承认，怎么办？

前仇旧恨压在心底，气得姚贾咬牙切齿，拿起酒壶连喝三杯。李斯一直默不作声，见时机差不多才叹声说道："贾兄，这嫪毐心思歹毒，一击不成怕是……"李斯的话只说一半，但他的话外之音，却让姚贾喝酒的动作猛地一顿，房间里再次陷入寂静。过了很久，就在李斯准备再接再厉的时候，姚贾突然淡淡开口："斯兄，这事因你而起，你可一定要帮我。"李斯一愣，不知道姚贾这话的意思。姚贾叹气继续说道："你还记得，那天傍晚我被嫪毐堵在花园的事？"李斯点头。"嫪毐这么做无非是看到我被相邦重用，心生妒忌，但他却不知道，相邦这段时间一直召见我其实是为了斯兄。"听到这里，李斯也是一愣，不解地看向姚贾。

"斯兄最近心里烦闷，是不是因为怀才不遇？"李斯垂眸。"相邦求贤若渴却把斯兄放在一旁冷着，斯兄有没有想过这其中的缘由？"听到这里，李斯已经猜到姚贾要说的话了，微微一笑回道："知道。相邦无非就是想要挫挫我的锐气。再者就是，怀疑我投秦的用心。"

李斯的话没说完，姚贾手里的双耳杯就"啪嗒"一声掉到桌子上，里面的酒水溅起二尺高，显然惊到了。"果然……分毫不差。"姚贾忍不住感叹，索性直接说道，"对。斯兄说的分毫不差。相邦就是这么同我说的。把你安排在传舍与我同住、不给斯兄安排事情也是因为这个。"李斯笑了，这一个月来烦闷的心情突然好了很多。姚贾说着忍不住摇头感叹："果然。斯兄确实大才，嫪毐这事……"姚贾说着起身，郑重地向着李斯行礼说道，"还请斯兄救我。"

嫪毐虽然只是个剑客，但他毕竟是吕不韦的救命恩人，因为剑术不错经常被吕不韦带在身边护卫。这样的人虽无城府，手段却狠辣，被他嫉恨下场只有一个，就是死，姚贾不想死得不明不白，就只有主动下手。李斯听着姚贾的话眉头皱起，似乎是在考虑。姚贾急得直搓手，眼睛却专注地盯着李斯，过了一会儿李斯豁然笑道："有了。"

姚贾激动地追问："怎么说？"李斯意有所指地看了眼隔壁，然后对着姚贾招了招手。姚贾立刻把耳朵贴了上去。"李代桃僵，一举两得。"姚贾听后疑惑地眨眼，显然没有理解李斯话里的意思。李斯淡笑着将姚贾的杯子扶正，倒上酒这才压低声音说道："我看相邦最近有些烦恼，不知贾兄有没有听到风声？"

李斯没有直说，也是想最后试探一下姚贾有没有参与这件事的资格。姚贾端着双耳杯的手抖了一下，警惕地看了看四周，这举动就已经足够说明一切。李斯见状淡淡一笑，也不等姚贾开口，便继续说道："看来贾兄也有耳闻。"姚贾默默点头。这件事虽然机密，但有心的人多少有些察觉。"我记得曾听人说过，嫪毒那处硕大、异于常人。更何况他年轻力壮、长相俊美，比之相邦何如？"这话李斯已经说得足够明显，姚贾却没有立刻回应。

他低垂着眸子盯着手里的酒杯，半晌才犹豫着说道："可，如此一来，那他岂不是更加得意？"姚贾担心这事一旦成了，宫里那位真的见识到嫪毒的好处，肯定会更加宠爱，到时候……李斯闻言却笑了，讳莫如深地对着姚贾说道："如果真是这样，那相邦为何会如坐针毡？"一句话瞬间点破了姚贾的疑虑，两人相视而笑，慢慢举起杯子一饮而尽。

自从上次火灾，李斯和姚贾喝酒都有了阴影，不再多喝，尽兴为止。两人心照不宣地离开房间准备回去，走到乐府门口却被人群挡住了。远远地听到有人正在争辩："你这是讹人！"这一声怒斥却引起众人哄笑："讹人！小娃娃你知不知道来了乐府，看了姑娘就算不喝酒，也是要给钱的。看你毛都没长齐，怕不是背着家里大人偷偷来的吧！"

"就是，你看这孩子才多大，就知道逛乐府看女人了。"

"何止，他还说自己是相府的少庶子。哄谁呢，相府又不是善堂，能养一个奶娃娃？"

听到有人说起相府，李斯和姚贾对视一眼挤进人群，这才看清原来是个十一二岁的小孩，正被乐府的老板揪着衣领要钱。小孩被气得不轻，小脸涨红却依旧隐忍地据理力争："我没有骗人。我确实是相府的少庶子，来这里也只是找人，并没有吃酒更没有看……看女人！"

听到小孩说自己是相府的少庶子，李斯疑惑地看了眼身边的姚贾，姚贾已经认出了少年的身份，立刻笑着走了过去，扯下乐府老板的手说道："老板这其中确实有误会，这人的确是我们相府的少庶子，名叫甘罗，乃是秦相甘茂之孙。"听到姚贾介绍少年的身份，就连李斯都忍不住侧目，对着少年多看了几眼。

只见少年大概十一二岁的样子，双目炯炯、唇红齿白，虽然年纪不大，但举手投足间已然有了大家风范。即便气得小脸涨红，却依旧吐字清晰，据理力争，李斯忍不住对这位相府的少庶子多看了几眼。甘罗看到姚贾脸上一喜，恭敬地冲着姚贾长揖说道："姚兄多谢。"

　　姚贾冲他摆摆手，语气亲和地询问："少庶子，刚才听说你是来乐府找人的？"甘罗点头，视线也在这时注意到一旁的李斯，虽然不认识，但他感觉到李斯的眼神，礼貌地冲李斯颔首，才对着姚贾解释道："正是。咱们大秦连年水患这么下去不是办法。我听说水工郑国作为韩使来了秦国，就想见上一面，也好讨教一下。"

第八章

锦绣文章扬天下　脱颖而出结甘罗

　　甘罗的声音清脆明亮，一听就知道是个心思通透的人。姚贾疑惑地看向李斯，问道："郑国？"李斯默不作声地双手交握，缩在袖子里的手指不自觉摩挲，计上心头。

　　甘罗点头。姚贾蹙眉仰头努力回想，不一会儿便兴奋地看向李斯说道："郑国，我想起来了，就是那个传说中才能堪比李冰父子的郑国？"听到姚贾这么说，李斯微微颔首，迎上姚贾的视线，笑道："贾兄说得不错。说起来我与郑国也算是朋友。"姚贾和甘罗都被李斯的话勾起了兴趣，等着他继续往下说。

　　李斯看了眼围观的人，从容说道："这事还要从我恩师荀子说起。贾兄知道，我和韩国公子非同在荀子座下学习。郑国同公子非关系匪浅，经常来兰陵看望，一来二去我们也成了朋友。"

　　李斯的声音洪亮，字字从容，明明是在炫耀却偏让人生不出丝毫的厌恶，反而忍不住跟着他的讲述去遥想兰陵县、荀子、公子韩非，想着想着就忍不住生出艳羡。毕竟荀子的地位在列国都非比寻常。甘罗还没见过李斯，终于忍不住看向姚贾："姚兄，你还没介绍，这位先生是……"

姚贾猛地拍下脑门，说道："哎，你看我竟然忘了介绍，甘罗，这位先生正是荀子高徒——名扬列国的上蔡李斯。"李斯虽然一直在稷下学宫求学，但他的名声却早就借着和公子非的几次论辩不胫而走，当然这其中也有李斯的推波助澜。

姚贾话毕，有人也在这时认出了李斯，惊道："哦，我记得他。月前相国府门前的壁上书、六国策论就是他写的。"这人的惊呼再次引起众人的议论。甘罗也忍不住好奇地上下打量。李斯今天穿了一身深棕色葛麻交领长袍，腰间配着一条嵌鹿皮的绅带，头上别着一根看不出质地的发簪，将头发高高束起，一丝不乱。明明是一身素服，穿在他身上却给人一种不食人间烟火的感觉。李斯虽然身形消瘦、两腮无肉，但眸光锐气逼人，一看就是个城府极深的人。最难能可贵的是，他语速不疾不徐，谈吐之间俨然一派大家风范，只是说出来的每一个字都藏着谋算。

甘罗自小就被祖父和伯父带在身边教导，年纪不大看人的眼光却十分老到，察觉李斯的小心思，便笑道："当真？那六国策论我也看了，确实是一篇荡魂摄魄的好文章，就连相邦都忍不住称赞。"甘罗一句话算是把李斯的名望又推上了一个台阶。

李斯淡笑郑重地冲着甘罗拱手。聪明人交往一切尽在不言中，两人眉来眼去反而生出一种惺惺相惜的感觉。姚贾也忍不住附和。李斯见好就收，不等姚贾说话就笑着转头看向一旁的老板："既然少庶子是来拜见韩使的，那请问老板，郑国可在？"

老板被李斯和甘罗这一阵互捧闹得有些迷糊，闻言呆呆地点头："在。郑先生昨日刚到，舟车劳顿正在房中休息。"老板还没说完，甘罗兴奋地追问："当真？"老板连忙回道："当真。几位大人稍候，我这就让人去郑先生的房间通禀。"说着老板脚步轻快地转身走进乐府，伸手招来一名小厮，低声叮嘱几句，小厮转身跑了。小厮跑去通禀，李斯几人也不好跟着，便站在廊下等着。就在这时，一个熟悉的声音突然响起："哟，这不是姚贾吗？这是在哪儿偷了钱，消遣来了？"

不用回头几人便知那人是谁，姚贾的眉头皱起，转头看向李斯身后。李斯也侧身回头，只见嫪毐怀里搂着舞姬，一手擎着宝剑正大摇大摆地走来。他先是斜睨了李斯一眼，恰巧瞄到李斯身边的甘罗微微一愣。姚贾额头青筋突突直跳，刚要反驳却被李斯用眼神制止。姚贾只能顿足，索性装作没听见。姚贾装聋、李斯作哑，只剩下一个耳聪目明又带了几分傲气的甘罗，满脸不耐地说道："嫪毐，你不在相府当值，来这里做甚？"甘罗毕竟是有官职的，面对嫪毐毫不打怵。

嫪毐撇嘴没有搭腔，扭头看向怀里的舞姬。舞姬媚眼如丝，冲着他抿唇娇笑，立刻把嫪毐的魂都勾了，忍不住伸手去捏舞姬的下巴。甘罗被人无视，小孩子心性有些沉不住气，当即怒道："嫪毐，我跟你说话呢，你没听见吗？"嫪毐喝了酒一脸的漫不经心，闻言故意去掏耳朵，问："谁在说话？哦……哎呀！原来是少庶子，真不好意思，刚才没看见你，还请见谅。"

嫪毐气得甘罗小脸涨红。在相府中文人和剑客偶有冲突，甘罗和王绾关系不错，便也不太喜欢嫪毐。李斯见两人就要吵起来，忙迈步向前，挡住甘罗冲着他缓缓摇头，笑而不语。

甘罗确实聪明，被李斯挡住先是一愣随即醒悟，翻了个白眼，索性跟着李斯一起装聋作哑。嫪毐也不想和甘罗正面冲突，见李斯把人挡住，便搂着怀里的美姬转身去了旁边的客舍。李斯三人站在廊下默默看着嫪毐逍遥，姚贾忍不住龇牙被李斯看在眼里，他笑了笑出声调侃："贾兄何必动怒，他的逍遥日子还能有几日？"

李斯的话让姚贾有些愣神，随后猛地醒悟，忍不住放声大笑。甘罗被姚贾笑得有些狐疑，刚想追问，眼角瞥见小厮小跑过来。"几位大人，郑先生有请。"甘罗毕竟年纪小，听到小厮的话，立刻兴奋地说道："前面带路。"转头就把之前要问的事忘了个干净。

李斯和姚贾对视一眼，眼底都是对年少心性的无奈。三人跟着小厮走过长长的抄手回廊、观景楼，又绕过一处水榭，停在乐府之中的一处小院门前。小院布景非常雅致，还没走进就被院中的木樨树吸引。那株木樨树枝繁叶茂，花骨朵儿好似金粉点缀枝头，香飘十里，沁人心脾。李斯和姚贾都忍不住驻足，唯有甘罗脚步飞快冲进了院中。

"甘茂之孙甘罗见过韩使郑国先生。"少年清脆的声音在屋中响起。姚贾和李斯互相推让一番，一同走了进去。礼乐府不愧是整个咸阳最奢华的客舍，只眼前这个院子就比李斯曾经见过的上蔡郡守家的府邸都要奢华。

客舍里面的布置更是让李斯眼前一亮。正在李斯忍不住观察的时候，一道人影突然迎了过来，对着李斯亲切说道："斯兄，几年不见没想到能在这里相遇。"李斯笑着回礼："郑兄也是。几年不见，你还是老样子。"

郑国自嘲地摆手，然后恭敬地向着姚贾行礼："韩使郑国见过先生，不知先生是……"姚贾笑容温和，回道："客气。姚贾见过韩使。"几人都很客气，甘罗却显得有些急切，跟在郑国身后看着几人寒暄，估计是觉得跟李斯、姚贾比较投契，一改之前的傲气，举手投足间多了几分孩子的憨直。

四人简单寒暄后便分宾主落座，郑国叫来小厮准备酒水和蜜浆，甘罗这才进入主题："郑先生，甘罗听闻先生专攻水利，有几个问题还望先生不吝赐教。"郑国笑着摆手，先让小厮给几人倒酒，还特意叮嘱小厮甘罗年幼给他蜜浆，这才说道："少庶子，请讲。"

甘罗也不客气，继续说道："郑先生应该知道，我大秦虽然国富民强，但可惜这几年连年水患，先生大才，甘罗想和先生讨教一个治水之法。"郑国抚了抚眼前的酒爵，低头装作沉思："我确有治水之策。不过少庶子，请问这策略是少庶子要问，还是相邦？"

李斯和姚贾都是陪衬也不插话，只是静静地听着郑国和甘罗交谈。被郑国看透心思，甘罗也不尴尬，索性直说道："自然是相邦询问。"

郑国眼底闪过一抹喜色，略显兴奋地说道："既然是相邦，我必定知无不言。"说着郑国伸手拿出一份地图。他指着上面的山脉、河道，说道："郑国是个水工，历来关心天下水势。秦国水患的事，我在来的路上就听说了，日思夜想恰好在昨日，想出一个治水的办法。"

他边说边指着地图侃侃而谈，每一句话都毫不迟疑，显然早就了然于胸。李斯默默听着，看向郑国的眼神却越来越凝重。郑国一口气把治水开渠的法子说完，才骤然发觉李斯的视线，额上瞬间冒了一层冷汗。

甘罗听得入神，意犹未尽地又追着郑国问了几个问题。相对于甘罗的专注，姚贾就显得有些漫不经心。毕竟人各有专，对于水利姚贾涉猎不多，就算听了也是云里雾里听不出什么门道。甘罗和郑国商议了整整一个时辰，终于心满意足地点头。

自从郑国说出治水修渠的策略，李斯就再也没说一个字，姚贾也不懂，直到甘罗心满意足地借着蜜浆向郑国敬了酒，他们才客气离开。走到客舍门口的时候，郑国特意侧身把人挡下，双目炯炯地看着李斯，语重心长道："李兄，距离上次一别，已经三年了吧？启程的时候，公子非还特意叮嘱，要我见到先生一定代他向你问好。"见郑国搬出韩非，李斯也只是淡淡一笑，扫了郑国一眼径直跟上姚贾和甘罗。

三人一同回到相府，甘罗急匆匆和姚贾、李斯道别就去了吕不韦的书房。姚贾和李斯站在通往传舍的小路上相互对视。回去的路上姚贾问道："斯兄，嫪毐的事，依你之见应该何时动手？"李斯左右扫了眼，确定没人才低声回道："最好是相邦最为难的时候。"姚贾忍不住皱眉却没有追问。李斯抬头一笑继续道："若我没料错，明日相邦必会晚归。等相邦回府焦灼难耐的时候。"

姚贾立刻笑了，用力点头。两人回到屋舍，姚贾被人叫走，屋舍里的其他人都回来了。八九个汉子闷在同一间屋舍里显得有些憋闷，李斯想起郑国说的引泾水东注北洛水为渠的法子，心头忍不住躁动，索性起身走出屋舍，漫不经心地走上通往花园的抄手回廊。

自打来了相府，李斯还是第一次走进花园，视线扫过花园中的各式奇珍，忽然闻到一股浓郁的木樨花香。他立刻驻足，仰头在花园里搜寻，终于在高高的院墙顶上看到一抹金黄。李斯不禁看得出神，一声娇喝猝然响起，吓了李斯一跳。

"郑栗，我敬你是相府家宰才处处忍让，你若是再苦苦纠缠，我定要禀报小姐，让相邦治你个逼奸良女的罪！"

第九章

事过境迁初心散　权势名利大过天

"涟漪，你就答应我吧，跟着我肯定不会亏待你。"男人透着得意的声音激得李斯双手握拳，他四下一看终于在木樨花树的方向找到一扇漏花窗。李斯正要过去，院墙里陡然传来涟漪的惊叫："郑栗，你放开，再不放手我叫人了！"李斯心头一紧，赶忙走到漏花窗下往里看。只见院中站着两人，女人背身而立，身上穿的翠绿色麻布深衣，衬得身材格外窈窕。涟漪对面站着个五短身材的男子，穿一身墨色织锦缎子绣水纹的交领短袍，正不规矩地抓着涟漪的手腕拉扯。

看背影，李斯就知道涟漪被吓得不轻，连声音都带了哭腔："郑栗，你别这样。我心里有人了，我不会跟你的。"涟漪的哀求不但没让男人放手，反而让他更加放肆。他贼眉鼠眼地扫了眼周围确定没人，干脆一不做二不休，抱起涟漪就往花园后的矮墙走去。李斯见状急得咬牙，偏偏找不到花园入口没法救人。

他一拳打在院墙上才稍稍冷静，咬牙转身回到花园入口，大声喊道：

"相邦，你看，那株木槿花开得多艳。"这是李斯仓促间想到的办法，听涟漪的语气，男人在相府应该有些身份，鲁莽撞破反而不妥，搞不好那人恼羞成怒再来个杀人灭口。所幸李斯话闭，花园也安静下来，唯有枝头的黄鹂叫了几声。

李斯还是不放心，再次走到漏花窗下踮起脚尖往里看。院子里早没了涟漪的身影，就连那个五短身材的男人也不见了。李斯见状不禁惆怅，叹了口气缓步走上一旁的长廊水榭。他举目遥望，夕阳似火，满腹心事却无人倾诉，正感慨间一个人影匆匆走出内院角门，盯着李斯的背影看了许久。

李斯茫然未觉，脑中尽是郑国说的治水之法。他承认郑国有才确实不假，但这治水修渠之法却显得过于劳师动众。正细细思量，李斯突然听到沙沙的脚步声，警觉回头才发现竟是王绾。李斯连忙起身，对着王绾作揖笑道："原来是王兄。"王绾也满脸堆笑，加快步子走到李斯身前，回礼道："李兄，几日不见没想到会在这里遇见。"

李斯侧身邀请王绾一同坐下，两人虽然接触不多，但因之前王绾在相府门口的维护，李斯对他印象不错，早有结交的念头。两人先后落座，一同看着夕阳残血。不一会儿李斯终于忍不住问道："王兄今日怕是特意来找我的吧？"天都黑了，在这相府中也就他这种闲人才会来花园看落日，王绾的巧遇未免太巧了。

可王绾迟迟不说，李斯便忍不住先问。王绾笑着颔首，坦然承认："正是。粗略一算，先生来相府已有一月，一直没有差事就没什么想法？"李斯挑眉没有回答，只静静看着王绾那张黑红的脸。王绾对上李斯的目光，继续说道："李兄怕是不知，今日你在礼乐府门外的慷慨陈词早已在咸阳传开了。"

"礼乐府？"李斯揣着明白装糊涂，如果不是为了这个，他干吗要在礼乐府门口拉扯那些。王绾点头，回道："正是。先生大名已经传到大王耳中。"王绾说着搓了搓手，感叹道，"如此一来，先生出头，指日可待，可莫要着急啊。"王绾的话明显意有所指，李斯终于笑出了声，冲着王绾摆手回道："绾兄过奖，李斯既已投身相邦门下，自然会安心等着相邦提携，不会做那朝秦暮楚之人。"李斯对王绾虽然不算了解，但这样带有目的性的试探，他还是能看出来的，简单地解释了几句，既能表忠心又能省去以后的麻烦。

王绾一怔，盯着李斯看了许久，似是对李斯的回答有些意外，许久才猛地一拍大腿笑着起身，说道："既是如此，那我也就放心了。斯兄的小篆在王绾看来登峰造极，相邦不拘一格用人，李兄只要塌下心，终会有被相邦提携的那一天。"这一次换作李斯有些愕然，毕竟这样的话非亲非故一般是不会说的。想了想，李斯终于还是忍不住笑道："多谢绾兄安慰。李斯虽不才却也知道，相邦故意冷落，不过是为了考察李斯心性。"说着李斯又把他之前同姚贾说的话重复了一遍。

王绾瞪着眼睛有些出神，不自觉又在李斯身边坐下，半晌才长出一口气，叹道："是的！以我对相邦的了解，这件事怕是正如斯兄所料。"既然李斯已经知道吕不韦是故意冷落，又一再表忠心，王绾也彻底放下心来，看着李斯的眼神更多了几分亲近。许久他才再次起身，对李斯笑道："既是如此那我就放心了。时间不早了，斯兄怕是还没用晚饭。走，今日我做东。"

李斯有心结交，王绾刻意拉拢，两人一拍即合，你来我往宛如故友，一同去了城中的礼乐府。王绾和老板相熟，走进礼乐府便对老板招手笑道："尚禄你过来，快去将你们这儿的炙羊肉端上一鬲，让李兄品尝。"老板笑着连连称是，转身叫来小厮就把事情安排下去。

李斯和王绾一见如故，吃饭的时候谈论各自求学的往事，一不小心喝多了。王绾无奈干脆让老板给他们在礼乐府找了间客舍。第二天李斯醒来，已过巳时，他骤然想起姚贾的事，不敢耽搁忙起身穿好衣服就往相府赶。

快步回到相府，李斯刚好撞见吕不韦从宫里回来，十六个亲卫守在相府马车两侧，一名仆役早已守在马车旁，伺候吕不韦下车。李斯连忙驻足，仔细打量吕不韦还有他身旁的仆役，越看就越是感觉那人眼熟。李斯忽地浑身一震，才想起那人，竟是昨夜在内花园里调戏涟漪的男人。李斯看着两人走进相府，这才猛然想起男人的身份，相府家丞郑栗。李斯按下心惊，仔细打量吕不韦的脸色，不禁有些欣喜。若他猜得没错，吕不韦怕是又被宫里那位缠上了，不然也不用郑栗搀扶。这个念头一闪而过，李斯见众人走进相府，不敢耽搁连忙跟了进去。

走进小院，李斯迎面撞上姚贾。姚贾步子很快，脸上满是焦急，看见李斯立刻问道："斯兄，我听说相邦回来了。"李斯点头，姚贾立刻兴奋地搓手，冲着李斯颔首便转身往外走。李斯见他脚步轻快，脸上还挂着笑意，不禁皱眉出声把人叫住。

姚贾先是一愣，随即不解地皱眉看向李斯。李斯无奈，只能拉着姚贾走到一旁，耐心询问："贾兄，你打算就这样去见相邦？"姚贾闻言更加疑惑，李斯只能继续说道："贾兄难道忘了，这事涉及宫中秘辛。你若直接挑明，相邦该作何感想？即便相邦年老，力不从心，但他毕竟是个男子，帐中之事被人知道免不得恼羞。而你兴冲冲地赶去理论，你觉得相邦是先把嫪毐送进宫，还是先要了你的命！"

李斯的话让姚贾后背一凉，他恍惚抬手，摸了一把脸才猛然惊醒，再次向李斯拱手作揖，说道："愚兄晓得了。姚贾再次谢过斯兄救命之恩。"李斯见姚贾清醒却仍旧悬着一颗心，忍不住叮嘱："贾兄，如果实在不知如何开口，不妨借嫪毐一用。"坑人嘛，当然是要把坑挖深一点，反正嫪毐也不知道。

姚贾眼前忽地一亮，再次冲着李斯长揖一礼转身走出小院。宿醉醒来，李斯还觉得有些头痛，便躺在床上继续休息。姚贾走到书房门外还没开口就听到书房里响起一阵竹册落地、铜器铿锵的声音。姚贾抬头往里看，就见吕不韦正浑身颤抖地砸东西。吕不韦也看见了姚贾，沉着脸让他进屋，问道："你来做甚？"

姚贾连忙行礼，回道："相邦，姚贾是来汇报李斯近来动向的。"吕不韦轻哼一声，转身坐下。姚贾见状不敢耽搁，想到李斯的提点，便把路上编好的词说了出来："李斯昨日在礼乐府遇见甘罗，后来一同去见了郑国。出来的时候又碰见嫪毐，和他在礼乐府外吵了起来，看样子积怨已久。"

吕不韦心情不好，听到姚贾和李斯竟然和嫪毐争执，问道："哦？都吵了些什么？李斯和嫪毐怎么会有积怨？"姚贾略作犹豫便彻底下了决心，掀衣跪地，叩首说道："还请相邦赎罪，小人不敢说。"姚贾拿捏得极好，故布疑阵想要吊一吊吕不韦的胃口，却没想到吕不韦竟然真的怒了，一拍桌子大声喝道："说！"姚贾被吓得一哆嗦，不敢再做迟疑，连忙说道："起初我也不解，于是趁着李斯醉酒询问了一遍，才知那嫪毐简直是胆大妄为，竟然敢……敢背着相邦妄议太后。"吕不韦原以为，李斯和嫪毐只是寻常的争风吃醋，却没想瓜吃到自己身上，先是一愣，半响才咬着牙问："都说了什么？"

"李斯说他为见相邦时常守在相府门口，等着相邦路过远远看上一眼。时日长了就会有人看不惯，他也并不在意，谁知那日有雨致相邦晚归，李斯在雨里等了许久，却被酒醉的嫪毐遇见，几番羞辱。李斯气不过反驳了几句，谁知嫪毐竟然……竟然指着相邦背影戏谑，说相邦晚归是被太后留在宫里侍候。李斯斥他胡言乱语，却没想到嫪毐依旧大放厥词，说相邦每次从宫里回来都脚下发软，一看就是力不从心，相邦毕竟老了，如果换作是他，一定把太后伺候得欲仙欲死。李斯气不过才会同嫪毐——"

姚贾话没说完，一只鎏金刻灵芝、缠枝莲铜香炉几乎擦着他的耳朵飞了过去，"咚"的一声落在地上，咕噜噜转了几圈。

第十章

嫪毐小人凭颜色　无意他人作嫁衣

姚贾看着地上翻滚的香炉，额头冒了一层冷汗不敢再继续拱火，但他心里却止不住地暗喜。因为他知道事情成了。吕不韦被气得胸口起伏，许久才冷冷扫了姚贾一眼。天生的商人思维告诉他，嫪毐知道太多又不知收敛，若不处置必成祸端。但转念一想，姚贾的话也给他提了个醒。赵姬的事再拖下去只会越来越危险，若是被秦王知晓，后果不堪设想。至于嫪毐，既然他一心作死，倒不如物尽其用。

想到这，吕不韦的脸色稍缓，对着姚贾说道："这事我知道了，你先下去吧。"姚贾不敢迟疑起身就往外走。李斯一觉睡到未时末，若不是腹中空空实在难熬，估计还能再睡一会儿。他起身下床，四下一看才发现屋舍里只剩他一人，揉了揉钝痛的额头，李斯穿上鞋履走向门口，准备找找姚贾询问事情的进展，然后再寻些吃食填一填五脏庙。李斯刚要开门，门板就被人一把推开，他惊愕地看着门外的卫士，半晌才回过神来笑着问道："你是……"

那卫士年纪不大，长得五大三粗、声如洪钟，憨厚地问道："请问，李斯先生在不在？"李斯一愣，答道："我就是。"那卫士立刻笑了，从袖中抽出一张绢帛，递给李斯，说道："有人让我将绢帛给你，说是你的老友。"接过绢帛，李斯连忙对着卫士道谢，关上房门确定四下无人，这才打开绢帛细细查看。绢帛上的字不多，只寥寥几字，李斯看完眉头却皱了起来，果然是郑国。自上次离开，郑国特意拦住他的时候，李斯就知道郑国一定会找时间邀他密会。再看绢帛上的字：申时三刻，凝萃馆一聚，郑国老友。

将密信收好，李斯看了眼沙漏，察觉时间不多便不再耽搁，找了一身体面的长袍换好，便径直去了信中提到的凝萃馆。郑国有事相求，自然会选在咸阳城最好的餐馆，李斯刚迈步走进，一个打扮花枝招展的妇人便迎了上来，笑嘻嘻地打探："哎哟，这位客人有些面生，是头次来还是朋友相邀？"李斯扫过妇人没有理会，郑国的身份敏感，最好不要引人注意，所以一定不会让他宣扬。果然李斯的视线刚在餐馆中扫了一圈，郑国就满脸是笑地迎了过来。

两人一前一后相隔甚远，最后一同走进角落里的房间。李斯还没关上房门就听郑国郑重作揖，说道："郑国见过李斯先生。"李斯回头看着郑国，脸上却没有太多表情。毕竟在他看来，今日这次相聚怕对他并没有多少好处。郑国见李斯没有回应，尴尬地清了清嗓子，才又继续说道："先生救我。"李斯终于忍不住笑了，斜睨了郑国一眼，笑问："救你？李斯怕是无能为力。"对于郑国，李斯还有一事不明，对于这种带着风险的人，李斯一般尽量能避则避。郑国再次碰壁，心态也有些焦急，咽了咽喉咙，一脸谄媚地将一个四方的小木匣递到李斯面前，笑道："郑国修渠之事，还望斯兄为我出策。"

看着郑国手中的小木匣，虽然没有打开，但李斯知道里面的东西定然价值不菲，对于他一个捉襟见肘的人来说，这样的诱惑着实难以抵御。

挑了挑眉，李斯终于勾唇一笑，接过小木匣掂了掂发现分量不轻，这才笑道："修渠的事也不是不可以。"郑国一喜连忙又问："我该怎么做？"李斯将小木匣打开，见里面竟是两块美玉，彻底动了心，笑着冲郑国说道："我给你指条明路，修渠之事你只需去求一人，可安枕无忧。"郑国连忙追问："谁？""王绾。"拿人手短，吃人嘴短。李斯虽然自认不是君子，但拿人钱财就要帮人消灾，将小木匣贴身放好，李斯才对郑国继续说道："你只需将修渠之策想办法告诉王绾，他定然会主动帮你奔走。王绾虽然只是个谒者，但他上能直面大王，又是相邦的门客，所以王绾才是关键。"

郑国听得愣神，半晌才犹豫着又说了一句："好，我知道了。"李斯看着郑国脸上的挣扎之色，笑了笑才继续说道："怎么，我说的话你不相信？"李斯漫不经心地走到桌前坐下，叩了叩桌案示意郑国先坐，才继续说道，"修渠的事甘罗必定已经告知相邦，之所以一直没有消息，应该也是在怀疑韩国的意图。当然即使你不说，我也知道，韩王让你来修渠目的不纯，无非就是想要拖垮秦国，让秦国无暇分身，不能攻打韩国罢了。"

郑国立刻急了，李斯却笑着摆手继续说道："你别着急，我知道你要说什么。无非就是你与韩王不同。你来秦国是真心治水。我李斯也不是贪图财帛之人，愿意帮你自是看出你的初心。所以我认为相邦迟迟没有决断，应该也是看出了这其中的猫腻，无法决断。我若是他必定会将你的修渠之策送去给李冰父子，考证一番是否真的有效。"郑国忍不住轻声询问："然后呢？"李斯轻笑看向郑国，重复道："然后？你对自己的修渠之策有几分把握？""别的不敢说，我对修渠之策信心十足。即便是李冰父子也会赞同我的策略。"

李斯见郑国依旧信心满满，忍不住想笑，随即说道："既然如此，那你还担心什么？不过若要万无一失，你还需要再加一把火。"郑国肃然从席上站起，向李斯恭敬作揖，讨教对策。李斯也不藏私，回道："修渠之事宜早不宜迟，若再过半月依旧没有消息，你需假装离开，然后再想办法告知王绾，他自然会不遗余力上下奔走，替你达成此事。"李斯的话环环相扣，谋算人心令人咋舌。郑国听得心底发寒，连忙向着李斯连连道谢，起身催促店家赶紧上菜，与李斯小酌几杯增进感情。李斯吃得酒足饭饱，十分惬意，回到相府的时候，天色已经彻底黑了，他怀揣着美玉，几个月来第一次这样踏实，可不等他回到下舍就被姚贾迎面撞上。

看着姚贾，李斯立刻笑了，问道："贾兄？你不在房中休息，在这做甚？"姚贾却显得气急败坏，一把抓住李斯就往内院走，口中还不忘埋怨李斯："你去哪了？可急死我了。快跟我走，相邦要见你。"听到这个消息，李斯的酒瞬间醒了大半，他等了整整两个月，费尽心机、绞尽脑汁、不惜铤而走险为的就是这一天。可一想到不久之后，自己就要出人头地，再不用任人欺辱的时候，胸口又不自觉怦怦直跳，咽了咽口水才对姚贾说道："真的？那走吧。"姚贾怕是真急了，也不回头拉着李斯就去了相府书房。

来了相府之后，李斯才知道他初次进府时，吕不韦召见他的那个房间根本不是书房，充其量不过是个临时休息的小室。真正的书房坐落在代舍正南的院子里，也是整个相府的中庭。

缓步走在灰石堆砌的小径上，李斯忽然有些心虚，摸了摸胸口的小木匣，他第一次对自己的贪心有些后悔，但事已至此也只能硬着头皮向前。仰头望着眼前足有一顷、放得下十辆马车的高脊瓦舍，李斯深吸一口气跟着姚贾走了进去。跟料想有些不同，书房里站满了人，吕不韦坐在首位高台上，静静地看着李斯走近。李斯扫过在场众人，大致认出几个熟悉的人。王绾、甘罗，还有顿弱和周青臣，都是这相府里有些官职和脸面的人。

吕不韦召见李斯多半是因为姚贾的举荐，存了试探的心思，李斯停在姚贾的侧后方，不卑不亢地跟着姚贾一同行礼。吕不韦盯着李斯没有说话，那双晶亮的眸子几乎将李斯彻底看穿，就在李斯被看得心绪烦乱时，吕不韦却突然淡淡开口："好你个李斯，进了相府不知收敛，四处搅弄风云。怎么……你是以为我舍不得杀你？"李斯心头一颤，愕然抬头看向吕不韦，一时之间猜不透吕不韦这是何意。

书房中的气氛瞬间凝重，周围的人也都忍不住议论的时候，李斯才泰然自若地答道："回相邦，李斯不敢。""哼哼，不敢？你昨日才见过郑国，今天郑国就找到相府来了。怎么？你是感觉韩国比我秦国更好，想转投韩国了？"

吕不韦字字诛心，一副要把李斯弄死在这的架势。过了最初的心惊，李斯已经看透吕不韦的心思，不卑不亢地回道："相邦耳目通天，李斯的举动真是一点也瞒不过相邦。"他没有解释直接承认。吕不韦的脸色微微一变，锐利的眸子狐疑地看着李斯，突然"哈哈"一笑说道："哦，把头抬起来。"李斯闻言缓缓抬头，视线径直对上吕不韦审视的目光，一脸的坦然。

姚贾急得直搓手，偷偷对着李斯说道："斯兄，相邦怕是误会了，你赶紧解释解释。"李斯扭头给了姚贾一个放心的眼神，随后冲着吕不韦拱手，说道："不用解释。李斯是否忠心，相邦早已了然。"李斯语速不快，姚贾急得冒汗，刚想帮李斯解释，却再次被人打断："笑话！李斯，你的意思是相邦对你故意刁难？"

第十一章

腹有才华多遭妒　　相邦试探多几何

书房内，众人纷纷愕然，循声望去才发现说话之人竟是相府家宰郑栗。郑栗能被委任家宰，多少有些能耐，再加上他一路跟着吕不韦，从赵国来到秦国，情分更是普通舍人、家臣不能比的。李斯只以为那天晚上他做得天衣无缝，却不想还是被郑栗发觉，早已经结下仇怨。郑栗是个睚眦必报的人，好容易抓住机会又岂会错过。

郑栗见吕不韦对李斯处处刁难，只以为吕不韦对李斯不喜，找准机会赶忙踩上一脚。郑栗横插一脚，着实让李斯感到意外。他蹙眉抬头看了眼郑栗，见郑栗正用狠毒的眼神看向自己，便意识到那晚上的事已经露了，心底虽然有些懊恼却并不后悔，只沉声回了一句："李斯不敢。"郑栗的举动，令吕不韦也有些意外。他虽有不悦，却也没有表现出来。无论怎样，李斯的才能吕不韦还是知道的，此刻他唯一不放心的便是李斯的目的。

郑栗被吕不韦瞪了一眼，连忙噤声不敢再言。吕不韦看在眼中笑了笑，脸上满是纵容，李斯将吕不韦的反应看在眼里，一股屈辱之感让他愤懑。看着那小人得志的郑栗，李斯再三犹豫，最终鼓足勇气说道："李斯千里投秦，并不是李斯没有别的选择，而是李斯一心要将满腹学识都用在壮大秦国之上。相邦相疑，李斯纵有百口难以自证，既是如此，李斯就此别过，回上蔡安心做我的守仓小官倒也不错。"李斯以退为进，他是在赌。赌的是，此刻他在吕不韦心中的重量。成了则平步青云，不成便是粉身碎骨。想到这，李斯不禁有些惴惴，犹豫了一下，复又说道："当然。相邦若是愿意给我一个机会，李斯定不会让相邦失望。"李斯进可攻，退而守，反倒惹得其余几人心生好感。吕不韦也不生气，只脸上挂笑，静静地看着李斯。就这样过了许久，李斯的心从一开始的激情澎湃到慢慢沉寂，语气失落地自嘲道："看来李斯终究才疏学浅，不足以让相邦心动。只是可惜了李斯在学宫跟老师学来的帝王之术、治国之策，可惜了秦国历代大王的一统宏愿。"李斯明着叹息，其实是在自夸。吕不韦终于忍不住勾唇，准备开口挽留，李斯却突然掀开衣角，当着众人跪地叩首。

这样的大礼，让整个书房瞬间寂静下来，吕不韦甚至从席上站了起来，凝眉看着李斯："你这是做什么？"李斯继续行礼，噤口不言而后转身就走，步伐决然得看不出丝毫迟疑。李斯就这么走了，书房里的其他人却都傻了眼，吕不韦的脸色更是一阵青一阵白，眉头皱起不知道在想些什么。

李斯径直回到传舍，脱衣就睡，完全就是一副毫不在意的样子。仿佛之前在书房里被人质问、怀疑甚至刁难的事情都没有发生。李斯走了许久，书房中却炸开了锅，王绾连忙帮着李斯解释："相邦莫要动怒。李斯怕是心里难过才会如此。"

王绾话音未落，姚贾也连忙附和："正是。李斯进府这段时间，姚贾与他同吃同睡。姚贾可以作保，李斯才能堪称绝世。对秦国、对相邦更是绝对忠心。"为了报恩，姚贾恨不得把李斯夸成一朵花。甘罗也忍不住开口："相邦，甘罗有话要说。"吕不韦已经冷静下来，挥手让他继续。甘罗立刻走到正中，先是冲王绾和姚贾颔首，然后说道："昨日甘罗也曾见过李斯。"甘罗的声音清脆，说出来的话听着格外舒服，"甘罗自幼跟在祖父身边学习，也曾跟着祖父学过一些识人的法子。昨日一见，甘罗感觉这位李斯先生确实胸有沟壑，是个有才能的人，只是……"

甘罗说着，视线不自觉地瞟了眼王绾和姚贾，才继续道："只是这样的人城府极深，做事只看本心，只看结果，不管对错。"这话听着是在夸赞，但话语之间却说李斯是个不择手段的人。甘罗的话不太好听，可在场的人却都不太在意，毕竟能够走到今天，谁没做过一些违心的事。

吕不韦突然"哈哈"大笑，指着甘罗赞道："甘罗说的对，成大事者不拘小节。行了，时间不早了，你们都下去吧。"吕不韦当年行商也算是周游列国，见过的人更是不计其数，看人的本事自然要比甘罗高明。李斯刚才的行径虽然猖狂，却处处透着算计，这样的人目的明确，自然更好把握。

吕不韦屏退众人，唤来小厮吩咐一声："去，把嫪毐找来。"小厮闻言转身小跑去代舍，不一会儿便带着满身酒气的嫪毐走进书房。只见嫪毐面色潮红，衣襟散乱，就连绅带都没系好，被他搭在肩上毫无体面。吕不韦将这些看在眼中，语气阴冷地问了句："喝酒了？"嫪毐一怔，大着舌头回道："少饮了几杯。相邦唤我何事？"吕不韦瞟了一眼嫪毐裆下，眼底闪过一抹阴鸷，随后笑道："嫪毐，你跟着我委屈了，其他人大多都有了官职就剩你了。以后你就不要在相府待着，跟我出入秦宫，争取在大王那里给你讨个官职。"

嫪毐闻言感动得不行，愣了一会儿才连连作揖，手足无措地对着吕不韦道谢："谢谢，谢谢相邦。嫪毐……嫪毐将来一定报答相邦。"看着嫪毐那张得意的脸，吕不韦心下有些烦闷，摆了摆手便让嫪毐退下。姚贾离开书房几乎气极，回到传舍便把李斯从床上拽了起来，指着鼻子训斥："你还睡！我都要被你急死了，你居然还睡。你知不知道，我为了让相邦打消对你的怀疑，在书房外跪了整整两个时辰。饶是如此，若不是王绾说话，只怕今天晚上，相邦也不会见你。这么难得的机会，你怎么就……怎么就……"说到这里，姚贾愤恨地一跺脚，气急败坏地走到一旁倒了一碗水仰头喝了。

李斯静静听着姚贾的训斥，心底却是暖暖的。即便姚贾不说，李斯也能猜到吕不韦突然召见定是有人帮他说话。想到姚贾的好心，李斯无奈只能哄着，笑道："贾兄莫要生气。我那不过是以退为进，你等着，不出两日，相邦必定会再次召见。"说完李斯起身下床，整理身上散乱的衣襟和绅带，冲着姚贾拱手谢道："李斯在这谢过贾兄。如果不是贾兄的举荐，只怕李斯还要再等数月，才能见到相邦。"

李斯郑重道谢，反而让姚贾有些不好意思，连忙摆手笑道："没……没你说的那么严重。"然后又端起空了的耳杯，发现里面没有水了才讪讪地放下，说，"既……既是如此，时间也不早了，你早些睡吧。"说着姚贾自己也回到床上躺下了。第二日一早，李斯就听说吕不韦带着嫪毐进宫去了。他吃了饭便在屋舍里撰写竹简消磨时间。一直到辰时末，屋舍的门才被人一把拉开，紧接着姚贾的脸探了进来，笑着说道："李斯，快，相邦召见。让我带你去书房问话。"

李斯起身整理好衣冠，才跟着姚贾再次走上昨夜那条小径。为了这一刻，他整整准备了七年，胜败在此一举。李斯在书房门前再次驻足，抬头看着硕大的房门，深吸一口气再次抬脚走进书房。吕不韦依旧坐在高台上，见李斯进屋却没有说话，自始至终都是一副不怒自威的神情。李斯见状有些摸不着头绪，但箭在弦上，已经容不得他再次退缩，只能拱手作揖，说道："李斯拜见相邦，今日特来辞行，还望相邦允准。"

屋外烈日骄阳，书房里却瞬间冷如冰窖。吕不韦虽然惜才，却也不是个心慈手软的人，在他看来，留不住的人才都是敌人。想到这他阴沉着脸，垂眸看着手上的酒爵慢慢握紧，脸上却不露半点痕迹。李斯始终没有抬头，继续道："相邦，李斯确实不能继续留在相府。"吕不韦突然哈哈大笑起来，说道："李斯，有话直说。莫要在我面前耍那些心机。你那些小心思骗不过本相。"

李斯闻言缓缓起身，表情肃然丝毫没有被拆穿的尴尬，自顾向前走了几步，停在距离吕不韦不到三米的位置，叹声道："既然相邦不信，那李斯就多说几句。"吕不韦戏谑地摆手，甚至慵懒地斜躺在坐榻上。"在李斯心中，相邦已经是前无古人。以商贾之身入仕、孤注一掷救出秦王、官拜宰相、封文信侯、受紫金印、助年少君王稳固朝纲、让一国之君尊称仲父，这样的丰功伟绩，古往今来何人能比！"

李斯用低沉的嗓音不疾不徐地拍着吕不韦的马屁，听到这里吕不韦不自觉地挑眉，眼底藏着得意。李斯说到这里语气突然一变，神情凝重地说道："但是相邦，您已位极人臣却又在这相府豢养门客三千，意欲何为？"李斯的话让吕不韦微微一愣，嗤笑出声："自然是广纳贤才，将来为大秦效力。"李斯轻笑道："但是相邦，若真是让他们为大秦出力，相邦为何不将他们举荐给秦王，而是养在相府，他们到底是该效忠秦国，还是效忠相邦！相邦可别忘了，你这三千门客，随便拉出一个，文能定国安邦、名动一国，武可持槊上乘、征战沙场，我若是大王又岂能安枕？"

李斯的话让吕不韦后背一阵发凉，瞬间坐直了身子，双目炯炯地看着李斯，心底已经有了决断。若是这个傲慢无礼的人敢说出半个让他谋反的字，就立刻让书房外的卫士将他乱刀砍死。

第十二章

担吕氏春秋主编　委楚国李斯大任

吕不韦面露寒霜冷冷地看着李斯，说道："李斯，你说话可要三思。"吕不韦分明是在警告，李斯却不为所动，继续说道："相邦莫要动怒，李斯说的不过是最近在市井里听到的流言。"

李斯虽然是在解释，但语气依旧铿锵，又道："可是相邦，三人成虎，不得不防。所以李斯若留在相府，岂不成了烈火浇油，陷相邦于危难。"

吕不韦默不作声，从李斯说出"位极人臣"之后，脸上的表情就没变过。吕不韦伸手拿起面前的铜壶，将浑浊的酒浆倒进酒爵。李斯却不紧不慢地继续说道："相邦收留李斯已是大恩，李斯不是虎狼不懂感恩，所以只能求去。相邦放心，即便李斯学的是帝王术、治国策，若不能效忠秦国、效忠相邦，还不如回到上蔡继续做我的文书，了此残生。"

李斯说得感慨，也不知是真是假，只是眼睛突然红了。吕不韦只字未回，一双眸子始终没有离开李斯那张精瘦的脸，约莫过了一炷香的时间，吕不韦才终于开口："若本相偏要把你留下，又不愿驱散三千门客，更不愿愧对先王取而代之，当如何？"

李斯等的就是这句，再次向着吕不韦作揖，用他一贯的语气说道："相邦确定？""确定。李斯，你该知道以你的学识，本相若是留不住你，必然也不会放你离开。"吕不韦这话说得干脆，就差直说，你要不能留下效忠，那就干脆埋在秦国。李斯连忙假装惶恐，跪倒在吕不韦的面前蹙眉沉思，良久才笑着说道："有了。李斯有个办法，能将一切顺利化解。世人皆知生而为人，无非是为求名、取利、谋权。若相邦想要消除大王的猜忌，不如让列国皆知，相邦重名取利远胜谋权。让他们知道，相邦招揽三千门客，为名为利绝不是为了谋权。"

吕不韦眉头紧锁似有所思。李斯赶忙继续说道："相邦，你可愿成就旷世之名，流芳千古？"李斯的话终于让吕不韦回神，脱口而出："李斯，你可是要让本相著书？"李斯字字句句都在往学问上引，吕不韦心思透彻，这样的话外之音一听便知。李斯立刻点头，忍不住继续说道："是。相邦不但要著书，还要著一本前无古人、流芳百世的大著作。"

吕不韦的手不由一颤，李斯的建议虽然唐突，却正中吕不韦下怀。这个念头从他官拜相邦开始就有了，只是迟迟没有时间，也没有得力的人去做。李斯此刻提及简直是不谋而合。"好，本相也有此意。若是成了这本书就叫吕氏春秋。"吕不韦直接板上钉钉。

李斯一怔，不自觉抬头看向吕不韦，心头一喜，看来这次他又押对了。吕不韦同样看向李斯，一种惺惺相惜的感觉油然而生，随即大笑出声："哈哈哈哈，好！很好。李斯，我果然没有看错。"吕不韦说着抬手一拍案桌，然后起身走下高台，示意李斯跟着自己一起走。李斯颔首默默跟在吕不韦身后，两人走出书房，径直去了书房后面的小院。看着眼前的院落李斯脚步一顿，不解地看着吕不韦的背影。

吕不韦同样停下脚步，侧头看着李斯抬手指着院子中一间坐西向东的屋舍说道："过去看看。这是本相为你准备的居所，以后你就住在这。

既然著书是你提的，那以后就由你来负责。记住本相做事向来都是要么不做，做就做最好的。本相要的是一本名留青史、利在千秋的天下第一书，要的是一本利国利民、集诸子之长、博采百家的书。李斯你可能做到？"著书一说，原本只是李斯为了投其所好想的说辞，但听到吕不韦这些宏图远志，李斯竟然也跟着热血沸腾，恨不得立刻冲到书房去提笔研墨。吕不韦双目炯炯地看着李斯，眼底满是期待。李斯喉头哽咽后退一步整了整衣衫，向着吕不韦作揖回道："李斯定当竭尽全力！"

"好，好！"吕不韦再次连连叫好，声音透过院子传到正中那间屋舍，门被人一把推开，穿着一身绛色绣雷云纹交领深衣长袍的王绾兴冲冲走了出来，离老远就忍不住询问："什么喜事能让相邦这么开心？"王绾说着便冲着吕不韦作揖，一抬头又看到李斯连忙又冲着李斯拱手。李斯客气回礼，礼毕才笑着解释："王兄也在。相邦正在吩咐李斯去做一件大事，一件名留青史、利在千秋的大事。"

李斯越是这么说，王绾就越是好奇，忍不住追问："何事？""著书。"李斯笑道，"相邦要著一本集诸子之长、博采百家的书，叫吕氏春秋。"王绾彻底愣了，半晌才猛然回神，口中连连叫好："好！好，太好了！"被李斯越捧越高，吕不韦也显得有些兴奋，正要说话，身后却忽然传来几声呼唤："相邦，相邦，原来你在这，可是叫我好找。"那人走得极快，正说着已经走到吕不韦和李斯面前，几人侧头才发现竟然是嫪毐。

嫪毐没有理会李斯和王绾，只兴冲冲地冲吕不韦抱拳，继续朗声说道："相邦，快。宫中传讯，说太后有事传相邦进宫。"嫪毐是个粗人，虽然长得秀气，但中气十足，这一嗓子将近半个相府的人都听到了。所幸在场的人数不多。李斯更是七窍玲珑心，连忙扭头看向别处假装没听见。王绾耿直惯了，没有转过弯来，刚要询问嫪毐太后找相邦何事，就被李斯拉了一把，睁着大眼愣愣地扭头看向李斯。

吕不韦也彻底冷了脸，眸光阴鸷地扫过嫪毐，厉声斥道："放肆！在府中吵吵嚷嚷成何体统！"嫪毐正说得口沫横飞，幻想这次进攻若是能见到大王，或许也能像王绾一样捞个一官半职，结果却被吕不韦当头呵斥，整个人都愣住了。嫪毐心底既委屈又是愤恨，忍不住辩驳道："相邦，我没有吵嚷，内侍长就在门外等着，让相邦快些。"

这一次不仅是李斯，就连王绾都看出了吕不韦的尴尬，他虽耿直却不傻，不由瞪圆了眼睛，战战兢兢地朝着李斯挪了挪脚。吕不韦的脸彻底挂不住了，都是聪明人，有些话根本不用说，大家就心知肚明。吕不韦狠狠地瞪了嫪毐一眼，压着怒火对李斯说："既然如此，你先去收拾行囊搬过来住下，著书的事一定要多多上心。本相等着你的好消息。"吕不韦说着转身就走，李斯和王绾连忙作揖，目送吕不韦离开。

望着吕不韦的背影消失在拐角，王绾才不好意思地笑了笑，向李斯作揖谢道："适才多谢斯兄提醒。绾有时看不清形势，差一点莽撞了。"李斯笑着摆手，收回目光看向王绾，客气道："绾兄耿直，李斯衷心佩服。这些事不必挂在心上。"

两人相视一笑，王绾想起吕不韦的话，欣喜地看向那间昨日收拾出来的客舍，连忙道喜："原来这是为斯兄准备的。恭喜斯兄，终于得偿所愿。"李斯连忙摆手，感激之言也毫不吝啬："绾兄过奖。斯有今日都是托绾兄和贾兄的提携。若不是两人为李斯作保，纵然李斯巧舌如簧，不能靠近相邦也是枉然，对于这一点李斯心存感激。"两人说笑着转身走进院中。

吕不韦离开相府，坐上马车径直去了甘泉宫。他看着车外嫪毐的身影，气得几乎咬碎银牙，莽夫害人。经此一事，吕不韦更加坚定了将嫪毐送进甘泉宫的打算。这么做既可以除了嫪毐这个知道内情的莽夫，又能满足赵姬那个欲求不满的妇人，简直是一石二鸟。打定主意后吕不韦便不再迟疑，在脑中开始谋算要怎么把嫪毐送到赵姬床上，万一不成又该如何收拾残局。正想着马车缓缓停下，嫪毐的声音在车外响起："相邦，甘泉宫到了。"

按秦律凡入宫者须下马步行，吕不韦从车上起身走出马车，扫了眼嫪毐那满是期待的脸，忽然计上心头对着嫪毐说道："嫪毐，你今日随我一同进宫。待会儿一定给我精神点。"突然得到许可，嫪毐先是一愣，随即满脸惊喜地用力点头，笑着冲吕不韦保证："相邦放心。嫪毐定不让相邦失望。"吕不韦闻言却只是淡淡一笑，迈着步子走进甘泉宫。赵姬此时正坐在殿中喝蜜浆，看到吕不韦先是一喜，刚要起身却又看到吕不韦身后跟着个少年，嘴角的笑慢慢收敛。赵姬虽然贵为太后，但她出生在赵国的女闾，母亲是个歌姬，父亲虽然是小官，但碍于赵姬母亲的身份，一直没有认下她，任由赵姬在女闾长大。刚过十二赵姬的美貌就已传遍整个信都，恰好被吕不韦遇见，重金买下带回府。

吕不韦是个商人，买下赵姬不过是看她貌美，买回之后更是不惜血本给赵姬找来最好的歌舞师傅悉心调教。赵姬年少被吕不韦所救一不小心就芳心暗许，谁知刚长到十四就被吕不韦送给了当时落魄的嬴异人。这些年过去，赵姬对吕不韦始终难忘。嬴异人一死，吕不韦就成了她的主心骨，不论是旧情难忘，还是为他们孤儿寡母找个依仗，吕不韦都是最好的选择。正想着，赵姬不经意瞥见吕不韦身后那个青年，唇红齿白长得十分白净。新近守寡，赵姬突然看见嫪毐这么一个年轻力壮、虎背熊腰的俊美青年，便忍不住多看了几眼。吕不韦不动声色将赵姬的反应看在眼中，心中却莫名酸楚，总觉得这么做对不起很多人，随即拱手作揖，向赵姬说道："臣吕不韦见过太后。"赵姬被吓了一跳猛地回神，为了掩饰尴尬连忙对着一旁的寺人招呼道："来人啊，快给相国上一碗蜜浆。"

吕不韦俯首道谢，侧头扫了嫪毐一眼，让他到身后站好，随即撩衣坐下。赵姬的视线忍不住瞄向嫪毐，瞥见吕不韦正盯着自己，这才下意识抬手拢了拢一丝不乱的发丝，笑道："相邦，刚才政儿来过，跟我说燕国太子丹要来，说是要跟政儿合谋一同攻打赵国。相邦，这事你怎么看？"吕不韦已经躲了赵姬三天，每次一下朝就急匆匆地离开。赵姬也是逼不得已才让人去相府找人，只是她没想到吕不韦居然带了外人，又不好直说她想吕不韦了，只能找了个从嬴政那里偶然听到的消息说事。

吕不韦默不作声地将蜜浆喝了。依旧甜得粘牙，其实他一直都不喜欢这种甜兮兮的东西，身为男子，若是沉迷于温柔乡、醉心口舌之欲难成大事。赵姬心里委屈，见吕不韦迟迟不说话，也忍不住来了火气，声音又提高了几分："相邦，我说的话你可听见？"

吕不韦将双耳杯搁到桌上，抿了抿唇终于淡淡开口："太后，燕国使臣的事，本相已在朝堂上知道了。"赵姬一愣，没想到吕不韦会这么直白地指出来，脸上多少有些挂不住，努力地挤出一丝笑意继续说道："相邦，我是问你，太子丹的事，政儿该如何答复！"

第十三章

投其所好送嫪毐　一举两得去心患

为了见吕不韦，赵姬今日特意穿了一身朱红色拖地深衣，头上的珠翠也选了最明艳的玉蝶。谁知吕不韦自始至终都没有多看一眼。即便倾心，赵姬也还是禁不住恼怒。

吕不韦明知赵姬这话不过是个借口，不想与她纠缠，叹了口气终于抬头，看着眼前这个珠光宝气，仍旧姿容艳丽的女人，吕不韦说道："太后，本相近来刚得了个人才，功夫了得，不若让他当众舞剑也好为太后解闷！"说着吕不韦摆手，示意嫪毐走到大殿中央。嫪毐虽然头脑简单，但他的剑法确实不错，舞得虎虎生风，让人神驰。

嫪毐长得不错，身材修长，还喜欢穿着素白色的短衣襟，举手投足间动作利落，看得赵姬眼睛都直了。碍着吕不韦也在，她想看又不好意思一直盯着，急得直抠手心。一直到嫪毐收了剑敛气凝神回到吕不韦身后，赵姬才意犹未尽地勾着嘴角，笑着称赞："这位……这位剑客剑法超然，不错，不错。"吕不韦面无表情，只淡淡回道："是吗？我看也不错。

太后，不若把他留在太后身边，如何？"

吕不韦一句话问蒙了两个人，赵姬一怔，差一点就脱口答应。嫪毐也愣住了，错愕地看着吕不韦，然后又抬头看向高台上那个美貌的太后，忍不住咽了咽喉咙。虽然有些动心，但嫪毐不是傻子，这秦王宫里除了郎官和锐士，剩下的都是寺人，尤其是太后宫里，留在这岂不是……

嫪毐不禁后背一凉，连忙单膝跪地，向着吕不韦祈求："相邦，嫪毐……嫪毐不敢。"后面的话，嫪毐不敢也不能当着赵姬的面说。吕不韦将两人的反应看在眼中不觉冷笑，随即一抬衣袖对着嫪毐说道："起来吧。你想哪去了。我若是让你做了寺人，岂不浪费了你胯下那个巨物。"

赵姬原本还在矜持，听到吕不韦的话骨头都酥了，彻底忘了掩饰，视线直勾勾向着嫪毐的胯下看去。赵姬正心猿意马，吕不韦却在这时笑着起身，恭敬地对着赵姬说道："太后，关于燕国的事，你不用担心，我这就去找大王商议，告辞。"说完不等赵姬回应就带着嫪毐走出了甘泉宫。

吕不韦自顾自地走了，留下赵姬一个人心情更加郁闷，脑中再次想起吕不韦那句意味深长的话，于是侧头对着身边寺人问道："那个嫪毐，你可听过？"寺人一愣，若有所思地看了眼宫殿之外。在这秦王宫里能够贴身侍奉的大多是心腹，尤其是赵姬身边，大多是吕不韦亲自安排的。揣测着吕不韦这么做的目的，那寺人连忙躬身回道："略……略有耳闻。"赵姬禁不住催促："说！"甘泉宫里赵姬对嫪毐一见钟情，听到寺人的转述更是心猿意马，动了不该有的心思。

吕不韦离开甘泉宫，没去章台宫找秦王政而是直接回了相府。下车的时候已是申时末，抬头看向高大奢华的相府，吕不韦心底忽然涌上一股悲愤。一想到赵姬看向嫪毐的眼神，他便感觉自己愧对好友嬴异人。挥手屏退众人，吕不韦步履蹒跚地走上台阶，脚下突然一个趔趄，手臂却在这时被人一把扶住。吕不韦脸色阴郁，侧头一看才发现竟是嫪毐。

因为得了吕不韦的保证，此刻的嫪毐正春风得意，一脸谄媚地朝着吕不韦说道："相邦，留心脚下。"

吕不韦心里正在郁闷，听到嫪毐带着笑意的话立刻沉了脸，冷哼着一把将嫪毐推了出去，斥道："滚！"嫪毐被吕不韦推了个趔趄，吓了一跳。以他的心智根本猜不透吕不韦为何生气，只茫然无措地连忙后退，低着头疾步走进相府。嫪毐狼狈前行，跑过前厅走上青石小径，却一不留心在拐角同人撞了个满怀。

嫪毐莫名被骂，正满肚子邪火无处发泄，也不管那人是谁，抬起脚兜头就踹，直接把人踹倒在地。姚贾正帮李斯搬行李，怀里抱着竹简没仔细看路，察觉撞了人也有些不好意思，刚要道歉就被嫪毐一脚踢翻摔在地上，怀里的竹简散落一地。姚贾捂着闷痛的小腹，气急刚要理论却被嫪毐先发制人，质问："姚贾，你一个下等舍人在代舍中转悠，可有令牌！"

姚贾和李斯不同，投奔相府已经两年，对相府中的规矩也格外留心，听到嫪毐的话他的心就咯噔一下。相府规矩严苛，若无事便不得外出，更不得在相府中游荡，下等舍人出入代舍需请示、发令牌，否则逐出相府。姚贾纵然心中愤懑，但嫪毐的话他却无法反驳，没有令牌无论是何原因，他都触犯了相府的规矩。姚贾不想惹事，只能默默起身捡起竹简准备走人。姚贾认栽但不代表嫪毐愿意放过他，见状嫪毐再次抬脚，向着姚贾后背踹去，眼底满是狠厉之色。

"住手！"李斯就在姚贾身后，听到动静察觉不对，赶忙跑了过来，正看到嫪毐要对姚贾下黑手，他心头一紧，不管不顾地大声喝道。嫪毐被吓了一跳，放下脚转身见是李斯，便又笑道："好啊，你也在，正好一块儿收拾，也懒得我再去找你。"

嫪毐阴恻恻说着，扫了眼李斯怀里的布包，疾步走近，突然伸手一把夺过李斯布包。包袱被抢，李斯也有些急了，那里面还放着郑国送的两块玉璧，于是连忙质问："嫪毐你要干什么？把包袱还我。"嫪毐却猛地后退，拉开和李斯的距离，看了眼布包，笑道："还给你，谁知道这里面的东西是谁的。"他一边说着一边打开布包，在里面翻找一通，刚好看到了里面的小木匣，将布包往李斯脚下一扔，得意扬扬地说道："我猜得果然没错。在相府行窃，李斯你好大的胆子。"

见木匣被嫪毐拿在手里，李斯也有些着急，立刻反驳："嫪毐，你莫要含血喷人。这里面的东西是我自家中带来的，跟相府毫无关系。"姚贾也从地上爬了起来，怒视着嫪毐说道："嫪毐，咱俩之间的事和斯兄无关，你先把东西放下。"嫪毐有心找茬，怎么会听姚贾的话，闻言晃了晃木匣笑道："放下？这可是罪证，你们给我等着，我这就去找家宰，治你们一个盗窃的罪名。"

"盗窃"两个字深深地刺激了姚贾，这个污名他背了十几年，其中酸楚只有自己知道。姚贾一想到李斯因为自己也要被人唾弃，彻底急了，他不由分说冲向嫪毐，准备把东西抢回来。姚贾虽然身体健硕，但他出身贫寒没能习武，更别说对付剑术了得的嫪毐，才打了一个照面就被嫪毐踢了一脚。李斯更是手无缚鸡之力，只能在一旁看着，眼看姚贾处处吃亏彻底急了，对着相府大门的方向喊道："来人，有人在相府内私斗，快来人！"

吕不韦骂走嫪毐，心情更加郁闷，正要回府却恰好遇上策马归来的郑隗，两人便在门外简单地谈了几句，刚走进府门就听到李斯的呼喊。吕不韦侧头示意郑隗过去看看，自己也快步跟了上来。嫪毐虽然自恃剑术超群，但比起郑隗却力有不逮，还没看清郑隗就被抓住手腕压在地上。

嫪毐彻底蒙了，半晌才回过神来赶忙对郑隗解释："隗大人是我，嫪毐，误会，这都是误会，你先把我放开。"郑隗根本不理，依旧压着，嫪毐气急，只能扭头怒视李斯和姚贾两人。李斯和姚贾也满是错愕，站在原地不敢动弹，吕不韦就在这时沉着脸走了过来。

"好你个嫪毐，惹是生非，你难道不知在相府内私斗轻者杖责，重者送去廷尉？"吕不韦原本满腔怒气，看到嫪毐不知收敛竟还惹事，恨不得立刻就把人绑了送进宫里去。嫪毐看到吕不韦，气势也立刻软了下来，语气中带着讨好地冲吕不韦解释："相邦，你误会了。并不是嫪毐惹事，而是这两人在相府行窃，被我抓个正着。我这里有证据。"说着嫪毐连忙将手里的木匣递到吕不韦面前。

看着木匣被吕不韦拿去，李斯心惊不已，颤声解释："相邦，这都是误会。这里面的玉璧是我的。"吕不韦没有答话，打开木匣看了一眼，然后对着嫪毐问道："嫪毐，捉贼拿赃，你怎么证明这玉璧是李斯偷的？"嫪毐还趴在地上，闻言指了指郑陬，卖乖道："相邦，能不能先让陬大人把我放开，这样说话实在难受。"

吕不韦看了郑陬一眼，算是同意。嫪毐这次算是彻底栽了。在李斯和姚贾眼前被郑陬按在地上，面子里子都丢了，心底越发记恨李斯和姚贾，于是恶狠狠地说道："适才我同相邦回府，走到这里就看到姚贾鬼鬼祟祟地抱着个东西迎面走来。我刚要喝止，姚贾却把东西往地上一扔转身就跑。我觉察不对，刚想把人拿下，谁知这李斯突然冲上来颠倒黑白，还好我反应快一把夺下赃物，不然真叫这两人跑了！"

吕不韦闻言看向李斯，问道："他说的可是真的？"嫪毐的指认已经不是寻常的钩心斗角，这是要把李斯往绝路上逼。李斯和姚贾不同，一旦背上盗贼的污名，他的宏图远志也再难实现。李斯彻底怒了，直接回道："不是。相邦，他这是嫉贤妒能，明目张胆地诬陷，是报复。相邦请看，这玉璧的成色一看就是出自韩国。是当年在学宫时，公子非所赠，根本不是什么赃物。"玉璧既然已经被吕不韦看见，李斯就要给它一个能见光的出处，否则以他的家境根本不会有这么好的玉璧。

吕不韦看着李斯，将玉璧对着灯火仔细察看，看成色确实像是韩国出的玉石，便将玉璧放回木匣递还李斯，说道："你没事拿这些东西出来做什么？"李斯被问得一愣，不好意思地回道："回相邦。李斯正在收拾行李，准备搬去新居。"听到这吕不韦才猛地想起李斯原来是在搬行李，自己一忙倒给忘了，于是笑道："原来如此。玉璧我看了，确实是出自韩国的玉石，看成色价值不菲，应该不是相府之物。"

吕不韦帮李斯正名，如此一来事情反倒落在嫪毐身上，依秦律诬陷他人乃是大罪，按律当黥面、流放。吕不韦的脑中闪过这些念头，狠狠瞪了嫪毐一眼，说道："嫪毐，你可知诬陷他人该当何罪？"

第十四章

嫁祸李斯诬偷盗　小人得志更猖狂

嫪毐也没想到李斯说的竟是真的，吓得他两腿一软直接瘫在地上。他不过是想泄愤，却没想到会被吕不韦撞上，而且还是以这种情形。一想到诬陷他人所要遭受的刑罚，嫪毐彻底慌了，匍匐着爬到吕不韦脚边苦苦哀求："相邦，求你饶了嫪毐。嫪毐知错再也不敢了。"

吕不韦对嫪毐早已深恶痛绝，尤其想起赵姬看向嫪毐的眼神。碍于赵姬的颜面，吕不韦原想慢慢谋划，找个合适的时机将人送进宫，但看到嫪毐上蹿下跳、到处生事的模样，他彻底没了耐心，刚好借着这个罪名快刀斩乱麻。索性把嫪毐和赵姬灌了药扔到一张床上，待事成之后管她赵姬是杀是留，自己再不插手。

打定主意，吕不韦便不再迟疑，看了郑隗一眼，沉声说道："还愣着干什么？把嫪毐带下去，改日送去廷尉那里让他处置。"吕不韦说的是带下去而不是送去廷尉府，郑隗微微一顿，便猜出吕不韦的心思，拱手应是，唤来院中巡逻的卫士，架起嫪毐就往东院走。李斯和姚贾眼睁睁看着嫪毐被带走，都不禁有些愕然。

李斯正思索吕不韦这么做的目的时，吕不韦突然转身对着他说道："正好，你们也在，本相有事同你们商议。"话毕便往书房走。吕不韦一直走到书房门外，停在一株老柳树下背手而立。

李斯和姚贾对视一眼径直走向书房，不多时郑隗处置完嫪毐也赶了回来，见吕不韦站在树下走了过去。吕不韦听到动静没有回头而是长叹一声，喃喃自语："我原想即便送他入宫，也要设法保住他的命，看来是不需要了。就让他听天由命吧！"

郑隗没有说话，只安静地听着，因为他知道吕不韦已经做了决断。吕不韦沉默片刻，才继续说道："郑隗，你今夜给他把药灌上，然后送进甘泉宫，让他也做准备。事情做得利索点，找人守好甘泉宫，尽量不要把事情闹大。"郑隗再次颔首转身退下。

目送郑隗离开，吕不韦这才踱步走进书房。最近的事情很多，今日朝会的时候，嬴政还特意询问燕赵使节来秦的事情。吕不韦虽然没有明说，但看嬴政的样子怕是已经做了决断。

国主年少又性格刚毅，做事偏偏急功近利，吕不韦突然感觉有些吃力。作为辅政大臣，他对待嬴政的态度每次都要好好拿捏。一味顺从嬴政必将误国；若据理力争悖逆了嬴政的心思，只怕时日久了又会招致嬴政的记恨，下场可想而知。

吕不韦沉着脸走进书房，才发现王绾竟然也在。

看着王绾，吕不韦径直走上高台，坐在蒲团上问道："王绾，你有何事？"王绾一看就等了很久，脸上满是焦灼之色，连忙作揖回道："相邦，王绾是为了燕赵两国使团之事而来。"

王绾说着扫了眼李斯和姚贾，似乎有些犹豫，但随后还是继续说道："相邦，秦国遭遇水患，百姓还没有得到喘息，此时搅进燕赵之争，经年累月可就把秦国拖垮了。况且燕国图利落井下石，赵军哀兵士气冲天，一旦开战秦国百姓必定死伤无数。"

王绾说得恳切，而且每一个字都让在场的人心惊。吕不韦扫了一眼在场几人，恰好他让李斯和姚贾来书房，为的也是这事，随即看向李斯问道："你怎么看？"

李斯被问得一怔，抬头望向吕不韦，脑中不断盘算。王绾官拜谒者，是直接能够面见大王的人，听他的意思是大王已经决定与燕国结盟一同伐赵，不然也不会如此焦急。

思及此，李斯立刻作揖对吕不韦回道："回相邦，李斯赞同绾兄的意见，此次决不能与燕国结盟。"

吕不韦虽然没有表态就询问李斯的意见，但他的脸上从听到王绾说不能结盟开始，便舒展了许多，李斯不用猜就知道他也是不愿意的。果然吕不韦明显来了兴趣，嘴角挂着笑，继续问道："哦，为何？"

李斯心头发苦，他被困在这相府中已有两月，能得到的消息不多，更不知此时各国局势，甚至不知燕国同赵国为何开战，一时之间竟不知作何解答。想了想李斯只能另辟蹊径，往吕不韦的心思上猜，回道："相邦，两国开战本就胜负难分，况且正如绾兄所说，燕国逐利，赵国为报国仇士气冲天，正面迎敌确实不妥。再者秦国近来连年水患，更经不起太大的战事。以斯之见不如向赵国示好，向他承诺不与燕国结盟，以此来向赵国换取好处。"

李斯这个建议有些阴损，说白了就是趁火打劫，可他却是揣测着吕不韦心思说的。果然吕不韦脸上的笑意再也止不住，转头看向王绾问道："王绾，你觉得如何？"

王绾略一皱眉，以他的性格对李斯的建议多少有些鄙夷，但只要不同燕国结盟，他便认了，随即回道："回相邦，斯兄这个建议极好。""本相也觉不错。既然如此就要有人前往赵国，同赵国缔结盟约，索要城池，你们感觉谁去合适？"

这一次李斯和王绾都没有回话，倒是一旁的姚贾开口说道："大王，姚贾愿往。"对于姚贾，吕不韦已经全然信任，闻言没有多想，反而笑问："你去？"姚贾再次颔首，郑重说道："此去姚贾最为合适。"姚贾虽然没有明说，却偏偏什么都说了，聪明人一点就透。姚贾口中的合适怕是与他的经历有关。吕不韦缓缓点头，随即笑道："既是如此，那就这么办吧。"无论是谁，只要能从赵国得到更多的实惠，吕不韦根本不在乎他用什么手段。

事情既然已经商定，吕不韦揉了揉眉心，对王绾说道："既然已经商定，你们先下去吧。李斯你留下。"

王绾此次前来，原是为了结盟和水渠的事，只说了一件，水渠的事还没开口，并不想走，但看吕不韦脸上神色，又觉执拗留下怕是不好，只能作罢，王绾犹犹豫豫地往门外走去。王绾的背影透着无奈，李斯看在眼中大致猜到原因，无奈想笑。倒是姚贾走得十分干脆，快步跟上王绾出了书房。见几人都走了，吕不韦再次看向李斯，书房中立刻安静下来。

安静在书房持续许久，李斯都不禁开始紧张的时候，吕不韦才突然开口："说说吧，郑国的修渠的事，你是怎么想的？"虽然是在询问，但吕不韦的语气中却带着斥责的口吻。

李斯脑中飞速转动，小心猜测吕不韦到底是想听什么。见李斯依旧在算计，吕不韦终于没了耐心，拿起桌上的描金双耳杯，向着李斯狠狠地砸了过去，怒吼："还不说！你真以为我是甘罗那黄毛小儿？说说你到底想干什么！"这句怒斥让李斯瞬间摸到了关键。看样子吕不韦已经知道他和郑国私下见面的事，所以才从一开始就询问他的看法。

李斯连忙撩衣跪倒，以头抢地，向着吕不韦回道："相邦，修渠之策可行。"

吕不韦见状，眼角都开始突突直跳，他都已经说得这么清楚，李斯却依旧坚持修渠，让他多少有些意外，压下胸中怒气，吕不韦阴沉着脸等着李斯继续往下说。

李斯见吕不韦没有打断，知道这是他让自己继续往下说，再不敢迟疑继续说道："修渠之事粗看之下是韩国的计谋，用意应该是为了疲秦、劳秦，让秦国十年之内没有多余的精力攻打韩国，但是相邦，十年之后呢？"李斯侃侃而谈，吕不韦的怒气也明显消了大半，冷冷地说道："继续。"

李斯不敢停歇，一鼓作气地说道："相邦，韩国的计谋着实粗鄙，以相邦之智定然能够看穿，但是相邦，李斯曾细细研判郑国的修渠之策，认定一旦水渠修成，秦国的水患必将彻底解决，水渠通水灌溉后，不出三年定然能肥沃大秦数千里荒地，至少给秦国增添近四万顷的良田。若是相邦会怎么选？"

李斯一口气说完终于松了口气，小心抬头瞄了吕不韦一眼，见他脸上早已没了怒气，这才稍稍松了口气。

吕不韦眉头紧蹙始终盯着李斯，事到如今对于修渠一事他已有了决断，却依旧想要再考验李斯一番，于是继续说道："不错，你的话和李冰父子大致相同。既如此修渠之事就这么定了。李斯如你所说，通渠之后又当如何，纵有万顷良田没人耕种还是荒着，本相去哪找人耕种？"

李斯早就猜到吕不韦会这么问，丝毫不慌，语速也比之前更加从容："人遍地都是。六国流民、战俘、降兵都可耕种。"简单利落的几个字却让吕不韦陷入沉思。引进流民此法可行，但战俘降兵又能有几个，想要扩充到足够耕种四万顷良田的人数，又要十数年，太慢了。想到这吕不韦再次开口："就没有别的办法？战俘降兵太少，能诚心留在秦国的流民也不多，远远不够。"吕不韦直接指出其中弊端。

第十五章

成大事不拘小节　壮骥伏枥志千里

为了修水渠他们秦国必须耗时十年，若是十年之后还要再耗时十数年才能将一切备好，就太慢、太晚了。吕不韦甚至不能想象自己还能不能活到那个时候。李斯同样也想到了这一点，一个念头其实在他心里盘桓许久，依旧不敢确定说出之后吕不韦会是什么反应。

吕不韦看出李斯的欲言又止，脸色一沉，声音也冷了下去，催道："有话就说。"李斯干脆下定决心，跪直身子说道："相邦，李斯心中倒有一策，只怕会被朝臣反对，不好实施。"李斯的迟疑彻底耗尽了吕不韦的耐心，他猛地一拍桌子，沉声说道："说！"

李斯已经打定主意，无论吕不韦作何反应他都要说，见状再不迟疑朗声说道："相邦，当年商君变法定下斩首记功之法，用意是为了激励秦国将士血战沙场，才创下秦国现在的强盛，但也埋下了弊端。"李斯的话让吕不韦不自觉地点头，这件事其实他也早有发觉，心跳忍不住加快，吕不韦已经大致猜到李斯接下来要说什么。

"秦军征战只杀敌不受降的名声早被六国疯传，战场上遇到秦军无不奋死抵抗，为此我们秦军为了取胜，将士死伤人数也远远超过其余六国。现在看来斩首记功之法在当下弊大于利，若再不修改，恐秦国必受其害！"李斯语音铿锵，字字坚定，振聋发聩，听得吕不韦喉咙发干，手指都微微颤抖。他要的就是这么一个能够与自己心意相通，一样深谋远虑，为了秦国一统而格局远大的人。

今天这一番商讨，吕不韦也暗暗做了一个决定。以李斯的智谋已经足够继承他的志愿，即便往后还政于君不得不辞官隐退，也不用担心他与庄襄王，还有秦国历代君主前赴后继才得来的成果会付之一炬。吕不韦长出一口气，突然想笑，想要大声地笑，吐出他这几个月来战战兢兢、殚精竭虑、忍气吞声积压下的郁气。有了李斯，他终于可以大刀阔斧破除朝野之中的纷乱局势，为大王将来亲政铺下一条坦途。

思及此，吕不韦终于忍不住连连称赞："不错。李斯，我确实没有看错你，有你，我也就可以彻底放心啦！"

吕不韦的称赞让李斯如坠云端，他甚至有些怀疑眼前的吕不韦到底是真是假。正在李斯苦思冥想的时候，吕不韦却已起身，缓步走到李斯面前，伸手把人从地上扶起，问道："李斯，我若把大王和秦国交到你手上，你可敢接？"吕不韦这话意味深远，李斯心头一惊猛地抬头，眼底满是错愕，许久都没敢回话。

吕不韦见状不由轻笑。他知道李斯听明白了，没有回答不过是因为震惊，于是索性开诚布公地说道："李斯，你该知道，主少国疑。自我辅佐大王那日起，朝中不少人都已断定我会取而代之，更多的人是在观望，看我怎么欺君年少、把持朝政，却从没有一人相信我吕不韦是真心辅佐，李斯我这么说，你信吗？"

李斯当然相信，不然他也不会放着楚国、赵国不选而选择秦国，甚至不惜投奔吕不韦，自然是因为他看到了吕不韦的气魄和宏图远志。想到这李斯再次向着吕不韦作揖，朗声回道："信。相邦之心可表日月，这也正是李斯千里投奔相邦的原因。"被人质疑了这么久，吕不韦还是第一次被人如此信任，闻言他竟忍不住有些鼻酸。

"好。好得很！既然如此李斯你记住，从今日起，我所做的一切都是为了大王，对你也会百般刁难，如此你可能忍？"吕不韦声音有些嘶哑，李斯却听得心惊胆战。虽然吕不韦什么都没说，但他却隐隐猜到秦国怕是要变天了。这一刻他看向吕不韦，第一次由衷感到敬佩，纵使千言万语也会显得苍白，最后只化作一个郑重的点头。见李斯点头，吕不韦长长呼出一口气，重任在肩，他忽然感觉有些疲惫，不再多说，只无力地对着李斯摆了摆手，说道："好，既是如此，那我就放心了。你先下去吧，本相乏了。"李斯见状不再多言，而是再次撩衣跪地向着吕不韦重重地叩首，起身头也不回地走出书房。

与来时不同，此刻的李斯心情略有沉重，可心底却又止不住地兴奋，恨不得大吼出声，有了今日的促膝长谈，李斯知道吕不韦很快就会布置好一切，而他必定会被吕不韦送到嬴政身边去，如此他的出头之日终将不远。越想李斯就越是激动，正暗自窃喜时却猛然看到姚贾在不远处等他。李斯心情大好，立刻迎了上去，笑问："贾兄，你在等我？"姚贾一脸无奈，指着远处台子上放着的包袱，说道："当然。你的行李不要了？"李斯转头当即笑了，冲着姚贾长揖笑道："确实忘了。李斯谢过贾兄。"姚贾扫了他一眼，没有多说，只嘴角微翘弯腰抱起满满一包竹简说道："走吧。去看看你的新居。"李斯连忙点头，抱起另一个包袱，带着姚贾绕过书房去往后院。

站在屋前，李斯和姚贾不禁抬头看向高高的房脊，灰瓦青砖已经是现今最好的屋舍，因是耳房，房子的大小要比王绾的小上一些。李斯用力一推厚重的木门，不想那木门却发出轻盈的声音，房里的布置撞入眼帘。

正对房门摆着一张玄色朱漆的镂雕镶螺钿案桌，远比李斯见过的桌案都要精致。十二头莲花灯分立两旁，灰蓝色的帷幔将整间屋舍分割成三个房间。正中是办公、读书的区域，靠北的一侧放着一张硕大的乌木床，床上铺着颜色鲜明的花织丝萝床单。

李斯看得眼睛有些发直，姚贾的声音却从另一侧忽然响起："斯兄快看。这里竟然有这么多书简。"李斯立刻回头看向房间的另一头，和北侧相比南侧就显得有些拥挤，硕大的书架上放满了各式各样的竹简，粗略一算不下千册，摆了整整三面墙和十几个木架。李斯快步走过来，随手打开一个用绸布包装着的竹简，竟然是本《公孙鞅》，这可是大良造商君的著作。李斯心跳加快，这本书他早有耳闻，当初商鞅死亡之后，这本书的抄著也跟着停了，据说在这世上现存不足百册，李斯寻遍整个荀子府邸都没能找到。

他止不住雀跃，将书册打开仔细一看，发现里面的字体苍劲有力，笔锋流畅，透着书法大家的气魄。握着竹简，李斯的手指不自觉用力，若没猜错，他手中这本竹简很可能是商君亲手书写的原册。李斯心思一动将竹册仔细收好，放回绸布包中，伸手又拿起一册打开，眼睛瞬间瞪大。这一册竟然是只存在于传闻中的《越人曲》，相传是商武王姬昌的兄长所著。

李斯放下竹简不自觉扫视整间屋舍，这里随便取一个就是绝世名著，甚至可能是孤本，他虽然想到吕不韦有意编撰书籍，却没想到他竟然早有准备，单看这满屋的竹简就让李斯心潮翻涌，侧头看向一旁同样呆立的姚贾忍不住眼角发烫。姚贾此刻也拿着一册竹简，微微颤抖着对李斯说道："斯兄，这……这竟然是全册抄录的《老子》。"看着姚贾惊愕的样子，李斯的心情反而平复下来。

他缓缓点头，冲着姚贾说道："对了，贾兄，有件事我还没来得及跟你说，相邦命我带领相府三千门客编撰一本旷古烁今的奇书。我想请贾兄为我助力。"对于李斯的要求，姚贾毫不迟疑点头应下。无论是出于两人情谊还是为相府尽忠，他都责无旁贷。两人都是爱书之人，沉溺于书中无法自拔，再抬头窗外的天都已经亮了。

李斯和姚贾两人双目发红，精神却异常饱满，再看两人手边放着的竹简几乎都比桌案还高。正在李斯看完一册准备起身再拿的时候，房门被人拍得"砰砰"作响。李斯和姚贾对视一眼，起身过去开门，却见王绾一脸焦急地站在门口，见是李斯连忙说道："斯兄助我。"

看着王绾脸上焦急的神色，李斯连忙说道："绾兄先别着急，细细说来。"王绾却不由分说地拉着李斯就要往外走，嘴里念叨着："哎呀，来不及了。再耽搁下去，郑国就走了。"听到郑国，李斯登时猜到王绾要说的事，想了想无奈摇头，扯开王绾的手笑道："绾兄说的可是修渠之事？""正是。刚才礼乐府来报，说郑国见修渠无望收拾行李准备要走。斯兄，我是真没办法了，你与郑国相识，只有你能帮我了。"听到这里，李斯忍不住笑了，对王绾说道："我知道了。绾兄莫要着急，郑国走不了。你在这里稍候，我去去就回。"

王绾虽是病急乱投医，但对李斯却十分信任，见状终于松了口气，笑着又问："要不我同你一起？"李斯笑着摇头，没做过多的解释，便抬脚迈出房门，正要离开，想了想才对王绾说道："绾兄若是无聊，架上的竹册可以随意取阅。"说完便不再停留，直接出了相府，直奔礼乐府。

第十六章

兴国修渠利百姓　颁布法律论军功

李斯赶到礼乐府的时候，郑国正嘱咐随从将行李装车，乐府老板尚禄正在一旁苦苦哀求，甚至不惜拉扯郑国的行李。李斯见状忍不住发笑，走到郑国面前，摆手打发了尚禄，随即带着郑国往里面走，刚进院门郑国就忍不住追问："先生，怎么是你来了？王绾呢？"

看着郑国焦急的神色，李斯不禁笑道："水渠的事我已经帮你办妥了，王诏很快就会下达。其他的事你都不用操心，安心等着就行。"听到李斯说一切尘埃落定，郑国止不住地感激，拱手向着李斯作揖，颤声道："郑国谢过先生救命之恩。"李斯淡淡地摆手，却不忘叮嘱一句："谢我就不用了。你只需记住，唯有把渠修成、修好才能保住你的命。"郑国用力点头，心中却依旧感激不已。事情办妥，李斯也不再耽搁，随即告别郑国回了相府。

正如李斯所料，第二日一早朝会之上，吕不韦就颁布了一道新的律法，废除以斩首论军功，以后凡遇战事皆以战俘人数多寡来论军功，若有不从者，以军法论处。随后便令上将军蒙骜、镶公两人东出函谷关，分两路一路去往三川、太原准备收复河外失地，一路去往卷邑。两路军马几乎带走了秦国半数兵力。

听到这个消息，无论是百官还是秦国的百姓瞬间沸腾。有人甚至猜测相邦是不是疯了，明知燕赵两国的使团即将入秦，这个时候却出动半数兵马去攻打魏、韩两国，若有不测岂不是腹背受敌。唯有李斯听到这个消息，反而暗叹吕不韦做事果决，毕竟此时燕赵两国正铆足了劲想要拉拢秦国，此时出兵正是最好的时机。一想到吕不韦已经开始了他的谋略，李斯反而安下心带领相府的三千门客开始编撰《吕氏春秋》。

转眼就是一年，《吕氏春秋》总算定下了大致的雏形，李斯也因为连日操劳瘦得没了人样。这一年中吕不韦曾不止一次地召见李斯询问进程，终于上将军蒙骜和镶公大胜归来，吕不韦等的时机也到了。他对着郑隗说道："去，把李斯带来，不要让旁人看见。"郑隗应声转身，大约过了一炷香时辰，李斯急匆匆地走进书房。郑隗没有一同走进，而是转身守在书房门外，那对锐利的眸子警惕地扫视书房外的一切。

走进书房，李斯才发现书房里只点了两盏灯，昏黄的火苗只照亮了书房一角，那个明显老了很多的相邦，正坐在油灯下眯着眼睛看书。李斯脚步一顿，胸口不住狂跳，拱手向着吕不韦作揖说道："李斯见过相邦。"吕不韦闻言缓缓抬头，眯着眸子向李斯招手，让他走近一些。

看郑隗的反应，李斯猜到吕不韦今夜定是与他有密事要谈，不然也不会特意支开小厮和门外的卫士，想到这李斯也不迟疑，继续前行，一直走到吕不韦的身旁，干脆坐在了台阶上，仰头看向吕不韦，问道："相邦有什么吩咐，不妨直说。"吕不韦闻言缓缓点头，却突然问道："我若将你支走，《吕氏春秋》的编撰谁能胜任？"

李斯闻言心中一动，立刻回道："若明日就走，姚贾可替。若能拖延半月，周青臣尚可。"李斯进宫这事虽然没有明说，但在两个月前，吕不韦就曾透过口风，所以李斯才会殚精竭虑想要尽快把《吕氏春秋》的编撰理出头绪。与此同时他也在仔细地考量能够接替自己的人。原本姚贾是最合适的，但只可惜燕赵两国使臣已在路上，不日姚贾就要出使，这一走最少也要半年。除了姚贾，李斯也注意到一个叫周青臣的青年，虽才二十左右但做起事来还算沉稳。只因李斯不太熟悉他的背景便只是留心观察，没有把他安排到重要位置，所以若能调查周青臣背景，他显然要比姚贾合适。

见李斯早有安排，吕不韦满意地点头，一双眼睛在李斯消瘦的眉宇间看了许久，拿出一册竹简沉声说道："进宫的事已经定下来了，这是你的任命文书。明日一早你必须带着文书去宫里上任。还有我会找个由头将你赶出相府，自此之后就要看你自己的本事了。你要记住从今日起，你和我只是政敌，再无半点瓜葛和恩怨。"吕不韦的话字字绝情，李斯却止不住哽咽。即使早有预料，可当他听到吕不韦这么说的时候，还是忍不住想要落泪。李斯努力隐忍，伸手接过任命文书缓缓打开，盯着上面的字却是满脸惊愕。

任命李斯为郎。

"郎？"看着这个官职，李斯满是不解，抬头看向吕不韦，却见吕不韦已经闭上眼睛睡着了。他犹豫了一下猛然想起一年前吕不韦曾说过的话，只能无奈自嘲："你还真是一点也不让我舒坦。"说完他便用手撑着桌案缓缓起身，头也不回地走出了书房，独留微弱的灯光下一老翁沉沉睡着。

门外的郑隗见李斯走出，连忙向他恭敬行礼。李斯没有在意，摆了摆手便继续往前，回到小院李斯没有走进，而是仰头看着天上的明月禁不住感慨。今日接过这个任命文书，他才算是真正地踏入了秦国政权的中心。抬脚走进小院，李斯一眼看到姚贾和王绾正在门外等候。看着两位好友，李斯直接将任命文书递给姚贾，然后转身推开房门。

姚贾疑惑地打开任命文书，就是一愣。一旁的王绾见状一把夺过任命文书，仔细一看也愣了。李斯看着两人的反应不禁想笑，摇了摇头拿起桌上的杯子倒了点水，一饮而尽。姚贾心思敏捷，什么都没问就只是蹙眉深思，反倒是王绾性格耿直，立刻拿着文书走到李斯面前问道："相邦是不是弄错了？就你这身体，做郎官？怎么可能？"

李斯闻言无奈苦笑，转头看着王绾说道："这是相邦亲自给我的。绾兄以为呢？"

王绾一愣，嘴唇嗫嚅着想要继续说些什么，但都化作一声长叹。

直到这时，姚贾才缓缓走近，凝眉盯着李斯。李斯被姚贾看得心虚，于是只好岔开话题，说道："哦，对了。贾兄，还有一事要拜托你。相邦让我明天上任，所以编撰的事就有劳贾兄了。我已经帮你寻了一个可用之人，叫周青臣。你只要细心教导，等你出使赵国的时候，他便能接替你监督编撰的事务。"李斯按照之前所做的准备叮嘱姚贾。姚贾没有异议，只用力点头把李斯的叮嘱全数记下，自始至终都没问李斯这么做的缘由。送走两人，李斯便睡下了。今夜他要好好地养足精神，应对明日的挑战。

这一夜北风呼啸，吹落了一地的白雪，第二天一早李斯打开门才发现外面已是银装素裹。他背上行李走出屋舍，冷风一吹连忙裹紧身上絮了丝帛的袍子走进雪地。

雪天路滑，原本只用一炷香的路程，李斯走了将近半个时辰，终于走到宫门却又被守门的锐士拦住了去路。李斯拿出委任竹简交给守城的卫尉，笑着说道："卫尉大人，我叫李斯，是来上任的。"那人冷眼将李斯上下打量一遍，接住竹简打开一看当即"扑哧"笑出了声，他戏谑地又将李斯上下打量一番，笑问："郎官？就你？"李斯被卫尉的话臊得脸红，却只能硬着头皮点头，回道："是我。""就你这身子骨，风一吹都能倒了，你还想保护大王？"李斯忍不住连脖子都红了，他知道自己现在瘦得不成样子，那卫尉的话也不是没有道理，可他退无可退只能硬着头皮说道："这不是你该考虑的。劳烦大人帮我通禀左中郎樊於期将军，就说李斯来了。"那卫尉依旧一脸戏谑，随后将任命文书扔到李斯怀里，好心提醒一句："还真要去？就你这身板怕是不过一月就冻死在岗上了。不想死的现在走还来得及。"

虽然明知这守将是好心，但李斯没有退路，只能语气冷硬地提高音量说道："烦请这位守将帮我通禀樊於期将军，说李斯来了。"那守将见李斯铁了心要进宫，也不再阻拦，抬手招来一旁的小兵，吩咐了一句便不再出声。小兵领命快速地转身跑进王宫。李斯只能站在原地静静地等着，偏偏这时天上又下起了大雪，漫天遍地不一会儿李斯就白了头。不知道过了多久，李斯感觉自己的腿都冻麻了，连忙跺了跺脚，却又感觉脚底像是踩在针尖上一样疼，最后只能用力裹紧身上的袍子。就在这时宫门大开，一辆辆马车缓缓驶出，李斯禁不住好奇抬头去看。

第一辆马车竟然是相府的，马车直接从李斯身边驶过，透过车窗上的帘布，李斯只能隐约看到吕不韦的侧影。随后便是御史的马车。车上坐着的两个人应该是冯长山父子，两人交谈的声音透过车窗传了出来，飘进李斯耳中。

"父亲，依你看那吕不韦是不是疯了，居然当着大王的面罢免了镰公的军权，你没看见大王的脸登时就黑了。他吕不韦这么做该不会是想……"

第十七章

甲胄上身千斤重　城楼上初见秦王

　　冯长山父子的话，随着寒风清晰地飘进李斯耳中。李斯只觉浑身一僵，望着远去的马车，脑中一片空白。"镢公？削权？"朝野上下谁不知道镢公那可是秦国的上将军，手中军权足以涵盖秦国半数兵马，削爵夺权？吕不韦这是要做什么？雪越下越大，彻底遮住了李斯的视线，天地之间唯有一片白色。他呆呆地站在原地，直到有人推了他一下才猛然回神。"哎，樊将军让你进去。"卫尉一脸不耐地看着李斯，递过来一块令牌。

　　李斯赶忙接过令牌，向卫尉躬身行礼，跟着引路小兵走进眼前巍峨的秦王宫。走进宫门，眼前是一条长长的甬道，两面都是高耸的城楼，压迫感扑面而来，李斯心跳不由加快，直到拐进章台宫左侧的兵营，才长长松了口气。可眼前的一切，又把他吓了一跳。即便天寒地冻、大雪漫天飞舞，兵营中的校场上依旧忙着操练。看着那一个个虎背熊腰的人影，李斯第一次萌生退意。他忽然想起门外卫尉说过的话，以他现在的身体，怕是不到一个月真的会被累死在这。

李斯正在出神，一个高大的人影却在这时走了过来，他上下打量着李斯。李斯猛然回神，看着眼前这个身穿甲胄、剑眉星目、头戴鹖冠的男子，猜到他大概就是章台宫的左中郎樊於期，连忙就将手中竹简恭敬地递了过去。樊於期扫了眼竹简没有去接，反而语带讥讽地说道："也不知相邦怎么想的，就你这样，怕是坚持不到一个月就能累死。"说着他像是想到什么，忽地俯身贴近李斯压着声音问道："哎，说实话，你是不是得罪相邦了？"看着樊於期脸上的揶揄，李斯没有接话，反而平心静气地问道："樊将军，我的行李放哪？"樊於期见李斯没有接茬，便觉无趣，摆了摆手招来一名郎官说道："哎，你，带他去营房把东西放下，再给他领一身像样的甲胄。换好了带到这里，我有安排。"小郎官闻言连忙称诺，将手中的长槊放到一旁，领着李斯转身就走。

李斯跟着那人绕过回廊，走进一间堪比传舍的屋子，指着一张没人的床铺，说道："你以后就睡这，我看你鞋袜湿了，先换一下，我去帮你领新的甲胄。"说着那郎官转身出门，关门的时候犹豫了一下，说道："你最好快些，樊将军脾气不好，但人不坏，别惹到他就好了。"李斯连忙点头，坐在床上开始脱鞋袜。不一会儿，小郎官就将崭新的衣物和甲胄拿了回来，放到李斯身边说道："我去门外等你。"看着陌生的甲胄，李斯有心求教小郎官，可一扭头门就已经关了，他只能无奈地叹了口气，拿起陌生的衣物，开始笨手笨脚地穿。这一身甲胄少说也有二十斤，穿在身上铜墙铁壁一样的，李斯禁不住自嘲，想到将来要穿着这么重的甲胄到处跑，禁不住暗暗苦笑。

李斯推开门的时候，门外的小郎官已经等急了，皱眉对着李斯说道："这么慢？别耽搁了，不然樊将军要生气了。"然后不等李斯说话转身就走，李斯只能快步跟上，甲胄太重，李斯跑得气喘吁吁，刚回校场就几乎浑身湿透。樊於期阴沉着脸，对着李斯开口就骂："干什么呢？又不是娘们儿，换身衣服都要这么久？你给我去城楼上守着，不到酉时不准下来。"

李斯还来不及喘口气，就听到樊於期让他上城楼，明显是在刁难他。以他现在的状况，穿着这身甲胄不要说上城楼，只怕多走两步他都受不了。李斯正想辩驳，樊於期却猛地抽出腰间的佩剑，捏在手中说道："想干什么？你给我记住，军令如山，你若敢违抗军令，我樊於期立斩不饶。"李斯也没想到樊於期竟然拔剑，看着那冰冷的剑锋，李斯只能听命，笨拙地从兵器架上抽出一把长槊开始往城楼爬。

雪已经停了，北风却更加肆虐，夹着零星的雪花刮在脸上就像刀子一样。李斯都记不清他到底爬了多久，两条腿也彻底没了知觉。站在城楼上风更大了，几次差点把李斯吹下去，他只能找了个背风的位置才勉强站着。刚喘口气就看见两个人影向他走来，李斯不禁好奇，仔细一看才发现是两个半大的孩子，少年头戴王冕，剑眉星目，仪态洒脱，只是眉头紧锁，满脸怒容。女孩年纪不大，穿着一身墨色深衣，腰间系着一条红色的绅带，身姿窈窕，眉目如画。

看着王冕，李斯立刻猜到那少年定然是这秦国的大王——少年嬴政，旁边的女孩若是没猜错应该是赵女夏阿房。看着两人，李斯不禁有些紧张，就连握着长槊的手都微微有些颤抖。两人边走边说，没有察觉李斯，阿房女满脸关切地劝道："相国这么做定然有苦衷。大王千万不要生气。"嬴政却没有说话，举目四望许久才突然挥拳重重地打在城墙上，闷声闷气地说道："苦衷？寡人当然知道仲父这么做有他的苦衷。可他……可他也不提前跟寡人商量，朝堂之上对寡人的意见也视若无睹，到底……到底谁才是秦国的大王！他把寡人置于何地！"嬴政虽然年少，但周身气度却毫不逊色。阿房女有些犹豫，半晌才继续说道："可是大王，那镬公确实有错。出征前，相国就明令禁止斩首论功，几次提醒上将军们尽可能多地俘获降兵，镬公却依然下令斩杀三万降兵。大王，那可是整整三万人。"

嬴政闻言转头看着阿房女，眼底的情绪几次翻涌，最终却只是长长地叹了口气。李斯也忍不住替阿房女惋惜，到底是年纪太小，看不透君王的心思。这种时候秦王要的可不是明辨是非、替吕不韦据理力争的臣子，而是和他同仇敌忾、义愤填膺的知己。李斯偷偷瞅了眼阿房女，只觉这女孩眉目清明，一定是个心思纯良的人，留在这宫中可惜了。

嬴政沉默良久才重重叹了口气，转头看着阿房女说道："阿房，你就是太耿直了。这个时候你应该哄哄寡人，而不是告诉寡人该怎么做。"阿房女一愣，脸颊瞬间绯红，又羞又恼地瞪了嬴政一眼，一跺脚娇嗔道："大王，你……我不理你了。阿房去给大王拿个大氅。"然后小跑着下了城楼。阿房女一走，嬴政的表情瞬间冷凝，侧过头冷冷地看着李斯问道："你方才为什么叹气？"

李斯浑身一紧，没想到这么远还是被嬴政发现了。他连忙挺直腰杆，脑中飞速地运转。一个个契机瞬间连成一串。李斯突然发觉这一切似乎又是吕不韦的安排。从他昨夜突然召见，再到今晨朝堂上的发难，最后是樊於期莫名其妙的针对，一切一切似乎都是为了此时他与嬴政的会面。想到这，李斯连忙清了清嗓子，从角落里走出，站在嬴政面前说道："李斯是在感叹，大王果然是天命所归，冥冥之中苍天自会相助。"

嬴政正满心郁闷，听到李斯的话只当他是在拍马屁，语气更冷："天助？你是在讽刺寡人？"李斯等的就是这句，他努力遏制激动的心情，继续说道："李斯不敢。李斯只是就事论事，今日相邦当朝对镳公罢官夺权，对大王来说只有好处没有坏处。试问，相邦擅权专政，对上将军镳公随意罢官夺权，让那些世家子弟、宗族之人作何感想？今日大王为了镳公与相邦据理力争，那些朝臣看在眼中，又该作何感想？唇亡齿寒，试想那些上将军、御史大夫冷静下来，会不会担心有一天这样的事也发生在自己身上？"

李斯巧立名目引起嬴政的好奇，然后循循善诱，将自己的想法说给嬴政听，一来二去便在嬴政心里留下影子，如此反复不出三年他李斯定然能在嬴政的心中留下深深的印象。

嬴政凝眉沉思李斯话中的意思，甚至仔细回想今日满朝百官的脸色，越想就越是感觉李斯推测得对，不由好奇，上下打量眼前的郎官。只见这人脸色灰白、身材消瘦，嬴政越发好奇，直接走到李斯面前问道："你是何人？"李斯不紧不慢地将长槊靠在墙上，对着嬴政拱手作揖，恭敬答道："回大王，臣上蔡李斯。""李斯？"嬴政闻言皱了皱眉，总觉得这个名字好似在哪听过。

就在这时，阿房女怀里抱着裘皮大氅跑上城楼，看到嬴政正在和郎官交谈，眼底登时多了几分警惕。她径直走到嬴政和李斯中间，用身体将嬴政挡住，然后踮起脚尖把怀里的大氅披到嬴政身上，语气娇嗔地说道："大王，你跟谁聊天呢？也不知道等我。"嬴政任由阿房女将系带系好，然后抓着阿房女的手就要下楼。阿房女却没有立刻跟上，回过头警惕地看了李斯一眼，才笑着跟上嬴政。两人缓缓下楼，交谈再次传入李斯耳中。"没聊什么。他说他叫李斯。你手怎么这么凉？改日让他们也给你做件大氅如何？"李斯听着两人的交谈，目送他们走远，心底却止不住地狂跳，他从没想到才一天就能见到嬴政，而且还让嬴政记住了自己的名字。

李斯一直站到申时末，整个人都木了才从城楼上换岗，回到营房衣服都没脱就睡了，第二日李斯便被安排到了章台宫值守。秦国朝会并不是每天都有，每月逢三逢五逢十才会举行一次。李斯来的那天刚好初五，于是整整五天李斯都只是守着个空无一人的宫殿。一直到第四天，李斯总算休沐，躺在床上整整一天，李斯才感觉自己活了过来。之后的日子李斯随着郎官在章台宫中轮岗，三天城楼，三天暖阁，然后就是十天的巡逻，李斯被折腾得又瘦了好几斤，眼看着就要皮包骨头。终于又到了李斯轮岗章台宫大殿的日子，这几日的天色不太好，眼看着又要下雪，天也格外冷，隐隐藏着风雨欲来的气势。

第十八章

吕不韦功高盖主　少嬴政羽翼未丰

天还没亮，李斯就随着换岗的郎官来到了章台宫，这是他第一次近距离地观看章台宫大殿里面的样子，只觉那敞开的大门庄重威严，仿佛一张巨口正准备吞噬所有人。李斯走在队伍的最后看得出神，一不留意便被安排到大殿正门的位置，这个地方又累又危险，一般只有不知情的新人才会被安排在这，但对李斯来说这个位置却是他梦寐以求的，既能听到大殿内的声音，趁人不备还能偷偷往里看几眼。

李斯当值当得心情愉悦，耳朵恨不得跑到大殿里去，仔细听听文武百官如何商议朝政，可听着听着李斯的脸色却变得极为难看，忍不住扭头看向殿内。只见大殿之上站满了文武众臣，最里面的王座正对殿门起了个高台，三个人分左右坐在高台之上，左侧是一个中年美妇应该是太后赵姬，正中坐着少年嬴政，右首坐着相邦吕不韦。这样的顺序虽然没错，可怪就怪在李斯听了足有半个时辰，三公九卿，就连上将军蒙骜都曾开口，却独独没有听到嬴政的声音。按理说太后监国，相邦辅政，嬴政即便不能决断但毕竟是国君，朝政大事国君必定是要参与的，可怪就怪在，竟没有一个人询问嬴政的看法。长此以往定然君将不君，臣将不臣。李斯蹙眉沉思，想要摸清吕不韦制造这种局面的目的，偏偏就在这时殿中的寺人忽然高声唱道："宣燕太子丹觐见。"

太子燕丹今日进城的消息，李斯昨日就曾听人议论过，闻言立刻回头看向章台宫大殿前的广场，那里果然站着一人，听到宣召正缓步走近。李斯不由多看了几眼，只见那人年纪不大，二十左右的年纪，头戴远游冠，身穿朱红色绣高山流水纹的交领右衽织锦长袍，脚上穿着鹿皮短靴，厚实的风毛一看就很暖和。燕丹虽然年纪不大，却比嬴政更加壮实，走起路来昂首阔步，衬得他越发器宇轩昂。李斯看得失神，脑中忽地想起关于燕太子丹的传闻。有人说燕国太子丹也曾受质于赵国，同秦王嬴政相识于危难，后来嬴政成功出逃，被留在赵国的太子丹日子就更难过了，一直到不久前才离赵回燕。太子丹昂首走进大殿，不一会儿李斯才终于第一次听到了嬴政的声音。儿时故友久别重逢，话语中都透着喜悦，李斯长叹一声，这才想起自己入宫的目的。

殿中交谈甚欢，李斯迎着冬日的寒风挺直脊背站在门外，期待着嬴政偶尔抬头能够看到自己，但一切似乎都不如他所愿。大殿中嬴政和太子丹不过寒暄几句，就被吕不韦出声打断："燕太子此行所为何事？"为了不给燕丹继续讨好嬴政的机会，吕不韦揣着明白装糊涂。燕丹一愣，狐疑地抬头扫过大殿中的所有人，直到此刻他才察觉不对。明明是一国之君，但嬴政的左首坐着太后赵姬，右首坐着相邦吕不韦，嬴政完全像个被父母看在膝下的孩子。

燕丹心思聪慧，立刻从这微妙的气氛中察觉不对，于是恭敬地向着吕不韦作揖，回道："丹此次前来，是要与秦国签订盟约，共同讨伐赵国。"太子丹话一出口，在场的文武立刻安静下来，就连站在门外的李斯都感觉到了一丝警惕，后背不禁有些发毛。大殿中沉寂许久，久到李斯都忍不住回头，看了眼里面的情形。吕不韦却只是笑了笑，没有理会嬴政脸上的焦急，继续说道："哦？共同讨伐赵国？如若结盟，秦能得到什么？"普天之下都知道，吕不韦本是商贾，商人逐利，吕不韦这么问再正常不过，然而燕丹却微微一愣，猛地扭头看向面色难看的嬴政，询问道："大王，结盟的事，不是咱们早就说好的吗？你我儿时被赵偃、赵佾兄弟折辱的时候，不是一同起誓，如若将来有了能力，必定一同攻占赵国，让赵佾和赵偃兄弟也尝一尝被人羞辱的滋味？"

听到这里，嬴政的脸色更加难看，刚要开口却再次被吕不韦开口打断："燕太子，这话可笑。你与赵国的恩怨与我秦国何干，你可知一旦起兵，粮草辎重无不如流水一样消耗。结盟之言不过是大王儿时的玩笑，当然做不得真。"吕不韦一句话就否决了嬴政和燕丹儿时的情谊和威信，直到此刻嬴政终于彻底忍不住了，他不等吕不韦再次开口，突然幽幽说道："相邦，君无戏言。即便寡人年少，但终究是一国之君，岂可儿戏。"嬴政的话虽然声音不大，其中的意思却让在场人的心中一震。毕竟在他们看来，这还是嬴政第一次如此明目张胆地驳斥吕不韦，就连李斯都听得额头冒汗，暗暗替嬴政和吕不韦都捏了一把汗。

不用猜，李斯都能预料，自此之后嬴政同吕不韦不和的消息，一定会插上翅膀飞遍其余六国。吕不韦却不以为意，态度傲慢地对着嬴政拱了拱手，笑道："大王切莫动怒。本相的意思是，军国大事关系秦国兴衰，不能意气用事。"吕不韦这话就差指着嬴政的脑门说：秦国的事我自有论断，你一个小孩子不要添乱。一旁的赵姬虽然并不关心军国大事，但也能看出儿子这是受委屈了，于是清了清嗓子，高声说道："行了。我有些乏了，今日之事就到这，你们都退下吧。"赵姬奉命监国，在朝堂之上拥有绝对的话语权，此言一出即便吕不韦面露不悦，却也只能高声称是，随即看向一旁的内侍长说了句："散朝吧。"语毕便直接起身大步走出章台宫。吕不韦一走，众文武也作鸟兽散，只剩下依旧坐在王位上的嬴政和满脸愕然的燕丹。两人遥遥对视，其中酸楚唯有自己知晓。

李斯心绪烦乱，估计是这几天累得有些厉害，身体没能得到休息，正在想要看一眼嬴政的时候，忽然感觉天旋地转，不一会儿便眼前一黑，彻底失去了知觉。李斯昏睡了整整两天，如果不是姚贾听到消息，进宫探望，李斯都不会知道在他昏睡期间发生的许多事。比如燕太子丹与秦王在六英宫中同吃同住，亲如兄弟。吕不韦在得知嬴政和燕丹同吃同睡之后，立刻进宫向太后赵姬请旨，晋封王绾为御史、封姚贾为典客，一时之间整个咸阳都显得风声鹤唳，隐隐透着大王和吕不韦决裂的势头。

李斯骤然听到这个消息，足足愣了许久，一把拉住姚贾的手腕，焦急问道："你是说，相邦是因为听到大王与燕丹同吃同睡才去请的诏命？"姚贾缓缓点头，叹了口气。李斯暗叫不好，连忙继续追问："难道说你出使赵国的诏命也下来了？"王绾晋升御史早在李斯预料之中，以他的才学自是不必说。但姚贾不同，还未出使姚贾实际上没有寸功，突然晋升必定是为了给姚贾一个合适的身份，让他出使赵国。

姚贾此来为的就是这件事，在与燕国结盟这件事上，吕不韦与嬴政明显已经势同水火，无论是嬴政不经吕不韦同意私下答应和燕国结盟，签订盟书，或是吕不韦擅权专政，不告知嬴政就派使臣出使赵国，与赵国订立盟约，大秦都会彻底乱了。想到一旦嬴政和吕不韦彻底撕破脸的后果，李斯就再难淡定。想当年他毅然赶到兰陵县，追随荀子苦思求学，而后千里迢迢来到秦国投身相府，费尽心机才入了秦宫，见到那位秦国的君主，他的抱负还没来得及实施，就要眼睁睁地看着秦国为了小小燕国而分崩离析，招致内乱，李斯不禁怀疑，他这么坚持到底是对是错。一旁的姚贾默不作声，似乎看不透李斯心底的苦涩。就这样过了许久，姚贾忽然想起一事，连忙对着李斯问道："对了斯兄，你大概也没有听说赵国使团明日就要抵达咸阳的事。"

姚贾的消息一个接着一个，听得李斯心惊不已。共事一年，李斯早就看出姚贾并不简单，很多消息他都要比周围的人知道得更早，也更为详尽。仰头看着姚贾，李斯第一次对姚贾的身份产生了怀疑。他长叹一声盯着姚贾，缓缓问道："贾兄，我有一事思虑许久，不知贾兄可否为我解惑？"看着李斯严肃的样子，姚贾却笑了，似乎已经猜到李斯要问的话，转身走到床侧坐下，对着李斯说道："你是想问，这些消息我都是从何得来？"李斯立刻点头。

姚贾双眉微蹙，思索了一下才缓缓开口："我说一人不知你可有印象？""谁？"李斯问。"郑隗。""郑栗的兄长？""正是。"姚贾笑了笑，随即继续说道，"既然知道郑隗，那你也该知道他的身份。相邦游商各国几乎在其余六国都留有暗桩，源源不断地向咸阳传递消息，郑隗就是管理这些暗桩的人。而我的身份和郑隗差不多，我帮相邦掌管的是这咸阳城内的暗桩，当然也包括查找别国在咸阳城的奸细，将他们控制起来，以备不时之需。"

暗桩？奸细？控制？这些词语李斯都是第一次接触，那一刻他忽然想到一件事，于是问道："那这么说，我与郑国密会的事也是你告诉相邦的？"姚贾闻言眉头一挑，忽然贴近李斯压低了声音说道："自然是我，不过我可没把郑国送你那两块玉璧的事告诉相邦。"听到姚贾说起玉璧，李斯彻底愣住了，缓缓转头看着姚贾，只觉后背都起了一层冷汗。"谢……谢过姚兄帮我隐瞒。"姚贾看着李斯惊愕的样子，忍不住想笑，刚想继续吓一吓李斯，这时门口忽然响起一阵敲门声，一个清脆的女声随之响起："郎官大人，醒了吗？"

第十九章

青梅竹马阿房女　一心为王做臂膀

　　李斯和姚贾连忙转头看向门外，只见一道倩影投在门上，姚贾疑惑地看了李斯一眼，随即起身开门，看到门外的人又是一愣："阿……阿房姑娘？"姚贾说着侧身把路让开看向李斯，脸上满是惊疑。李斯也是一愣。虽然曾在城楼上见过一面，但他和夏阿房并没有交集，她怎么会突然来这里？

　　夏阿房笑着冲姚贾颔首，迈步走进房中，见李斯醒了立刻笑道："先生已经醒啦。"李斯恍惚点头，感觉躺在床上有些不妥，于是挣扎着想要下床，却被夏阿房连忙制止："先生不可。阿房只是奉大王之命来看看先生。"夏阿房无论态度还是语气都格外亲切，反倒让李斯更加错愕，疑惑追问："大王？""嗯。先生在章台宫晕倒，还是大王发现让人将先生送回营房，然后找来寺医为先生诊治的。"

　　听到这里，李斯彻底愣了，疑惑地看了眼夏阿房身后的姚贾，总觉得其中另有隐情。夏阿房见李斯满脸疑惑，终于忍不住娇笑出声，说道："先生不用疑惑。那日大王见过先生之后，曾特意询问过王绾大人，从王大人口中，大王和我才知先生竟然是荀子高徒。阿房孤陋寡闻，那日唐突了先生，还望先生见谅。"

直到这时，李斯才将一切厘清。原来是王绾在嬴政面前替自己说话，心底暗暗感激，李斯连忙笑道："怎么会？姑娘不必在意。对了，大王这几日可好？"从得知嬴政和吕不韦暗暗较量，李斯就猜测嬴政这几日过得一定不好，毕竟要去跟一个曾经对自己关爱有加、处处维护的长辈对着干，无论是谁都不会好过。夏阿房却猛地垂眸，脸上闪过一抹犹豫，半晌才回道："还……还好。"

李斯将夏阿房的反应看在眼中，知道她心有疑虑便不再追问，而是换了个话题笑着问道："燕国太子，同姑娘可熟悉？"一听到燕丹，夏阿房的脸色更加难看。从她与嬴政在城楼上的交谈能够看出，夏阿房对吕不韦十分崇拜，估计是因为燕丹惹得嬴政和吕不韦产生嫌隙，而对燕丹有了意见，遂道："不，不算熟悉。自离开赵国，这还是第一次见面。阿房总觉得燕丹变了，和儿时不一样了。"

听到夏阿房的回答，李斯的心瞬间活了，或许燕国的事可以另辟蹊径，不一定非要闹到嬴政和吕不韦彻底撕破脸，只要能让嬴政知道出兵协助燕国的弊端，以嬴政的谋略必然能够及时醒悟，主动放弃与燕国结盟一事。想到这李斯连忙对着夏阿房说道："当然不同。"夏阿房像是找到了知己，连忙问道："先生也是这么看的？"

李斯看了姚贾一眼，自从姚贾说咸阳城内处处都是密探之后，李斯便生了警觉，不敢再像以前一样随意说话。姚贾机敏，只一个眼神便猜到李斯的意思，直接转身走出屋外，帮着李斯查看周围。见姚贾走到门外，李斯这才缓缓说道："以前在赵国时，燕丹只是质子，他与大王相交，图的或许只是温饱。可此时不同，大王已经是秦国的王，而他燕丹也已经是太子。将来大王东出，统一天下必然要同燕丹为敌。所以在大王看来燕丹还是儿时好友，可在燕丹看来，大王已是政敌，势同水火的政敌。

若不是如此，他也不会明知相邦把持朝政、秦国连年水患、刚刚收复失地，没有多余兵力抵抗赵国的情况下，依旧拉着秦国，拉着大王帮他吸引赵国的兵力。"

夏阿房一直都在嬴政身边伺候，虽然懂得不多，但嬴政从来都不背着她，知道的事情远比李斯更多。听到李斯这么说，她立刻激动地站起身来，惊道："对，就是如此。先生，阿房谢过先生提点。我……我这就去找大王，定要将先生的话说给大王听。"夏阿房心思单纯，在她看来凡是想要伤害嬴政的人都是她的仇人。

李斯静静领首，最后还不忘对夏阿房叮嘱一句："阿房姑娘稍等，李斯有话要说，此去姑娘一定要选一个合适的时机才好，若是可以，也请姑娘告诉大王，实在无法背弃盟约，大王可以找个时间出宫探查一下修渠进展。"夏阿房闻言立刻点头，转身就往外走。

李斯目送夏阿房离开，不经意对上姚贾含笑的眸子，无奈摇头，两人都知道对方心中的想法，此时无声胜有声。姚贾又待了一个时辰，天色见黑才出宫。李斯的身体已经大好，算了算明日初三又是朝会的日子，赵国使团进入咸阳，定然会跟燕丹撞上，若无意外，明日朝会怕是要生事端。

李斯一直自诩算无遗漏，却不想这一次他竟然算错了。一直到散朝都没能见到传说中的赵国使团。李斯不禁心焦，总觉得大殿内的平静之下隐藏着腥风血雨。日头缓缓升起，眼看着就到辰时，嬴政终于按捺不住，转头看向吕不韦问道："仲父，这赵国使臣为何还没进宫？"

吕不韦闻言愣了一下，良久才敷衍地回了句："怕是……怕是路上有事耽搁了？"嬴政的脸色彻底黑了，声音陡然拔高，笑道："路上有事？从驿馆到章台宫不足一里，能有何事？来人，去查。"李斯守在殿外心底也不禁疑惑，遥遥看着谒者跑出大殿，越走越远。大殿中也在此时安静下来，众朝臣也不禁开始窃窃私语，等着消息传回。

时光磨人，李斯感觉自己等得都快睡着了，才终于看到谒者快步赶回，跪在殿中气喘吁吁。殿中众人立刻安静下来，一个个盯着那谒者心底胡乱猜测。那谒者脸色发白，声音颤抖着向嬴政禀报："启……启禀大王。赵国使臣，找到了。"嬴政蹙眉怒视谒者，斥道："在哪？"

那谒者被吓得浑身一抖，差点晕死，半晌才磕磕巴巴地回了句："赵国使臣并未……并未入宫，而是……而是带着礼品去了……去了相邦府上。"谒者说到最后一句的时候，声音已经微乎其微，可即便如此，还是把在场的众人吓得变色，一个个愕然地看向坐在右首的吕不韦。

吕不韦显然也有些意外，猛地睁开眼睛看向殿中谒者，问道："当真？"那谒者闻言浑身又是一抖，不敢抬头，连忙回道："当真。那赵国使节毛遂就在相邦门外，等着相邦回府。"吕不韦闻言若有所思地点了点头，随即当众起身，睥睨地看向在场众人，淡淡一笑说道："既是如此，那本相就先回府，让使节久候不归，有失礼节。"

吕不韦说着便不再停留，大步向着殿外走去。吕不韦一走，朝堂上也瞬间炸开了锅，嬴政更是咬牙切齿猛地起身，从一旁锐士手中抽出宝剑，疾步向着吕不韦离开的方向追去。嬴政怒急拔剑，着实把在场的人都吓傻了，李斯听到动静不对也赶忙扭头，看到嬴政手中拎着宝剑正在往外走，连忙扔了手中长槊，一把将嬴政抱住。

嬴政已经气急，毫不理会眼前的人究竟是谁，抬起一脚对着李斯踹了下去。李斯被踹得跌倒在地，匆忙起身想要再次拦住嬴政，然而这时太后赵姬已经赶到，对着嬴政大声喝道："政儿，把剑放下，你是要气死阿娘吗！"嬴政浑身一颤，瞪着赤红的眼睛看着太后赵姬，许久才将手中宝剑往地上一扔，转身就走。

李斯目送嬴政走远，心底却担忧不已，今日之事，吕不韦无论出于什么目的，都做得太过分了。两国相交，使臣不见大王，反而去相邦府上求见，到底谁是君，谁是臣？若是处置不好，挫了嬴政心底的傲气，从此一蹶不振可就真的无可挽回。李斯心焦不已，可他当值，只能焦急地等着直到换岗。李斯匆匆回到军营，扔了长槊便去找樊於期告假。可是以他章台宫郎官的身份根本进不了内宫，更不要说去到大王所住的六英宫，李斯思来想去唯有御史王绾才能帮他。打定主意，李斯丝毫不敢怠慢，连忙走出营房，穿过甬道，等在出宫必经之处。今日朝堂之事震惊的除了文武百官，还有身为宗室的渭阳君嬴奚。他目光阴沉，出了宫门便直奔相府。

其余朝臣在宫中耽搁一会儿，也纷纷离开，王绾心事重重地走在最后。嬴政拔剑这已经不是普通的事情，王绾虽然耿直却也担心嬴政会出意外，站在六英宫外几次求见都没能成功，无奈只能离开，却不想竟在宫门口遇见李斯。王绾连忙命人停车，走下马车便牵着李斯的手走到一旁，关切询问："斯兄，找我有事？"李斯同样警惕地左右看了看，自从姚贾告诉他密探无孔不入、随处都有之后，他就变得比以前谨慎了许多。

李斯对着王绾郑重点头，同样压低声音说道："绾兄，我有一事相求，事关秦国存亡，还请绾兄相助。"王绾愕然抬头看向李斯，许久才小心问道："何事？斯兄但说无妨！"李斯深吸一口气，将他仓促之间做的决定缓缓讲出："烦请绾兄带我去六英宫，面见大王。"王绾闻言无奈摇头，叹道："斯兄，不是我不帮你，我刚从六英宫回来，大王他谁也不见。"李斯一愣，顿了顿才咬牙继续说道："那就闯宫。今日我必须见到秦王，晚了怕是要出大事！"

第二十章

李斯冒死进良策　王绾斡旋添助力

　　王绾震惊地看着李斯，嗫嚅了许久，才声音低哑地问了一句："斯兄，你要做甚？"李斯只能苦笑，许久才呼出一口气沉声说道："死谏。"王绾瞳孔剧震，下意识抓起李斯的手腕，用尽全力却不知道该说些什么，两人对视许久，王绾忽然一愣，小心翼翼地问道："今日早朝，斯兄在哪？"李斯答："大殿之外。"王绾一顿，复又问道："你全都听到了？"

　　这一次李斯没有答话，而是用力抿唇缓缓点头。王绾瞬间泪目，积压了许久的怒火瞬间喷涌而出。他目光灼灼地看着李斯，又过了许久，就连马儿都忍不住嘶鸣的时候，王绾才终于缓缓说道："好！我同你一起去。只是斯兄，六英宫外锐士上百，又有右中郎司空俞驻守，你若硬闯怕是要受些屈辱。"李斯毫不在意，只淡淡一笑回道："君忧臣劳，君辱臣死。若能替大王分忧，我死又何妨？"听到李斯的回答，王绾双目瞬间赤红，拉着李斯的手腕一同转身就往宫内走。

　　长长的甬道仿佛看不到尽头，往来的守宫锐士个个丰神俊朗，手中的长槊泛着寒光。李斯紧紧跟在王绾身后，走了将近一刻时眼前才豁然开朗，只见甬道尽头矗立着一座立于水中的宫殿。宫殿之上挂着醒目的牌匾，上书三个大字——六英宫。望着宫殿，李斯的心跳再次加快，目光下移看向那些层层围着宫殿的锐士，深吸一口气。王绾似有所觉转头看着李斯，缓缓停下脚步，细心叮嘱："斯兄，镇守这六英宫的锐士都是渭阳君嬴奚的心腹，不听宣不听调，凡没有得到大王首肯的人都不得入内，即便有我作保，也只能送你到这了。"

李斯看着王绾，喉咙不禁哽咽，虽然王绾没有明说，但他知道擅闯宫殿，依律当烹，同行者依法连坐，祸连九族。王绾这是豁出命在帮他，若不成功，自己全家老小都在楚国，并不会受到牵连，可王绾不同。他看着王绾脸上的歉意，用力拍了拍王绾的肩头，哑着嗓子说道："绾兄，多谢！"王绾惨然一笑，回道："斯兄，你可要想清楚。以你的才学封侯拜相只是时间问题。可今日你一旦走出这一步，就再无回头之路。"

王绾说的这些李斯当然知道，若不是看过早晨朝堂上发生的一切，李斯定然不会铤而走险做这么危险的事。可事不宜迟，若是秦王嬴政因今日之事心志受挫，不要说天下一统，就算是守土保疆怕是也做不到了。一个没了志向、被束缚住手脚的君王对于秦国来说只会是灾祸。李斯熟读帝王之术，深知一个帝王的心性对于国家意味着什么。思及此李斯不敢迟疑，郑重地向着王绾躬身行礼，说道："纵使身首异处，李斯依然不悔。"

见李斯仍旧不愿放弃，王绾也干脆豁出去了，直接带着李斯去找六英宫的右中郎司空俞。王绾和司空俞相识已久，算起来多少有些旧情，也算是他最后的努力。司空俞远远看到王绾领着一个郎官走近，立刻沉着脸迎了上去，客气地说道："王大人留步。"王绾立刻示意李斯停下，冲着司空俞恭敬说道："绾见过司空将军。"司空俞连忙回礼，视线却一直盯着李斯，沉声问道："王大人，这位是……"王绾连忙答道："这位是楚国赫赫有名的大才子，荀子高徒李斯。现有良策进谏大王，还请司空将军行个方便。"王绾话音未落，司空俞的脸色都变了，右手瞬间抽出秦剑，冷声斥道："王大人这是做甚？难道大人忘了，大王吩咐今日谁都不见，此时进去便是闯宫，依律当烹。大人这是不想活了？"

王绾被司空俞的话驳斥得脸色一白，咬牙看向李斯，可当他看到李斯举动的时候就是一怔，连声问道："斯兄，你，这是做甚？"司空俞也被李斯的举动惊呆了，呆呆地看着李斯一件一件往下脱衣服。李斯的动作很慢，每脱一件都会仔细地将衣服叠好放在甲胄上。直到他脱得只剩一条亵裤才抬头看向王绾和司空俞，尴尬地讪讪一笑，说道："郎官……郎官李斯见过司空将军。"

司空俞终于回神，上下打量眼前这个瘦得跟猴子差不多的人，莫名觉得好笑："你脱衣服做甚？"寒冬腊月李斯只穿着一条亵裤站在六英宫外，寒风一吹立马冻得浑身哆嗦，话都说不利索。"李斯……李斯知道按照秦律硬闯宫殿，依律当烹，所以才主动脱衣。"司空俞彻底被逗笑了，问道："你这是为了烹起来方便？你就这么想死？"李斯被冻得脸色发青，舌头发直，哆哆嗦嗦地回道："李斯当然怕死，不过若是能帮大王分忧，死又何惧？"李斯说得慷慨激昂，司空俞瞥了眼他冻得不停打哆嗦的腿，却突然笑不出来了，佯装嫌弃地说道："就你？"李斯有些窘迫，却只能硬着头皮继续："确实可笑。但只要将军能放李斯进去，让李斯面见大王，是死是活任凭将军发落。"王绾看着李斯被冻得发青的嘴唇，终于忍不住开口说道："司空将军，王上的安危，王绾愿用项上人头作保。"

虽然只是见面之交，但咸阳人几乎都知道，王大人生性耿直，是个好官，为了秦国殚精竭虑，司空俞虽是武将，对王绾却十分敬重，闻言有些为难正要拒绝，李斯却乘胜追击，连忙说道："李斯明知今日所求有违律法，但将军应该也听说了今日朝堂上发生的事。"司空俞不答，脸色却十分难看。李斯语气一变，抬手指着六英宫，大声说道："就在今日，君王受辱，心中郁结，五内俱焚却碍于孝道、礼法无计可施，身为大王的臣子，将军作何感想？"

司空俞被李斯问得哑口无言，仰头看向寝殿的屋脊。"李斯拼死进谏正是为了帮大王脱离眼前困境，身为臣子，将军又该怎么做？"司空俞感觉头有点蒙，满脑子都是大王坐在殿中生无可恋的画面，李斯的质问他甚至都没有反应过来，直到王绾再次开口："司空将军，你还等什么？"王绾的话像是一剂猛药，彻底击溃了司空俞的顾虑，他不再迟疑，痛下决心，俯身将李斯放在地上的衣服捧了起来，递给李斯说道："既是如此，那我就舍命陪君子，先生请。"看到衣服，李斯却有些恍惚，从他决定冒死进谏的那一刻，就把可能遇到的情况都想了一遍，甚至想过为了打消右中郎的疑心，可能需要他赤身裸体地去见嬴政，却没想到过程竟然这么简单，甚至不用光着身子就能走进大殿。李斯不禁感慨，从司空俞的手上拿起衣服，淡定地穿上，整理好仪容才彻底放下心来。李斯转身冲着王绾和司空俞躬身行礼，郑重道谢："李斯，谢两位相助。"

该说的都说了，接下来才是重中之重，李斯深吸一口气，昂首挺胸地走上台阶，一步步向着目标迈进。推开高大的宫门，里面却显得格外寂静，扑面而来的腥气让李斯心头一紧。半敞着宫门，李斯小心地迈进大殿，借着殿中的灯火细看，却被眼前的景象惊出了一身冷汗。怪不得他从进入大殿就没有看到一个寺人或宫女，原来那些人都被嬴政杀了。震惊地看着那个坐在死人堆里擦剑的少年，李斯只觉得后背一阵发凉。太平静了，那少年脸上的表情实在是太平静了，就仿佛在他面前躺着的一具具尸体都只是李斯的幻觉。

脚步一顿，李斯不敢上前，恭敬地向着嬴政行礼："郎官李斯，见过大王。"嬴政拭剑的手微微一顿，缓缓抬头看向站在殿中的李斯，只一眼他便再次低头，继续擦拭秦王剑上的血渍。李斯同样不敢出声，安静地看着嬴政，看着嬴政手上的宝剑，忽然想起一件事。

当年李斯还在学宫的时候，曾听过一个故事，说的好像就是嬴政和他曾祖父昭襄王的故事。故事的内容大致说的是，昭襄王有一日做梦，梦见一只白虎肋生双翅从秦宫展翅，翱翔天际，便认定这是上天的启示，预示着秦国将有一位一统天下的君王。昭襄王为此把自己所有子嗣都召进秦宫，逐一测试却没有一个让他满意的，偏偏就在这日，嬴异人终于接回了被质赵国的赵姬还有嬴政。得到消息的昭襄王心思一动，便让人也把嬴异人父子带进皇宫亲自召见，看到嬴政的瞬间，昭襄王就仿佛看到了梦中的那只白虎，当即就把代表王位的秦王剑赐给了初次见面的曾孙嬴政。

看着嬴政手上的宝剑，李斯猜测那应该就是故事中提到的秦王剑，思索良久李斯才再次开口："大王可是在为今日使团觐见一事发怒？"嬴政擦剑的手微微一顿，眸光冰冷扫了李斯一眼，嗤笑出声："怎么，连你一个郎官也不把寡人放在眼里了？"虽然年少，但李斯不得不承认，秦昭襄王果然慧眼识珠，眼前这个不及束发的少年，确实具备了为君为主的霸气和冷厉。掀开衣袍李斯郑重跪地，向着嬴政叩首回道："李斯不敢。"

嬴政终于大笑出声，将手上的宝剑再次插进身边寺人的胸口，缓缓起身走到李斯面前，阴沉地围着他转了一圈，突然俯身贴着李斯的耳朵低声说道："擅闯宫殿，好大的胆子。李斯，你是觉得寡人舍不得杀你，还是你活够了着急想死？"

第二十一章

胆大包天拿命搏　成者王侯败者寇

　　宏伟的六英宫大殿里，处处雕梁画栋、帷幔轻纱，三十六盏赤金油灯火光冲天，照亮了大殿中的每一个角落，却偏偏照不清赢政那张冰冷的脸。赢政的声音好似夹着冰霜，惊得李斯浑身汗毛倒立。他从没想过一个不过十几岁的孩子，竟能这样狠厉果决，也从没想过有一天他真的会命悬一线。

　　李斯低垂着头，脑子里在猜测赢政的心思，眼角瞥见一双金丝滚边的鹿皮靴子，顿觉后背一凉。此刻李斯的自信已经荡然无存，忐忑地揣度着赢政的心思。偏是少年心性阴晴不定，他根本拿不准赢政下一刻会做什么。赢政见李斯一直没有吱声，嘴角一撇已然认定李斯不过就是个沽名钓誉、阿谀奉承的小人，一声呵斥就把他吓得六神无主。"哼，寡人还以为你多少有些风骨，看来你与那些寺人相同，想来也不过如此！"

　　赢政的话让李斯陡然顿悟，那颗悬着的心终于渐渐平复。既然赢政羞辱他贪生怕死，那就说明赢政想看到的是一个铁骨铮铮、不畏生死的人。思及此李斯突然大笑，从地上站起来，用那对漆黑的眸子直刺嬴政的眼眸："大王，李斯从不怕死。但李斯不能死得与寺人无异。"

"哦？那你想怎么死？"杀过人之后，嬴政的心情要比之前好了很多，听到李斯的回答不禁失笑，突然转身大步走回王座坐下。李斯根本就不想死，他在赌。就如同他为进相府不得不拼的时候一样，拼的是嬴政的好奇心。李斯嘴角带笑，从容地整理袍角上的褶皱，声音比之前更多了分傲气："大王，君要臣死，臣莫敢不死。只李斯有一事不明，还请大王解惑。"

嬴政几乎被李斯逗笑了，他杀的人多了，李斯却是第一个不求饶、不逃跑却追着他讨论死法的。自继位那日起，嬴政的身边便不乏一些阿谀奉承、阳奉阴违的人，他们一个个自诩尽忠职守，可他拿剑去劈的时候，几乎没有一个不跑的，李斯这个人倒也可爱。于是嬴政笑了笑，挑眉说道："哦，你要问什么？"李斯等的就是这句，只要嬴政对他产生好奇，便会耐着性子听他解释，只要他能抓住嬴政的心，那么今天他就还有一线生机。

李斯不敢耽搁，态度也愈发傲慢，说道："今日朝堂之上，赵国使团觐见的事，李斯恰好就在殿外当值，听到了事情的经过。"说到这里，李斯瞥见嬴政的脸色都变了，他不敢给嬴政发泄的机会，否则眼前那些寺人的尸体就是他的前车之鉴，连忙继续说道，"所以李斯知道大王现在的心情。若是李斯的死能让大王挽回丢失的颜面，那李斯甘愿赴死。"他说得慷慨激昂，嬴政却再次黑了脸，缓缓起身踱步走到寺人尸体旁边准备拔剑。

李斯吓得腿都软了，他只是客气客气，可没打算真把命扔在这里，于是赶忙继续高声说道："可是大王，李斯的死不可能挽回大王在朝堂上丢失的颜面，日后大王反而会因为杀了李斯后悔不已。"

嬴政把拔剑的手慢慢收回，那双像狼一样的眸子微微眯起看向李斯。

即便年少可嬴政明白李斯说的不无道理，事已至此，他就算杀了这宫里的所有人也依然无法改变他被赵国无视、被吕不韦欺压的事实。杀了那些六英宫的寺人，也只是因为他们是吕不韦安插在这的眼线，而李斯不同。

嬴政再次转身回到王座坐下，无力地靠着扶手有些出神。古往今来有几个君王像他一样，两国相交被使臣直接无视，转而去臣子府上求见。这样君不君臣不臣的，而他却偏偏只能忍着，因为连自己的母亲都站在吕不韦那边。一想到在朝堂之上，母亲对吕不韦处处维护和言听计从，嬴政就觉得自己像个笑话。

看到嬴政脸上的懊恼，李斯不由心口狂跳，意识到他等的时机终于到了，连忙继续说道："不过大王，李斯虽不能帮大王挽回已经失去的颜面，但李斯可以帮大王反抗相邦、夺回朝政，将来扫灭六国，一统天下！"李斯抛出他的诱饵，再一次引诱嬴政的好奇心，他在赌，更是在试探。如果嬴政不像他的祖辈一样心怀天下，决心统一，只是个偏安一隅的守成之君，那他继续留在这里拼死所做的一切就都没了意义。

李斯话音未落，嬴政却突然抬头，双目赤红地盯着李斯，大声喝道："大胆李斯，相邦乃寡人仲父，是先王托孤之人，是秦国的相邦，你要反他，置寡人于何地！"通过之前的观察，李斯已经隐约抓到了嬴政的小心思，所以对他的呵斥并不心忧，反而更加坚定地对着嬴政大声回道："大王！他吕不韦是大王的仲父，是先王托孤的重臣，是秦国的相邦，却唯独不是大王的忠臣。将这样的权臣留在身边，难道大王午夜梦回不觉得心惊吗？"

论揣度一个人的心事，李斯绝对是个中好手。虽然他知道吕不韦的初心，但他还是不能手软，一山不容二虎，唯有吕不韦倒下，他才有机会从年轻的嬴政身边站起来。嬴政果然愣住了，阴沉着脸皱眉看着李斯，似乎是在思索李斯说过的话。李斯乘胜追击，继续蛊惑："大王，那把宝剑可是当年孝文王临死前还给大王的秦王剑？"李斯声音洪亮，在大殿之上久久不曾散去。嬴政浑身一震，视线猛地看向那把被他扎在寺人身上的宝剑，有些疑惑这样的秘辛李斯是怎么知道的。

李斯缓步上前，停在宝剑旁边，娓娓而谈："李斯记得这把剑当年是昭襄王赐予陛下，后先王因故将宝剑还给了孝文王。臣听闻孝文王做太子十四载，在位不过三天，但他却依旧是李斯心中不世的明君、仁君。赦罪人，修先王功臣，褒厚亲戚，弛苑囿，哪一样不是前无古人后无来者。虽在位不过三日，但孝文公依旧凭着他的英明果决，力挽狂澜封先王为太子。无论哪一件都让李斯心悦诚服。若是让孝文公知道他寄予厚望的孙儿、他为秦国选定的储君竟是被外臣掌控不谋反抗，只会躲在寝殿杀人的懦夫，该作何感想！"

李斯的话字字诛心，想起当年祖父拉着他的手谆谆教诲，满眼期许地将秦王剑还给他的情形，嬴政只觉眼眶一热，满腔愤懑让他如鲠在喉，恨不得立刻提剑冲出六英宫，杀了那个……

骤然想起吕不韦那张脸，嬴政却像是被人兜头浇了一盆冷水，所有的愤懑和冲动瞬间消弭。深吸一口气，嬴政再次看向李斯。李斯却在这时，单手握住那把被嬴政用来杀人的帝王剑，用力……再次用力，抬脚踩着尸体，双手握住剑柄，用尽全力才将宝剑从尸体上拔了出来。虽然有些狼狈，但李斯却面色不改地当着嬴政的面用衣袖擦拭剑上的血迹。直到把剑擦干净，李斯才双手托剑举到嬴政面前，说道："大王请收剑。"

嬴政郑重地看着那柄泛着冷光的宝剑，不自觉起身把剑从李斯手上取回，放在眼前端详。李斯见状不再迟疑，继续说道："大王，先王尸骨未寒，相邦已成猛虎不得不防。今日他吕不韦能当众折辱大王，难保日后他不会把持朝政，阻止大王亲政，到那时先王见了历代秦王该如何自处？大王不能亲政，任由权臣把持朝政，到那时我大秦历六代国君卧薪尝胆、励精图治，孝文王心心念念平六国、统一天下的宏图大志只会沦为一纸笑谈！"

李斯越说越激动，慷慨激昂、振聋发聩，让嬴政久久不能回神。大殿之内忽然吹进一阵寒风，拂过纱幔，摇动灯芯，也拉回了嬴政的心神。他再次垂首看着手里的秦王剑，五指慢慢握紧，直至指尖泛白也没有松开。李斯同样没有说话，他在等，这一次他在等眼前的君王痛定思痛，等嬴政再次燃起斗志，成长为一个合格的秦国君主，担起灭六国、统一天下的责任。

眼眶有些湿润，自记事起嬴政就不曾哭过，但这一次他的眼泪却像木炭一样滑落，烫伤了他的手背。猛地回神，嬴政双目赤红地看着李斯，忽然手腕一转将手里的宝剑往前一推抵住李斯胸口，声音颤抖又哽咽地说道："李斯，你可知你在说些什么？若是寡人想要完成先人的遗愿，又该怎么做？"

听到嬴政的问题，李斯暗暗松了口气，因为他知道这事成了，而他李斯从今日起才算是真真正正地走进了嬴政的阵营。从今日起，他才终于跳进了秦国政权的中心。李斯抑制不住地兴奋，但表情却更加凝重，说道："大王现在唯一能做的只有一个字，那就是忍。"嬴政被李斯说得慷慨激昂、血脉偾张，恨不得立刻亲政，举兵征战六国，结果李斯却突然又对他说要他忍。

这个字就像尖刀一样扎进嬴政的胸口，忍、忍、忍，他一直在忍。若不是他母后监国，在朝堂上又处处依赖吕不韦，他就不会落得现在这个处境。忍，他忍得还不够透彻？

嬴政眼底快速闪过一抹狠厉，咬牙切齿地说道："你也要寡人忍？李斯，寡人还以为你有什么过人之处，原来也不过尔尔。你是要寡人忍到吕不韦动了杀心取而代之，还是要寡人干脆主动退位，把大秦拱手相让？"李斯垂眸看着那把抵在胸口的宝剑，他知道一旦自己说错，这宝剑下一刻就会扎进他的身体。李斯虽然心慌，却依旧强装淡定，漆黑的眼瞳从容地对上嬴政那双已经赤红的眼睛。

"大王，李斯是要大王隐忍向前，不是要大王自暴自弃。读史明智，大王应该知晓，前有越王战败被俘，为活命主动求和，赴吴国为奴，这算不算忍？"李斯语重心长继续说道，"一国之君住马棚、睡草堆算不算忍？可他仍旧日日尝胆，不忘初心励精图治二十载，终成一代霸主。比他的处境大王现状如何？"李斯深吸一口气，继续说道，"后有孙膑，膑刑加身他依然不改，菜市受辱、装疯保命后才有齐国相救，大胜魏国一雪前耻，大王比他又如何？"

嬴政被李斯声声质问问得哑口无言，他静静地看着李斯，最终将秦王剑往桌案上一放，转身走出凭几，站在李斯面前，行了一个拜师礼，语生哽咽："先生用心政已然明了。隐忍之后又当怎么，还望先生不吝赐教。"

第二十二章

嬴政屈尊礼相待　李斯豪赌赢君心

嬴政头戴王冕，身穿纯墨色金丝绣凤鸟衮服，正对着他恭敬地作揖，李斯的心又一次不受控制地狂跳。能让一国之君以师礼相待，只怕整个秦国也找不出第二个，他甚至感觉喉咙有些发干，自谦的话差点脱口而出，好在被他硬生生忍住了。李斯的孤傲从来都是伪装。与吕不韦不同，李斯更加清楚自己的身份和目标，什么能做，什么不能做。

也正是因为他熟稔帝王之术，才比任何人都要明白，一国之君需要的从来都不是忠心的老师和德高望重的长辈，要的只是全心全意尽忠的臣子。李斯迟疑片刻，满足了他不为人知的虚荣，随即连忙撩衣跪地，对着嬴政朗声说道："大王过誉，李斯不敢，李斯所思所想无非就是辅佐大王，决不敢有一丝一毫的非分之想。还请大王饶命。"李斯诚惶诚恐，伏地跪拜，把他对嬴政的敬畏表现得淋漓尽致，确实哄得嬴政心情大好，他满意地看着李斯伏地跪拜，言语亲切地说道："先生不必过谦。先生所说政如醍醐灌顶，深有感触。"嬴政口口声声都是对李斯的赞许和倚重，但他却任由李斯跪在脚下，没有假意搀扶，更没有开口让他起身，就这么足足过了有一刻钟，嬴政才像刚发现李斯跪地一样，笑着说道："先生怎么跪在地上了？快快请起。"

听到让他起身，李斯这才暗暗松了口气，伴君如伴虎，他此刻就好似崖边游走，但凡有一步行差踏错惹恼嬴政，下场不会比那些死尸好多少。所以李斯无论做什么、说什么都格外惊心。李斯骨瘦如柴，在地上跪得时间久了，身体就有些吃不消，起身的时候滑了一跤，所幸他眼疾手快用手撑了一下，这才没有摔倒。喘息了几次才从地上爬起来，再抬头时已脸色惨白，额头上也渗了一层冷汗。李斯拘谨地抬起衣袖擦拭额头，每一个动作都刻意做得诚惶诚恐。嬴政的脸上终于有了喜色，看向李斯的眼神也比之前多了几分亲近。

"先生刚才所言，寡人定然记在心底，从此刻起直到寡人能够亲政都会隐忍图强，不再像今日这样浮躁。"听到嬴政居然自省，李斯多少有些意外，但他知道这话嬴政说可以，他却不能表现出来，连忙把头垂得更低对着嬴政说道："大王过谦了。普天之下以大王的年纪怕是再难有人比大王更加睿智。"千穿万穿马屁不穿，李斯句句不离恭维，嬴政虽然知道却没有拆穿，他是真的很喜欢和李斯说话的感觉。不像太后赵姬总是把他当个三岁小儿再三呵斥，也不似吕不韦从一开始就只把他当个摆设，言语之间没有半分敬畏。

嬴政咽了咽口水，用虚心请教的语气问道："先生要寡人隐忍，寡人会努力去做，但寡人想问先生在隐忍的同时，寡人能做些什么？总不能一直忍到相邦作古吧？再者先生屡次提到扫平六国、一统天下，寡人又该怎么做？真的一统之后，寡人要怎么做才能让六国百姓真正地融合，不分你我，避免重蹈商朝覆辙？"

嬴政虽然只问了三个问题，却让李斯第一次对眼前的少年君王心生敬意。他沉吟地踱着步子，良久才转头看向一直安静等待的嬴政说道：

"亲贤臣、直臣、能臣，这样的人都不畏强权、不贪金银，诚心为民，忠心事主，在他们心中唯有秦国的王才是真正要效忠的人。吕不韦即便钱财散尽也拉拢不到他们。将来大王一旦亲政，他们必将成为大王的左膀右臂，国家栋梁。"李斯侃侃而谈，嬴政却眉头微皱，似乎有话要问。李斯淡笑猜到嬴政所想，解释道："大王可是想问，什么样的人才是李斯所说的能臣、直臣、贤臣？李斯刚好认识几个，大王应该都认识。比如王绾生性耿直，即便出身相府，为了治水修渠，让秦国永绝水患，曾屡次劝谏相邦甚至不惜惹恼相邦。再一个是姚贾，身手矫捷、心思深沉连李斯都甘拜下风。斯还认识一位少年英才名唤甘罗，是已故秦相甘茂之孙，年纪比大王还小，却能言善辩、才堪大任。"

李斯将自己认识、熟悉的几个人一一列举。嬴政眉头皱得更紧，似乎是在回忆李斯提到的几人，缓缓摇头说道："王绾还行。寡人知道他的脾性，确实耿直。但你说的那个姚贾和甘罗都是吕不韦的人，将来若是寡人和相邦政见不合，只怕……"嬴政没有直说，若是将来他和吕不韦刀剑相向，这几个人难保不会倒向吕不韦。

李斯看出嬴政的顾虑，因为知道吕不韦的用心，所以有些话他不能也不想对嬴政明说，便装着胸有成竹地对嬴政笑道："大王放心，这些人李斯愿意作保，将来定然不会倒戈。这些都是文臣，大王亲政，兵权才是重中之重。"

嬴政蓦然瞪大眼睛，一眨不眨地看着李斯："兵权？"李斯冲着嬴政颔首，继续说道："李斯的意思绝不是让大王去夺兵权，而是让大王亲近一些忠心的将军、扶持自己的亲信。这样的人才李斯接触不多，怕是不能为大王解忧。"李斯说着甚至自责地摇头，忽地想到什么，猛然抬头看向嬴政，笑道，"对了，大王，这宫外的右中郎司空俞就很不错。"司空俞？听到李斯提起司空俞，嬴政眼眸微眯细细沉思，这个人他熟悉，自年前登基之后，伯父渭阳君便把司空俞安排到六英宫做右中郎。

嬴政知道这是伯父对他的保护，所以这个司空俞应该可以用。想到这嬴政也忍不住在脑海中搜索应该重用的将军，却陡然发现很多将军似乎都与吕不韦有些瓜葛，想要把人拉拢过来，不太容易。李斯眼眸微动，假装不知道嬴政在想什么，开口问道："大王在想什么？"嬴政此刻已经把李斯彻底当成了心腹，闻言也不隐瞒，径直说道："寡人在想哪些将军能为寡人所用。"

李斯立刻笑了，高深莫测地对着嬴政笑道："这有何难。李斯虽然对武将不太熟悉，但有一人大王可用。"嬴政一愣，看着李斯微微皱眉。"大王怕是忘了那日李斯驻守城楼时同大王说过的话。"嬴政问道："你是说镢公？"李斯含笑点头，自得地背着手踱了几步，才道："若论英勇、论军功上将军镢公足以和蒙骜相媲美。他手下将士个个英勇，绝对是最好的人选。镢公落难，大王只需对镢公略施小恩，雪中送炭，待将来大王亲政，镢公的子嗣、姻亲、手下兵将、亲信对大王定会投桃报李，忠心跟随。"

李斯说到这里戛然而止，因为他知道自己今天说得足够多了，若是再说下去过犹不及，反而会让眼前的嬴政对他生出戒心。

毕竟无论是谁，都不会喜欢身边有一个看透一切、智多近妖的人。李斯不再言语，嬴政也没有多想，此刻他的脑海中就像是风雨中的小船，正在不停地翻腾，以前不知道的、从没想过的此刻全都涌了出来，嬴政甚至感觉自己的头有些发胀，思绪繁杂，抓不住重点。

转身走回王座坐下，嬴政郑重地拿起桌上的毛笔，蘸了蘸墨水直直地看着眼前，想要努力地抓住什么。见嬴政沉浸在自己的思绪中，李斯该说的、想说的、要说的都一一说了，此时退下时机刚好，于是对着嬴政轻声说道："大王，若无他事，斯先退下了。"

嬴政仍旧沉浸在翻涌的思绪中，随意地摆了摆手，便起笔在竹简上奋笔疾书。

李斯脚步虚浮地转身，垂着头开始往外走，脱离之前精神高度紧绷的状态，李斯才发现不知何时他身上竟然沾满了血污，地上那些死尸仿佛都在盯着他，狰狞的脸上写满了不甘。李斯被吓得两腿发软，不敢迟疑连忙加快脚步走出大殿。刚迈出六英宫的门槛，大殿里忽然传来嬴政的声音："李斯！"李斯吓得一哆嗦，迟疑着收回迈出去的脚，转身脖子僵硬地抬头，刚要往回走，嬴政的声音就再次传了过来："你且先下去休息，好好将养身体。那无用的郎官你就不要做了。"话虽然没有明说，但李斯知道嬴政这是要给他加官晋爵了。心头一喜，李斯恭敬地向着那道身影作揖，朗声回道："李斯谢过大王。"大殿里再次陷入静寂，李斯没有等到嬴政的回复，也不敢耽搁扶着门框再次转身。

　　走出大门，李斯乍一抬头就见不远处站着十几个人，为首的穿着桃红色深衣，似乎是个女子。或许是在殿内待得太久，李斯的眼神有些恍惚，微眯着眼睛仔细一看，才发现那人竟然是夏阿房。

　　李斯远远地冲着夏阿房长揖，然后脚步虚浮地向着来时的方向走去。挺直背脊走下一级级台阶，终于走到最后一级却脚下一绊，整个人向前扑了出去。王绾和司空俞见他出来连忙迎了过来。见李斯要摔倒，身为右中郎的司空俞赶忙飞身相救，却因为身上甲胄太重，终究晚了一步。李斯也不生气，反而看着急匆匆赶来的司空俞和王绾嗦嗦地笑，直到他把两人笑得心底发毛才无奈说道："王兄，帮我一把。腿……腿麻了。"

　　听到李斯求救，王绾却愣住了，他还以为李斯这是不小心，结果竟然是吓得腿麻了。一旁的司空俞毕竟是武将，反应要比王绾更快，抓着李斯的胳膊就把人从地上拎了起来。李斯顺势抱住了他的胳膊。李斯明知这个举动不雅，但总好过坐在地上。殿中方一日世上已千年。李斯还以为自己在六英宫里待了不过半个时辰，走出来一看才愕然发觉日头已然偏西，看时间似乎已经到了申时。岁末日短，天黑得比平日都要早。

　　见李斯抱着司空俞的胳膊，王绾这才猛地回神，几步上前想要搀扶，却又发现李斯竟然浑身是血，吓了一跳，连忙抓住李斯关切地询问："斯兄，大王……大王迁怒你了？伤在哪了，快告诉我，我去帮你请寺医请太医令。"王绾这人虽然脑子不太会拐弯，但至少对朋友的关心都是真的。李斯心里暖暖的，连忙对着他解释："绾兄放心。这血不是我的，是殿内寺人的。"王绾又被吓了一跳，瞪圆了眼睛错愕地盯着李斯的侧脸，忍不住又问："寺人？难道大王在殿内……"

李斯苦笑，有些事他不想让王绾这种耿直善良的人知道，于是叹了口气："绾兄，你送我回营房吧。跪了许久我这两条腿都不听话了。腹中……久未进食，饥饿难耐。"

若不是为了转移王绾的注意力，李斯打死也不会当着那么一大群锐士的面说自己在六英宫里跪了许久，快要饿死了。果然听到李斯这么说，王绾瞬间忘了其他，恨不得把李斯抱起来立刻送进营房。他架起李斯的胳膊搭在肩头，面色凝重地冲着一旁的寺人吩咐："快，去准备一些吃食，准备一些热水来，送去……送去营中给郎官李斯。"说罢他用力撑起身子，梗着脖子把一瘸一拐的李斯带走了。

第二十三章

相邦心思难猜测　李斯暗投更高枝

　　几日前的大雪早已没了踪迹，唯有红霞漫天照亮了半边的天际，夏阿房站在原地心疼地看着李斯远去。早朝之后，大王就将她从大殿里赶了出来。因为担心，夏阿房没有走远就躲在大殿的拐角，她知道那里是最靠近大王的位置。听着里面接连响起的惨叫，夏阿房丝毫不惧，有的只是对嬴政的心疼。这个时候她多想不顾大王的命令冲进去，可她不敢，大秦律法太严，她一个普通的赵女留在大王身边本就招人诟病，所以夏阿房无论做什么都不敢太过放肆，尤其是无诏闯宫。

　　正在夏阿房焦灼的时候，李斯来了，毫不犹豫地当着右中郎司空俞的面，把自己脱了个精光。夏阿房只好找个角落躲起来，毕竟她尚未婚配，当众看男子的身体着实不好。夏阿房不知道李斯来这是要做什么，正疑惑的时候李斯竟然毫不迟疑地闯进大殿。震惊和感激让夏阿房暗下决心，无论如何也要保住李斯。思及此她站在大殿门口冲着右中郎司空俞招了招手。

司空俞脸颊微红，连忙迎了上去，向夏阿房抱拳，说道："阿房姑娘。"夏阿房冲他颔首，几步走到跟前，压低了声音说道："将军，大王有令，今日李斯闯宫之事绝不可泄露，否则概以闯宫论处。"李斯走出大殿时，众人都隐约听到秦王的声音，只是距离太远听不清楚，所以夏阿房一说，司空俞便以为夏阿房是在代替大王传令，不敢怠慢，再次抱拳转身跑下台阶，对着今日当值的所有锐士严令禁止。

李斯并不知道，为了救他，夏阿房不惜假传王诏。此刻的李斯仿佛油尽灯枯，连神志都变得有些恍惚，连日来的奔走和极惊极怒让他那苦熬许久的身体彻底垮掉。李斯整个人都挂在王绾身上，渐渐地连步子都挪不动，最后还是王绾把他拖拽着回了军营。樊於期远远看到心头一惊，连忙冲到王绾面前，阴沉着脸将李斯从地上抱了起来，大步流星地冲进卧房。樊於期把人放到床上才看清李斯身上的血迹，猛地转头对着王绾问道："大人，李斯……李斯这是怎么了？"

王绾刚追得气喘吁吁，半晌才对着樊於期说道："不是他的。他这是饿了，你……你在这里看着，我这就去找……找寺医，找太医令。"樊於期闻言没有继续追问，只重重地点头。王绾见状放心地转身奔出卧房，向着寺医所在的院落跑去。王绾跑进太医院的时候，天色已经彻底黑了，除了当值的寺医，其他的都已经出宫。王绾向来都以儒士自诩，这还是第一次如此不体面地在宫中甬道上奔走。他来不及解释，一把拖起那个满脸惊愕的寺医转身就走，可怜寺医老迈，被折腾得都以为自己要断气了。

王绾拽着老寺医冲进李斯卧房，樊於期早把李斯的衣服扒了下来扔在地上，焦心地坐在床边等着王绾。见老寺医被王绾拖拽得披头散发、衣服散乱，连忙起身让开床侧，站在一旁时不时看一眼王绾。

樊於期是个粗人，虽然和李斯相处时间不长，但觉李斯这人不错，便也多了几分亲近。辰时末李斯急匆匆来找他告假说有事要去做，樊於期没有多想便应了，谁承想才过了几个时辰，李斯就成了这副样子。

那些血虽然不是李斯的，但樊於期能断定必是有人丧命。可他和王绾不熟，于是只能站在一边干着急。老寺医神情凝重地坐在床侧把脉，还没诊出症状，就听到床上的人隐约有些动静。卧房里安静极了，几人不约而同地看向李斯，只听"呼呼"的鼾声响起，几人都是一愣，老寺医的脸色都黑了。

王绾不好意思地咽了咽口水，冲着老寺医尴尬赔笑。诊了许久老寺医才吃力地从床榻上下来，转身看着王绾说道："这位郎官暂时没有大碍，只是身体亏虚，又思虑过甚才会晕厥。以后注意调养，身体很快就能康健起来。"王绾闻言连忙对着寺医长揖一礼，恭敬地说道："那就有劳寺医了。"寺医冲王绾摆手，从医匣中拿起笔墨，在绢布上写下一张方子，然后退身离去。

王绾赶忙安排人去熬药，忙忙碌碌的连樊於期什么时候走的都不知道。李斯感觉自己睡了很久，身上好似压着一块巨石，让他憋闷得难受，缓缓睁眼看到的却是王绾那张蜡黄蜡黄的脸，李斯被吓了一跳，"噌"的一下就从床上坐起来，紧张问道："绾兄，你这是怎么了？"

王绾才发现李斯醒了，高兴得连忙起身，从铜鬲中舀了一碗药汤递到李斯面前。李斯看着汤碗没有去接，而是仰头看着王绾继续问道："绾兄，你这究竟是怎么了？"王绾低头看了眼手里的药碗，无奈叹气："斯兄，你可吓死我了。你若再不醒，王绾小命休矣。"说完，王绾干脆抓起李斯的手把汤药塞到他手上，打了个哈欠说道，"记得把药汤都喝了。铜鬲里还有，三个时辰一次。我先回去休息了。"王绾说着就往外走，抬脚走出门槛，却再次回头对着李斯说道："喝完继续睡。不多时贾兄估计就能进宫看你。"

扔下这句，王绾不再耽搁打着哈欠转身，差点跟从外面走进来的夏阿房撞个满怀。两人都有些尴尬，王绾连忙后退向着夏阿房作揖说道：

"阿房姑娘又来看李兄了？这次姑娘可以放心了，斯兄刚才已经醒了，正在吃药。"听到王绾的话，夏阿房连忙冲着王绾屈膝作礼，笑道："真的？那太好了。大王听到这个消息一定会高兴的。"话毕便迈步走进房间。李斯看到夏阿房多少有些意外，随即又猛地想起一事，赶忙对着门外的王绾唤道："绾兄……绾兄等等，我有事问你。"

夏阿房还来不及寒暄，就听到李斯呼唤王绾，一时愣在原地，不知如何是好。王绾也是一愣转回头看着李斯，扭身走回房间，问："怎么了？"李斯连忙将手里的汤药一饮而尽，放下汤碗才仰头对着夏阿房说道："姑娘前来探望，斯原本该好好答谢姑娘，只是我和王大人有些急事，还请姑娘明日得空再来。"李斯言语恳切，夏阿房原本对他就心怀感激，闻言也不在意，笑着冲李斯颔首，回道："无妨。只是先生莫要操劳，身体要紧。阿房就先退下了。"夏阿房是个聪慧的女孩，说完转身向着王绾屈膝，快步走出房间。

目送夏阿房离开，李斯才对王绾说道："绾兄，关门。"王绾更加疑惑，却依言照做，关上门回身察觉李斯的神情不对，遂脸色也凝重起来，关切问道："斯兄，怎么了？"李斯长叹一声，暗骂自己这糟糕的身体拖了后腿，忙问道："我睡了几日？"王绾答："三日。"李斯又问："与燕国的合盟怎么样了？"听到这里，王绾终于猜到李斯是为了什么，缓步走回在床边坐下，压低了声音说道："不乐观。那日你去闯宫，我和司空将军一直守在殿外，畏惧大王的命令一直不敢进去。只听说赵国毛遂与相邦相谈甚欢，甚至被相邦留在相府休息。"

这个消息对于李斯来说并不意外。当日他去面见嬴政的时候就已猜到赵国的心思，怕是一早就知晓君臣不和、相邦把控朝政的消息，把希望放在了吕不韦身上。李斯颔首，示意王绾继续往下说。王绾显然对赵国的行径也有不齿，再说话时语气也冷了几分："哼！绾一直以为那毛遂盛名在外，至少也是个君子，谁承想竟也是个趋炎附势之徒。"看着王绾义愤填膺的样子，李斯只觉得王绾耿直得可爱，没有言语静静听着。王绾继续说道："毛遂留在相府的事，怕是被燕国太子丹知道了。那燕丹竟然也学毛遂一般，毫无气节连忙在咸阳大肆购买金银礼器，上赶着送去相府。"王绾说到这里，话音一顿，神情有些古怪地看着李斯，半晌才喃喃说道，"斯兄，你说相邦到底是想怎样？"

李斯没有说话，王绾继续："我得到消息时已是第二日，将斯兄托付给樊於期，便急忙出宫赶回相府，不想却被家宰郑栗拦在门外，说是已将我的器具、竹简装箱，送去了我的新府邸。我与那郑栗理论，郑栗却说是相邦的意思，让我以后不要再回相府，说相府已经没了我的容身之地。"

听到这里，李斯的脸上终于露出一丝诧异，但这还不是全部，王绾继续说道："我在相府门口刚巧撞见同被相邦赶出府的贾兄，我二人心情郁结，于是一同去了礼乐府，原本是想同贾兄一起喝酒……"王绾正说着，门外突然响起叩门声，姚贾的声音也在这时传了进来："斯兄，醒了吗？"

王绾连忙起身开门，却发现甘罗竟然也在，两个人一同进屋，王绾再次关好房门转身回来。四人再次相逢却莫名有种物是人非的感觉。

王绾的话虽然没有说完，但李斯看姚贾和甘罗的神情，便猜到这两人怕是也被相邦赶了出来。见王绾再次关门，姚贾察觉不对，狐疑地看向李斯，问道："斯兄，你们在商谈什么？"王绾走到两人面前，主动解释："贾兄来得正好。我和斯兄正好说起那日你我一同被相邦赶出相府的事。"姚贾闻言叹了口气，示意王绾先坐，自己也拉着甘罗一同坐下，思索了一下开口说道："斯兄应该知道，我在相府也有几个心腹。绾兄要说的怕是那日毛遂同相邦在书房中饮酒的事。"

第二十四章

道不同不相为谋　心思各异面上和

窗外日头正好，照在窗棂上暖洋洋的，几人聚精会神地看着姚贾，等着他继续往下说。姚贾组织了一下语言，才淡淡说道："事情是这样的。那日在朝上听说赵国使节没有进宫面见大王，而是直接去了相府，相邦当众离开，我便觉得不妥，便让相府中的亲信帮我留意书房里的动静。那人次日才来见我，说相邦已经答应毛遂，秦国决不出兵助燕，甚至还在言谈之间将大王和那赵国的太子作了比较。"听到这里，李斯的心骤然一缩。酒桌上的话多少有些忘形，但让人把这样的消息传出来，又不像是吕不韦的风格。李斯不禁皱眉，默默听着姚贾继续往下说。

姚贾眉头皱得更紧，声音也低沉了许多，说道："相邦还说大王无论文才武略都不及那燕国的赵佾，还说若是将来赵佾登位，赵国必将称雄，与赵国为敌对秦国来说没有好处。"

姚贾说这话的时候，几乎气得顿足。李斯默不作声，开始揣测吕不韦的目的。正在这时，一旁的甘罗也忍不住插话："贾兄，我听到的与你有些不同。"其余三人都是一愣，姚贾能听到风声还在情理之中，毕竟他在相府经营了将近两年，但是甘罗不同，无论时间还是人手他都绝不可能，这实在是太匪夷所思了。

甘罗见几人不语，便继续说道："我听到的消息是那毛遂吃了几杯酒就有些放浪，竟然在相邦面前不断称赞他们赵国的太子，简直将赵国的那个太子佾，夸得天上有地上无，相邦心生向往，还说要请太子佾来秦国一聚呢。"李斯从不怀疑吕不韦对秦国和嬴政的忠诚，所以他看事情也比旁人都要透彻。吕不韦突然亲近赵国，怎么想都透着古怪。

李斯苦思良久，视线扫过姚贾忽然想起一事，连忙问道："对了贾兄，那赵国国君身体近来如何？"姚贾狐疑地看向李斯，忽地眼前一亮想到了什么，说道："我得到的消息说赵王近来身体每况愈下，怕是熬不过这个寒冬。""赵王病了？"听到这个消息，李斯就感觉自己像是在黑夜中突然看到一盏明灯，迫不及待地追问："赵王有几个儿子？"或许是掌握各国的消息，姚贾耳聪目明，眼界也比一般人要宽。此刻他已经猜出李斯追问赵国情况的原因，略作沉思说道："别的儿子都不用在意。赵佾倒是有个弟弟赵偃，此人性情乖张，和那年轻时的赵王极为相似。"姚贾这话说得另有深意，李斯和王绾对视一眼，都等着姚贾继续往下说。

姚贾原本就没打算瞒着，继续说道："这赵王原本不是赵国的太子，他上面有个哥哥叫赵俚，传说太子俚要比赵王更加贤明，只可惜赵国发过一场疫病，那太子俚莫名其妙就死了。现今的赵王才成了赵国的太子。他那儿子赵偃对赵佾怕是也动了心思。"听到这里，李斯已经弄清吕不韦的谋划。若想削弱一个国家，给他一个昏君绝对要比战士奋战沙场更有用。

既然已经猜到吕不韦的目的，李斯也就想明白吕不韦不顾后果，公然在朝堂上忤逆嬴政的原因。

吕不韦这是要彻底和大王撕破脸，不然也不会传出他和毛遂的醉酒之言。毕竟李斯进相府一年有余，莫说有人传递消息，就是流言蜚语都极少出现。若非吕不韦有意为之，怎么可能连甘罗都能听到风声。

想通这点，李斯不禁开始担心嬴政，毕竟身为一国之君被臣子酒后调侃，以嬴政的脾气怕是又要发飙。李斯猛然扭头看向王绾问道："绾兄，大王这几日可有什么异常？这些话大王都，都知道了？"王绾叹了口气，说道："嗯，大王都知道了。""那大王有没有说什么？"李斯继续追问。王绾摇头，回道："也不知那日斯兄到底同大王说了什么，大王这几日突然爱上了骑射，每日功课完毕都会带着司空俞和蒙家的那两个兄弟出宫练骑射。"

李斯陡然抓住一点，问道："蒙家兄弟？绾兄说的可是上将军蒙骜之孙？"王绾点头："正是。据说叫蒙恬、蒙毅。这两人跟大王年岁相仿，脾性也十分相投。"王绾说起蒙恬和蒙毅时，眼底满是赞许，说明这两人定然不错。李斯不禁欣喜，对嬴政举一反三的睿智十分欣慰，由衷生出一种青出于蓝而胜于蓝的自豪。撇开嬴政不谈，李斯再次看向姚贾，意味深长地笑问："对了贾兄，以你的眼光来看，这赵王死后，哪个儿子继位对秦国最有利？"

姚贾被李斯问得一愣。

若问秦国之中有谁痛恨赵国，姚贾敢说除了嬴政母子，他定然在列。回想往事，姚贾幼年家境贫寒，后来遇上亡妻。因为门第悬殊不得已背井离乡，却被魏国冠上了盗贼的污名。后来姚贾辗转去了赵国，谁想那赵国不问缘由，听到他的名声便把他和爱妻一同驱逐，可怜爱妻身体羸弱最终死在了路上，所以他对赵国的恨绝不比嬴氏母子少。姚贾陷入沉思，其余几人默默等候。甘罗年纪较小，耐不住性子，几次想要开口催促憋得直咂嘴。

看着甘罗的举动，姚贾忍不住想笑，叹道："斯兄之能实在可怖，谋算人心犹如探囊取物，我姚贾今生绝不与你为敌。"突然被人恭维，李斯不禁有些赧然，只好笑着连连摆手。姚贾再不迟疑，脸上的笑意渐渐散去，说道："自然是生性暴戾、贪图享乐的赵偃更合适。"

王绾虽然耿直却也不傻，听到这里终于明白姚贾和李斯在谋算什么，一拍大腿兴奋地大声笑道："彩！斯兄、贾兄，此计着实精妙，若以此论那赵偃确实要比赵佾更合适。"王绾说着转眼又皱眉了，迟疑道，"可这毕竟是赵国的事，谁登基秦国怕是不好插手，更何况那赵王虽然莽撞但至少不糊涂，让他废长立幼还是立个贪图享乐的儿子，怕是不行。"李斯闷笑出声，神采奕奕地看着王绾笑道："那就由不得他了。"

姚贾也跟着笑了起来，转头对着王绾说道："绾兄，你莫不是忘了相邦说过的话？"

他与甘罗出使的日子早已定好，只待毛遂离秦，便立刻启程。此时他们除了薅羊毛又有了一个重任，无论如何也要帮着相邦将赵国的太子佾请来秦国，到时是做客还是为质，那就由不得赵王丹了。几人商议到这，脸上都多了几分神采，李斯更是神清气爽，恨不得从床上爬起来去校场跑几圈。姚贾是和李斯相处时间最长的，也是最投机的，见赵国的事已经商议出了定论，便再次开口问李斯道："赵国的事我和甘罗会找机会询问相邦。只是斯兄，与燕国合盟的事要怎么解决？"

李斯看向他，叹了口气才淡淡说道："大王那，我早已经做了准备，你们不必担心。只是经此一事，大王与相邦之间的关系怕是再难修复。几位以后何去何从可要好好决断。"虽然已经在嬴政面前打了包票，不过李斯还是不想硬把几人拉上船，所以说话的时候有所保留，想了想他又觉得自己不能白做好人，随即说道："那日在六英宫里大王曾问我谁可用。我给大王的答复是：王绾耿直是直臣；贾兄干练是能臣；而小甘罗出身相府，机敏善辩，将来一定像他祖父一样，也是个宁折不弯的忠臣。"李斯的话多多少少让几人感到意外和感动，房间里再次陷入安静。被人认同的感觉，对于他们这些郁郁不得志的人来说绝对算得上是知音。

见几人沉默不语，李斯眸光带笑，故作轻松地说道："怎么都不说话了？难道我说得不对？"王绾立刻瞪圆了眼，看着李斯刚要反驳，却又觉得这样不好，半晌都没说出什么。姚贾倒是心安理得地认了，抿唇含笑。唯有小甘罗愣怔了半晌，才坚定地用力点头。两国使团的事到这里已经盖棺，既然吕不韦已有决断，他们能做的不多，唯有静观其变。李斯笑看几人，看到王绾脸上的疲惫，心里隐隐有些感动，遂起身对几人说道："既然如此，那就这样。我还有些头晕想再睡会儿。绾兄、贾兄，这几日辛苦你们了。我已经没事了，你们也回去休息吧。"

王绾还想坚持也被李斯婉言推辞，笑着说道："两位不是都被相府赶出来了？新的府邸定然没有安置。我身在兵营又在宫里，一旦有事必定有人照看，你们就先回去吧。"李斯的话很有道理，姚贾和王绾对视一眼也不再坚持，笑着起身带上满脸兴奋的甘罗走了出去。看着几人离开，李斯直接倒回床上，默默地瞅着房顶的青瓦出神。这三人突然被赶出相府，怕是和他那日在宫里说的话有关。吕不韦定然是知道了他向嬴政推举几人的事，为了让嬴政放心起用才果断将他们赶出相府。李斯越想就越是感觉吕不韦这壮士断腕的决心让他钦佩，一想到将来秦王亲政吕不韦的下场，李斯又觉得胸口发闷，睡意全无。

侧了个身，李斯看着挂在房中的羊皮地图，脑中又想起那日嬴政的三个问题，他只答了一个，不过几日嬴政竟已完全领会，甚至举一反三，以学习骑射为由结识了上将军蒙骜的两个孙子，不用想他那日提到的镬公，嬴政定然也会下手。能够跟随这样一个君王，李斯感觉胸口豪气骤生。歼灭六国、一统天下，这样的旷世伟业指日可待。又翻了个身，李斯怔怔地看着窗外的骄阳，忽而又想起一事。这上将军蒙骜文韬武略都不输吕不韦和镰公，又怎会看不出嬴政的意图，没有阻止难道说他也……

第二十五章

嬴政年轻野心大　灭六国一统天下

屋外的校场上郎官正在操练，齐整的声音传进房间。李斯猛地从床上坐起，心跳不自觉加快。此刻他才发现，有些人的谋略远比他想的更加深不可测。李斯对秦国三公九卿了解不多，甚至对他们的职权也只有粗浅的认识，但有一点李斯却无比清楚，上将军的爵位代表的绝不仅仅是这个人的丰功伟绩，那代表的是一支军队。这就如同当初听说，吕不韦独断专行地削了镦公的爵位，李斯都以为秦国要乱了，结果却让他大为惊愕。

脑子里思绪烦乱，李斯靠在床头默默想着，最后想到的，却是那两个接连病逝的秦王。秦孝文王、秦庄襄王，短短四年接连丧主，秦国国内仍旧一派欣欣向荣，单看这一点，秦国的强盛便是不言而喻。想到这，李斯转念又想起那个早慧的少年，下一次再见他该将第二个问题同他好好说一说了。在脑海中仔细地搜罗说辞，李斯只觉头疼不已，迷迷糊糊地翻身再次躺下。李斯刚要睡着，门外再次响起沙沙的脚步声。那人走到门前就停了下来，李斯有些疑惑，连忙起身看向门口。就在李斯准备装睡的时候，门被人轻轻叩响。李斯直觉头疼欲裂，自他醒来足有一个时辰，脑中所思所想不曾停歇，早已经昏沉得提不起精神，刚想继续装睡，就听门口传来低低的声音："阿房，先生真的醒了？"女子声音清脆："嗯，醒了。阿房亲眼所见。"

听到这里，李斯已然知道门外的人，是那个他心心念念的小秦王，连忙翻身下床整理了衣裳，把门打开，强打精神将嬴政让进房间。看到李斯亲自开门，嬴政和夏阿房都眼前一亮，一前一后走进房间。嬴政这还是第一次走进营房，视线在整个房间里扫了一遍，目光落在那张地图上久久没有移开。李斯把嬴政的举动看在眼里，笑着说道："屋舍简陋，还望大王莫要嫌弃。"

嬴政不甚在意，反而笑着伸手指向羊皮地图问道："先生，这地图……""李斯亲手绘制。"李斯恭敬答道。嬴政脸上一喜，径直走到地图前，细细打量，目光灼灼地盯着赵国的疆域："先生，你说待我亲政，东出之时是该攻打韩国还是赵国？"

这就是嬴政当时问的第二个问题了。

李斯淡淡一笑跟着嬴政走到地图前，抬手指着赵国的位置，意味深长地说道："大王，若他不是赵国，而是魏国或是楚国，大王会怎么做？"嬴政一愣，随即释然一笑："先生的意思，寡人知道了。寡人这次来是为了向先生讨教第二个问题。"李斯点了点头："李斯知道。况且大王即便不来，待明日身体康复，斯也会去找大王。"李斯说着看了眼夏阿房，语带歉意地说道，"这屋外人来人往，阿房姑娘能否帮我和大王守一下？"

自从意识到吕不韦在宫中也有细作，李斯对吕不韦的能力又多了几分忌惮，他可不想自己话还没说完，吕不韦那就已经知道了。

夏阿房一愣，看了眼嬴政，见嬴政颔首立刻笑着点头："当然。先生大可放心，阿房就在门外守着，任谁也别想靠近。"说着转身走出屋子，关上房门。李斯脸上的笑意立刻散去，神情凝重地看向嬴政，恭敬说道："大王，李斯接下来要说的，大王可能不喜欢听，但李斯却不得不说。"嬴政目光炯炯地盯着李斯，眼里满是期待。李斯见状在房间里踱了几步，才缓缓开口："李斯要说的是，即便将来大王扳倒相邦实现亲政，想要东出依旧不行。"嬴政蹙眉，扭头看他。李斯假装没有察觉，仍旧继续："秦国固然强盛，自商君变法之后，秦国就已然独霸六国，可大王是否想过，为何高祖惠文王、武王、曾祖昭襄王、祖父孝文王，甚至是雄才伟略的先王都没有东出，扫平六国？"

这个问题把嬴政问得一怔，他眉头紧皱，甚至不自觉地跟着李斯踱步。

李斯长叹一声："因为秦国虽强却不够强。这六国无论哪一国与秦国相比都有不足，可偏偏他们有一个让人厌恶的习惯，喜欢合纵连横。所以东出之前，大王有几件事必须要做，而且要做得漂亮。"终于说到重点，嬴政听到这里，甚至忍不住咽了咽口水，打起十二分的精神仔细听着。

"若要东出，秦国首先必须更加强盛，兵马二百万、车驾万乘，不拘年岁但必须是能统领十万以上大军的将军，不能少于二十人。"李斯轻描淡写地列出条件却让嬴政彻底惊呆了。兵马二百万？他若没有记错，秦国全部的人口加起来也不过四百万之数，女子、老幼不可从军，那就是说秦国的人口必须暴增两倍之数，这还只是兵马的人数。车驾万乘，将军二十，只怕集七国之力都做不到。想到这嬴政不觉皱眉。

李斯把嬴政的反应看在眼底，笑道："大王也不必把这件事想得太难，其实相邦已经着手去做了。"嬴政这还是第一次听李斯夸奖吕不韦，忍不住挑眉细听。"大王可还记得韩使郑国？"嬴政颔首："记得。""他的治水之策大王可曾读过？""读过。耗时、耗费人力，且不一定有用。"李斯笑了，随即对着嬴政大肆地夸赞郑国治水方略的好处。嬴政一直静静听着，脸上的表情终于慢慢舒展，直到李斯最后说道："渠成之日，秦国必将沃土千里，不出三年，定会帮秦国增加四万顷的良田。"嬴政终于瞪大了眼睛，激动地在屋子里踱着步子。

李斯笑着继续说道："有了地，就会有人。届时只需大王出一仁政，六国流民定会源源不断地涌进秦国，还有战俘。相邦废除以斩首论军功的律法，也是为了壮大秦国的人口，不出十五年，秦国的人数必将激增至千万之数，到那时兵二百万、车驾万乘还难吗？"

嬴政听到这里，终于不由心绪翻腾，再次回到地图前，一把将地图从架子上取下来，转头对着李斯说道："先生说的是。这地图我收下了。我要将它挂在六英宫中，日日看着。"李斯作揖答道："大王自便。这图早已刻在斯的脑中。这还只是其一。"嬴政此刻已经对李斯彻底信服，闻言连连点头催促："先生请说。"

"大王，李斯所说东出的第二个条件，就是派出秦国的细作，重金收买各国的重臣，彻底断绝其余六国合纵连横的可能。"有了李斯之前的铺垫，嬴政几乎瞬间就想到李斯这么做的关键。确实，秦国再强若是让他们集六国之力一同伐秦，秦纵有雄兵数百万，腹背受敌依旧难以应对。"准了。李斯，这件事你现在就可以着手去办，需要什么人，需要多少财力，你都可同寡人讲，寡人必定全力助你。"

见嬴政果断答应，这份睿智和对他无条件的信任，李斯心里说不出的高兴，于是一鼓作气继续说道："大王，还有一事李斯要说。""你说，寡人听着。""这一次燕赵两国使团来秦的事，还请大王不要插手，一切任由相邦处置，当然大王若是觉得对不住燕丹，也可去雍城住上几日。总之燕赵开战，对秦来说只有好处没有坏处。若能螳螂捕蝉自是最好。"嬴政还以为李斯要说些治国强民的策略，却没想到竟是让他出城躲避，脸上的表情瞬间冷了，默默地注视李斯许久，才冷声说道："你不用说了。你的意思寡人明白。明日寡人就带着蒙毅、蒙恬出宫，顺便去看看先生推崇备至的那个郑国。"得到嬴政确切的答复，李斯总算松了口气，说道："大王果然睿智。既然还有时间，大王想不想听灭六国、统一天下之后，李斯还有什么想法？"

嬴政虽然答应了出宫躲避，但李斯还是感觉嬴政心底不快，毕竟是儿时的伙伴，李斯多少也能理解，为了讨好嬴政，他赶紧转移话题，将早就准备好的策略抛了出来。

嬴政果然来了兴致，抱着怀里的羊皮地图，走到李斯床边，拍了拍床沿说道："先生才久病初愈，身体怕是还没康复，寡人赐座，先生过来坐着说。"听到嬴政赐座，李斯几乎都要哭了，睡了整整三天，他到现在只喝了一碗药汤，米粒未进，双腿早已经酸疼得打旋。可他仍旧不敢直接过去，拿着架子，拱手作揖，冲嬴政道谢："谢大王体恤。斯这双腿着实撑不住了。"见嬴政笑得真切，李斯这才挪着双腿，走到床边坐下。距离拉得近了，两人的感觉也更亲近，嬴政看着李斯眼里满是期待，李斯不敢托大，赶忙继续说道："大王有没有想过一统之后要怎么做？"

这话虽然是在询问嬴政，其实也是在引出话头。嬴政似乎想到了什么，没有立刻回答，而是对着李斯问道："先生呢？可有什么良策？"李斯笑着颔首，双目灼灼生辉："若大王不想再步商朝的后尘，李斯有一个大胆的想法，那就是废分封。"李斯这句话重重地击到嬴政的心坎上，那一刻嬴政甚至兴奋地从床上站了起来，激动地在屋子里转了几圈才停下脚步，对着李斯说道："对。正是如此，寡人也是这么想的。"

嬴政儿时在赵国曾有个老师，因宗室苛政层层盘剥，全家死于非命，而那位老师最后也死在了逃出赵国的路上。当年他的祖父，也正是因为宗室诸侯处处挟制无法东出，郁郁而终之前，把象征王权的秦王剑交到了他手上。后来父王临终心心念念的依旧是：东出，剿灭六国，一统天下。嬴政将祖父的苦闷和父亲的遗愿深深记在心底。为了这个愿望，嬴政曾把希望寄托在吕不韦身上，可随着年龄渐长，嬴政却发现吕不韦被眼前的安乐腐蚀，对宗室处处忍让，早已没了东出的魄力，处处怀柔，想要徐徐图之，所以他才对吕不韦越来越失望。

李斯今天的话，却让他有了一种从未有过的踏实和信心，嬴政相信有了李斯的辅佐和自己的雄心，将来必将统一。越想嬴政就越是兴奋，猛地转身对着李斯说道："先生所言，寡人记下了。待寡人亲政，必定举先生为相，这统一伟业，先生可愿与寡人共同努力？"嬴政的话虽然还有些稚嫩，但李斯却知道他这是要以相位相邀，忍着心底汹涌的激动，李斯连忙站起，走到嬴政面前作揖回道："大王，斯虽出身稷下学宫，所学仍以法家为主，斯愿以毕生所学辅佐大王，助大王一统天下！"

第二十六章

一腔抱负待施展　冤家路窄遇嫪毐

　　走出李斯的房间，嬴政站在廊下仰头看着乌云重重的天际，忽而刮起一阵狂风吹散了乌云，露出灿烂的日光。那一刻，嬴政莫名有了一种恍如隔世的感觉。回头看向身后的屋舍，想起李斯明明面色蜡黄却神采奕奕高谈阔论的样子不禁失笑，侧头对着身旁的夏阿房问道："阿房，你觉得李斯怎样？"夏阿房对李斯的印象极好，尤其在那日李斯不顾安危冲进六英宫规劝嬴政之后，她几乎把李斯当作救命恩人，闻言不假思索地说道："先生是阿房见过最有才学、对大王最忠心的臣子了。"

　　嬴政闻言笑着点了点头，随即昂首阔步向着章台宫走去，一边走一边还喃喃自语："寡人也是这么觉得。这样的人只做郎官屈了，寡人要给他一个合适的官爵，不然就浪费了他这满腹才学。"

　　夏阿房闻言连连点头，跟在嬴政身后渐渐走远。

　　嬴政一走，李斯就像被人抽了筋再没有半点气力，直接倒在床上晕了。这一睡就又过了许久，昏迷中李斯隐约听到有人说话，声音醇厚，亮如钟鸣："我若不来，斯兄你怕是要冻死在这夜里了。"然后感觉有人把他塞进了温热的被褥中。这一觉李斯睡得格外踏实，就像是夏日里即将旱死的树苗，忽而淋了一夜的雨，所有的疲惫一扫而净。第二日一早，李斯穿戴整齐走出房间，迎面撞上樊於期，笑着拱手道谢："昨夜多谢樊将军，不然李斯怕是真的要冻死了。"樊於期一拍脑袋哈哈大笑，带着点扭捏说道："原来斯兄都知道。我还以为这情分我老樊要不回来了。甚好，甚好！"李斯被樊於期逗得"扑哧"一笑，随即笑问："樊将军有事？"樊於期是个粗人，那些扭捏算计的事情，他一做就露馅，李斯也不想欠他人情索性直接开问。

樊於期被问得面色涨红，打着哈哈说道："也……也没甚事，就是来看看斯兄。"樊於期急得直挠铠甲，眼睛瞥向一边才犹犹豫豫地说道："对了斯兄，我听说昨日大王亲自来看你。在这待了足足一个时辰，看来大王是要重用斯兄了。"这样的恭维，李斯虽然喜欢却没有回应，始终笑盈盈地看着樊於期。樊於期被看得心虚，索性梗着脖子脱口而出："斯兄，燕国来使要与秦国结盟，共同攻打赵国，老樊听说领兵之人还没定下，你看老樊咋样？"李斯还以为樊於期求的是什么大事，竟然是想领兵，李斯足足愣了半晌才问道："樊兄听谁说秦国会出兵的？"

樊於期不禁讪笑，根本没有听出李斯话中的意思，说道："斯兄你也知道，老樊今年四十有余，总是在这城中驻守，撑死也就做个将军，还不如司空俞那个孩子。""樊兄，这事我帮不了你，这场仗秦国打不了。以后若是樊兄还有别的事，李斯定然不敢推辞。"樊於期彻底愣住了，一脸错愕地看着李斯追问："为什么？李兄，你快跟老樊说说。"李斯见樊於期一脸焦急，若他不说只怕樊於期不肯罢休，把人拽到廊下，左右看了看才对樊於期说道："此事等你休沐再说。对了，樊将军今日不用当值？"

樊於期狐疑地抬手指向雍城，说道："大王今日一早，就带着蒙家兄弟去了雍城，老樊今天不当值。"听到嬴政真的躲了出去，李斯的心也彻底放了下来，反正闲来无事，倒不如好好同这个樊於期说说，便笑着说道："这里不是说话的地方，不如咱们去别处走走？"

樊於期正急得抓心挠肝，生怕李斯不说，连忙点头，答道："好，好。老樊知道个地方不错，来，斯兄跟着老樊走。"樊於期抓起李斯的手，大步流星就往兵营外面走。李斯还没来得及吃东西，腹中饥肠辘辘，却找不到机会告诉樊於期，只能小跑着跟上樊於期的步子，被他连拖带拽地拉进一处水榭。

皇宫里的水榭长廊足有百米，一望无际的水面视线也格外清晰，隐约还能看到远处六英宫的房脊。唯一不雅的就是寒冬腊月没有水波，只有一望无际的冰封水面，还有呼呼刮着的北风。李斯瞬间被冻了个透彻，对姚贾那句评断——忠勇有余，谋略不足——越来越推崇，这货确实缺根筋。

李斯不禁感叹，只能安慰自己，在这里说话虽然冷，但好在没人能偷听，于是认命地走进水榭，找了个背风的位置坐下，思忖了一下才对樊於期说道："樊将军可知，那日赵国来使进咸阳城，没有入宫反而直接去了相府的事？"樊於期瞪着他那对狼眼，跟个孩子一样连连点头。李斯知道他不说清楚，樊於期肯定听不明白，只能把这事揉碎了细细说了一遍，足足半个时辰，樊於期才总算失望地点了点头。

"原是这样。唉，看来咱老樊这辈子只能在这城中守着了！"

李斯被樊於期气笑了，语重心长地说道："樊将军不必着急，将来军中建功的机会多的是，不在这几年。"樊於期听得依旧有些懵懂却没有追问，只若有所思地点了点头。樊於期正要道谢，忽然瞥见水榭尽头的抄手回廊中，有几个寺人向他们缓缓走来。对于这些为了几口吃食或犯了事受刑进宫没了根的人，樊於期向来都不喜欢，拉着李斯就要走人。

樊於期的脸上藏不住事，李斯看他的表情就知不对，顺着视线看去一眼看到了嫪毐。此时的嫪毐脸上依旧白净，看样子比在相府的时候活得还要滋润，只是看人的眼神远比之前更加阴鸷。

李斯挑眉站起，静静地看着嫪毐走近。

"没想到在这也能遇到你，郎官李斯？"嫪毐捏着嗓子说话，语气拿腔怪调。李斯不想跟这个活不了几天的人置气，也不理会，只淡淡地回了句："原来是嫪毐，别来无恙？""笑话。你看我的样子像活得不好吗？"李斯实在是饿得狠了，便又笑着回句："嗯，确实不错。"然后盯着嫪毐白净的下巴，别有深意地说道："似乎比之前更白净了。"

嫪毐是个假寺人，这事是吕不韦安排的，知道的人更是少之又少，所以嫪毐以为李斯是在故意羞辱，脸色一沉说道："放肆！我很快就是这秦宫的内侍长，李斯你不想死的话，最好跟我好好说话。"李斯看着嫪毐那小人得志的样子满心无奈，为了往后清净，索性转头对身边的樊於期说道："樊兄，你先到前面等我，我有话同嫪毐说。"

樊於期虽然缺根筋倒也不傻，猜到李斯有事不能让他知道，干脆迈着虎步走出凉亭。其余几个寺人也退了出去，亭子里只剩下李斯和嫪毐两人。李斯嘴角含笑，向着嫪毐走了几步，嫪毐还以为李斯是要求饶，不禁满脸得意。李斯却压低了声音，意味深长地说了句："尾巴都没夹紧，你就四处晃悠，就不怕大王知道，你这项上人头长得可还稳当？"

李斯没把话说透，嫪毐却已经吓得面无血色，惊愕地看着李斯跟跄着退了几步："不可能，你怎么知道的？"李斯但笑不语，摇了摇头走出凉亭。

接下来的几日，李斯难得清闲，只樊於期偶尔无聊就来找他聊聊，不过以樊於期的脑子李斯倒也不在意，权当是个免费的细作。从樊於期的口中，李斯得知，因秦国迟迟不愿与燕国结盟，燕国国君听信谗言，以为继赵括兵败之后，赵国早已没了反抗之力，迫不及待发兵攻赵，两国已经开战。后来燕太子丹听说燕国出兵，急得如热锅上的蚂蚁，只得又去跪求吕不韦，再一次被拦在相府之外，无计可施之后愤然离去，忙着赶回燕国助战。合盟的事到此算是彻底废了。而秦王嬴政这一走，竟然走了整整一个月，李斯的身体也在这一个月中彻底调养好了。

眼看到了冬去春来、冰雪消融的时候，已经一个月没见的三人，一同来了李斯暂居的营房。王绾手中拎着铜鬲，里面烹的羊肉味道极为鲜美，姚贾手里拎着两坛酒，还未开封香味已经飘散，唯有小甘罗一看就是来蹭吃喝的，什么都没拿，觍着个脸跟在姚贾身后。李斯看到几人不禁失笑，找人借了几个酒爵神情凝重地摆在案桌上，闷闷地问道："贾兄和小甘罗，你们这是要走了？"

屋外日头正好，窗外的老柳树也吐了新芽，南风徐徐，微有暖意。甘罗年岁尚小不知此去艰险，倒是姚贾释然一笑将酒壶举起，冲着李斯说道："莫说那些烦心的，今日我拿了好酒，是我在相府时用木樨花酿的，整个咸阳只此两壶，别委屈了这两壶好酒。"一旁的王绾也忍不住说道："那是当然，今日咱们不醉不归。"一旁的小甘罗也跟着点头，却被几人笑着用蜜浆打发了。

四个人喝得酒酣耳热，那两壶酒根本不够，听到热闹的樊於期也主动拎着两壶加入，最后喝得酩酊大醉。李斯直到第二日才清醒过来，他睁眼一看，屋里只剩一个脱了甲胄、趴在床沿上睡觉的樊於期。李斯把人摇醒才知道，姚贾昨夜就带着小甘罗走了，这个时辰怕是已经出城。他赶忙穿好衣服匆匆出宫，一直追到城门都没有看到秦国使团的影子。李斯正失落，准备回宫的时候，却被一个乞儿拦住了去路。那孩子瞪着一对黑白分明的眼仁儿怯怯地看他，小心地将一个布包塞到李斯手中。

李斯看着小乞儿离开，疑惑打开布包，扑鼻的香气让他一愣，这特殊的香气李斯十分熟悉，昨日姚贾带的那两壶酒也隐隐带着。看着掌心上的娇黄，李斯眉头皱起，他将布包仔细查了一遍却没发现半个字。猜不透那送东西之人的意图，李斯凝眉走上喧闹的街市，刚好路过那间咸阳城最好的酒舍。李斯仰头看着上面高挂的"礼乐府"三个字，猛地惊醒。李斯心头一紧，四下扫视抬脚走了进去。礼乐府的老板早就等在门口，见李斯走进连忙迎上来，笑着说道："李大人，这边请。"李斯手里握着布包没有搭话，径直跟了过去。走过抄手游廊，复又穿过熟悉的小径，李斯跟着老板，一直来到郑国曾经住过的小院，远远看着那株落光了叶子的木樨树，李斯站在小院门口，犹豫了一下才推门而入。这一次老板没有离开，而是关上门警惕地看着四周。

第二十七章

观点不同终闹崩　曾经贵人成台阶

　　李斯缓步走进阴暗的屋舍，眼眸微眯，终于在房中看到了他预料中的那个人。吕不韦背着手站在屋舍中，正举目观赏屋中悬挂的地图，看样子像是郑国留下的。李斯正要开口，吕不韦的声音幽幽响起："大王去雍城的事，是你提议的？"李斯一愣，心底却在感叹，即便他千防万防，终究还是没有躲过吕不韦的耳目，索性坦然承认："是。李斯是想成全大王的颜面。"吕不韦却在这时冷冷转身，那双阴鸷的眸子冷光乍泄，眼角微微抖动。李斯看得心惊，猜不到吕不韦究竟为何发怒。"所以，也是你让大王去找郑国的？"李斯凝眉，但也点头认了："是。"吕不韦终于彻底怒了，转身拂袖将眼前的铜灯打翻，咬牙切齿地对着李斯说道："所以废分封，也是你让大王说出来的？"

　　这一次李斯却愣住了，废分封是他与秦王嬴政在统一六国后的计划，现在时机尚早，怎么会……

　　李斯脸色一沉，看向吕不韦那张因为愤怒而略显狰狞的脸，许久轻声问道："相邦，就算是死，你也要让我死个明白吧？能否告知李斯，大王究竟出了何事？"吕不韦阴晴不定地看着李斯，估计也觉得冲李斯发脾气有些过了，良久才叹了口气说道："算了，这事想来与你无关。本相只是怒极才会迁怒到你。"吕不韦说着冲门外唤了一声，"来人，把这里收拾了。"然后转头看着李斯说道，"出去说，这里太闷了。"

两人一同走入院中，李斯这才感觉呼吸都顺畅了，目光紧紧追随吕不韦。

吕不韦站在树下继续说道："你可知大王这次去雍城都做了什么？"嬴政一走就是一个多月，李斯根本不知道发生了什么，只能凭空猜测，问道："大王可是与封地王起了纷争？"吕不韦闻言瞪了李斯一眼，沉声说道："不错。大王这次去雍城，说是闲来无事带着蒙氏兄弟去看郑国修渠，偏巧撞见郑国因为修渠与渭阳君的家宰争执，蒙家兄弟气不过上去理论，竟被渭阳君的私卫给打了，更甚者竟还当着大王的面逞凶亮剑，最后被蒙氏兄弟以携刀面君、意图谋反的罪名当场诛杀。"

听到这里，李斯猛地倒抽一口凉气，看向吕不韦的时候难免有些紧张。其实这事也不难猜，郑国修渠本就耗时费力，那些诸侯早有微词，碍于吕不韦的面子就都忍了。谁想大王一去，就把渭阳君的家宰给杀了，甚至还扬言将来要废除分封，打了吕不韦一个措手不及。

李斯不敢出声，吕不韦的脸色越发难看，仰头看着漫天浮云，喃喃说道："我何尝不知大王想要废分封，先王当年也有这个念头，只可惜时机不对。若要废除分封，必须集权，大王手中一点兵权都没有，那些宗室王侯一旦反了，大王要如何处置？"李斯感觉胸口闷闷的，他一直以为吕不韦不懂嬴政的心，却没想到吕不韦连这一步都想到了，不由哑声附和："时机确实不对。"

吕不韦猛地回头瞪了李斯一眼，复又低头沉思，许久才道："李斯，本相叫你来不是听你奉迎，而是警告你，以后跟大王说话的时候注意分寸！他年轻气盛总有沉不住的时候，你若不能辅佐、规劝，本相就找人替了你。"扔下这一句，吕不韦不再去看李斯，阔步向着门口走去。

绕过院中花木，吕不韦却又停下脚步，说道："我听闻姝儿身边的那个叫涟漪的女婢，与你幼时交好。找个合适的时候，把人接过去，也算做个耳目。"吕不韦扔下这句便一甩袍袖，径直出了小院，独留李斯浑身恶寒地站在小院之中。

李斯回宫的时候已过午时。走回房中无力坐着还来不及喘息，门外走进一名谒者，那人对着李斯恭敬作揖，说道："大人，大王有请。"看着谒者的官服，李斯想起吕不韦说过的话，连忙起身跟着谒者一同去了章台宫的东暖阁。远远看到夏阿房焦急地站在殿外，不时扭头查看，李斯就知道出事了，加快步子走向夏阿房，拱手一礼还没开口就听夏阿房说道："先生莫要拘礼，大王正等着先生，先生赶紧进去吧。"李斯闻言也不耽搁，迈步走进书房，看到散落一地的书简却暗暗松了口气，还好这次不是死人。李斯继续上前，对着嬴政躬身作揖："李斯见过大王。"嬴政见是李斯猛地抬头，那双灿如星辰的眸子此刻却压满了愤怒和委屈，说道："先生何时来的？"李斯回道："刚到。"

嬴政声音有些颤抖，像极了受委屈的孩子，又问："那寡人的事，先生都知道了？"李斯有些头疼，说不知道也不是，说知道也不对，只能沉默地点头。嬴政突然找到了主心骨，快步走到李斯面前，刚要开口却又突然一怔，随即怒视李斯，高声叱问："不对，先生身在宫中，是怎么知道的？"李斯无奈，都气成这样了还这么机警，果然伴君如伴虎。李斯为求自保只好扯个谎先把眼前敷衍过去，回道："是阿房姑娘刚才告诉李斯的。"

嬴政疑惑地看了眼门外，似是相信了李斯的说辞，才继续说道："寡人只是一时气急，并不是有意要说废除分封。寡人……寡人……"听到这里，李斯松了一口气，这事虽大却也不是毫无办法，既然吕不韦知道了，他便不会袖手旁观。思及此李斯又叹了口气，说道："无论是何目的，都已无力挽回，大王此时该想的是怎么把这事解决，查一查这话究竟是怎么传进那些封地王耳中的。"

嬴政闻言脸色剧变，似乎想到了什么。李斯没有询问而是继续说道："或许该这么说，那渭阳君为人老成，和各国封侯的关系都很不错，为什么恰好在大王去的日子与王绾争执？这是不是太过巧合了？"

嬴政瞬间瞪大眼睛看向李斯，惊疑不定地说道："你的意思是……""对，这就是个阴谋，无论大王说什么，这事都不会善了，所以大王以后做事，万万不能操之过急，否则就会遭人算计。"看着李斯，嬴政彻底愣了。李斯见状弯腰将地上的竹简一一捡起，继续说道："依臣之见，这件事不过是封地王有心试探，试探大王的底线，大王此时唯有以静制动才能扭转局面。"嬴政听到这里终于放下心来，孩子一样地对李斯说道："原来如此，也就是你。你不知道，母后刚才特意把寡人叫去，不问青红就把寡人训了一顿，寡人——"嬴政的话没说完，就被李斯打断："大王，太后都是为了大王好。大王贵为一国之君，所以太后才会严词训斥。"

"寡人知道。寡人只是觉得母后……算了。"嬴政的话说了一半便不愿说了，转头看着李斯许久才道，"李斯，寡人已经同母后说了，明日早朝就会给你加官，封你为长史，以后你定要尽心尽力地辅佐寡人。"

虽然早有预料，但亲耳听到嬴政许诺，李斯还是愣了许久，直到嬴政轻笑出声他才猛地回神，连忙向着嬴政拱手作揖，高声喝道："李斯谢过大王。"嬴政星夜赶回，早已经人困马乏，摆了摆手让李斯退下，去准备明天的事。李斯有些恍惚，脚步虚浮地走出大殿，抬头看到夏阿房才算回神。他是真的被封长史了，虽然依旧是个小官却意义不同。夏阿房殷切地看着李斯，见李斯冲她点头连忙走进大殿。李斯刚回到军营，传令的谒者就到了，随之而来的还有李斯身为长史的官服。他沉稳地接过谒者递来的竹简，恭敬谢过将人送出门口，闪身关上房门，扭头看向那套官服。李斯只觉胸口跳得急切，几步走到床前将衣服拎起来，展开贴在身上比量。秦国历来崇尚黑色，官服更是以黑色为主，唯一不同就是交领和绅带上绣的纹案。官职不同、等级不同，上面的纹案也各不相同。

手指摩挲着交领上以赤色丝线加银丝满绣的粉米和藻纹，李斯脱下长袍，仔细将官服穿好，借着窗外的日光细细欣赏。官服质地柔软华丽，精美的丝缎在日光下泛着荧光，厚重又端庄。李斯爱不释手地反复摩挲，最终意犹未尽地将官服叠好放在床头。一夜辗转无眠，第二日一早，李斯就把官服穿好，早早跟着前来引领的谒者去了章台宫，候在大殿之外静等传诏。

第二十八章

李斯升官意气发　相邦忌惮赠美人

时至卯时日出东方，璀璨的红霞照亮了半边天际。崭新的朝服格外暖和，脚上的鹿皮靴子让他即便站着不动也依旧温暖。李斯垂首站在殿外侧眼偷瞄，深深的大殿中秦王嬴政端坐在王位之上，右上首吕不韦穿着一身墨色长袍，头戴委貌冠，两绺金丝坠于耳畔，气势凌人，不怒自威。左上首端坐一美貌妇人，气质雍容，只眉目婉转有些出神，显然并不在意朝堂上的事情。

李斯还是第一次这么明目张胆地窥探大殿里的场景，不禁有些紧张。足足过了一个时辰，就在李斯双脚发麻、想要挪挪步子的时候，一名头戴高山冠的谒者走到大殿中央，手持竹简高声唱和："宣李斯进殿，大王有诏……"

终于听到自己的名字，李斯赶忙矮身快步走进大殿。真的走进大殿，李斯才发觉这里面的情形和他在外面看到的完全不同，远观时只觉气氛威严，众人林立其中各司其职，似乎每个人都从容有余。置身其中李斯才察觉来自四面八方的目光像箭矢一样，扎得他每一步都如临深渊。李斯立于殿中，静静地听着谒者宣读诏书，只觉浑浑噩噩，周围的一切似乎都不太真切。谒者的声音绵延不绝，似乎在诵读一篇传世名著，听得李斯头晕目眩，只能默默祈祷这诏书赶紧念完。谒者终于诵读完最后一段话，转身从寺人手中拿起一方金印放入李斯高举的手心，总算是把封官的行程全部走完。李斯领诏，起身走入文臣一列在第三排第二位站定，以后这里就是他上朝的位置。

李斯隐晦地扫了眼身边两人，思绪不禁有些飘忽，正准备挺胸直立，那谒者竟又拿出一册竹简，开始继续诵读，听到最后李斯才知，原来是册封嫪毐为内侍长的诏书。想起那日在花园的相遇，李斯总觉得吕不韦和太后赵姬对嫪毐的纵容日后定会成为祸患。但这只是李斯的预感，做不得真也不能宣之于口。早朝一直到申时三刻才散。李斯新晋成为长史，自然成了百官恭贺的对象，从容地一一应付之后，李斯总算得了机会走出大殿。

站在章台宫前的石阶之上，李斯眺望殿前广场，突然生出一种海阔天空凭鱼跃的豪气，嘴角不禁勾起。但他不敢太过放纵，只一瞬便转身准备离开，发现在广场正中围着一群人，李斯是个处处留心的人，不自觉多看了一眼，却瞧见吕不韦也在其中，准确地说是被人层层围住。脚步一顿，李斯凝神细看发现那些围堵吕不韦的人身量不同、年纪不同，甚至连身上的朝服都有不同，唯有头上的元冠几乎一样。

他不禁好奇，看了看，见其他人却都行色匆匆，或假装没看见，或毫不掩饰地避开，竟没有一个人过去帮吕不韦解围。李斯越发好奇，装作不识路悄然靠近，距离还有五六米的时候，突然听到一声暴喝："相邦，当年你可不是这么答应我们这些宗室的。""对，大王若是真的废除分封，我们这些嬴氏族人要怎么办？难道都去喝西北风吗？"李斯心头一紧，立时猜到这些人的身份，也彻底明白为什么没有人来帮吕不韦解围。

废分封就是个烫手山芋，谁靠近谁倒霉，李斯赶忙扭头就走，生怕被人发现以至于走得有些气喘。回到营房的时候，上次传令的谒者竟然也在，远远看到李斯恭敬作揖，说道："长史大人，大王知道长史在这咸阳城没有亲眷、宅邸，特赐大人一座府邸，命小人在此候着，为大人引路。"一旁的樊於期高兴得跟自己升官一样，笑呵呵地开口："恭喜斯兄，荣升长史。"李斯客气回礼，随即对着谒者说道："劳烦谒使稍后，我进去收拾一下。"其实昨夜李斯就已经把行李收拾好了，走进屋拿起包袱转身就走了出来。

那谒者见状稍稍有些意外，脸上却没表现出来，全程都毕恭毕敬。行出宫门，便引着李斯上车，直奔咸阳城西南角而去。

嬴政赐给李斯的府邸其实不大，三进的院子比起相府简直小得可怜，但比起李斯在上蔡时见过的郡府，却又不遑多让。谒者将李斯送到，并没有一同进门，而是站在门口同李斯简单交代几句，就上车回了秦宫。看着眼前高大的门洞，李斯再一次深刻地体会到拥有权力的喜悦。他突然格外思念远在上蔡的云姬和父母，期待看到他们知晓自己被秦王赏赐这么大府邸时愕然的表情。

将包袱搭在肩上，李斯走上石阶推开门板，从门缝中渐渐看清院中的一切。李斯突然目光一滞，随即愕然地看向院中忙碌的女人。"涟漪？"李斯赶忙关上大门，快步走进院中。涟漪今日穿了一身粉藕色的深衣，头上只插了一只玉簪，眉目低垂。见李斯走近，涟漪连忙对着李斯屈膝行礼："大人回来啦。"李斯一愣，旋即想起昨日吕不韦说过的话。原来昨日吕不韦就知他要升为长史，见面也不只是警告他以后谨言慎行，还有这个。想到这李斯叹了一口气，对着涟漪轻声问道："是相邦让你来的？"涟漪脸色一白，低下头掩住眼底的心虚，回道："是。相邦说让我以后跟着大人。"

李斯猜到涟漪怕是误会了他与吕不韦的关系，叹了口气对着涟漪说道："你不必多想，相邦对我有知遇之恩，他让你做什么，你自己觉得可以那就做。若是觉得不可，就想办法掩过去。"

时间如白驹过隙，一晃他和涟漪离别已经七年有余，李斯并不期待涟漪会为了儿时的情分对他真心相待，毕竟他不知道吕不韦是怎么拿捏涟漪的，但他还是希望涟漪对他的心还如同那年相约私奔时一样。李斯没把话说死，一切任凭涟漪自己考量。李斯的行李不多，收拾起来也格外地简单，未时一过李斯就拿出身上一半的布币，对涟漪说道："这些布币应该够你添置一些酒菜，不需丰盛，但要够吃，入夜怕是有人会来讨酒。"

涟漪以前跟过郡守，后来又在相府待了几年，对于这样的事情早已见惯，闻言屈膝应是，带着李斯给的布币出了门。李斯闲来无事，走进他崭新的书房开始整理竹册。信手拿起一册，李斯微微一愣，忽然想起这简竹册还是当年在兰陵学宫时韩非所赠。对于那个天之骄子，李斯的心情其实很复杂，近了心生不忿，远了又觉得自己心胸狭隘，将来难成大事。但一想到韩非从降生就拥有的一切，而他却需拼尽全力才能得到，李斯就会忍不住想同他一较高下。

现在好了，他李斯已经成为秦王的心腹，而韩非也在为韩国的强盛殚精竭虑，他们的立场彻底发生了翻转。韩非拼尽一切想要壮大韩国，却处处受制，而他只需得到秦王的信任，就能随时左右韩国的生死。想到这李斯不禁失笑，抬手将竹简放上木架。

门口忽然传来响动，李斯猜是涟漪没太在意，侧头对着门外嘱咐一声："涟漪，今日事杂，你先休息，明日再继续收拾。"门外有些安静，李斯一直没有等到涟漪答复，不安地放下竹册走出书房，看到院子里站着一高一矮、一胖一瘦两个人。又胖又矮的是王绾，又高又壮的是樊於期，两个人手里都拎着东西，正在打量院子。李斯立刻笑了，自姚贾和小甘罗走后，他们就没在一起聚过，今日正好借着升官置宅的由头，喝上一回。

王绾和樊於期对李斯的宅邸很是艳羡，见李斯出来立刻笑着打招呼："斯兄，大喜。我和樊将军过来搅扰了。"樊於期不太会说面子话，听到王绾开口，忙跟着附和："就是、就是。咱老樊也跟着来沾沾喜气。"李斯被樊於期的话逗得想笑，大门在这时"吱呀"一声被人推开，三人一同扭头，看到涟漪手里拎着食盒站在门口，脸上有些惊慌。李斯不想让王绾和樊於期留心涟漪，没去招呼涟漪，忙笑着冲王绾和樊於期说道："既然来了，走，去书房，咱们不醉不归。"

王绾耿直，信奉非礼勿视、非礼勿言，没有太在意。樊於期虽然好奇，但也只以为涟漪是宫里派来的奴婢没有多想，跟着李斯一同去了书房。这一夜他们在书房畅饮，听樊於期说起少时征战，说起当年攻灭东周。王绾酒酣耳热的时候，也难得说话多了一些，不过说起的却都是与秦国有关的事。李斯今天算是大喜，忍不住想要吹嘘，再次说起他在兰陵县府跟在荀子身边求学时的种种，说起了他与韩非的针锋相对却又惺惺相惜，一时口误竟又说起了吕不韦，说起他对吕不韦的崇拜，吕不韦的步步为营，察觉不对时李斯的酒也醒了大半。

李斯赶忙把话题扯开，说起了姚贾和小甘罗，想起他们此去艰险，几人心中都有些惴惴。赵国早已今非昔比，那赵王丹虽然没有雄才伟略，却也不算是个昏君。三人喝到酉时便各自散了。李斯迷迷糊糊回到卧房，却见涟漪媚眼含春，正静静坐在床侧。灯下看美人越看越美。此时的涟漪虽然没了少时的稚嫩，却愈发显得余韵犹存，在微醺的李斯看来，甚至要比今日呆坐在大殿上的赵姬都要美艳。酒壮色胆，更何况他和涟漪本就情投意合，李斯止不住咽了咽口水，迈步走了过去。

屋外月明星稀，李斯借着酒劲几乎折腾一夜，第二日一早却越发神采奕奕。因为距离较远，李斯寅时三刻就要出门，急匆匆赶到章台宫时时间正好。步入大殿，李斯立刻察觉不对，今日大殿的人数似乎要比昨日多了许多，李斯心头惴惴，总觉得今天的早朝必定不太平。

第二十九章

李斯为嬴政立威　腰斩谒者惑相邦

卯时一到，秦王嬴政大步走上王位坐定，大殿中立时安静下来。李斯站在文臣中间默默注视，可等了许久，却始终不见太后赵姬和吕不韦的身影。渐渐地大殿中掀起一阵细密的议论，坐在王位上的嬴政脸色也越来越难看。突然有个寺人碎步跑到秦王身边，俯首帖耳地轻声细禀。众人看在眼中无不翘首，眼底满是狐疑，李斯也忍不住蹙眉，总觉得吕不韦今日做得有些太过，大王都来了一刻有余，他却迟迟未到，这君臣之礼算是彻底废了。就在这时，嬴政突然招手将寺人唤到身边耳语几句。那寺人微微一愣，到底还是碎步走到殿中，对着文武百官高唱："大王有令，太后今日身体抱恙，文武群臣有事可奏。"

大殿中瞬间静寂无声，几乎每个人都愕然地仰头看向秦王嬴政，忍不住嘀咕："大王这是要亲政？"李斯更是紧张地握紧手心，责怪嬴政太过心急，反而不好。其实秦国的政务并不需要每日朝会，逢三逢五才会将文武大臣聚到一起，遇到国家大事也会连夜命谒者提前告知，譬如昨日为着嬴政外出一个半月，才会将文武百官聚在一起。今日恰逢初五，上朝也只是应着惯例来的。太后来不来都不打紧，毕竟以李斯听闻，几个月前太后赵姬忽然染病，后来身体好了却也不经常来了。反倒是吕不韦，朝会迟迟未到却很少见，今日如此怕是与殿上这些多余的人有关。

与李斯的焦灼不同，嬴政的心思既有愤恨又有欣喜。恨的是吕不韦轻慢无礼，喜的却是吕不韦没来，太后也没来，这朝堂上只他一人，刚好借此时机亲自理政，让文武官员见识他的文韬武略。嬴政跃跃欲试，可过了许久都没人开口，无论文官还是武官竟都闭口不言。李斯眼看嬴政的脸色越来越难看，正焦急要怎么帮着嬴政解围，大殿之外突然小跑着冲进来一名谒者。

众人都被那谒者惊了一跳，气氛也瞬间有了变化。谒者神情慌张，走到殿中对着嬴政躬身作揖，而后不等嬴政答话，便兀自转身看向文武众臣，随即颤声说道："各位，相邦……相邦有令，他今日身体不适，朝会……朝会即刻散去。若有急务，诸位可自行去相府禀……禀报。"谒者的声音越说越小，说到最后几乎听不清楚，可即便如此，也不亚于往平静的湖面扔了一块巨石，众文武闻言瞬间变色，纷纷愕然地看向秦王嬴政。

周围瞬间静寂无声，李斯却兴奋得手心冒了一层的薄汗，危机、危机，危险与机遇并存。这个时候和秦王表忠心应该是最合适的。想到这李斯突然转身，绕过身旁的文官走到大殿中央，对着谒者大声呵斥："大胆谒者，你可知你该当何罪？"那谒者被李斯吼得身子一颤，"扑通"一声跪在地上。李斯没有理会谒者，仰头看向嬴政继续慷慨陈词："大王，这谒者居心叵测挑拨大王与相邦之间的君臣之义，按律应当腰斩。"李斯的声音高亢，激得在场百官浑身一震，纷纷侧头看向这个不要命的文官。

李斯并不理会那些各怀心思的注视，依旧继续说道："大王为君，相邦为臣，岂有大秦朝会因臣子没来就散去的道理。再者相邦身受先王嘱托辅佐大王，又怎会以这种语气同大王说话。依臣看来，定然是相邦身体不适让谒者来跟大王告假，而这谒者胡乱揣测相邦的心思，置相邦于不忠不义的境地。大王，这谒者不诛，不足以保全大王与相邦的君臣之义。"李斯用一条命挽回了秦王嬴政的颜面，还给吕不韦扣了一顶高帽，简直让在场的文武百官都为之侧目。

王位之上嬴政目光炯炯地看着李斯，任谁都没有看见那双挡在白玉珠帘后微微泛红的双目。他讥讽大笑，说道："准。将这谒者拖下去，腰斩。"那谒者听到这里吓得彻底慌了神，连求饶都忘了，就这么被大殿外的郎官拖出大殿。虽然杀了传令谒者，但嬴政的脸面还是被吕不韦狠狠打了，再没心思查问政事，骄矜地起身昂首阔步走出大殿。

李斯生平第一次朝会就这么散了，他僵立在原地，默默地等着文武百官相继离开，才缓缓转身双腿发沉地开始往外走。

走出门口，李斯再次眺望殿前广场却忽然生出一抹苍凉之感。与昨日的意气风发完全不同，这一刻他并不着急，直到夏阿房领着一队寺人疾步走来，才长长叹了口气。"大人留步，大王有请。"人未走近，夏阿房便急着开口。李斯冲着夏阿房领首，从容地示意她前面带路。夏阿房微微一愣，但没时间多想，立刻转身领着李斯离开大殿，走过长长的抄手游廊，登上章台宫一侧的楼阁，最后停在西南暖阁门外。暖阁中静寂无声，这感觉就像李斯上一次闯宫的时候。夏阿房停在门外，细心地帮李斯把门打开，然后侧身静立，目送李斯走进暖阁。

迈进门槛，李斯原以为这次至少会看到满地的竹简，结果地上却什么都没有，暖阁的高台上，少年嬴政正端坐其中持笔写字。那道稍显瘦削的身影，竟有着远比同龄人都要深沉的倔强。李斯缓步上前，停在距离嬴政五米的位置，躬身作揖却没有出声打扰，只默默地等着嬴政察觉。其实从他进门开始，嬴政就知道了，一直没有抬头也不过是想看看李斯的态度。见他在自己看不见的时候依旧恭敬，心里那团灼人的怒火终于稍稍舒缓，抬起头，嬴政看着李斯开口说道："李斯，寡人还要忍到什么时候？"

嬴政的声音透着深深的疲惫。李斯深吸一口气，这种时候实话实说才像忠臣，若是刻意趋炎附势，反而会让嬴政不喜。想到这李斯只能硬着头皮说道："大王，不出意外，还要六年。""啪"的一声，嬴政手里的那杆毛笔应声折断，可偏偏嬴政的脸上却看不出多少怒意。

对于嬴政的隐忍克制，李斯却越来越感到心惊，毕竟眼前这个少年还未束发。那时的自己还在顶撞父亲，想带涟漪私奔，丝毫不懂克制或是隐忍。嬴政始终没有说话，李斯只能继续规劝："大王今日确实有些心急。即便吕不韦不到，大王也要装出一些对相邦的敬重，唯有如此吕不韦才会对大王放松警惕，大王日后的谋划才会更加顺畅。"

李斯的话很不好听，而且他也清楚，这么说其实犯了嬴政的忌讳，所以说完这句李斯不等嬴政发怒就立刻跪地叩首，不再出声。高台上的嬴政红着双眼静静地看着李斯，许久才将手里的断笔随手一扔，笑了起来。

"李斯你胆子可是越来越大了。"李斯不敢吱声，依旧跪在那里。

就这样过了许久，嬴政的怒气也被李斯的恭敬消磨得差不多了。李斯在暖阁里步步为营，远在相府的吕不韦也不好过。

传言一出，宗室和各地的封王齐聚咸阳，纷纷找到他身上，一时之间即便是他也有些难以招架。若按他的心思，废除分封是迟早的事，此时发作他就该快刀斩乱麻，顺势将废除分封的事落实到底，豁出自己一条命，帮着秦王嬴政提前剪除国内隐患。将来即便身死，见了好友也可坦然。可一想到秦王年少，自己若是为着废分封的事彻底得罪宗室、得罪各地封王，动的同样是秦国根基。他若死了，谁来帮年少的嬴政稳固乱局、震慑蠢蠢欲动的六国？

想到这吕不韦的头发几乎一夜之间白了，今日他故意让谒者进宫传话，为的就是将嬴政从那些宗室的算计中摘除。只有这样，他才能彻底放开手脚，无论事情处理的结果如何，都不会伤及嬴政同那些宗室的关系。他仰头看着天边的乌云，长叹一声，最终做了一个让自己很不舒服的决定。吕不韦闭门不出，那些宗室求见无果，索性直接聚在相府门口，就这样僵持了将近半个月。

李斯刚刚升任长史，很多事情都不太熟悉，还好有王绾在一旁帮衬，这半个月李斯已经做得得心应手，转眼三个朝会之期已过，嬴政的心也渐渐平稳下来，再次将李斯召进章台宫。有了这半个月的接触，李斯已能稍稍把握嬴政的性情，相处的时候渐渐放开了一些手脚。走进大殿，嬴政正在看窗外树尖上新吐的嫩芽，有些出神，听到李斯的脚步声才转回身看着李斯，唇角微弯说道："来了。"李斯恭敬作揖，回道："拜见大王。"嬴政摆了摆手，状似闲谈地问了句："听说相府已经被围半个月了？"李斯礼毕向前走了几步，站在距离嬴政不到三米的位置说道："正是。"嬴政眉峰一挑，继续问道："你猜他会怎么做？"李斯轻叹一声没有立刻回答。对于吕不韦的反应，李斯也曾经期待过，毕竟若是能提前废分封，赋税尽归库房，兵力全数充公，到时根本不用十几年，怕是不用五年秦国就能东出。但他也知道现在的时机不对，弄不好就是自乱阵脚，闹得秦国内乱。所以李斯也一直在关注吕不韦的反应，直到近几日李斯才总算摸清了吕不韦的脉络。若他猜得不错，吕不韦这么拖着，其实是想给那些宗室封主留下深刻的印象，算是在为将来的废除分封、中央集权铺路。但这些话李斯不能说，尤其不能对嬴政说，索性把他猜测的结果说了出来："这几日应该差不多了。若臣猜得不错，相邦应该会妥协，大事化小，割地赔偿。"

听到李斯的回答，嬴政却没有太多意外，只讥讽地说道："所以，吕不韦自始至终都没想过要废分封？"

李斯喉头发紧，没有回答。嬴政却哂然一笑，转头看向李斯："他要怎样寡人都不在意。先来说说你要往各国派遣谋士游说的事准备得怎么样了。"

第三十章

韩非子满腹经纶　庸韩国无处施展

嬴政的话让李斯倒吸一口气，脑中飞速转动，那个计划不过是他在认识姚贾之后临时构思出来的，根本没有头绪。但他又不能直说，想了想李斯才道："已经在准备了。不过这事欲速则不达。"虽是借口，但李斯也不算敷衍，毕竟收买重臣的事需要心思缜密，处事练达，甚至还要揣度人心，即便在号称门客三千的相府，李斯也只见过姚贾和郑隗两人。

嬴政对李斯的答复不甚满意，继续问道："你要准备多久？"李斯听出嬴政口气不对，连忙解释："大王切莫着急，李斯已经在尽力甄选，实在不行李斯也有人选，以备不时之需。"听到李斯早有准备，嬴政不禁问道："谁？"李斯无奈回道："典客姚贾。他的本事李斯亲身验证过，若无其他人选，便只能等姚贾回来。"嬴政闻言点了点头，姚贾出使最多半年，倒也可以，旋即又对李斯问道："那郑国呢？修渠的事难道一直搁置？"李斯淡淡点头："是。只能等相邦出手。"又是一个不好的消息，嬴政不禁有些急躁，在暖阁里踱了几步，才对着李斯说道："所以，寡人就这么什么都不做，只能龟缩在这暖阁里？寡人……"嬴政说到一半突然顿住，察觉到自己失控有些不好意思地低头，说道，"寡人终究年少，让先生见笑了。"李斯可一点也笑不起来，嬴政的进步让他心惊，不敢托大连忙回道："大王莫要自谦。以大王的聪慧和隐忍，放眼整个天下都无人能比。"李斯在暖阁里安慰年少的秦国君主，此时的韩王却显得尤为志得意满。

朝堂之上，韩王睥睨着朝堂上的文武众臣，撅着他的山羊胡，背着手在王座前踱步，半晌才对着丞相张开地问道："吕不韦被挖渠损地的封王堵在相国府半月有余这可是真的？"张开地闻言恭敬地答道："回大王，是真的。"韩王忍不住想笑，又问："那秦国因为吕不韦被堵，已经半个月没有朝会，也是真的？"张开地继续答道："是真的。"韩王终于乐开了花，伸手捋着自己的胡子，扬扬得意道："好，甚好！郑国果然不负寡人所望。"面对韩王的沾沾自喜，张开地微微有些蹙眉，正要恭维几句，就听韩王继续说道，"寡人要再选几人，统统送去秦国，如此一来不用几年，那秦国必然大乱，寡人再带兵亲征，定要将秦国从我韩国夺走的城池一一夺回！"此话一出，不单是张开地，就连一直沉默的韩非都忍不住抬头看向韩王。

李斯在秦国逐步高升，相反韩非在韩国却步履维艰，他自荀子处所学的法家集大成的策论在韩国根本无法施展，就连他呕心沥血所写的革新策论也都被韩王扔了回来，但此刻他终究还是忍不住走出人群，对着韩王躬身说道："大王……大王不……不可！大王若……若是如此，必……必将引起秦……秦人警觉，到时……到时只会，会反遭其噬。"韩非天生口吃，这也正是韩王不待见他的原因。听到韩非说话，韩王瞬间冷了脸，指着韩非的鼻子骂道："韩非，你休要胡言，当初寡人派郑国出使，你同样出来阻止，结果怎样？不过是跟着荀子那个老东西混了几日，你当真以为自己满腹经纶、料事如神了！"

韩王厉声呵斥，吓得韩非脸色涨红，理智告诉他不能跟韩王对着干，咬牙忍了许久，韩非才违心说道："大王恕……恕罪，韩非知错。大王运……运筹帷幄，智谋超群。"韩非居然主动认错，就连韩王都有些意外，正打算趁机多训斥几句，一旁的张开地却在这时开口："大王睿智，不过臣有一事要奏。"韩王虽然喜欢耍小聪明，喜欢被人恭维，但对张开地他十分敬重，闻言说道："丞相有话但说无妨。"为相数十载，张开地对于韩王的脾性了如指掌，说话的时候尺度也把握得极好。"大王的疲秦之策，简直是神来之笔，郑国更是大王精心挑选的能人，这样的人放眼整个韩国也再难找出一二，所以大王想要继续派遣细作去秦国的事情，怕是需要耗费些时日。臣倒是有一个建议，可以帮大王完善疲秦之策，让秦国自乱阵脚，甚至是自断臂膀。"

　　张开地句句恭维，字字都是对韩王的推崇，这让韩王很是满意，大方地冲着张开地笑道："哦？你且说来听听。"张开地徐徐说道："秦国向来以大国自居，喜欢从各国招揽人才，那吕不韦更是自称门客三千，大王不如将计就计，让秦人自疑甚至是驱逐外臣，到时秦国必会比现在更乱。"张开地的话让韩王眼前一亮，兴奋得原地转了个圈。如果不是他养尊处优又好美食，胖得躺着比站着高，这个举动应该十分潇洒。"好，就按丞相说的做，不过这人选……"张开地知道韩非虽有真才实学，只可惜不会奉承才一直得不到重用，有心想要帮他，随即说道："韩非可往。"韩王有些意外，扭头看向韩非，可转念一想如此他至少半年不用见到韩非，随即笑着对张开地说道："不错。丞相果然有眼光，韩非，你可愿往？"

　　韩非自归国以来处处碰壁，早就有了想要出去散心的想法，一听韩王要让他去秦国来个反间计，连忙躬身作揖，沉声答道："韩非，定……定不辱命。"至此，韩王安因听说秦国因为修渠内乱而兴奋的心更加兴奋了，甚至做梦都能梦到，秦国将吕不韦等一干外臣驱逐出国，自此秦国大乱，韩国举兵伐秦。

韩王安心情不错，吕不韦却像吃了苍蝇一样，就如同李斯猜测的那般，又过了三日相府突然门户大开，家宰郑栗站在门外，恭敬地对着围堵的宗室说道："相邦身体康复，今日相邀渭文君和渭阳君议事，各位请先回去静候佳音。"那些宗室猜到吕不韦准备妥协，一个个满怀期待地相继离开。渭文君也早如热锅上的蚂蚁急得不行。这事由他而起，若不能顺利解决，以后不要说他在宗室中的威信，只怕将来秦王亲政也不会放过他。所幸吕不韦给出了一个二倍补偿的法子，让众人都松了口气，这一场风波落了个完美的收场。

就这样，持续了将近二十天的废分封，终于偃旗息鼓，郑国得以继续修渠，第三日秦国再次举行大朝会，只是朝会上的气氛却显得尤为诡异。原本无论何事都显得跃跃欲试的秦王，第一次在朝会上只字不言，甚至对于吕不韦的倨傲也显得毫不在意。

蒙骜五指紧握，全程都默默地盯着王位上的少年君王，终于在这一刻下定了决心。散了朝会，李斯随着文武众臣走出大殿，几次想要靠近吕不韦，却始终找不到机会。他和吕不韦不和甚至有仇的传言，自他被送到宫里做郎官的那一刻就有了，而且越演越烈，公然搭话只会引人注意。吕不韦却好似没有察觉，全程都步履从容，在众文武的簇拥下走出章台宫，上了车乘扬长而去。李斯站在宫门口急得不行，思来想去最后决定找个时间去碰碰运气。

李斯心里有事，回到府邸的时候已是巳时初，远远看到一个瘦黑的男子，站在门口似乎正在等人。李斯心生警觉，紧走两步来到那人面前，问道："你是……"

那男子虽然其貌不扬，又长得黑瘦，但举止却十分大气，冲着李斯长揖一礼，笑道："斯兄久违了。在下顿弱，斯兄可还记得？"听到这个名字，李斯有些愕然，这个名字李斯曾不止一次听姚贾说起过，一年多前也曾在吕不韦的书房有过一面之缘。李斯第一次仔细打量男子，身材不高，却显得极为瘦削，远远看着倒像是哪家的仆役，不过近看却发觉男子眼底精光内敛，定然是个极为聪明的人。

李斯笑了笑，对男子说道："原来是顿弱兄，李斯曾听贾兄说过，贾兄对弱兄极为推崇，只可惜弱兄近来一直周游列国，斯不曾结交。"李斯说得客套，顿弱却无奈摆手，笑道："姚贾？他能说我什么好话，定是在你面前说我的不是了。"顿弱看似不经意的话却把两人的关系拉近许多。李斯不禁对顿弱又多了一丝好奇。李斯原想询问顿弱来这的目的，还没开口顿弱却率先说道："怎么，斯兄不打算请我进去坐坐？"顿弱说着还煞有介事地扫了眼周围。李斯猛地回神，连忙引着顿弱走进大门。

李斯对顿弱始终有些戒备，顿弱假装不知，直到走进书房，才率先开口："大人不必处处留心，若有疑虑自可当面问我。"被顿弱直接拆穿，李斯多少有些挂不住，犹豫了一下才讪笑着道："那，弱兄可否直言，你此行的目的……"顿弱笑了笑也不着急，自顾自找了个位置坐下，才笑着说道："目的？怎么说呢？大概半个月前吧，相邦突然给我去信，将我召回，命我回咸阳投奔大人名下，任凭大人差遣。"这话一出，李斯感觉喉咙一热，竟然又是吕不韦。

李斯心头大喜，若是可以，李斯当然不想让姚贾出使各国，留在朝中才是对他最好的助力。想到这，李斯对顿弱的态度当即好了很多，笑道："原来如此，弱兄来得正是时候，前几日大王就曾问过此事，看来相邦也觉得弱兄是最佳的人选。"听着李斯的话，顿弱没有立刻开口，而是睁着他那对不大的丹凤眼静静地盯着李斯，许久才对李斯笑道："相邦？听先生语气自是与相邦关系匪浅，那大人为何几次三番在大王面前搬弄是非？"

第三十一章

天助秦国得顿弱　李斯平添双臂膀

　　李斯的书房是整个宅邸最宽大的一间，一色的灰砖青瓦，就连立柱都有大腿粗细，坐北朝南日头极好，照得整间屋子暖洋洋的。可即便如此，李斯在听到顿弱这句话的瞬间，耳朵还是"嗡"的一声闷响，登时冒了一层冷汗。好在李斯早已今非昔比，他凝眉看着顿弱，心底不住思索顿弱这句话的目的。思来想去却找不到头绪，但有一点李斯知道，顿弱与他是友非敌，所以这句话或许只是试探。

　　想通这一点，李斯淡淡一笑，回道："相邦对外宣称我与他不和，我依旧处处恭维，如若是你会怎么想？"李斯特意把"相邦"点出来，目的不言而喻。顿弱闻言也笑了，赞同地点头后，缓缓说道："不错，相邦的眼光依旧凌厉，能做到处变不惊，反客为主已经很不错了。李斯，相邦的安排我接受了。"

　　李斯一直都目的明确，无论是谦逊还是孤傲都是伪装，但文人骨子里的恃才傲物却是天性。若不是真有才，李斯是不会看在眼里的。被顿弱消遣一番，李斯不但不生气反而心情愉悦，笑道："以弱兄的才智，怕是早就看穿相邦的用心，对于这件事，弱兄有何想法？"顿弱被问得来了兴趣，坐直了脊背，目光炯炯地看着李斯，给了四个字："信手拈来。"李斯欣喜不已，连忙继续问道："当真？"这一次顿弱无奈叹气，娓娓道来："其实姚贾以前也曾跟我提过大人。贿赂各国重臣的事，我和姚贾早有此意，也曾告知过相邦，只可惜相邦分身乏术。况且这事耗资甚巨，相邦为秦国打造利刃早已捉襟见肘，所以我才无奈离开相府，代郑隗周游列国传递消息。"

听到这里，李斯的心里掀起一阵惊涛，忍不住继续问道："可有进展？"顿弱缓缓点头，说道："只是大人，你该知道这件事若得不到大王支持，以你我之力万难成事。"李斯立刻点头，毕竟花钱收买权臣原本就是个无底洞，若是得不到嬴政的资助和信任，任谁都不敢去。想到这李斯喃喃开口："弱兄放心，此事正是大王首肯。至于美玉珠宝之事，只要我李斯还在咸阳，定然会帮弱兄提前备好。"顿弱静静地看着李斯，那双丹凤眼仿佛看透人心，许久他才"扑哧"一笑说道："既是如此，顿弱定然全力以赴，绝不让斯兄失望。不过动身之前，顿弱还有一个要求。"

顿弱主动提出条件，李斯却禁不住欣喜，意识到顿弱这是真的动心了，连忙追问："是何要求？"顿弱略显迟疑，许久才回道："此事关乎性命，顿弱需面见大王。然面见大王之时，弱不行参拜之礼。若大王允准，弱才会面见大王，大王不准，弱自请离去。"顿弱这自相矛盾的要求让李斯一怔。虽然猜到顿弱这么做或许是在试探嬴政的度量和魄力，可总觉得有些别扭。不过对于有能力的人，李斯向来纵容，只犹豫片刻就笑道："这要求其实不难，弱兄稍候，李斯这就进宫面见大王。"顿弱见李斯竟然毫不在意，对李斯的好感更甚，干脆说道："不如同去。顿弱就在宫门外等着大王的答复。"李斯果断点头："好！"

两人惺惺相惜，一拍即合倒也没有耽搁，径直去了章台宫。顿弱候在宫外，李斯径直入宫去了西南暖阁。嬴政见李斯去而复返略感意外，简单听了李斯对顿弱的描述，他却迟迟没有回应。李斯等得心焦，几次想要开口催促，嬴政却突然起身走到他面前问道："他比姚贾怎样？"李斯回答："各有千秋，但姚贾名声在外，行阴诡之事必会受限，不若顿弱合适。"嬴政略作沉思，又问："人是否可靠？"此计一旦开始，日后必定是海量的财宝，嬴政不得不防。李斯又笑了，出于对吕不韦的信任，他毫不犹豫地回道："大王若是不放心，就把调控之事交给李斯。待姚贾回来双管齐下，此事可成。"

嬴政看着李斯许久，终于下定决心问道："他在哪？寡人这就见他。"李斯连忙回道："就在宫门之外。"嬴政叹了口气，说道："走吧。"嬴政的反应让李斯松了口气，走下章台宫的台阶，穿过甬道，嬴政远远就看见顿弱笔直地站在那里。

初见顿弱，嬴政难免有些失望，毕竟在他看来凡有大才之人，必是人中龙凤，相貌不俗，不想顿弱却是个其貌不扬、身量也不高的汉子，丝毫没有他料想中的气势。嬴政到底年幼，念头一出就被顿弱察觉。顿弱虽出身贫寒却傲气十足，见此情形他也端起了架子装作没看见。李斯终于跟了上来，一眼就察觉气氛不对，赶忙对着嬴政说道："大王，这位就是臣举荐的顿弱。"嬴政看不上顿弱，勉强点了点头。李斯愕然，但转念一想大致猜到缘由，满心无奈只能转身去劝顿弱："弱兄，大王亲自来见，你还不过来？"

顿弱虽有心试探，却不想让李斯太过为难，闻言依旧端着架子，却也缓步走了过去。李斯的态度让嬴政有些好奇，毕竟这是李斯第一次举荐，忍不住再次打量。

两人就这么端着，反倒是李斯夹在中间十分难做，他便看向顿弱笑道："弱兄，大王已经答应你的条件，你就没什么要说的？"李斯努力在两人之间调和，给顿弱找台阶，原以为这事就这么过去了，却没想这还只是开始。顿弱感激地朝李斯拱手，一抬头却又对着嬴政说道："顿弱谢过大王赏识。不过弱有一问，还请大王解惑。"嬴政挑眉没有回应，顿弱也不生气，兀自继续说道，"大王是秦国的王，博览群书，弱听闻天下能人繁多，却多的是有实无名、有名无实的人，然唯有一种人数量最少，那就是无名无实的人，大王可知这些人指的都是何人？"

顿弱语速和缓，可李斯就是觉得这话带刺。不等他猜透其中的关键，嬴政却被顿弱的话吸引，忍不住侧头看他，回道："不知。"顿弱淡笑点头，继续说道："有实无名指的是商人，不用劳作却积粟满仓。有名无实指的是农夫，日夜劳作仍腹中空空。至于无名无实指的却是大王。"

顿弱这话一出，李斯吓得额头冒了一层的冷汗，就连嬴政的脸色都瞬间变了，可偏偏顿弱好似无知无觉，继续说道："大王既不用耕作，却受万民供养，既受万民供养却不能为万民解忧。身为万乘之君却无孝亲之实，不尊仲父，不孝太后，不知自省，不思进取！"顿弱这一连串的指控彻底捅了秦王嬴政的软肋，气得嬴政眼睛赤红，吓得李斯胆都差点破了，暗自懊恼自己怎么就没想到顿弱这么狠，这是要他陪葬的节奏。

官门之内，甬道长数百米，即便春日回暖，微风徐徐，但此刻吹在身上却依旧让李斯浑身一抖，他甚至怀疑嬴政会突然暴起，抽出一旁锐士的佩剑杀了顿弱。顿弱却始终坦然，面对嬴政滔天怒意也不甚在意。时间悄然流逝，就在李斯准备拼死救场的时候，嬴政却笑了，指着顿弱说道："你无非就是想试探寡人的度量。顿弱，寡人可以清楚地告诉你，若你真有才，寡人不但赦你今日面君不行礼之罪，便是往后面君你都不必行礼。若是不能，寡人定然活剐了你。"嬴政的意思很明白，你要傲，我让你傲，但你必须要真的有才。嬴政的反应显然出乎顿弱的预料，愣怔片刻顿弱同样大笑，恭敬地对着嬴政作揖，徐徐说道："梁人顿弱参见大王。"

见顿弱主动示好，李斯终于松了口气，看向顿弱的眼神不自觉也多了几分埋怨。顿弱对此并不在意，笑着说道："大王要的无非就是破除六国合纵连横，让他们彻底沦为散沙，这其实不难。顿弱周游列国对各国的情形略有所知，弱以为韩国虽弹丸之地却是六国之咽喉，必不可忽视。"赢政和李斯闻言不由点头，顿弱继续说道，"然魏国也是重中之重。魏国深处腹地与赵、韩、齐、楚相接，大王若要东出灭掉韩国，其余几国定会望风而动，若能把控魏国，大王便可放心灭韩。"顿弱的话看似轻飘却让李斯和赢政眼前一亮，赢政更是忍不住向顿弱走了几步，刚要说话，顿弱却突然撩衣跪地，对着赢政叩首说道："大王若是信任顿弱，顿弱愿尽快动身，做足准备为大王东出扫平障碍。"

顿弱的话让赢政心头一热，他做了这么多准备，唯有顿弱说的话和做的事让他最为惊心，生出一种会当凌绝顶的感觉，不禁笑着对顿弱说道："好！"顿弱却一脸严肃继续说道："但是大王，顿弱此去收买韩国与魏国的权臣，所需金银必定颇丰，顿弱只求需要时大王能毫不犹豫地资助。弱必当不负大王所期。"

赢政默默地看着顿弱，他还是第一次接触顿弱这样的人，不卑不亢地做事，明明态度倨傲却偏偏让人心生欢喜，而且忍不住地想要亲近，进退都掌握得恰到好处。赢政有心想要拿捏一下这个张狂的人，回一句："寡人还未亲政，且连年水患，又在修渠，国贫恐不能任君予取予求。"可话还未出口，却被顿弱看了一眼，仿佛已经被看穿，赢政只能笑着摇头，说道："好。"

顿弱做事利落，得了自己想要的便不再迟疑，即刻说道："既然如此，那顿弱就先退下准备入韩。"说完顿弱便转身出宫。顿弱开始准备，李斯就成了赢政和顿弱之间的谒者，整整忙碌了四个月，天气都开始变得燥热的时候，顿弱带着整整三车的奇珍异宝悄无声息地离开咸阳。顿弱刚走不过几日，李斯就收到了一封顿弱的密信，信上说韩国韩非不日就要抵达咸阳。

第三十二章

韩非名扬全天下　李斯忌惮学长才

　　顿弱做事缜密，密信是一名剑客送来的，打了绳结，绳结上滴了蜜蜡。李斯接了密信，让涟漪取了百枚布币赠予剑客，才拿着密信快速回到书房，将蜜蜡揭开，小心解开绳结后李斯才看到密信的内容：

　　"弱已入韩，路遇韩非不日抵达，忘多多留心。"

　　李斯盯着薄如蝉翼的绢帛，站在窗前陷入了沉思，仅凭这一句话，他根本无法猜测韩非此行的目的，唯一能做的就是等。可这一等就等了五日，李斯没有等到韩非的消息，却等来了宫里的谒者，通知他大王有请。

　　李斯不敢耽搁，连忙跟着谒者进宫。因为入夏，秦王嬴政已经从西南暖阁搬回了六英宫，这里四面环水，湖中莲叶连绵，是个绝好的避暑去处。李斯急步迈进大殿，却被扑面而来的穿堂风浇灭了一路疾行带来的暑气。看向嬴政面窗而立的背影，李斯缓缓上前作揖："臣参见大王。"

　　嬴政的心情似乎不错，笑着看向李斯，突然问道："寡人记得你曾追随荀子求学？"李斯有些意外，略作迟疑才道："正是。"嬴政笑容更甚，转身走到李斯面前，又问："那你与韩非关系如何？"听到韩非，李斯心头一紧，答道："认识。我与韩非同在学宫求学，师承荀子。"

"寡人听说他聪明早慧而且样貌不俗？"听着嬴政对韩非的赞赏，李斯略微有些不舒服，却不能表现出来，只能讪讪一笑说道："确有其事。韩非确实容貌俊美。"嬴政终于满意地笑了，因为在他看来有能力的人气质都不错，譬如吕不韦，譬如李斯，譬如他的父王。想到这嬴政将手里的竹简递到李斯面前，继续说道："这篇《孤愤》寡人十分喜欢，你可看过？"对于韩非的著作，李斯无不留心，不过单就著书这一点，李斯对韩非不得不服，他的很多策论都受过韩非的影响。

看着竹简，李斯略作深思，回道："看过。"嬴政挑眉，等着李斯的见解，李斯这才深吸一口气说道："臣以为，若只当书来看，确实不错。只能说，韩非的观点标新立异，但却华而不实，不能用之于民，便只是空谈。何况会看书、写书的人比比皆是。臣记得当年赵括在赵国的名气也曾盛极一时。若论治国利民，秦有一人，六国无人能及。"李斯的话让嬴政不由皱眉，他看了看手上的竹册陡觉无趣，却又对李斯的话有了兴趣，笑问："哦，你说的是……"

李斯有心拜高踩低，听嬴政询问便立刻回道："相邦，吕不韦。相邦之名早已六国盛传。"李斯的话让嬴政一愣，继而扑哧笑出了声。李斯的小心思太过明显，嬴政只需仔细一想就能看透，随即冷了脸看向李斯说道："李斯，你这度量未免小了一点。"说完便将手上的竹册随手放上木架，说道，"寡人得到消息，韩非明日入城，你怎么看？"李斯终于慌了，不禁开口确认："明日？"嬴政点头，随即在木架旁踱了几步，顺手又拿起一册竹简随意打开，又问："李斯，若比才学，你与韩非谁优谁劣？"

这样的问题当年在兰陵求学时，李斯就经常被人问及，他没想到离开兰陵这么久，竟然还会被拿来比较。"大王若问谁优谁劣，李斯不好评断。不过仅凭韩非的处境，李斯就比他要好些。"李斯没有直接回答问题，毕竟若论优劣，见仁见智，当然李斯也不会承认他比不得韩非，于是换了个方式巧妙回答。

嬴政明显一愣，过了片刻笑道："你说的不错。"单从择主而侍这方面，那韩非确实不如李斯。嬴政默默想着突然念头一转，注意力也从韩非转移到李斯身上，问道："还没有姚贾的消息？"李斯自从和顿弱接触之后，了解了一些关于细作的事情，被嬴政一问，他赶忙回道："半月前姚贾传回消息，称已经说动赵王，不日就会带着赵佾回秦。"嬴政只是随口一问，却不想竟然听到了赵佾的消息，过往在赵国的记忆瞬间冲入脑海，此刻的嬴政再没了之前的好心情，他脸色一沉，将随手拿起的竹简又扔了回去，咬牙切齿地说道："赵佾。居然是赵佾！我还以为赵王那老匹夫会不舍得赵佾，而会把赵偃送来，原来也不过如此。"

想起赵佾和赵偃两兄弟，嬴政顿觉疲惫，对着李斯摆了摆手，说道："你先回去吧。明日不用朝会，你带着韩非自行进宫，记住不要声张。"叮嘱完这句，嬴政已经转身走向内室。李斯看出嬴政心事，不敢打扰，转身离去。

自顿弱走后，李斯就买了两个仆役专程在前院打理，毕竟涟漪也算他的女人，总是抛头露面不好。推门走进庭院，李斯才察觉院中大树下坐着一人，那人身形枯瘦，身上的长袍也略显破旧。李斯缓步走近，仔细一看才认出是郑国。

李斯愣了一下，快步走近，笑问："郑国？"郑国正在喝水，听到声音扭头，见是李斯连忙起身长揖，笑道："斯兄，别来无恙？"李斯仔细打量郑国，却见郑国虽然消瘦，但双眼炯炯有神，看来身体不错，松了口气又问："修渠的事怎么样了？你怎么来了？"郑国却被问得有些局促，犹豫着说道："斯兄，韩王派使团来秦的事，斯兄可知？"李斯点了点头，没有说话。郑国有些焦急，继续问道："那斯兄可知，韩王这次派的人是谁？"李斯警觉地看向郑国，总觉事有蹊跷，先不说郑国远在泾水怎么知道韩使来秦，单看他的反应就透着古怪，蹙眉回道："说是韩非。"听到是韩非，郑国终于松了口气，喃喃道："原来是公子非。"李斯将郑国的反应看在眼里，趁他神情松懈突然开口问道："怎么？你以为是谁？"郑国一愣看向李斯。李斯却凝眉再问："郑兄，怎知韩使来秦？又怎会在意是谁来？你若有话最好现在就说，不然若真出了事，李斯怕也救不了你。"

郑国闻言脸色一白，猛地起身，踌躇地挪着步子，最后索性直说："斯兄，并非郑国有意隐瞒，而是半月前家母来信，让我照顾好自己，不要再回韩国。言语中提到韩王已经准备再派使臣来秦。"郑国说到这里，面露悲色。李斯闻言也是一怔，其意味不言而喻，他便没有继续追问。郑国顿了顿又继续说道："斯兄有所不知。那韩王行事向来诡谲，又好大喜功，这次派使团来定然别有用心。"李斯听到这里，眉头皱得更紧，随即问道："你就直说，你在担心什么？"郑国的话让李斯想起了顿弱的密信。毕竟能想出修渠疲秦之策的韩王虽然计谋上不得台面，但不得不说很有心计。修渠的事只能说他目光短浅，可难保他下一次会做什么。郑国被李斯问得额头冒汗，支支吾吾一阵才说："我怕韩王急功近利再派几个水工来秦……斯兄，郑国真的只想专心修渠，与秦韩两国无关。"

看着郑国诚恳的模样，李斯叹气之余有些不忍地问道："对了，你与韩非近来可有联系？"郑国连连点头而后又摇了摇头，回道："近来没有。他似乎闭门谢客许久。"李斯眉头皱紧陷入沉思，以他得到的消息，韩非在韩国处处受制，早已闭门谢客专心著书，为何韩王突然派他来？

送走郑国，李斯在书房枯坐一夜，嬴政对韩非的态度让他第一次有了紧迫感，李斯甚至认定以韩非的盛名若是来秦，嬴政定然会信赖有加。

李斯辗转一夜，第二日一早就到咸阳城门等候，直到辰时三刻，咸阳城外的官道上才隐约出现一辆马车，车上端坐一人，素白长袍，相貌堂堂。李斯束手站在城前，直到马车停在眼前，才挤出一丝笑意，仰头看着韩非走下马车。比起在兰陵离别时，两人都有了不少的变化。李斯青云直上，志得意满，眉宇间都是从容。再看韩非，处处受制，即便相貌依旧风流，但眉宇间却多了不少郁气。两人相见显得有些尴尬，半晌韩非才向着李斯长揖，笑道："许久……久未见，斯兄别来无……无恙？"李斯淡淡一笑，长揖回道："还好。不过你倒是清瘦了不少。"李斯的话看似亲切却让韩非脸上的笑不由一僵，半晌才回了一句："是啊。比……比不得在老……老师身边受……受教时那……那般如意，人自然就瘦了。"

　　韩非无奈自嘲反倒让李斯心里不舒服，许久才道："走吧，大王已在宫中等候，你我一同前往。"韩非默默点头，眼神有些闪烁，客气道："我此行只……只是来探望……望郑国，也见……见你，算不得……得使臣，所以还是……是不要叨……叨扰秦王……了。"韩非的拒绝让李斯也有些意外，正色道："不可。大王已知你入秦，让我在此等候，不去怕是不行。"韩非笑容一僵，嘴唇嚅嚅想要说些什么，许久才暗叹一声："也罢。该来的躲……躲也躲不掉。"李斯将韩非的反应看在眼中，总觉不妥却不好追问，只能笑着示意韩非马上上车。

　　马车飞驰，赶到宫门才不过半个时辰，下了车，韩非仰头看着高高的城楼，心中不禁感叹，他以为这次进秦宫只是偶然，却不想将来有一天会死在这里，这些都是后话。

　　韩非跟在李斯身后，走入甬道慢慢向着六英宫走去。宫殿之内嬴政端坐在王位上，心情激动地默默等候。

第三十三章

昔日学长入秦国　是敌是友尚难说

韩非心里有愧，默默跟着李斯，穿过长廊水榭，绕过假山才看到一座高大的宫殿坐落在眼前。李斯似笑非笑地回头看了韩非一眼，带人穿过守宫锐士，两人各怀心思地一同走进大殿。

大殿中玄色的穹顶高大巍峨，刚走进韩非就被沁人的凉风拂去了心头的燥热，心中越发忐忑，忍不住抬头，却被嬴政惊得脚步立时顿住。只见王座之上静静地端坐着一名束发少年，浓眉大眼，鼻梁挺直，脸上没有一丝表情却让韩非不由心生敬畏，那是他从未在韩王身上体会过的压迫感。

韩非小心地打量嬴政，嬴政自他入殿起也在观察他。没见到人之前，嬴政以为能写出《孤愤》的人必定身材高大气质冷沉，然而眼前的韩非却让他稍稍有些失望。那青年一身素白色罗布交领长袍，身高与李斯不相上下，头戴素色儒冠，衬得整个人丰神俊朗，气质脱俗，却少了一些骇人的气势。嬴政手指拂过桌案上的竹签，心情有些不悦。

李斯带人走到嬴政近前，拱手作揖："臣李斯带好友韩非参见大王。"韩非也在李斯身旁停下，对着嬴政行礼，声音清脆明朗："韩国韩……韩非参见……见秦王。"嬴政闻言彻底愣住，他从没想到文采斐然的韩非居然是个结巴，过了许久才顺过气来，看着韩非叹道："起来吧。舟车劳顿，身体可还吃得消？"韩非对嬴政的反应颇感意外，毕竟他的口吃可没少被人笑过，心头有些触动，随即答道："谢……谢大王体恤。"想了想又补充道，"非身体还……还算康健。"嬴政将手里的竹简拿起来，又继续说道："你来得正好，几日前有人向寡人推荐了一本《孤愤》。寡人读着甚好，立意标新且言辞凌厉，让寡人十分喜欢，只是有几处寡人读着不甚通透，公子非可否帮寡人解惑？"

韩非微微一怔，他没想到嬴政竟然也读《孤愤》，而且言语之间十分推崇，不禁想起远在韩国的韩王安，心有戚戚，随即苦笑作揖回道："大王谬赞。"嬴政笑了笑正色道："当涂之人擅事要，则外内为之用矣。是以诸侯不因，则事不应，故敌国为之讼；百官不因，则业不进，故群臣为之用……这一段写得甚好。公子非是否读过《商君书》？"李斯在一旁静静听着，大致猜出了嬴政的意图。韩非又是一愣，举目看向嬴政，眼底藏着幽幽的火光，深吸一口气回道："不错。非将商、管之书和……和孙、吴之书奉……奉为经典，恨……恨不能夜……夜拜读。"

听到这，嬴政的表情也有了变化，他笑着将桌案上的竹简慢慢卷起，突然起身走下台阶，站在李斯和韩非面前说道："寡人对商君书也甚为喜欢，幼时常拿来放在枕侧细读。所以在你看来，安邦、兴国最紧要的是什么？"嬴政的话似有心考验，韩非傲气，闻言并不着急作答，反而笑着看向李斯，说道："大王守……守着斯……斯兄这位奇才，却来讨……讨教韩非，不……不好。"韩非的直言不讳让嬴政变了脸色，阴沉着脸看向李斯。李斯也被吓了一跳，连忙开口缓解气氛，笑道："师兄，这就是你的错了。我们大王有心求教，师兄虽为韩臣，却也不好藏私。"李斯对韩非的秉性了如指掌，这句话看似是在劝慰，实则是在拱火。听到韩国，韩非的心瞬间下沉，这才想起眼前的少年不是旁人而是秦王。所有的欢喜和亲切瞬间化为乌有，韩非甚至不禁在想，这少年为何偏偏是秦王，如今韩国已成秦国口中鱼肉，随时都有被吞并的危险，他与秦王交好，帮秦王解惑，岂不是在背叛韩国？

韩非甚至在想，若韩王能有秦王一半涵养，他也不至于闭门谢客，一气之下写出《孤愤》，心中不禁怅然，叹道："伯乐难求，知己难遇。这历来都是人……人生憾事。只可惜韩非已是韩臣，大王却是秦王，不该有秉烛夜谈之义。"

韩非因为口吃，若非必要很少说话，即便说也尽量措辞简练，然而有一种情况例外，那就是韩非生气或者谈到典籍的时候，往往会忘了自己口吃，能言善辩，口齿伶俐。

嬴政突然有一种被人戏耍的感觉，脸色骤变，冷冷地扫过李斯，说道："是吗？如此说来，倒是寡人强人所难了！"李斯被嬴政吓得心头巨震，他是不想韩非留在秦国，但也没想让韩非死在这，连忙开口："大王，大王莫要动怒，韩非就是如此，心思耿直，口无遮拦。待李斯寻个机会和他好好聊聊。良禽择木而栖，良臣择主而事，韩非定会改变主意。"李斯一顿马屁拍得嬴政心情舒畅，心中怒气也多少少了几分。

韩非虽然耿直却不傻，嬴政的杀意更是毫不遮掩。他虽傲却还不想死，执拗地继续说道："大王，韩非与斯兄乃是同门，所学亦是大同，对法家分外推崇，所以大王何必舍近求远。"韩非句句推诿，却给嬴政和李斯留足了面子。李斯见韩非还是不肯松口连忙说道："大王，斯与师兄经年未见，亦是许久未曾共饮。斯听说大王宫中藏有美酒，厚颜向大王讨酒一壶，与师兄痛饮。"嬴政没有答话，握着竹简的手微微用力，李斯看在眼里忙对殿外的夏阿房大声说道："劳烦阿房姑娘，给大王和李斯备些酒食，今日李斯要陪大王和公子非不醉不归。"

夏阿房一直守在宫外，闻言不敢迟疑，连忙招手唤来寺人贴耳细细叮嘱。不一会儿十几个寺人手拿桌案、丝萝绣墩摆放在一侧，随后十几个宫婢手捧双耳铜壶、朱漆描金的食盒，每人奉上一尊酒爵，还有装着佳肴美食的铜鬲、铜盘，眨眼间就将宽大的桌案摆得满满当当。一切安排妥当，阿房便又带着寺人和宫婢退出殿内，只留嬴政三人站在殿中。

韩非一直不语，嬴政面露不悦，唯有李斯尽力从中斡旋，连忙将酒爵填满，笑着递到嬴政面前，后又倒满一杯递到韩非手中，不住地冲着韩非使眼色。韩非半推半就地接过酒爵，不忿地仰头把酒一饮而尽。酒是男人的解愁药，几杯酒下肚韩非也彻底忘了韩国和秦国的处境，不由笑道："斯兄，你我在……在老师处向，向来都喜……喜欢一争长短，但……但现在看来，我……我确实不如你。"李斯没有立即接话，而是把韩非的酒杯再次倒满，随即笑着说道："是吗？你的《孤愤》我也看了，说实话确实不怎么样，通篇都是激愤之言，我若是你，郁郁不得志必定立时改投他国，再选一位明君。"李斯说这话的时候，眼睛却在观察嬴政，他顺着嬴政的心思劝解韩非，但言辞之间也想让嬴政知道，若他不能得到重用，也不是非秦国不可。

悲酒易醉，韩非想起自己在韩国的那些日夜，那些被韩王讥讽的时刻，再次端起酒爵一饮而尽，胸中气血翻涌，陡然生出三丈豪气，端着酒爵仰天大笑，从垫子上站起来，摇摇晃晃地对着李斯说道："可笑，确实可笑。斯兄的心……心意我明白，可你不……不是韩非，又怎知我，我的无奈。"韩非说着再次举起酒爵却脚下一软打了个趔趄，低头呢喃，"韩非空有商君之才，却难遇孝……孝公……公之明君。"韩非喝得有些醉了，趔趄着摔在地上，李斯想去搀扶，却被嬴政一把按住，他亲自起身走到韩非身边，把人扶起来，幽幽地说道："投秦你所不欲，做个知己总可以吧？"韩非一愣，乖乖地任由嬴政将他扶起来，随即苦笑摇头，说道："非做事必倾力，倾力而为从不会……会退而求其次。"韩非醉得厉害，彻底打开了话匣，大笑一声扶着嬴政说道，"智术之士明察，听用，且烛重人之阴情；能法之直到劲直，听用，矫重人之奸行。故智术能法之士用，则贵重之臣必在绳之外矣。"

嬴政默默听着，知道韩非这是彻底醉了，忍不住挑眉别有深意地笑问："那公子非对现今秦国朝局有何见解？"韩非一愣，掀起眼皮，迷迷糊糊地看着嬴政说道："秦国？秦国权臣当政，只可惜君主年少，被韩王算计了。若不修渠不出十年定能东出，征战六国。只可惜……韩王虽然年迈，倒也不失老辣。"韩非醉酒说到最后已经有些词不达意。脑子里都是韩王扬扬得意的嘴脸，说出这些话不过是心中愤慨，却不想竟被嬴政曲解了其中的意思。

韩非话音未落，嬴政便已凝眉，转头看向李斯怒气升腾，切齿追问："不修水渠？"韩非原想继续说一句："只可惜韩王算计一番却给秦国做了嫁衣。"他话未出口，思绪却被嬴政打乱，迷糊一想认真答道："嗯。秦若修渠，势必倾全国之力，耗资巨大，不然郑国也不需找李斯帮忙。"韩非话音未落，嬴政就已经把人往外一推，沉着脸、压低声音对李斯说道："好你个李斯！"然后愤然甩袖，绝尘而去。李斯呆呆看着韩非，脸色也彻底变了，无论韩非有心还是无意，自己都被他害惨了。

那日李斯将韩非秘密带出秦宫，第二日一早就把韩非送上了回韩国的马车。韩非悄然而来，悄然而去，整个咸阳几乎无人知晓。将人送走，李斯便急急入宫，想要将郑国修渠的事同嬴政彻底交代清楚，还没见到嬴政却在六英宫外遇到了早已候在那里的吕不韦、姚贾和瘦得几乎脱相的小甘罗。李斯脚步一顿，看向姚贾和甘罗，正迟疑的时候却见几名锐士拖着一人从六英宫中走了出来。

那人身材壮实，衣着华丽，每走一步都会回头对着六英宫不停地咒骂："嬴政，你这么做让我父王知道，一定会举兵伐秦，我父王定不会饶了你！你一定会后悔的！"

第三十四章

矛盾激化相邦怒　韩非设计离间斯

李斯一愣，仔细打量那个不停挣扎、谩骂的男子。只见那人头戴一顶束髻冠，身穿绣山河纹织锦缎交领长袍，宽袖几乎垂地，腰间系一条玉钩绅带，通身贵气，只是此刻却显得极为狼狈。李斯看到这里侧头扫过一旁众人，才发现所有人都垂手静立，气氛有些压抑。尤其是吕不韦脸色灰沉，一脸的不悦。李斯禁不住好奇多看了几眼。

若他猜得不错，那不住谩骂的应该就是被姚贾费尽心机从赵国诓来的赵太子佾。果然就在李斯思忖的时候，那人再次咆哮出声："赵正，早知如此当年在赵国我就该一剑劈了你！你居然让我去修陵，你给我等着，今日之辱，来日我定当让你加倍奉还！"赵佾骂得声嘶力竭，却敌不过锐士勇猛，不过一会儿就没了气力，被锐士像夹小鸡一样拖出宫门。李斯心头不禁懊恼，千算万算没有算到赵佾今日入城，这么一闹莫说解释，只怕此刻进去什么都没说就会像赵佾一样被人架出来。李斯心生退意，准备改天再找嬴政解释，一扭头吕不韦却在这时突然叫住了他："李斯。"

李斯脚步一顿，连忙转身向着吕不韦恭敬作揖："李斯见过相邦。"吕不韦沉着脸淡淡瞥向李斯，声音不怒自威："本相听闻韩非与你见过？你还带着他进宫见了大王？"

吕不韦的话吓得李斯喉咙一紧，不自觉瞟了姚贾和小甘罗一眼，压低声音回道："确实见过，不过那是大王要求，李斯才将韩非领进宫，后来无事我才将人送走的。"李斯因为心虚说得有些急切，吕不韦却只是淡淡一笑说道："是吗？那你可知他出了咸阳直奔泾水，同郑国也见了一面？"吕不韦的声音压得极低，李斯听得耳朵"嗡"的一声巨响，事到如今他若还看不出蹊跷，怕是被韩非卖了也不自知。李斯脸上笑意渐渐退去，眼神惶遽地问道："相邦……此话当真？"

见李斯变色，吕不韦不禁冷笑，盯着李斯的脸说道："李斯，本相不管他韩非来秦所为何事，但若要生事，李斯你给我记住，本相定然不会饶了他。"

李斯连忙点头，视线盯着吕不韦脚上的羊皮短靴。明知吕不韦这话里有话却不敢追问。吕不韦见状冲李斯摆了摆手，沉着脸转身离开。李斯也不再耽搁，冲着姚贾和小甘罗作揖离开。回到宅邸，李斯便径直去了书房，他坐在半开的廊下，怔忡地看着后院中的花草，脑中思绪却越发烦乱。一会儿是顿弱密信中的叮嘱，一会儿又是吕不韦那意味不明的话，最后却都落在韩非身上。

他与韩非同学近七载，对彼此的秉性都了然于胸，韩非是个做事取忠取直的人，那些细作的事他定然不会，应该也做不来，可不知为何李斯就是认定韩非此行别有用心，至于是什么他却猜不透。思来想去没个头绪，时间却一晃到了午时，书房的门被人轻轻叩响。李斯蹙眉，声音带着怒气唤道："何事？"门外是李斯新纳的门客孙林，闻言隔着门扇回道："大人，典客姚贾和少庶子甘罗大人在门外求见。"

李斯闻言猛然站起，不等孙林反应便打开房门疾步走出书房，一路迎到门外。六英宫外几人虽然相见，却都碍于相邦在场不敢交谈，此时再见，姚贾登时笑得见牙不见眼，冲着李斯长揖笑道："许久未见，斯兄别来无恙？"一旁的小甘罗也有样学样地跟着姚贾对李斯笑道："甘罗见过长史大人。"李斯在这咸阳真正交心的人不多，王绾又接了王诏去泾水督查修渠进度，不知何时才能回来。李斯正愁着没人商议，姚贾和甘罗就来了，也算是心有灵犀。他笑着连忙撤身将两人让进院中："快进，快进。许久未见，正想着二位呢。"姚贾和甘罗闻言对视一眼，分先后跟着李斯径直去了书房。

较之出使之前，姚贾明显苍老许多，两鬓已现白发，甘罗的身高明显长了一些，只是消瘦得让人心疼，几人走进书房便把房门关上，姚贾脸上的笑意立时散去。李斯一愣，猜到两人必定有事。姚贾却并未开口，转身走到廊下左右查看，半晌才对着李斯小声问道："斯兄你可留意最近这咸阳有何异常？"

姚贾一句话把李斯问愣了，不自觉地重复："异常？"见李斯满脸疑惑，姚贾皱眉继续说道："我与甘罗从赵国回秦，过函谷关的时候就察觉有些不对，一路留心，直到今早进了咸阳才发觉咸阳城的商贾多得有些蹊跷。"

姚贾和顿弱本就对细作的路数了如指掌，所以一眼就能看出其中的疑点，李斯对此并未涉猎，就算听到姚贾的分析也还是一知半解。见李斯脸上满是狐疑，姚贾叹了口气，刚要继续，甘罗却忍不住插嘴道："哎呀，就是细作。那些商贾根本醉翁之意不在酒，肯定是各国派来咸阳的细作。"

听到这里，李斯总算明白姚贾和甘罗为什么这么小心谨慎，可还是不由追问："何以见得？"咸阳毕竟是秦国的都城，商贾逐利纷纷来咸阳也不是不可能。甘罗被问得一愣，蹙眉思索要怎么解释，姚贾轻飘飘说了句："商贾逐利是不假，可别忘了，咸阳乃是秦都。自商君变法之后，秦国的税收七国最重,却偏偏有人自燕国、齐国往咸阳贩运赤铜,难道不奇怪吗?"李斯犹自好奇,姚贾是怎么看出这些商贾不对的,直到听见赤铜瞬间了然。七国之中唯有秦国盛产赤铜,竟然有人反其道而行,莫说是逐利的商贾,只怕七岁小儿都不会这么做。

想到这李斯不禁皱眉,他之前忙于顿弱的事没有留心,这几天又被韩非的事绊住了脚,对细作的手段他又知之甚少,一时之间反而不知道要作何应对。姚贾见李斯面露愁容,开口宽慰:"不过斯兄也不用太焦心。这些人来的时日不长,而且手段也不甚高明,应该成不了气候。"李斯闻言心头更急,问道:"既是如此也不能听之任之。你们需将这事告知大王。"姚贾和甘罗同时摇头,说道:"无凭无据还不能说。我们正在商议要不要告知相邦。"李斯却连忙摇头对姚贾说道:"不。即便没有证据也该让大王知道。你们且先等着,我这就进宫。"姚贾见李斯要走,一把将人拦住,叹道:"慢着。斯兄先别着急,况且就算你进宫怕也见不到大王。这事还需从长计议。""为何?"李斯着急,自己的国都混进一堆别国细作,这可不是小事。

见李斯追问,姚贾这才缓缓说道:"我与甘罗刚一出宫,大王就驾马去了雍城离宫。听说太后身体不适,今早就出了咸阳,要去雍城养病。大王知道的时候,太后的车驾已经出城两个时辰,今日怕是回不来了。"

听到太后突然要去离宫,李斯的脑中陡然想起嫪毐那张白净的脸,立刻问道:"太后出城带了何人?"姚贾和甘罗闻言脸色都有些古怪,半晌才道:"听说只带了内侍长嫪毐一人。"李斯闻言心头瞬时一沉。看甘罗的反应怕是已然知道了吕不韦安排嫪毐进宫的事,只是面对一个十二岁的孩子,无论姚贾还是李斯都不好深究,只能对视一眼心领神会。

书房里瞬间安静下来,过了许久李斯终究忍不住又问:"相邦可知?"姚贾摇头:"该是不知。"说完这句两人又再次沉默。倒是一旁的甘罗忍不住笑道:"对了,斯兄,今早面见大王,大王对我与贾兄此行赞不绝口,说要为我和贾兄加官晋爵呢。"相对于之前的两件事，这算是一个不错的消息，李斯十分欣喜："果真？"姚贾点头，面上有些不好意思地回道："相邦也有此意，不过太后一走，只剩相邦一人，估计诏书要等大王回来才行。"李斯依旧笑道："那也是难得的好事，贾兄和甘罗此行厥功至伟，任何赏赐都担得起。"

几人终于面露喜色，偏偏就在这时书房外突然出来一声呵斥："你这厮让开！我与你家主人本就交好，挡我做甚！"

那声音粗狂，一听就知是习武的人，李斯和姚贾无不扭头，这时又传来一人的声音，语气透着为难："大人，我家主人正在议事，请先止步容我去通禀。"之前那人语气更加强横："怎的，你当咱老樊会听墙根吗？让开！"

听到这里，李斯已经知道那人是谁，就连姚贾都忍不住笑着摇头，跟着李斯一同走向门口。李斯抽出门栓刚一开门，就见两个人推搡着来到门前。一个身材消瘦，穿一身麻葛的交领短衣，腰上束着秦人特有的短剑，另外一人身形高大，髯须遮了半张脸，大嗓门正冲着面前的人继续说道："哎，你这厮怎么听不懂人话，我与你家——"樊於期正要训斥，李斯却禁不住出声打断："孙林，退下。"孙林先是一愣，随即颔首侧身给樊於期让出一条路。樊於期看到李斯，立刻笑着一拍脑门说道："哎，李斯，你快与你家剑客说说，往后咱老樊来，可不敢这么拦着。"

第三十五章

将军立业上战场　涟漪有孕为人母

樊於期说得一本正经，却把李斯逗乐了，忙冲孙林摆手让他先下去，侧了个身引着樊於期进屋。樊於期发觉姚贾和甘罗也在，登时也笑了，扭头对着李斯说道："贾兄也在？怪不得那剑客拦着不让咱老樊进来，你们正在议事？"

李斯笑着关上房门，转身领着樊於期继续往里走，解释道："哪有，不过是许久未见叙旧罢了，哪想你也来了。"李斯话带调侃，樊於期有些讪讪，说道："李斯，你这是在埋怨咱老樊打扰了你们叙旧？"李斯连忙回道："哪有，我只是说樊兄来得好，正好咱们一起叙旧。"樊於期立刻笑了，还兴冲冲地说道："那就好。既是叙旧怎好无酒，快，斯兄让人去备些酒肴，咱老樊有好消息要说。"

樊於期反客为主，李斯不甚在意，转身对门外孙林说道："孙林，你去找涟漪要些布币，再去礼乐府买些酒食，快去快回。"孙林当即转身去找涟漪，不多时就拎着一个玄色食盒走了进来，打开食盒恭敬地将双耳铜壶和各色铜盘逐一放在桌案上，一切停当孙林才低声对李斯说道："大人慢用。孙林就在门外，大人有事吩咐即可。"说完便在几人注视下恭敬转身走出书房。

姚贾直到孙林关上房门才扭头看向樊於期，笑问："酒肉都已备好，樊兄的好消息可以说了吧？"樊於期原本就忍得焦躁，听姚贾一说立刻说道："当然。咱老樊终于可以离开秦宫，去战场建功立业了！"

樊於期一句话说得没头没脑，几人都不禁有些愣怔，见状樊於期得意地继续说道："今日，就在今日相邦特意命人把老樊叫去相府，问咱是否愿意为秦国出力。"李斯和姚贾听得疑惑，互相对视。樊於期却越发得意，嘿嘿笑道："咱老樊当场跟相邦表态说，樊於期愿为相邦驱使。相邦对咱老樊的回答十分满意，临了拍着咱老樊的肩膀夸咱忠勇，还说很快就让咱老樊出去建功立业。"李斯听到这里陡然想起一件事，不禁扭头看向一旁的姚贾，问道："贾兄在赵国可曾听到些什么？"姚贾蹙眉猜不准李斯这么问的目的，仔细想了想才答道："未曾听到什么消息，倒是那赵王身体每况愈下，怕是坚持不了多久。"李斯闻言眉头皱得更紧。李斯和姚贾此时并不知道，就在四日前赵王重病不医已经崩了，而吕不韦计划的却是另外一件大事。

李斯和姚贾心中盘算却始终猜不透吕不韦的意图，干脆相视一笑，对着樊於期恭贺："若真是如此，倒要恭喜樊将军了。"李斯又贺道："樊兄得偿所愿，实乃幸事。"樊於期被两人夸得脸色潮红，一拍脑门主动拿起酒壶就给几人倒酒，笑着回道："岂敢，岂敢。不过是相邦抬举。"说完樊於期才猛地想起李斯和相邦貌似不和，赶忙说道，"其他的都是后话，都是后话，咱们只谈今夜，定要不醉不归。"李斯无奈摇头，同样倒了酒与樊於期推杯换盏。较之上次饯行，李斯和姚贾都有意控制酒量，所以这次唯有樊於期一个人喝得酩酊大醉，趴在桌案上不停地絮叨。姚贾和甘罗长途跋涉又喝了酒，身体早就乏了，不到酉时就起身和李斯道别。

李斯将两人送到门外，见四下无人扯着姚贾把人拉到檐下，低声叮咛："贾兄，细作的事你还要多多留心，我总觉得他们包藏祸心，若不小心应对，这咸阳怕是要起风了。"姚贾喝得有些迷离，听到李斯叮嘱强打着精神回道："斯兄放心，我定会多多留心，若有异样定当及时通知斯兄。"李斯用力点头，放开姚贾衣袖，仰头叮嘱孙胜把人安全送回住处。孙胜驾着马车默默领首，然后逐一搀扶两人上马车，驾车而去。将人送走之后，李斯看着瘫在案上的樊於期，无奈轻笑，吩咐孙林将人架到自己的卧房，仔细守着，便转身去了后院。

自那次见面李斯将局势剖析，让涟漪自行选择要不要跟相府传递消息之后，涟漪就几乎没有出过门，安安静静地待在宅邸，孙林兄弟来了之后，她更是安于内院再也没有去过前厅。李斯对涟漪的懂事分外满意，索性把府里的事交给涟漪打理。还没走近，李斯就听到涟漪的房间传来阵阵干呕，他不及多想加快脚步推开房门，问道："身体不适？"涟漪被吓了一跳，忙抬起泪盈盈的大眼看向李斯，支吾一阵才羞红了脸默默点头。李斯越发疑惑，又问："怎么不让孙林去请寺医？"涟漪羞窘，终于淡淡回道："请了，寺医说无碍。"李斯不禁皱眉，又问："无碍？人都瘦了。这寺医怕是医术不精，你等着我这就让孙林再去请。"涟漪见李斯转身要走终于急了，连忙从杌子上起身，叫道："大人。"李斯驻足，回头看她。涟漪赶忙走到李斯身边，娇羞地贴着李斯的耳朵说道："大人……寺医说涟漪这是……这是有了身子。呕吐厌食都是寻常，不碍事。"

李斯早过而立之年，却从未想过子嗣的事，陡然听到涟漪说有了身子，整个人都是一愣。他不自觉地看向涟漪婀娜的腰身，笑问："真的？"涟漪脸色更红，羞怯地领首。直到这时李斯才终于有了一种将要为人父的感觉，兴奋得一把将涟漪抱在怀里，再问："你说的可是真的？我要做父亲了？"涟漪被李斯吓得娇嗔一笑，再不说话只不住地点头。突如其来的喜讯彻底吹散了李斯这两日心头的阴霾，他忍不住大笑出声，却在这时陡然想起一人。

算起来他离家已两年有余，也不知父母和妻云姬怎样了。现今他已有了府邸，是该找个时候将家人接来咸阳团聚。想到这李斯又忍不住犯愁，若是被父亲和云姬知道他在咸阳不但有了女人，而且还是涟漪，会否生怒？越想李斯就越是忍不住犯愁，最后只暗暗决定待涟漪产子之后再去接人。届时木已成舟，贤妻云姬自是不会说什么，老父亲估计也会看在孩子的分上容纳涟漪。

秦王嬴政这一走，数日不回也没有消息，李斯从一开始的惴惴不安，渐渐地也就将修渠之事放到脑后。若是嬴政真的信了韩非的说辞，怕是早就将他下狱，不然至少也会驱逐，一直没有动静应该没事。

放下心后，李斯和姚贾便开始着手调查那些潜入咸阳的细作，还没理出头绪，顿弱的消息又传到了李斯的耳朵里。赵王薨逝，赵偃继位。新王蠢蠢欲动，继位第二日就派使臣前往韩、魏、齐、楚，其目的不言而喻。

赵国这一连串的行动，没能瞒过顿弱的眼线。看过密信之后，李斯后背冒了一层的冷汗，对细作的恐怖之处再一次有了深深的感触。李斯是个善于学习的人，认识到自己的短处，便潜心向姚贾求教，就这样又过了半个月，离宫足足一月的秦王嬴政终于回到咸阳。当日嬴政就命谒者将李斯传进宫中。李斯不敢耽搁跟着谒者即刻进宫，却在走入六英宫前迎面遇上一人。

那人看着不过十三四岁的样子，头戴一顶掐金丝的束髻小冠，身穿玄色绣山水纹的交领长袍，腰缠玉钩绅带，周身衣着甚至要比李斯之前见过的赵太子俏更加富丽。见状李斯不禁驻足细看，那少年察觉李斯的注意，主动向他咧嘴一笑，笑容满是率真，前来传诏的谒者见那少年连忙躬身作揖，称道："见过公子成蛟。"

成蛟对李斯显然也很好奇，眨巴着晶亮的大眼睛，毫不掩饰地将李斯上下打量一番，才笑着对谒者摆了摆手，冲李斯说道："你就是那个新晋的长史李斯？"李斯听到谒者的称谓便知眼前这人就是秦王嬴政的兄弟公子成蛟，连忙撤步恭敬地冲公子成蛟作揖说道："正是李斯。李斯见过公子成蛟。"

虽是初遇，但李斯对公子成蛟的消息却一直十分留心。和传言大致相同，这位公子成蛟心性单纯，与嬴政手足之情甚笃，一直被嬴政悉心地保护在身边。可不知为什么，李斯今日撞见成蛟却总觉得并非偶然。成蛟笑嘻嘻地看着李斯，大概是从嬴政那里听到过李斯的事情，十分好奇，不禁又问："王兄经常跟我提起你，让我有不懂的事就去找你，你可愿意？"李斯哪敢拒绝，连忙再次作揖回道："臣定当知无不言。"成蛟见李斯诚惶诚恐忍不住又笑出了声，语气亲切地扔下一句："那说好了。到时你可别要赖。王兄正在等你，你快进去吧。"便快步走向六英宫旁的长廊水榭。

李斯怔怔地站在原地，注视着成蛟离开的背影有些失神，一旁的谒者焦急催促："大人快些，莫让大王等急了。"李斯这才回神，忙跟着谒者一同走进六英宫。

王座之上空空如也，李斯一愣，连忙扫视整个宫殿，终在窗前找到了嬴政的身影，赶忙加快脚步迎了上去，恭敬作揖："参见大王。"

嬴政没有回头，目光始终注视窗外，许久才问了一句："李斯，你离家多久了？"李斯答道："近三年了。""那你可曾想家？"李斯被问得有些摸不着头绪，却依旧答道："想，闲暇时就会想。"嬴政声音更沉，似是在自问自答："寡人只有成蛟一个兄弟，母后去了离宫，现今成蛟也要走，寡人这下真成了孤家寡人了。"李斯默默听着，这样的话题他不好掺和，沉默是最好的应对。

李斯恭敬地站在一旁，嬴政感伤许久才缓缓回头看向李斯，眸光沉沉问道："李斯，寡人问你，郑国修渠的事，你究竟知道多少？可曾骗过寡人？"

第三十六章

各为其主心各异　满腹算计为君王

李斯赶忙撩衣跪地，叩首回道："大王息怒，听李斯把事情细细说明。"嬴政声音冷沉咬牙道："说！"李斯连忙起身，走向西面的墙壁。那里挂着一张羊皮地图，是嬴政从他那里要走的，为的是时时刻刻提醒嬴政东出，扫平天下。

李斯抬手指着泾水，顺着走向将郑国修渠的计划讲了一遍，语毕才转头看向嬴政："大王，即便不信李斯，李冰父子总可以相信吧？在决定修渠之前，相邦曾去信询问李冰父子的意见，得到的答案也是一样。"李斯说得语重心长，字字恳切。

嬴政静静地注视着李斯，韩非的话确实让他生出怀疑，可仔细一想，嬴政就想通了，但心里总有个疙瘩过不去。嬴政沉默许久，才看着李斯叹道："李斯，寡人信你。你也知道寡人与仲父已经离心，若是连你也背叛寡人，寡人就真的成了孤家寡人了。"嬴政的声音透着疲惫，李斯听得鼻尖不禁酸涩，良久才道："大王，李斯愿意陪着大王千秋万代，绝不相弃。"自此韩国想要利用韩非离间李斯和嬴政的计策再次瓦解。嬴政也将韩王的算计记在心头，发誓一定要找寻时机好好地教训一下韩王那个老东西。

一晃又是两年，涟漪的孩子已然降生，李斯取名为尧，将消息送回上蔡，却不想远在上蔡的云姬早已为他生下长子，老太爷做主取单字为由，一来二去李斯竟有了两个儿子。

人逢喜事，李斯的官也越做越顺，李斯将咸阳城内细作云集的事禀告了嬴政。嬴政虽觉不妥，但李斯拿不出有力证据，便只能徐徐图之。忽有一日王绾匆匆赶回咸阳却没进宫而是连夜直接去了李斯府邸。李斯忙将人迎进书房，关切询问："许久未见，绾兄消瘦许多，人也黑了，今夜前来可有要事？"王绾脸色难看，听李斯询问不禁皱眉。李斯见状便知王绾有事，耐着性子笑道："绾兄，以你我的交情，有什么事你但说无妨，即便没有证据也无不可。"

王绾气得顿足，看着李斯许久才道："斯兄，你告诉王绾，韩王遣郑国来秦，真的只是为了帮助秦国治水是不是？还有别的目的？"

李斯被王绾问得心头一突，想起吕不韦曾说韩非离开咸阳就绕道去了泾水，不由一问："绾兄可是听到了什么消息？"王绾神色古怪，在书房里踱了几步才痛下决心说道："两年以前，韩国公子非曾去泾水，与郑国彻夜密谈。这事本已过去几乎无人知晓，可最近不知为何却被人翻了出来，闹得满城风雨，甚至有人说，你与郑国都是韩国的细作，费尽心思阻挠秦国伐韩。"听到这里，李斯额头冒出冷汗，不禁一阵后怕，沉着脸继续问道："还有呢？"

见李斯没有反驳，王绾却像失了魂一样，呆在原地愣了许久才喃喃说道："难道是真的？"李斯知道王绾性格刚直，这种阴诡的事他都不甚经心，跟吕不韦将计就计不同，他是从一开始就不知道韩王的奸计，只以为郑国是诚心留在秦国修渠，陡然听到这样的消息怕是难以接受。况且郑国修渠的事是他一手促成，李斯看在眼中有些心疼，拉着王绾的手到一旁坐下，理了理思绪才缓缓说道："绾兄静心听我细说。"王绾心神恍惚，根本无法凝神，即便坐着也如坐针毡。

李斯无奈，只能赶紧说道："绾兄，修渠之事确有隐情，那日李斯在礼乐府巧遇甘罗，便知郑国来秦绝不简单，当日未时末郑国就来相府私下相邀……"李斯把郑国修渠的过程事无巨细地对王绾说了，甚至对王绾保证修渠之事无论韩王抱着何样居心，郑国修的渠对秦国都百利而无一害，而且相邦和大王也都知情，甚至是默许了的。

王绾怔怔地听着，许久眼底才又有了光，转头看向李斯喃喃问道："百利而无一害？"李斯再次点头，王绾这才笑了，不一会儿又不放心地询问："不对。既是如此，那这谣言从何而来？"李斯也很费解，他不禁凝眉仰头看向窗外繁星，许久才沉声说道："绾兄，这事怕是冲着我来的。"

王绾看着李斯。李斯起身在房中踱了几步，继而又将韩非秘密入秦，借醉酒污蔑他同郑国密谋合作的事也说了一遍。王绾气得瞬间拍案而起，说道："奸佞小人！我竟没想到，这公子非竟是这样的人。"李斯也不禁苦笑，对王绾叹道："绾兄，这谣言若是不能平息，斯怕是大难临头了。"王绾立刻拍着胸脯对李斯担保："斯兄放心，绾这就回泾水，将所有心怀叵测、挑弄是非的人统统拿下，我看谁还敢再妖言惑众。"王绾耿直，说到做到，语毕甚至不等李斯开口就转身疾步走出书房。

王绾来得快，走得也快，李斯愣怔地站在府门外，目送王绾的马车扬尘而去，心中怅然。韩非的事李斯也曾私下里同姚贾说过，不过姚贾的反应就显得深沉许多，他只静静地问了李斯一句："日后若是再见，你打算如何？"

打算如何？其实李斯也不知道自己到底想怎样，但有一点李斯心底明白，他与韩非的同门之谊算是彻底没了。那一夜李斯在门外站了许久，直到月上柳梢才转身回家。一晃又过了半年，郑国修渠已过四载，顿弱的消息也再次传到了李斯的手中。

信中寥寥几字却让李斯脸色骤变，连忙带上密信匆匆进宫。李斯将密信恭敬地递给嬴政，嬴政接过信看一看，脸色也陡然沉了下来，心中默念：

赵王偃再次遣毛遂入韩递交国书，准备连横韩国意图伐秦。

嬴政眸光一沉，将密信握于掌心，攒成一团，怒道："好你个赵偃！好你个韩王！"嬴政怒不可遏，转身看向李斯，问道，"这消息……"李斯连忙拱手，回道："大王，密信是顿弱遣人送回，斯以为消息必然是真。"嬴政不禁冷笑，脑中不禁想起几年前韩非入秦的事，新仇旧恨瞬间勾起嬴政压在心底的怒火，不禁冷笑："韩王老儿，他这是活够了！"

李斯静候一旁，听到嬴政的话也不禁想起韩非在泾水的所作所为，为了自保这个时候他必须表态，立刻附议："大王说的极是，只是这事还需与相邦商议。"毕竟要调动兵马，没有吕不韦的紫金印，也是枉然。

嬴政缓缓点头，随后转身将手里的密信交还李斯说道："李斯，你即刻出宫，将密信交到相邦手中，尽力劝说相邦出兵。"李斯小心接过密信俯首称是，随后退出六英宫。

再次来到相府门，李斯恍惚间有种故地重游的怅然。府外的卫士早已不是原先那些，李斯只能托卫士代为禀告，而后站在相府门外静静等候。今日天色阴沉，细雨不一会儿就随风扑簌簌落下，打在李斯的头上。李斯有些狼狈，正准备躲避的时候，相府中才快速走出一人，向着李斯作揖："原来是长史大人，相邦已在书房候着，烦请大人随我一同进去。"李斯对郑栗的印象不算好，闻言点点头，跟着郑栗一同去了书房。

离开相府已有三年，李斯看着熟悉的场景不禁有些无奈，头上的雨丝越来越密，李斯只能加快脚步。刚走进书房天上就忽地划过一道闪电，照亮了整个书房。李斯向着吕不韦作揖道："李斯见过相邦。"吕不韦正看着窗外，似是在观察闷雷滚滚，听到动静才缓缓转头，见是李斯抿唇淡淡一笑："原来是李斯啊。"

李斯看着吕不韦那张略显沧桑的脸，禁不住感慨，问道："相邦，您的身体近来可好？"

两人虽经常见面，但都有外人在场，自上次在六英宫外相遇又过了两个春秋，这还是第一次密会，李斯的话让吕不韦不禁失笑，拍了拍身边的位置说道："都好。来，到这边坐下。我正好有事同你商议。"李斯顿了顿，缓步上前在吕不韦身边坐下，还没开口便听吕不韦问道："是大王让你来的？"李斯一怔，随即释然笑道："正是。大王要李斯前来游说相邦，出兵攻打韩国。"

吕不韦闻言仰头看了眼窗外，窗外的大雨打得小树左右摇摆，许久才喃喃说道："出兵啊，大王是想泄愤，还是觉得韩国欺人太甚，需要教训一下？"

李斯被问得一愣，总觉得这两个问题没有什么不同。吕不韦却叹了口气，突然起身走到窗前，望着窗外的大雨说道："罢了，原本就是要出兵的，这事我知道了，你让大王放心，我自有安排。不过，本相眼前也有一事迫在眉睫，需你从旁协助。"李斯心头一紧，仰头看向吕不韦。吕不韦依旧望着窗外，似是知道李斯一定在听，继续说道："咸阳街头近来流传一个谣言你可听过？"雨声太大，李斯听不清吕不韦的声音，忍不住起身走到吕不韦身边问道："谣言？"吕不韦脸色阴沉终于侧头看向李斯，说道："正是。有人说大王并非嬴氏子孙，而是我与赵姬的私生子。"

吕不韦的声音透着阴冷，话音刚落又一记闷雷轰然响起，红色的闪电恨不得将天空撕裂。

李斯被闷雷吓了一跳，不可置信地看着吕不韦。关于吕不韦和赵姬的秘辛李斯了然于胸，甚至连庄襄王死后赵姬几次缠磨吕不韦的事他都了如指掌，只是吕不韦这句话实在太过骇人。若是真的，只怕整个秦国都要变天。李斯惊愕，久久无言。吕不韦却嘴角带笑，意味深长地看着他。就这么过了许久，李斯才猛然回神，忙扯出一丝笑意，说道："相邦真会开玩笑。先王何等英才，岂会不知大王的身世！"

吕不韦依旧不语，李斯被看得浑身都不自在，只能硬着头皮继续说道："何况相邦仁义，定然不会做那悖逆之事。"吕不韦终于等到了最想听的话，缓缓点头说道："不错。先王对我恩重，我又岂会做这不仁不义的事。可这谣言不似空穴来风，定然有人在背后推波助澜。"吕不韦一句话又把李斯惊得心跳不已，连忙问道："相邦，你这话是何意？"

一阵斜风吹起，将雨滴吹入房中，吕不韦伸手关了窗户又带着李斯回到桌案前坐下，说道："这正是本相要你和姚贾去查的。你须查清这背后之人究竟是何居心，一旦查实立刻报我。李斯，这可是塌天的大事，稍有不慎，你我怕是都要粉身碎骨，你可知晓？"

第三十七章

流言蜚语杀人剑　内忧外患事事烦

"哐"的一声，窗户被风忽地吹开，凉风夹着细雨扑面而来，李斯不禁打了个寒颤。

他猛地抬头看向吕不韦，心底却在思量吕不韦话中的意思。照说无论这谣言是真是假，都不该牵扯到他身上，吕不韦这话到底是何意？李斯在心底不住盘算，面上却不敢显露，起身作揖对吕不韦说道："相邦放心，斯定当竭尽全力。"

李斯攥了攥手，站直了腰，终究还是忍不住问道："相邦，若查明这谣言背后之人，你打算怎么处置？"吕不韦神情冷肃，眼眸微微一眯，缓缓吐出四个字："永绝后患。"李斯心头一惊，虽然才得到消息，但这其中的关窍却并不难猜。

若嬴政不是嬴氏子孙，那他就不配继位，先王只有两个子嗣，如此一来便只剩一人。想起那个笑容干净的公子成蛟，李斯只觉心头一阵发闷，总觉得这事透着蹊跷，仿佛有人张开大网，正等着他自投罗网。

言尽于此，李斯也就不再耽搁，恭敬辞行便转身出了书房。被大雨耽搁，李斯离开相府时已过未时。雨水依旧淅淅沥沥，他垂眸走在雨中，路过咸阳最繁华的街道时却突然停下，举目四望后又仰头看向天际，暗自咬牙，忽地转身疾步向着姚贾的官邸走去。

　　李斯走到姚府的时候天色已经擦黑，门房看到李斯立刻转身去报，不一会儿姚贾就摇晃着他壮硕的身体迎了出来。看着李斯被雨水淋湿的衣帽，连忙吩咐下人："快，去给长史大人准备一套干净的鞋袜。"然后便默不作声地领着李斯去了书房。安排人守住门口，姚贾这才关上房门，转身对李斯问道："斯兄，你这是……"李斯笑了笑，伸手摘下头上的委貌冠，放在一旁说道："贾兄莫笑。斯刚从相府出来，在路上走了一会儿，就成了这副模样。"姚贾蹙眉不置可否，李斯喉咙动了动，随后才笑着继续："那个，贾兄最近在咸阳可曾听到什么流言？"

　　姚贾是个聪明人，虽然学识不如李斯，但为人通透，尤其对局势格外敏锐。想了想姚贾眉眼一挑，沉声问道："斯兄问的可是关于大王血统的那个？"李斯不禁倒吸一口气，问道："贾兄可知这谣言从何处而起？"姚贾仰头似是回想，但眸光却有些闪烁，良久才沉声答道："这事说来话长，斯兄冒雨前来为的就是这个谣言？"李斯缓缓点头，继而说道："这事透着蹊跷，我总觉得是有人在做局。"姚贾也不由颔首，声音压得更低地说道："你来得正好，我少时刚得了消息，正准备明日朝会之后禀告大王。"李斯眸光一闪盯着姚贾问道："什么消息？""据查，这谣言最初是从渭文君属地传出来的，近几日才传入咸阳，但谣言却越演越烈，明显有人在推波助澜。"

　　"可有头绪？"李斯不觉轻声追问。姚贾顿了顿才继续说道："还没有实据，不过据我得到的消息称，渭文君半月前突然赶回咸阳，近几日频繁出入公子成蛟的宫殿。"公子成蛟只比嬴政小两岁，没能建功也未曾分封，所以一直留宿在其母妃的宫中。渭文君虽是宗族之人，却频繁出入秦宫，这事确实蹊跷。李斯顿了顿，沉声说道："渭文君？渭阳君的族弟？难道说这事与嬴氏宗族有关？"姚贾颔首，道："今日刚得的消息，宗正关内侯已从封地启程，关内侯年纪老迈只能乘马车赶路，最多一月便可入咸阳。"李斯陡然站起，眼底满是惊骇，许久才颤声说道："宗正？此话当真？"

姚贾不禁看了眼门外，继续压低声音说道："斯兄，此事可大可小，不过姚贾有一事不吐不快！"李斯攥紧手心，看着姚贾没有阻止。"废除分封的事，你同大王还是太操之过急了。这狗急了也是会跳墙的！"

姚贾一语点醒李斯，此刻他彻底明白吕不韦那句话的真正含义。原以为这谣言是冲着吕不韦去的，但此时再看那些人要杀的却是嬴政和他这个长史。李斯默默垂首，脑中思绪纷乱，正在这时门外有人唤道："大人，给长史大人的干净衣物已经备好。长史大人是否更换？"

姚贾立刻以手抵唇示意李斯噤声，而后转身走到门口，打开门栓接过衣物才摆手让仆役退下，将衣物拿进书房，递给李斯。李斯神情恍惚，系带解了半晌才将身上的湿衣脱了，魂不守舍地将衣服换好，便匆匆离开姚府。

第二日一早便是秦国例行朝会的日子，李斯昨夜淋雨身体有些不适，一早起身昏昏沉沉地去了章台宫。因太后去了雍城离宫一直未归，朝会上几乎成了吕不韦的一言堂，嬴政也随着年龄增长更加隐忍，几乎凡事都照吕不韦的意思来做，倒也相安无事。只是今日不知为何，朝堂上的气氛显得有些怪异，尤其是嬴氏族人，几乎毫不掩饰地眉来眼去，却没有一个人奏请政务，整个大殿都安静得出奇。

大臣无事奏请，吕不韦也不甚在意，简单地说了几句便让寺人宣布散朝，哪知寺人刚要开口，渭文君却突然侧身出列，对着嬴政大声说道："大王，臣有事上奏。"

听到渭文君竟向自己上奏，嬴政不禁挑眉，瞟了眼吕不韦，才笑着朗声问道:"哦?所奏何事?"渭文君也算是赢氏一族中比较有地位的人,闻言作揖说道:"大王,公子成蛟已然束发,大王在他这个年纪早已继位,臣以为公子成蛟作为赢氏子孙、先王庶子,理应为国效力,一直安于祖荫,赋闲在宫中实在不妥。"

赢政还是第一次在朝堂上听人说起成蛟,不禁笑道:"哦,那渭文君意欲何为?"

渭文君特意挺直腰杆,瞪着他的金鱼眼,斜睨了吕不韦一眼才缓缓说道:"臣听闻公子成蛟骑术、剑术都小有所成,不若将公子成蛟送入军中历练,待来日建立军功,也好给公子成蛟分封属地。"听到这里,赢政脸上的笑意一僵,这些人竟然还惦记分封,心底不禁烦闷,声音也不再似之前那样亲切,沉声问道:"送入军中?那以渭文君所见,该送入谁的军中?"赢政说到最后,语气已经完全冷了。那渭文君却好似没有察觉,依旧自信满满地说道:"自然是渭阳君麾下。公子成蛟毕竟是赢氏子嗣,送入别人军中多有不妥。"渭文君说得义正词严,若不是李斯知道内情,怕也以为这样的安排无论对大王还是对公子成蛟都是最好的。

李斯紧张地注视着赢政的脸色,见他似要答应,心头一急连忙出列,朗声打断:"大王!"

赢政瞥了眼李斯,眼底满是不悦,质问:"怎么,你也有事?"因为淋雨李斯的脑子有些昏沉,未察觉赢政的不悦,却仍旧不忘继续岔开话题,说道:"大王,李斯昨日收到密报,赵王偃遣毛遂出使韩国,缔结盟约恐对秦国不利。"渭文君的算计太过露骨,李斯相信以吕不韦的心智早就看穿,不出声不过是碍于谣言,李斯刚好借此机会将密信的事说出来,趁势胁迫吕不韦当众表态。

果然听到李斯说赵国要与韩国结盟共同伐秦,安静的朝堂立刻喧闹起来。渭阳君第一个站出来,对着李斯问道:"长史,你这消息是否可靠?"李斯郑重点头,对渭阳君拱手作揖:"渭阳君大可放心,这消息李斯敢拿性命作保。"

听到这里，蒙骜终于忍不住站了出来，向着吕不韦问道："相邦，此事应当作何应对？"嬴政继位已近六年，所历战事不多。元年，六国合纵抗秦，是吕不韦临危不乱一面派使臣出使，分而化之，一面派蒙骜和镢公领两路大军攻打赵、韩两国，彻底击碎了六国合纵连横的契机，而后晋阳趁秦国君主更替，国君年少发兵反叛。又是吕不韦果断派蒙骜出兵，将叛军剿灭在晋阳境内。三年为秦立威，为修渠做准备，还是吕不韦派蒙骜和镢公带兵出征收复失地，谋略深远终致两军全部大胜归来。蒙骜虽官至上将军，但对吕不韦的军事才能十分推崇。

吕不韦垂眸扫了眼蒙骜，欠了欠身，轻咳一声才徐徐说道："上将军有何见解，但说无妨。"吕不韦虽然一直装着目无君上、独揽大权，但对蒙骜却十分敬重。蒙骜也不推辞，立刻答道："相邦，依臣拙见，赵王偃一直虎视眈眈，这次怕是已经做足了准备才会派毛遂出使韩国。秦若闭而不战，只会助长韩赵气焰。"蒙骜没说要打，却把利弊分析透彻，众人闻言无不颔首，赞同蒙骜的意见。

秦历六世明君，无论兵士还是国力早已复苏，远超其余几国，真要打仗秦国也不怕。吕不韦默然不语，垂首咕噜咕噜地转着眼珠，随后猛地抬头看向李斯。

李斯被吕不韦看得后背一阵发凉，但事已至此他也只能硬着头皮继续。朝堂之上再次陷入静寂，吕不韦对李斯的心思了如指掌，叹了口气缓缓起身，走到嬴政身边，语气慈和地问道："大王呢？以大王所见，这仗要不要打？该不该打？怎么打？该出兵打谁？大王可曾仔细想过？"

嬴政被吕不韦问得一愣，不由挺直脊背毫不犹豫地回道："相邦，这仗要打，而且必须打。只是赵国大胜燕国此时士气正盛，寡人以为要打就打韩国，而且一定要痛打，打得他十年之内不敢再生事。"

吕不韦又笑了，这次的笑容比之前多了几分欣慰，复又问道："好。

大王有气魄。不过大王可曾想过，怎么出兵？赵国若是出兵相救，大王又该怎么安排？当然最重要的是，大王打算用什么理由安抚其余五国？"众人都被吕不韦这一个接一个的问题问得头脑发晕，嬴政也被吕不韦问得脸色涨红，不知如何作答。李斯见状不禁担忧，犹豫了一下干脆直接装晕来替嬴政解围。只见他摇摇晃晃，而后干脆一闭眼往地上一摔，没了动静。

众人都在等着嬴政对答，不知是谁忽然高声惊呼："不好，长史晕过去了，快，快叫寺医。"吕不韦闻言扭头看了眼躺在地上装晕的李斯，笑了笑才对嬴政说道："大王若是执意出兵，本相愿为大王解忧。"说完他才转身缓缓走下王座，绕过李斯阔步走出章台宫。

吕不韦一走，李斯就被寺人从地上抬起来，七手八脚地抬到了章台宫的西南暖阁。姚贾作为为数不多看透李斯心思的人，也一同跟着去了。见寺人里外忙碌，姚贾忙对嬴政说道："大王，斯兄这是昨夜淋了雨，着了风寒，不宜在人多的地方。先让这些寺人下去，估计斯兄很快就能醒转。"

李斯晕得突然，况且时机也把握得极好，嬴政之前心焦没有多想，此刻被姚贾提醒立刻猜到李斯的心思，旋即摆手示意屋里的寺人都先出去。

关门的声音一响李斯就睁开了眼睛，他四下看了看确定没有旁人才猛地从床上坐起来，仰头看向嬴政焦急地说道："大王当心，渭文君和嬴氏宗祠怕要生乱。"

第三十八章

自古帝王无亲情　上位者心必狠之

　　李斯没头没尾的话把嬴政惊得一怔，他不禁蹙眉想要确认李斯是不是烧糊涂了。一旁的姚贾见状连忙躬身作揖，借着李斯的话继续往下说："大王，斯兄昨日冒雨来找姚贾，身体不适。后面的话还是姚贾说与大王听吧。"说着姚贾小心地走到暖阁门口，拉开门左右扫了眼，确定没人偷听才大着胆子说道，"臣接下来要说的话纯属无稽之谈，是有心人为了构陷大王而杜撰。大王听了务必不要在意。"

　　姚贾越是解释，嬴政就越是不耐烦，终于在姚贾赘述不断的时候暴喝一声："有话快说！"简单的四个字吓得李斯和姚贾浑身一颤。李斯见嬴政真的怒了，看了姚贾一眼，接过话头说道："大王，近几日咸阳城内传出一个谣言，说……说大王不是先王子嗣，而是……而是太后同相邦的……"尽管李斯已经把谣言中最不堪的地方省去，骤然听到谣言，嬴政还是愣了半晌，直到姚贾禁不住心虚看向李斯的时候，嬴政才忽然哈哈大笑起来，说道："笑话！寡人是谁的孩子，难道太后和先王能不知道？有人竟敢污蔑太后和相邦，简直可笑！"

嬴政笑声虽然豪迈，但几人心底有数，这个谣言实在恶毒，无论辟不辟谣都会伤了嬴政的威信。

嬴政笑了几声之后，脸色一沉想起朝会上的种种，突然看向李斯问道："这事你们为何没有提前告知寡人？"李斯刚要开口，姚贾却抢先说道："大王，我与斯兄都是昨日才得到消息。姚贾已经命人去查，应该很快就能查到谣言的出处。"听着姚贾的解释，嬴政的心情依旧沉重，他犹豫了一下才问姚贾道："可有头绪？这事与渭文君有没有关联？"事出反常必有妖，况且一旦这个谣言被信以为真，那他绝对会被赶下王位，之后的事情便已昭然若揭。

姚贾脸色微变，许久才对着嬴政摇了摇头。嬴政的脸色却越发难看，盯视姚贾许久才咬牙继续说道："给我查。还有一定要给我查清楚，这件事公子成蛟有没有参与其中。"那可是他从小疼到大的弟弟。

同为秦国公子，他却出生在赵国，被赵王的儿子肆意刁难、羞辱，甚至几次差点死在赵国，嬴政从不曾埋怨，他有阿母，还有曾祖和祖父的疼爱和期许，就连父王最后也将王位留给了自己。所以即便明知成蛟自小就被父王和他的母亲疼爱，衣食无忧，也从没生出丝毫的怨怼。可此刻，嬴政的心却再也不受控制，凭什么都是嬴氏子嗣，他成蛟就能被人疼爱着长大，甚至还有人为了他甘愿冒着犯上作乱的危险也要替成蛟谋划，不惜将他这个秦王推下王位。

李斯观察着嬴政反应，看出他心绪不对连忙出声打断："大王，无论如何李斯都坚信先王睿智、相邦仁义，这谣言只是被人杜撰用来乱秦的手段。"李斯嗓子干哑、刺痛，却仍旧继续说道，"何况就李斯来看，这个谣言也不过是宗室为了把控王位而设的毒计。"

李斯句句诚恳，总算拉回了嬴政纷乱的思绪。李斯不敢停顿仍旧继续说道："说起来这事我也有错。当日郑国修渠遭封地王阻拦的时候，废分封的事被有心人刻意宣扬。大王应该知道，这封地王中有半数以上都是嬴氏宗族人。他们为了保住自己的封地一定会先下手为强。可大王并未亲政，太后与相邦大权在握，他们实在寻不到错处，便只能用这么阴毒的法子中伤大王和相邦、太后三人，以此为借口将大王逐出嬴氏宗族，以此来达到把控朝堂的目的。"

李斯剖析得句句透彻，生怕嬴政听不进去，真的听信谣言质疑自己的血统。见嬴政仍旧面色冷硬，还没有从谣言的震惊中回神，李斯赶忙换了个话题，笑道："还有大王，今日一役对大王也不算全无益处，相邦不也碍于局势，同意大王出兵伐韩，总算是不幸中的万幸。"

嬴政默默听着，眼底却渐渐多了几分狐疑。李斯说得头头是道，显然不是昨天才得到的消息，于是冷冷一笑沉声叹道："李斯，寡人还真是有眼无珠，竟不知你能谋算至此，当真是慧极近妖。"嬴政的话看似是在夸奖，李斯却惊得心头一颤。

事情说到这里算是都告一段落，寺医也早在门外等了许久，直到李斯打了个喷嚏，几人才猛地回神将寺医放了进来。李斯的脸色很不好，若不是事情紧急，他定然不会这么处处谋算，反倒惹得嬴政疑心。寺医蹙眉诊症许久才长舒一口气，向嬴政禀报："大王，长史大人不过是风邪入体，下官开些药汤给大人服用，不出三日便能痊愈。"

嬴政没有抬头，目光直直地看着桌案上的《五蠹》心情阴郁。明明都是荀子高徒，秉性却截然不同。若不是渭文君突然发难，他竟然一直没有发现李斯对他也处处藏着算计。这个在他眼中忠心护主、孤傲耿直的李斯竟然还有这么一面。越想嬴政就越是好奇，他在李斯眼中究竟是什么样的，少年英主还是乳臭未干的傀儡？

陡然听到寺医的话，嬴政只摆了摆手，说了一句："寡人知道了。你们都下去吧。来人，送李斯回府。"李斯虽然头昏脑热却并不糊涂，他知道自己今天一不小心犯了大错，想要解释却也晚了，他只能等，等一个赢政心情还不错的时候再做打算。姚贾始终静立一旁，闻言愕然抬头看向赢政，眼底却藏着恼怒。毕竟在他看来，李斯为了给赢政解围可谓是无所不用其极甚至不惜装晕，赢政即便心有不忿也不该在这个时候冷待李斯。

姚贾愤愤拱手称是，甚至不等寺人反应，便主动将李斯扶起，架着人就阔步往外走去。寺医被姚贾的举动吓了一跳，呆在原地，半晌才小心对赢政道辞，迈着发软的双腿疾步去追姚贾。

寺医跟跄下楼，终在楼梯尽处找到正在说话的两人，连忙唤道："大人稍候，我还没给大人开药，等一等。"姚贾和李斯听到声音看向寺医，两人同时噤了声，静静地等着老寺医寻了个平坦的地方，用绢布草草写了一个方子，交到李斯手中。李斯顺手递了一块玉珏塞进寺医手中，谢道："寺医医术高超，李斯谢过。这小玩意儿请大人坦然收下，斯怕是以后还会劳烦大人。"李斯这一病就整整三天，一岁的小李尧已经开始咿呀学语，趴着床沿奶声奶气地叫人。李斯也难得休沐，整日躺在床上眼睛直勾勾地看着房顶，不知在想些什么，直到第四日一早，有人把他的大门拍得"乒乓"作响。孙林腰佩秦剑几步走到门口，打开门见是樊於期，连忙拱手作揖，道："樊将军，请进。"

樊於期与孙林算是不打不相识，闻言朗声一笑，客气地问道："你家主人身体可好了？"孙林侧身，领着樊於期去往书房，笑着回道："已然康复。大人有心。您先稍等，我这就去告知大人。"孙林没有把樊於期送进书房，而是把樊於期引到书房门外的凉亭，转身再往内院走。李斯已经起床，正斜躺在床上看书。那日因病匆匆离开章台宫，李斯总觉得赢政对他的态度有异，于是拜托姚贾帮他打听一下赢政最近的起居，直到昨日他才从姚贾那里听说，赢政这几日正在研读一本书，书上的字异常烦琐，打探消息的寺人不识字，说不出个所以然，只粗略地画了一张图。

姚贾对那寺人画的图案摸不到头绪，但李斯却一眼认出，那寺人画的正是韩非的"非"字，转头让孙胜出去打探才知道，上一次韩非离开泾水回到韩国之后被韩王痛斥一番，拘在府中整整一年不闻不问，直到最近韩国打算与赵国合盟，韩国相邦张开地找准时机同韩王讲情，韩非才总算被韩王解除拘禁。整整一年的圈禁早已将韩非的锐气磨平，这本《五蠹》正是韩非在被韩王拘禁的时候写下的。李斯虽然猜到那日他自乱阵脚，种种算计都犯忌讳嬴政，引得嬴政猜忌，却没想到这其中还有韩非的原因。

握着手中竹简，李斯第一次后悔当初在六英宫拦下嬴政，没让嬴政盛怒之下劈了韩非。不过这念头只是李斯气急时的发泄，并未上心。

就在这时孙林轻轻叩门，禀报："大人，樊将军来了，正在书房外等候。"李斯猛地抬头，放下手中的竹简，快速起身走向书房。远远看到樊於期背着手站在凉亭内仰头望天，李斯连忙笑着说道："樊兄，你怎么来了？"樊於期闻言转身，对着李斯笑道："来看看你不行？"李斯对樊於期长揖一礼，笑答："当然可以。咱们去书房细聊。"樊於期却摆了摆手，欲言又止地看了眼跟在李斯身后的孙林。李斯瞬间会意，笑着对孙林摆手，待人走远樊於期才尴尬地清了清嗓子，说道："斯兄，你别怪咱老樊。我这趟来找你，其实是相邦吩咐，让咱老樊过来传个话的。"

李斯笑容一顿，心底却止不住地欣喜，这几日他闭门不出为的就是等吕不韦主动找他，却没想到吕不韦竟敢让樊於期传话。

笑了笑，李斯才对樊於期安慰道："无妨。不过相邦邀李斯所为何事？"樊於期挠了挠头，不自觉回了句："这咱哪知道。相邦只说要我带你去礼乐府，他在等你。"

李斯颔首，事不宜迟，高声对守在院门处的孙林说道："孙林，备车。"孙林恭敬应是，转身走出府外。樊於期连忙拦住李斯："哎，驾车太过显眼，你我还是走着去吧。"李斯愣神，随即笑着颔首。樊於期是个武将，步子又急又快，李斯只能勉力跟在身后，后来一想樊於期的性格，便把人叫住："樊兄，你脚步慢些，我快跟不上了。"樊於期这才想起李斯是个文人，不好意思地哈哈一笑："你看，咱老樊把这事忘了。"随即放慢脚步。

李斯跟着樊於期一同走进礼乐府，然后径直入了后院。依旧是那个小院，依旧是满树的木樨花和树下站着的人。李斯和樊於期对视一眼，加快步子迎向吕不韦。

第三十九章

与虎谋皮思虑重　心思缜密慎思量

李斯和樊於期一同向吕不韦拱手作揖。

吕不韦没有回头，倒是他身后的剑客对着李斯和樊於期拱手。李斯向来观察入微，一眼就发现吕不韦今日带的不是郑隗，而是一个他在相府见过几次的剑客，名字好像叫桓齮。吕不韦似有所察侧身扫了眼李斯，随即抬手指着树下石凳说道："坐。"樊於期没有心机，憨笑着过去坐了。李斯没动依旧站在原地，心中不住盘算。吕不韦见李斯没动，揶揄一笑，抬起手又冲身后的桓齮说道："你也过去坐。"

桓齮默不作声，照吕不韦的指示坐在李斯和樊於期的对面，漆黑的眸子给人一种说不出的深沉。吕不韦叹了口气转身在李斯上首坐下，看着李斯又道："谣言的事，我听郑隗说你们已经有头绪了？"李斯心头一紧，按理说以郑隗的能耐谣言的事并不难查，可吕不韦却放着郑隗不用反而找他。事出反常必有妖，李斯蹙眉沉思陡然醒悟，吕不韦这哪里是要他查证，分明是借他之口将谣言告诉嬴政。

思及此，李斯不禁苦笑，一时不察竟又中了吕不韦的算计。

吕不韦显然看出李斯的转变，却面色不改继续问道："李斯，你在府中三日未出，可想到对策？"

李斯在家里养病的这三日确实想了很多，他不是个心慈手软的人，若为自保很多事情他都能做，包括借刀杀人。打定主意李斯笑了笑，意有所指地看向樊於期笑道："相邦不是已经做了安排，何必让李斯献丑？"

邪乎到家必有诈，李斯历来观察入微，从姚贾和甘罗回秦的那日起，他就一直揣测吕不韦拉拢樊於期的目的。毕竟樊於期为人勇猛有余、谋略不足，而且还掌管着秦宫的安危。若是有个万一，嬴政处境危矣，若不是他一直坚信吕不韦忠心怕是早就把这事告诉嬴政。直到这次吕不韦公然让樊於期去找他，还特意带着桓齮出现，李斯心头疑团渐渐明朗，瞬间茅塞顿开。

此刻再看吕不韦的淡定从容，李斯甚至怀疑早在郑国修渠受阻、封地王围堵相府的时候，吕不韦就已经开始谋划。思及此，李斯突然对眼前的吕不韦生出忌惮，往日的亲近和信任瞬间消弭。吕不韦再次察觉李斯的变化，猜到他已然看清一切，脸上难得露出笑意，笑吟吟地将了将衣袖，说道："你与大王谋划出兵伐韩之事，本相已经允了。明日逢十是朝会的日子，蒙骜会在朝上再次提及，本相顺势请旨。不过这一次本相会让大军兵分两路，蒙骜东出函谷关一路直抵韩国。渭文君不是举荐成蛟带兵吗？本相也允了，给他一支军队让他驻兵屯留，时刻关注赵国动向，以防不测。如此成蛟进可攻韩，退可抵御赵军救韩。你意下如何？"

吕不韦一脸闲适，可李斯知道就这几句话足以毁掉一个国，杀了一个人。他不禁转念，吕不韦既然已经安排妥当，又为何要多此一举把他叫来，难道说……

想到这李斯苦笑摇头，无奈地对吕不韦拱手，说道："李斯愿替相邦走这一遭。"这就是手段，是阳谋，让你明知被人利用却偏偏莫可奈何，甚至甘心任人驱使。李斯表了态却也心生退意，不想再继续同吕不韦这个慧极近妖的人纠缠，忙起身对着吕不韦拱手说道："既是如此，李斯就先告辞，这就进宫。"吕不韦满意一笑，看着李斯说道："去吧。对了，大王自小聪慧与常人不同，现今年纪渐长，你需好好想想以后怎么辅佐大王。"吕不韦意有所指，李斯瞬间想起那日在西南暖阁的事，后背又起了一层冷汗。

出了礼乐府，李斯站在石阶上看着身侧往来的歌姬、酒客、食客，忽然想到是时候笼络一些人才，以他现在的身份，养几个门客、舍人已不是难事。李斯赶到章台宫已过辰时，为赶时间，他疾步向西南暖阁而去。李斯心里有事，行色匆匆一时不察撞上廊下一个正在擦柱子的寺人。他忙将人扶起细细查看，只觉眼前寺人年纪不大、脸色苍白、唇无血色，鼻腔还在不停往外冒血，估计是被撞得狠了。那寺人也被吓坏了，见是李斯慌忙跪地连声求饶。李斯心中有愧又着急去见秦王嬴政，沉声询问："撞伤没有？你先去找寺医，就说是我李斯让你去的。顺便也让寺医给你好好诊治一下。"那寺人闻言猛地抬头，煞白的脸上长着一对水汪汪的大眼睛，鼻血染红的唇瓣却在微微颤抖。只一眼，李斯竟然生出一种惊艳之感，他无奈暗笑，又对那寺人耐心说道："别怕，没事。你就照我说的去找寺医。我还有事先走了。"说完李斯继续前行，停在暖阁门前时，他不禁回头看了眼寺人之前所跪的位置。

长长的回廊下，那瘦小单薄的背影居然还跪在那里，李斯微微一顿，不再关注，转头对一旁的内侍长说道："烦请通禀大王，就说李斯求见。"那内侍长不敢耽搁，连忙推门进去，不一会儿就出来对着李斯恭敬作揖："大人，请。"

李斯迈步走进暖阁，嬴政正在书写，夏阿房跪在一旁研墨，见李斯走进，夏阿房立刻起身屈膝行礼转身走了。夏阿房一走嬴政的脸色瞬间沉了下来。李斯将这一切看在眼中，心中发苦却又不能发作，只能恭敬地对着嬴政拱手作揖，说道："参见大王。"

嬴政闻言将手中的毛笔放到一旁，抬头看向李斯，那对比墨还要黑的眸子，落在李斯身上仿佛泛着寒光。嬴政看了李斯良久才道："寡人听说你这三日一直都在养病。"李斯不敢迟疑，立刻回道："是，风寒入体，卧在床上难以下地。"嬴政点了点头才又道："那你不继续养病，进宫所为何事？"有了吕不韦的提点，李斯再不敢像以前那样将嬴政当成十八岁的孩子，想了想才道："大王，李斯有事启奏。今日一早吕不韦邀李斯到礼乐府会面。斯以为这事不能瞒着大王，所以即刻进宫向大王禀报。"嬴政颇感意外，眉峰一挑笑问："哦？何事？""谣言的事相邦业已知晓，唤李斯去是为了给李斯提个醒，相邦说明日朝会之上，上将军蒙骜会上书出兵伐韩，他会立刻同意，同时派蒙骜和公子成蛟兵分两路一路攻韩，一路阻赵。"

嬴政闻言眉头蹙起，声音陡然拔高："成蛟？"李斯继续颔首，想了想决定照吕不韦的意思和盘托出："是，相邦是这么说的。斯以为相邦怕是要釜底抽薪，从根源断了宗族的念想。"嬴政却猛然站起，走下王位皱眉怒视李斯，质问："釜底抽薪？"李斯被吼得喉咙一紧，咬牙继续："对。吕不韦心机深沉，并未告知实情。不过以斯拙见他这么做怕是在给公子成蛟设陷，探一下公子成蛟的底。"

嬴政听到这里，脸上的神情终于稍稍平复，复又问道："若是成蛟参与其中，他要如何？"李斯咽了咽口水，用干哑晦涩的声音回道："大王三思。大王先是秦国的大王，是先王的长子。若成蛟已生反心，还请大王以秦国为重。"李斯这话看似什么都没说，但实际却什么都说了。成蛟若真是心生反意，那便不再是嬴政的弟弟，而是秦国的叛臣，依秦律法这样的臣子是断断不能留的。

嬴政脸色骤变，他阴狠地盯着李斯，看了许久却骤然转身走向窗前，愤懑地一把将窗户推开，任由窗外清冷的秋风瞬间灌进屋里，许久才要笑不笑地说道："所以，寡人连唯一的弟弟都保不住？"这种关系到血脉亲情的事，无论李斯建议是去是留都不妥当，日后万一赢政哪天心气不佳，倒霉的定然是他。李斯默不作声，赢政也没了心情，摆摆手对李斯说道："寡人知道了。你先退下去吧。"李斯看着赢政的背影，喉咙哽了哽想要说些什么，但最后都没能说出来，只能静静地转身离开暖阁。

李斯路过廊下的时候，不经意又看了眼之前寺人所跪的位置，发现那里已经空了，他又不禁失笑摇了摇头继续前行。李斯回到府中，涟漪抱着孩子迎出内院，看到李斯面色灰白，不禁忧心忡忡地问道："大人？"李斯知道涟漪这是担心他，想了想才对涟漪说道："不用担心，万事有我。对了，前几日家里来了书信，说是明年开春，云姬就会带爹娘来咸阳，到时怕是要委屈你了。"

涟漪笑着摇头，虽然已经三十有余，但涟漪脸上却找不到岁月的痕迹，嘴角始终挂着让人安心的浅笑。李斯发觉最近他总喜欢看着涟漪，那种恬淡和闲适的感觉让他越发沉醉。将涟漪和孩子送回房，李斯转身去了书房，拿出一卷空的竹简，仔细将这几日的事都一一列举出来，事情太多，李斯生怕自己漏了哪里，毕竟在这多事之秋但凡行差踏错，对他而言就是灭顶之灾。李斯将自己关在书房整整一天。

第二日一早，李斯早早起身赶到章台宫，朝堂之上的气氛依旧沉闷，赢氏族人或趾高气扬，或阴郁冷笑，甚至连看向吕不韦的眼神都变得不加掩饰。李斯将一切看在眼底，那种风雨欲来的感觉让他不禁喉咙发紧。正在这时蒙骜挺身走出，站在堂中对着吕不韦和赢政高声奏请："大王、相邦，蒙骜请求出战。"蒙骜请战的事本就是吕不韦计划好的，吕不韦象征性地问了几句，便笑着颔首，同赢政说道："大王，上将军的奏请甚好。本相以为既然要战就要防着赵国偷袭，所以应该另派一路大军驻扎屯留，以作警示之用。"

吕不韦的话立刻引来朝堂上一阵骚乱，这驻兵屯留绝对是个肥缺，既能得了兵权，又不用涉险，最重要的是若蒙骜大胜，屯留同样有功，若蒙骜兵败又牵扯不到屯留驻军，有人眼睛瞬间就绿了。

不等吕不韦话落，渭文君就迫不及待地站了出来，刚要开口却被吕不韦抢先说道："这人选嘛，本相以为公子成蛟就很合适。"吕不韦话音未落，朝堂上的氛围登时发生了微妙的变化。有的迟疑，有的欣喜，有人甚至冷笑。文武百官在这一刻竟然达到了微妙的和谐，没有一人提出异议，成蛟就这样成了一军主将，由樊於期和桓齮为副将，与蒙骜一同择日启程。

第四十章

君心难测深似海　恩威并重谋平衡

那日散朝之后，嬴政特意将成蛟叫去闭门细谈许久，结果众人不得而知。李斯只知出兵伐韩的事没有任何变化，成蛟依旧是主将。

短短一个月，数十万大军就集结完毕，整装待发。出征的那日天色昏沉，狂风卷起咸阳城外的枯叶，漫天蔽日。这样的天象就透着颓败，却始终没有一人提出暂缓出兵。嬴政阴沉着脸，站在咸阳城楼上，目送成蛟的马队扬尘而去，汇入大军。嬴政沉默许久才侧身看向李斯，讥笑道："你同那吕不韦果然好心机。短短一月就能将粮草备齐，数十万大军整装待发？当真以为寡人是三岁小儿吗？李斯，你同那吕不韦戏耍寡人好玩吗？"

李斯被嬴政的话吓得浑身一颤，不得已当着满城楼的文武跪地叩首，言辞恳切："大王，李斯不敢。"嬴政却没回应，冷哼一声带着一众朝臣转身走下城楼。李斯跪在原地脑中一片空白，唯有耳畔风声呜咽，犹如鬼哭狼嚎。

李斯直到四下无人，才扶着城楼踉跄起身，他目送远去的车队，才陡然惊觉自己这是又被吕不韦摆了一道。李斯回到府邸身体再次发热，还没走到卧房就昏了过去。病来如山倒，李斯急火攻心再加上风邪未愈，又在城楼吹了许久的寒风，半梦半醒地晕了整整半个多月。

李斯梦中仿佛又回到上蔡的粮仓，变回了只能在茅厕中如同蝼蚁般偷生的厕鼠，任人驱赶，被野狗咬食。再后来李斯发现那些野狗突然变成了吕不韦，甚至还有拎着帝王剑的嬴政，宝剑泛着寒光，李斯瞬间就被吓醒了。

李斯猛然睁开眼睛，入眼却是熟悉的床幔，耳畔似乎有人在低低地交谈。"斯兄若是还不醒该当如何？""唉，这次的事，兹事体大，怕是压不住了。""若……公子成蛟真的谋逆，只怕陛下也保不了他！""保？在我看来，成蛟坚持领兵出征那日起，陛下就已经放弃他了。"李斯听着熟悉的声音，缓缓扭头，这才发现床边站着两个人，正在低声交谈。一个又矮又胖，一个瘦高个，只是两人的肤色却十分相近。他不禁失笑，想要坐起身，才发现四肢无力，只能作罢。

李斯的笑声虽小，还是引起了王绾的察觉，他略一转头，见李斯醒了连忙笑道："哎，贾兄快看，斯兄醒了。"

姚贾闻言也连忙转身，疾步走到李斯床侧。李斯冲姚贾眨了眨眼睛，视线扫过两人，哑声问道："怎么都来了？"久未进食，李斯只觉喉咙刺痛犹如刀割，王绾见状忙扭头对门外唤道："你家大人醒了，快……快上药汤。"门吱呀一声被人推开，涟漪双眸红肿端着铜鬲走进屋中，舀了一碗药汤细心吹凉，递到李斯嘴边。

王绾和姚贾见状走出卧房。喝过药汤，李斯才感觉自己彻底活了，涟漪心疼得泪如雨下，李斯无奈，抬手摸了摸她的头，安慰道："别担心，我只是太累了。你先回去休息，让他们进来。"

涟漪乖巧点头，刚出房门姚贾和王绾就快步走入房中，王绾似有急事，一脸的欲言又止。姚贾同样蹙眉，他肤色本就偏黑，眉头皱在一起更是骇人，盯着李斯问道："斯兄，让公子成蛟带兵，可是你的意思？"李斯心头一紧，问道："为何这么问？难道说成蛟出事了？"李斯一早就知道，让成蛟带兵不过是吕不韦杀人灭口的伎俩，他虽然没有参与，却也起到了推波助澜的作用，不算彻底置身事外。

姚贾似是看出李斯心中所想，闭了闭眼长叹一声，许久才徐徐说道："就在两日前，屯留来报，说成蛟杀了屯留县尉，已经反了。"李斯被惊得瞪大了眼睛，不可置信地看向姚贾，反驳："不可能！这才几日，成蛟的兵马估计刚到屯留，如何杀人谋反？"

姚贾见李斯依旧不信，抬头看了眼王绾，将事情经过细细说了一遍。原来成蛟谋反早有预谋，还未出兵成蛟就曾数次秘密会见宗正关中侯，此事虽知道的人不多，却也没有逃过姚贾的耳目。李斯静静听着，此时他才彻底想通那日在城楼上，嬴政所说的话究竟是何意。

再说成蛟，他似是出兵之前就有了反意，所以带兵刚出咸阳，就直奔屯留。大军刚到屯留还没有休整完备，公子成蛟就迫不及待地将樊於期留在军中，自己带着副将冲去县尉府中，将县尉全家尽数诛杀，然后高举大旗称要驱逐外姓，夺回嬴氏江山。樊於期得到消息命斥候连夜逃出屯留，跑死了两匹马才将消息送进咸阳。

听到这里，李斯不禁想笑，说道："等一下，你是说他杀了县尉？好高举大旗？"姚贾也一脸苦笑，对着李斯缓缓点头。李斯眉头皱得更紧，不由继续说道："他成蛟真的无端杀了县尉？还要举旗呐喊，称自己要谋反，莫不是怕自己死得太慢了？"李斯的驳斥让姚贾和王绾同样无语，毕竟在他们看来也是如此，只要不是个疯子，谁会这么迫不及待地找死？卧房中立时安静下来，王绾憋得脸色涨红，深吸一口气才继续说道："斯兄，公子成蛟谋反一事透着蹊跷，可我们苦于没有证据，也只能如此。"想起那日在城楼上发生的一切，李斯一把掀开薄被，口中说道：

"贾兄，你先扶我起来。我要去一趟相府。"姚贾却没动，默默站在原地无奈摇头。李斯的心骤然下沉，姚贾的意思他明白，即便没有任何迹象，但依着吕不韦的做事风格，事到如今成蛟是活不成了。屯留之后无论再发生什么，都不过是为成蛟的谋反制造更多的证据罢了，找谁都无用！

对此李斯已经心知肚明，姚贾的脸色同样不好看，两人默默对视，脸上俱是苦笑。王绾却被两人的反应闹得有些摸不着头绪，不由急得跺脚，追问："你……你们这是做甚？难道有事瞒我？"李斯知道吕不韦对王绾恩重如山，不想让他深陷其中，于是笑着宽慰："哪有。不过是苦笑罢了。对了贾兄，我记得你说过关中侯要来咸阳，他几时到的？"李斯故意换了个话题，姚贾颔首，回道："一月前就已入城。"李斯问："入住何处？"姚贾继续说道："渭文君府邸。"李斯再问："他除了公子成蛟，还见过何人？"

这一次姚贾却突然一顿，仰头看着房顶，似是在努力回忆，许久才道："全数！自成蛟出兵之后，他就没闲着。一月之间，几乎把咸阳城内所有嬴氏族人都见了个遍。"闻言李斯顿时警觉，连忙追问："贾兄可知，他们见面时都在谈论什么？"这一次姚贾的脸色变得有些难看，尴尬摇头："不知。那老头儿十分谨慎，自他进了渭文君嬴奂的府邸，我的人就再也没能传出消息，那个暗桩怕是已经被挑了！"

王绾素来不懂细作的事，听姚贾与李斯的交谈更是云山雾罩，急得他干瞪眼，终于忍不住开口："暗桩是什么？"听到王绾的追问，李斯和姚贾几乎同时看向王绾，两人再次对视时都不禁叹气，随后李斯尴尬地对王绾说道："绾兄，我腹中饥饿，想吃礼乐府的桂花肘子，你可否……"

王绾一怔，意识到李斯这是要把他支开，虽然有些不愿，但王绾还是哂然一笑，叹了口气起身笑道："罢了，既是如此，那我王绾就为你跑一趟。"王绾说罢，转身走出卧房，最后还不忘帮李斯和姚贾将门关好。

王绾一走，李斯又要下床，姚贾将他一把按住，再次问道："你要去哪？"李斯这次终于乱了方寸，对姚贾说道："情况紧急，贾兄莫要再继续阻拦，我须即刻进宫。我担心成蛟谋逆的消息一旦传入咸阳，关中侯那边怕是要出事！"姚贾闻言眉头皱起，说实话他也有着和李斯同样的预感，总有一种置身风雨的错觉。姚贾不再阻拦，李斯立刻穿上鞋履，开始一边穿衣一边对姚贾说道："我听闻关中侯虽然年迈，却智谋无双，幼时就曾跟随严君疾多年，杀伐果断不好对付。他这次出山明显是冲着我和大王而来，只怕就算成蛟死了，他也不会放过我和大王，李斯这次怕是在劫难逃。"

李斯的话透着无力消沉，姚贾却不这么想，他不觉摇头，沉声说道："我不这么想。相邦算无遗策，成蛟一走他们便没了依仗，犹如釜底抽薪，嬴姓宗族即使想要兴风作浪，怕也师出无名。"

姚贾的话倒是给李斯提了个醒，说起嬴氏宗族，他倒是想起还有一人。这人做事一向公正，绝不会为了一己私欲而致秦国内乱。思及此李斯心头一喜，缠上腰带一边走一边对姚贾说道："我想起一人，或可解围。"

姚贾生怕李斯摔倒，连忙跟上，两人匆匆上车赶去渭阳君的府邸。到了门外，李斯和姚贾却被守门卫士拦下，细问才知渭阳君已随关中侯进宫，此时怕是正在面君。闻言李斯和姚贾心头俱是一震，不敢耽搁，忙命孙林掉转马头即刻进宫。

两人匆匆赶到秦宫，姚贾在宫门外停了脚步，目送李斯跟跟跄跄走进甬道。李斯急匆匆赶到六英宫，迎面撞上右中郎司空俞，他仗着和司空俞有些交情，忙笑着作揖问道："大王可在？"司空俞的脸色不算好，右手紧握腰上剑柄，扭头看了眼六英宫大门，为难道："李大人，今日你不该来。我若是你立刻就走，绝不会在此刻进宫。"司空俞话外有音，李斯皱了皱眉，依旧笑着对司空俞问道："将军这话何意？"

第四十一章

成者王侯败者寇　赵高入宫是祸端

时至傍晚，夕阳余晖似血，染红了司空俞身上的甲胄，让他整个人都显得有些骇人。司空俞略显焦躁地看了看左右，确定无人注意这才对李斯招手，待李斯走近，他低声说道："就在刚才，樊将军派人快马奏报，说……公子成蛟已经伏诛，嬴氏族人此刻怕是正在大殿中与相邦对峙。大人此刻进去，只会引火烧身。"

李斯闻言浑身不由一震，无奈苦笑，该来的果然还是来了！

吕不韦办事果然利落，从动手到结束至多不足一个月。他就这样光明正大地将一国公子、先王庶子诛杀，而且还是以叛国的罪名。李斯意识到司空俞的好意，连忙对着司空俞躬身作揖，谢道："原是如此。李斯谢过将军好意。"说罢李斯也不敢再做停留，转身走上长廊水榭。

六英宫临水而建，正门前也有个不小的广场，若走正门，高墙青砖、甬道深深，路程虽然近却格外压抑。李斯若无急事，总喜欢走广场西侧的长廊水榭。这里假山石桥，四季都可赏景。不过今日，李斯心中有事，他扫了眼湖光水色，目光却在水榭的凉亭中看到一个身影。

此时天色已擦黑看不清楚，李斯原以为自己看错了，顿了脚步蹙眉细看，这才看清那里果然藏着个孩子，正小心翼翼地探头。李斯警觉地四下扫视，确定周围没人，这才鬼使神差地向着凉亭走去。

李斯站在凉亭外的水榭上，低声询问："你是何人？"立柱后的孩子怯生生地探出个脑袋，见是李斯，这才大着胆子走出立柱，站在凉亭中间，搓着衣袖小声说道："大人，莫要声张。是我。"李斯听声音感觉有些熟悉，不禁走入凉亭，仔细一看才发现这人竟是那次被他撞倒的寺人。李斯犹记得那孩子面色苍白，唇无血色，此时再看小家伙面色好了很多，尤其那双眼睛显得更加灵动。

李斯不觉笑问："是你？你在这里做甚？"那孩子闻言显得有些局促。李斯只好再问："你是在等我？"那孩子立刻点头，小心翼翼地说道："奴婢刚才见大人想要进宫，被……被右中郎大人拦了，就……就在这等着了。"

李斯闻言越发好奇，他原以为只是偶遇，不想竟是这孩子刻意为之。李斯心思一动，赶忙问道："你叫什么名字？"那孩子眨着晶亮的大眼脆生生回道："家父姓赵，师傅给我取名高。"

"赵高！"李斯缓缓点头，继而又问，"你在这里等我有事？"赵高虽然还小，身量也不高，却是个重情义的人，闻言立刻对李斯说道："赵高是来答谢大人救命之恩的。还有……"李斯见赵高吞吞吐吐，不禁有些焦躁，于是再问："还有什么？"赵高狠狠咬唇，突然踮起脚贴着李斯的耳朵说道："大人若想知道殿中此刻在说什么，赵高可以帮你。"李斯眼睛一亮，催促："你说。"赵高没料到李斯会这么着急，愣了一下才小声说道："入……入秋之后，这湖里的水就会变少，临水的地方就会露出一条小路，能……能直达宫殿下面。是奴婢偶然发现的。"

"好，好。今日的恩情，李斯来日定当报偿。"李斯闻言不禁欣喜若狂。并不是他有心窥探嬴政和关中侯几人的商谈，而是李斯知道，他们此时谈论的事情，定然和自己有关。

谣言之事原本是冲着他和嬴政而来，那嬴氏族人甚至已经动了取而代之的心思，不想被吕不韦釜底抽薪，成蛟一死，他们再想动嬴政已是不可能，势必会退而求其次。那么他李斯必然就成了吕不韦还有嬴政同嬴氏族人谈判的牺牲品，所以李斯才会迫不及待地想要知道殿中的情形。

赵高虽然对此并不知情，但他见李斯这么着急，不由赧然一笑，欣喜地问道："大人要去吗？"李斯用力颔首，赵高见状不再多说，领着李斯小心地从凉亭旁的石阶下水，绕过凉亭涉水走了近百米，果然看到一条紧贴着长廊的小路一路延伸至六英宫。

因是临水而建，六英宫有一半都在水上，隐约还能听见上面踱步的声音。四下一片漆黑，李斯竖起耳朵细听。"咚！"头顶上忽然传来一声闷响，紧接着李斯就听到有人大喊一声："大王，吕不韦其罪当诛，大王若是一再庇护，那我们这些做叔伯的可就真的寒心了。"那声音咄咄逼人，中气十足。李斯被吓得脚下一滑差点跌入水中，不等李斯站稳，就听头顶有人断喝一声："嬴奐，你给我闭嘴！"谁知渭文君嬴奐气势不减，声音更大："嬴奚，亏得你还是先王庶兄，被人欺负到头上了，你还要我闭嘴。成蛟死了，先王的儿子被这老匹夫用奸计给害了，那可是你的亲侄子。谁知道下一个是谁？你不怕死，我可不敢！"

渭文君的话，瞬间让在场所有人都安静下来。只见六英宫中大殿之上，一座座二十四头的缠枝莲铜油灯，将整个大殿照得灯火通明。嬴奐挺胸站在殿中，一对三角眼恶狠狠地怒视吕不韦，仿佛下一刻就要把人吃了。

吕不韦却一脸闲适，仿佛置身事外。嬴政的脸色也不好看，正皱眉盯着其中一直默不作声的老者——关中侯。渭阳君却显得尤为奇怪，满脸都是挣扎之色。

渭文君见无人反驳，不觉撇嘴冷笑，继续说道："吕相这是无话可说了？我知道你们不信。吕不韦你给我等着，成蛟的事我迟早查个水落石出。不过大王，嬴奂还有一事必须奏明。"

那渭文君嬴奂明显早有准备，说出来的话更是字字诛心。李斯听得心惊胆战，恨不得贴到地板上去。这时一道苍老的声音徐徐响起："放肆！大王是嬴氏的大王，是大秦的王，嬴奂，你这么吵吵嚷嚷成何体统？"这声音李斯没有听过，猜想应该就是关中侯。

关中侯的威望，在渭文君看来明显要比吕不韦和嬴政更有分量。嬴奂被关中侯训斥，不但不反驳，竟还听话地冲着嬴政认错，语气生硬地说道："大王！嬴奂说话直了些，大王莫要生气。"

面对这样的嬴奂，嬴政哪敢表现出来，更何况这些人明摆是冲着吕不韦去的，嬴政反而乐得做一个顺水人情。

嬴政闻言连忙笑着摆手，甚至还不忘亲切询问："无妨，无妨。对了，渭文君有何事要奏，放心说来！"

那嬴奂自然也不客气，立刻答道："臣前几日听到一个消息，说那修渠的郑国根本不是什么水工，他其实是那韩王安派到秦国的奸细，为的是让秦人去挖那个毫无用处的水渠，好给韩国喘息的机会。大王，此事万不可小觑，那郑国其心可诛！"

听到这里，李斯的心瞬间揪了起来。他知道嬴奂这是准备对自己下手了！李斯虽然听到的不多，但显然嬴奂今天是有备而来，他甚至怀疑，这一切都是关中侯谋划的，不然为何关中侯刚到咸阳，一向鲁莽的渭文君就变得精于谋算，每一步的计划都能丝丝入扣？

宫殿内嬴政并不知李斯在地板下偷听，见嬴奂旧事重提，他却没了之前的轻松。经过公子成蛟的事情之后，嬴政其实对李斯的处处隐瞒早已心生厌烦，他甚至有些怀疑李斯是不是吕不韦派到他身边的棋子。

听到渭文君提及修渠之事，嬴政的脸色瞬间阴沉，问道："哦？渭文君你可有证据？"嬴奂得意地挺着肚子，立刻回道："当然。嬴奂手上不但有人证还有物证。"说着他扭头冲殿外喊道，"传韩人费蓟进来回话。"

殿门被人"吱呀"一声推开，从殿外走进一个头戴束巾的老者，那人头发花白却面容白净，没有胡须。费蓟快步走到嬴政面前，躬身作揖便自顾自地开口："小人费蓟见过大王。"嬴政和吕不韦几乎同时皱眉看向老者。渭文君则更加得意，继续说道："费蓟你把当日同我说的话再说给大王和相邦听听。"费蓟闻言从容颔首，用他那有些尖细的嗓子说道："是，大王，相邦。小人本是韩宫寺人，只因年老被放出宫，可韩王怕小人泄露秘辛遂派人灭口，小人无奈只能流落咸阳，侥幸被渭文君所救。为报救命之人，费蓟才将韩宫那些不可外传的事说了出来。"费蓟的话，语句简洁、措词工整，恍惚间似是将众人带到了几年前的韩宫。"那时小人还是韩宫内侍，仗着韩王信任贴身伺候。有一日公子非在朝堂上再次提及变法革新的事，被韩王呵斥，公子非反驳却惹怒了韩王……"那费蓟把过程说得极为详尽，甚至给人一种置身其中的感觉。那费蓟最后才把韩王命郑国进入秦国主动献策修渠，且要把水渠尽力修得曲折，力图耗尽秦国的钱粮和人力的事说了出来。

李斯听到这里，心凉了半截。不得不说，渭文君这一次确实下了血本，仅凭这个叫费蓟的几句话就已经把郑国咬死成了奸细。李斯禁不住后背发凉，可他还来不及喘息，就听费蓟继续说道："韩王听闻秦国长史李斯与公子非曾同在荀子门下受业，又命韩非修书一封让郑国带上金玉宝物一同来到秦国。"费蓟的话让在场的人瞬间安静下来，就连偷听的李斯都屏住呼吸，大气都不敢喘。许久李斯才听到嬴政阴恻恻说道："渭文君，这是人证。你说的物证何在？"渭文君闻言立刻从袖中掏出一方绢布，递给已经走过来的夏阿房。嬴政皱眉看着绢布，直觉告诉他这里面的内容未必是真，可他又忍不住想，万一是真的呢？

沉思半晌，嬴政终究还是忍不住打开绢布细看，立刻气得一掌拍在桌案上对着门外唤道："司空俞，寡人命你带上一百锐士即刻启程，将郑国给寡人抓回来！"

第四十二章

牢狱之灾身受苦　大难不死有后福

李斯被嬴政的话又吓了一跳。他暗叫不好，无论信中的内容是什么，看嬴政的反应怕是已经信了，以他此刻的处境不要说自证，怕是连解释的机会都没有。如此处境，李斯若要自保，唯一的办法就是连夜出逃。李斯想到这不敢耽搁，摸索着告诉赵高赶紧走。回到凉亭，李斯从怀里掏出一块玉璧塞进赵高手中，不作赘述转身就走。

宫门之外，孙林正斜靠在车上假寐，姚贾的身边站着手拎食盒的王绾。李斯加快脚步走到两人面前，满是歉意地对姚贾和王绾说道："两位仁兄，李斯今日大祸临头只能远走避祸，若是有缘，来日再见，李斯告辞。"说完李斯不再停留，在两人的注视下上了车。孙林也不耽搁，立刻扬鞭催促马车疾驰而去。孙林勒紧缰绳，将马车停在府门前，李斯立刻跳下马车疾步打开院门。孙林拴好马车，紧跟其后，直奔后院。

李斯将涟漪从床上拉起来，简单说道："快，收拾细软财帛，咱们连夜出城。"涟漪起初还有些发蒙，但到底是在相府待过，她很快就镇定下来，涟漪一句都没问便将李尧用被子裹好，只拿了些既贵重又容易换钱的细软，不到半个时辰就收拾妥当。

李斯也将自己所有的书简收好，包了一个布包领着涟漪就往门外走。可不等他们冲出大门，门外就已经亮起火把，一队宫中郎官早已将府门团团围住。为首那人身穿银甲，威风凛凛，李斯借着火把细看，才发现他竟然是嬴政最信任的蒙毅。李斯猛然与蒙毅对视，只一眼就知自己在劫难逃。他苦笑着将涟漪挡在身后，叮嘱孙林和孙胜两兄弟："你们保护好夫人和小少爷。我若一月不归或听到我出事的消息，立刻带着他们回上蔡老家。"李斯说完，郑重地冲两人作揖，颇有一副临终托孤的感觉。孙林鼻头一酸，"噌"的一声拔出秦剑，想要拼死护主，却被李斯摇头阻止。

李斯冲孙林淡淡说道："把剑收起来。我是秦国的臣子，是非曲直自有公断，你这是做甚！"孙林急得跺脚，刚想辩驳却被孙胜抓着手腕将剑插回剑鞘，被迫退到一旁。李斯最终还是跟着蒙毅进了秦宫，却没能见到嬴政，而是直接被投入了秦宫内狱，一关就是半个月。

这半个月无论李斯怎么游说，狱卒愣是一个消息也没有说，没人提审，没人断罪，除一日三餐有人送饭外，甚至连一个人影都看不见。李斯只能数着日头计算自己被关的时日，渐渐地他不禁怀疑，有人想把他就这么困死在内狱。

直到第十六日，一个形销骨立、头发散乱的人被狱卒扔进隔壁的牢房。李斯虽然看不到脸，但他却冥冥之中感觉那人是郑国。李斯紧张地扒着立柱，焦急地呼唤："郑国？郑国？你可是郑国？"那人始终没有回应。李斯叫累了就靠着立柱休息，直到第二日一早，李斯突然感觉有人拍了一下肩头。

李斯被吓了一跳，猛地扭头去看，就见郑国那张消瘦的脸上此时沾满了污泥和血渍，唯有一双眼睛赤红地看着他。李斯连忙翻了个身看向郑国。郑国嘴唇嗫嚅，许久才嘶哑着嗓子说道："斯兄，你……对不住。把你也连累了。"李斯闻言不禁苦笑，若说连累其实谁也说不清究竟是谁连累了谁。郑国的样子很是狼狈，颤抖着将头发束起，才同李斯继续说道："斯兄，此般境地，以你的才智，可有良策？渠未修成，我不甘心啊！"李斯听到郑国即便大难临头，心心念念竟然还是修渠，反而放下心来。李斯在来的路上就曾拜托蒙毅，帮他修书一封给李冰父子，算时间李冰父子的回信差不多该到了。

为了自救，李斯已经做足了准备，只要能让他在恰当的时间见到嬴政，一切就还有转机。所以李斯其实一直在等。又过了一日，终于在第十七天将近午时的时候，牢房里走进来一队锐士。那几人不由分说将牢门打开，架起李斯和郑国拖出牢房往外走。

内狱之外日光刺目，李斯不由抬手挡在眼前，下一刻却被锐士压着跪在地上。李斯还来不及反应，这时一个熟悉的声音立刻响起："李斯，大王念你屡次献策，免了你的罪责，出宫之后带上你的家眷，三日之内离开咸阳。"李斯猛地抬头，迎着刺目的日光看向宣召之人，才发现竟是王绾。

李斯心头一喜，连忙对王绾问道："绾兄，大王这是要放我走？"王绾默默颔首，却始终冷着脸，转头看向郑国，脸上的神情隐约透着恨意："还有你。大王传诏，让你去章台宫受审。"郑国闻言脸色一白，他慌忙扭头看向李斯。

其实郑国自他入秦那日起，就已经想到会有这一天，事情一旦败露，他作为奸细势必会被秦王斩杀。可他不甘心，不甘心渠未修成，身先死！

郑国把心一横，一把揪住李斯的衣袖，嘶声求道："斯兄，帮我。我不甘心，渠未修成，我死也不甘心。帮帮我，斯兄，你知道的，我是被冤枉的！斯兄帮我。"李斯听着郑国的哀求，满心都是无奈，他不禁苦笑，自己能够保住性命已属不易，哪有余力再去帮郑国。

李斯始终不言，更没有去看郑国，坚定地抽回衣袖，他已经准备起身，跟着锐士出宫。

郑国将李斯的举动看在眼里，无尽的失望和不甘让郑国先是一愣，但最后他却笑了。郑国突然意识到，李斯纵然慧极近妖也终究只是个凡人，是他太贪心了。想到这，郑国对着李斯的背影缓缓说道："斯兄，对不住，是我过分了。事已至此，我毫无怨言，但有一事还望斯兄一定要信我。"郑国笑得凄凉，那对赤红的眼睛盯着李斯，声音也变得尤为郑重，"斯兄此去，万万不可离开咸阳。你与大王商议废分封的事，早已被那些封地王知晓。你一旦离开咸阳，他们定然不会饶了你和家人。郑国言尽于此，斯兄再见。"语毕郑国也不再耽搁，笑着起身从容地跟着押解的锐士往另一边走去。

李斯闻言身形陡然顿住，他猛地回头看向郑国萧瑟的背影。那一瞬，李斯突然感觉胸中气血翻涌。直觉告诉他，郑国说的话都是真的，纵使他逃过这一劫，那些嬴氏族人也不会善罢甘休！想到郑国自身难保，还不忘叮嘱自己，李斯顿觉满腔愧疚夹杂着不甘仿佛要冲破喉咙。凭什么他几年来，拼尽一切的努力，要被渭文君那个莽夫几句话夺去！凭什么他就不能再次杀出一条血路！他李斯从来都不是善人，不让他活那就谁也别想好过。

李斯想到这不觉深吸一口气，冲着郑国的背影大声喊道："郑国，大王虽然年幼却英明睿智，最恨阴诡、虚与委蛇的人，敬重有学识、有气魄的人。李冰父子我已托人修书，回信八成已经到了。你去了一切照实说，据理力争拼着死也要为自己辩白，我会再想办法，一定会没事的！"

周围都是人，李斯能说的不多，但他相信郑国一定能听懂。李斯目送郑国被人带走，这才扭头看向王绾，沉声说道："绾兄，咱们走吧。"王绾却没动，静静地看着李斯，许久才问了一句："斯兄，你可还有当年勇闯六英宫的勇气？若有就去，王绾决不拦你。"

李斯闻言一愣，不可置信地看向王绾，心跳如雷，许久他才躬身作揖，哽咽着冲王绾说道："绾兄，斯在此谢过。今日若能侥幸活命，日后定当报偿！"李斯说完不再停留，疾步向着章台宫的方向走去。李斯穿过甬道，转入宫门，沿着他熟悉的路，终于停在章台宫大殿之外。看着那熟悉的宫殿，李斯心中了然，这一次与两年前截然不同，他能不能活着出来也未可知。可若是不拼一把，恐怕会悔恨一生，咬了咬牙他手握令牌硬着头皮，冲进章台宫大殿。

李斯直接闯入大殿，引得一众朝臣怒目相对，他心中发苦却只能继续往前，直到与郑国并立。

郑国见李斯也来了，心下大安，再次提高音量对嬴政说道："大王，郑国来秦确是受了韩王指派，来秦做奸细、修水渠以此来疲秦劳秦，郑国是韩臣，君主有令，臣莫敢不从。"郑国果然听懂了李斯的话，来秦做奸细的事，人证物证俱在，承不承认都已板上钉钉，他坦然承认反而让众人心生钦佩。

郑国将众人的反应看在眼中，遂又说道："但是大王，郑国可以指天发誓，自入秦以来，郑国从未做过一件对不起秦国的事。"郑国说到这里，看了眼李斯，声音越发高亢，继续说道，"那韩王的计策明显是要郑国送死，郑国虽愚钝却也有铮铮铁骨。身为水工，治水是我等毕生宏愿。来秦是为尽忠，但修渠却是在造福一方百姓，孰轻孰重，郑国心里自有权衡。郑国自入秦以来，所思所想所做皆是为修渠，从未给韩国任何消息。"郑国说着语气更加坚定，"大王，郑国修渠，治的是秦国的水患，救的也是秦国的百姓。修渠确实费时耗力，但是水渠一旦完成，数千里沃土，近万顷良田，秦国可以延用数百年，耗费十年难道不值吗？郑国既已入秦，此刻便是秦臣，君要臣死，郑国莫敢不死，甚至死不足惜。但是大王，治水之渠尚未修成，郑国死不瞑目！"

郑国言辞恳切，语毕朝堂之上也瞬间陷入死寂，就连渭文君和关中侯都不觉变色。他们的目的很明确，赶走李斯彻底断了秦王废分封的念头，却从未想过要对秦国不利。

嬴政此刻也是眉头紧蹙，这些话李斯也曾说过，嬴政一时不知要如何决断。正在这时，卫尉蒙恬阔步走进，冲嬴政抱拳行礼："大王，蒙恬带来密信说要面呈大王。"嬴政立刻命寺人过去取信。打开细看，脸色也渐渐和缓。嬴政看向一旁默不作声的吕不韦，问道："仲父，李冰父子的信，你可要看？"

第四十三章

修渠治水福万代　李冰父子美名扬

吕不韦今天显得心情极好，他面上带笑如同大山一样坐在那里。听到嬴政的话，他这才将目光扫过在场众人，缓缓回道："不用。本相一早便知韩王之策，对于郑国，本相用人不疑。"吕不韦一句话臊得嬴政脸红，总觉着吕不韦是在指桑骂槐。

听见吕不韦的话，李斯才算松了口气，慢慢抬头对上嬴政的目光。他与嬴政有半月未见，此刻被那双如炬的目光看着，李斯心里不禁五味杂陈。

嬴政手握密信，随手一扬交给身边寺人，说道："拿下去，让他们传阅。"众文武脸上都写满疑惑，蹙眉盯着密信。关中侯第一个接过密信，蹙眉细看，只见绢布上写满了对郑国治水之策的推崇和称赞，落款竟是李冰父子。关中侯不禁长舒一口气，若论水利，放眼秦国怕是无人能及李冰父子，就连李冰父子都推崇的治水之策，又有谁敢、谁能置喙。众人逐一接过密信细看，最后都沉默了。

大殿之中，气氛压抑到了极点，正在这时关中侯突然笑了，他捋着胡须对众人说道："既然李冰父子如此说，那老夫便放心了。修渠虽然对秦有利，可他郑国修渠的初衷却是为了劳秦、疲秦。还有李斯！他明知郑国有诈，竟为了与韩非的同师受业之情，对此视而不见，最是可恶！"

关中侯果然厉害，见势不可当他便果断放弃，抛开郑国直取李斯。见众人恍然回神，关中侯才笑着继续说道："大王，老夫幼时曾听严君疾（樗里疾）教诲至今记忆犹新。严君疾大人曾不止一次告诉老夫：非秦之人，其心必异。还有商君，他更是制定斩首论功的策略，来解决战俘难以驯服的弊端。所以大王，老夫以为大秦若要东出，国本不可乱，民心更不可失。"关中侯虽然年迈，但心思更加毒辣，说句话还非要带上秦国的严君疾，气得李斯只能咬牙。李斯握紧拳头扫了眼关中侯，决定不能继续挨打，连忙拱手作揖，对着嬴政大声回道："大王，李斯不服。"

自进殿起，李斯第一次开口。他明知在大殿的众人虽然看起来心思各异，但有一点早已达成共识，那就是对他怀有敌意。满朝文武谁家没有几个获封的亲人，一个废分封将他推到了所有朝臣的对立面。李斯深知其中利害，所以才想着连夜逃走，但可惜一切都晚了，他此时若要再逃，怕是必死无疑，被逼入死境李斯反而放开手脚，准备奋力一搏。

"关中侯，你这话究竟是何居心？"李斯眸光犀利，看得关中侯微微一愣。那老头微眯着浑浊的眼睛看向李斯，却不答话，就只是嗤笑一声。

李斯也不气馁，抬起头据理力争道："大王，关中侯的话，李斯不敢苟同。李斯曾数次向大王言明那韩王包藏祸心，但修渠之事却对秦国有利，根本不像关中侯所说为了什么同师受业知情而刻意隐瞒。"

嬴政看着李斯，心里虽然烦躁，但他还是缓缓点头，承认李斯没有说谎。谁知关中侯却再次冷笑，挑眉说道："是吗？这只怕是你的自保之策。一面收着韩国给你的金玉宝物，一面又同大王说韩王心怀叵测。李斯，你这样的人老夫见得多了，首鼠两端的伎俩骗得了谁？大王虽然年幼,却目光如炬,又岂会受你蒙蔽!"

关中侯果然老辣,简单几句话就给嬴政挖了个坑。被他这么一说,嬴政若是继续帮着李斯,反倒成了年幼不懂事,被人蒙蔽。李斯气急,第一次向吕不韦求救。可他却没想到吕不韦竟然当众闭目养神,完全就是事不关己的模样。

"老狐狸!"李斯心中腹诽。再次看向关中侯,说道:"关中侯好算计。大王若就事论事就成了关中侯所说的大王年幼被人蒙蔽。那照你这么说,你们对大王不敬、咆哮朝堂,又该如何!"李斯反唇相讥,气得关中侯忍不住晃了晃。一旁的渭文君见状瞬间急了,他抬手指着李斯就骂:"李斯,你放屁!"

习武之人中气十足,一句话犹如闷雷在殿中炸响,吓得在场众人瞬间清醒。

李斯看着他却讥讽一笑,随即又转头看向嬴政,言辞恳切地说道:"大王,李斯之心可昭日月,即便对大王有所保留,也不过是觉得大王不必为烦琐小事伤神。若因此让大王不快,李斯愿意以死谢罪。"

局势对他不利,李斯只能以退为进,毕竟嬴政既然要放他离开,必然不想杀他,他也只有这条命可以一搏。李斯正想再接再厉,这时关中侯又笑了,幽幽说道:"哼,说得好听。你若不是存着异心,为何来秦三年,却始终不把家人接来咸阳,还不是为了方便出逃!说,你到底是楚国奸细,还是他韩国的细作!"

李斯被关中侯句句相逼,胸中愤慨刚要反驳,却见渭文君也冷笑上前,插话道:"大王,臣手中有他李斯同韩非往来密信。郑国修渠有功可饶他一命,但这李斯屡受恩赏却不思报效,贪图金玉宝物,如此忘恩负义之徒断不能留,望大王判其腰斩。"

关中侯和嬴枭祖孙一唱一和,几句话就把李斯押上断头台。

李斯被驳得心惊肉跳,连忙大声打断:"大王——"

"都闭嘴！"嬴政被几人吵得头疼，彻底失了耐心，也不管李斯要说什么，厉声打断。大殿中瞬间安静下来，嬴政眸光幽深地看向李斯，看着他消瘦的脸颊突然又有些后悔。

在嬴政看来，无论如何李斯都曾陪他走过至暗时刻，都曾帮过曾经无助的他，所以嬴政并不想要了李斯的命。

长叹一声，嬴政摆了摆手，冲李斯说道："李斯，你退下吧。寡人准你带上家眷，三日内离开咸阳。"嬴政有心偏袒，却也彻底断了李斯自救之路。那一刻，李斯如遭雷击，木然抬头看向嬴政，满心不甘缓缓转头看向吕不韦，但见吕不韦依旧闭目养神之后，突然笑了。

李斯的笑让人心寒，郑国见状鼻尖一酸俯身作揖帮他求情："大王，李大人对秦国对大王忠心耿耿，大王不可。"郑国的话没有得到回应，反倒惹得嬴氏族人一阵冷笑。李斯看着那一张张得意的脸，缓缓转身面向关中侯说道："好，既然关中侯确定我李斯是为了同韩非的同师受业之情而背叛秦国、背叛大王，那李斯就献上一计，逼他韩非主动投秦如何？至于家人一说，更是无稽之谈。李斯早有安排，明年春天家人便会来秦。李斯这里有家书为证。"

李斯无视嬴政的话，依旧据理力争，反驳关中侯的种种指控。关中侯也是一愣，他眯了眯眼，转身看向一旁的渭阳君，眼底满是催促。渭阳君被看得面色一沉，无奈地走到人前。他先是对着嬴政拱手作揖，随即说道："大王，臣有本要奏。"

嬴政陡然听到李斯说有办法逼韩非入秦，正在心动，毕竟他对韩非早已垂涎，尤其是在读过《五蠹》之后，更是自心底喜欢。此时在他看来，韩非才学过人，胸怀坦荡，远比李斯和吕不韦之流更加可信，更何况他业已看出嬴氏族人的真正目的。嬴政故意略过渭阳君，转而看向李斯，问道："哦，李斯你说有何良策，寡人愿闻其详。"

嬴政的举动让渭阳君的脸色腾地红了，心底却稍稍松了口气，他没再开口，而是静静地站在原地看向嬴政。李斯丝毫不敢怠慢，他知道这是最后的机会，连忙开口："是。秦国这次出兵的主要目的不过是为了震慑，让韩王安不敢异动。过深过浅都不合适，韩非刚好可以成为大王收兵的理由。大王可以修书韩王安，让韩王安献上韩非，以表求和的诚心。"李斯说到这里，视线再次扫过众人，笑了笑继续说道，"若韩王为了自保逼韩非入秦，被舍弃的韩非定然会诚心留在秦国。"

李斯把话说得异常自信，嬴政也听得跃跃欲试，反倒惹得嬴氏众人心头不忿。关中侯更是狠狠扫了眼渭阳君，再次看向渭文君。渭文君颔首，出声打断："大王，臣有族中要事奏请，还请大王屏退闲杂。"

渭文君此话一出，不但李斯，就连一直隔岸观火的吕不韦都不禁睁开了眼睛。然而渭文君的借口确实选得极好，无论吕不韦身份何等尊贵，始终不是嬴氏族人。吕不韦即便恼怒，也只能愤然离开。李斯该说的话都说了，只等嬴政表态，被渭文君一搅和，李斯虽心有不甘却也无可奈何。连吕不韦都没办法的事，他一个长史又能如何。

彻底无望的李斯，只能郁郁地离开章台宫，回到府邸。

李斯在府中闭门不出，等着嬴政的反应，就这样过了一月，却始终没有动静。李斯不禁欣喜，以为事情还有转机，却在这时听到了一个令他绝望的消息。

九月初八，秦王突然颁下一道逐客令，贴于城门之上。消息不胫而走，不到一个时辰就传遍了整个咸阳。李斯坐于书房，等着嬴政的恩诏，听到孙林说出逐客令，且逐客令上也有他的名字时，彻底愣住了。李斯将自己关在书房任谁登门都不见，脑中回想的全都是郑国的话和嬴政的反应，还有关中侯志在必得的阴笑。

李斯心有不甘地看着被他反复阅读的《孤愤》，突然灵光一闪。逐客令虽然写了他的名字，但时限却是一个月，这么长的时间，他足以想出扭转局势的办法。

李斯知道，现在的处境无非是因为嬴政对公子成蛟的事耿耿于怀，甚至怀疑他是吕不韦的细作，所以才毫不犹豫地将他驱逐。究其原因还有一个，那就是在嬴政看来，他李斯远没有那个闭门谢客、专心著书的韩非好，甚至为了韩非，嬴政可以当众无视渭阳君。

想到韩非，李斯心中郁结，但转念一想李斯又笑了，既然嬴政对韩非念念不忘，他李斯就偏要让嬴政知道，比起韩非他李斯毫不逊色甚至更胜一筹。韩非能一夜急书写出《孤愤》，那他李斯也能一夜奋笔，写出一部旷古烁今的《谏逐客书》！

第四十四章

谏逐客书扬天下　昔日师兄是对手

李斯是个行动派，既然下定决心，便会立刻着手去做！

书房内灯火摇曳，李斯坐在案前提起狼毫却骤然停住。他脑中再次闪现那日在大殿上的种种，只觉心绪翻涌难以平息。李斯压着胸中怒意，呼出一口浊气终于落笔，在竹简上首写下"谏逐客书"四字，脑中瞬间思如泉涌，犹如神助。

读史可鉴今，李斯当年选择目标的时候就曾仔细地研读过七国史记，唯有秦国最让他心动。前有百里奚落魄为奴，仍被秦穆公以五张羊皮请回秦国拜为大夫，后有商鞅与秦孝公君臣相知，行两次变法才造就了秦国鼎盛的局面。这些人物的传记都刻在李斯的脑中。

思索片刻后，李斯在第二根竹简上写下第一句："臣闻史议逐客，窃以为过矣。"落笔后李斯将狼毫在砚台上顺了顺，写下第二句："昔穆公求士，西取由余于戎，东得百里奚于宛。"收回笔锋，李斯凝眉看着自己写下的字蹙眉沉思，若只引用五羖大夫和商鞅的典故，似乎力道不够。

他抬头盯着铜灯上微微晃动的火苗，深吸一口气继续写道："迎蹇叔于宋，来邳豹、公孙支于晋。此五子者，不产于秦，而穆公用之，并国二十，遂霸西戎。"写到这里李斯才松了口气，将笔搁到砚台上，拿起竹简吹了吹，待墨迹彻底干了才将脑中已经盘旋许久的话一挥而就。"孝公用商鞅之法，移风易俗，民以殷盛，国以富强，百姓乐用，诸侯亲服，获楚、魏之师，举地千里，至今治强。惠王用张仪之计，拔三川之地，西并巴、蜀，北收上郡，南取汉中，包九夷，制鄢、郢，东据成皋之险，割膏腴之壤，遂散六国之纵，使之西面事秦，功施到今。"

李斯的老师荀子崇尚儒家思想，可他却偏偏更加喜欢法家的思想，初入兰陵时，李斯有关法家的竹简几乎都是韩非赠的。想起这些李斯的心不禁有些酸楚。事已至此，昔日同门若再相见，只能你死我活。李斯不由自嘲，待墨迹干了，复又继续写道："昭王得范雎，废穰侯，逐华阳，强公室，杜私门，蚕食诸侯，使秦成帝业。"写到这里李斯长舒一口气，不禁有些感慨。这四人虽然有才学，但若是没能遇到明主，怕是连他此刻都不如。李斯不禁失笑，而他呢？费尽心机来到秦国投奔吕不韦，为的就是面见嬴政，却不想一夜之间都成泡影。

李斯绝不甘心，他自认才学比之百里奚、商鞅毫不逊色，甚至要比商鞅更胜一筹，沦落至今实在可笑。李斯叹了口气蘸了蘸墨，继续写下："此四君者，皆以客之功。由此观之，客何负于秦哉！向使四君却客而不内，疏士而不用，是使国无富利之实，而秦无强大之名也。"

此时窗外已经彻底没了动静，李斯看了眼沙漏才察觉已经过了三更，想到还有两日他就要离开，李斯再也按捺不住，又从垫子上起身，蹙眉在书房中来回踱步。他的脑子有些乱，忽而想起吕不韦早在一年前的提醒，一会儿又想起嬴政对韩非的推崇和喜爱，对自己却日渐疏远，越来越不待见。他一路挣扎向前，费尽心机却不如韩非的两本书，又觉得不甘心。回头看向案上竹简，李斯深吸一口气，总觉得仅凭这寥寥数字根本不能打动赢政和吕不韦，堵住那些赢氏族人的嘴。不行，太少了。李斯打定主意，再次回到桌案奋笔疾书。

"今陛下致昆山之玉，有随和之宝，垂明月之珠，服太阿之剑，乘纤离之马，建翠凤之旗，树灵鼍之鼓。此数宝者，秦不生一焉，而陛下说之，何也？必秦国之所生然后可，则是夜光之璧，不饰朝廷；犀象之器，不为玩好；郑、卫之女不充后宫，而骏良駃騠不实外厩，江南金锡不为用，西蜀丹青不为采。所以饰后宫，充下陈，娱心意，说耳目者，必出于秦然后可，则是宛珠之簪，傅玑之珥，阿缟之衣，锦绣之饰不进于前，而随俗雅化，佳冶窈窕，赵女不立于侧也。夫击瓮叩缶弹筝搏髀，而歌呼呜呜快耳者，真秦之声也；《郑》《卫》《桑间》《昭》《虞》《武》《象》者，异国之乐也。今弃击瓮叩缶而就《郑》《卫》，退弹筝而取《昭》《虞》，若是者何也？快意当前，适观而已矣。今取人则不然。不问可否，不论曲直，非秦者去，为客者逐。然则是所重者在乎色乐珠玉，而所轻者在乎人民也。此非所以跨海内、制诸侯之术也。"

写到这里李斯彻底放下了笔，叹了口气。在内狱中待了半月，回来后没有吃饭就进了书房，此刻李斯已经人困马乏，他拿起竹简将上面的字仔仔细细又看了一遍。李斯对自己的小篆向来自信，可看着竹简上的字，他却第一次没了底气。以无心对有心，这一次他失了先机，被渭文君和关中侯吃得死死的，若不是赢政对他还有些情分，怕是早已人头落地。

李斯是个善于学习的人，凡经过的事情他都会仔细回想，力求不在同一个地方再次跌倒。逐字逐句地将文章又重新研判了一遍，李斯犹豫了一下还是觉得不够，再次提起狼毫，在文章之后继续写道："臣闻地广者粟多，国大者人众，兵强则士勇。是以太山不让土壤，故能成其大；河海不择细流，故能就其深；王者不却众庶，故能明其德。是以地无四方，民无异国，四时充美，鬼神降福，此五帝三王之所以无敌也。今乃弃黔首以资敌国，却宾客以业诸侯，使天下之士退而不敢西向，裹足不入秦，此所谓'藉寇兵而赍盗粮'者也。"

写到这里，李斯已经感觉有些无力，能想到的，能写的他都已经写了，能不能成功只有听天由命。李斯长舒一口气，随即在文章末尾写下最后一段。

"夫物不产于秦，可宝者多；士不产于秦，而愿忠者众。今逐客以资敌国，损民以益仇，内自虚而外树怨于诸侯，求国无危，不可得也。"

谏逐客书虽然是李斯一夜写就，但背后却是他耗时十年的积累。若没有在兰陵时的勤奋好学，李斯便不会熟知秦国之前的历史；若没有李斯在相府那半年编撰《吕氏春秋》的经历，他更不会知道秦人的强盛原来是经过那么多人的努力才得来；若没有做长史一年半的经历，便不会知道原来秦国会从各国引进美玉、宝珠、太阿宝剑，还有纤离马。写到这里，李斯终于感觉彻底词穷，再无半字能够添加。他垂眸看着竹简上的字，却仍旧不满意，拿起一卷空的照着上面的字，仔仔细细工整地誊抄了一遍才彻底放下笔。

做完这一切，李斯长舒一口气，疲倦地抬头看向房门，缓缓起身走了出去。

站于院中，李斯才猛然察觉天色竟然已经亮了，涟漪和孙氏兄弟竟然都在，而且看样子是站了一夜。

李斯不由鼻子发酸，视线缓缓扫过几人，才笑着对涟漪说道："涟漪，去给我备些热水，许久没沐浴，身上都要招虱子了，痒得难受。"说罢，李斯才转头看向孙林，"你去灶上说声，给我烹些肴肉，越多越好。许久没见荤腥，舌头都馋了。"孙林闻言欣喜地连连点头，转身就往厨房走。看着各自奔走的两人，李斯向孙胜招了招手，领着他回到书房，拿起誊抄好的竹简交到孙胜手上，叮嘱："李斯能不能留在秦国，就看你的了。务必帮我将这册竹简送到王绾手上，拜托了。"孙胜一向不喜多言，但看着李斯的神情，他用力点头，说道："大人放心。孙胜定不负大人所托。"说着便将竹简贴身塞进交领中，迈着方步走出院子。李斯背着手站在院墙内，直到听见院墙外响起马蹄声，才呼出一口气转身去了内院。

孙胜一走就是整整一天，直到入夜才策马而归，头上的发髻也乱了，推开门看到站在院中的李斯，咧嘴一笑便晕了过去。

李斯赶忙叫来孙林一同抬人，弯腰的时候才发现孙胜身后还站着一人，吓得李斯瞬间变色，差点叫出声。那人却连忙制止，压低声音说道："斯兄莫怕，是我。"李斯不由蹙眉细看，这才发现那人竟然是王绾。

李斯之所以选择将《谏逐客书》交给王绾而不是姚贾，也是思虑良久。若论谋略王绾自然不比姚贾，但可惜姚贾不是秦人，相反王绾虽然耿直，可他祖籍南郑，是个十足的秦人，也是唯一不受逐客令牵连的人。李斯却没想到王绾居然会亲自来，刚要说话王绾却一把拉住李斯的胳膊说道："走，斯兄，快，与我一同进宫去面见大王。"

第四十五章

小人心中全沟壑　妒贤嫉能逐客令

　　李斯一愣，拉住王绾问道："等等。绾兄你这是何意？"李斯不是不想面见嬴政，而是王绾的反应实在异常，让李斯觉得这其中定然有事。果然王绾见李斯不走，急得一跺脚，左右看了看快速说道："出事了。乱了，全乱了。逐客令一出，整个咸阳全乱了。"听到这个消息，李斯的心却没有过多震惊，反而有些窃喜。

　　李斯拉着王绾就往书房走，一边走一边还不忘对王绾说："绾兄切莫着急。你先把事情经过给我仔细说说，我也好思量对策。"王绾一听顿觉有理，便不再执拗，跟着李斯去了书房。

　　两人刚进书房，王绾就迫不及待地开口讲述："斯兄不知，逐客令其实是关中侯和渭文君早已准备好的。一个月前，就是你被赶出大殿那日，他们二人就已经向大王提了。大王碍于祖训坚决反对，他们二人见大王态度坚决，便另辟蹊径，为了逼迫大王同意，渭文君这些时日犹如疯狗满城抓人，乐坊、酒肆甚至是街边小摊也不放过。事情坏就坏在但凡是渭文君抓的人，审到最后竟然都是细作。"

听到这里，李斯才总算明白嬴政为什么会下逐客令，原来是与咸阳城中混迹的细作有关。李斯不禁想起那些被他和姚贾认定身份却迟迟未抓捕的细作，心又凉了半截。

李斯越听越心惊，关中侯算是李斯自入秦以来第一个真正意义上的对手，可越是较量他就越是心惊。即便是他李斯也不敢对一个处事果决、善于拿捏人心、因势利导的对手掉以轻心。

想起那道逐客令，李斯静下心来分析。在他看来，逐客令之所以能够盛行，不过因为百姓和众朝臣都认定，客卿走了之后，原本的官位就能腾出来给他们这些秦人，所以才沆瀣一气无人反对。但可惜他们却忘了，虽然逐客令上的人多是入仕、入朝为官的客卿，可整个咸阳城的儒士、外臣何止千万，单相府三千门客中就有半数以上都是外臣，这些人或已经做了朝中百官的门客，或是混迹于乐坊酒肆，更有甚者在咸阳开办学堂，一旦全走了，咸阳城岂能不乱。

但这一切在李斯看来还不够，他要的可不只是百姓，而是那些对他心怀敌意的朝臣，要的是整个朝堂都乱成一锅粥！

在见到王绾之前，李斯便隐隐感觉《谏逐客书》还少些什么，经王绾一提醒，李斯这才意识到，《谏逐客书》缺的是东风，一阵咸阳大乱的东风！咸阳城越乱，李斯的《谏逐客书》力度就越大，简直是上天垂怜，如有天助！

王绾匆匆把话说完，见李斯陷入沉思，连忙继续说道："斯兄，你的《谏逐客书》简直太棒了。你快与我一同进宫，将书呈给大王，一同劝大王收回诏命。"李斯却一口回绝，笑着对王绾说道："不，现在还不能去。若要废除逐客书，只大王一人还不够，所以咸阳还不够乱，还要再乱一点才行。"

李斯扭头看着王绾，见他满脸惊愕，叹了口气才继续说道："绾兄，你可信我？"见王绾点头李斯才继续说道，"好，既是如此那烦请绾兄帮我送个口信。告诉姚贾，若想留下，只咸阳乱还不够，秦宫要乱，相府也要乱，而且越乱越好。"

王绾一脸愕然，书房内的油灯突然"噗"一声脆响，火苗渐渐暗了下来。李斯看着王绾，继续说道："逐客书本就不是大王本意。所以只劝大王还不够。要相邦、嬴氏宗族的人，乃至整个咸阳的文武都感受到逐客书带来的不便，大王的令行禁止才会有用。"

王绾瞬间醒悟，连连点头转身就往外走。打开门，王绾停在门槛处回头看了李斯一眼，沉吟着说道："斯兄，还有一事，你或许会感兴趣。"李斯挑眉没有开口。王绾却继续说道："半月前上将军蒙毅单人独骑离开咸阳，看方向怕是往韩国而去。"

李斯听到蒙毅去往韩国，一颗心猛地下沉。终究还是去了，即便处在多事之秋，即便整个咸阳城都在为逐客令而鸡飞狗跳，可嬴政还是对韩非念念不忘，迫不及待地让蒙毅去送信。李斯惨然一笑，六年陪伴终究敌不过几篇锦绣文章，他口中隐隐有些酸涩，一股被人抛弃的挫败感油然而生。

抛开杂念，李斯冲王绾颔首笑道："多谢绾兄告知。我送你。"李斯起身要送，却被王绾摆手拒绝："不了。你处在政局旋涡，宜静不宜动。你放心，我一定会竭尽全力让大王收回王命。"王绾说着大步走出书房，匆匆出门。

等待的时间尤为煎熬，王绾一走便犹如石沉大海，彻底没了消息。嬴政只给了李斯一个月的时间，这一个月对于李斯来说度日如年，然而仅仅十天咸阳就彻底乱了套。

最苦恼的要数相府家宰郑栗。他苦口婆心地站在相府门外，挽留一个接一个带着行李离开的门客，最后却一个都没拦住。郑栗无奈只能哭丧着脸，去找吕不韦哭诉："相邦，不好了，咱们府上的门客已经走了近一半了。你快想想办法吧。"他的话絮絮叨叨十分聒噪。

吕不韦抬头看向郑栗，将手中竹简往桌上一扔，冷声回道："你先起来。"郑栗先是一愣，呆呆地看着吕不韦，半晌才从地上爬起来，嘴里还不忘念叨："可是相邦，你再不阻止，咱们府上的门客就真的都走光了。"吕不韦闻言不甚在意地扫了眼门外，说道："我知道了。你去把郑隗叫来。"郑栗一愣，见吕不韦正看着自己，不敢耽搁，顶着一张苦瓜脸走出书房，连忙去找郑隗。郑栗走了不多时，郑隗就快步赶来，他疾步走进书房，对着吕不韦作揖禀报："相邦。属下已经查过了，渭阳君、渭文君，还有御史、都尉的府上都闹起来了。"

吕不韦缓缓点头，再道："这几日走的人都去了哪里，你可留意？"郑隗回道："我已命人前去打探。逐客令的消息早在一月前就已传遍六国，赵国、韩国还有楚国早已望风而动，已经有人在赶来秦国的路上了。"

听到这里吕不韦终于笑了，对郑隗淡淡说道："好，不错，你去想办法将这些消息在明日日落之前告知关中侯还有渭阳君，记住，一定不能被他们察觉是我让你做的，接下来就看他有没有本事自救了。"

郑隗颔首称是，刚要转身却脚步一顿，回头看着吕不韦，脸上闪过一丝踌躇，问道："相邦，郑隗有一事，不知当不当讲。"吕不韦没有阻止，郑隗便不再迟疑，立即说道："臣在打探消息的时候曾偶遇姚贾。他似乎在联络熟悉的客卿，散播关中侯摒除异己想要挤走相邦独揽大权的消息，还说……说以相邦的功绩和李斯的学识都不能被秦国所容，以后若想在秦国出人头地，只会更难，倒不如借此机会投奔他国，还能博得一线生机。"郑隗说这话的时候，声音明显带着怒意，吕不韦却只是微微一笑，自言自语道："这两人倒是聪明。"随后便对郑隗说道，"不用管他。你照我说的去办就是。"

转眼又过了五日，客卿、外臣离开咸阳的趋势不但没有缓解，反而愈演愈烈。一些没有被波及的人，也忍不住开始动摇，生怕走得晚了错过那些赶来招揽人才的潮流。一时间，整个咸阳人心惶惶，闹得简直鸡飞狗跳，街道上满是带着行李推着车，或驾着马车离开的人。

嬴政自三天前得了消息，便一直焦急地在宫中来回踱步。夏阿房将一切看在眼中，几次想要开口帮李斯说话，却都忍住了。终于在逐客令下达的第二十五日，姚贾带着王绾和樊於期一同走进李斯府邸。

四人关门密谈，李斯也终于从樊於期的口中得知了公子成蛟事情的始末。直到这时，李斯才知自己一直误会了吕不韦，他并不是一开始就准备杀了成蛟，而是一而再、再而三地给成蛟留了活路，严格说来，成蛟更像是被关中侯逼死的。

从一开始，若成蛟听了嬴政的劝告，乖乖留在咸阳，不去带兵，那他就不会死。吕不韦虽然安排了樊於期和桓齮监视成蛟，但也只是监视而已。若成蛟乖乖屯兵，待蒙骜攻韩归来，自有他的一份功劳，却没想到看似人畜无害的成蛟，竟然被关中侯策反，一到屯留就原形毕露，不但圈禁了樊於期和桓齮，甚至还整军待发，准备从屯留起兵，攻打咸阳，将嬴政赶下王位。

李斯听到这里，忍不住长叹一声，他转而看向樊於期说道："公子成蛟真的死了？"樊於期这一次没有说话，就只是默默点头。众人见状不再追问，毕竟此刻最紧要的是处理有关逐客令的事。再过五日，姚贾和李斯若是再不走，怕是就要被逐出咸阳，到时一切就都晚了。

说起逐客令，几人商定，由李斯和王绾一同进宫，姚贾和樊於期在李府等候。两人坐着马车直奔秦宫，嬴政听说两人求见愣了许久，才示意蒙毅将李斯放进宫来。时隔多日再次相见，局面却已截然不同。嬴政看着神采奕奕的李斯，无奈一笑："李斯，你是来看寡人笑话的？"李斯连忙拱手向嬴政作揖，说道："李斯不敢。臣读《国语·越卜语》，范大夫面见越王时，曾言：君忧臣劳，君辱臣死。只要李斯还没离开秦国，只要大王还没有罢黜李斯的官职，李斯依旧是大王的臣子。君主忧患便是臣子的无能。所以李斯冒死来见，劝谏大王。"

第四十六章

各国备金揽贤才　海纳百川容乃大

　　嬴政原本满心不悦，甚至因为逐客令的事，也对李斯多了几分不喜。可李斯却字字关心、处处为他着想，嬴政的心瞬间暖了起来。他满心感动，便笑着说道："哦？你打算如何？"李斯立刻将早已写好的《谏逐客书》双手奉上，目送寺人将书简奉给嬴政。硕大的六英宫中显得有些灰暗，嬴政接过竹简蹙眉细看，可越看他的脸色就越是阴沉，最后将竹简重重地拍在桌案上，抬头看向宫殿之外大声唤道："来人，去请相邦即刻进宫。"嬴政说完看了眼李斯，复继续说道，"还有渭阳君、渭文君和宗正一同请进宫。"李斯听到嬴政的吩咐彻底放了心，因为他知道，这一场较量是他赢了。

　　时间飞快，大约过了半个时辰。李斯和王绾一直静静地立在殿中，嬴政的目光却始终放在李斯的《谏逐客书》上，越看越是喜欢，时不时还会抬起头看李斯一眼，然后再继续默读书上的内容。

　　吕不韦是第一个赶到的，越过李斯径直走向嬴政。嬴政见状连忙起身将《谏逐客书》递给吕不韦，笑道："仲父你看。"吕不韦闻言一手接过竹简，侧头看了眼李斯，然后开始细读竹简上的内容。

宗正关中侯和嬴奚、嬴奂几乎是同时走进大殿，看到李斯就是一愣。关中侯的脸色也愈发难看，吕不韦暗自冷笑直接将《谏逐客书》扔给三人，不做任何评判，只淡淡地说了句："这竹简上的内容你们先看。本相这里有个消息，说与在座听听。"吕不韦在朝堂上向来说一不二，若不是他一直作壁上观，这逐客令根本就不可能通过。关中侯也正是看透这一点，才会这么肆无忌惮。然而此刻，关中侯却在吕不韦的脸上看到了讥讽，他心中咯噔一跳，这一刻才猛然察觉自己被人算计了。

关中侯胸口憋着一口气，同嬴奚、嬴奂三人仔细看过《谏逐客书》之后，脸色也越来越难看。身为宗正，关中侯对这篇文章上的人物如数家珍，自然知道这人写得没错。再想到这几天的鸡飞狗跳，几个人的脸色都不太好看。

手握竹简，关中侯缓缓抬头看向吕不韦，问道："相邦这是何意？"吕不韦笑了笑没有回应，转而看向大殿之外，说道："郑隗，你进来吧。"话音未落，郑隗迈步走进大殿，向着众人一一行礼，然后说道："大王，相邦，小人郑隗是相府家臣，自两月前，关中侯同相邦提及逐客令开始，相邦就委派小人留意各国动向。逐客的消息一出瞬间传遍六国，赵、魏、韩、楚四国更是望风而动，特意派了细作等候在秦国出关的各处要塞，准备在秦国边境招揽客卿。赵国丞相郭开更是不惜千里迢迢从邯郸出发，带着十几车的金子准备收买客卿，说是要千金买骨。"

郑隗将所有消息都说了一遍，尤其提到郭开要千金买骨的时候，无论是关中侯还是渭阳君嬴奚、渭文君嬴奂的脸色都瞬间变了。

爬到他们这个地位，谁都不傻，自然能看出逐客令造成的后果。不等几人反应，吕不韦又笑了，缓步走向几人，阴恻恻地问道："这个结果，几位可还满意了？"

关中侯的额上登时冒了一层冷汗，再也顾不得宗正的身份，领着嬴奚和嬴奂一同跪倒，冲吕不韦和嬴政叩首，连声告罪："大王，相邦，老臣有罪。"见三人主动认错，吕不韦也不打算赶尽杀绝，叹了口气便对嬴政劝道："大王，既然关中侯已然认错，臣以为逐客令的事就此打住。无论客卿还是秦人都是大王的臣子，只要一心为秦，便无你我之分。"吕不韦一句话就将逐客令的事盖棺，李斯纵然心有不甘却也没有反驳。

在李斯看来，他只为自救，而逐客令的事自然越快解决越好，还没走的人一定要想尽办法留下，已经走了的也要想办法让他们重新回来。

想到这李斯抬头看了眼吕不韦，两人视线相撞，吕不韦勾唇一笑，明知故问道："长史这么看着本相是有意见？"李斯连忙解释："不。相邦所言极是，李斯不敢。但有一事，李斯认为迫在眉睫。"

众人立刻抬头看向李斯，都以为李斯是要借题发挥，毕竟逐客令从一开始就是冲着李斯去的，闹到现在这个境地，李斯想要报复一下也是可以理解的。

李斯将众人反应看在眼中，虽感无力却还是郑重说道："大王，逐客令弊端已现，那些离开的客卿都是秦国的人才，李斯建议大王尽力召回，至于那些没走的，更要极力挽留才是。"李斯的话一针见血，吕不韦和关中侯的脸色也沉了下来。两人对视一眼，关中侯喉咙发紧，犹豫了一下只能妥协，沉声说道："老臣倒有一策，或可挽回一二。"

对于关中侯的谋略，李斯早已见识过了，甚至在李斯看来，关中侯比起吕不韦也不遑多让。李斯闻言不禁期待，关中侯到底能有何妙计。嬴政全程都在沉默，直到此刻他才清楚地认识到，一国之君若是不能掌权会落得何等可悲的境地。

嬴政胸中愤懑，见关中侯主动献策，他咬了咬牙冷声说道："说来听听。"关中侯有心亡羊补牢，所以格外用心，说道："大王，李斯这篇《谏逐客书》措辞锋利，引经据典让人神驰，大王，我建议将《谏逐客书》

昭告天下，以安天下客卿之心，向世人彰显秦人不拘一格用人、广纳良才的决心。这样不仅能让咸阳城内的客卿安心，甚至还会为大秦招揽更多的能人异士。"

关中侯言辞恳切，嬴政闻言略略点头，扭头看向吕不韦征询他的意见。吕不韦也十分满意，诏书迅速颁布贴上城门，迅速传遍咸阳的大街小巷。赵国原想借着逐客令的风趁机搜罗秦国的客卿，最后却被一些游民占了便宜，闹得整个邯郸鸡飞狗跳。得到这个消息的吕不韦却只是淡淡一笑，对郑栗说道："此事办得不错。本相赏你三千金如何？"

在众朝臣的共同努力下，逐客令的影响也在最大限度地减小。整个咸阳也归于平静，但李斯心里却十分清楚，逐客令的事虽然到此为止，可他的麻烦却没有结束，无论是朝臣对他的深恶痛绝，还是嬴政对他的怀疑，甚至吕不韦也是对他几次三番地利用，最最关键的却是他的同门师兄韩非。

韩非的存在就像一把悬在李斯头上的利剑，悬在空中令李斯寝食不安，一旦掉下来依嬴政对韩非的喜爱程度，他李斯定然会被嬴政忽略，那对于他来说也是个死。

转眼就到了嬴政八年春。因为逐客令的影响，相邦吕不韦的势力受到了重创，门客三千纷纷离开，有的投奔别国，即便是留在咸阳没有走的，也都纷纷改投他人门下，据说此时相府之内门客还不足八百。

整个咸阳城都默默看笑话，太后赵姬回来之后，吕不韦更是直接放权，除了朝会便一直待在相府中专心编撰《吕氏春秋》，从而导致相府的门客越来越少。

郑隗就是在这个时间离开相府，改投到李斯门下，做了李斯左膀右臂的。别人不懂，李斯却十分清楚，吕不韦这是有意为之，想要在放权之前，尽力将门客之中有真才实学的人留在咸阳，以备秦王亲政之后任用。可任谁都没想到，此举最后竟然便宜了嫪毐。

据李斯所知，从相府离开的舍人有半数都去了嫪毐那里，源源不断进入咸阳的客卿，也在打听过吕不韦的近况之后，纷纷投奔嫪毐。

不过数月，嫪毐已经势同猛虎，等到李斯和王绾察觉的时候，一切已经晚了，此时的嫪毐已经有了同吕不韦一较高下的能力。

所以才有了今早朝会之上发生的一幕闹剧。太后赵姬在朝会时，突然颁下诏书要封嫪毐做长信侯。依秦律凡分封必须立有军功，再不济也要像当初王绾和李斯这样，在"逐客令事件"中力挽狂澜，为朝堂社稷立下大功，否则绝无可能。

可任谁都没想到，太后竟然无视律法，称嫪毐招揽各国客卿有功，硬是要封一个寺人做长信侯。诏书还没有读完，渭阳君和宗正关中侯就不干了，直接在朝堂上驳斥太后专权无视秦律。哪知太后赵姬却一反常态，不但当众训斥关中侯和渭阳君藐视太后，甚至还直接打断了嬴政的话，将诏书板上钉钉。

李斯全程都没有开口，因为他知道，依太后赵姬对嫪毐的宠信程度，嫪毐被封长信侯势在必得。他只是在苦恼，手中握着的密信究竟该不该告知嬴政。嫪毐和太后育有两子的消息一旦被嬴政知道，后果又会如何？

李斯的反应被嬴政看在眼中，他便以为李斯也被嫪毐收买了，那原本被他压下的怀疑再次翻涌。于是刚下朝，嬴政就命贴身内侍长去皇宫门口将李斯揪了回来。

六英宫中，嬴政坐在王位上冷冷看着李斯。李斯垂眸站在殿中，眼观鼻、鼻观心，一副心不在焉的模样。嬴政终于气急，恼怒地一拍桌案，对着李斯斥道："李斯，今日之事，你是否早已知情？"李斯不由得一怔，心中不由苦涩，从这几句话中，他就能窥见嬴政对他的猜忌。李斯不由再次迁怒韩非，若不是他闲着没事喜欢著书被嬴政看到，他又岂会落到现在这个境地！

李斯在心底又把韩非埋怨一通，算时间蒙恬估计已经到了，蒙骜也该看到嬴政密信，韩非入秦已成定局。

思绪飞远，李斯依旧站在原地，木讷地没有说话，嬴政终于急了，拿起桌上的砚台对着李斯就扔了过去。"李斯，寡人的话，你可曾听见？"李斯不查，只看到一个黑乎乎的东西向自己飞过来，他下意识低头才堪堪躲过，不然怕是要直接被砸死在这。李斯看着地上的砚台，不由后背发凉，赶紧作揖说道："陛下息怒，李斯……提前并不知晓。没有阻拦不过是因为李斯今早得到了一封密信。"

第四十七章

德不配位才能疏　多行不义必自毙

自"逐客令事件"之后，李斯就一直感觉自己在临渊而行，嬴政的猜忌是他面临的最大困局。纵使天下太平又怎样，他李斯若不能重拾嬴政的信任，不用等到韩非入秦，他就必死无疑。

李斯的话成功引起了嬴政的注意，他虽然恼怒，却没有继续发作，而是蹙眉看向李斯。李斯不敢耽搁，连忙从袖中抽出一封密信，递到嬴政面前。

嬴政狐疑地接过密信，随即展开细看。脸色却越来越冷，许久嬴政才猛地抬头看向李斯，怒斥："这密信哪来的？"李斯恭敬回道："是臣让家中舍人去雍城仔细调查所得。"

嬴政怒气更胜，声音也越发冰冷："大胆！好你个李斯，太后的起居你也敢查？"李斯闻言心头咯噔一下。他虽明知嬴政对自己不似从前信任，却没想到竟到了这般境地。李斯脑中飞速思索，赶在嬴政再次斥问之前，撩衣跪地，重重叩首："陛下！请听李斯一言。"怀疑就像一颗毒瘤，若不能将腐肉尽数割掉，只会越陷越深，最后药石无医。李斯深谙这一点，此刻他再次下定决心，奋力一搏。

"陛下，臣确实有罪，但也请陛下听臣一言。斯天生愚钝、家世不显，更没有韩非那种惊才绝艳之能，李斯唯有忠心能够报效陛下。陛下可以怒斥李斯愚钝，甚至因为臣办事不力，要了李斯的命。臣还是那句话，君要臣死，臣莫敢不死。"李斯说到这已经老泪纵横，就像是受了天大的委屈。嬴政闻言不禁蹙眉，心中的愤怒也化作狐疑。

李斯不敢松懈，继续说道："臣知道公子成蛟一事陛下心里一直不快，可臣亦是如此。相邦之谋略，普天之下，几人能及？李斯一时不察遭了相邦算计，葬送公子成蛟的性命。臣每每想起，无不痛心疾首。可是陛下，若李斯伊始便知相邦的谋划，还是会心甘情愿地被他利用。"

李斯的话让嬴政越发好奇，听意思那件事李斯是被算计了，可看李斯的态度却又十分坚决。嬴政不禁问道："为何？"李斯低垂着头，声音却从悲戚瞬间化作凌厉，沉声回道："因为他该死！从他与关中侯密谋，想要取陛下而代之的时候，他就必须死！"李斯的话让嬴政的心狠狠一颤，他看着眼前跪地的男人，几乎脱口而出："当真？李斯，寡人问你，若有一天，天下之人皆指责寡人德不配位，你当如何？"

李斯毫不犹豫，朗声答道："那便与天下为敌！李斯效忠的从不是秦王，而是那个在城楼之上与臣长谈的少年，是那个在章台宫外救了臣一命的大王，是才智过人，向臣讨要地图的国君！"李斯的话越说越激昂，嬴政听得心头发热，不禁从王位上再次起身，一双眸子静静地看着李斯，许久笑了。李斯虽然一直以头抵地，但他却听到嬴政的轻笑，那一刻李斯的嘴角也缓缓勾起。他知道这一次又成功了。

六英宫中沉默良久，久到李斯感觉自己的腿都已经没了知觉，嬴政才终于缓缓开口："李斯，寡人向你保证。纵使韩非来秦，你也依旧是寡人的心腹。"李斯不置可否，只大声回道："臣不敢。"嬴政没有听出李斯话中的深意，他低头再次看向手中的绢布密信，说道："你起来吧，地上凉。这密信……"

嬴政虽然没有追问，但李斯知道，他还是不信这信上的内容，不过也算是人之常情。只怕任谁也不会轻易相信自己的母亲竟与寺人私通，甚至生下两个孩子，而且那人还大言不惭地当众号称是他的"亚父"！不要说嬴政，就是李斯看到这条讯息的时候，心里都是一惊。

殿中沉默许久，嬴政胸中怒火再起，解除误会之后，嬴政对李斯的态度也明显有了变化。他将绢布握于掌心，然后看向李斯沉声说道："这件事，你准备如何处置？"

前车可鉴，李斯即使知道嬴政已经对他放下芥蒂，却也不敢大意，闻言作揖答道："大王，嫪毐该死，而且必须死！他的所作所为不车裂不足以祭天，但绝不是现在。大王更不可去找太后对质。"李斯将看法说出，措辞倒十分小心，生怕嬴政再次发怒。嬴政静静听着，似乎也渐渐平复下来，李斯这才继续说道："所以大王，嫪毐之事迟早都要与他清算，大王最迫在眉睫的则是亲政。"

嬴政闻言紧握的手终于缓缓松开，他将密信放于油灯上点燃，待绢布烧尽才转身看向李斯，问道："继续说。"李斯的话虽然没有新意，从他继位起，所有人都在劝他，要忍，起码忍到及冠。可他今年已经二十一了，不但没有亲政，就连冠礼都没举行，嬴政知道李斯说得没错。

李斯看着嬴政的背影，紧张得掌心都有些冒汗，在他看来愤怒的嬴政永远不及不怒不喜的嬴政骇人，就好比此时。李斯动作越发恭敬，声音也比之前更加郑重："大王，李斯无能，还望大王恕罪。作为臣子只能一再看着国君受辱，实乃臣之无能，但有一点李斯必须要说，太后同嫪毐大王以后不得不防。"

李斯虽然说得苦口婆心，但嬴政还是瞬间冷了脸，无论是谁听到有人挑拨母子关系，怕是都会动怒。李斯明知如此，却还是继续说道："大王睿智，经此一时定然能够想通，长信侯一事绝非偶然，只怕这样的事以后还会更多，为防夜长梦多，陛下还需早做筹谋。"

李斯的话虽然恳切，却像一根毒刺扎进嬴政的胸口。太后赵姬的变化其实早就有迹可循，他只是一直没有多想罢了，嬴政记得自他母后借口去雍城休养开始，他们母子的关系就不似之前亲密，嬴政每次去雍城话还没说几句，赵姬就会以朝政为重把他赶回来。

有时嬴政费尽心机，也只能在雍城离宫休息几日。嬴政原以为这是赵姬担心他荒废朝政，现在看来就是笑话，赵姬分明就是怕他撞破丑事，撞见那两个小杂种。

嬴政越想脸色越是难看，李斯看在眼中，不禁心颤，近七年的陪伴让他对嬴政的心思多少有些了解。李斯深吸一口气，小心说道："大王，也不必过分担忧。君忧臣劳，李斯定会想方设法让大王尽快亲政，破除困境。但有一事，李斯纵然知道会惹怒陛下，却依旧要说。还请陛下以后对太后和嫪毐留心防备，以防不测。"

李斯这句话可谓是杀人诛心。如此一来，即便嫪毐只想弄权，嬴政一旦亲政便是嫪毐的死期。对于亲政的事，嬴政和李斯已经达成默契，此刻最关键的是如何亲政。

嬴政看了眼李斯，终于再次开口："那以你之见，寡人该如何让母后还政？"李斯立刻答道："若要亲政必先行冠礼。大王碍于孝道不能说，所以只能借他人之口提及此事。"嬴政立刻追问："谁最合适？"李斯答："宗正关中侯抑或是渭阳君嬴奚。"

这两人一个是嬴氏族长，一个是嬴政的亲伯父，由他们出面最为合适。李斯的话干脆利落，嬴政想到李斯今日种种，忽然又想到李斯怕不是早有准备，不然为何如此对答如流？可这个念头刚冒出来，就被嬴政自己否决，李斯的话言犹在耳，疑人不用、用人不疑，若是再对李斯处处猜忌，只怕会伤了李斯的心。思及此，嬴政叹了口气，道："好。这事你自可放手去办，若有什么问题，回来告知寡人便可。"

李斯拱手应是。嬴政原以为说到这里就完了，李斯却在这时再次躬身，缓缓说道："大王，人选既已定下，现在还需一个理由。"李斯虽然没有把话说完，但嬴政却已经从他的表情猜到了李斯接下来要说的话。冠礼之所以如此重要，无非就是因为冠礼之后男子成年，可以大婚。所以李斯要说的定然是让他大婚。

李斯小心打量嬴政，确定他没有动怒，这才小心说道："陛下，臣昨日收到姚贾密信。信中提到赵王偃的歌姬，夫人最近活动频繁，似乎要联络朝中忠臣，推举她的儿子做太子。"李斯明知嬴政已经猜到他要说的事，却还是小心引导不敢冒进，全是因为他比谁都清楚嬴政一直不提大婚的原因。果然此话一出，嬴政的脸色瞬间黑了下来。李斯如坐针毡，却也骑虎难下，只能硬着头皮往下说："大王，赵王偃的儿子都已经能封太子了，大王准备何时大婚？"

嬴政看着李斯小心翼翼地试探，虽觉好笑却也不由生怒。因为李斯的话已经踩到了他的痛脚。说起大婚，就不得不说到夏阿房。他与阿房自小便在一起，夏阿房也是嬴政早已认定的王后，谁承想太后赵姬却坚决反对，甚至当众说过，夏阿房出身太低，不配做王后，若嬴政敢执意忤逆，那她就要行使监国的权力。

监国？赵姬虽然没有明说，意思却已经昭然若揭，就是告诉嬴政，王位和美人二选其一。嬴政碍于孝道，莫可奈何，这事憋在心底时间久了，就成了一根刺，被李斯戳破免不得又要发怒。

"李斯，你明知我与阿房的情谊，难道你也要来劝寡人去娶魏国公主？"嬴政咬牙说道。李斯自然知道嬴政的态度，但他更清楚若想太后松口，必须嬴政率先低头。李斯迎难而上，只能继续谏言："回大王，你与阿房姑娘的情谊，李斯自然知晓。但大王是否想过阿房姑娘的处境？大王与太后较真，最后吃亏的只能是阿房姑娘。没有权势的喜爱对于女子来说是祸非福。"

李斯说到这里明显顿了一下，语速陡然放缓："大王或许听过，李斯心中也有一人，那人同样与李斯青梅竹马，两小无猜。可后来为了三百布币，她被卖给年逾五十的郡守，而我只能远走他乡，去郡上做了管粮的小官。若不是李斯偶然得到大王赏识，我与涟漪今生怕是再无缘分。"

李斯说到这里话锋一转，对着嬴政压低声音继续说道："大王可曾想过，万一太后迁怒，同今日一般不顾大王感受，随便安个罪名硬是要杀了阿房姑娘，大王该如何？又或者太后自作主张，将阿房姑娘送给权臣，大王又能如何？"

第四十八章

各方势力纵交错　衡量利弊选王后

　　时隔两年，这还是李斯同嬴政第一次促膝长谈，君臣之间再无隔阂，说起话来自然也比任何时候都要交心。巨大的六英宫中，李斯的声音隐隐有些回响，嬴政的脸色也渐渐变了。他看着隐有白发的李斯，半晌才道："你的意思是，寡人听从太后的安排，去娶那个魏国公主？"

　　这一次李斯却缓缓摇头，对着嬴政说道："不。大王必须大婚，但绝不是魏国公主。"李斯的话让嬴政再次诧异，不由好奇地问道："哦？"李斯立刻回道："太后选中的魏国公主自然不错，但在李斯看来，远交近攻，魏国的公主要娶，却不是最好的人选。楚国要比魏国好。"

　　李斯的话让嬴政陷入沉思，李斯继续说道："秦与楚历来就有联姻的习俗，朝堂之中，楚系一脉的地位绝不比嬴氏一族差。大王若能借助联姻这个契机，与楚系一脉打好关系，日后即便嬴氏一族，又或是太后和嫪毐那边出现异样，大王都不再是孤立无援，三股势力相互制衡，才是对大王最有利的局面。"

李斯的话让赢政深深陷入沉思，他从没想过联姻还能有这么大的用处。此事若放在以前，赢政只会觉得荒谬，然而在意识到自己处境堪忧之后，赢政也不得不慎重考虑。他虽然已经得到蒙骜和王翦的暗中支持，但那都是武将，朝中文臣他手里只有一个无足轻重的长史李斯，确实不足。

思及此，赢政不禁问道："你确定寡人若是迎娶楚国公主，楚系一脉就会支持寡人？"李斯用力点头，见赢政已经松口，于是继续说道："大王有所不知。当今楚系一脉其实都掌控在华阳太后手中。当年章台宫大乱，华阳太后虽然参与其中，但她针对的只是先王和太后，对陛下倒是十分喜爱。"

赢政闻言细细回想当年章台宫大乱时的情形，虽然危急倒也不是无迹可循，那些作乱的郎官确实曾说过要抓活的。可在赵国那十年的生活，铸就了赢政的多疑和猜忌，纵使李斯这么说，他也只是点了点头，淡淡道："好！既然你早有谋划，就按你说的办吧。"赢政虽然妥协，心中却还是不忿，随即继续说道，"不过既然要娶，那就多娶几个。什么魏国公主、楚国公主、齐国公主，朕可以一并娶了。"

赢政的话明显是在破罐子破摔，李斯明知赢政有意刁难，却也不敢反驳，为了得来不易的信任，他也只能忍了。

出了六英宫，李斯抬头看了眼天色，疲惫之感油然而生，此时的他也越来越佩服吕不韦，能够位极人臣果然不是一般人物。

赢政那句准备一同迎娶公主的话，无论是故意刁难还是随口一说，李斯都不敢等闲视之，但有一点赢政的态度很明确，他绝不会让魏国公主做王后，而太后的心思就更好猜了。她与华阳太后积怨已深，肯定也不会同意赢政迎娶楚国公主。所以这件事，李斯不能硬来，必须迂回前行。而他最先想到的关键人物却是吕不韦。

第二日一早，李斯便坐着马车去了相府。下了车，李斯仰头看着门可罗雀的相府，心中不免酸涩。李斯身份今非昔比，相府的卫士不敢怠慢，连忙将李斯迎入相府，一面派人通传，一面有人引着李斯往里走。走过熟悉的青石小径，李斯一抬头就看到吕不韦正站在书房门前的老柳树下。

他走到吕不韦身侧，才停下脚步，向着吕不韦拱手作揖："李斯见过相邦。"吕不韦缓缓转头看向李斯，先是一笑，然后指了指书房说道："到里面去谈。"对于李斯的到来，吕不韦像是一早就猜到了，脸上看不出丝毫意外。

李斯颔首轻笑，从容地跟在吕不韦身后走进书房。书房里面的布置几乎没变，吕不韦却没有走上高台，而是领着李斯去了书房廊下。两人刚落座，吕不韦就率先开口："你此行是为了长信侯嫪毐吧？"虽然已显老态，但吕不韦还是当年的吕不韦，一句话就能让李斯紧张起来。

李斯苦笑点头，随即看向窗外，若有所思地说道："吕相既然知道，为何不加以阻拦？"吕不韦却长叹一声，笑道："为何要阻拦？嫪毐的事迟早都要解决。让那些对大王存有异心的人望风而动，岂不更好？"李斯顿时呆住。他就知道吕不韦对这事不闻不问的态度透着古怪，却不想他竟抱着这样的心思。

"可是相邦，大王手中无权，嫪毐身后站着太后，若起争端，大王危矣！"李斯焦急地看着吕不韦，点出这件事的弊端。吕不韦却不以为意，从容地掀开桌上烧着的铜鬲，舀出一勺水加到李斯面前的杯中，说道："大王已过二十，最迟再过一年必然亲政。我若还不出手，难道要等大王亲政之后，将我逐出咸阳吗？有我坐镇，这事就闹不大，顶多死几个朝臣罢了，再不济就是大王出事，但嬴氏子孙不计其数，耐心挑选总能找出几个堪当大任的，改朝换代都是常态。反之若大王连一个嫪毐都解决不了，将来一旦东出，死的就是百姓甚至被灭国。李斯，你若为相又该如何取舍？"

李斯已经被震惊得无以复加。他无论如何也想不到吕不韦打的居然是这个心思，他甚至感觉自己对吕不韦的信任何其可笑。眼前这人能从商贾一路爬到相邦，就注定他不会是心慈手软之流。李斯咽了咽口水，再次开口："所以，相邦这是要借机试探大王的能力？"吕不韦没有答话，舀了一勺水给自己添上，然后小口品尝。

　　书房陡然安静下来，李斯静静看着吕不韦，直到吕不韦把水喝完，才开口说道："既是如此，那李斯也有一事告知相邦。"吕不韦不甚在意，只淡淡抬眸扫了李斯一眼。

　　李斯一脸冷笑，身体突然前倾，压低声音说道："相邦可知，太后已同嫪毐生了两个儿子，难道就不怕大王一旦出事，上位之人变成嫪毐和赵姬的孩子？"

　　吕不韦闻言瞬间变色，他那对凌厉的眸子死死地盯着李斯，许久才问："你这消息可是真的？"李斯颔首，回道："郑隗亲自去雍城探听，人证就在李斯后院。"吕不韦的脸色更加难看，毕竟是他将嫪毐扮作寺人送入甘泉宫。他没想到，赵姬竟然这么大胆，敢把孩子生下来。

　　事已至此，悔之晚矣。吕不韦缓缓起身，背着手在房中踱步。又过了许久，吕不韦才皱眉看向李斯，再次问道："说吧，你今日找我所为何事？"李斯心头一喜，吕不韦这么问八成是要出手，于是连忙说道："李斯知道相邦有心试探大王的能力，但若是太后生出异心，事情必将失控。相邦也不想看到这样的局面，所以李斯想请相邦劝说太后，让大王尽快成婚，举行冠礼。"

　　吕不韦蹙眉看着李斯，脑中不断衡量事情的利弊，结果却都不尽如人意。为了大义，吕不韦只好放弃自己的坚持，回道："我知道了。大婚的事，我会找时间向太后提起，不过李斯你也要知道，我的话，太后怕是未必肯听。"吕不韦说这话的时候，语气里透着无奈。李斯缓缓点头，深知内情的他自然能懂吕不韦话中的无奈。

该说的都已说完，李斯不再耽搁，立马起身向吕不韦作揖，说道："事已至此，李斯还是代大王感谢相邦相助。我还有事不便继续叨扰，改日再来拜会。"吕不韦淡淡颔首，也不挽留，冲着李斯说道："罢了，去吧。"李斯转身就走，出了相府就上马车，对着驾车的孙林说道："走，去渭阳君府。"

马车飞快，不多时就到了渭阳君的府邸，作为在咸阳品级最高的嬴氏族人，渭阳君的府上这两日也是热闹非凡。听到下人来报说李斯到访，渭阳君嬴奚连忙对书房中的嬴氏族人交代几句，便转身让奴仆带着李斯去了东暖阁。

李斯刚进屋，渭阳君就疾步走了进来。李斯与嬴氏族人政见多有不同，平时极少见面，即便在朝堂上遇见，最多也只是客气一下。毕竟当年的逐客令可是把李斯害得不轻。不过李斯也不是是非不分的人，渭阳君嬴奚虽然是嬴氏一族，却并没有参加逐客令，所以李斯对他的印象一直不错。

以李斯对嬴奚的了解，这位渭阳君为人正直，对嬴氏更是忠心耿耿。即便当年同嬴异人争夺王位时生出一些嫌隙，但他还是在嬴异人登基之后立刻归顺，甚至不惜在当年章台宫事变中挺身而出，倾尽全力保护异人父子。

正是因为王绾，李斯对于这种耿直、忠诚的人都莫名感觉亲近，所以这次见面，两人都显得十分坦然，彼此客气之后，李斯深知嬴奚对嬴政的维护，于是也不拖沓直奔主题，对渭阳君说道："渭阳君有礼，李斯实不相瞒，今日登门造访，实在是有事相求。"

渭阳君猜到李斯这是无事不登门，也不诧异，谨慎地转身关上房门，这才开口："哦？李大人但说无妨，奚定倾力相助。"渭阳君的反应让李斯十分暖心，旋即说道："大王早已过及冠之年，太后却迟迟没有动作，这事渭阳君怎么看？"

嬴奚听出李斯是为了冠礼而来，微微有些失望。毕竟在他看来，嫪毐被封长信侯的事更加急切，他府中往来之人，几乎都是为了嫪毐而来。可看李斯的态度似乎并不想管。嬴奚虽然耿直，但比王绾却多一些圆滑。他没有直接质问李斯，而是故作为难地叹了口气。

　　若论察言观色，李斯绝对是其中翘楚，见嬴奚故作姿态也不拆穿，反而笑着问道："渭阳君长吁短叹，可是有烦心之事？"嬴奚一顿，随即自嘲一笑："让李大人见笑，奚不过是想起长信侯，心中不由愤懑罢了。"李斯闻言忍不住轻笑，他郑重地看向渭阳君嬴奚，说道："长信侯一事已成定局，渭阳君还是不要浪费心神了。"

　　嬴奚不觉一愣，下意识问道："等一下。李斯，你这话何意？"嬴奚原以为李斯只是不在意，却没想到李斯居然劝他收手，脸上登时有了怒气，刚要质问李斯，就见李斯对他摆了摆手。

　　"渭阳君先别动怒，听我说。严格说起来，李斯也是为了这事而来。嫪毐被封长信侯，表面上看起来是因为太后监国，独断专行才有了赐封嫪毐长信侯的事。可渭阳君仔细想想，这事归根结底错在哪里？"嬴奚被李斯问得满脸狐疑，思量许久也想不出答案。李斯见状，只好把事挑破，说道："归根结底还是大王没有亲政。太后只凭自己喜好，长此以往秦国堪忧。"

第四十九章

谋大权声东击西　请华阳避其锋芒

李斯的话让嬴奚有所感悟，他瞬间睁大了眼睛，那感觉就像是被人兜头倒了一盆冷水。对啊！他们商议的一直都是怎么劝说太后收回诏命，却忽略了一个最重要的问题，太后只是监国，册封长信侯，根本就名不正言不顺。满堂朝臣在这漫长的八年之中，几乎都忘了一件事，太后监国、相邦辅政，都只是为了辅佐秦王的手段，嬴政才是秦国真正的国君。

思及此，嬴奚不住地对着李斯点头："对，对，你说得对。"说完这几句，嬴奚也一反常态，心情急迫地对李斯说道："李兄快说！"

嬴奚想得简单，李斯既然能够看透一切，那么他要做的定与此事有关。他甚至有些迫不及待，想要听听李斯的谋划。李斯看着嬴奚的眼睛，说道："李斯想请渭阳君助我。"嬴奚眼神坚定，即便李斯还没说要他做什么，心底就已经打定了主意，无论李斯要做什么，他都会倾力相助。嬴奚果断回道："说，要我如何？"李斯也不客气，没有多余的客套，说道："李斯想请渭阳君以伯父的身份向太后提起为大王大婚。"

嬴奚一愣，李斯的话让他有些措手不及。他原以为李斯至少会让他向太后施压，敦促太后还政，却没想到李斯只是让太后给秦王大婚。见嬴奚皱眉，李斯连忙解释："太后独揽大权，无非是两个原因。一个认为大王年纪还小，不放心；另一个很可能是太后不愿放权。但太后监国，无人能去置喙，所以这件事只能另辟蹊径。最好的办法就是让太后找不到理由继续监国。大王只要能大婚，那么冠礼就势在必行，冠礼之后太后若再不放权，嬴氏宗亲便能出手，逼迫太后让权，扶大王亲政。"

　　李斯的计划环环相扣，听得嬴奚不禁有些失神，许久才咽了咽口水，叹道："先生好谋略。"嬴奚由衷向着李斯作揖，随即兴奋地问道，"那依先生来看，嬴奚是在朝会之时当众提及，还是明日……不，嬴奚立刻进宫面见太后？"李斯连忙摆手，说道："不可操之过急。大婚虽然迫在眉睫，但王后人选更要慎之又慎。"

　　嬴奚对此深感赞同，点头说道："确实。这王后人选是该好好选选。"李斯继续说道："李斯心中已有人选，不过需要仔细筹谋。"事情还没定下，李斯不能把楚国公主的事告诉嬴奚。毕竟太后赵姬和华阳太后水火不容，提前让赵姬得知楚国公主只会节外生枝。

　　李斯不说，嬴奚便没问，第二日一早李斯又早早地出了门。明日便是朝会，李斯还要去见一人，一个对嬴政大婚至关重要的人。在李斯看来，敌人的敌人便是朋友，而华阳太后便是他此行的目的。

　　帝王之术重在权衡。因此在李斯看来，嫪毐的崛起和赵姬的偏袒，彻底打破了秦国朝堂上那微妙的平衡。秦国正处在多事之秋，唯有三方势力相互权衡、相互掣肘，嬴政的王位才能安稳。华阳太后背后的楚系便是李斯为嬴政筹谋的依仗。若有一日，太后赵姬真的为了嫪毐而放弃嬴政，那么作为婆母的华阳太后，便是唯一能压制赵姬的人。

　　马车停在华阳宫前，李斯缓缓下车，却见一个四五十岁的男子疾步迎了过来。李斯来秦已久，虽然还有很多人没见过，但大致都有所了解。

他知道华阳太后的胞弟阳泉君，还有子侄昌平君都在华阳宫中，这也正是李斯来这的第二个目的。

阳泉君虽然贪财好色，但为人还算不错，最重要的是昌平君。芈启身为楚国公子，为了躲祸一直留在秦国，跟在华阳太后身边。他不仅为人谨慎，而且乐善好施，经常会主动资助一些落魄的嬴氏族人。此行若是能让他归顺秦王，就等于又给嬴政增添了胜算。

阳泉君主动来迎，带着李斯一路走进大殿，远远看到一名贵妇端坐高位。李斯心下了然，不用猜就知这人定然是华阳太后。传说楚国公主个个样貌出众，心思深沉，是同秦国嬴氏最相配的女子。放眼望去，楚国女子在秦国的历史上可谓遍地开花。不说旁人，一个宣太后就足够大放异彩，更何况此时的楚国在其余六国之中也算得上实力不俗。

华阳太后丝毫不见老态，不等李斯行礼便大声问道："你来见哀家，怕是为了赵姬那个贱人吧！"华阳太后与赵姬不睦已久，说话难听点，李斯倒不意外，只是李斯没想到华阳会这么直接。

犹豫了一下，李斯才对着华阳说道："正是。李斯此行正是想请太后出山，唯有太后坐镇，大王才能安然亲政。"华阳笑了笑说道："也就是说，赵姬那个贱人真的为了一个男宠不顾秦律？"李斯只能硬着头皮点头。华阳太后见状冷冷一笑，傲然说道："说吧，要哀家怎么做？"

华阳的反应在李斯预料之内，闻言再次躬身作揖，大声说道："李斯此来是想请太后替大王张罗婚事。大王已过二十，早已过了及冠的年纪，可太后无论冠礼还是大婚都迟迟不提，所以李斯才斗胆祈求太后为大王做主。"

空旷的大殿中没有几人，李斯说完这句话，整个大殿都安静下来。华阳太后秀眉微蹙，静静地看着李斯。不得不说，李斯的要求正中华阳下怀，仿佛是知道华阳想要这么做才说的一般。

李斯也察觉了华阳的异样，略一思忖便知其中的误会，立刻笑着解释："太后不必多想，能够不谋而合正说明，你我都是为大秦着想，想到一处了。"华阳脸上的狐疑慢慢散去，一旁的阳泉君也笑了，转头看向身边默不作声的芈启，一脸的兴奋。芈启的脸上却始终没有变化，静静地看着李斯，不知道在想些什么。

将楚国公主邀入秦国的事被华阳太后一口应下，甚至还跟李斯再三保证，一定会把楚国最受宠、最貌美端庄的公主找来。李斯再三谢过转身离开华阳宫。

第二日一早又是朝会的日子。李斯早早赶到章台宫外，拦住渭阳君嬴奚，把人拉到角落仔细叮嘱："渭阳君，王后人选李斯已经同华阳太后商议妥当，会从楚国找一位最受楚王喜爱的公主。只是华阳太后和太后不睦已久，不能让太后提前知道，所以还请渭阳君代李斯瞒下。"

渭阳君闻言深吸一口气，点了点头。当年章台宫变，他也牵涉其中，自然知道华阳与赵姬之间的恩怨。他虽然对华阳有些不喜，但不得不说，华阳太后比起那个肆意弄权，为了宠臣就不顾秦律的赵姬强太多。嬴奚长叹一声对李斯说道："先生放心，嬴奚心里有数。"

朝会照常开始，已经许久没来上朝的吕不韦竟然也来了，李斯站在文臣之中遥望台上的吕不韦，眼底满是感激。吕不韦处理政务如烹小鲜，很快就将朝臣所奏之事处理停当。眼看众朝臣都安静下来，渭阳君和李斯对视一眼，突然挺身出列，站到殿中间说道："太后，大王，相邦，嬴奚作为宗室之人有事要奏。"

渭阳君嬴奚的话，立刻引起了赵姬的注意，自从上一次嬴奚因为嫪毐的事不惜当众顶撞她，赵姬就对嬴奚生出了恨意。听到嬴奚开口不禁怀疑，嬴奚这是又要拿嫪毐封长信侯的事做文章。赵姬脸色一沉，准备先发制人大声训斥，一旁的吕不韦却抢在赵姬之前开口淡淡说道："渭阳君所奏何事？说来听听。"

赵姬有些愕然地看向吕不韦，只能把准备出口的话硬生生咽下，眼睛却不受控制地怒视渭阳君。渭阳君恭敬行礼，挺直胸膛以长辈的语气说道："大王眼看就二十一了，至今没有大婚，作为大王的亲伯父，不得不过问一句。"

渭阳君的话让赵姬松了口气，在场的朝臣也在这时纷纷议论起来。若不是渭阳君提及，他们竟都忘了大王已经二十一了，已然过了及冠的年纪，继而想到太后不但没有给大王举行冠礼，就连大婚都迟迟没有提及，这太后到底是何居心？

赵姬本就出身低贱，这些事情她不懂也不会去想，脑中唯一的念头就是还好嬴奚说的不是嫪毒，禁不住扭头看向一旁的嬴政。这一看，赵姬也猛然醒悟，不知不觉自己的儿子已经成年，甚至要比当年的嬴异人还要壮硕，确实该大婚了。可赵姬转念一想嬴政身边的那个赵国丫头，脸色瞬间又沉了下来。

赵姬挪了挪身体，看向一旁的吕不韦，眼中满是探究，不等嬴奚再次开口便道："相邦以为如何？大王确实该大婚了，只是这王后的人选，需要在各国的公主中好好筛选。"赵姬一句话就把嬴政大婚的人选定格在公主之中，直接掐断了嬴政的念想。

吕不韦闻言先是看了眼嬴政，见嬴政只是垂眸，脸上并没有太多情绪，便猜到嬴奚这么做怕是早就和嬴政通过气，干脆顺水推舟点了点头："太后说的是。王后的人选，定然要在各国公主中好好筛选。"

嬴政大婚的事很快就在咸阳和各国之间传开，远在赵国的赵偃听到这个消息当即就炸了。赵偃生性乖张、易怒，从骨子里就瞧不起嬴政，尤其是嬴政当年逃走，竟然把他一早看中的夏阿房也带走了，夺妻之恨成了赵偃一直的痛。

自他继位起，就不止一次想要出兵攻打秦国，可偏偏燕丹就像疯狗一样追在他身后不停地出兵，直到一年前，赵偃才终于把战事平定，将燕国打得主动求和。赵偃气势正盛，甚至不顾李牧、蔺相如和廉颇的反对，挥军南下，直指秦国边界。

赵偃出兵的消息很快就被送达咸阳。对此吕不韦和李斯都不甚在意。自"逐客令事件"之后，樊於期就早早返回了屯留，半年来日日操练等的就是赵国发兵，好在战场上建功立业，出人头地。

赵偃的出兵对樊於期来说简直是正中下怀。樊於期甚至等不及咸阳城的军令，便迫不及待地出兵，和赵军战到一处。

再说蒙骜，当日他率领大军东出函谷关，不消一月便攻下宜阳，准备攻打阳翟的时候蒙恬带着密信赶到阵前。蒙骜看着青出于蓝的孙儿十分满意，打开密信却不禁又皱眉。密信共有两封：一道是密诏，封了两层蜜蜡印有秦王印玺；一道出自相府，用的是私印。蒙骜打开密诏细细研读，脸色却越来越阴沉，对于信中提到的那个韩非，蒙骜身处韩国略有耳闻。

传闻说他被韩王所弃，身为韩国的公子却不思报效反而闭门谢客，醉心著书，对于这样的人，蒙骜很是看不起。看完密诏蒙骜呼出一口气，随即打开第二封密信。这一次蒙骜的脸上却难掩激动之色，手指微微颤抖地将密信看完，长舒一口气。

蒙骜合上密信，转而看向蒙恬，问道："咸阳可有事发生？"蒙恬话不多，和蒙毅比起来十分沉默，闻言却立刻点头，对蒙骜说道："回祖父，蒙恬出咸阳的时候大王下诏说要驱逐客卿，孙儿略感意外，感觉要出事。"

蒙骜闻言欣慰地看向蒙恬。他虽然还不知事情的起因，但蒙恬能有这样的警觉让他十分满意。对于兵者来说，战场才是建功立业的地方，即便是蒙骜也不免有些私心，随即将蒙恬编入军中，随着他一同攻韩。

有了吕不韦的授意，蒙骜彻底放开手脚，仅用两月便攻下阳翟，后又北上直奔上党。上党地势险要，蒙骜为了保存兵力震慑新郑，随即下令围城。蒙骜只用了八个月就把韩军打得丢盔卸甲，溃不成军。韩王更是心惊胆战，连忙委派丞相张开地去敌营求和。第一次张开地求见，蒙骜直接拒绝，甚至扬言三日后拔营攻下上党，然后直抵新郑，一年之内灭掉韩国。

韩王安被蒙骜彻底吓怕了，连夜送信逼着张开地求和，无论秦国开出什么样的条件，都尽数应允。

第五十章

秦嬴政求贤若渴　韩非念国拒美意

　　韩国人人自危，彻底乱作一团。韩非却依旧闭门不出，一部部巨作接连产出，轰动天下。张开地被韩王逼得无可奈何，只能驱车再次前往秦营，下车死等，终于在等了四个时辰之后，被秦军领进中军大帐。张开地原以为秦国定然会开出让他无法接受的条件，甚至想到秦国可能会逼迫韩王开城献印，可蒙骜最后提出的条件却让他彻底愣住了。

　　吕不韦的密信内容简单，只说让蒙骜在韩国求和的时候提出三个条件。第一，货币互通，从此以后秦钱可在韩国直接使用，官府不得阻拦。第二，互通度量衡，以后百姓缴纳赋税可用韩量或者商升。其三，韩国向秦国敬献五座城池或者送韩非入秦。张开地尴尬地站在长枪铁铠的将士中间，显得尤为弱小，鸡子一样地听着蒙骜接二连三的条件，脸色却越来越难看。

　　作为一国宰府，张开地看得远比普通朝臣更远、更深，也因此从蒙骜列举的条件中，看出了秦国灭韩的决心。此时议和不过是缓兵、愚兵之计。他面色灰白，本想严词拒绝，但一想到韩王安的叮嘱，只能生生忍了。张开地颤抖着手，对蒙骜拱手作揖："上将军的条件本相已经记下，兹事体大，本相不敢擅专，只能修书告知我王，让主上决断。"

蒙骜并不着急，因为他知道无论张开地怎么挣扎，怎么劝说，那个昏聩的韩王安到最后都会答应。蒙骜讥讽地看着张开地，笑道："也行。给你三日，若是韩王不肯，我秦军立马拔营。"这话已经是在逼迫，恨不得直说，你不同意就等着灭国。

张开地面色一白，对上蒙骜鹰隼般的眸子，只觉得心底一阵发寒，拱了拱手没再说话。张开地仿佛瞬间苍老，佝偻着背走出中军大帐。他不顾身体老迈，连夜驱车赶回新郑，天不亮就进了韩宫，刚把蒙骜的条件说出来，韩王安就一拍桌子对着张开地怒道："就这，你还要回来请示？寸土不丢不过是互通钱币和度量衡，你答应就是。还有那个韩非用他一人能抵五城，这么好的事你还要犹豫？张开地，寡人若不是念你三朝为相，都要怀疑你是何居心！"

张开地满腹经纶，却被韩王骂得狗血喷头，所有的谋算一个字都说不出口，最后只能心如死灰地沉重点头。君王昏聩，他纵有经天纬地之才又有何用。倒是韩非，趁着还年轻若是能离开韩国，跟着秦国君主创统一天下的不世之功，倒也不错。张开地这样想着，私下命人去了韩非府上，自己则立刻起身赶回远在上党的秦营。

议和书签得又急又快，前后不过三日，张开地就在那张注定要断送韩国的议和书上签了字。他心中的苦闷却无处诉说。

最可怜的却是韩非，简直就是人在家中坐，祸从天上来。张开地的家宰，突然来到府中要他准备入秦为官，韩非还没弄清楚来龙去脉，就被韩宫的锐士层层围住，连驱带赶地被送上了去往秦国的马车。

韩非像囚徒一样被人关在马车上，颠簸了将近半个月，才总算在周围人的议论中弄清楚事情的来龙去脉。原来他被韩王以五座城市的价格，卖给了秦国。知道这个消息的时候，韩非的心情十分复杂，一半是被人抛弃的无奈和背叛的悲愤，一半是被人赏识的欣喜。

马车最终停在秦国位于咸阳的驿馆，经过这半月的颠簸，韩非的心境也渐渐平复下来。他不卑不亢，倒也乐得自在。让他住在驿馆，他便听话地找了间干净房间住下，仿佛一切都和他没有关系。

就这样过了三日，韩非一入咸阳，李斯就得到了消息。对于这个曾经背叛自己的同门，李斯的心情很复杂。他几次旁敲侧击，想要探知嬴政对韩非的态度，结果却都令他失望。嬴政对韩非的喜爱让李斯心惊。他随即主动申请去驿馆，看望韩非，顺便劝说韩非入秦为官，嬴政几乎迫不及待地答应了。

离开章台宫，李斯特意在街上买了一套素白色的秦裳，大张旗鼓地捧在手上直奔驿馆。

时光荏苒，师兄弟再次相见，韩非却像老了十岁，鬓边已然有了白发，而李斯却越发精神，不见岁月的痕迹。

两人落座却都沉默，韩非几次嗫嚅，可道歉的话却始终说不出口，最后只能作罢。李斯有心想要劝说韩非逃走，可转念一想若他逃走了，嬴政定然多心。两人各怀心思，再难恢复以往的亲近。最后李斯率先做了决断，笑着同韩非说道："上次见面之后，大王就对你念念不忘，你的《五蠹》《说难》大王都十分喜欢，此次逼你入秦也全是因为求贤若渴。"

李斯的话让韩非顿感意外，他愕然抬头看向李斯，许久才道："只是如此？"李斯颔首，遂又自嘲一笑，说道："以前在兰陵，我总与你攀比想要一较高下，现在看来竟是我输了。"

韩非脸上并无喜色，看了眼李斯带来的华服，问道："这衣服……"李斯笑道："哦，给你准备的。既已入秦，你便是秦臣，再穿韩服多有不妥，所以大王命我送此华服以备你明日朝会时更换。"

韩非的眉头立刻皱起，刚要反驳却骤然想起一事，他是被韩王以五座城池送给秦王的礼物，是奴是仆，自然与主动入秦的李斯不同。没有让他坐囚车，已是最大的体面。看着那身素白色的罗布长袍，韩非神情黯然，许久才道："斯兄将衣服拿回去吧。韩非还未入秦为官，自然还是韩臣，若穿秦装有失气节。"李斯就知道韩非会拒绝，这一次从他走入驿馆开始，他们就是政敌，对敌人心慈便是对自己的残忍。

李斯见状淡淡一笑，没有继续规劝，而是轻声说道："我以为韩王已经磨掉了你的锐气，今日一见才恍然发觉，韩非依旧还是兰陵那个韩非。"李斯说着便起身拿起桌上的衣裳准备离开，推开门的时候，他却忍不住再次停下。

李斯终究不忍，对韩非说道："师兄，李斯知道此次入秦，实非你愿，有句话不得不说。"韩非转头看向李斯。李斯却始终背对韩非，继续说道，"秦国的局势不同他国，若要自保，你最好不要锋芒毕露，先韬光养晦，在朝堂上站稳脚跟，再图其他。"这句提醒已经是李斯对韩非最后的情谊，他若听话，李斯也不见得一定要了他的命，若是不懂，李斯也绝对不会手软。

李斯手捧秦裳走出驿馆，他没有乘车而是漫步在咸阳的街头，热情地同每一个遇见的百姓、同僚打招呼，自然也会被询问他手上的新衣。

第二日便是朝会，嬴政一早便命谒者候在驿馆，将韩非一路引到章台宫大殿门外。韩非上次入秦知道的人少之又少，所以在众人眼中这是韩非第一次入秦。

在场文武几乎都听过韩非的名讳，甚至多数都拜读过韩非的著作，此刻无不翘首等待韩非的出现。

韩非颠簸半个月，整个人都十分消瘦，身上的袍服显得过于宽大，即便他将自己打理得妥妥帖帖，却依旧显得十分狼狈。韩非挺直脊背走进大殿，对嬴政行了一个标准的韩人礼："韩国……韩非拜……拜见秦王。"

韩非的想法其实很简单，即便他被韩王以五座城池的价格卖给了秦王，但他依然是原来的韩非，决不做摇尾乞怜之事，这是他身为韩人最后的体面。可偏偏就是这样一个接一个微不足道的挣扎，埋下了韩非必死的祸根。

　　大殿之上文武齐聚，但当他们看到韩非身穿韩服、行韩人礼的时候脸色瞬间变了。嬴政更是眉头蹙起，死死地盯着殿中的韩非。在他眼中，韩非不过是一介降臣，既已入秦便是秦臣，可他却偏偏不愿穿秦裳，更不愿行秦人礼，原因不言而喻。

　　吕不韦看着韩非，问道："韩非，你这是何意？"韩非缓缓起身，视线扫过嬴政，向吕不韦作揖说道："韩国韩非，见……见过相邦。"韩非一张口，在场群臣又是一愣，任谁也想不到写下锦绣文章的韩非韩大才子居然是个结巴。有人甚至已经开始窃窃私语。

　　听到熟悉的议论，韩非的耳尖微微泛红，袖中五指紧握成拳，努力压抑胸中的屈辱。嬴政将文武的反应尽收眼底，总感觉他们是在质疑自己的眼光，于是再次对着韩非问道："韩非，你可知，此次入秦所为何事？"

　　嬴政迫不及待地想要证明韩非的能力，证明自己用五座城池换来的人确实有才。可他却忘了，此时的韩非并未真心臣服，即便被韩王安抛弃，可他的心里依旧装着韩国的百姓。于是就有了这样尴尬的一幕：嬴政拼命想要证明韩非有才，韩非却始终坚持底线，维持身为韩臣最后一丝的体面。"韩非此……此次入秦，实为……实为求和，愿以韩非……非一人换取五……五座城池。"

　　韩非此话一出，在场众人心中又是一惊，此刻在他们看来，韩非已经成了敌国使臣，而不是他们的同僚，心境有了变化看人的眼神也就变了。李斯将一切看在眼中，默默移开视线。韩非依旧无知无觉，见嬴政脸上的神色不太好看，也只以为嬴政对他的话不满意，犹豫着要不要继续说下去。

吕不韦将嬴政的反应看在眼中，再次开口想要帮一帮韩非，毕竟在他看来，无论是谁只要是人才，就值得他出手。吕不韦清了清嗓子，说道："既是如此，公子非也该认清自己的身份。这韩人礼以后就免了吧。"韩非一愣，脸上略略有些尴尬，自己的小心思被人当面指出，无论是谁都免不了尴尬。

韩非抬头看向吕不韦，犹豫片刻最终选择妥协："韩非……韩非明白，谢……谢相邦……提醒。"

韩非磕磕巴巴的声音在大殿中回响，吕不韦冲他摆了摆手，示意自己知道了。嬴政见状却仍不满足，冷冷地看了眼李斯，心底又在埋怨李斯办事不力。

昨日他明明安排李斯去劝诫韩非，为何还是这个样子。韩非的表现令嬴政大失所望，这一刻他突然没了兴趣，烦躁地冲韩非摆手道："行了，不要再说了，你先退下吧。"

第五十一章

惊天之才非我用　斩草除根留不得

　　嬴政的态度让韩非顿觉羞辱，之前从李斯口中听说嬴政对他的书推崇备至，韩非还禁不住窃喜，却没想到竟然会被嬴政当众嫌弃。韩非愣了一下，身为士子的孤傲让他脑子一热。韩非挺直腰杆，冲着嬴政说道："大王，韩非有……有事要奏。"嬴政盯着韩非那张清秀的脸，强压心底烦躁："说。"吕不韦最近身体略感不适，也就没有说话，静静地看着嬴政在他眼皮底下闹腾。

　　得到允准的韩非彻底放开手脚，朗声说道："韩非既已入……入秦，定当报……报效大……大王。然此时，秦若灭韩，为时尚……尚早。臣以为，征伐六国，国之事，还需从长……长计议。"韩非虽然对秦国没有归属感，但他很清楚，此次入秦，若不能留下，等待他的唯有死路一条。既是如此，他倒不如顺势而为留在秦国，造就一番不世之功。韩非的建议本是好意，可错在他的时机不对。在秦人眼中韩非还是韩人，是韩臣，这个建议根本是在帮韩国争取时间。

嬴政也对韩非彻底失望，摆了摆手说道："寡人知道了。你先退下吧。"韩非还想继续，但一想自己口吃最终作罢，乘兴而来，败兴而归，韩非失落地转身走出大殿。

韩非一走，大殿之内立刻沸腾起来，嬴氏的族人主张杀了韩非，理由是韩非大才，若不能为秦所用，唯有杀了才能放心。然而以王绾为首的朝臣却主张留下韩非，他们几乎都拜读过《孤愤》《五蠹》或者《说难》，对韩非的才学由衷佩服，所以主张留下韩非并以客卿之礼待之，假以时日，定能打动韩非的心。

两边吵得不可开交，唯有李斯和姚贾对视一眼默不作声。终于嬴政彻底怒了，一拍桌案对着众人斥道："都闭嘴！寡人的事何时需要你们置喙！行了，寡人乏了，你们都散了吧。"

韩非结局已定，吕不韦也没再开口，心中不觉有些惋惜。可惜了，虽有大才却是个愚人，留之无用，留之无用！自嬴政颁布逐客令之后，吕不韦便将舍人尽数散了，而后又假装生了一场大病，谎称身体不适将朝政的决断职权潜移默化地还给了嬴政。此刻吕不韦见嬴政走了，轻咳一声，也从位子上起身，阔步走出大殿。李斯也随着人群往外走，却被姚贾叫住，拽去角落。"斯兄，打算如何？"姚贾和李斯算是过命的交情，相互协作几乎成了习惯。

李斯也不隐瞒，看着姚贾说道："还能如何，他若活着，这泱泱大秦便没有我李斯立足之地。"李斯的语调异常冷漠，姚贾闻言默默点头，对李斯说道："我知道了。斯兄放心，姚贾一定想办法帮你解忧。"

两人拜别之后，各自离开。反观韩非，他离开章台宫之后，心情却久久不能平复。他的眼前总是闪过嬴政失望的表情。韩非隐隐感觉自己似乎做错了什么，思绪久久不能平息，索性研墨，写了一封言辞恳切的奏疏。

韩非闭门造车，却不知此时整个咸阳城里谣言四起，而且越演越烈。

谣传中韩非此次来秦，表面投诚，实则是为了掩人耳目，刺探秦国虚实，为韩国争取时间。三人成虎，等到韩非察觉不对的时候，驿馆门外早已被上千的百姓团团围住。

看着那些虎视眈眈的百姓，韩非不由心惊，最后只得将手书交给驿馆的驿丞，请他代劳将手书交给嬴政。韩非不知整个驿馆都在姚贾的掌控中，那册书简转眼就到了姚贾手上。姚贾拿到竹册转而去了李府。他是李斯府上的常客，只要李斯不是在见客，孙林都会直接领着姚贾去李斯的书房，今日也不例外。看着敞开的房门，姚贾脸上带笑敲了敲门便推门而入。

李斯听到声音，见是姚贾这才放下手中狼毫，起身相迎，笑问："今日怎么有空找我？"姚贾笑着对李斯长揖，说道："我这有本奏疏，你可要看？"李斯闻言脚步一顿，颇感好奇地问道："哦？写了什么？"姚贾径直拿出韩非费时两日写的奏疏递给李斯，说道："不得不说确实是个人才，只可惜看不清形势，他若收敛锋芒，韬光养晦，或许还能留他一命，只可惜……"姚贾没把话说完，但李斯已经知道他的意思。

李斯解开竹简上的绸布，熟悉的正楷映入眼帘，不得不说韩非的文章确实有他独到之处。韩非对于法、术、势的见解十分独到，就连李斯都自愧不如。所幸韩非就是个书呆子，不得人心，不会审时度势。李斯笑了笑将竹简收起，转身回到桌边坐下，拿起之前的狼毫奋笔疾书。

李斯和姚贾两人心思通透，对于待人处事上更是心有灵犀，不用多说便知道对方心思。李斯将写好的竹简递给姚贾，笑问："贾兄有没有收到顿弱的消息？"姚贾漫不经心地将竹简收好，想了想才道："上次来信大约是半月之前。"

李斯点了点头，他为顿弱准备的美玉珠宝也已经装车，送过去也要半月。因为韩国之事，其余五国都有不少动作，顿弱最近分身乏术，几次旁敲侧击对李斯说想要找人协助。看着姚贾，李斯终于有了主意，笑问："顿弱最近分身乏术，贾兄意下如何？"姚贾顿时一喜，其实他早有这个念头，但可惜身上扣着盗贼的名头，所以迟迟不敢开口。

看出姚贾的顾虑，李斯笑着将韩非写的竹简拿在手里，意味深长地说道："贾兄不必担忧，这事包在我身上，一旦事成，贾兄就可以立刻准备行囊，出使列国。"姚贾看着李斯手上的竹简，会心一笑，说道："若能如此，姚贾在此谢过斯兄。"

两人心照不宣，姚贾走出李府直奔章台宫。手里拿着李斯仿照韩非笔迹写的竹简，姚贾径直去了嬴政所在的六英宫。

此时的嬴政正在六英宫外的假山上练箭。箭矢破空而出，稳稳扎在靶心上，发出"嗡"的声音。姚贾径直走近，拿着竹简交到嬴政手上。

嬴政看了眼竹简，问："这是……"姚贾答："韩非闭门两日写的奏疏，嘱托驿丞转交大王。"

嬴政心情不错，闻言当着姚贾的面打开竹简。过了一会儿嬴政的眉头却逐渐皱起，愤恨地一把将竹简摔到地上，骂道："冥顽不化！那韩王安到底给他吃了什么迷魂药，都这般境地，还处处想着韩国！"

姚贾静立一旁，见嬴政怒气冲天也皱了眉，欲言又止地盯着竹简。嬴政看到姚贾的表情，不禁斥道："怎么了？你也想看？"姚贾连忙摇头，自嘲道："不，不，不，姚贾才疏学浅，怕是看不懂韩子的锦绣文章。"嬴政冷冷一笑，又问："那你盯着竹简做甚？"姚贾弯腰将竹简拾起，假装回忆道："姚贾只是想起一件陈年旧事。"

嬴政已经没了射箭的心思，走到一旁坐下，抬头看着姚贾说道："哦？说与寡人听听。"姚贾见嬴政想听，长叹一声说道："姚贾儿时曾养过一只大黄狗，十分聪明、好斗，也特别听话。大王应该知道姚贾家世不好，有一年闹水患，地里颗粒无收，连树皮都吃光了。大黄狗饿得皮包骨头，家父为了救大黄狗的命，便将黄狗送给了一直想要它的郡守，不想让它跟着我们一同饿死。"

说到这里姚贾顿了顿，盯着手里的竹简继续说道："可是没过几天，大黄竟然回来了，嘴里还叼着一只鸡。自那日开始，大黄隔三岔五偷跑回来，总是会偷偷带来一些吃食。也正是因为大黄，我与家人才没被饿死，可是后来大黄偷东西的时候，恰好被郡守撞见，郡守怒极竟然把大黄带到我家门前，活活打死了。我那时年幼不懂为什么父亲都把它送人了它还要回来，不肯待在郡守家享福，更不明白，郡守明明喜欢大黄，为什么又要当着我的面，把它活活打死。"

姚贾说得很慢，说完这个故事便抬头看向嬴政，嬴政也听得出神，最后喃喃自语："忠犬认主，老马识途，自古定论。"嬴政说着，视线也不经意瞥见姚贾手中的竹简，突然脸色一沉起身就走。姚贾见状心头大喜，连忙追问："大王，这竹简……"

嬴政头也不回，扔下一句："烧了。认了主的狗，寡人留他何用！"姚贾闻言不由暗叹，李斯这杀人诛心的手段果然高明。姚贾看着嬴政的背影，趁机又问："那大王，韩非怎么处置？"嬴政此时已经走远，或许是想起姚贾家的那只忠犬，忽然心头涌出一腔怒火，冷冷回了一句："关着。一日不松口，一日不放人。他若能回心转意另当别论。如若不能随你处置。"

说完这句，嬴政已经彻底走远。姚贾看着嬴政的背影欣喜不已，想到李斯的承诺，禁不住有些急切。姚贾出了章台宫便直奔驿馆。既然嬴政都说要把韩非关起来，让韩非继续住在驿馆已经不妥。

韩非将竹简交给驿丞之后，便回房休息，睡梦中他仿佛回到记忆中的兰陵，熟悉的学宫中处处挂着白幡，他的老师荀子满面哀容，口中不断呢喃，似乎是在叫他的名字。

韩非吓得猛然坐起，一睁眼才发现那只是个梦。然而就在这时，驿馆的门突然被人推开，姚贾带着驿馆的卫士冲入房中，不等韩非询问缘由，便把他绑了起来，不由分说直接送进廷尉大牢。

韩非被送入大牢的消息很快就传了出去。咸阳的百姓听到这个消息，竟都拍手叫好，更有甚者还不忘唾骂一声："该！秦国为了他，足足损失五座城池，他不但不感恩，竟然还惦记做细作，这样的人死不足惜。"

就这样，韩非稀里糊涂地被送进大牢，从此就像被世人忘了一样，整整半年，韩非在牢里度过了酷暑、寒冬，终于这样暗无天日的日子彻底磨掉了他的傲骨。

消瘦的韩非，孤独地站在牢中，回忆过往不觉感叹。他这一生啊……活成了笑话。

韩非苦思不得其解，终于郁郁寡欢，彻底没了活着的欲望，终于在一个下午，他抱着牢房的柱子，大声骂道："姚贾，你给我出来！为何抓我，总要给我一个说法！"

可牢房之中静寂无声，根本没有人理会，韩非终于血气上涌，声嘶力竭地喊出一句："姚贾，你这个世监门子，梁之大盗，赵之逐臣。我韩非对天赌咒，让你不得好死！"说完韩非便口吐鲜血，晕了过去。韩非眼看命不久矣，那狱卒知道韩非与李斯师出同门，为了巴结李斯，悄悄将韩非命不久矣的消息送到了李斯府上。

第二日，李斯便带着美酒佳肴去狱中看望早已头发花白、容貌枯槁的韩非。看着昔日至交、同门师兄，李斯的心里满是惆怅，他在狱中陪着韩非聊了许多往事，喝了整整两壶美酒。李斯走后不久，狱中就传出韩非病重不治的消息。

一代英才就这样困死在不见天日的牢房，至死他都不知道，自己为什么会死，到底是谁要他死。

韩非死后，尸首被李斯从狱中接了出来，埋在了咸阳城东面的山上，墓碑正对韩国的方向。

嬴政虽然偶尔想起韩非，但他询问韩非近况的时候，从姚贾口中得到的永远都是韩非日日在狱中咒骂不止，便再没有问过关于韩非的事情。

没有了韩非，李斯的《谏逐客书》也在各国流传开来，因为它的影响，投奔秦国的客卿也越来越多，嬴政得知十分高兴，选了个春回大地的日子，直接晋升李斯为廷尉。

至此李斯来到秦国已经过了八个年头，终于从布衣爬到了位列九卿的廷尉，完成了逆转人生的第一步。

长篇历史小说系列

马红 著

李斯 下

辽宁人民出版社

第五十二章

韩非入秦葬异乡　牛刀小试入朝堂

公元前 238 年秋，韩非死得无声无息，李斯心里的大石终于落地，再无后顾之忧，也终于开始了他在秦国朝堂之上的再次升迁。

这一年是嬴政八年，朝堂上的局势也发生了巨大的变化。吕不韦逐渐式微，嫪毐仗着赵姬的纵容，不断扩张自己的势力，与吕不韦形成分庭抗礼之势。谁知这时，蛰伏已久的楚系一脉却再次翘头，隐隐站到了嬴政身后。三方势力在朝堂之上相互掣肘，李斯的存在就显得十分微妙。

他在朝堂上看似和吕不韦势同水火，但私下却与亲吕派王绾过从甚密。李斯处事低调，但明眼人都能看出，他私下同昌平君芈启关系不错。如此一来，李斯似乎唯独和嫪毐没有关联。嫪毐虽然粗俗，此时却也有了谋士，纷纷向嫪毐进言李斯位居廷尉，或可拉拢。

嫪毐虽心中不愿，但想到李斯在朝中的作用，终究还是带着两车金银珠宝，挑了个最热闹的日子，驱车去了廷尉府。

李斯忙于嬴政大婚之事，一直到巳时二刻才疲惫出宫，还没到家，远远就看到府门外停着的马车。

在秦国衣食住行都有等级之分，嫪毐身为长信侯，位居秦国一等彻侯，车驾的奢华程度自是无可比拟。李斯一眼就认出那马车出自长信侯府，不觉脸色一沉。他快速下车领着孙林孙胜兄弟一同走进府中，一眼看到厅堂中嫪毐背手而立，似乎正在跟李由说话。

李斯的父母老迈也没见过世面，这种情况不好作陪。云姬虽然大方得体，但毕竟是女子，又出身微末，也不合适。算起来只有李斯长子李由身份还算相配。李斯看着儿子从容应对嫪毐，不觉心中一喜，连忙冲着嫪毐笑道："长信侯……对不住，让你久等了。你怎么不提前让人知会一声？"

李斯的举动看似亲热，却话外有音，嫪毐虽然听出一二，未免自己尴尬索性装作没听懂。李斯径直走到嫪毐身边站定，不着痕迹地将李由挡在身后，这才笑道："犬子年幼，若有招待不周的地方，还请长信侯见谅。"这一句虽然是告罪，但语气却十足的骄傲。经过这几年的磨炼，嫪毐也明显有了长进，不似在相府时那么天真，看人的眼神虽仍旧阴狠，却也学会了笑脸示人。嫪毐静静地看着李斯这一系列举动，淡淡一笑说道："岂敢。李由公子少年老成，将来必成大事。"

李斯忙笑着摆手，回道："过奖，过奖。对了，长信侯今日怎么有时间贵客临贱门？"嫪毐失笑，看向院中的财宝，说道："当然是特来谢过斯兄那日在朝堂之上的默不作声。嫪毐当然知道，那种情况，斯兄什么都不说就是在帮着嫪毐。"

听着这话，李斯不禁暗笑，这都过去半年多了，才想起来道谢？嫪毐果然不再是以前的嫪毐，竟然也学会了这一招。这礼物一送，好话一说，他李斯就真的上了贼船，估计跳进黄河都洗不清了。李斯思虑再三，看着院中那十箱宝物有些踌躇。若收下，必定会让朝臣怀疑他的立场；若是不收就是跟嫪毐撕破脸，当众表明态度反对嫪毐。以嫪毐的性格定然睚眦必报，那他之后所有的筹谋必定会被掣肘。该如何是好？

李由站在李斯身后，敏锐看出父亲的为难，忽然计上心头，用稚嫩的声音说道："嫪毐叔父，是要父亲与满朝文武作对吗？如果是由儿就不会这么做。"李由的话让李斯和嫪毐都一愣，两人纷纷低头看向李由。李斯知道嫪毐送礼是在逼他表态。嫪毐也知道若是李斯不敢收礼，那就说明李斯必定同他不是一条心。然而这样的私心被一幼童点出，就显得有点……别扭。

李斯惊疑不定地看着儿子，对于自己这个两年前才接回来的孩子，李斯十分满意。李由虽然年纪不大却老成持重，甚至比自己儿时都要聪敏，主动开口定然是想到了什么。于是李斯笑着摸了摸儿子的头，循循善诱道："由儿为何这么说？我与长信侯同朝为官，长信侯又岂会让父亲为难？"

嫪毐虽然心里憋气，却也不想直接撕破脸，当即也笑了，对李由说道："哦？听由儿这么说，若你是嫪毐叔父，你会怎么做？"李由睁着乌黑的大眼看向李斯，见父亲并未生气，这才壮着胆子继续说道："由儿听叔父说，朝堂上众人都反对叔父，唯有父亲闭口不言，心里自然是向着叔父的，只是碍于当时的局面，不能说罢了。"

李由说到这里，低下头犹豫了一下才继续说道："由儿揣测叔父定然也是知道的。可叔父今天带着大礼这么堂而皇之地送来，被那些朝臣知道了，必定会认定父亲同叔父是一起的。以后再有什么事，他们也会防着父亲，不让父亲知道，这对叔父和父亲来说，都不是好事。"

李由一开始还说得小心翼翼，但说到最后却越来越自信，昂首挺胸俨然是个小李斯。李由的话让李斯和嫪毐都是一愣。仔细一想李斯笑了。嫪毐也有些发呆，以他的脑子估计也想不明白，只是莫名觉得李由说得有道理。愣了一会儿，嫪毐才讪讪一笑，对着李斯长揖笑道："你看，我竟不如一个十岁小儿。果然虎父无犬子，斯兄，今日是嫪毐欠缺考量了。"

李斯暗暗松了口气，忍不住用力揉了揉儿子的头，心底陡然生出一丝对云姬和李由的愧疚之情。嫪毐浩浩荡荡地来，不用李斯拒绝，自己就带着十箱珠宝高高兴兴地走了。李斯送至府外，站在清冷的春风中仰头看着树梢上隐隐的新绿，长叹一口气。嫪毐此行无论是他的想法，还是有人背后指点，都足以说明嫪毐不臣之心已起，他的动作必须要加快了。

有了嫪毐的插曲，李斯看了眼时辰才不过巳时末，转身回到府中特意带着李由去云姬房中用餐。席间李斯对李由的赞赏毫不掩饰，甚至几次对云姬交心，感激她帮着自己照顾父母，教养儿子，惹得云姬眼眶始终红红的。李由也被父亲夸赞得小脸通红，一脸的骄傲。吃过午饭李斯不敢耽搁即刻去了甘泉宫。

三国公主齐聚，大婚之事再不能拖，一切若是顺利，不用两个月，秦王嬴政便能亲政。李斯站在甘泉宫外仰头看着高大宫门，心中谋算要怎么打消赵姬的疑虑，催她尽快安排嬴政大婚事宜。

李斯刚要入宫，却被甘泉宫的寺人拦下，那寺人年纪不大，也就三十岁的样子，十分傲气地瞥了眼李斯身上的冠服，连眼角都不抬就尖着嗓子说道："大人留步，太后娘娘正在小憩，不便接见外臣。"李斯被怼得一愣，自他进宫以来还是第一次受这样的阴阳气。他面上不显，私底却将寺人的容貌记在心中，随即笑道："既如此，那李斯就在这里等候。若太后醒来，还请代为转告。"

那寺人闻言又瞥了李斯一眼，阴阳怪气地说："嗯，这么的吧。"然后关上了甘泉宫的大门。李斯站在甘泉宫外，仰头看着漆黑的大门，这一等就足足等到了申时三刻，隔着厚厚的宫门，李斯隐约听到小孩子的嬉笑声，正在狐疑间视线却在这时瞥到一个身影。

李斯登时吓得冷汗直流，他无论如何都没想到这个时辰，嬴政居然也回来了。李斯脑中思绪乱成一团，他连忙走上台阶，用力拍打甘泉宫的大门。前几日他刚刚劝说嬴政对嫪毐和两个孩子的事隐忍不发，若今天就让嬴政听到两个孩子的笑声，以他的性子这事肯定难以善了。到时赵姬和嫪毐无路可退，必定铤而走险，秦王还未亲政，朝局必然大乱……李斯不敢继续往下想。他拼尽全力拍门不过是想警醒宫里的人，宫外有人而且已经听到了孩子的声音。可偏偏不知是这宫里的人有恃无恐，还是真没听到拍门的动静，眼看着嬴政就要走到近前了，孩子的笑声却依旧没有停止。

　　李斯彻底急了，只能硬着头皮对着宫门大喊："嫪毐，你给我出来！嫪毐，你给我出来！"李斯这一喊终于有了反应，宫内的嬉戏声也终于停了，门内响起抽动门栓的声音，硕大的宫门再次缓缓打开。

　　这一次还是那个寺人，沉着一张脸张口就要骂，但当他看到嬴政的时候，脸色瞬间惨白。嬴政阴沉着脸站在李斯身后，若不是内侍长赵兴告诉他，李斯站在甘泉宫外两个多时辰，他也不会特意来这一趟。寺人的反应一看就透着古怪，嬴政本就生性多疑，不等李斯开口便将宫门一脚踢开，阴沉着脸走进甘泉宫。大殿中，赵姬恰好从内室走出，脸上满是惊慌地对着嬴政问道："政儿？怎么了？谁惹你不高兴了？"

　　面对赵姬的询问，嬴政不知想到什么，冷哼一声没有答话，双眼却将整个甘泉宫仔细地扫了几遍，似乎是在寻找什么，可碍于孝道嬴政能看的区域有限，最终什么都没找到。嬴政简单同赵姬寒暄几句便走了，李斯一个外臣也不敢久留，只能跟着嬴政一同走了。

　　今日他虽没有达成目的，却也有一个意外之喜，那便是赵姬和嫪毐的那两个孩子就藏在甘泉宫，而不是在嫪毐的长信侯府，这一发现对李斯来说甚至要比赵姬当即答应大婚更有用。

　　嬴政似乎也猜到了这一点，脸色阴沉得难看，冷冷地扫了眼李斯，转身就走。李斯有些犹豫，但他不期然看到赵姬的眼神，不由浑身一颤，他只想着提醒赵姬把孩子藏起来，竟忘了赵姬不知他和嬴政不是一同前来，此刻怕是已经记恨上了。

李斯心中不免哀叹，上次婉拒嫪毐，李由虽然处理得极好，但只要嫪毐回过神来，就能想到自己这是被李斯和李由父子俩给耍了。他此刻又不小心得罪了赵姬，这真是旧恨未消，又添新仇。李斯满心无奈只能悄然离开，径直回了廷尉府。

李斯下了马车就听到小孩啼哭的声音。回想今日种种，李斯不禁恼怒地顺着声音找了过去。他绕过厅堂，走入二院，一眼就看到了痛哭的李尧，眉头皱起看向一旁站着的云姬和李由，斥道："怎么了？尧儿为何在哭？"

李斯的呵斥吓得众人浑身一哆嗦，云姬更是脸色一白把李由挡在身后，小声解释："大人，莫要动怒，这事与由儿无关。是……是李尧看中了由儿的木马，由儿不舍得给才闹起来的。"

李斯看着惊恐的儿子，又看向趴在涟漪怀里的李尧，一股无名火瞬间暴起。他在外面拼命，家里的女人就不能消停点，忙了一天还要回来听他们钩心斗角。

李斯看着李由脸上的委屈，第一次把心偏向云姬，他冷冷地扫了涟漪一眼，斥道："她是当家主母，由儿是我的嫡长子，你就不能消停点。"

第五十三章

布衣亦有鸿鹄志　货与帝王震四方

　　李斯经过甘泉宫一事，格外烦躁孩子的啼哭。李尧的哭声也很快引来众人，就连李父都被仆役搀扶着走了进来，刚好听到李斯的话立刻大声称赞。

　　"好！斯儿，父亲早就说过，这女人身子不洁，又不懂得尊礼守孝，你留她必将是个祸患。"李斯没想到他就随口一说竟然被父亲听到，有心想要帮涟漪解围，可实在头疼，只无奈地叹了口气，对涟漪说道："还站在这干什么？下去！"然后走向李父。

　　李斯主动扶着老人，劝说："父亲，你的身子骨不好，就不要出来走动。""你们以后给我记住，谁把老太爷扶出来摔了，看我怎么处置！"随即李斯又看了眼云姬，眼底藏着怒意。将老人送回院中，李斯直接转身回到前院，让人把孙林和孙胜兄弟叫了过来。

　　孙林走进书房的时候脸色明显不好看。孙胜虽然比孙林要沉稳，不过脸色同样也不好看。李斯看在眼中隐约猜到原因，说道："有事？孙林你说！"孙林闻言也不迟疑，作揖答道："大人，就在刚才孙林发现府门外多了很多人，怕是要对大人不利。"

孙胜此刻也向前一步，说道："大人。"李斯把人叫来为的就是这事，闻言他对孙胜说道："说吧。"孙胜虽然不爱说话，但每次都能说到关键，迟疑了一下开口道："孙胜发现那些歹人似是同长信侯府有关。大人不得不防！"

孙林闻言连连点头，不等李斯开口，便继续说道："所以大人，我和兄长商议，明日起一同陪伴大人。不过这样也不安全，我们还有几个朋友，若大人放心，孙林愿去将朋友带来李府，保护阖府上下的安全。"

李斯立刻点头，随即对孙胜孙林兄弟说道："好，就按你说的办。钱财之事不必担心，你们大可放心去账房取用。"孙林和孙胜闻言立刻点头，退出书房。李斯心情不佳在书房中缓缓踱步，最终走到书架前找出一个木盒，打开里面的绢布细细查看，许久才叹了口气。

这绢布其实是韩非托人送给嬴政的那块，辗转到了李斯手上，被他藏了起来。对于韩非，李斯心中始终有愧，每每心绪烦闷的时候，总喜欢拿出来看看。三国公主抵达咸阳的消息很快传开。楚国公主有华阳太后撑腰，自然比其他的公主都要瞩目。齐国因为稷下学宫远近闻名，公主更是腹有诗书气自华，让人移不开视线，还有魏国公主容貌艳丽，惊为天人。

眼看着就到了嬴政二十一岁的生日，在李斯和吕不韦的筹谋之下，大婚之事终于顺利推进，太后赵姬做主在甘泉宫设宴，宴请宗族长辈还有三国公主一同与秦王嬴政见面。

得到消息的当天，李斯就急匆匆去了相府面见吕不韦。这段时间李斯格外谨慎，若无必要几乎都待在府中，那些刺客似乎察觉自己已经败露，始终没有出手，渐渐地李斯也就放松了防备。今日事关嬴政大婚一事，李斯不得不提前筹谋，他必须做好万全准备，让太后放弃魏国公主，答应嬴政迎娶楚国公主为后。

时隔两月，李斯再见吕不韦又是一惊，随即关切地询问："相邦，你这身体……"吕不韦从榻上睁开眼睛指了指面前的凭几说道："坐吧。"李斯犹豫了一下最终还是紧挨着吕不韦坐了下来。

吕不韦笑着看了眼李斯，察觉到李斯的担忧笑道："老了，身体不好也是常事。你放心，本相一定能撑到大王亲政之日。"李斯只能用力点头，不等他开口，吕不韦又道，"是为明日宴请来的？"李斯再次点头，暗暗感叹，即便郑隗不在相府，吕不韦足不出户依旧能够尽知天下事。

"楚国公主？我没猜错吧？"吕不韦见李斯默默无言主动说道。李斯又是一愣，只能再次点头。吕不韦笑了，沉吟片刻说道："可曾见过大王？"李斯摇了摇头。

见李斯摇头，吕不韦又笑了，坐起身看着李斯的眼睛说道："这事找我不如去找大王。时间还不晚，大王睿智。你只需将挑选楚国公主的利弊告知大王，大王定然能够理解。若大王坚持，那楚公主身份尊贵，当着宗族长辈的面，太后也只能点头。"吕不韦的想法不错，但李斯总感觉吕不韦还是小瞧了赵姬。自那日他去甘泉宫见到赵姬之后，李斯就发现近墨者黑，原本只是有些粗鄙的太后已经变得狠辣了许多。

若要赵姬迫于宗室施压低头，怕是不容易，但他也没有更好的办法，便只能先照吕不韦的想法处置。李斯离开相府就立即去了嬴政所住的六英宫，刚要迈步走进大殿，却被从里面红着眼跑出来的夏阿房撞了个满怀。

夏阿房满眼是泪，头也不抬地继续往前跑，大殿中随即传来砸东西的声音。李斯心头一紧，站在门口犹豫片刻，然后转身向着夏阿房追去。事有轻重缓急，李斯用大义、权谋逼着嬴政答应大婚，若是在夏阿房这出了问题，只怕他所有的努力都会付诸东流。

夏阿房一直跑到临湖水榭，趴在围栏上哭了起来。李斯远远看着心底满是愧意，身为男子却要逼着女人做出牺牲，即便是李斯都觉不齿，但又能如何？嬴政一日不亲政就一日不能心安。若真让嫪毐得逞，只怕到时夏阿房和嬴政就不只是伤心这么简单了。

李斯打定主意向着水榭走去，停在夏阿房面前，伸手递出涟漪给他准备的汗巾。夏阿房哭了一会儿才察觉有异，一抬头就看到李斯的汗巾，她摇了摇头拿出自己的帕子擦去眼泪，缓缓开口："先生，不用担心，阿房不傻，这事阿房还是知道轻重的。"李斯没有说话，依旧静静地站着，夏阿房终于被李斯看得害羞，绞着手里的帕子说道："大王，怎么能那么说？"

李斯一愣，听夏阿房的口气，这事似乎同自己想得有些出入，于是忍不住问道："大王说什么了？"夏阿房眨了眨眼说道："今日太后宫里的内侍长前来禀报，说明日的宴请已经准备妥当，要我……要我跟在大王身边伺候。"夏阿房说到这里估计是真的伤心，声音再次哽咽。

李斯听到这里已经彻底明白了其中的关键，点了点头问道："你为了不让大王为难，是不是答应了？"夏阿房缓缓点头。李斯又道："大王见你答应，是不是生气了？还说了些不好听的？"

夏阿房彻底愣了，猛地抬头看向李斯，许久才又点了点头。李斯笑了，耐心对着夏阿房开导："不要哭了，大王只是不会表达，他其实是担心你明日受辱，才不想你去。"夏阿房闻言错愕地看着李斯。

李斯笑着抬头望向已经生机盎然的湖对岸，幽幽说道："若不想出事，你明日最好装病，不要去甘泉宫，否则为难的只会是大王。"对于李斯，夏阿房一直都很敬重，虽然有些迟疑，但最后还是缓缓点头。

李斯从水榭离开径直去了六英宫，走进大殿就听里面的怒斥之声依旧没有停歇，"滚！谁让你们进来的！"李斯微微一愣，放缓步子继续往里走，直到看见嬴政正坐在案前写字才微微一愣。嬴政见脚步声始终未停，终于恼怒，抄起一旁的砚台就向着李斯的位置扔了过来。

李斯还好早有防备，一侧身躲过飞来的砚台，苦笑着向嬴政作揖："臣李斯见过大王。"嬴政这才猛然抬头，原以为是赵兴来了，却没想到竟是李斯。嬴政盯着李斯，不知想到什么，脸上的怒气又升腾起来，冷冷说道："这回你满意了？"嬴政心里有个疙瘩，有好几次他都忍不住想要问出口，问一问李斯忠心之人到底是秦王还是他嬴政，但都被他忍了。

李斯也没想到嬴政对自己的怨气这么深，无奈叹了口气只能讨好道："大王不必担心，明日阿房姑娘不会去甘泉宫。李斯方才撞见，已经同阿房姑娘说过了。"

听到阿房不去了，嬴政心底的焦躁总算舒缓下来，看向李斯的时候也不似之前那样恼怒，问道："明日你打算如何处置？依你之见，若是母后坚持，为了尽快大婚，寡人难道还要妥协？"李斯没料到嬴政会这么问，犹豫了一下才道："这是个问题。大王容李斯想想。"李斯虽然这么说，但心里清楚，若是赵姬咬死不放，让嬴政必须娶魏国公主为后，即便宗亲们反对也无可奈何。毕竟严格说起来赵姬才是嬴政的血亲，况且她选的魏国公主也实在挑不出错处。

想到最后，李斯不禁感叹，呢喃道："若是能在确立太子之后，立太子之母为后，事情就简单多了。"

第五十四章

赵姬为私利谋划　吕公为秦王倒戈

李斯一句感慨，却被嬴政记在心里，那一刻他眼眸微微眯起，计上心头。李斯将他与华阳太后、吕不韦还有渭阳君密谋的过程拣着能说的又说了一遍，甚至旁敲侧击地告诉嬴政，为了对付嫪毐，吕不韦已经暂时性地和他结盟，对此嬴政只有赞同。

虽说是结盟，但没有亲政的嬴政根本没有底牌，严格说起来吕不韦不过是找了个名正言顺的理由。嬴政什么都不用做就能坐享其成，简直是一劳永逸。

离开六英宫李斯又去了一趟华阳宫。马车驶出城门的时候已经不早了，孙林和孙胜两人为了赶时间直接坐上车辕。事情进展到这步已经成了一半，李斯同华阳太后只简单地沟通了一下明日的安排便匆匆离开。眼看就要关城门，孙林将马车驾得比以前都快，就在这时从一旁的官道上突然冲出一架马车，直直向着李斯的马车撞了过来。

马车被直接撞碎，李斯也从马车上摔了出来，滚到地上，疼得咬牙。

孙林和孙胜还来不及查看李斯的情况，就被从树林里冲出来的黑衣人团团围住，见面就开始动手。所幸孙氏兄弟武艺超群，将李斯护在身后。打斗声和撞车的声音很快引起守城官兵的注意，城楼上燃起篝火照亮了空地。

李斯虽然疼得眼前发黑，心里却无比清明。他知道若无救兵，只凭孙氏兄弟迟早会落败，到那时等待他的唯有身首异处。虽然李斯猜不透嫪毒痛下杀手的原因，但此刻自保才是最紧要的，于是他扭头看向不远处的城楼，扔下孙氏兄弟，李斯咬牙往城楼跑。

守城的门子听到打斗声，吓得脸色大变，立即下令关闭城门。李斯的腿受了伤跑不快，只能眼睁睁看着城门被兵士一点点合上。李斯心急如焚却无计可施，谁知就在这时，城门内突然跑出一人，背起李斯就往城门跑，终于赶在城门闭合之前进了城。孙氏兄弟见李斯已然安全，不再抵抗而是分头冲进两边的树林。一场看似完美的劫杀，最后只因一人出现功亏一篑。

李斯顾不得喘息，便对救命恩人连连道谢："敢问这位恩人，尊姓大名？"那人年纪不大，举止十分得体，见状忙冲李斯拱手作揖回道："廷尉大人客气。小人不过是昌平君府上的舍人名芈策。偶然发现有歹人跟着大人意图不轨，便一路跟着，却不想还是让贼人有了可乘之机。"

青年的思路清晰，说话更是有理有据。李斯一听便知他有才，想到今日若无此人，自己定然死在这里，言语中更多了几分亲切："策兄客气了。今日救命之恩，李斯记在心中，来日若有机会定然竭力相报。"能让李斯欠人情，芈策也算是咸阳城里头一个。闻言芈策赶忙摆手，说道："廷尉大人的马车怕是已经不能用了，就让芈策送廷尉大人回府。"

李斯闻言回头看了眼关闭的城门，没有推托就上了芈策准备好的马车，一路直奔李府，手臂传来的痛意让李斯额头上冒了一层冷汗，终于到了府门口，李斯却没有力气下车。芈策见状赶忙下了马车通报门房，众人七手八脚地抬着李斯回了家。芈策却没有跟着，默默地让马夫驾着马车走了。

场面一度混乱，直到云姬赶到才缓和下来。云姬有条不紊地命人去请寺医，安排人卸下门板把李斯抬去书房，随后又命人去烧热水，忙了一夜，李斯疼得迷迷糊糊总觉得少了些什么。

李斯伤得太重，即便被寺医诊治过，喝了药汤却还是发起了低烧。他浑浑噩噩、半梦半醒的直到辰时才彻底醒转。李斯一看时间立马急了，对着伺候自己一夜的云姬问道："孙氏兄弟回来了？"

云姬连忙点头，回道："已经回来了，只是孙林受了点伤，孙胜无碍。"李斯闻言松了口气，掀开被子就要下床却被云姬直接拦下，劝道："大人要去哪？你的伤寺医特意叮嘱，务必卧床休息。"李斯一把挥开云姬的手，今天事关重大，他根本做不到躺在床上休息，至少也要等到大婚之事尘埃落定才行。可这些话他跟一介女流说了也无用。

李斯一瘸一拐地往外走，心中也不由开始思量。虽然听说孙林孙胜伤得不重，不过他们二人昨夜在外奔波一夜肯定累了，若再让他们护着自己进宫，多少有些不忍。可李斯转念一想，才又发觉他除了孙氏兄弟似乎无人可用，李斯无奈苦笑，正要独自出府，一个长得其貌不扬的汉子快步走到李斯面前，搀起李斯就往外走。

李斯愣了一下，发现这人三十岁左右，长得脸面白净，容貌偏女相，走起路来悄无声息，问道："你是何人？"那人做事极为仔细，一面提醒李斯脚下石阶，一面恭敬回道："在下同孙胜兄弟一样，都是魏国人，当初也都是被逐客令牵累的。王琦感念先生的《谏逐客书》让我们得以留在秦国，特来相助。"

听到王琦两个字，李斯微微一愣，毕竟在秦国就有一个王氏家族钟鸣鼎盛，就连蒙氏一族都有所不及。但听到王琦说自己是魏国人之后，李斯又松了口气，察觉自己最近草木皆兵着实可笑。李斯转头看向王琦，说道："既是如此你们就都留下。日后我定然不会亏待了你。你只要尽力辅佐，李斯定会帮你青云直上。"

李斯同吕不韦不同，他有雄心所以不太喜欢把能人留在身边，这样的人只有放出去，日后才能成为助力。王琦步子明显一顿，随即欣喜地单膝跪倒谢道："王琦谢过廷尉大人。"李斯摆了摆手："你先过来扶我进宫，今日事关重大，容不得半点马虎。"

王琦立刻称是，起身扶着李斯就往外走，走到门房还不忘叫上孙胜和另外两人，四个人一起将李斯的马车团团围住，就往秦宫走。后宫与旁处不同，不能乘车也不好让人搀扶，李斯只能咬着牙一瘸一拐地往六英宫走。所幸六英宫距离宫门不算最远，李斯走到的时候刚好辰时三刻。

这个时辰殿中已经开席，李斯不好现身，只能走到六英宫角门，静静站着。宫殿中十分热闹，太后、嬴政、吕不韦纷纷到场，右首位坐着两个倩影曼妙的女子，看服饰应该是魏国和楚国的公主，其余的人都坐在了嬴政的下手。

"政儿，这魏公主无论样貌还是才学都不错，今日母后做主，王后人选就这么定了。"李斯刚到就听见赵姬迫不及待地拍板，心猛地一沉。果然还是和他想的一样，赵姬根本不管嬴氏族人的意见，依然要独断专行。李斯正想着怎么破局，吕不韦却在这时笑着举杯，仿佛没有听到赵姬说的话，看向嬴政："大王，这几位公主都见过了，不知大王属意哪位？"

赵姬的脸色顿时就变了，怒视吕不韦，不顾礼仪地拿起面前的酒爵死死攥在手里。嬴政也略略有些意外，他没想到今日这种情形吕不韦竟然会出手帮自己。机不可失，嬴政连忙说道："楚国公主不错。""政儿！"听到嬴政居然点名楚国公主，赵姬再也按捺不住，出声打断，沉着脸说道，"若要大婚，必须是魏国公主。"

赵姬的话让在场的人都为之一愣，顷刻间嬴政的脸色都变了，目不转睛地盯着赵姬许久没有回话。吕不韦也明显一愣，随即讪笑出声："太后果然睿智。爱子之心可昭日月，吕不韦有话可否请太后单独一叙。"赵姬其实心里也很慌，嬴政还是第一次用这样的眼神看她，但她是太后，是整个秦国最有权势的人，嫪毐都曾说，她甚至可以决定秦国的王位。有那么一瞬间，赵姬甚至想到作为太后，嬴政就该像那些寺人、百官一样对她言听计从，而不是横眉怒对。

赵姬越想越是恼怒，不能对嬴政发泄，自然就迁怒到吕不韦身上。将手中酒爵重重放下，赵姬傲然扭头，冷冷地看着早已老态龙钟的吕不韦，说道："相邦有话大可直说，你我分属君臣，怕是没有什么私事需要私下说。"

这还是赵姬和吕不韦第一次当众撕破脸，任谁都以为吕不韦年老体弱，府中又没了舍人相助，早已经是只瘦死的骆驼，没人能想到吕不韦被赵姬如此羞辱却只是淡淡一笑，随即起身当着所有人的面，将赵姬从位子上拽起来，拖着出了六英宫。

赵姬有些慌神，不管她如何挣扎，在场的寺人和锐士竟没有一人出面阻拦。见此情形，不但在场的嬴氏族人，甚至嬴政和李斯都彻底震惊了。吕不韦一直把人拖到临水的廊下，压低了声音质问："赵姬，我不管你脑子里在想些什么，但有一事我要提醒你。你虽然是监国太后，可有了大王，你才是太后，若惹我不喜，你这太后随时都能换！"

第五十五章

折中之道不立后　秦王英才遭母妒

　　吕不韦的话让赵姬浑身一颤，之前那些有恃无恐还有愤怒瞬间消弭，那一刻赵姬忽然有种错觉，吕不韦根本就没变，还是当年那个呼风唤雨的相邦。赵姬脸色白了，惊慌地看着吕不韦，许久才道："放肆！我起码是太后，你这么做有失体统。往后的事，我不管就是。"

　　赵姬口气依旧强硬，但她的态度却暴露了心底的惊慌，转身回到殿中之后，便始终冷着一张脸，一个字都不再说。看着赵姬的反应，嬴政的脸色却更冷。他注视着吕不韦，直到吕不韦回到位置坐下，第一次对吕不韦生了杀心。

　　在嬴政看来，无论如何自己都是一国的王君，母亲被臣子当众胁迫，犹如一记耳光重重地打在他脸上。然而更令嬴政不寒而栗的，却是那些郎官、锐士还有寺人的反应。嬴政甚至不由怀疑若有一天吕不韦想要他的命，这些人又会作何反应。李斯躲在六英宫外，看着嬴政的脸色不由替吕不韦捏了把汗。

众人原以为太后不再插手，楚国公主会是妥妥的秦国王后，却没想到在沉默片刻之后，嬴政起身说道："寡人知道，无论是楚国公主还是魏国公主都是王后的最佳人选，为此寡人也很难抉择，所以寡人决定：几位公主全部封为夫人，寡人大婚不立王后，直到寡人册立太子之时，太子生母即是王后。几位公主若是不愿，寡人绝不强求。"

嬴政的话让在场的人都为之一愣，赵姬甚至焦急地想要开口阻拦，瞥见一旁的吕不韦，只能硬生生把话咽下。大殿中瞬间安静下来，楚国公主自然是不能回去的。魏国公主根本就没有选择，她从离开魏国开始，就没有回头路。至于齐国公主，见楚国公主和魏国公主都不说话，更没有意见。

嬴政大手一挥，大婚之日没有王后，却兼纳三国公主这样的举动瞬间震惊了整个咸阳城的百姓。消息不胫而走，立马在其余的几国之间传开。有的人视为笑谈，有的则跃跃欲试。没有王后对他们来说也不尽是坏事，谁要能产下秦王的第一个儿子，那就还有可能成为秦国的王后。后宫争宠自然由不得李斯去操心。从六英宫出来，李斯却在出宫的甬道处遇见了一个人。

那人看着有些眼熟，大概四十左右，脸却刮得格外干净，此时正在同镇守宫门的卫尉闲聊。按说李斯一般不会留意武官，或许是那人过于白净的脸庞让李斯想起一人。何况能在当值时和卫尉聊天，必定也是武官，很可能也是尉卫。

李斯因为腿受伤走得特别慢，在经过两人身边的时候，偶然听到了两人的交谈。"我听说竭兄深得长信侯的信赖，若有机会还请竭兄一定要为尚荃美言几句。"被称为竭兄的男子淡淡一笑，视线却在这时瞥见李斯，表情一僵，连忙向着李斯走来。

李斯心中疑惑，任由男子走到面前，拱手笑道："嬴竭见过廷尉大人。"听到嬴竭两个字，李斯脑中瞬间想起了自己似乎在渭阳君府见过几个嬴氏子孙。

李斯不由扫了眼嬴竭身后的卫尉，脑中再次闪过之前听到的话，笑道："哦，原来是公子竭。"嬴竭不好意思地笑了笑，对李斯更加亲切地说道："大人这是受伤了？不如让嬴竭送大人出去？"李斯笑着婉拒，随即试探地问道："还是不了。对了，公子竭今日不当值？"嬴竭笑道："嗯。今日休沐，来看看好友，等他换岗就去喝酒。"

嬴竭事无巨细地说着，李斯记在心中，随即笑道："原来如此。那我就不耽搁公子竭同好友叙旧，告辞。"这里已经离宫门不远，嬴竭察觉李斯的防备，便不坚持，站在原地目送李斯离开，竟然真的等到卫尉换岗才一同走出秦宫。

李斯刚上马车就转身对着一旁的王琦说道："你现在立刻回府，让孙林告诉郑隗，我要知道公子竭最近的所有行踪。"卫尉职位虽然不高，可他节制整个秦宫的安全，这样的职位若是都被嫪毐收买，后果不堪设想。

王琦闻言继续将李斯扶上马车，随即左右看了眼转身就走。李斯坐在马车上开始往回走。他因为受伤只能在家中静养，而嬴政的大婚也紧锣密鼓地开始准备，就这样过了大概十天，郑隗在一个午后出现在云姬院中，屈膝对着李斯禀报。

天气已经转暖，树上的嫩芽也已经泛绿，郑隗将他跟踪公子竭期间得到的消息仔细对李斯禀报。等李斯听到近半数的卫尉都与嬴竭有往来的瞬间，脸色都变了，不顾腿上的伤，掀开被子就要出门。李斯心中有事，迈门槛的时候还被绊了一跤，幸亏云姬眼疾手快一把拉住。李斯急匆匆就要进宫，却在马车停在宫门外的时候犹豫了。看着高大巍峨的宫门，李斯一咬牙对着驾马的孙胜说道："走，去相府。"孙胜立刻点头，掉转马头去了相府。

吕不韦今日心情不错，他让人编撰的《吕氏春秋》初稿已经完成，剩下的校对和删减工作也很快就能结束。纵观自己一生，也就唯有《吕氏春秋》能让吕不韦真正欣慰。人就是这样，有钱的时候期待有权，有权的时候又觉得名声重要，一生都在追逐。而吕不韦却都做到了。他从富甲一方到位极人臣甚至辅政，最后再留下一部流芳千古的巨著，人生也就真的圆满了。

吕不韦正在书房自斟自饮，李斯走进书房的时候，吕不韦正喝得兴起，看见李斯笑道："来了？过来一起喝点？"吕不韦说着又让人去拿酒樽，猛地一抬头看到李斯的脸色愣了愣，旋即挥手让身边的仆役全数退下，声音低沉地问道："看你这神情，难道出事了？"

李斯没有立即答话，直到书房只剩他们两人，才快步走向吕不韦，低声说道："相邦，出事了。"吕不韦放下酒樽看他，李斯继续说道："半月前我在宫中偶遇公子竭，言语中得知他竟然投靠了嫪毐……"李斯拣紧要的部分和吕不韦都说了。"半数卫尉？"吕不韦神色凝重，不可置信地问道。

李斯用力点头，吕不韦又问："此事知道的人多不多？"李斯摇头。若不是他向来心细如发，也不会想到追查公子竭。吕不韦叹了口气，扶着桌子缓缓起身走向书房廊下，凝眉看着院中的春意说道："你打算怎么做？"李斯立刻跟上，站在吕不韦身后说道："此事绝不能声张，但也不能听之任之。斯以为可以秘密安排可信之人接近这些人，日后若嫪毐真的反了，立即取而代之。"李斯说到这句话的时候，眼神凌厉，杀伐果断，彻底没了以往的心慈。

吕不韦缓缓点头，侧身看向李斯，说道："人选你可有准备？"这一刻，李斯却略略有些迟疑，毕竟涉及的卫尉人数过多，可信之人一时之间凑不齐。吕不韦却笑了，仰头看了眼天色，随即对李斯说道："李斯，你现在已经做到廷尉，你可知为何迟迟没有更进一步？"

李斯愕然，虽然觉得吕不韦的问题有些奇怪，却还是郑重作答："不知道。"在李斯看来自己的升迁只是缺乏一个机会，所以嫪毐就成了他继续往下走的垫脚石，可听吕不韦的意思似乎不是这样。

吕不韦笑了，说道："那是因为你不会用人。你以为我为何将郑隗给你？你为什么就不好好想想？还有那么多留在咸阳的舍人，有多少是不想留在相府的？又有多少是我不让他们留在相府？嫪毐的事确实是我疏忽，没有想到赵姬居然敢把孩子生下来，所以后面的事你也不用担心。给我半年，大王定能顺利亲政。"

吕不韦的话信心满满，李斯却仍旧不放心，毕竟在李斯看来，没有什么计划是真正安全的，也根本不存在完美的部署。"半年？可是相邦，万一嫪毐等不了半年呢？"

吕不韦这一次没有回答，他只是长叹一声，自言自语道："那就只能听天由命了。"李斯从相府出来的时候，天色已经黑了。自从上次出事之后，府上的人就都格外地小心，无论李斯去哪都会有四五个人跟着，这一次也不例外。

整整六个人将李斯的马车层层围住，李斯上车的时候微微一顿，视线瞥见郑隗，脑中瞬间浮现吕不韦说过的话，随即问道："郑隗，你可曾想过入仕，统兵一方？"郑隗和孙胜的性格很像，都是那种平时不太说话的人。

听到问题的瞬间，郑隗先是一愣，随后疑惑地看了眼身边的几人，才淡淡回道："郑隗志不在此。"李斯缓缓点头，视线却在这时看向一旁的另外几人。今日跟着李斯出来的一共六人，分别是孙林、孙胜、郑隗、王琦、茅余和李信。这几个人的身手都不错，但此时李斯更需要的，却是能监视卫尉的能人。李斯再次转头看向孙林和孙胜同样问道："你们呢？可曾想过？"孙胜立刻摇头，孙林似乎有些犹豫，但最后也同样摇了摇头，说道："大人，我们兄弟二人是大人从商人手上买回来的奴隶，从我们被大人买下的那天开始，我们就下定决心，一生追随大人。"

李斯满意地看向孙胜和孙林兄弟，继而又转头看向一直默不作声的王琦几人。这一次李斯没有问，因为他知道这些人的心思，随即对着郑魁开口："我想将他们三人送到公子竭和你查到的其余几个卫尉身边，相邦说你有办法。"

第五十六章

嫪毐膨胀欲造反　赵姬左右定不决

此时的天色已经彻底黑了，街道上静悄悄的，若不是李斯的马车上挂着风灯估计也早就被巡夜的守卫围住。李斯的声音不大，却让在场的几人不由一愣。

郑隗静静地看着李斯，随即缓缓点头，拱手回道："属下明日就安排。"王琦、茅余和李信满脸欣喜，他们原以为要跟着李斯至少四五年才能出头，谁能想到还不到一个月，就会被李斯安排到卫尉身边去。

三人虽知李斯为何如此安排，但心里都有猜测，毕竟李斯最先询问的都是亲信，可见这件事情过后，定然会有不错的结果。王琦是几人中最灵敏的，当即抱拳向着李斯说道："属下王琦定然不负大人所期。"茅余和李信同样单膝跪倒向着李斯抱拳拱手。

李斯转身上车，脑中突然又想起一人，说道："对了，还有一个芈策，你也一起查一下。"郑隗全数记下。第二日王琦几人就从李府消失。李斯自从知道嫪毐已经将半个咸阳城的布防都握在手中之后，计划就变了，从一开始的从急从快变成求稳。既然吕不韦说需要一年，那在他看来，嫪毐按兵不动才是对他们最有利的状况。

在这种诡异的和谐中，一晃又是一年，正在李斯面见嬴政的时候，赵兴笑得满脸褶子兴冲冲走了进来。嬴政和李斯几乎同时扭头，嬴政刚要呵斥，赵兴却向着嬴政拱手作揖，激动说道："大王，大王，恭喜大王，小公子，楚夫人生了，是个小公子。"

听到赵兴道喜，嬴政愣了一下，半晌才猛地一拍桌子站了起来，兴奋地又问了一遍："生了？"赵兴乐呵呵地点头，回道："生了。小公子长得十分俊美。"嬴政初为人父终究还按捺不住，看向李斯说道："其他的事稍后再说，寡人要去看看夫人和小公子。"

李斯也很高兴，毕竟秦王有后也标志着嬴氏的天下更加稳固，连忙向嬴政道贺。见嬴政去了后宫，李斯转身走出六英宫。

秦王有后，可谓是普天同庆的大喜事，可偏偏就有人高兴不起来。嫪毐此时犹如热锅上的蚂蚁，虽然这一年从未有人提及让嬴政亲政之事，但很多人其实心里都清楚，嬴政已经二十一岁，眼看就要二十二，此时又有了小公子，太后再不放权实在说不过去。

嫪毐更清楚，秦王一旦亲政，那他这个靠着太后宠爱一路爬到长信侯的人，必然会是嬴政的眼中钉、肉中刺，更何况还有那两个孩子。身为人父，自然要为自己的孩子谋求生路，思来想去嫪毐只有谋反一途。

嫪毐面上平静，其实一直在谋划，等待时机。李斯和吕不韦也在不停地奔波，为的是完善计划，最好是做到万无一失，朝堂上的气氛就在这种暗潮汹涌中达到了微妙的平衡。只是任谁都没想到，这样微妙的平衡竟然会被一个女人打破。

嫪毐恃宠而骄，他的长信侯府的人在咸阳也日渐横行，府中的舍人很多都是草寇游民。起初他们还会有所收敛，可渐渐地越来越猖狂，调戏奸淫良女的事更是越演越烈。李斯身为廷尉本该严厉查处，却也为了不打草惊蛇，只能听之任之。可任谁都没有想到，这些人最后竟然把手伸到了嬴氏宗族的身上。

那一日，渭文君在咸阳城中的一个子侄，因为年轻好胜与人打斗伤了身体，再加上家中长者纷纷早逝，传到他这一代什么福荫都没了，就连家中的田产能卖的都被卖光了，为了生计，家中的女眷不得不抛头露面，出来跟人做缝补的工作。谁知就在妇人从长信侯府上拿着缝补衣服出门的时候，竟被几个吃醉了酒的舍人拽入房中辱了。能够嫁入嬴氏宗族的女子，家中至少都有些身份，那妇人本就因为夫君重伤没了希望，又被人辱了清白，回到家就想不开，三尺白绫吊死了。

家里的支柱一死，渭文君的子侄嬴册也彻底没了活路，硬生生拖着一双残腿爬到了宗正关中侯门外，叫嚷着让宗正为他做主。这件事瞬间在咸阳城中炸开了锅，那嬴册再穷也是嬴氏子孙，被长信侯府上的舍人活活逼死，即便是年迈的关中侯也受不了，当即让府上的人把嬴册抬去了甘泉宫。

这一年来，嬴政已经很少去甘泉宫，渐渐地甘泉宫里的人开始越来越大胆，尤其是两个孩子随着年龄的长大，性子也野了，不再甘于在屋舍中玩耍，开始撒娇卖乖地想要去庭院里玩，想要骑马、学习剑术。

关中侯抬着人怒气沸腾，没让人通报就径直闯进宫门，恰好撞上太后赵姬正跟两个孩子在甘泉宫中玩闹。那一瞬在场的人全都愣住了，赵姬更是脸色惨白，让人将孩子抱走，关上了甘泉宫的大门。关中侯毫无准备，带来的人也只有四个家仆和双腿残废的嬴册，经过一番挣扎，最后还是被甘泉宫里的人拿住，关进了私牢。

嫪毐得到消息，冲进甘泉宫的时候已经是酉时末。赵姬吓得整个人都蜷缩在床上，她从没这么害怕过，若是一般人也就罢了，她可以找个理由把人杀了，消息决不会外传，可偏偏那人是宗正，嬴氏宗族的族长，八十多岁，德高望重，她无论安个什么罪名，只怕嬴氏的人都不会信。

此刻赵姬彻底骑虎难下，嫪毐的态度却截然不同。他其实早就想把事情捅出去，他只是不敢肯定，若是事情到了无可挽回的地步赵姬究竟会帮谁，所以一直隐忍到现在。看到赵姬害怕的样子，嫪毐悄悄地让人把孩子带来，才缓缓地走到床边把人抱进怀里。

　　"别怕，一切有我。"嫪毐一边揉搓着赵姬的后背，一边细声细语地安慰，"没事的，没事。只要那个老东西一死就没人知道了。"赵姬却浑身一僵，猛地抬头看向嫪毐，紧张说道："不，不，不能杀。真的杀了，你我都死无葬身之地。"嫪毐抬手擦去赵姬脸上的泪水，顿了顿才道："那怎么办？不杀了他，你我还有吉儿和昶儿就必须死。你舍得吗？"提到两个孩子，赵姬也愣住了，眨着眼睛满眼都是慌乱。

　　许久，正当赵姬不知所措的时候，嫪毐却神色凝重地说道："你可要想清楚，这事万一被大王知道，我死了无所谓，可是两个孩子……"嫪毐正说着，之前被他安排去接孩子的寺人急匆匆跑进来，手里牵着同样被吓坏的孩子。寺人一松手，那两个小孩立刻扑进赵姬怀里哭了起来。

　　赵姬的心彻底乱了，按说她生嬴政的时候正在赵国落难，连顿饱饭都吃不上，后来吕不韦带着嬴异人跑了，把她和孩子扔在赵国，母子相依为命，嬴政应该是她最疼爱的，可偏偏事与愿违。赵姬生下这两个孩子之后，才真切地感觉到生为女人的快乐，所以对这两个孩子，她的心早就偏了。怀里抱着孩子，赵姬猛地抬头看向嫪毐，此刻嫪毐就成了她唯一的依靠。

　　嫪毐同样心疼地看着两个孩子，脑海中不断浮现出吕不韦当年呼风唤雨的情形，还有嬴政坐在王位上睥睨一切的样子。再看怀里的老女人，他其实也早就厌倦了处处哄着赵姬的日子，若他能当上大王，那这一切他都不必忍了。

　　越想嫪毐就越是兴奋，一把抓住赵姬的手说道："赵姬，不如咱们反了吧！吉儿和昶儿总不能一辈子都藏在甘泉宫里。咱们反了之后，我带着你和两个孩子回封地，从此以后你做我的夫人，咱们光明正大地做夫妻，养大两个孩子。"

赵姬浑身一僵，不可置信地看着嫪毐，正在她犹豫的时候，宫门外突然响起一阵嘈杂的声音，吓得赵姬彻底没了主意，惊恐地说道："不行，不行的。政儿毕竟是我的孩子，我不能……"嫪毐的脸彻底黑了，慢悠悠地说道："嬴政是你的孩子，那吉儿和昶儿就不是了？我又没说让你杀了嬴政。我的意思，咱们带着孩子回我的封地，再也不回来了。这都不行吗？"

这几年的时光，嫪毐早就把赵姬拿捏得服服帖帖，他甚至再三保证，只是带他们逃出咸阳，回到封地。渐渐地赵姬也动了心思。正在赵姬犹豫的时候，内侍长一脸惊慌地跑了进来，对着嫪毐和赵姬说道："太后，大王……大王在宫外求见，说……说时辰不早了，来接宗正出宫。"

听到嬴政是来找关内侯，赵姬连忙看向嫪毐，紧紧地抓着嫪毐的手臂问道："嫪毐，政儿来了。怎么办？若是让他见到宗正，你我就完了。"嫪毐虽然也是一愣，但很快就下定了决心。

他本以为自己都这么说了，赵姬一定会毫不迟疑地答应，却没想到嬴政已经堵门，赵姬还是犹豫不决，至此他也只能帮赵姬下决定了。

嫪毐想到这里，猛地起身对着内侍长说道："你去告诉大王，宗正早就走了，太后已经睡下了，请大王明日再来。"然后转头看了眼一旁的心腹，悄悄地做了个抹脖子的动作。只要宗正一死，赵姬就是不想反也只能反了。

第五十七章

形势所迫如人愿　嫪毐起兵终造反

甘泉宫内帷幔随风摇摆，赵姬还沉浸在丑事被嬴政撞破的恐惧中，内侍长得了命令连忙转身跑了出去。原以为这么说嬴政就会离去，可谁知嬴政根本不信。不一会儿内侍长就慌乱地跑了回来，对着赵姬和嫪毐说道："长信侯，不好了。大王说，今夜若是见不到关中侯，就……就让人闯宫。"

赵姬吓得瞬间面无血色，就连嫪毐也吓了一跳，慌乱转身看向自己带来的仆人。见那人已经走了，嫪毐的心里才逐渐平静下来。

事情已经到了这一步，伸头是一刀缩头也是一刀，倒不如干脆让赵姬和嬴政闹翻，如此一来他也好趁机逼赵姬为了自保将玺印拿出来。

嫪毐正想着，赵姬已经从床上滑下来扑进嫪毐的怀里，带着哭腔说道："嫪毐怎么办？政儿若是真的闯宫，那吉儿和昶儿……"嫪毐扯了扯嘴角，将赵姬从地上扶了起来，说道："不会的。有我在一定不会让你和孩子出事。赵姬，事到如今，你还在犹豫吗？难道你就不想带着吉儿和昶儿一起去我的封地，咱们一辈子逍遥？"

对嬴政的恐惧，让赵姬彻底失去了思考能力，她呆呆地看着嫪毐那张白净英俊的脸，终于被嫪毐一遍又一遍描绘的美好彻底蛊惑。在赵姬看来，嬴政固然重要，可嫪毐和她两个小儿子同样重要，不过是叛逃罢了，或许再过几年，嬴政的孩子长大了，就能理解她此刻的无奈。想到这，赵姬终于下定决心，她转身从床头的暗格中拿出自己的太后玺印还有王印，郑重地放入嫪毐手中，最后还不忘叮嘱："嫪毐，咱们偷偷地逃走，万万不可伤了政儿。"

看着手中的印信，嫪毐眼睛都直了，一边敷衍地点头，一边直接把金印握于掌心，笑着对赵姬保证："你放心，我记住了。"说完他就把赵姬推出怀抱，想了想说道："出逃的事，今日怕是不行。为了争取时间，关中侯必须死。所以，赵姬你一定要相信我，我无论做什么都是为了你好。"

嫪毐说着猛地转身对内侍长说道："内侍，你帮本侯照顾好太后，本侯去去就回。"听到嫪毐说关中侯必须死的叮嘱，赵姬整个人都傻了，呆呆地看着嫪毐带着金印走出大殿，随后殿外响起了争吵的声音。

为了保护两个孩子，赵姬连甘泉宫的大殿都不敢待，带着两个孩子藏到偏殿的小隔间，惊恐地听着外面的声音。嫪毐走出大殿就命人将已经处死的关中侯还有仆人和嬴册的尸体都抬了出来。

嫪毐打开甘泉宫大门，把尸体往地上一摆，有恃无恐地看向嬴政。嬴政看着地上的死尸瞬间目眦欲裂，他冷冷地看着嫪毐，咬牙切齿道："嫪毐，你怎么敢……"

嫪毐虽然看起来漫不经心，说出的话却也找不出纰漏，嬴政刚要治罪，嫪毐就面露难色地解释："大王息怒。这关中侯死有余辜。大王不知，今日下午，关中侯带人闯宫，直接冲入太后寝殿，被太后斥了几句就倚老卖老，威胁太后。"

嬴政冷冷地看着嫪毐，虽然明知嫪毐是在胡扯，可最后的一丝理智告诉他，这事不宜闹大，在弄清形势之前他只能忍着。嫪毐却得了便宜卖乖，继续说道："太后岂能被他要挟，没有同意，谁知这关中侯竟然奋起拔剑杀了自己的仆役，还有公子册，最后撞柱而亡。太后被这老儿冲撞，吓得晕死过去直到现在都还没醒。"

　　嫪毐颠倒黑白、胡说八道的本事炉火纯青，听得嬴政眉头紧锁，不由冷笑说道："是吗？母后身体不舒服，寡人立刻命寺医来给母后诊治。"嫪毐哪敢让人在这个时候进入甘泉宫，只好连连说道："大王，不必了，太后喝了药汤已经睡了。大王若是不放心，还请明日再来。"

　　嫪毐说着就向嬴政拱手作揖，道："时候也不早了，嫪毐还请大王早些休息。"嫪毐直接下了逐客令，嬴政被气得脸色涨红，但他看着身后寥寥几人和嫪毐身后的数十个寺人，又扫了眼甘泉宫的卫尉和锐士，说实话，嬴政都不确定，这些人里有多少还是忠心，有多少已经被嫪毐收买，他冲过来原本是想救人，既然人已经死了，也就不再急于这一时。思及此，嬴政冷冷地瞪了嫪毐一眼，说道："是吗？既是如此，那寡人就先回去。长信侯，照顾好母后。"

　　嫪毐躬身行礼，脸上的笑意却越来越张狂，甚至不等嬴政带人走远，就让身边的寺人将甘泉宫的门关上。有了太后玺印和王印，嫪毐终于放开手脚，有了印信，他不但能调配咸阳城外的骊山大营，甚至是咸阳城的守军也同样可以节制。此时不反更待何时？

　　嫪毐一不做二不休，命寺人和锐士全数退入甘泉宫驻守，自己则换了一身夜行衣，带着太后玺印和王印连夜出了甘泉宫，直奔他在咸阳城中的长信侯府。嫪毐自以为动作十分快速，嬴政在看到关中侯的尸体之后，又被赵姬避而不见，便意识到事情不妙。他回到六英宫就立刻命左中郎司空俞连夜召李斯入宫，甚至还特意叮嘱司空俞要避人耳目，切不可被外人察觉。

李斯见到司空俞的时候，就知道可能出事了。他并没有立刻跟着司空俞进宫，反而将郑隗和孙氏兄弟叫到跟前。李斯安排郑隗连夜赶往相府，孙氏兄弟立刻行动，提醒那些之前被李斯和吕不韦安插进各处城防的人做好准备。随后又让人连夜出城通知身在咸阳城外的华阳太后，让她也做好准备。

李斯做完这一切依旧心绪不宁，总觉得还有什么被他遗漏了，但时间紧迫他也只能让云姬带着两个孩子和父母躲起来，然后匆匆出了李府。

嫪毐回到长信侯府，立刻命人模仿谒者字迹写了四封调兵令，分别发往咸阳武库、咸阳城守军、骊山大营还有雍城大营。这些地方嫪毐一直都想把手伸进去，却始终不能完全掌控，为了以防万一嫪毐才不得不假传王诏，以此掌控这几个关键的地方。

嫪毐的人前脚离开长信侯府，李斯的人后脚也去了这几个地方，唯一不同的是李斯的人没有王诏，有的只是这一年来嬴政同各处守将的耳提面命。咸阳武库有蒙毅，骊山大营是王翦坐镇，唯一薄弱的地方就是咸阳城的守军和章台宫的锐士营。

为此李斯特意把已经外放的樊於期召回宫，让他临时接替据说因为坠马摔断了腿的右中郎，掌管整个章台宫的锐士营。咸阳城的守军虽然不能完全说是被李斯和吕不韦掌控，但芈策却在李斯的协助下已经坐到了副将的位置。

至此李斯策划了整整一年的暗桩全部启动，若是不出意外，嫪毐的谋反只会雷声大雨点小，根本伤不到人。可他们却万万没想到，赵姬竟然把太后印玺和王印都给了长信侯，王诏的出现打了樊於期还有蒙毅一个措手不及，最后甚至被属下捆住了手脚，没能起到应有的作用。

长信侯嫪毐做完这一切，便彻底放了心，至此他只需等到骊山大营和雍城守军的消息就能放心地起兵造反。嫪毐越想越兴奋，坐在长信侯府中静等佳音。

李斯安排好一切才跟着司空俞一同进宫，为了隐藏踪迹李斯甚至不惜再次穿上了郎官的衣服，走过宫门的时候，李斯的脚步不自觉放慢，忍不住侧头看了眼今日当值的卫尉，却发现竟然是嬴竭，心中不由一紧，瞬间意识到出事了。

按理说他在离开李府之前就已经让人去通知，樊於期得到消息定然会做出安排，镇守宫门的人必将换成他们的亲信，可嬴竭在这就说明樊於期一定出事了。

李斯不敢声张，所幸今夜无星无月，光线不好。嬴竭虽然疑惑司空俞为何深夜出宫，仔细打量许久，也没有发现郎官竟是李斯，便放两人入了宫。

李斯见到嬴政的第一句话就是："大王，不好了。樊於期一定出事了。"嬴政还没来得及开口，脸色就瞬间白了，愣怔地看着李斯，久久无言。李斯心中更加紧张，千算万算他却没想到纵使把樊於期调回来，也依然出事了，只能对着嬴政说道："大王，此地不可久留，必须连夜出宫，赶往雍城。"

嬴政蹙眉看着李斯，许久才问："为何？咸阳也不安全吗？"李斯咬了咬牙说道："大王，樊於期出事，章台宫便是龙潭虎穴，大王切不可以身涉险。但若离开章台宫，放眼整个咸阳城都没有安全的地方。所以李斯恳请大王离开咸阳，直奔雍城。"嬴政静静地看着李斯，许久长叹一声问道："那太后呢？"李斯拱手作揖，沉声对着嬴政说道："太后自然要带上。若要平息嫪毐之乱，大王就必须亲政。所以太后不能留在咸阳。"

嬴政的脸色变了，又问："母后能同意吗？"这一次李斯的回答更快，声音中透着狠绝："大王，李斯斗胆，恳请大王允准，李斯这就带人赶去甘泉宫，将甘泉宫中所有人都一同带上。此去雍城太后去也得去，不去也得去。"嬴政看着李斯眼里的杀意，许久才叹道："不要声张，寡人准了。"

六英宫中的寺人忙碌一夜，准备送嬴政出宫，李斯则带上司空俞直奔甘泉宫。

第五十八章

妇人之仁不成事　李斯助王破阴谋

时间飞快，转眼就到了后半夜，宫中的火光也已经熄了一半，甘泉宫里死寂一片，没有一丝火光也没有半点动静。司空俞一看就知道甘泉宫这是早有准备，连守宫的锐士都不在外面戍守，应该是早就退入宫中，防备人偷袭。

想到这，司空俞不由疑惑转头看向身边的李斯，身为左中郎，司空俞清楚地知道这种情况下，若是想要神不知鬼不觉地带走太后和甘泉宫里的人，简直就是痴人说梦。就在司空俞疑惑的时候，李斯却直接带着人绕开正门，去了甘泉宫进出泔水的角门，在门板上轻轻地敲了三下，门居然开了。

李斯对着开门的女子小声问道："太后和那两个孩子在哪？"小宫婢立刻闪身让开门口，领着李斯走向甘泉宫的偏殿，指着其中一间小声说道："就在那。太后和那两个孩子都在里面躲着。大人，鸢儿替你去拖着守宫的锐士，你们快些。"

那名叫鸢儿的宫婢说完转身去了甘泉宫正殿，决绝的背影没有丝毫迟疑。此时的司空俞彻底呆住了，不敢耽搁立刻跟上李斯的脚步去了偏殿，果然不一会儿就从床后找到了已经熟睡的两个孩子，还有惊恐的赵姬。为了不打草惊蛇，李斯甚至让人将赵姬的嘴堵了，然后扛起人转身就走。

李斯带着人回到六英宫的时候，已经过了四更，正是人最容易犯困的时候，李斯带上被捆的太后和两个绑得结结实实的麻袋，还有小公子扶苏，一同往宫外冲。宫内的情形还算安全，只要不惊动戍守锐士就不会有危险，今夜出逃唯一的关键就是章台宫宫门处的守卫，嬴政一行人走得很快，却在穿过甬道的时候，不小心弄醒了刚满月的公子扶苏。

嘹亮的小儿啼哭瞬间惊动了守宫的锐士，李斯和嬴政咬牙只能硬闯，可他们为了隐匿行踪带的人不多，如此一来就显得实力悬殊，最后嬴政只能果决地对着楚公主说道："扶苏一直在哭，带上他定然逃不出去。你先带着孩子返回宫里，找个地方藏起来。待我平定嫪毒之祸立刻就来接你。"

听到嬴政让楚公主带着扶苏留在宫里，夏阿房也从人群中冲了出来。她和普通的女子不同，当初跟着嬴政从赵国一直逃到秦国，夏阿房不但学会了骑术，就连剑术都十分了得。她仰头看向嬴政，郑重说道："大王放心，夫人和小公子就交给阿房，阿房保证一定将他们母子保护好，等着大王回来。"

嬴政没想到阿房会主动留下，深深地看了她一眼，但想到正是危难之际，便毫不迟疑地点头，说道："好！你和扶苏一定要等寡人回来。"嬴政说完立刻转头去追李斯和司空俞，可他们带的人实在太少，还要分出人去保护太后和那两个麻袋，渐渐地就被守门锐士逼至角落。嬴政脸色铁青，却不能表明身份，眼看就要被守城锐士抓住的时候，一个黑色的人影从城楼一跃而下，对着嬴竭的后腰刺了下去。

嬴竭还没来得及看清那人是谁，就栽倒在地。李斯和嬴政都是一愣，仔细去看才发现那人竟是李信。来不及多说，李信手持令牌对着守城的锐士大声喝道："开门，违令者斩。"嬴竭一死那些守门锐士瞬间慌了，在听到李信的命令后，不知是谁突然把手中的长槊往地上一扔，放弃了抵抗。

李斯不敢迟疑，这里的动静必定引来更多锐士和兵勇，唯有闯出咸阳城他们才算是真正安全。李斯带着嬴政和仅剩的几个锐士冲出宫门，迎面撞上一支队伍，李信和司空俞心头一紧，立刻横刀挡在李斯和嬴政面前。

正在气氛剑拔弩张的时候，两个人影从队伍中走出，李斯心头一喜不由叫道："郑隗？郑栗？"郑隗和郑栗连忙加快脚步走到李斯和嬴政面前，单膝跪倒说道："郑栗见过大王。"

"郑隗见过大王。"郑隗说完看向李斯继续说道，"郑隗已将消息告知相邦，相邦立刻从相府抽调三百卫士让郑隗带来保护大王出城。相邦说唯有大王亲政才能平息嫪毐之乱。"

吕不韦的话与李斯不谋而合。李斯欣喜地抬头看向几人身后的车马，立刻对嬴政说道："快，大王上车。咱们这就出城。"嬴政也不耽搁，回头看了眼漆黑的甬道，孩子的哭声已经听不见了，此时的他唯一后悔的就是没有把孩子和楚夫人还有阿房一起带上。

但情况危急，容不得嬴政多想，立刻让人将太后和麻袋一同放上车，然后自己也坐上马车，匆匆向着咸阳城门赶去。吕不韦的想法和李斯不谋而合，搭配极好，车队还没到城门口，就远远看到城门正在缓缓打开，一个人影站在城门口等着车队靠近。

李斯骑在马上跟在司空俞和李信身后，看到人影总算放下心来。他没想到芈策居然能在没有接到通知的情况下，就已经接管城门，心中不由感动，一夹马腹，脱离队伍向着芈策赶去。

芈策站在城门口，看到李斯策马走近立刻拱手作揖说道："大人，放心离去。芈策定然守住城门，等着大人带兵回来剿灭叛臣。"听到芈策的话，李斯不由喉咙发涩，沉声问道："嫪毐怕是已经占了咸阳武库还有咸阳的守军，你这些人……"

李斯没有直接把话说破，芈策却不以为意，凛然一笑道："大人，学成文武艺，货与帝王家。此时不动，更待何时！"芈策一句话说得李斯汹涌澎湃，他深深地看着表情决然的芈策，用力点头道："好。你若不死，李斯定要保你青云直上。"李斯说着不再迟疑，一夹马腹连忙跟上马队，匆匆出了城门。

李斯和嬴政的队伍出了咸阳城不到十里就撞见带着华阳宫守军疾驰而来的昌平君芈启，双方简单交谈过后，嬴政和李斯这才知道，为了保证嬴政的安全，华阳太后带着阳泉君已经奔赴雍城，确保雍城还没有落入嫪毐之手。

嬴政听后久久无言，毕竟在他记忆中华阳太后是个极其严厉的祖母，而且很不喜欢他，每次见到他的眼神都像是要吃人。但自从楚公主的事情之后，嬴政又明显感觉到华阳太后的不同。

她跟自己的母亲不一样，华阳太后无论做什么出发点都是为了秦国昌盛，可他的母亲……嬴政心情复杂地看了眼后面的马车，此刻秦王嬴政对赵姬算是彻底死心了。队伍越来越壮大，彻底脱险之后，速度也渐渐慢了下来，正当李斯犹豫要不要停下休息调整一下的时候，从骊山大营的方向突然奔来一个传令官。

司空俞在检查了传令官身份之后，立刻把人带到嬴政马车前禀报。李斯也勒住缰绳，狐疑地看着那急速奔来的传令官，不由心中一紧。虽然骊山大营一直都是王家王翦将军坐镇，但也不能保证真的就万无一失，毕竟樊於期都能出事。

众人各怀心事静静地盯着传令官，那人也不敢耽搁，抬起手就对着嬴政禀报："报，启禀大王，左中郎左戈手持王诏闯入骊山大营，命王翦将军交出兵权。王翦将军称身负大王重托，王诏不能受，命属下星夜赶来面见大王。"

传令官的话虽然简练，却也向嬴政和李斯传达了一个了不得的讯息。嫪毐有王诏！李斯甚至不由下马，走到传令官面前追问："可看清了？真的是王诏？"

那传令官连忙转头对着李斯作揖，用力点头回道："千真万确，盖着太后玺印和王印的王诏。"听到这里嬴政和李斯也瞬间明白为何樊於期会出问题了。

毕竟军令如山，即便是自己带出来的兵，在王诏面前也难以服众。李斯长叹一声扭头看向咸阳的方向，想到樊於期心底升起不好的猜测。嬴政也从马车上跳了下来，快步走到后面的马车前，探身上了车。

不一会儿马车里就传来低低的交谈声。李斯为了不让众人听到嬴政和太后的交谈，连忙示意马车周围的卫士散开，自己亲自守在马车周围。

"母后，你难道真的不要政儿了？"嬴政的声音压抑着不甘，他从没想过有一天自己的母亲会为了一个男人要杀了他。赵姬的声音有些嘶哑，满是慌乱和急切："政儿，谁说的？母后从没想过要害你。母后……母后只是想要保住你的两个弟弟。"

"弟弟？父王早就死了，成蛟也死了，寡人哪来的弟弟？母后，你不要忘了自己的身份！还有，你若不想杀了寡人，为何把太后玺印和王印都给了嫪毐，你知道嫪毐要干什么吗？"嬴政的质问让赵姬彻底傻了，声音也比之前多了一丝小心："嫪毐？嫪毐做什么了？"

嬴政彻底压不住胸中怒火，怒吼道："他假传王诏，已经将咸阳握在手中。即便如此他还不满意，又假借王诏想要掌管骊山大营。若寡人猜得不错，此刻的雍城大营怕是也不安全。"

第五十九章

护幼子伤长子心　赵姬后悔已晚矣

赵姬听到这里彻底傻了，尽管她出身卑贱不懂行军布阵，但听到骊山大营、雍城守军这两个地方的瞬间，便知道自己这是被嫪毐骗了。如果只是想要离开咸阳逃去封地，掌握整个咸阳的城防就已经绰绰有余，根本用不到骊山大营。

这一刻赵姬满脸绝望，小心翼翼地将两个孩子抱在怀里，抬头看向嬴政，用近乎祈求的语气说道："政儿，母后真的没想害你。母后是被嫪毐骗了，他说绝对不会谋反，只是想要带着我和两个孩子回封地安度晚年。政儿，母后错了，你能不能饶了你弟弟？他们都还小，他们什么都没做。"

嬴政静静地看着满脸泪痕的太后赵姬，幽幽地说了一句："母后，他们无辜，难道寡人的扶苏就不无辜吗？他才刚刚降生，甚至连他的祖母都没见过几次。这次离宫，寡人不得不将他留在了章台宫。母后啊……难道扶苏就不是你的亲人吗？"嬴政的话每一句都像是针尖扎在赵姬身上。

赵姬已经泣不成声，再也说不出一个字，只能用力地抱着两个小儿子。嬴政看得厌烦，掀开车帘纵身跳下马车，对着唯一守在马车旁边的李斯说道："李斯，启程，赶往雍城。"

李斯立刻拱手应是，随后看了眼远处正在喂马的传令官，快步走了过去："王翦将军可好？"传令官立刻单膝跪倒对着李斯回道："还好。将军因为抗令被左戈伤了手臂，暂时没有危险。"李斯闻言点了点头，又对传令官说道："李斯有事托付仁兄，还望仁兄即刻启程，回骊山大营告诉王翦将军，大王已经赶往雍城，在雍城太庙举行加冕亲政大典，请王翦将军带一半骊山大军赶往雍城护驾。然后再命王贲将军带兵赶往咸阳，从东门入，那里有芈策将军策应，协助相邦剿灭叛军。"

传令官被李斯的话惊住了，半晌才欣喜地咧着嘴问道："大王不怪罪将军了？"李斯笑着拍了拍传令官的肩膀说道："告诉你家将军，大王说了，那王诏是假的。"传令官虽然年纪不大，却也瞬间明白了李斯话中的意思，高兴地连连点头："属下明白了。属下这就赶回骊山，将消息告知将军。"说着传令官一刻不敢耽搁，直接跳上马背，扯着缰绳就往骊山飞奔而去。

李斯站在原地目送传令官离开，快步回到嬴政的马车旁，从卫士手中接过缰绳，翻身上马，后又将郑隗叫到身边吩咐："咸阳城你熟悉。王贲将军即刻驰援的消息需要有人告知相邦。郑隗你去吧。"

郑隗没有出声，只是冲着李斯用力点头，临走之前李斯还不忘叮嘱一句："记住，走东门。"郑隗一夹马腹，纵马离开。李斯想了想又让人将李信叫到近前，说道："雍城大营的情况怕是有异。你和王琦关系最好，你立刻赶往雍城大营探听大营的状况，及时来报。"

李斯的一系列安排井然有序，虽然他从没有带过兵，但对兵法却多有涉猎，严格说起来，这也要感谢他曾经在相邦府中没日没夜编撰《吕氏春秋》的日子。凭李斯的能力能想到的也只有这些，毕竟他只是看过书籍，并没有真正地带过兵。

嬴政则安静地坐在车里，听着李斯井然有序地安排一切，心却渐渐阴郁起来。李斯的能力越强，嬴政就越是感觉不舒服，尤其是李斯在这期间根本就没有询问过他的意见。在嬴政看来，像吕不韦那样足智多谋又独断专行的人秦国有一个就足够了，绝不允许出现第二个。

马队在一种诡异的气氛中又行了四个时辰，人困马乏，嬴政见李斯整个人都蔫了，才开口让人停下整装休息。李斯是个文人，不要说骑马奔袭，就是骑马也只能勉强骑一会儿。

这一路跑下来，李斯的腰几乎断了，腿也直了，需要在司空俞的搀扶下才能从马背上下来。嬴政也下了马车，看着李斯狼狈的样子，叹了口气才道："后面的路你就不要骑马了，跟寡人同乘吧。"

李斯一愣，此时的他已经顾不得君臣之礼，连忙对着嬴政拱手作揖谢道："李斯谢过大王。"队伍原地休息了半个时辰，就再次启程，毕竟一日没到雍城都不能算安全，万一被嫪毐的兵马追上，他们这些人根本不够。

就这样，李斯坐在嬴政的马车上一路奔袭。咸阳距雍城三百多里，即便是日夜兼程也用了两天。这两天队伍跑到人困马乏赶到雍城的时候才刚过午时。李斯感觉自己的腰都要断了，反观嬴政却显得越来越精神，让李斯不由感叹岁月不饶人。

不过最狼狈的却是太后赵姬和那两个重新被装入麻袋的小孩，马队浩浩荡荡地行进，最终在距离雍城三里的地方再次停了下来。

雍城情况不明，李信去了雍城大营迟迟没有回信，李斯无法确定雍城是否安全，只能命令马队原地休整，然后去找嬴政商议。

嬴政静静地听着李斯的汇报，淡淡一笑没有作答，而是对着身边的司空俞说道："司空俞，即刻派斥候分四路出去打探——雍城大营、雍城城内、去往咸阳的官道还有骊山赶往雍城的官道。无论查探到什么消息都不要暴露，即刻来报。"嬴政看过了李斯对自己的武将发号施令，早已按捺不住。

此刻作为即将亲政的秦王，嬴政有必要告诉李斯，他才是王，他有足够的能力指挥自己的武将，平息叛乱。

嬴政突然插手安排行军布阵，李斯是七窍玲珑心，在察觉嬴政第三次看向他的目光时，就有了不好的预感。暗骂自己鲁莽，李斯心跳不由加快，或许情况太过危急，他竟然忘了自己陪伴的君王早就不是当年那个十三岁的少年，他的越俎代庖只会引起嬴政的猜忌。

后背不禁起了一层冷汗，此后无论嬴政说什么，他都连连点头附和，用尽全身力气对嬴政表达自己的忠心和崇敬。嬴政将李斯的举动看在眼中，却始终板着脸。马队在雍城城外待了两个时辰，终于在申时末等到了第一个斥候和随行而来的大军。

阳泉君身披战甲匆匆赶到，远远看到嬴政的马车，翻身下马，走到车前抱拳禀报："芈辰见过大王。"嬴政闻言掀开车帘，下了马车几步走到阳泉君面前双手将人扶起，客气地说道："阳泉君不必拘礼，此次前来可是代表雍城无碍？"

昌平君带着马队赶到咸阳城外迎接的时候就曾说过，为了保证嬴政的安全，华阳太后带着阳泉君率先赶去雍城，替嬴政探一探雍城。芈辰立刻颔首，对着嬴政激动地说道："正是。太后已经在雍城坐镇，大王尽可放心前往。"

嬴政闻言松了口气，随即仰头看向远处的城楼，只要雍城无事，那他就可以入城，尽快完成加冕亲政大典，然后就是反扑的时候。

想到这，嬴政不再迟疑，立刻让身后的队伍跟上，浩浩荡荡地进了雍城。次日嬴政就在雍城蕲年宫颁下王诏，明日祭祖，举行加冕亲政大典。举全国之力铲除窃国之贼嫪毐。

嬴政王诏颁下的时候，就有四路斥候也从雍城蕲阳宫离开，出了雍城分别前往雍城军营、骊山军营、咸阳城和函谷关，力求尽快将消息传遍六国。

　　斥候策马飞奔，仅用一天一夜就赶到咸阳，王诏经东门入城，迅速传遍整个咸阳，最终送入相府。此时的吕不韦已经草木皆兵。虽然早有预料，可他却没想到嫪毐居然敢假传王诏，掌管了咸阳武库和秦宫的守军。而他的府上此时也只剩不足二百卫士和六七百会剑术的门客。想要守住相府都勉强，更别说出手剿灭嫪毐。

　　吕不韦接到秦王诏的时候，长长松了口气，事出突然嬴政依然能从容离开，甚至还不忘带上赵姬和那两个孩子，抓住嫪毐的软肋，至此嬴政已经成功通过了他的考验，如此一来他也就能放心地把秦国交给嬴政了。

　　吕不韦躲在相府苦思对敌之策，此时的骊山大营半数兵马已经在王贲的指挥下奔袭赶往咸阳，不出意外明日大王祭祖的时候，大军就能赶到咸阳城下。

　　相对于嬴政这方越来越明朗的局势，嫪毐却彻底慌了，自他得知嬴竭被杀开始，就意识到谋反的事怕是暴露了，连夜让人带兵将相府、太尉甚至是御史大夫还有渭阳君、渭文君的府邸一一围住。虽然仓促但好在局势还掌握在他的手中，直到阳泉宫的锐士跌跌撞撞地闯进长信侯府。

　　嫪毐无论如何也没想到，嬴政居然真的绑了赵姬和他的两个孩子，投鼠忌器，嫪毐抽出宝剑就将眼前无用的锐士捅了个对穿，正准备带兵追击，却被一旁的中大夫令拦住了去路。

　　"侯爷准备如何？"作为中大夫令、嫪毐的智囊，这个时候看着嫪毐不让他继续犯错，才是最紧要的。嫪毐被拦住微微一愣，看着中大夫令冷冷说道："做什么？你没听那蠢货说，太后和我的儿子都被嬴政带走了？"

中大夫令闻言叹了口气，用仅有两人才能听到的声音说道："侯爷切不可自乱阵脚。太后被嬴政带走，定然不会有危险。即便嬴政残忍嗜血也有孝道压着，他定然不敢冒天下之大不韪杀了太后。既然太后没有危险，那侯爷的两个儿子也必然是安全的。此刻侯爷要做的是掌控咸阳，做好嬴政反扑的准备。"

嫪毐咬牙看着中大夫令，理智告诉他，中大夫令说的没错，可他心里清楚，赵姬确实不会死，但他的两个儿子被嬴政掳走定然活不了。因为那是他和赵姬通奸的罪证，也是嬴政的耻辱。

嫪毐冷冷看着中大夫令，咬牙说道："若嬴政执意要杀了我的孩子，你怎么办？本侯到时就算杀了你也救不回我那两个儿子！"嫪毐作为假寺人在赵姬身边隐忍七年，两个孩子是他唯一的支柱，任谁也不会明白，那两个孩子对于嫪毐的意义。

中大夫令被嫪毐的话镇住了，良久才幽幽地说道："侯爷，嬴政已经逃了整整一夜，此时去追怕是早就晚了。不过，臣听闻嬴政连夜出逃，似乎将公子扶苏留在了宫中，侯爷若是能抓住公子扶苏，或许还有一线生机。"

第六十章

嫪毐之乱终平息　秦王亲政权力握

　　嫪毐听到公子扶苏还在宫中，眼睛瞬间亮了起来，他看着中大夫令冷冷一笑，说道："好！你这就去命人找，就算将秦宫给我翻过来，也要把那个小东西给我找出来！"孩子和赵姬的事，暂时无计可施，嫪毐也总算冷静下来，他知道在嬴政反扑之前，若是不能将咸阳掌握在手中，等待他的就只有一死。

　　嫪毐虽然粗鄙，但这些年来也确实网罗了不少人才，尤其是中大夫令。就在嫪毐亲自带人攻打相府却久攻不下的时候，中大夫令却听到了嬴政已经赶到雍城，并且在雍城下诏准备祭祖、加冕亲政的消息。

　　中大夫令拿着密函找到嫪毐的时候，嫪毐的肩上还插着一支从相府射出来的箭矢，正狼狈地坐在石阶上等着寺医医治。

　　听到这个消息的瞬间，嫪毐整个人都愣住了。要知道太后玺印和王印此刻都在他手上，只要嬴政没有亲政，那他手里的这两个印信就是秦国至高无上的权柄，却没想到嬴政逃出咸阳竟直奔雍城，而且在这危难之时竟然还敢举行加冕亲政大典，这一刻嫪毐甚至产生了一种错觉，他的谋反似乎从一开始就被嬴政牢牢握在手中，而他所做的一切都不过是为嬴政作嫁衣。

这个念头一起，嫪毐的信心受到了沉重的打击。他甚至怀疑赵姬从一开始就选择了嬴政，不然为何甘泉宫守卫重重，嬴政却依然能神不知鬼不觉地把人带走。

嫪毐错失先机，只能疲于奔命地亡羊补牢，可无论他怎么做，小小的相府、渭阳君府，甚至连平时毫不起眼的御史府都没能拿下，这还不是最令嫪毐郁闷的，更让他恼怒的是咸阳城东门，不到一千的守军却在一个毫不起眼的人手里坚守了整整两日。对于嫪毐来说，就像有人拿着一支箭抵在他的胸口，寝食难安。

嫪毐在李斯和吕不韦的部署中，渐渐显出疲态，而远在雍城的嬴政也终于迎来了继位九年以来最扬眉吐气的时刻，没有什么能比一代君王真正掌权更加心神振奋。

自从看破嬴政的心思之后，李斯再不敢越俎代庖，全程都安守本分地站在群臣之中，看着嬴政在华阳太后的辅佐下祭祖、祭天、加冕，然后授玺。

加冕亲政的仪式刚刚完成，王翦就带着他从骊山大营带来的半数兵马赶到了雍城，好消息也接连传来，沉寂许久的雍城大营也终于有了动静。之前被嫪毐假传王诏控制起来的蒙骜和蒙恬终于在李信和王琦的帮助下脱离控制，杀了假传王诏的卫尉，再次掌控雍城大营。

万事俱备，嬴政坐镇雍城，连下两道王诏，命王翦和蒙骜率两路大军，蒙恬、王琦为副速速赶往咸阳，同吕相内外合围，半月之内拿下咸阳，捉拿嫪毐。嫪毐正焦头烂额地命人攻打城门，王贲的大军就匆匆赶到，大军入城犹如洪水，连同整个咸阳城的百姓都奋起抵抗。

嫪毐计划了整整三年的谋反就这样雷声大雨点小地化为泡影。嫪毐的人努力坚持，最终也只坚持了半个月，甚至连一个大臣的府邸都没能攻破。不，严格说起来，只有李斯的府上被嫪毐的兵马闯了进去，可进去之后才发现，李斯的家早已人去楼空，就连一个奴仆都没留下。

那一刻嫪毐终于意识到大势已去，连忙带着仅剩的人马由西城门出，连夜奔逃。可他却偏偏忘了，既然秦王已经亲政，李斯和吕不韦早在一年前就看破了他的计划，又岂会给他留出退路。

嫪毐刚出城，王翦就兵分两路，由王琦带兵追击嫪毐的残部，自己则坐镇咸阳，绞杀还没来得及逃出去的叛臣。嫪毐的残部恰巧撞上从后方包抄的蒙骜大军，瞬间被包了饺子，嫪毐抵抗不过，只能束手就擒。

咸阳初定，但谁都不敢断定咸阳城真的安全，嫪毐也被蒙骜押解到了雍城，一路之上谩骂不止，污言秽语不绝于耳，这些话传到嬴政的耳中，他却只是微微一笑，让李斯带着两个麻袋去牢中看望，最后还不忘叮嘱一句，自己回来就行，那两个麻袋已经没用了。

李斯领命转身而去，次日就有人说，李斯就去牢中看了一眼，嫪毐就哑了，也疯了。李斯没有在意，也没有做出任何解释，最后嫪毐还是被判了车裂，凡涉及的县卒、卫卒、官骑、戎翟君公一众有官职的全数腰斩，府中舍人黥面流放，无赦不得返回咸阳。

至此嫪毐之乱总算平息，为了安全嬴政直到次年才班师回朝，看着已经被打扫一新的宫殿，嬴政心中五味杂陈。

华阳太后作为剿灭嫪毐的绝对功臣从华阳宫搬回了秦宫，芈姓众人也随着这次平叛中的表现重回朝堂。嫪毐之乱已经彻底被剿灭，接下来就到了论功行赏的时候。

阳泉君和华阳太后自是不必说。随着赵姬被嬴政禁锢在雍城萯阳宫不准再回咸阳，华阳太后就成了秦宫中最有权势的人。昌平君功勋卓著获封相国，嬴政直接将长信侯的半数封地给了他，芈策也在李斯的举荐下被封昌文君，剩下的武将全数按照在这次平叛中的表现加官晋爵，唯有李斯和吕不韦有些尴尬。

嬴政就像把他们忘了一样，既没有晋封，也没有赏赐。李斯无奈苦笑，知道这是嬴政在敲打他在这次平叛中的越俎代庖，反而暗自窃喜。嬴政这么发泄出来，实在要比他默不作声、一直记在心里耿耿于怀强。

李斯身心疲惫地回到李府，终于见到了阔别半年的妻儿，云姬明显消瘦了许多。从云姬口中，李斯得知父母因为年迈受了惊吓，又时时牵挂李斯的安危，已经卧床不起。李斯满怀愧意去到父母的床前，可无论他怎么孝敬、让寺医诊治，在见到儿子安全放心之后，两位老人还是先后辞世。

李斯又忙了半月，总算将父母都送走了。他站在厅堂中，望着冷清的庭院这才终于想起一人。李斯赶忙转身直奔内院，推开涟漪房门才猛然惊觉，他似乎已经许久没有见过涟漪。李斯立刻沉了脸，转身向东院走去。

李斯大步闯进云姬房中的时候，云姬正满脸温柔地给李斯缝制外袍。听到李斯来了，云姬先是一喜，刚想询问，却被李斯的表情惊到了。

"大人怎么了？谁惹着你了？"云姬小心问道。李斯却冷哼一声，对着云姬叱问："你还好意思问。我问你，涟漪呢？"云姬脸上的血色瞬间没了，慌乱地起身解释："涟漪？大人可是听说什么了？"

云姬的反应已经说明一切，李斯冷哼，向前一步逼到云姬面前，再次叱问："没有听说，难道就不能问了？说，你到底把涟漪怎么了？"云姬被李斯逼得退无可退，只能搬出刚刚去世的公婆，硬着头皮回道："云姬无错。涟漪的事是公公安排，云姬碍于孝道只能照做。云姬自认即便换作大人也只能如此。"

李斯的脸色更加难看，咬牙切齿地冷笑："是吗？你把她怎么了？"云姬认定即便李斯生气，但碍于孝道也不能把自己怎么样，神情也稍稍平复下来。她倔强地看着李斯说道："我把她送去城外了。这辈子她都别想回来。"

李斯彻底愣住，不可置信地看着云姬，问道："什么时候送去的？"云姬嗤笑，幽幽说道："何时？大约是大人那日在城外被劫杀的时候吧。涟漪听说我要把她送去庄子，一句话也没说就收拾了行李。"云姬说完便坐了回去，看着自己精心给李斯缝制的衣服，一咬牙拿起衣服就扔到李斯头上，把人从房间推了出去。

站在云姬门外，李斯满腔怒火无处发泄，只能转身回了前院。自此李斯便再也没有踏足内院，就好似内院中没人一样。一波未平一波又起，李斯家中的麻烦还没结束，朝堂之上又起风波。

秦王亲政已经将近一年，这一年中吕不韦称病留在咸阳，一直没有赶往雍城，而且对政务的事也彻底放手。正在所有人都以为吕不韦会这么安全度过、老死在任上的时候，却不想在朝会上竟有一人当众怒斥吕不韦的十项罪状。

李斯浑身一僵，缓缓抬头发现那人竟然是周青臣。按说周青臣的发迹离不开李斯的推举和吕不韦的提拔，李斯无论如何也没想到，竟然是周青臣率先对吕不韦出刀。

朝堂之上，周青臣慷慨陈词，逐一列举吕不韦当年独断专行、君臣不分的行径，字字慷慨激昂，振聋发聩，听得李斯整个人都蒙了。嬴政将众文武的反应看在眼中，脸色越发阴沉，什么都没说就宣布退朝。

看着神色各异、鱼贯而出的文武百官，李斯站在章台宫前面的石阶上站立许久，直到有人推了他一下，李斯才总算回头。

王绾静静地站在李斯身后，一年没见他却显得老了许多，须髯皆白，见李斯扭头也只是无奈地叹了口气说道："斯兄，一起走走？"李斯心中烦乱，突然心血来潮，说道："绾兄，可敢与我同去相府？"

王绾猛地睁大眼睛，四下看了看，似乎是觉得自己的反应有些可笑，自嘲道："自然，正有此意。"两人相视一笑，出了秦宫就直奔相府。

此时的相府虽然依旧高墙大院，却没了李斯初见时的震撼，反而显得有些老旧。房顶的瓦片上依稀还能看见嫪毐攻打相府时射上去的箭矢。李斯和王绾的身份早就今非昔比，刚要进府却被郑栗冷着脸拦在了门外。

　　"两位大人且慢。相邦身体不适，谢绝一切外客，请回吧。"

第六十一章

深谋远虑萌退意　功成名就良弓藏

　　王绾和李斯闻言皆是一愣。当年嫪毐叛乱，郑栗曾带着相府三百卫士星夜护送李斯和嬴政赶往雍城，所以李斯自认和郑栗感情非同一般，遂问道："郑兄可否通禀一声？告诉相邦，是我与绾兄来了。我想……"李斯刚想说"相邦或许会见我们"，却被郑栗打断了。

　　郑栗虽然脸色不太好看，说话还算客气，他看了李斯一眼，说道："不用问了。相邦特意叮嘱过，若是廷尉大人和王绾大人到访，便告诉两位，求仁得仁，无需再见。"

　　一句求仁得仁让李斯和王绾喉咙一哽。其实当他们发现是周青臣弹劾吕不韦的时候，心里就已经有了猜测，此次到访更多的也是为了证明心底的猜测。

　　两人对视一眼，只能悻悻离开。既然吕不韦都说求仁得仁，那他还能做什么？果然又过了两日久未出府的吕不韦竟然也来了朝会，而且还兴师动众地让人抬了整整三箱竹简摆在朝堂之上。

嬴政凝眉看着那三箱竹简，一时之间没有猜到吕不韦这是要做什么，反倒是李斯看到那三箱竹简，眼圈瞬间红了。他若没猜错，那三箱竹简定然是编撰已久的《吕氏春秋》，也是他当年起草了雏形的旷世巨著。

　　正是因为参与过，李斯才更加清楚编撰这部巨著的艰难，视线也不由追着吕不韦看。又是一年，吕不韦明显比之前更老了，走路都需要拄着手杖，脸上却是一团和气："大王，这是本相让人编撰的《吕氏春秋》，终于在年前完成了，臣这一生奔波劳碌，唯一的幸运就是认识先王。吕不韦自认对先王还算忠诚，所以老臣想求大王一个恩赐。"

　　吕不韦的示弱让嬴政有些招架不住，他早已习惯了吕不韦的强势，习惯了吕不韦的说一不二，却从没想过有一天吕不韦竟然向他示弱。一股得意从心底升起，嬴政看着吕不韦，说道："相邦请说。"吕不韦笑得像个慈祥的长者，眯着眸子扫过朝堂上的众人，说道："老臣想请大王将《吕氏春秋》置于宫门之外，昭告天下，谁能把书中的文字增加一个或减少一个，甚至改动一个，就赏黄金千两。"

　　吕不韦虽然老迈，但他在说出这句话的时候，声音却异常洪亮，眼底也瞬间迸射出一抹精光。嬴政蹙眉看着那足足三箱的竹简，不由问道："哦？相邦如此自信？"吕不韦抿唇一笑，回道："大王放心，所需黄金吕不韦早已备下，不会劳烦大王。"

　　嬴政盯着吕不韦看了许久，终于笑了，大手一挥就让御史大夫冯长山按照吕不韦的话草诏，明日张贴在咸阳城楼之上。吕不韦见嬴政答应了自己的条件，笑容更深，放下手中的手杖，冲着嬴政拱手作揖，淡淡说道："臣听闻周大夫前几日当廷列举十条罪状，说老臣是目无君上的奸臣、权臣，老臣以为言之过甚，十条罪状，老臣虽然无力反驳，但请大王看在吕不韦年迈，允准老臣将功抵过，回封地养老。"

　　对于周青臣的指控，吕不韦只用了一句"言之过甚"盖棺论定，却没有反驳周青臣列举的每一条罪状，算是默认了。而他提到的将功抵过也让嬴政产生了兴趣，问道："哦？相邦此话何意？"既然吕不韦主动请退，嬴政也不想赶尽杀绝，毕竟那是曾经对他关爱有加的仲父。

吕不韦咂了咂嘴，深吸一口气说道："还请大王移驾，跟老臣出去走走。"听到这话，嬴政的脸色瞬间沉了下来，对于吕不韦的忌惮让他不得不想，吕不韦这么做究竟是真的想退还是以退为进，想要更进一步。毕竟嫪毐之乱犹在眼前。李斯和王绾已经从吕不韦的举动中看出了他的心思，见嬴政迟疑不定，咬了咬牙同时向前迈步，走到大殿中央说道："大王，臣请大王移步。"

王绾也同样说道："大王，相邦忠心可昭日月，还请大王移步。"看着李斯和王绾同时替吕不韦说话，嬴政却笑了，从王座中起身，缓步走下台阶说道："好，既然王绾和李斯都敢为相邦作保，那寡人就跟相邦走一趟。"

吕不韦的脸上依旧波澜不惊，众人却在这时忍不住眨眼睛，鼻子也莫名有些酸涩。同朝数十年，即便有些人和吕不韦政见不合，也大致了解吕不韦的心思。他们都意识到了，今日将是吕不韦退出朝堂的最终谢幕。

队伍在吕不韦的引领下浩浩荡荡地出了章台宫，径直去了秦宫西南角的咸阳武库。嫪毐谋逆曾占领过武库，后来嫪毐落败，武库就落到了吕不韦的手中，众人都隐约听闻，嬴政在雍城的这一年，武库曾经扩建、翻修过，再见却都愣住了。

原本不过三五间屋舍的武库此时已经绵延数里，放眼望去屋舍仿佛看不到边。吕不韦步履蹒跚地领着众人走到其中一间，用力把门一推。木门厚重的声音响彻耳畔，随即众人就被眼前的一切彻底惊呆了。武器，整整一间屋舍摆满了武器，秦剑、长槊、强弓、羽箭、盾牌比比皆是，粗略一算，这么一间屋舍中存放的武器就够装备数千甚至近万人。

嬴政也呆住了，他站在门口仰头扫过一件件兵器，不自觉抬脚走了进去，甚至忍不住拿起其中一柄长槊仔细验看。吕不韦见状欣慰一笑，拄着手杖也走了进去，站在嬴政身后说道："大王，这是老臣历经十几年为大秦备下的东出装备。因为运送费时，这里只是其中一半，剩余的另一半已经被老臣秘密运往函谷关，只需大王一声令下，这些武器足够装备百万之师。"

李斯一直站在吕不韦身后，听到足够百万之师的瞬间，忍不住问道："相邦，这些兵器所耗之资……"吕不韦笑了，略带感激地看了李斯一眼说道："所耗之资皆出自本相私库还有封地的税收。"吕不韦的语气中掺了一丝得意，可李斯的心却再一次不由自主地一缩。

都是出自私库，这些兵器即便是举全国之力也要至少两年，甚至三年才能做到，吕不韦这是将全部家财都用上了。

不单是李斯，此时就连嬴政听到吕不韦的回答也愣了半晌，目光所及之处都是精良的兵器，他甚至不禁好奇，吕不韦到底有多少钱？正想着，嬴政脑中忽然想到周青臣的十条罪状中似乎有一条：封地连年苛税，民不聊生。

嬴政自小就喜欢举一反三，想到苛政，嬴政便又想到了另一条：独断专行。若是换个角度，当年吕不韦力排众议将镰公罢官夺权会不会另有深意？这些念头一起，嬴政看向吕不韦的眼神都变得温和起来。

吕不韦却好似没看见，对着嬴政继续说道："大王，这些兵器可否换老臣一命和族人不受牵连？"嬴政的心不由一缩，许久才哑着嗓子说道："仲父，已然决定了？"今日之事，吕不韦明显是故意的，几乎所有的事情都破绽百出，嬴政不傻，又岂会看不出端倪。

先不说周青臣出身相府，是去年才从相府离开，被李斯举荐做到现在的官职，就单说眼前的武库，这一年吕不韦没去雍城，看似是目无君上，但在场的人都明白，要扩建这么一个武库，吕不韦一人定然需要耗费不少心神。

吕不韦淡然一笑，对着嬴政说道："老臣年迈，劳累一生已经没什么能给大王了，所以老臣唯一的愿望就是，望大王允准老臣携家眷回封地养老。"吕不韦去意已决，嬴政却突然不舍，看着吕不韦已经佝偻的腰，许久才道："好，寡人答应你。"

自那日朝会之后，吕不韦就再也没有出现，就这样过了将近一个月，嬴政终于有了动作，一日连下三道王诏。

其一：吕不韦年迈，但念在其有功于大秦，往日罪行既往不咎，革去相邦之职，限一年之内携家眷回到封地。吕氏族人不受连累，也永不录用。

其二：王绾忠心耿直，才堪大用，即日起晋封王绾为左相。

其三：李斯在平叛嫪毐之祸时功绩卓著，尊李斯为客卿。

这三道王诏让李斯有些措手不及，他虽然知道，嬴政迟迟不对他论功行赏，是有意打压，以此来敲打他之前的越俎代庖。可这个赏赐的时机却让他更难受，吕不韦终究还是同料想的一样被撤了职，甚至还限期一年让他离开咸阳，偏偏这时他却加官晋爵，这感觉怎么想都有些别扭。

心情复杂地谢过恩，李斯手持王诏和金印等到所有人都走了才转身走出大殿，一抬头就看到许久未见的夏阿房正笑吟吟站在那里。李斯只能挤出一丝笑意，迎了过去。"恭喜先生，贺喜先生。"夏阿房不等李斯走近，便行礼道贺，反倒惹得李斯有些不好意思，笑了笑说道："同喜，同喜。许久未见，李斯还没恭贺姑娘，不，夏夫人得偿所愿。"

第六十二章

阿房女封夏夫人　立场不同观念变

秋日正好，微风和煦。李斯和夏阿房两人不禁相视而笑。要说起来，李斯和夏阿房的关系有些微妙，当年他们一起陪着嬴政走过艰难时光，夏阿房更是几次出手救过李斯，所以在李斯看来，夏阿房更像是自己的妹妹，格外亲近。

当初李斯带着嬴政连夜出宫，不得不将楚夫人和公子扶苏一同留在宫中，夏阿房为了公子扶苏选择主动留下，所幸遇上了聪明伶俐的赵高，将人藏在六英宫下的浅水中，才勉强躲过了嫪毐派来的人，成功护着扶苏等到了王翦将军的救援。

只可惜楚夫人生产不久，又受了惊吓，在水中泡了将近半月，获救之后就生了病，没多久就香消玉殒，留下一个尚在襁褓的稚子无人照料。嬴政加冕亲政之后，赵姬被禁锢在蕲阳宫不得外出，再也没有人能阻止嬴政和夏阿房。于是嬴政在回到咸阳的第二个月，便下诏将公子扶苏过继到夏阿房名下，顺势将夏阿房纳入后宫，封了夏夫人。

两人再次相见，身份已经截然不同。夏阿房看出李斯的心情不佳，笑着对李斯说道："先生可是在为相邦的事烦忧？"李斯闻言先是一愣，饶有深意地看向夏阿房。他知道夏阿房虽然聪慧，但对朝局之事并不上心，更何况是这种晦涩的事，只怕她此来别有深意。

　　夏阿房看李斯挑眉，知道被他看出了端倪，也不尴尬，而是笑着说道："先生可愿一同走走？"李斯侧身让路，恭敬道："夏夫人请。"夏阿房也不客气，昂首走上通往后宫的小径。两人默默走了大概一刻，直到能望见六英宫的屋脊才停下。夏阿房垂首，语气不疾不徐地说道："先生定然已经猜到，其实是大王让阿房来的。"

　　李斯心下了然，从夏阿房提及吕不韦，他就已经猜到了，于是恭敬作揖说道："不知大王有何吩咐？"夏阿房叹了口气："大王让阿房告诉先生，相邦的事先生不必忧心，大王这么做只是想让相邦安心养老。"夏阿房耐心解释，李斯的心里却没有多少波澜，毕竟这些道理他都懂，只是过不去心里那道坎罢了。

　　李斯笑了笑往前走了几步，对夏阿房说道："李斯知道了。谢谢夏夫人。"夏阿房再次屈膝行礼，既然该说的话都已经说了，以夏阿房现在的身份，不方便见外男也就不再停留，临走的时候，夏阿房终究还是忍不住，对李斯说道："先生，大王毕竟已经成年，很多时候他也是身不由己，还请先生多多担待。"

　　李斯赶忙躬身作揖，说道："不敢不敢。夫人的提醒，李斯时刻铭记。"李斯的态度越来越疏远，夏阿房不禁生出闷气，终究还是忍不住说道："先生，阿房待先生的心从未变过，以后也是。若有需要，先生尽可以同以前那般对阿房实话实说。"扔下这句，夏阿房也不再停留转身而去。

　　李斯胸口憋闷，回到李府，一抬头就发现府门外停满了马车，他微微一愣才想到这些人的目的，苦笑着走上石阶。李斯刚进院中，就见厅堂内站满了人，院中立着四五个貌美的女子，李斯没有多想，迈步走进厅堂，一眼就看到御史冯长山。看着这个吕不韦昔日的政敌，李斯努力扯了扯嘴角大步迎上去，热络地同在场的人嘘寒问暖。

这其中有些是外臣，有些是每次朝会都会遇见的同僚，却难得像今日这般热络。李斯为人圆滑，将所有人都招待得极好，直到离去，李斯才知道院中的那几个美姬竟然是他们送的贺礼。若是以往李斯一定会断然拒绝，但此时李斯想起不知去向的涟漪，他脑中一热竟全都收下了。

李斯将朝臣送来的贺礼全数收下，消息立刻传到了二院，此时的李由已经十二岁了，身长已经高过了云姬，听到这个消息的时候，难得没了往日的老成，慌忙地冲进了云姬的院子。

儿大避母，李由站在院中，焦急地等着母亲的女婢通报，云姬过了许久才开门。看着儿子一脸焦急，云姬连忙问道："由儿，怎么了？"李由没有回答，反而小心询问云姬："母亲是要同父亲继续争吵下去吗？母亲可知父亲今日做了什么？"

云姬被李由问愣了，看着自己悉心教导的儿子，云姬只觉满腹委屈，半晌才哽咽问道："你也觉得是母亲错了？"李由看出母亲这是钻了牛角尖，无奈走到云姬身边将母亲揽入怀中细心安慰："母亲，由儿自然知道母亲的委屈，但母亲可曾想过，父亲虽然偏爱涟漪姨娘，但对母亲却始终尊重，对我和尧儿也不偏不倚，这样不好吗？难道真的要让父亲养上一院子的歌姬、舞姬母亲就开心了？"

李由细心开导，生怕云姬对前院那些美姬不以为意，语气也变得尤为凝重："母亲，你可知道那些歌姬、舞姬都是何人？那些官员为何要豢养歌姬四处送人？"云姬被儿子问得一愣，随着情绪的缓和，云姬也渐渐冷静下来，不由问道："为何？"

李由沉声回道："因为她们都是被训练好的奸细、耳目。母亲仔细想想，若府中都是别人的耳目，只怕父亲几时吃饭、出府、见过什么人、说过什么话都被这些人传递出去，一荣俱荣、一损俱损，母亲难道就不怕吗？万一将来父亲同他们政见不合，这些人很有可能成为杀了父亲的利刃，到时候母亲你后悔也晚了。”

云姬脸色都白了，她脑海中不断浮现出儿子描述的场景，甚至陡然想到了曾经听父亲说起的往事。那是父亲的一个同僚只因在酒桌上说错了一句话，不想被人传到了国君的耳中，一家三十二口，全数腰斩。云姬不禁打了个冷战，有些六神无主地看向儿子：“由儿，母亲……母亲该怎么做？”

李由见母亲认识到事情的严重，叹了口气拉着云姬的衣袖说道：“母亲莫要慌乱，你看着我的眼睛。你与父亲不过是拌了句嘴，只要你同父亲服软，认错，然后主动将涟漪姨娘接回来安置，给她一个名分。若父亲还不消气，你就干脆主动提出将尧弟过继到你名下，父亲不是个不懂分寸的人，定会欣然同意。依由儿揣测，父亲甚至还会觉得委屈了母亲，对母亲比以往更加敬重。”

云姬呆呆地听着，脑中想到的却是李斯对她冷面无情的样子。云姬虽然觉得委屈，可是为了儿子，她什么委屈、什么苦都能忍。想到这，云姬对着儿子点头，说道：“好。母亲都听你的。”李由见云姬点头，立刻对着云姬的女婢说道：“还愣着干什么？赶紧帮母亲洗漱装扮，我这就去前院找父亲。”

李由说着，心疼地看了眼云姬，转身大步走出小院。可等到李由返回前院厅堂的时候，里面已经人去屋空，更不见李斯的踪迹。李由赶忙找来仆役询问，才知是李斯的好友来了。李由略作迟疑，最终还是硬着头皮去了李斯书房。

整个咸阳城能进李斯书房的人不多，能让李斯亲自迎接的更是少之又少。李由刚走到书房门前，就听见一个粗犷的声音说道：“咱老樊这次算是丢人了。”李由一想就猜到这人该是樊於期将军，据说他与父亲的关系极好，曾十分照顾父亲，自来了咸阳，李由还从没见过。

李由略作沉吟抬手敲门，喊了一声："父亲。"李斯正在同樊於期说话，听到李由的声音，就想起云姬，心底多少有些不快。李斯正准备呵斥，让李由退下，樊於期却猛地起身，一脸好奇地拉开房门。李由被眼前的魁梧汉子吓得一愣，眼底满是惊骇。樊於期却十分好奇，将李由上下打量，转头对李斯问道："这就是李由？"

李斯无奈只能点头，樊於期却更加兴奋，一把将李由拽进书房，对着李斯笑道："果然是虎父无犬子，你看看这长相，这老成持重的模样，与斯兄一般无二，将来定能出人头地、前途无量。"李斯虽然还在置气，可听到好友夸赞，李斯多少有些洋洋自得，笑道："过奖，过奖。不过是个顽童罢了。"

李斯自谦，樊於期却不干了，好奇地捏了捏李由的胳膊腿，又揉了揉李由的后脑，然后自告奋勇地冲李斯说道："哎，斯兄过谦。我看由儿就很不错，你若不嫌弃，就让由儿明天开始跟着咱老樊学习骑射、兵法。咱老樊虽然不济，却敢保证将由儿培养成平定一方的将军。"

李斯虽然熟稔帝王术，甚至对治国策论了如指掌，唯独兵法略有不足。倒不是李斯不想去学，但带兵讲究的是实战，否则就会沦为赵括之流，只能沦为笑柄。听到樊於期自告奋勇要教李由，李斯虽然有些顾虑，却还是立刻点头叫好。李斯缺的不是兵书，也不是调教李由骑射、剑术的人，而是一个能够将李由带入军中的人，樊於期虽然勇猛有余、谋略不足，但他的身份却是摆在那里的。

"既是如此，那李斯谢过樊兄。"李斯生怕樊於期后悔，连忙敲定。樊於期依旧是大大咧咧的性子，闻言大手一挥说道："斯兄放心，这事包在咱老樊身上。"两人一拍即合，李由也没想到自己不过是来劝和，阴差阳错居然认了个师父，更没想到的是，樊於期的这一次兴起，竟也为秦国培养了一员能征善战的大将，在将来东出平定六国的时候，立下了汗马功劳。

不过这些都是后话，此时的李由心心念念都是怎么把父亲的那些歌姬送走，怎么修复父亲和母亲之间的感情。李由仰头看着樊於期那毫不掩饰的喜欢，忽然心生一计。

"父亲，外面的歌姬都要留下吗？由儿以后遇见，该怎么称呼啊？哦，对了师父，你府上也有很多歌姬吗？"

第六十三章

贤妻美妾后宅置　遣散歌姬赠同僚

听着李由的话，李斯脸色一沉，之前脑子一热就把人留下了，李由都懂的道理，作为他的老子，李斯怎么可能不知道。只是此刻那些歌姬犹如烫手山芋，留之定然是祸，可现在送回去却也晚了，只会平添麻烦。

李斯原本想着不如将他们全数关在内院，就放在涟漪住过的院子，也气一气云姬，李斯说道："由儿。这些与你无关，休要多言。父亲会把她们安置在你涟漪姨娘的院子里，你以后不会遇见。"李由听到这里，便猜到李斯定然已经醒悟，可就算把人关起来也不能安心，最好的办法还是把这些女人都送出去。

奈何李斯没有听懂自己的意思，李由只能继续说："是，儿子知错。不过父亲，涟漪姨娘的院子怕是放不下。就在刚才母亲对由儿说，涟漪姨娘身世坎坷，既然祖父和祖母已经过世，她打算明天就去把涟漪姨娘接回来，也好让姨娘继续照顾父亲。"

李由的话一环扣一环，说话的时候眼睛却直勾勾地盯着樊於期。李斯终于听出了儿子的话外音，原来是替云姬向他示好。句句不离那些姬妾，看来李由也看出了那些舞姬、歌姬的身份。李斯不由看着儿子明亮的眼睛，心怀安慰地冲着儿子笑道："哦？你母亲当真这么说？"

李由哪敢迟疑，连忙点头说道："当然。母亲的贤惠父亲自是知道。母亲还说要给姨娘名分，甚至还准备将尧儿弟弟也继在自己名下。"李斯听到这里，胸中的郁结瞬间打开，能做到这个份儿上，他若是继续计较就显得小肚鸡肠。可那些歌姬、舞姬该如何处置？李斯皱眉看着儿子，不由顺着他的视线看向一旁的樊於期，心中大喜。

李斯冲儿子挤了挤眼，然后拉着樊於期走到窗前，推开窗看向院中那几个还没来得及安置的歌姬、舞姬问道："樊兄，你家中姬妾几何？"樊於期就是个粗人，根本没有李斯父子这些弯弯肠子，看见美人眼睛都直了，连忙说道："只有一个发妻。斯兄，你这院中的美人……"

李斯淡淡一笑，抬手指着院中的人说道："这几人可有樊兄看中的？若是都喜欢，樊兄也可以都带走。你也知道，李斯家中贤妻美妾，实在是无福消受。"李斯煞有其事地解释，生怕樊於期怀疑他的用心，却没想到樊於期压根儿就没听见，眼睛恨不得直接长到那几个歌姬和舞姬身上，听到李斯要把人送给自己，立刻哈哈大笑："真的？斯兄可莫要消遣咱老樊。"

李斯连忙解释："怎么会呢？樊兄若是愿意，李斯感激还来不及。"就这样李斯在儿子的引导下嫁祸他人，直接把那些耳目送去了樊於期的府上。后来那些送人的官吏，听说李斯竟然把人全都送给了樊於期，差点没气死。

有了李由从中斡旋，云姬即使不愿，第二天还是亲自坐着马车去了咸阳城外的庄子将涟漪接了回来，不但好好地送回了院子，甚至当众承认了涟漪的身份，而且还保证等到李尧十四岁束发之时，就将李尧继在自己名下，现在孩子还太小，就先留在亲母身边。

云姬亲自接回家中小妾，甚至还主动要把小妾之子继在自己名下，这件事经由李由之口传了出去，很快就在整个咸阳传递开来，不但为云姬谋了个好名声，甚至也帮李斯树立了一个重情重义的名声。

涟漪回来之后，也意识到了自己的错误，主动下跪向云姬认错，而且保证以后会更加谨守本分，绝不让主母为难。后院安定之后，李斯在仕途上也越来越得心应手，就在这时，郑国也终于传来了阔别已久的好消息。

渠终于修好了，只需等到明年开春就能开渠，到时不要说水患，有了这条绵延三百多里的水渠，关中平原的土地就能得到灌溉，不出三年，就能改造贫瘠的盐碱地，获得四万顷的良田。

听到这个好消息，嬴政大为高兴，当即决定明年开渠之日，自己亲临现场。有了这样富饶的土地，种田的人又成了目前的难题。秦国虽有吕不韦的一系列改革，使得人口快速增长，比之四年前多了半数，可若要耕种那四万顷的土地，这些人还远远不够。

李斯和王绾为此几次商议，却没能想出好办法，正在两人焦头烂额的时候，一个消息不知被谁传到了嬴政的耳中。在得知吕不韦被贬之后，其余六国的人竟然蠢蠢欲动，甚至不惜派人来到咸阳，只为劝说吕不韦离开秦国。李斯从嬴政口中得知这个消息的时候，就意识到吕不韦的命怕是保不住了。

出了秦宫，李斯看着即将落山的夕阳，对孙林低低地说道："把车驾到相府后面的小巷子里去，在那里等我。"而李斯则在马车停下之后，从后门悄悄进了相府，再次见到吕不韦，李斯的眼泪都差点落下来。他看着躺在床上已经不能起身、须发皆白的老者，就知道吕不韦命不久矣。两人没有客套，李斯只淡淡说了一句："相邦可需李斯效劳？"

吕不韦闻言缓缓点头，浑浊的眼睛竟流下两行清泪，然后仰头看向儿子，张了张嘴。吕不韦之子看到父亲的举动，默默颔首，转身走出卧房。

吕不韦之子刚走,吕不韦就努力张着嘴对李斯说道:"妹儿骄纵,你多担待。若……若有余力,还请……护……护我子孙一二。"李斯闻言用力咬牙,对着吕不韦哑声说道:"相邦放心,李斯若有机会,定会护住吕家后人。"吕不韦闻言直直地看着李斯,许久才嗫嚅了一句:"有……有劳了。"

吕不韦和李斯虽然在外人看来是没有交集,吕不韦甚至几次差点害得李斯走投无路,但他们之间的情谊也是旁人不能理解的,就像吕不韦明知李斯不是善人,不是正人君子,却依旧放心对他托孤。还有李斯,即便他对吕不韦的恨意多过感激,甚至经常想弄死吕不韦,但对吕不韦的家人,他却是真心实意想要保全,不为别的,只为将来有一日,自己也能有这样的一个退路。

卧房里渐渐安静下来,时至今日李斯和吕不韦也确实没有什么好说的。不多时,吕不韦之子就领着一个二十五六的女子走了进来。

女子身穿粗布衣服,容貌极美,举手投足都是大家风范,见到李斯也不意外,只是对着李斯略一欠身。吕不韦急喘过后再次开口,对吕姝叮嘱道:"姝儿,父亲与你兄长即将大祸临头,怕是保不住你了,这位是涟漪的夫君,你放心跟他去吧。他定会保你平安,此生无忧。"

吕姝似乎早有预料,闻言脸上没有过多的反应,再次向着李斯欠身。此刻的相府已成众矢之的,李斯不敢久留,只能带着吕姝从后门悄悄上了马车,直奔李府。

回到李府,李斯就把吕姝安排到了涟漪院中,自吕不韦同他主动告老的那日起,李斯就已经在防备这一天。果然第二日就传出了吕不韦准备启程回封地的消息,李斯没敢把这个消息告诉吕姝,又过了十日,一个噩耗终于传入咸阳。吕不韦在赶回封地的路上,难以忍受病痛,服毒自尽了。

听到这个消息的瞬间，李斯就知道吕不韦这是在用自己的方法保护儿子和后人，却不想吕不韦机关算尽，最后关头算错了。六英宫中，嬴政难得再次发怒。最早陡然听到其余六国都在觊觎吕不韦的时候，嬴政是曾想过要赶尽杀绝，毕竟嬴政一向信奉的便是不能为他所用，便是敌人。然而听到吕不韦服毒的时候，嬴政却是满腹的恼怒，恼怒吕不韦对他的揣测和猜忌。

吕不韦宁愿服毒，也不相信他会看在以往的情分放过他的家人，这让嬴政心中无比挫败，那一日他坐在六英宫中，面对着李斯的那张羊皮地图，脑中回想的却全都是吕不韦一次又一次救他于危难的记忆。

从逃离赵国到跟着母亲闯进秦宫，再到章台之乱，然后父王继位，嬴政的每一步都如临深渊。若不是吕不韦处处庇护，只怕他和母后早就客死异乡。嬴政想到这里，叹了口气，环视周围，脑中回想起十几年前，当年父王和吕不韦在这里畅谈国事，计划有生之年东出函谷关，平定六国、一统天下时的情形。

可谁能想到，这两个人最后竟然都没能等到一统天下的日子。嬴政把自己关在六英宫整整一天，夏阿房无奈只能命人去请李斯，想让他劝劝嬴政。李斯的心情也不好过，他从没想到，吕不韦最后竟然如此收场。李斯跟在夏阿房身后，跟着她怀抱公子扶苏走进六英宫，然后就看着嬴政枯坐在台子上，那一瞬他感觉鼻子微微有些发酸。

夏阿房将扶苏递到嬴政面前，说道："大王，你看，扶苏已经会叫爹爹了。"嬴政却没有反应，依旧死死地盯着羊皮地图，仿若未闻。李斯无奈也向前走了几步，站在嬴政面前说道："李斯见过大王。"

嬴政的眼睛突然眨了眨，叹了口气看向李斯，说道："你怎么来了？"李斯被问得一愣，不由扭头看向夏阿房。夏阿房连忙解释："大王，是我让先生来的。"嬴政这才转头看了眼夏阿房，说道："你也来了。"

阿房女无奈颔首，却还是继续说道："大王，你已经一天没吃东西了，这样下去身体怕是受不住。"嬴政却只是摆了摆手，随即起身走到羊皮地图面前，喃喃说道："李斯，寡人究竟何时才能东出？有了相邦给寡人留下的百万兵器，难道寡人还要忍吗？"

李斯没有答话，而是静静地看着嬴政。因为他知道，嬴政这么问不过是心里难受，他其实比谁都清楚，若要出兵，以现在的秦国国力还远远不够。

秦国虽有百万兵器，却没有可以使用这百万兵器的兵力。统一天下，不动则已，动就要一蹴而就，这样的能力秦国同样没有。再就是震慑力，足以让各国胆寒的国力，同样欠缺。如此，贸然出兵只会劳民伤财，让秦国陷入拉锯战。

嬴政没有等来李斯的回答，苦涩一笑，猛地回头看向李斯又问："李斯，依你看来，秦国若要东出还需多久？"李斯这一次没有沉默，而是郑重地答道："还需十年。"

第六十四章

秦王野心统天下　休养生息十年约

赢政冷冷地看着李斯，像是在压抑怒气，嗤笑一声，再问："十年？开玩笑，以秦国此时的国力、兵力足以震慑其余六国，李斯你什么时候也变得这么小心了？"

面对赢政的讥讽，李斯面不改色，阔步走到地图之前，抬手指着韩国说道："若大王只想灭掉韩国，今夜就可出兵。估计两个月，蒙骜将军就能帮大王拿回韩国的金印。可大王是否想过，一旦真的灭了韩国，赵国、魏国和楚国会作何反应？

"秦国意欲统一天下的心，列国早已知晓，一直没有动静也不过是自扫门前雪，以为秦国暂时还不会这么做。可一旦韩国被灭，这三国立刻就会醒悟。届时为了自保，他们若同时向秦出兵，大秦国现今的兵力，能否同时抵挡来自赵魏楚的攻击？"

赢政沉默了。

李斯的话他其实知道，只是多少有些不甘。十年，十年！他都不敢肯定自己能不能活到那个时候。李斯盯着嬴政脸上的表情，不一会儿也笑了，随即感叹道："吕相已然看不到秦军东出时的盛况了，但李斯还行。再过十年，李斯还不到五十，定然会帮相邦好好看一看，秦国的雄师是怎么踏平这些国家的。"

嬴政默默听着李斯的话，随即豁然一笑，对着李斯说道："好！那寡人就等。等到十年之后，秦国拥有足够的实力，逐一灭掉他们。"君臣就这样达成共识，有劲往一块使。

第二年，郑国所修的水渠开渠，水患彻底解除，嬴政颁布王诏，凡入秦者，无论男女老少都能得到一块土地，前三年不收任何赋税。

秦国一直安分守己，可赵国却在赵偃的统治下，四处惹是生非，同燕魏齐打了个遍，虽然胜负都有，但版图却在这几年渐渐壮大，甚至有了吞并魏国的趋势。

嬴政通过姚贾和顿弱的密信，对此了如指掌，却始终装作不知，甚至连魏国派来使臣求救都避而不见，对外只说，嫪毐之乱让秦国元气大伤，无力出兵，无力征讨。魏公主嫁给嬴政之后，也彻底对魏国寒了心，面见魏国使臣，回答也跟嬴政一样：秦国重创，无力相助。

第三年，经过三年的灌溉，关中的盐碱地已经能够播种作物，而那些因为战乱无处容身的难民也在听说了秦国的政策之后，源源不断地涌入秦国。其中甚至不乏一些名门之后，还有各国的武将。韩国虽然没有参与这场大乱斗，却因为韩王的昏聩，气走了不少能臣干将，其中就有一个名叫内史腾的将军主动降秦。

不到三年秦国的人口就翻了一番，甚至有人还会呼朋唤友地来到秦国，四万顷良田半数以上都有人耕种，当赵燕齐发现不对的时候，想要再阻止也已经晚了。

第五年，仅关中一年的赋税就比秦国往年全年的税收多出两成。郑国也因为修渠的功劳被嬴政留在了秦国，给了他一个小官赴任去了。临走时，郑国还不忘回了一趟咸阳，和李斯畅谈许久，临走又去韩非的墓上祭奠一番，这才赶着车出了咸阳。

一晃到了嬴政十六年，李斯作为客卿，位同副相和王绾强强联合，仅用了六年就达到了他们预计十年的效果。国库充盈，即便不再收税，也足够百万大军两年吃用。兵器也在吕不韦的基础上增加了近一倍，如此，即便在战场上兵器受损，秦国也有足够的兵器更换。

不过渐渐也有弊端显现，以华阳太后为首的楚系在朝中的势力越来越大，隐隐有了当年吕不韦的势头。李斯和王绾对此看在眼中却没有声张，只是暗中压着楚氏，防止昌平君成为第二个吕不韦或是嫪毐。

华阳太后的日子却很不错，自赵姬在雍城郁郁寡欢薨了之后，嬴政也不自觉和华阳太后亲近起来，当然其中最关键的还是小公子扶苏。

扶苏虽然被继在了夏阿房名下，但他毕竟是楚公主所生，严格说起来也算是华阳太后的亲外孙，有了这层关系，华阳太后时不时就把扶苏留在身边教导，夏阿房反而见的次数越来越少。这些年，为了稳固其他几个国家，嬴政的后宫也不断地充盈，那些女人也相继怀孕，生了十几个小公子和七个公主，唯独夏阿房的肚子一直没有消息。

就这样，在李斯和王绾都觉得万事俱备的时候，终于在嬴政十七年的朝会上给了嬴政一张满意的答卷："大王，万事俱备，可以东出了。"听到这个消息，嬴政忍不住哽咽，他看着已经头发斑白的王绾，还有瘦得没有几两肉的李斯，声音颤抖地说道："何人愿替寡人灭了韩国？"

听到嬴政这么说，久无战事早就闲得浑身难受的将军们立刻兴奋起来，正犹豫要怎么开口的时候，一个人却已经站了出来，对着嬴政作揖说道："大王，臣愿往。"

众人无不懊恼，这样的好事居然被人捷足先登，侧头一看才发现，这人竟然是韩国降将内史腾。见状嬴政不禁想笑，看着内史腾问道："哦？内将军？你可知寡人是要灭了韩国，可不是去攻城？"朝堂之上虽然都是秦臣，但因为李斯的《谏逐客书》，还有秦国的客卿政策，这里半数以上的人都是从别的国家来的，效忠秦国倒没什么，但要亲手灭了自己的故国，这内史腾绝对是第一人。

听到嬴政问询，内史腾的脸色有些涨红，支吾半响才道："故国确实难舍，但大王，韩王昏聩，早已使得韩国百姓民不聊生，内史腾这么做，为的是韩国的百姓，只要百姓能安居乐业，内史腾不在乎骂名。"

内史腾的慷慨陈词打动了在场的百官，有的人甚至直接站出来支持内史腾。嬴政也不再询问，直接命内史腾带领五十万大军从函谷关出发，直奔韩国。

其余几员大将虽然没能攻打韩国，却也没闲着，只要韩国灭亡的消息传出，赵魏楚必然会有所行动，而他们的作用就是带兵镇守，防止赵魏楚趁乱出兵。

嬴政十七年秋，内史腾带五十万大军东出函谷关直奔韩国，可怜新韩王都还没来得及反应，就被内史腾围在韩王宫，叫天天不应、叫地地不灵的韩王最终被内史腾从宫中找出，押上了囚车，至此韩国灭亡。

韩国亡国的消息一出，赵国立刻有了行动。此时赵偃已死，他的儿子赵迁成了赵王，或许是慈母多败儿，赵迁比起他的父王更加昏聩，对郭开也更加宠信。一听韩国被灭，郭开就动了心，为了抢功他亲自带兵准备突袭秦国，刚过边境就被王翦带领的大军迎面撞上，一个回合都没打完就丢盔弃甲。

可怜郭开就是个佞臣，讨好赵迁还行，带兵打仗就是个废物，逃跑的时候转了向，稀里糊涂地跑进了秦军大营。王翦看着自投罗网的郭开也很无奈，只能让人绑了押上囚车，送去咸阳。

郭开刚进咸阳，姚贾的密信就送到了李斯手上。信中姚贾将郭开在赵国的所作所为一一细数，末尾姚贾还不忘做了个总结：郭开此人贪财好色，胆小怕死，深得赵王迁的信任，或可用。

赵国和韩国不同，赵迁虽然昏聩而且喜欢享乐，可赵国能臣辈出，虽然廉颇被郭开逼走了，却还有一个李牧。就连王翦都毫不掩饰地承认，对阵李牧他没有胜算。这也正是嬴政还有李斯把赵国放在韩国之后的原因。

李斯在看到姚贾密信的瞬间就想到了一个计策，迫不及待地将计策说给了嬴政。嬴政一听也欣然同意，毕竟能用钱解决的事情，对于当前的秦国来说都不是事。得到嬴政首肯的李斯连夜去了咸阳大牢，拎着食盒走进关押郭开的牢房。

郭开被关在囚车上摇摇晃晃半个月，过惯了锦衣玉食生活的他早就瘦得不成样子，看到李斯他先是一愣，狐疑地询问："你是何人？拿……拿这些美食意欲何为？"

李斯闻言微微一笑，也不回答，让牢头拿来一张矮几，把美食美酒摆好，才开口说道："郭兄不必紧张，李斯不过是久仰郭兄大名，特来一见。"

郭开又是一愣，盯着李斯的官服努力回想，半晌笑道："你？你是李斯？"自从韩非死在秦国之后，李斯的名声也在六国彻底臭了，一些文人甚至不惜写书来痛骂李斯，说他出卖同门，嫉贤妒能，甚至是趋炎附势，有辱斯文。

郭开也听过这些传言，就以为李斯和他一样，也是个贪图享乐、毫无底线的人，于是连忙讨好："斯兄？斯兄可是来救我的？"郭开一脸期待地看着李斯。李斯却苦笑摇头，说道："郭兄见谅。大王要杀你，李斯也无计可施。李斯此次是给郭兄送行的。"

第六十五章

高官厚禄收郭开　小人得志除忠才

李斯一句"送行"把郭开吓得直接瘫坐在地上，脸色煞白，半晌才哆哆嗦嗦说道："斯……斯兄，这可不好笑。秦王与郭开往日无怨，为何要杀我？"

李斯不禁想笑，却还是假装沉痛地说道："唉，郭兄怕是不知，我们大王一直认定不能用的人才就是敌人，既然是敌人自然要杀了才能安心。"郭开听到这里哭的心都有了，不降就杀好像也没错。他正委屈得不行，突然想到了什么，连忙爬到李斯面前，抓着他的胳膊问："等一下。斯兄你刚才说，不降就杀？我没说不降啊？你们也没人问过我呀！"

郭开委屈得鼻涕都下来了，李斯却假装一愣，看着他问："没人问过吗？"郭开赶忙用力点头，生怕李斯不信，继续说道："那王翦抓了我，把我一捆就扔上囚车，进了城就往这牢里一扔，压根儿就没人问过我呀！"

李斯将信将疑地点了点头，就在郭开松口气的时候，却继续说道："算了。没问就没问吧。以郭兄的为人，问不问都一样，赵王对郭兄恩重如山，依郭兄的人品定是不会降的。来，郭兄尝尝，这是我们咸阳最好的酒菜。"

郭开哪有心思吃东西，刀都架在脖子上了，一把推开李斯递过来的筷子，哭得跟死了娘一样，呜里哇啦地说道："吃……吃什么吃，我都要死了，哪有心思吃。李斯，你就是故意的。等等，李斯你一定要帮我，我，我家中珍宝不计其数，只要你能救我，我……我全数送你。"

李斯看着郭开一脸的挣扎，不自觉勾唇，假装犹豫地问道："当真？"郭开连连点头，李斯还有些不放心，又道："也不是不行。不过，我怎么跟大王证明你是自愿的，总不能跟大王说，你把万贯家财都给了我，我才信的？"

郭开一愣，本就滑头的他立刻明白了李斯的意思，一抹鼻涕说道："我写降表行吧？斯兄快借我笔墨，我这就写降表。"李斯终于点了点头，从袖中抽出一块绢布，铺在矮几上，又让牢头拿来笔墨，静静地看着郭开写降表。

拿到降表，李斯脸上的笑意更浓，满意地将绢布叠好，放入袖中才道："既如此，就请郭兄静候佳音。"郭开眨着他水汪汪、乌溜溜的大眼睛一脸期待地看着李斯，脑中却总觉得哪里好像不对。

直到李斯都走了半个多时辰，郭开才猛地一拍大腿，懊悔道："好你个李斯，你算计我。"郭开虽然醒悟，但降表在李斯手上，他想回头也晚了。第二日郭开就被李斯从狱中带走，去面见嬴政。以郭开的脑子，连一个李斯都对付不了，被嬴政和李斯一唱一和地忽悠更完了。不消几句就被嬴政用高官厚禄还有一车美玉哄着，自愿回国设计除掉李牧。

郭开直到离开秦宫还不忘对李斯再三保证："廉颇那个老匹夫都被我

挤对走了，你放心，不就是个李牧，我定让他自食其果，让赵迁亲手杀了他。"李斯对郭开这种小人分外厌恶，违心称赞一句："郭兄的能耐李斯当然佩服。不过郭兄你可要记住，此事宜早不宜迟，秦国的大军多等一天，消耗的钱粮也不计其数。若能早些，待郭兄归来，李斯定会替郭兄向大王邀功。"

郭开一听，眉毛都飞起来了，热络地一把握住李斯的手，说道："那……那就有劳斯兄。你放心，郭开明日就启程回去，定让秦军尽快出兵。"李斯挑眉一笑，一直把人送入驿馆才转身离开。

有了李斯的保证，郭开兴奋得一夜没睡，第二日城门刚开他就出了城。郭开前脚刚走，李斯就写了两封密信，分别让孙林和孙胜送去给王翦和姚贾。密信的内容很简单，秦国已经买通郭开，预谋用反间计杀了李牧，让王翦和姚贾伺机而动、见机行事。

密信送到王翦手中的时候，李牧已经赶到秦国边境，同王翦两军对垒不下三次。

王翦自知不敌李牧，几次交锋都佯装落败，心中正在郁闷，孙胜就带着密信笑吟吟走进了营帐。嫪毐之乱时，王翦曾在李斯身边见过孙胜几次，对他颇有些印象，一见面就显得分外亲切。

孙胜不敢托大，对王翦周到地行礼之后才开口说道："王翦将军可是在为李牧之事烦忧？"王翦同其他将领不同，他是真的有才，也是真的谦虚，听到孙胜这么说也不生气，反而赞同地点了点头，感慨道："翦自幼学习兵法，唯有李牧，翦心中没底。"

孙胜闻言笑道："将军过谦。刚好我家主人有封密信交予将军，或许能解将军目前的困境。"王翦一听立刻面露欣喜，打开密信一看更是连连叫好，对着孙胜说道："妙！先生回到咸阳，一定要替翦谢过你家大人。只要李牧一死，翦定然长驱直入，不出一年就打到他赵王迁跟前去。"

孙胜立刻笑着答道:"那小的就祝将军旗开得胜。"孙胜送完密信没有着急离开,而是留在王翦的军中休整了两日,对王翦军纪严明记忆尤为深刻,甚至亲眼看到王翦是怎么用两次佯攻气得赵军几乎发狂。于是当他回到咸阳的时候,还不忘把见到的情形都说给了李斯。

李斯听着孙胜一板一眼的描述,突然有些后悔,当初他就不该把灵活的孙林派去邯郸送信,就应该让孙林去找王翦,自己也能听得精彩些。果然有钱能使鬼推磨,郭开回到赵国以后,格外地卖力,不过半月就传出了李牧消极带兵、迟迟不愿和秦国王翦正面交锋的消息。

谣言愈演愈烈,不过两个月赵迁就在郭开的怂恿之下,派人去收缴李牧的兵权。李牧深知王翦的能耐,一气之下以"将在外军令有所不受"将传令的谒者赶出了大营。

李牧不奉王诏、目无君王,其实是想带兵暗中投敌的消息再次传遍邯郸的大街小巷,姚贾坐在邯郸城中的酒肆中满意地听着周围义愤填膺的议论,微微一笑对着面前的孙林说道:"你现在可以启程了,替我告知斯兄,事情成了。"

孙林闻言也笑了,拿起耳杯将里面的酒浆一饮而尽,旋即起身抱拳转身就走。

孙林星夜兼程回到咸阳已经是半个月之后,而这时李斯还不知道李牧已经收到赵迁的消息,说他家中出事,让他赶紧回家。李牧虽然怀疑有诈,却还是敌不过对家人的担忧,悄悄离开军营返回邯郸,却不想在邯郸城外被人围住,一代名将最终死于君王的怀疑。

李牧已死的消息很快就被王翦和李斯得知。没了李牧,王翦犹如狼入羊群,砍瓜切菜一般长驱直入,不用半年就打到了邯郸。此时的赵王迁才终于意识到是他误会了李牧,悔之晚矣,只能开城投降,却不想公子嘉在他开城献出地图投降之时,趁乱逃走,自立为王。

再说燕国,韩国被灭的消息传来,燕丹却同赵迁不同,以他对嬴政的了解，燕丹知道嬴政不出手则已，出手便是有了绝对的实力，出不出兵都难逃被灭的结果。燕丹本就谨小慎微、胆小如鼠，在得知嬴政灭了韩国就转头攻打赵国的时候，更是吓得他日日惶恐难以入睡。燕丹知道以嬴政的性格，只要再灭了赵国，燕国被灭就是迟早的事，而且以燕国现在的国力，只怕还不如赵国，他几次想要再去咸阳，用往年的情分去向嬴政求情，祈求嬴政放过燕国，最后却都作罢。因为燕丹心里清楚，他和嬴政的那点情分，连一次结盟都换不来，更何况是燕国。

　　燕丹苦思冥想始终没有办法，却让府中的歌姬看出了苗头，那人见燕丹日渐消瘦，就出了一个不入流的主意："太子既然畏惧秦王，何不派遣刺客将他杀了，岂不是一劳永逸？"歌姬的话瞬间给了燕丹思路，于是燕丹也不管他和嬴政有没有儿时的情谊，连忙在国内搜寻，最后找了一个名叫荆轲的剑客，前往咸阳刺杀嬴政。

　　此时的嬴政恰逢赵国被灭，也正因为接连取胜，有了些骄兵的心态，不顾李斯反对，接近了明显意图不轨的荆轲，李斯心情沉重地抱着樊於期的头颅转身离开，谁承想他刚走那荆轲就说要献图，嬴政毫无防备差点被刺死。

　　燕丹的举动彻底激怒了嬴政，于是决定灭了赵国之后，兵分两路一路攻打魏国，一路直奔燕国。嬴政这个决定被王翦极力反对，却被嬴政一怒之下训斥一番。王翦年纪大了，气得当场晕了过去，攻打燕国的事也只能往后。王翦生病，不能带兵，这重任就落在了王翦儿子王贲的身上，谁承想一打就是四年。

　　小小的魏国竟然比赵国还难啃，王贲没有王翦的勇猛，久攻不下只能假装退兵，带主力去攻打楚国。魏国虽然信以为真，却依旧紧闭城门，王贲最后无法，只能借天时地利，引河水和沟水灌入魏都大梁，整整泡了三个月，魏都大梁的城墙不堪水泡，终于塌陷，王贲立刻领兵入城。

嬴政二十三年，魏王假见大势已去，不得不投降，至此魏国灭亡。秦国自东出之日起，历时六年已然攻下三国。至此秦国无论是版图还是兵力已经达到了一个空前的规模。魏国灭亡的消息传到咸阳的时候，嬴政正等在甘泉宫外焦急地来回踱步。

　　不一会儿甘泉宫中便有人欣喜地喊道："大王，生了！生了，夏夫人生了！是个公子哥儿。"

第六十六章

阿房难产生胡亥　香消玉殒魂魄消

嬴政闻言欣喜不已，听着孩子嘹亮的啼哭声，甚至迫不及待地想要冲进内殿看一看为他辛苦生产的夏阿房。然而就在嬴政看到稳婆抱着孩子走出内殿的时候，内殿中突然响起一声尖叫。

"不好！见红了，见红了，快，快传寺医。"嬴政听到这里，心不由一紧，寝殿之中已经乱作一团。嬴政再无顾忌，直接冲入殿中，看到的却是满眼的红。

寺医匆匆赶到，可无论怎么做就是不能止血，只能眼睁睁看着夏阿房不停地流血，人也渐渐萎靡。嬴政心疼得几乎要疯了，把夏阿房抱入怀中，轻声安慰。若是早知如此，他就不该让阿房怀孕，毕竟他的孩子已经够多了，可阿房却只有一个。

夏阿房似乎也感觉到自己死期将近，不舍地抬起冰凉的左手摸了摸嬴政的脸颊："大王，阿房怕是看不到大王统一天下的那一天了。"

嬴政哽咽着没有出声，夏阿房却努力地挤出一丝笑意，转而说道：

"大王，孩子还没有起名字呢。"嬴政猛地一怔，看着夏阿房苍白的脸色许久才道："就叫……就叫胡亥吧。"夏阿房闻言立刻笑了，说道："大王原来还记得。"

夏阿房的父亲是个医师，医术了得，救人无数，就住在一个名叫胡亥的大山之中。听到这个名字，夏阿房立刻想到了他的意思，脸上的神色也好了很多，对着嬴政说道："大王，阿房想见见李斯先生，行吗？"

夏阿房明知自己命不久矣，便要为自己的孩子谋划，她因血崩而死，只怕嬴政心里多少会怨恨孩子，所以把胡亥交给嬴政她不放心。她一个赵女在这咸阳无依无靠，儿子又太小，让她不得不想起了那个被设计杀死的公子成蛟。她思来想去唯一能托付的只有李斯一人，顶多再加上一个赵高，所以夏阿房在临死之前，最后的愿望就是见李斯一面。

嬴政怎会拒绝，立刻让人去传李斯。夏阿房就这样静静地等着，还不忘给儿子吃一口奶，因为不放心她吊着最后一口气，等了足足半个时辰，才终于等到李斯面色惨白地冲入寝宫。

按理说夫人的寝宫，他一个外男是绝对不能进的，但此时李斯根本想不了那么多，生孩子的事他或听说或亲眼所见，从没想过这种事居然还能死人，而且还是那个看到他总是会笑的小丫头。

李斯看了眼坐在床畔紧紧抱着夏阿房的嬴政，深吸一口气走了过去，明知故问道："孩子，先生来了，你有什么不放心的，就说吧。"这事其实很容易猜，作为秦王的女人，临死之前要见他一个臣子，李斯实在想不到除了临终托孤之外的可能。

看到李斯的瞬间，夏阿房的眼睛就亮了起来，扭头看了眼被宫婢抱在怀里的儿子，说道："先生莫要怪罪阿房。阿房只是一个无依无靠的赵女，不像楚公主，孩子还有外祖母帮着照应，所以阿房只能厚着脸皮将胡亥托付给先生了，还望先生看在阿房的面子上，对他多加照拂，替阿房看着他长大。"

李斯既然来了，就没打算拒绝，听到夏阿房这么说，李斯甚至都没去看嬴政的脸色就点头应道："放心。阿房姑娘放心，李斯一定好好照顾小公子。你放心，大王也会好好照顾小公子的。"夏阿房闻言无力地扭头看了眼嬴政，努力扯出最后一个笑容，视线却依旧期盼地看向门外，似乎在等什么人，最终无声呢喃："看来是见不到了。"说完这句就彻底没了气息。

　　整个甘泉宫立刻哀声一片，不知是有心还是无意，就在夏阿房彻底断气的时候，一个人影急匆匆地走了进来。扶苏有些惊愕地看着满屋的悲戚，许久才意识到，床上那个把他养大的人已经走了。

　　虽然已经及冠，但公子扶苏却长得十分白净，瘦瘦的、高高的，眉目之间像极了他的生母，只是性格却像极了嬴政，隐忍内敛。因为公子扶苏时常被华阳太后带在身边，渐渐地他和夏阿房的关系也就淡了，甚至更加亲近楚系一脉，也就造成了嬴政和李斯认为他根本不感激夏阿房的误会。

　　小家伙连看都没看夏阿房一眼就转身跑了，仿佛只要他看不见夏阿房的死状，夏阿房就会一直活在他心中一样。即使不愿面对，夏阿房的葬礼还是不得不提上日程，作为嬴政第十八个儿子的母亲，夏阿房实在找不出一丝优于其他人的地方，却还是被嬴政固执地葬在了他位于骊山的陵寝中，等到他将来百年之后合葬。

　　一个女人的死，只会让嬴政加快自己吞并六国的步伐，魏国已灭，接下来唯一同秦国接壤的就只有楚国。可楚国又跟其他几个国家不同，无论是国力，还是疆域都能同以前的秦国一较高下。

　　嬴政二十三年，嬴政召集群臣，商议灭楚大计，王翦认为"非六十万人不可"，李信则认为"不过二十万人"便可打败楚国。

　　嬴政在李信和王翦之间有些犹豫，毕竟王翦带兵已经拿下赵国和魏国，若是继续让他领六十万大军攻打楚国，嬴政多少有些不放心。吕不韦和嫪毐给他留下的记忆太过深刻。李斯看出了嬴政的顾虑，当众推举李信，想要一举两得，却没想到一向让他放心的李信再加上一个蒙恬，以二十万大军对上楚国的四十万大军，落了个惨败而归。

王翦作为一国老将，岂能看不出嬴政的猜忌，在得知李信被打败的当天，就上表说旧病复发，带着儿子回老家养病去了。

秦王政听到这个消息，虽然恼怒，却还是带上李斯亲自赶往频阳，向王翦致歉，并答应加兵。最后王翦统领六十万大军启程，启程之前，王翦为了打消嬴政的顾虑装作厚颜无耻地向嬴政提要求。什么美田宅园、莲池美景，家里人多，没地方住，儿孙太多养不起了，王翦老了还想再娶个十八岁小媳妇，各种理由，要了五次。

嬴政一开始还给得不情不愿，结果王翦越要越多，他反而给得越来越痛快，就连李由都看不下去，在一个午后同李斯说起这事。

"父亲，王翦老将军如此，就不怕大王一怒之下夺他兵权吗？"李斯却笑了，伸手在桌上用水写了四个字："故布疑阵"。李尧更加不解，看着但笑不语的父亲和哥哥问道："故布疑阵？孩儿不解。"李斯看向李由，让他给弟弟讲讲。李由也不着急，从容说道："王翦老将军这么做，就是为了迷惑大王。你没感觉王翦将军要的东西越过分，咱们那个大王给得就越高兴？"

李尧懵懵懂懂地点头，李由无奈一笑干脆说："对于一个生性多疑的人，与其让他相信你的忠心，还不如让他相信你爱财，让他以为你是一个除了财宝什么都不爱的人，他才能放心。"

有了这个插曲，王翦再无顾虑领兵伐楚，大军抵达楚国国境之后整整一年坚壁不出，六十万士兵都屯聚起来休养生息，甚至每天比赛投石以作娱乐。此时的嬴政即便听了军报也不着急，反而比楚国的国君还要坦然。项燕的四十万楚军因为兵力相对较少而不敢强攻，一年后终于按捺不住，正当楚军在往东调动之际，王翦突然率兵出击大破楚军，杀项燕于蓟，一年多后又俘虏楚王负刍，平定楚国。随后王翦又南征百越，取得胜利。秦王嬴政心情大好，直接晋封王翦为武成侯。

至此楚国被灭，接下来就是燕国和齐国。嬴政仅用十年就完成了历代秦王心心念念的统一六国的宏愿。天下初定，却纷乱不断，秦国的大军虽然灭了这些国家，可百姓心中依旧不忘故国，时不时就会有人反叛，王绾和李斯时刻忙于出兵镇压，反而闹得焦头烂额。

就这样过了大概半年，嬴政也不厌其烦，将朝臣聚在大殿之中，铁青着脸问道："对于这些不时冒出来的叛乱，你们可有什么良策？"众文武闻言无不面露难色。武将心想，让他们打仗可以，这安民心的事，他们哪会。

文臣想的却是诸侯并立的局面由来已久，若要让那些人彻底忘了故国，谈何容易。他们甚至不止一次听到文人墨客感叹故国再无，以后再也不能落叶归根。李斯和王绾是最了解情况的，两人同样眉头紧皱不知在想些什么。

终于在嬴政的目光落在李斯脸上的时候，李斯深吸一口气迈步走到大殿中央，作揖行礼道："大王，李斯倒有一策或可解了大王的烦忧。"当李斯知道不断有地方出现反叛的时候，就想知道这其中的关键。于是冥思苦想许久，却没能找出快速解决的办法，直到他从王琦的口中得知，反叛的地方虽然层出不穷，却唯独有一个地方十分的太平。

李斯不由好奇，追问王琦是哪，王琦也没有隐瞒，告诉李斯是韩国。凡是韩国境内，竟没有一人闹事。百姓安居乐业，就连官吏都尽职尽责，仿佛他们原本就是秦国的疆域一般。

李斯当时一愣，回到家中就开始研究韩国同其他诸侯的区别，直到他意外看到那个藏着韩非最后著作的匣子，一切疑惑瞬间烟消云散。韩国同其他几个国家唯一的不同就是韩国灭国之前就已经和秦国互通钱币，共用度量衡。

有了启发，一切也似乎水到渠成。李斯顺着这个思路，苦熬了两天两夜终于在吕不韦对待韩国政策的基础上，又做出了补充和改变。此刻李斯面对嬴政的询问，大胆地将自己的构思说了出来。

"大王，依臣之见，若要那些诸侯旧臣和那些心有不甘的旧贵族彻底归顺秦国，第一就是要让他们绝望，让他们意识到从此之后再不会有诸侯国，普天之下唯有一国，那就是秦国，唯有一个君王，就是大王，所以当务之急就是彻底废除分封制，废除大秦境内所有的封地王。从此之后，普天之下，莫非王土，率土之滨，莫非王臣，再无国中之国，如此才能彻底断了那些乱臣贼子的念想。"

第六十七章

扶苏公子人如玉　谦谦君子世无双

李斯的声音在朝堂之上回荡，尽管嬴政准备废除分封制的谣言由来已久，但此刻真正听到李斯亲口说出废除分封的时候，在场的文武还是被吓得彻底呆住了。不但是文武，就连王座之上的嬴政也愣住了。

这二十多年来的磨砺早就让嬴政忘了自己当年的豪言壮志，直到此刻李斯再次提起，嬴政才不觉苦笑。他长叹一声，看着李斯那张历经岁月却没怎么变化的脸，笑问："除此以外还有吗？"

李斯冥思苦想了两天两夜自然不止这些，于是他语不惊人誓不休地继续说道："当然还有。既然要让那些旧贵族彻底死心，那么秦国也就不能再继续沿用秦国这个称号，大王自然也不能继续称为大王。"

李斯的话像一记闷雷在每个人的头上炸响，此刻就连王绾都有些站不住了，不由自主地挪了挪脚，目不转睛地看着李斯。李斯毫不理会周围震惊的目光，继续说道："废除分封刻不容缓，不然再过十年，或者百年，不断分封下去，又会出现下一个诸侯并立、内乱不断的局面。"

赢政看着侃侃而谈的李斯，不自觉咽了咽口水，二十年前的话言犹在耳，他甚至还能想起李斯当年在营房中说出废除分封时的情形。

李斯继续往下说，除了废除分封，他还想了五个统一，可不等他继续，一旁的王绾却突然站了出来，声音直接盖过李斯，大声说道："大王，不可。"

看似祥和的朝堂之上，其实一直暗流汹涌。这里有三分之一是赢氏族人和秦国的老贵族，三分之一和楚系有关，剩下的三分之一就是跟李斯、王绾一样没有背景，凭自己努力爬到这个地位的。所以从根本上他们就不可能政见一致。李斯原以为王绾的观念是和他一样的，却没想到王绾竟然当众驳斥他。

王绾的话也让在场的人精神一振，仿佛找到了共鸣，一个个忍不住点头："就是，就是。分封那是祖上的规矩，怎么能说废除就废除？"

"可不是吗？亏他能说得出口，终究是家里没有根基的，拿别人的家产表忠心，一点也不觉得心疼。"

"可不是吗？他一个外来的客卿，家里只怕连几亩良田都没有，废分封张口就来，也不怕风大闪了舌头。"

自从王绾打断之后，李斯就再没有说一个字，他默默地听着那些平日里称兄道弟、相见恨晚的同僚一句接一句的风凉话，内心只觉可笑。

王绾的心里其实也不好受，但他更清楚李斯的建议虽然没错，但时机不对。秦国刚刚安定，兵马还没休养生息，十年征战让国库里的粮食所剩无几，此时废分封，万一激起民变，到时那些封地王纷纷起兵叛乱，可就坏了。

两人的初衷都是为了秦国，只因出发点不同而产生了摩擦，所以王绾说的话比较委婉："李大人的建议虽好，但不切实际。大王一统之后，秦国疆域辽阔远超以往，再废除分封，这千斤重担就要压在大王一人肩上，不可、不可！"

王绾的话立刻引来群臣附和，毕竟无论是嬴氏宗族还是楚系，谁家里没有几个被分封的封地王。一旦废除分封，损失的可不仅仅是那几个族人，只怕整个宗族都要被连累。

李斯听着此起彼伏的附和，才忽然意识到自己还是有些操之过急了。他就不应该在朝堂上直接提出，而是应该私下和嬴政先商议商议，也好过此刻的被动。想到这，李斯不禁有些懊恼。

嬴政虽然没有说话，但群臣的反应却被他看在眼中。废除分封不但是他的愿望，也曾经是父王和吕不韦的想法。想起那两个带着遗憾逝去的人，嬴政就觉得胸腔发热，不吐不快。

但他早已不是当年的孩子，知道这事不好在此时发作，于是对着众人说道："行了。今天就先议到这里。寡人乏了，退朝。"嬴政的话瞬间浇灭了议论的声音，百官谁也不敢继续多嘴，只能安静地等着嬴政离开，三五成群地走了。

李斯依旧是最后一个走的，这或许是他在踏进这个朝堂之后唯一坚持下来的习惯。果然就在众人离开、李斯走出大殿抬头看向广场的时候，眼角扫见了站在大殿拐角处的赵高。

自从嫪毒之乱过后，夏阿房为了感谢赵高的救命之恩，把他留在了甘泉宫，后夏阿房走了，嬴政怕夏阿房的近侍被人欺负，就把赵高留在了自己身边。短短四年，赵高就已经取代了自己的师父赵兴，成了嬴政最信任的人。

看到赵高，李斯没有迟疑立刻向他走了过去，两人的关系知道的人不多，虽然每次见面都中规中矩，但赵高对李斯心存感激，李斯也因赵高当年带他偷听嬴氏一族发起逐客令的事对赵高心存感激。

"赵内侍。"

"李大人。"两人几乎同时行礼，过后赵高才伸手引领李斯往后宫走，一面走还不忘用只有两人才能听到的声音说道："大王的心情似乎不好，大人多多留意。”

李斯颔首，郑重地对着赵高说道："谢谢赵内侍提醒。对了，小公子最近如何？"李斯毕竟是个外男，进出宫闱不但有时间也有次数的限制，所以公子胡亥的近况他基本都是跟赵高打听的。

当年赵高被牵累，受了刑被送入秦宫，只可惜他没有钱财疏通，又没有长辈照顾，沾了水刀口化脓差点就死了，是李斯不顾身份让寺医为他诊治，救了他的命。后来赵高虽然还是个不起眼的小寺人，可李斯每次见他都很尊重，对于赵高这种靠着察言观色而活的人来说，虚与委蛇根本无用，是不是真心他们一眼就能看出来。而李斯从初遇直到现在，对赵高的态度从没变过，这也是赵高对李斯格外关注、亲切的原因。

宦海沉浮，他们做寺人的也是一样，别看此刻他是大王眼前的红人，万一哪一天大王不高兴，他就有可能连人都做不成，在赵高看来，也唯有李斯这样的人，才会在他失势之后不对他落井下石。

想到这，赵高笑了笑，对李斯说道："小公子那里我专程安排了人照看，不会有哪个不长眼的对小公子不利。对了，昨日他们还说，说小公子已经会读《论语》了。"李斯一听也笑了，忍不住称赞："果然聪慧。再过几个月就该六岁了吧。到时候我一定让云姬亲手给他做一身小衣裳。"

赵高闻言连连点头，笑道："那敢情好。小公子知道了一定会高兴的。"两人有说有笑地一同往前走，却在六英宫前遇上公子扶苏。看见李斯，扶苏明显一愣，随即沉下脸来，对于这个还没及冠的公子，李斯也很难说自己是什么感觉，但有一点李斯很明确，公子扶苏不喜欢他。

看着扶苏的脸色，李斯也只能恭敬行礼，对着扶苏说道："李斯见过公子。"扶苏虽然傲气，但礼仪是华阳太后亲手教出来的，同样恭敬地对着李斯回礼："大人客气。"随后扶苏才看着赵高问道，"李大人这是来见父王？"

赵高连忙躬身，说道："正是。大王命赵高在殿外等候李大人，说有事相商。"扶苏闻言点了点头，略作沉吟才道："李大人今日在朝堂上的话，简直是振聋发聩，让扶苏听得后怕连连。"前面的话听着像是夸奖，可后面这句却有些不对味。

　　李斯看着扶苏那张酷似楚公主的脸，回道："公子客气。若公子无事，李斯担心大王久候，就先失陪了。"说着李斯就准备越过扶苏往殿内走。

　　公子扶苏出声阻止："不急。我也有事正要跟父王商议。"李斯的笑容一僵，只能后退一步，把路让开，恭敬地等着公子扶苏继续往里走，他自己再跟上。

　　走进大殿，嬴政正坐在王座上批阅奏章，听到脚步声才放下笔缓缓抬头，看到是扶苏的瞬间，先是皱了皱眉，随后才看到跟在扶苏身后的李斯。

　　"你怎么也来了？"嬴政的口气颇有严父的感觉。公子扶苏拱手作揖回道："回父王，儿子是因为今日李大人在朝堂上的话来的。"虽然早有预料，但听到公子扶苏这么说，李斯还是不免紧张。

　　他看了眼已经走到嬴政身后的赵高，然后又看了眼嬴政，只能尴尬地对着公子扶苏笑。公子扶苏和李斯不同，华阳太后在楚国就是公主，嫁到秦国就是嬴柱的正妻，从来没有见识过人情冷暖，唯一受过的委屈也只是被逼搬出秦宫住进华阳宫的那几年。

　　所以她教出来的公子扶苏完全就是个如玉公子，不懂人心的丑陋，为人处世都要讲究个方正，不愧于心，无愧于人，刚直不阿，这一点倒是和王绾有些像。

　　见嬴政不再说话，公子扶苏也没有去看李斯的表情，继续说道："父王，儿子觉得李大人所说的废除分封，万万不可。"嬴政的脸上虽然看不出喜怒，但此时却将手中的奏章漫不经心地卷起，抬头看着公子扶苏问道："哦？为何？你说来听听。"

对于公子扶苏，赢政总有一种说不出来的感觉，觉得他为人正直且心胸练达，将来必定能成守疆之君，可他每次看到扶苏那种君子仰无愧于天，俯不怍于人的气质，就会觉得心里不舒服。儿时在赵国的经历，造就了赢政狠厉、多疑的性格，总会让他感觉自己在儿子面前提不起气势。

公子扶苏从不知道赢政的这些心思，闻言立刻回道："父王，儿子并不是针对李大人，也不是说父王和李大人制定的废除分封不对，儿子反对的是在此时废除分封。"

第六十八章

千古一帝尊号出　始皇称霸全天下

　　高大威严的六英宫大殿中，一切都仿佛没有变，依旧是二十年前的样子，就连墙边矗立的缠枝莲铜灯也还是当年的样子。

　　变的只是他们这些人，嬴政看着公子扶苏，表情淡淡地问道："为何？"扶苏毫不迟疑，立刻答道："父王，大战初定，虽然看似一片祥和，但实际暗潮汹涌，六国虽灭，但他们的嫡系还在，旧臣还在。试问父王，这些人会真的安心臣服吗？外乱未平，再起内乱，万一到时应接不暇，只怕下一个灭亡的就是大秦！"

　　公子扶苏年轻气盛，一句话说得嬴政和李斯后背一阵恶寒，但不得不说公子扶苏虽然年纪不大，眼界和胆识确实不俗，甚至要比嬴政更强。嬴政脸色难看地扫了眼李斯，眼底隐隐藏着怒意。他刚要开始训斥李斯，扶苏却在这时继续说道："当然，李大人的废除分封也势在必行，只是时机不对，需要等。"

　　嬴政眯着眼睛看向儿子，问："等？等到什么时候？"扶苏胸有成竹答道："等到气象一新，等到父王按照李大人的建议，改国号、改尊称。等到时局稳固再大刀阔斧。当然只改国号并不能绝了那些乱臣贼子的心，还需更加雷霆的手段才行。"听到扶苏居然赞同自己在朝堂上说起的另一个提议，李斯才总算强打精神，一脸感激地看向扶苏。

赢政也是一愣，回想李斯在朝堂上的慷慨陈词，许久才笑着说道："不错，既然和以往不同，那寡人也应该有所改变。赵高你让谒者传令，就说寡人明日在六英宫设宴群臣，让他们全数进宫。"

赵高见赢政不再生气，也暗暗松了口气，笑着回道："诺。"随后径直出了六英宫。此时的赢政已经在脑海中综合李斯的提议在想之后的步骤，但他却没想到，不知是谁竟然把朝堂上的事情说了出去。谣言不但将李斯力荐废除分封的事甚至还把王绾因和李斯意见不合，在朝堂上针锋相对的话也传了出去。

咸阳城的大街小巷瞬间议论起来，甚至有一种你若是不说两句就不关心朝政的感觉。当然说得最欢的就是那些靠祖荫无所事事还略通文墨、平时就不喜欢李斯的文人。或许是出于妒忌，这些人抨击李斯的手段更是层出不穷。

议论的人越多，知道的人越多，赢政在六英宫的宫宴都还没来得及开始，消息就已经传出了咸阳，飞向东西南北。当然传到别有用心的人那里，事情就开始变了味，有人支持李斯，有人支持王绾，有人却把压箱底的事也拿出来引论。什么赢政血脉不正，根本不是赢氏子孙，名不正言不顺。

还有更甚者，说秦王的母亲赵姬被送给赢异人之前就怀上了，赢政的亲爹其实是吕不韦，而赢政为了王位不惜逼得吕不韦服毒自尽，有违孝道天理不容。有些略微知道内情的甚至还把嫪毐和赵姬的事也翻了出来，总之是越传越难听。

这些话很多人也只是听听就算了，当个笑话，可偏偏就有一些直肠子的读书人，竟然将谣传信以为真，写进了自己的书中，给日后留下祸患。

此时的嬴政，还不知道自己的身世竟然被那些文人墨客拿来玩笑，正在六英宫忙着听百官溜须拍马、歌功颂德。嬴政虽然听得十分高兴，但也不忘保持冷静，谦虚了一番，甚至还细数平定六国时武将们的功绩。

六国中除了内史腾灭韩，其余五国都是王翦和王贲父子攻灭。蒙骜虽然没有亲自带兵攻城，但蒙氏三代都在军中效力，蒙武、蒙毅和蒙恬更是一直跟随王翦出生入死，论功绩比王家也丝毫不差。再看文臣，王绾运筹帷幄，调配粮草，从没出现纰漏。李斯虽然身为廷尉，但他的贡献也丝毫不输王氏和蒙氏。先不说收买郭开陷杀李牧，就单单他和姚贾一内一外，传递消息，收买人心，使得六国如一盘散沙，至死都没能合纵连横，就能占攻灭六国一半的功绩。

君臣互相称颂，气氛也显得格外和谐。众人心里都清楚，此次的宴会决定着秦国会不会废除分封和秦国更改国号，还有尊称能不能延续。每个人的心里都有一个小算盘，却谁都不想第一个开口成为被抛出去的那块砖。

嬴政等了许久，见没有一个人主动开口终于按捺不住，说道："今日让你们过来除了这事，寡人还有一事要大家为寡人出谋划策。今天下已定，这国号和尊号也是时候改一改了，你们有没有什么好的建议？"和乐的气氛在嬴政话音落下的瞬间安静下来，王绾性子耿直，见大家都不愿说，而他又是丞相，立刻说道："大王这个提议甚好。嗯……绾以为可取'帝'字沿用。前有秦昭王曾称西帝，只是后来恐六国发难，才除帝号改称为王。但现在大王已是天下共主，应继承秦昭王遗愿，再称帝号。"

嬴政听了不禁一笑，正要说话，一旁的御史大夫冯劫也忍不住附和："好，丞相所言极是。"

李斯却在这时微微摇头，笑看王绾说道："不好。"李斯此话一出，整个大殿都安静下来，所有人几乎同时看向他，毕竟此刻咸阳城的大街小巷都在谣传王绾和李斯彻底决裂、针锋相对的小道消息。

王绾却没什么反应，泰然地抬头看着李斯，一脸的愿闻其详。李斯也没有在意众人的目光继续说道："帝号取自三皇五帝，然五帝虽然源自传说，可他们的封地也不过千里，不足大秦此刻十分之一。所以臣以为大王应该选一个比帝号更加响亮的尊号。"

众人听到这里，虽然有些不同的想法，却不得不承认李斯说得很有道理，秦灭六国，疆域之广古往今来从未有过。嬴政听了更是忍不住暗喜。王绾也是一愣，立刻起身附和："不错。斯兄的话确实不错，既然大王的功绩已非三皇五帝可比，不如就称皇帝如何？"

王绾的话正是李斯要说的，见被王绾抢先说了，李斯不禁有些郁闷，但看着王绾那依旧宛如赤子的眼神，也只能无奈摇头，笑道："丞相所言，正是李斯要说的。"

在这朝堂之上，王绾作为丞相，李斯虽还是廷尉，却有客卿的名分，位同副相，他们都这么说了，再看一旁的冯劫更是兴奋地恨不得附和，甚至就连嬴政的脸上都有了笑意，其余人再傻也知道，这皇帝的称号怕是定下了。

见无一人反对，嬴政随即坐直了身子，对着御史大夫冯劫说道："既然无人反对，那就这么定了。以后寡人的尊号就是皇帝。"冯劫立刻起身应是。李斯和王绾再次展现出两人独有的默契，之后的事情也就显得轻松。

吃吃喝喝间，将嬴政所有的问题都尽数解决。既然尊号都变了，那么王印也改为玉玺，选用天下第一的和氏璧，雕刻"受命于天，皇帝昌寿"八个大字。追封嬴政的父亲为"太上皇"，母亲赵姬为"皇太后"，将来的正妻需尊称"皇后"。最后就连朝会的制度都有所更改。秦国崇尚水德，所以百官的朝服和皇帝的冕服依旧沿用秦国的传统黑色。

酒宴一直持续到深夜，众人都喝得酒酣耳热，唯有姚贾和李斯还保有一丝清明，两人弃车不用，选择步行。姚贾回国已有四年，却一直郁郁不得志。李斯和姚贾这几年虽然走动不算频繁，但两人的交情不减反增。"再过几日大王就要改称皇帝。秦国也要改为大秦，斯兄可有什么顾虑？"姚贾没有直接说起废除分封，是想试探一下李斯的决心。毕竟那日李斯在朝堂上提起废除分封，得到的却是满朝文武的反对，姚贾也不敢肯定李斯是否还有这个念头。

李斯一听笑了，停下步子扭头看向姚贾："贾兄何时同我说话也要这般小心了？你是想问废除分封的事吧？"姚贾一愣，不好意思地笑了。李斯叹了口气，这才继续往前走，说道："废除分封势在必行，只是公子扶苏说得没错，现在还不是时候，那些六国遗臣还有旧贵族确实不能等闲视之，还要再想一个万全之策。"

姚贾闻言点了点头，他在外许久，自然比李斯更加明白那些旧贵族在封地的势力，还有彼此之间盘根错节的关系，想要让他们臣服确实不容易。"只可惜，我在外许久，这朝堂上也没有几个交心的，帮不上斯兄。"姚贾这句话算是有感而发。他和顿弱一直在外走动，咸阳城早已物是人非，他们甚至都没来得及见吕相最后一面，已成人生一大憾事。然而说者无心，听者有意。李斯猛地顿住站在原地，脑中飞速运转，忽然就想到了一个主意。

越想，李斯就越是兴奋，酒也醒了大半，回头看着不远处的秦宫，他犹豫了一下立刻拉着姚贾折返。姚贾不知道李斯在想些什么，犹豫了一下就连忙跟上。因为他知道李斯一定是想到了好办法，不然也不会如此兴奋。

李斯虽然身份特殊，姚贾也贵为上卿，但此时进宫依旧需要通传，两人在宫外等了大约一刻，就见赵高急匆匆赶来，对着李斯和姚贾说道：

"大王得知两位大人去而复返，让赵高特来迎接。"此时满朝文武都知道赵高在嬴政心中的地位，李斯和姚贾一听不免有些感动，连连说道："谢谢赵内侍。"

三个人一盏羊皮灯在黑夜里快速前行，不一会儿就到了六英宫。

第六十九章

废除分封王族怒　动人利益如杀父

　　李斯和姚贾紧跟赵高走进大殿，此时大殿中的桌案和酒器已被撤下，唯有几个宫婢还在擦地。李斯和姚贾见赵高依旧前行，略作迟疑便跟了上去。三人走进寝殿的时候，嬴政刚被人伺候着穿好衣服，唯独没有罩上外袍，显得比平日少了几分威仪，多了一些亲切。嬴政抬手让赵高去准备矮几，三人这才在殿中坐下。

　　"说吧，什么事值当你们这么晚进宫？"嬴政淡淡瞥了李斯一眼，说道。李斯和姚贾再次向嬴政行礼，开口说道："大王，李斯想到了。""想到什么了？"看着李斯眼中的兴奋，嬴政不禁有些好奇。李斯也不迟疑，深吸一口气，生怕自己说不明白，努力放缓语速说道："正如公子扶苏所说，虽然大局初定，但各国的遗臣和老旧贵族反叛之心始终未绝，所以此时废除分封时机不对。于是李斯一直在想，有什么法子能让那些遗臣和旧贵族没有能力反叛。就在方才，李斯同贾兄闲聊的时候，突然有所感悟。"

嬴政和姚贾一样都没说话，静静地等着李斯往下说，李斯却越说越兴奋，不禁自嘲一笑："其实这个法子虽然简单，却有些劳民伤财，但李斯可以肯定，一旦完成，那些旧臣遗孤绝对再没有能力反叛。"

　　李斯的话有些故弄玄虚，说得嬴政和姚贾越来越好奇，甚至忍不住催促："说！"嬴政一声断喝，显然已经没了耐性。李斯也不害怕，笑了笑才继续说道："那就是让他离开自己的根基，迁到咸阳来。大王，咸阳是大秦的根基，那些人只要到了咸阳，到了秦国的地盘，周围都是秦人，不怕他们不老实。而且就算这些人生出异心，也得不到任何帮助，不过几十人，赶尽杀绝轻而易举。"

　　嬴政和姚贾听到李斯说要把那六国的旧臣遗孤都迁来咸阳的时候，眼睛都亮了。嬴政或许还需要仔细考虑，可姚贾不同，周游列国的他比谁都清楚离开故土之后的滋味。一旦有事，叫天天不应，叫地地不灵。不要说反叛，只怕受了委屈，想要找个主持公道的人都不容易。

　　"好！斯兄这个主意甚好。虽然工程浩大，但确实可以断了那些旧臣遗孤的心思。"姚贾不等嬴政说话，就忍不住一拍大腿连声叫好。嬴政听到这里也不禁欣喜，毕竟废除分封是他幼时就制定的国策，只要能够尽快实行，他不在乎浪费些人力物力。

　　一想到那些诸侯国死而不僵的贵族，嬴政心里也是恼恨，自他灭掉六国到现在已经半年，却始终不得安生，就算不是为了尽快实行废除分封，他也要把那些人从自己的故土上搬走。不过一想到那么多人涌入咸阳，嬴政那颗多疑且谨慎的心却再次警觉起来，思量再三有了另一个主意。

　　嬴政看向李斯和姚贾笑着说道："其实无须将他们全数迁来咸阳，只要让他们离开故土即可。还有不仅仅是各国的旧臣遗孤，那些有钱的富豪也可以动一动，这样不但可以让财帛流动起来，更能削弱这些人的财力。人只要有了钱就喜欢权，甚至为了财帛不惜搅弄风云，让人不厌其烦。"

听到嬴政这么说，李斯也豁然开朗。嬴政说得不错，真的要把那些人都迁到咸阳，足有几十万户，反而给咸阳和皇城造成隐患。只要让他们离开故土，到不熟悉的地方就行。越想李斯就越是兴奋，如此一来这些人就没有能力兴风作浪，他就可以同商鞅一样大刀阔斧地废除各处封地王，彻底地将皇权集中在咸阳，完成自己一直以来的愿望。

"陛下说得对。都迁来咸阳耗时不说，而且搬来的人太多，万一超过了咸阳原本的人数，反而是个祸患。只需让他们离开自己的故土，到陌生的地方去，不但省时省力而且安全。"李斯说着不禁感叹，果然是皇帝，比他们这些臣子看得更远也更全。

李斯对嬴政再一次生出崇敬之心，这一次他们没有过多耽搁，事情说完之后，李斯和姚贾立刻起身。两人步出大殿之前，嬴政还不忘叮嘱一句："迁徙之事，你回去之后再仔细想想，定个方向，下次朝会之前报上来。"李斯连连称是，这才和姚贾一同出宫。

时间太晚，这次李斯和姚贾没有多聊，而是出宫就上了马车，临别的时候，李斯却突然抓着姚贾的手说道："贾兄，今日所说让那些旧贵族和富豪迁徙的事，李斯希望由贾兄来谋划。一来贾兄周游列国对那些旧贵族和富豪都比较了解，二来你对各国的情况也比较熟悉。"姚贾听得不禁热泪盈眶，连连点头道："好，好！姚贾谢过斯兄。"

两人没有过多客气，坐上马车各自回府。接下来的几日，姚贾在府中闭门不出，将自己在各国游历时的见闻简单赘述，从而定下了富豪之家无论远近尽数迁来咸阳。其余各国的贵族则只要远离故国，选三万户迁于丽邑，五万迁于阳，赵王和他的宗族迁于房陵。魏国的贵族迁至南阳。姚贾写完这些已经是两天之后，他迫不及待，带着写好的竹简赶去李斯家。

这几天李斯同样没有闲着，那日在酒宴上制定的事宜，因为其余人都有些醉酒，尤其是王绾说得最多，醉得也最厉害，李斯将他记忆中提到的事宜一一整理，归纳甚至补充写好之后，让孙林秘密送去了现如今的相府。刚做完这一切姚贾就来了，两人在书房中商议许久，然后一同进宫。

这几日嬴政也没闲着，来自四面八方的奏报不断送入宫中，远比他以往要处理的奏报多了不止一倍。正在这时赵高碎步走进，轻声禀报李斯和姚贾来了。嬴政正想休息，于是让两人到六英宫外的凉亭等着，不一会儿也走了过去。

凉亭中，李斯和姚贾躬身站立，嬴政坐在凉亭中的石凳上细细阅览姚贾草拟的搬迁事宜，不一会儿笑了，将竹简缓缓合上放在桌上，对姚贾说道："不错，这个方法确实不错，不仅能让那些人远离故土，又能减少迁徙所用的时间。这样，李斯你拿着竹简立刻去找王翦，让他派人分别赶往各国旧都，统筹人数，限期半年之内搬到指定的地方，早到者可奖励良田，不迁的人全数腰斩，抄没家产。朕快被这些人烦死了。"

听到嬴政的话，李斯连忙应是，正准备去拿桌上的竹简，嬴政却在这时继续说道："哦，还有。既然说到迁徙，朕想到一事。姚贾你再去想想，寡人想要将百姓也迁到边疆去戍守，这样他们拿起长槊便是秦兵，放下长槊就是百姓，也能省下不少钱粮。"

姚贾听着眼前一亮，忍不住连连称颂："好主意。是，姚贾这就去办。"说完这些，李斯同姚贾没有过多耽搁，立即出宫。李斯直奔王翦将军府，姚贾则直接回家继续闭门谢客。就这样，在李斯的协助下，王绾召来奉长同他一起将李斯整理的事宜又进一步统筹和完善，才拿出了彻底成型的章程。而这时咸阳城北阪坡上的咸阳宫也眼看着就要完工。

王绾对秦王嬴政建议待咸阳宫彻底建成之后，再改国号，举行称帝大典。这一等就是大半年，而这时各国迁徙的事情也已经进入尾声，个别不愿离开故土的都被斩了首，其他的已经安安稳稳地在指定的地方安家落户。此时秦国才算是彻底安定下来。

咸阳宫高大巍峨，比原本的秦宫更加奢华，亭台楼阁无一不全、无一不精，就连里面的布置也都极尽奢靡，算是迄今为止最富丽堂皇的宫城。咸阳宫建成，嬴政的称帝大典也如期举行。三十九岁的嬴政终于踏上了他期待已久的位置。看着满朝文武穿上崭新的袍服，气象一新。嬴政也穿着早已准备好的皇帝衮服缓缓走上咸阳宫大殿。举行完称帝大典之后，按例便是论功行赏，还有商讨一下接下来的治国之策。

论功行赏，顾名思义，就是凡有功之臣按功劳大小进行封赏。治国之策也很简单，就是接下来朝廷怎么运作，每个州郡之间怎么辖制。刚起了个头，却在王绾这里卡了壳。王绾在明知嬴政早有废除分封的意图的情况下，竟然依旧建议分封建国。

他当着满朝文武直言不讳："臣以为大秦疆域广袤，若要长治久安，最好还是沿用周武王时的先例，分封建国。不过若是继续按照周武王的同姓贵族、异姓亲戚甚至是重臣元老都分封建国不免又将大秦变回诸侯并立的情况，所以绾在周制的基础上做了改变。赵韩魏三国疆域距离咸阳较近，陛下可以直接管辖。不过燕齐楚三国距离太远，臣建议陛下可以把这些地方分封给陛下的几位皇子，以此保证这些地方的长治久安。"

王绾虽然推举分封制，但他在分封制的基础上做了改变，可即便如此嬴政的脸色还是瞬间阴沉下来，他扫过在场众臣，可这些人却全都低着头，看不清脸上的表情。

嬴政不由冷笑，正要说话，此时同为丞相的隗状、刚被加封中车府令的赵高，还有太史令胡毋出于各自的想法居然异口同声地说："王丞相之见极好，臣等附议。"嬴政的脸色更加阴沉。或许是儿时的经历，又者是他童年被压抑得太久，此刻的嬴政再不想有任何人能够左右他的心思，尤其是这些明知道他想废除分封却还是建议他封邦建国的朝臣。

李斯见情形不对，连忙赶在嬴政暴怒之前挺身出列，对着秦始皇说道："陛下，臣有异议。"

第七十章

大权在握王者威　谁有异议杀无赦

李斯的声音打断了秦始皇的怒气，他冷冷地看向走出人群的李斯，道："哦？有何异议？"李斯暗暗松了口气，他虽然也能理解王绾提出分封建国的初衷，但似乎在场的所有人都忘了，皇位上坐着的那位早已不是昔日的秦王，也不是那个任谁都能掣肘的嬴政。

从皇帝不遗余力将各国贵族迁徙的动作就能看出他废除分封的决心，现今局势已经不能看如何做对大秦有利，而是能不能让皇位上这位高兴了。匹夫之怒血溅五步，但天子之怒伏尸百万、流血千里。他刚才若是不站出来，不单是王绾，只怕连赵高也难逃一死。

然而这一点，李斯却不能宣之于口，即便明知按照秦始皇的意思说下去，必然会遭到群臣反对，李斯却不得不说。他稳了稳心神开口说道："丞相提议效仿周朝分封建国，虽然将同姓贵族、异姓亲戚和元老重臣换成了陛下的皇子，试想以后呢？陛下的皇子定然也会生子，谁来继位？皇子的皇子也会生子，到时分封国的国君和陛下的皇子皇孙岂不又变回了同姓贵族？长此以往，关系渐渐疏远，十年或百年之后定会步周朝后尘，再次出现诸侯并立的局面。届时陛下的子孙怕是又要经历一次东出函谷关、终一生统一天下的过程。如此一来，陛下这几十年的努力岂不付诸东流？"

李斯的话有理有据，听得众臣不由心惊，仔细一想确实如此，朝堂上众臣也陷入了沉思。就在这时，李斯继续说道："所以，分封建国不过是权宜之计，只能换得暂时安宁。"秦始皇的脸上此刻终于有了笑意，他再次扫视在场众人，问道："你们呢？对李斯的话可有异议？"

众人都不再说话，王绾却一脸为难，若是别人此刻一定会察觉秦始皇的意图，但偏偏王绾不是。他的耿直决定了他但凡有不同的意见就会说出来。王绾再次躬身对着秦始皇说道："陛下，李廷尉之言，臣有异议。"

此刻的秦始皇已经对王绾心生厌恶。其实像王绾这种人，若是换一个心胸大度的，又或者有大智慧的人护着，他这一生定然会一直平安康乐，可偏偏秦始皇的心胸被儿时的积怨堆满了，吕不韦也死在了十年前。此时的他多说多错，根本不知道自己已经把秦始皇得罪了。

"说！"态度截然不同的一个字，再次表明了秦始皇的态度。王绾虽然略有察觉，却依旧耿直地说道："若不分封，那齐楚国境相距甚远，若起战祸，往来咸阳就要半个多月，试问李廷尉，到时延误了战机，谁来负责？"李斯立刻答道："边境虽然相距甚远，但陛下一定会驻军防守，一军主帅难道就不能裁夺？战机稍纵即逝，难道丞相就能保证分封之后，战报送到封地王手中的时候就不会贻误战机吗？"

王绾一愣，但显然还是不服，继续耿直地说道："至少要比咸阳快。再者你反对分封无非就是担心将来诸侯并立。但是廷尉大人可曾想过，血脉亲情，陛下把边境分封给自己的皇子，即便往下传承，有这一枷锁，也不会成为现如今诸侯并立的状况。廷尉大人，会不会多虑了。"

李斯无奈地看着梗着脖子的王绾，恨不得冲上去一拳把他砸晕了。

这人就不能看看皇位上那位的脸色，哪怕看一眼。心里虽然这样想着，但李斯却不得不继续说道："血脉亲情？李斯掌管廷尉府，见过的为了些财帛同室操戈者比比皆是，王丞相就真的能保证百年之后陛下的后人依旧能亲如兄弟？"

李斯拿事实说话，驳得王绾一愣。直到此时王绾才恍惚抬头看了眼皇位上的秦始皇。只一眼，王绾就意识到大势已去，秦始皇的心中早有定论，无论他怎么劝解都没用了。王绾的性格虽然耿直却不是倔，意识到大势已去的时候，他也能坦然接受。

至此废除分封的事也彻底定了下来。既然要废除分封，那秦国以往的官吏制度就难以满足此时的需求。王绾和隗状作为左右丞相当仁不让地主持文武百官草拟新的管理制度。然而这一次，李斯却没有和之前一样，起草之后私下交给王绾。李斯直接在府中冥思苦想，最终在秦国原有的基础上设立了一个雏形。

秦国大权集于皇帝一身，下设三公九卿制。三公中丞相是仅次于皇帝的最高官职。其中又以左丞相为首，其次是右丞，太尉次之，掌管军政，御史大夫位同副相，负责监察吏治……李斯呕心沥血用时将近半月，才将这三公九卿制一一罗列。

完成那日，李斯才发现自己竟然累得拿不起笔了，李由察觉到父亲的异样，主动在书房帮助父亲将他制定的三公九卿制誊抄一份，递到李斯手上。李斯拿着竹简难抑心中兴奋，第二日就带着竹简进宫面见秦始皇。李斯只是想要完成心中的念想却不想竟有意外收获。不久之后，秦始皇让赵高在朝堂之上当众宣读了李斯的手稿，然后下令实施。

待一切尘埃落定的时候，李斯毫无悬念地被任命为三公九卿之首的左丞相。升任丞相之后，李斯就更忙碌了，不停地往返于咸阳宫，回来就一头扎进书房，不论是云姬还是涟漪都差不多半个多月没见过李斯了。

李斯原本就和秦始皇一样胸怀大志，那日同王绾在朝堂上争执的时候，王绾的一句话不经意给了他提示。现今虽然把六国都灭了，而且那些各国的贵族旧臣也都因为离开故土没有能力闹事，还有郡县制的层层管控，整个秦国此时就像一块铁板，总算是彻底安宁了。既然内部已经处置妥当，那秦国之外的危险就成了重中之重。

李斯曾不止一次地听有心人提过"亡秦者胡也"。秦国虽然强大，但北有胡人和匈奴，往南依旧还有秦人没有涉足的地方。若是对他们置之不理，长此以往也会酿成大祸。可胡人居无定所，实在是让人恼恨。李斯思来想去，都没能想到一个好办法，这让他十分难受。

李由此时已经长成了二十多岁的青年，成熟稳重的气质更甚，容貌也神似云姬，长得可谓是一表人才，和李尧站在一起，羡煞旁人。最难得的是李由十分聪慧，总能在李斯陷入难题的时候给出一针见血的建议。此时李斯也一直想不到好的办法，正好看到李由端着参汤走进书房，不禁问道："李由，你可听过'亡秦者胡也'这句话？"

李由依旧目不斜视地将手中的参汤放到桌案上，而后抬头看向李斯说道："父亲可是在谋划阻隔胡人之法？"李由的话立刻戳中李斯的心思，他毫不犹豫地点头，看着儿子说道："由儿可有良策？"李由一笑，向李斯伸手。李斯狐疑地将手中毛笔递给儿子。李由拿着笔，走到李斯刚刚绘制完成的崭新地图前，抬手在地图上仔细地画上了一条横贯东西的线。

看着李由在地图上乱画，李斯不禁皱眉，刚要呵斥，李由却在这时开口说道："父亲，若要抵御胡人和匈奴，只是出兵镇压效果并不显著，甚至还会劳民伤财，他们以游牧为生，原本就居无定所，所以攻不如防。而防最好的办法就是像之前一样筑起城墙。"李斯听到这里不禁皱眉，走到地图前，盯着儿子画的那条线，仔细查看才发现这条线儿子并不是随意画的，其中一条贯穿了秦赵燕之前筑起的长城，如此一来若是真的要筑长城也可以省去不少气力。

李斯不禁欣喜，看向李由，抬手在他肩上重重一拍说道："不错，不错。"有了李由的提示，困扰李斯许久的难题也迎刃而解。至此，李斯南平北防的奏疏终于成型。李斯写好后立刻拿着奏疏进了宫，压抑不住兴奋地将奏疏递给秦始皇。

或许是因为一直在征战，这些年闲下来的秦始皇刚好觉得无聊，看到李斯这让他精神一振的奏疏立刻就准了。不过秦始皇转念一想又有些烦闷，对着李斯说道："李斯，出兵确实不错，只是朕也有一事尤为烦恼。"

李斯一听拍马屁的机会来了，连忙说道："陛下请讲。"嬴政叹了口气："你看这六国已经灭了。赋税也开始征缴了，可他们却个个推诿，说赋税与往年不同，百姓不认。有人还说，朕的旨意他们看不懂，着实可恨！"秦始皇还没把话说完李斯就乐了。这岂不是正中下怀，李斯之前在提起废除分封的时候，就曾计划过五个统一，只可惜当时废除分封被朝臣反对，所以他也就没说五个统一的事。

李斯没想到秦始皇竟会主动询问，立刻笑了，对着嬴政说道："陛下，这个简单。李斯有个办法，不但可以解决赋税的事，甚至可以帮助陛下更加巩固大秦基业。"秦始皇看着李斯胸有成竹的样子，就猜到他定然有了对策，笑了笑说："说来听听。"

闻言，李斯没有像之前一样立刻回答，反而故作高深地反问："陛下可还记得当年剿灭韩国时的情形？"嬴政狐疑，看着李斯没有答话，李斯也不等，继续说道，"韩国当年如同散沙，不等秦国攻城，百姓就已经纷纷响应。不仅如此，韩国灭亡后，韩国的百姓也是最安贫乐道，没有一处出现反叛，大王可知为何？"

秦始皇听到这里，脸上已经露出不耐，李斯察觉，不敢继续卖关子，连忙说道："都是因为吕相当初提出的互通钱币、共用度量衡，还有文字。"

第七十一章

天下大定五一统　始皇疑心乱杀人

　　近三十年的磨砺和阅历，秦始皇自然一点就通。听李斯说起当年吕不韦对韩国提出的三个条件，秦始皇瞬间了然。是的，吕不韦当年提出的条件似乎就是钱币互通、度量衡两国通用，还有什么来着，他记不清了。"你的意思是……"秦始皇已经不愿再听李斯卖关子，直接问道。

　　李斯回道："臣的意思是——统一。既然大王已经统一天下，那么接下来就该统一律法、赋税、文字、度量衡，甚至是着装。唯有做到这五个统一，才能让百姓真正地意识到普天之下，莫非王土，率土之滨，莫非王臣。"

　　李斯有个习惯，说话的时候总喜欢铺垫勾起你的兴趣，然后再慷慨陈词，让你听得心痒难耐，最后不禁叹然。秦始皇听到李斯最后一句不由大喜，对着李斯哈哈大笑起来。不得不说李斯这五个统一确实说到了秦始皇的心坎里。自从改为三公九卿制之后，秦始皇接到的奏疏虽是经过层层筛选，可有些奏疏却依旧让秦始皇感到恼怒。

就比如律法，秦人律法在商鞅变法之后，格外严厉，于是就有了六国旧址的官吏不知该遵循哪个法令，报上来秦始皇看着既可气又想笑。再就是货币，因为货币不一而闹出的争执更是层出不穷，让人烦不胜烦。文字就更不用说了，为了看懂各地郡守呈上来的奏疏，秦始皇还不得不学了齐、魏、楚的文字，就连赵高都能写上一手大篆，小篆更是学有所成，甚至隐隐有追上李斯的趋势。批阅奏疏的时候就更郁闷了。秦始皇都不知道自己是该写小篆还是按照他们呈上来的奏疏批阅，其余种种更不用提。

李斯的五个统一简直就是点睛之笔，彻底解了秦始皇此刻的困境，自此秦始皇对李斯更加倚重，随即拍板说道："好！就按你说的，回去起草一份详尽的奏疏报上来，朕给你准了。"

李斯领命退了出去，回到家里更加废寝忘食，闭门不到五日，在原本的基础上整理出了关于货币、度量衡、文字的统一策论，甚至还在原有秦律的基础上，集六国礼仪，又制定了一套崇尚国君的律法，把秦始皇的地位又往上推了一个台阶。

至此，秦国统一之后，所有的弊端已经在李斯的逐步建议之下初步完成。嬴政的政务也锐减了一半。闲下来之后，秦始皇又开始觉得不舒服，这么闲着总是想找些事情来做，而且不止一次地在李斯面前提及。

这二十多年下来，李斯对秦始皇的心思可谓是了如指掌，立刻意识到秦始皇这是闲得想找事了。只是现在已经没有战事能让秦始皇感兴趣，看来要给他找点别的乐子了。对于秦始皇这种杀伐果断的人来说，单纯的美人、美酒，已经难以让他得到满足，李斯知道他要给秦始皇找一些不一样的乐趣，才能保住自己的位置。

于是李斯冥思苦想，最后终于想到了一个。那日他对正在大发雷霆的秦始皇说道："陛下的功绩远胜三皇五帝，难道陛下就不想亲自去走一走，看一看秦国的疆域到底有多辽阔？况且若是有缘，或许还能见到一两个隐世的神仙。"

李斯之所以这么说也是有原因的。这两年接连发生的几件事让秦始皇变得越来越暴躁。一是"荧惑守心",紧接着第二件就是天外陨石坠落,上面竟然还有字,写的是"始皇帝死而地分",这让原本就生性多疑的秦始皇变得更加暴虐,宫中寺人,凡惹他不开心者都会被一剑刺死。

李斯不禁害怕,万一哪天他没猜准秦始皇的心思,会不会也被一剑刺死?所以李斯才提出神仙一说。一个是为了让秦始皇忙起来,出去散散心;再者便是神仙一说本就虚无缥缈,对于秦始皇这样的人,唯有永远得不到的东西,他才会一直惦记。不然若是让秦始皇闲着,隔三岔五地找点事,他们这些当臣子的也受不了。李斯的话果然引起了秦始皇的兴趣,笑着回道:"嗯,不错。朕确实想去看看。"得了秦始皇的允准,李斯立刻起身开始准备。

秦始皇从此爱上了出巡,那种被万民朝拜的感觉是他在咸阳宫中从未体会过的满足。然而秦始皇却从没想到,自己竟然会死在出巡的路上。这些都是后话。

李斯凭借自己对秦始皇的了解,逐步牵着秦始皇走,更是在朝堂之上占领了绝对的主动权,王绾和一些耿直忠臣慢慢被排挤在政治权力中心之外。秦始皇周围渐渐被以李斯为首的一些揣测君心、阿谀奉承的人取代,渐渐地,秦始皇也变得越来越听不进忠言,变得越来越暴虐、贪图享乐,甚至更加多疑。秦始皇不喜逆耳之言,甚至就连他那个芝兰玉树般的儿子扶苏也越来越不喜欢。

秦始皇三年,是嬴政第一次出巡,为此李斯不惜耗费人力物力只为了秦始皇坐在马车上更加舒服,就从咸阳城建了条驰道又称直道,宽五十步,高于地面,异常坚实,一众亲信一同出巡,据说足有八十一乘。后来因为"驰道"没有完工才早早启程回了咸阳。

有了这一次的经历,秦始皇似乎爱上了这种感觉,每次出行都感觉身体格外舒畅，于是第二年紧接着有了第二次出巡，然后就有了泰山封禅大典。这次巡游秦始皇还在李斯的安排下遇见了徐福，更加坚信这世上有仙人的谣传，开始不遗余力地让人寻找仙山、寻找仙丹。

秦始皇乐此不疲，李斯便暗中安排引导，在他看来只要秦始皇不胡乱杀人干什么都行，甚至还支持秦始皇按照徐福的要求，给他建了一艘大船，集齐五百童男童女，把徐福送去了东海。

徐福一走，秦始皇就又感觉闲得无聊，于是就有了第三次巡游。巡游虽然劳民伤财，但秦始皇却过得舒心，把朝政都留给了远在咸阳的公子扶苏，自己只需要吃喝玩乐，百官簇拥，这可苦了那些跟着他一同巡游的百官。蒙毅、蒙恬兄弟本是武将，行军布阵都是常事，可文官却受不了。按照秦律每个官员的车乘都有规定，李斯和王绾和隗状都是丞相，虽主次有别但车乘的规格却是一样的。

剩下的客卿、大夫一路走下来，骨头都要颠散架了，一连三年走下来半数都受不了了，最后连王绾和隗状都生了病。正在秦始皇的巡游队伍人困马乏、文臣半数生病的时候，巡游的队伍却不经意遭到了韩国贵族张良等人的伏击。巡游队伍被打了个措手不及，就连秦始皇都差点遇难，只能临时改变路线，匆匆赶回咸阳。

有了这次伏击，嬴政终于意识到那些旧贵族依旧没有臣服，他们不是不想作乱，而是没有能力。一旦他们有了这个机会，定然还会生出反心。秦始皇被迫放弃了第四年继续出巡的心思，再次把目标放在整治政务上。

秦始皇存心整治，时时处处地盯着那些六国余孽，但可惜那些人表面功夫做得极好，根本找不出丝毫错处。秦始皇有心一概杀了，又恐逼得他们群起而反，只能窝在咸阳宫里，把心思放到修建长城还有骊山陵寝之上。

李斯作为嬴政最信任的人，当之无愧地成了秦始皇的眼睛和腿，替他到修建长城的工地，还有骊山陵寝的工地去查看。

李斯几乎忙得分身乏术，不过也不是没有收获。有一年他就在骊山陵寝的工地上遇见了吕不韦更名改姓的儿子和孙子，出于谨慎李斯没有相认，走了之后才让孙林折返，用权势逼着监管之人把吕氏一族从骊山陵寝的工地带了出来。李斯的马车就在骊山下等着，将他们一家五口送入马车，李斯便秘密安排人把他们送去了上蔡老家，去和早已在那里嫁人的吕姝团聚，自此他们一家改姓李，对外宣称是李斯的家人。

李斯做这一切没有对任何人提及，却不想竟被齐博士淳于越察觉有异，悄悄告诉了秦始皇。秦始皇本就生性多疑，不过看在李斯对他一直忠心耿耿的分儿上，没有明着责罚，而是干脆让李斯去监管陵寝的进度，让他做了陵寝总管。李斯听到秦始皇让他做陵寝主管的时候，额上就冒了一层冷汗，知道他私下从陵寝工地把人带走的事，一定是被秦始皇知道了，一刻不敢怠慢赶紧应下。

李斯回到府中就闭门不出，无论是谁求见都被他推辞，直到一日傍晚，夕阳胜血，继李斯之后的廷尉尉缭（顿弱）趁着天色将黑不黑的时候，敲响了李斯的相府大门。尉缭恰巧遇到的是孙胜，孙胜见是官员，刚要婉言拒绝却被尉缭抬手阻止。"孙胜是吧？我见过你，你先别说你家大人身体不适，在下厚颜劳烦你去通报一声，就说尉缭，不，顿弱求见。"

孙胜作为李斯的亲信，对顿弱十分熟悉，虽然没见过几次，但他知道尉缭，也就是顿弱和李斯的关系非同一般，于是客气回道："还请大人到前厅稍候，我这就去禀报相爷。"顿弱一喜，对着孙胜客气拱手，然后闪身走进大门，跟着孙胜到前厅等候。把人送入前厅，孙胜没有停留，立刻转身走入后院，不一会儿就快步走回。

再次相见，孙胜对顿弱的态度更加恭敬，作揖说道："大人这边请，我家相爷有请。"顿弱也不耽搁，立刻跟着孙胜走入后院，直奔李斯书房所在的小院，李斯这时已经从小院走出，向着顿弱迎面走来。两人见面没有过多客套，彼此合作多年，那些虚礼早已无用，两人相携一同走进书房。

升任丞相之后，李斯的府邸也换了，书房的面积足有原先的两倍，可谓是窗明几净。两人刚刚落座，李斯就直奔主题问道："不知弱兄今日前来所为何事？"顿弱没有答话，而是盯着李斯看了许久。顿弱与旁人略有不同，他师承鬼谷子，精通相面之术。李斯被他看得有些紧张，许久才挤出一丝笑意，又问："弱兄为何如此看我？"

顿弱闻言却长长叹了口气，对李斯说道："斯兄，我观你面色，寿数有变，怕是不足十年，最好尽快离开咸阳。"

第七十二章

顿弱泄露天机意　李斯寿禄不久长

书房之外，月光皎洁，园中花草郁郁葱葱，隐有虫鸣。然而顿弱的话却让李斯后背一阵发凉。单看顿弱，长得其貌不扬，如果不是认识他的人，一定不会想到他就是那个名满天下的尉缭，那本《尉缭子》就出自他的笔下。李斯却对顿弱十分了解，甚至感觉若论才学，尉缭和自己也不相上下。听到尉缭的话，李斯的脸色瞬间变了，脸上的笑意也有些挂不住："弱兄，怕不是在开玩笑吧？"

被人质疑，顿弱没有生气，反而笑了笑对李斯说道："斯兄若是不信，就当顿弱是在开玩笑吧。"顿弱说完，似乎无奈地摇了摇头，然后继续说道，"对了，顿弱此行，是来向斯兄辞行的。"李斯更加愕然，不解地看着顿弱问道："为何？难道是陛下？"顿弱连忙摆手，笑了笑说道："不是。如今天下大定，顿弱已经没有用武之地，于是准备归隐山林，不再出世。"

李斯立刻急了，秦国现在虽然看起来安定和平，可不久之前又出了张良几人企图刺杀始皇，可见祥和不过是表面，其实暗潮汹涌。像顿弱这种善查人心者，才是此时最需要的人才。顿弱却只是笑了笑，而后对着李斯说道："斯兄怕是忘了，顿弱当年出山时的条件？不，应该说是答应帮陛下和斯兄周游列国、收买权臣时说过的话，'见君不跪，不允便辞'。"

对于这件事李斯当然记得，当年为了顿弱这个要求，李斯没少在两人之间周旋，于是对着顿弱点了点头道："记得。"顿弱笑了，继续说道："可你觉得，若是此时顿弱再见陛下，不跪会怎样？"李斯一愣，此刻他才明白顿弱的意思，但他还是想不通，当年顿弱提这个条件不是为了试探嬴政吗？难道有什么是自己不知道的？

顿弱看出了李斯的困惑，笑着解释："斯兄的理解，是也不是。顿弱只是觉得是时候该离开了。若是再不走，不出三年顿弱就要被埋于黄土之下，不得善终。"顿弱这个人无论说话做事都显得神神秘秘，李斯听说他除了鬼谷子一个师父，似乎还曾跟一个云游的方士学过几年，相术就是跟那位方士学的。

联想到顿弱之前提到的不足十年，李斯不禁有些紧张，忍不住又问："不能不走？""不能。"顿弱的回答干脆简洁，似乎是在说自己，又像是在说李斯，但最后他什么都没解释。李斯依旧不甘心，继续问道："为何？难道是因为陛下？"或许是出于这些年李斯不遗余力的协助，顿弱扭头看了看窗外的月色，略作沉吟说道："我能说的不多。最多只能告诉你，陛下现如今性格大变，暴虐无度，奢靡成性，损耗的只能是大秦的命数。尤其是这骊山陵寝，伤人太多，有伤天和，谁沾染都会被连累，这也正是我选择这个时候来向斯兄辞行的原因。"

顿弱双手放在腿上，轻笑一声说道："顿弱知道，斯兄定然不舍，不过是略尽心力罢了。"被顿弱说中心事，李斯的脸上闪过一抹尴尬，笑了笑说道："说起来，我今年也有五十了，能再活十年也算长寿。"李斯虽然没有回答，但他的态度已经告诉顿弱，为了荣华富贵，即使只能活六十岁他也认了。顿弱还想再说些什么，但话到嘴边却犹豫了，最后只是笑了笑，脸上满是无奈。

顿弱沉默许久，最后长叹一声："是的，本该如此。"想了想他还是有些不放心，又对着李斯说道，"即使如此，那顿弱就不再叨扰。临别之时，顿弱还有一句话要说，斯兄一定要记住，大势所趋就不要逆势而为，功成身退才是福。"

说完顿弱立刻起身，不再和李斯继续闲谈，而是毅然决然地走出书房，默默走入漆黑的夜幕之中。第二天朝会之时，李斯果然没有见到顿弱，也就是世人口中的尉缭。但尉缭的话却在李斯的心中留下了不小的影响。

尉缭走后的一年，李斯尽心尽力地帮着秦始皇修陵寝，真正接触之后，李斯才明白尉缭（顿弱）那句伤人太多究竟是什么意思。为了让秦始皇满意，他之前的那些陵寝总管都无所不用其极，让修陵的百姓从天刚亮一直干到天黑，只要有人休息一下被抓住了就是一顿毒打。陵寝工地外有一个天然湖泊，竟被累死的工匠和百姓尸体填得满满的。即便是李斯，看到这样的情形也不禁感到一阵恶寒。

李斯本想为自己积福，降低了那些工匠和百姓劳作的时间，却不知是谁在背地里又告了一状，李斯被一道圣旨从陵寝的工地连夜召回咸阳。刚一入宫李斯就看到秦始皇正慵懒地坐在皇位上，下面一群自称术士的跳梁小丑正在给秦始皇表演神迹。李斯心生不齿，还没说话就被秦始皇唤到眼前，劈头盖脸一通训斥。

李斯跟随嬴政将近三十年，这还是第一次被嬴政如此对待，直到此刻李斯才清楚地意识到顿弱说的嬴政性格大变，早已不是当年的秦王。李斯看着秦始皇眼底的怒气和隐隐的杀意，他直觉后背一阵冰凉，连忙对秦始皇说道："陛下，李斯有话要说。"那些方士见李斯如此卑微，眼底闪过不屑，甚至直接在李斯想要说话时出声打断："陛下，这位就是李斯丞相？"

秦始皇此时已经完全沉溺在求仙问药的幻想中，对那些方士格外地敬重，闻言立刻笑道："正是。"那方士闻言故意挑眉，做出一副高深莫测的样子说道："原来如此。陛下，这位丞相大人似乎已经对陛下生出异心，不可不防。"那人轻飘飘的一句话，吓得李斯额头瞬间冒了冷汗，连忙对说话的方士拱手作揖，语气也格外地恭敬："仙士，仙士，李斯错了。李斯确实不该心生怠慢。李斯对陛下的忠心日月可鉴，李斯这就回去命他们继续赶工。"

想了想，李斯知道只是认错怕是不行，只能硬着头皮继续对秦始皇讨好道："陛下圣明，李斯让他们放缓进度其实是想到了更好的办法。现在的陵寝虽然浩大，却少了灵气，只能称之为陵寝。陛下功在千秋，陵寝怕是配不上陛下，李斯认为应该将陵寝改造一下，变为仙府。"

李斯这二十多年都在研究嬴政，自然了解如何能让嬴政高兴。果然李斯话音未落，秦始皇的脸上不但有了笑意，就连那个不到五尺高的小术士也忍不住好奇。李斯虽然面上恭敬，但对那个挑事的术士早已恨之入骨。

那术士不禁好奇，继续问道："哦？你打算怎么做？"李斯虽对术士恨之入骨，却还是假装恭敬地回道："陵寝虽大，里面却都是死物，并没有什么稀奇。所以李斯认为陛下沉睡之后，依旧是天下之主，仍然应该领雄兵百万，继续征战，李斯准备让工匠做些陶俑，供陛下以后驱使。在这……在这陵寝之中按照天下的样子，用水银灌注一条长河，贯穿陵寝。然后修建一座咸阳宫，华盖用宝石镶嵌，以此比作星空，然后豢养鸟雀、百兽，再修铸硕大的铜灯，灯火长明，才能算得上是仙府。"

秦始皇一听立刻笑了，对于李斯的建议他十分满意，于是点了点头对李斯说道："如此，怎么保证工期？"前面那些话不过是李斯为了保命胡编乱造，根本就没想过要怎么修，听到秦始皇问及工期，他也只能硬着头皮继续往下编："工期确实会有延误，不过陛下，陛下若是能再给李斯征调十万苦役，李斯保证绝不耽误工期。"

此时的人命和百姓对秦始皇来说不过是个数字，一听李斯才要十万，立刻笑着应允，但在李斯准备离开的时候，秦始皇还不忘叮嘱："李斯，你给我记住，千万不要让朕对你失望。"秦始皇淡淡一句却把李斯吓出一身的冷汗，闻言他不禁连连点头，说道："臣不敢。臣不敢。"离开咸阳宫之后，李斯坐在马车上却没让孙林立刻离开，他把头探出马车，盯着咸阳宫门看了许久，想起那个方士的态度，气得咬牙。这些人能够在秦始皇面前得意，还不是因为他最初举荐，却没想到这些没脑子的东西竟然敢蹬鼻子上脸，李斯是个睚眦必报的性子，尤其刚才的情形，如果不是他反应快，只怕他李斯此刻已经被秦始皇给斩了。

李斯的马车最终缓缓而去，过了不到三个月，就有人听说咸阳城来了一个方士，一个真正见过仙人的方士，名叫卢生。这人一入咸阳就当众治好了多年腿疾的老人，瞬间名声大噪。当然这些李斯都没有牵涉其中，此时的他正忙着调配秦始皇让人在各地征集的十万苦役。或许是心里有愧，李斯安排好之后，便不怎么去陵寝工地，而是整日窝在相府之中。

人一旦闲了就会想要找些事情来做，尤其是像李斯这样的人，于是他想起韩非曾经为了平息秦始皇怒气而写的奏疏。李斯不禁想起当年，他同韩非一起在荀子府上求学时的情形，不由思绪万千。又过了不到一年，那些术士的把戏都用完了，再没有新鲜好玩的东西，秦始皇便觉得整日待在咸阳宫实在无聊，在方士的怂恿下开启了他第四次的巡游。只不过这一次，李斯没能陪同。秦始皇命李斯继续监督陵寝的进度，而他则带着赵高，还有术士和王绾等人走了。

李斯听到消息的瞬间就呆了，秦始皇这一去就是一年，李斯甚至不敢想象不能待在秦始皇身边会是什么情形，于是连夜让人传信给赵高，让赵高和胡亥想方设法，无论如何也要带上胡亥同行。

胡亥果然聪明，虽然知道李斯这么做的原因，却还是在收到讯息的当夜跪了宫门，然后和赵高里应外合说动秦始皇，带上了胡亥。李斯得到消息的时候，终于长长松了口气。他站在咸阳宫外目送车队离开，高悬的心却始终无法放松。让胡亥跟去，李斯主要的目的是给赵高一个助力，可他更清楚，无论怎么努力，秦始皇这一次都不会带上他，这只能算是权宜之计。一年……整整一年，李斯不敢想象，这一年他不能随时跟着，秦始皇是否会被人蛊惑，那些术士的特意针对，又是不是为了他的丞相之位而来。李斯思绪烦乱，常常回想他从求学再到千里迢迢投奔吕不韦，跟着秦始皇谋划了三十多年的过往，若是轻易被那些术士取代，他怎么可能甘心。

自从顿弱离开之后，芈策似乎也懈怠起来，除了朝会几乎见不到人。秦始皇的巡游队伍刚走，芈策竟跟顿弱一样，挑了个天色将黑不黑的时候来找李斯。这一次虽然孙胜不在，但孙林的心思要比孙胜更加活络，二话不说就把芈策让进院子，然后带着芈策径直去了李斯书房。

比起顿弱，李斯和芈策的交情更深，所以两人一见面李斯就让孙林准备一些酒食和酒浆来，他要和芈策一同饮酒。孙林领命转身离去，不一会儿就拎着食盒转身回来，将冒着热气的菜肴放在桌案上，留下两个铜壶和酒爵才转身离开。两人相对无语，直到喝了两杯酒浆，李斯才沉声问道："策兄此行，难道也是来辞行的？"

第七十三章

甘罗伴君如伴虎　英年早逝去极乐

芈策看着手中的酒爵没有立刻回答，而是一仰头把酒浆一饮而尽，笑道："不愧是斯兄，这都能想到。"李斯闻言却只是苦涩一笑，拿起铜壶帮芈策把酒倒上，无奈说道："也不是。只是觉得你今日的神情和顿弱来见我时一样。"

芈策一怔，随即笑了，喃喃自语："他果然来见过斯兄。"说完芈策长叹一声，说道，"斯兄，陛下已经变了。芈策准备急流勇退。你呢？"听到芈策的话，李斯的心里却毫无波澜。他一生追求权力，如今权力还未抓稳，不可能也不甘心就这么离开。

李斯的心里其实还有不为人知的欲望，那就是像吕不韦当年一样，权倾朝野。虽然他从来没有自己当皇帝的想法，却一直藏着让皇帝唯命是从的欲望。他永远忘不掉，在朝堂上见到吕不韦时的震撼。身为臣子，吕不韦却能稳如泰山地坐在那里。无论朝臣议论何事，大王想要做些什么，都要先看看吕不韦的脸色，那种欲望对他就像附骨之疽，难以忘怀。

但这隐晦的欲望，李斯从没告诉任何人，甚至可以说是不敢告诉任何人。听到芈策的话，李斯也只是笑了笑，敷衍回道："所求不同，自然会有不同的选择。策兄既然已经决定，那李斯就不挽留了。"

　　听到李斯的回答，芈策有些意外，盯着他看了许久，喉咙动了动，出于往日的情分，芈策终于还是不能坐视不理，最后犹豫了一下说道："斯兄对陛下了解多少？"芈策这话问到了李斯得意之处，他笑着回道："略知一二。"

　　芈策却笑了，眼神古怪地看着李斯，慢慢说道："那斯兄可还记得甘罗？"李斯一愣，那个惊才绝艳的少年他当然记得，不是说他在从赵国回来的路上身染重疾，回国不久就病死了？李斯努力回想脑中关于甘罗的记忆，只是时间太久，很多事情都记不清了。许久李斯才疑惑地说道："记得。他不是病死了吗？"

　　芈策闻言神秘一笑，他把玩着手里的酒爵，状似出神地说道："是死了，不过不是病死，是被大王——不，陛下——亲手刺死的。"芈策的声音仿佛来自地下，带着一阵阴风，吹得李斯浑身发冷。芈策好似没有察觉李斯的反应一样，继续说道："那时我还是华阳宫中的一名锐士，熊启见我聪明便派我在咸阳搜罗消息。"李斯闻言缓缓点头。

　　芈策的声音有些发空，带着深沉的倦意："那日，我在街上闲逛，忽然看到丞相府中有异，于是跟上去查看，发现吕相府中的人，也就是斯兄的那位好友，从一户庭院接出十几人，带着一具尸体连夜送出了城，后来我才知道那竟然是甘茂之孙甘罗的宅邸。而那具死尸正是甘罗。那姚贾把人送走之后一把火烧了房子，对外宣称甘罗是得了疾病死的，以此保住了陛下的声誉。而陛下杀甘罗的原因，仅仅是因为甘罗不经意说出秦始皇在赵国为质时曾被赵偃当马骑过。"

　　芈策能在李斯最危急的时候出现，足以证明他探听消息的本事。听到这里，李斯不禁后背一阵发凉，不说别的，单单甘罗和姚贾出使赵国，从赵国要来的城池和带回来赵太子俏这两个功绩，秦始皇就不该为了一句话杀了甘罗。

李斯猛然想起，二十年前他闯宫时看到的情形，整整一地的死尸，乌黑的血水几乎溢满整个大殿。李斯看着芈策许久没有说话，芈策似乎也觉得自己说得有点多，讪讪一笑举杯就喝。

这一夜芈策和李斯都再也没有提及秦始皇，两人就只是回忆过往。李斯心里有事喝得有些郁闷，一不小心就喝多了，第二日直接睡到日上三竿。起身之后，李斯才听李由说起，芈策天一亮就走了，什么都没说。李斯坐在书房里回想芈策和顿弱。他最亲密的两个盟友竟然都走了，唯有王绾和姚贾还在，但王绾过分耿直，自从废除分封的那次争论之后，他们也彻底渐行渐远。

想到这，李斯才陡然察觉，行至今日自己竟然成了孤家寡人。甘罗死了，不是病死而是被秦始皇杀了。韩非也死了，是他亲手逼死的。吕不韦也死了，不论是畏于秦始皇的残忍还是自愿，最后服毒而死。唯一和他交好的老将军王翦也死了，然后王琦也死在了战场上。好容易姚贾和顿弱都活着回来了，却不受秦始皇的重用，现在顿弱又走了。放眼望去，几乎整个朝堂之上，都是他李斯的政敌。

先不说与他政见不合的王绾等人，就单单是那些因为废除分封而被剥夺家产的氏族、贵族，只怕一旦有机会，绝不会放过他。李斯突然有种被人架在火上烤的感觉。想清楚这些之后，李斯忽然又想到两人，这两人算是他仅剩的盟友了——姚贾和赵高。想到赵高，李斯又不禁想到已经束发的胡亥。或许除了秦始皇，这几个人会是他最后的保命符。

李斯原本以为秦始皇巡游期间他会轻松一些，却没想到依旧事情不断，这一日李斯忽然心血来潮准备去咸阳城东的山头看看韩非墓，还没出城就被骊山陵寝的管事拦在家门口。那管事看到李斯神色慌张地下马，"扑通"就跪在了李斯面前。

李斯一愣，知道一定出事了，连忙把人带进府中，关在书房中厉声询问："说，是不是出事了？"那人也不隐瞒，赶忙回道："禀总管，确实出事了。制作陶俑的匠人反了，他们杀了监工，然后跑了。"听到这里，李斯也意识到事情的严重性，自秦始皇当年继位，次年就开始准备陵寝，至今已有三十年，这还是第一次有匠人叛乱，若是让秦始皇知道，自己不知道又要面临什么。

　　此时的李斯已经不再像以前那样自信，在知道秦始皇当年杀了甘罗之后，李斯才彻底看清秦始皇那被他掩藏极好的残暴、嗜杀本性，所以李斯不敢想，这件事一旦被现在的秦始皇知道会是什么结果。李斯不敢怠慢，连夜赶回骊山陵寝的工地。看着几十个被捣碎的陶俑，李斯咬牙切齿地看向那些已经被追回来的匠人。无论他们怎么解释、哀求，李斯都毫不迟疑地将所有参与、知道这件事的人推到空地斩了。

　　那一日天空乌云压顶，细雨随着凛冽的风鼓吹着众人的衣袍。空地之上谩骂声不绝于耳，李斯没有丝毫迟疑，这件事必须在传到秦始皇耳中之前彻底压下。李斯冷冷地看着，血水染红了陶窑外面的泥地，据说那几天烧出来的陶俑都格外逼真，仿佛有灵魂附在上面一样。那些被杀死的尸体太多，李斯害怕引起灾祸，只能一咬牙让人把尸体都扔进了陶窑，据说大火烧了三天三夜，整个烧制陶俑的工地都飘荡着一股焦糊的臭味，就连那个赶去咸阳报信的监工也没能逃过。

　　李斯从骊山回来之后就一病不起，他虽然不是第一次杀人，却是第一次亲自下令，而且是亲眼看着那么多人因为自己的一个念头而死。数十具无头的尸体几乎夜夜都到他梦里索命，就这样过了半个多月，李斯的身体才总算好了一些。谁知就在李斯以为事情已经被他压下，不会再有人知道的时候，公子扶苏突然到访。

　　李斯和公子扶苏不知为何一直都不亲近，即便李斯明知秦始皇已经把扶苏当作是自己的接班人，可他就是想不到办法去讨好公子扶苏。那是一个近乎完美的人，而且李斯心里清楚，即便他讨好扶苏，在大是大非面前，扶苏还是会像王绾一样，坚守本心，遇到事情不会有丝毫的偏颇，只会就事论事，究其原因，或许便是胡亥与李斯的关系。

都是皇子，公子扶苏和胡亥迟早会成为敌人，一旦公子扶苏和胡亥之间起了冲突，李斯必会选择胡亥。扶苏突然到访，着实让李斯觉得意外，他不禁有些心焦，连忙起身想要出去迎接，可刚穿上鞋履，李斯又顿住了。

李斯犹豫了一下，走到桌案边用冷水拍了拍额头，然后转身回到床上，揉乱发髻，侧身躺下。李由见状先是一愣，旋即明白了李斯的用意，起身去外面迎接扶苏。不多时外面就响起了脚步声，李由引着扶苏走进李斯卧房，甚至还不忘客气地提醒："公子注意脚下，家父实在病重，只能失礼了。"

公子扶苏为人直率，并没有多想，脸上虽然表情阴郁，却还是淡淡地回了句："无妨。我只是有几句话要对李相说，说完便走。"然后门被推开，李由侧身等着扶苏进门才跟着走了进来。

走进房中，扶苏先是打量李斯，见他确实瘦了，整个人也没有精神，便不再多想，长叹一声，对李由说道："你先出去，我有话要与李相单独说。"李由脸上笑容一僵，不自觉看了眼李斯，见李斯向他颔首，这才对着扶苏行礼，转身走出卧房。

房门被关上许久，扶苏都不曾说话，李斯躺在床上却如坐针毡，半晌终于忍不住问道："不知公子有何事要同李斯说？"扶苏的脸上蒙着一层寒霜，眼神在李斯的脸上扫过，随后冷声质问："我听说，你在骊山无论有无罪责，匠人和监工一并斩首，杀了三十六人？"

第七十四章

始皇沉迷长生药　劳民伤财建宫殿

　　李斯原本就心虚，听到扶苏竟然能准确说出人数，脸色都白了。即便他老谋深算，一时之间也想不到该如何反应。扶苏将李斯的反应看在眼中，叹了口气，严厉地说道："李相，父皇沉迷于求仙问药，性子日渐暴戾，作为他的臣子，你不但不规劝，反而处处助长，实在不是忠臣所为。"

　　李斯听着扶苏语重心长的劝说，心底不但不羞愧，反而忍不住冷笑，看着扶苏暗想："说得道貌岸然，你为何不去规劝？这是要让我去做出头鸟？开玩笑！"李斯心里虽然这样想着，面上却始终谦卑，见扶苏说完还不忘点头附和。

　　扶苏虽然年纪不大，但李斯的敷衍他还是能察觉，顿时气得涨红了脸，怒视李斯许久，最后一甩袍袖愤然离去。扶苏刚走，李斯就从床上坐了起来，静静地看着窗外，才发觉自己已经冒了一身的冷汗。有了这次前车之鉴，李斯为了保命，做事也比之前更加周密、狠厉。

秦始皇这次巡游仅用半年，这也是他第一次向北而行，回来的时候，脸色却不怎么好看。按说两年前他就让徐福带着五百童男、童女去东海求取不老仙药，一去两年不但没有回来，甚至连消息都没有。

秦始皇是何等人，隐约意识到自己可能被骗了，但他却不愿承认，只能把怨气都积压在心底，面上依旧看不出什么，继续求仙问药。一晃就到了秦始皇三十四年。游历过秀丽山河的秦始皇眼界也变得更宽了，不知道该如何享乐的他突然想起死了许久的夏阿房，随即不管不顾地让人征来苦役，准备修一个占地三百余里的阿房宫，要求美景不绝。

秦始皇虽然说是为了纪念夏阿房，但他这些年的风流早被李斯看在眼中，对此李斯只觉得可笑。如果真的那么想念，那咸阳宫里数不尽的美女又算什么。不过这都不是李斯敢说的。阿房宫工程太大，一年两年根本无法完工，秦始皇等得百无聊赖，又觉得美酒、美人有些无聊，忽然想念自己当年励精图治、攻打六国时的日子，于是找了个风和日丽的日子，将满朝的文臣都叫到咸阳宫，准备喝酒吃肉，君臣同乐好好地放纵一番。

君臣同乐本是常事，只是任谁都没想到，这一场酒宴竟然会掀起一阵腥风血雨。李斯对秦始皇的阿谀奉承被群臣看在眼里，有人为了功名利禄选择随波逐流或者更甚，有的则默默疏远，虽然不指责却也不合污。其中以王绾和淳于越最为显赫。王绾身为右丞相，以前更是和李斯情同手足，但后来却因为政见不合渐渐疏远。

淳于越却刚好不同，他虽然欣赏李斯的才气，却一直对李斯的人品不喜。如果不是李斯曾在荀子门下求学，两人甚至都不会有交集。尤其是韩非死后，淳于越干脆连表面的功夫都不屑维持，直接和李斯断绝往来。

后来有了公子扶苏，作为齐国博士，淳于越当仁不让地成了公子扶苏的老师。李斯在骊山脚下杀了那几十个工匠、看守和监工的事就是淳于越告诉公子扶苏的。谁知扶苏却只是警告了李斯一下，并没有对李斯穷追猛打，这让淳于越隐隐有些担心。

这一日宫宴，恰好传来蒙恬大败匈奴的消息，秦始皇更是高兴得连喝了几杯。自吕不韦死后，李斯和周青臣之间也有了隔阂。虽然李斯和王绾都知道，周青臣所做的一切都是吕不韦授意，可他们就是心里不舒服。周青臣似乎也知道自己在李斯和王绾那里没什么好印象，也刻意和这两人拉开了一些距离。

只是这一日，秦始皇命所有的文臣都到，周青臣才不得不坐在了李斯和王绾身后。对于吕不韦的事，周青臣也满心无奈。他明明是按照吕不韦的安排，为了报恩才不得不那么做的，结果他却成了罪人。这十几年来被吕不韦的门客、被李斯、被王绾打压，明明胸怀大志，明明自认才学不输王绾甚至是李斯，却只能做一个微末小官。

周青臣能见秦始皇的机会不多，能够出头的时候，他也绝不手软。刚一落座，周青臣就不顾自己身份，率先说道："陛下之功在千秋，在万世。放眼古今无人能及。遥想臣下初到咸阳之时，突逢太上皇驾崩，举国哀悼。陛下以十三的年岁继位，放眼整个天下也绝无仅有。后来平定天下，扫除蛮夷，还有陛下首创的郡县制更是亘古未有，使得百姓终于能安居乐业，如此成就即便是三皇五帝也难望其项背！"

周青臣本就是李斯推举给吕不韦继续编撰《吕氏春秋》的人，对于古今典籍如数家珍，又急于表现，所以谄媚起来简直让人作呕。不过这些话却把秦始皇哄得飘飘欲仙，忍不住哈哈大笑，拿起酒爵又喝了一杯。

周青臣这些话听在李斯等一众善于阿谀奉承的百官耳中，也不禁感觉牙酸，可听在淳于越和王绾的耳中，却觉得气血上涌，忍不住想要反驳。尤其是淳于越，他的志向一向不是做官，而是治学，所以人也更书生气一些，在他看来，做君主的行为失之偏颇，作为臣子不但不能视而不见，反而要刚直地劝谏，只有这样才能称为忠臣。

淳于越甚至对公子扶苏也有些失望，心中有气，又碰到周青臣无尽谄媚，终于按捺不住，猛地起身对着周青臣斥道："周青臣，你这阿谀、谄媚的行径，实在不是忠臣所为！"淳于越一句话就把气氛降至冰点。秦始皇也瞬间冷了脸，不置可否地看着淳于越。虽然什么都没说，但了解他的人都能看出，秦始皇这是恼了。

周青臣也被吓得冒了一头冷汗。如果可以他恨不得把淳于越一口咬死，别人阿谀奉承的时候，也不见这个淳博士说什么，凭什么表现了一下，就被淳于越如此针对。周青臣因为紧张和害怕，瞬间面红耳赤，对着淳于越骂道："淳于越，你大胆！你说我谄媚，那我问你，我哪句话说得不对？"

周青臣能被李斯从三千门客中挑选出来，真才实学自不必说，揣度人心的本事更是出众。不然三千门客同著一本书，但凡有一个协调不好，早就出事了。所以他一句话就把淳于越推到了秦始皇的对立面。淳于越却没有周青臣的心机，被周青臣用言语一激，立刻反驳："三皇五帝皆是圣人，岂能随意挂在嘴边，日日拿来消遣。况且陛下的功勋乃是历代国君共同努力，实非陛下一人之功。还有郡县制，着实过于严苛。陛下将所有实权都握在一人之手，若是再出一个张良，陛下出事，大秦势必会如无根大树，瞬间倾倒。"

听到淳于越说起张良，吓得秦始皇酒都醒了一半。在他当政的这几十年内，唯有三次命悬一线：一次是嫪毐叛乱，他连夜逃出咸阳；第二次是荆轲刺杀，荆轲的匕首离他的咽喉不足三尺，若不是他绕柱躲过，只怕早已丧命；最后一次就是张良等一众韩国贵族的伏杀，那一次秦始皇若不是被赵高拼死护着，只怕已经被长槊穿心。

此刻听到淳于越提及张良，秦始皇只感觉恼羞成怒，恨不得立刻让人把淳于越拉出去腰斩。好在秦始皇心如明镜，知道淳于越这样的人根本不怕死，若是把他杀了反而会成为那些儒生的谈资，到时候自己只会更加难堪。

李斯看出秦始皇的心思，他虽然为了保住自己的地位早就不在乎是非曲直，只以秦始皇开心为目的，但有些人他还是不想他们死的，淳于越就算一个。毕竟当年陷杀韩非，李斯也是为了自保，事后他就后悔了。

淳于越算是他为数不多在齐国认识的故人，自然不想让淳于越稀里糊涂地死。想到这，李斯赶忙站了起来，对着淳于越大骂："大胆！淳于越，你可知你在说些什么？陛下乃是皇帝，苍天之子，岂是乱臣贼子能够谋害的。废除分封是陛下和太上皇的宏愿，岂能因你一人之好恶就废除。何况郡县制是大势所趋，早已不能更改。"

李斯本想斥退淳于越让他不要再说分封制，谁知淳于越认定李斯是在阿谀奉承，闻言立刻恼怒，扯着脖子指着李斯说道："李斯，你为一己私利，掩盖疏于监管的事实，不惜杀了工匠十九人，兵士、监工十七人，共三十六人，难道也是为了陛下？"

李斯好心救人，却被淳于越揭了老底，那一瞬李斯的脸瞬间惨白，整个人僵在当场。李斯正苦思要怎么解释的时候，却听到秦始皇不耐烦地说了一句："行了。今日宴饮，只谈风月，不谈政事。李斯你先退下。"秦始皇直接打断两人的争执，却只说让李斯坐下，反而把淳于越晾在一边。

淳于越终于察觉秦始皇的情绪反常，此时却如同骑虎，坐也不是，站也不是，只能尴尬地对着秦始皇落寞作揖，然后灰溜溜地坐下。李斯虽然不想让淳于越枉死，却不代表他的性格变了，对于想要害死自己的人他依旧睚眦必报，无论那人是有意还是无心。有了秦始皇的示下和周青臣尴尬的处境，所有人都按下想要阿谀奉承的心思。

没了钩心斗角，气氛反而轻松了许多，最终宾主尽欢，李斯回到家的时候，已是深夜。随着年龄渐长，李斯反而不太想见涟漪和云姬，于是就在书房枯坐了一会儿，一想到自己一片好心，却被淳于越当众捅刀子，李斯越想越是恼怒，借着酒意拿起一卷竹简，洋洋洒洒地写了起来。

第七十五章

久长生鹤发童颜　贪富贵妄想不老

　　李斯心里很不痛快，又带了几分怨气，言辞也用得尤为尖刻。他原本只想让王绾和淳于越吃些苦头，闭上他们的嘴。后续又想到了韩非，李斯在写奏疏的时候，借着酒劲引用了韩非《五蠹》中的原文，写完之后也没检查，就把干了的竹简卷起来，倒头睡下。

　　第二日一早，李斯的气消了不少，顺手就把竹简放到桌案上。然而这时李由却脸色不好地走到书房门外，"砰砰"地拍响房门。李斯从桌案上抬头对着门外说道："进来。"李由立刻推门而入，手里拿着几个竹简，快速走向李斯，道："李由见过父亲。"李由虽然神色有异，步履匆匆，但礼仪却依旧周全，礼毕才对着李斯快速说道，"父亲……出事了。"

　　李斯一愣，看着这个平日里冷静持重的儿子，不禁皱眉问道："何事如此失态？"李由叹了口气，似乎也不知道要如何描述，干脆把手中的竹简展开，放到李斯面前。李斯被李由的举动引得满腹狐疑，眯着眼睛看向竹简。李由虽然没有说话，但手指却在竹简上来回点动。李斯逐一看去，脸色慢慢变了，猛地抬头看向李由，问道："这些竹简，你从何处找来的？"

李由深吸一口气回道："各处都有。似乎不是近几年才写的。我随意找了找，远远不止这些。"李斯一听，只觉得眼前一黑，差点晕过去，颤声怒斥："这些人……这些人怕是活腻了！"李斯说完恼怒地将竹简卷在一起，想要进宫面见秦始皇，可刚一起身，他却犹豫了。

这竹简上的内容可谓是极尽讽刺，把秦始皇编排一通，自己看了都不由光火，若是让秦始皇看了，怒气上来，还不知要闹出什么事。可这件事若不尽快处理，一旦闹起来怕是要翻天。尤其是像王绾和淳于越那种不知变通的人，万一被他们发现，肯定会立刻禀报秦始皇。

李斯坐在书房中，默默地看着面前的竹简，陷入沉思。李由看着李斯一脸挣扎，最终又从袖中拿出一个单独的竹简，放到李斯面前，说道："父亲，其实儿子还有别的发现，只是不想父亲动怒，所以才没有拿出来。"

李斯一听不由看向李由，随即拿起竹简缓缓打开，只一眼李斯就被气得将竹简扔了出去："岂有此理！"李斯这一生之中，自认为做的亏心事就只有一件，那便是韩非。

遥想当年，李斯虽然出生在小富之家却只算是一个庶人。因他求学把家中钱财都败得差不多了。在那个礼不下庶人、刑不上大夫的时代，李斯在荀子府中过得并不自在。韩非作为领路师兄，是整个学宫里除了老师之外对李斯最好的人。

如果不是为了自救，如果不是他处境危急，李斯无论如何也不会用韩非来换自己的前途。可偏偏这些人就是抓着这件事不放，甚至还有人看出了当初韩非被秦始皇厌弃的关键。这件事一旦被捅破，他和姚贾的下场可想而知。

李斯此刻是真的害怕了。回想当年秦始皇对韩非的崇拜和喜爱，一旦让秦始皇知道韩非的死其实是被设计，以秦始皇现在的性格……

有些事只要做过一次，那么第二次、第三次就会变得尤为简单，只要能自保，李斯根本不在乎谁会遭殃。思及此，李斯所有的顾虑瞬间消失，为了一点小小的失误，他眼睛不眨地杀了三十六人，更何况是存亡时刻，王绾和淳于越这样的政敌亦可抛。

下定决心，李斯看了眼李由，声音低沉地幽幽说道："由儿，无毒不丈夫，这上面说的都是真的。但父亲再告诉你一件事。当年为父若不这么做，死的就是父亲还有你娘和你！这一次，父亲为了自保，只能再牺牲几个。"

李由和李斯不同，李斯做事先要说服自己，李由做事全凭本心，闻言李由对着李斯拱手作揖，说道："无论父亲做什么，在儿子看来都是对的。请父亲放心。"

李由的话让李斯的心情轻松许多，他微微一笑，想起昨夜一时气愤写下的奏疏，找出来然后拿上李由从外面寻来的那几个编排秦始皇的竹简，走出书房去了咸阳宫。

李斯带着奏疏和竹简见到秦始皇的时候，秦始皇还有些宿醉，看到李斯也是一脸的烦躁，正要训斥，李斯却抢先开口："陛下，李斯特来请罪。"

李斯居然主动说自己有罪？李斯的开场白让秦始皇无比新奇，要知道李斯可是个能言善辩、巧舌如簧的人，要他认错比登天都难。秦始皇忍不住笑问："哦？说来让朕听听。"李斯连忙将带来的竹简递给赵高，让赵高帮自己交给秦始皇。秦始皇顿觉疑惑，扫了竹简一眼，不想看到的居然是一堆关于他母亲赵姬的艳史。秦始皇的脸瞬间黑了，因为恼怒手指都有些颤抖，冷冷地扫了李斯一眼，然后又让赵高继续打开竹简。

这一本更甚，已经不能算作艳史，这些人已经明目张胆地怀疑秦始皇的血统，就差直接说秦始皇是吕不韦的儿子，而且还编排秦始皇是怎么用自己的身份逼着吕不韦喝药自尽，最后为了保住王位，逼迫吕不韦家人全部陪葬。

李斯深知吕氏一族的内情，所以他小心观察秦始皇的脸色，生怕秦始皇会迁怒自己。说实话若不是这些儒士把他和韩非的事情也写了出来，李斯根本不会亲自把这些竹简送到秦始皇面前。因为他知道，这绝对是件出力不讨好的事。

正想着，李斯就感觉有什么黑乎乎的东西向着自己飞了过来，他来不及闪躲，也根本不敢闪躲，只能硬生生地躬身站在那里，直到那个东西砸到他的头上，然后"啪"一声掉落在地。李斯蹙眉一看，才发现竟是竹简，于是连忙开口："陛下息怒，陛下息怒！"

"李斯，你找死！"秦始皇此时已经气得人都糊涂了，只想把知道这些事情的人都杀了，脑中也不断想起赵姬被他留在雍城囚禁那日两人的对话。

李斯丝毫不敢反驳，继续说道："陛下息怒，陛下息怒。臣还有事要奏。"直到这时李斯才把昨夜写好的竹简拿了出来，高举过头顶，等着赵高过来拿走。

赵高的脸色也很不好，显然对李斯的做法不太赞同，但两人十几年来形成的默契，只一个眼神就让赵高按下心底的疑惑，将李斯最后呈上的竹简放到秦始皇面前。

看着竹简，秦始皇这一次没有立刻打开，而是烦躁地揉了揉太阳穴。赵高见状赶忙伸手，力道适中地帮着秦始皇揉按。过了许久，秦始皇才叹了口气问："这又是什么？"李斯恭敬答道："陛下，这是李斯昨夜赶出来的奏疏，还请陛下阅览。"

听到是李斯写的，秦始皇这才皱眉打开竹简，简单地扫了一眼，随后脸上的表情就有了变化。他兴致勃勃地将竹简又看了一遍，才道："你欲如何？"

李斯一听就知道秦始皇这是同意了。毕竟有了他之前的铺垫，秦始皇一定不想那些乱七八糟的史书，还有那些文人墨客调侃他母亲赵姬的诗词传下去。焚书势在必行。而自己的奏疏也刚好给了秦始皇一个借口，结果可想而知。

李斯不敢让秦始皇看出自己的心思，连忙回道："陛下，这些人胆大妄为，所以书必须要烧，而且必须让藏书的人不敢私藏才行，不然根本达不到预想的效果。"李斯说得隐晦，但秦始皇知道，李斯指的是那些记录赵姬生平和调侃自己身世的书，没有丝毫的迟疑笑着点头。

"就按你说的做。"秦始皇说完便对李斯摆了摆手，让他先退下。因为这些年的纵情享乐，秦始皇感觉自己的身体已经大不如前，总是时不时地感觉胸口针扎一样的痛。

他也曾找来寺医查看，可那些寺医却始终说不出所以然，来来回回就是一句话："陛下要保重龙体，切不可继续贪杯，也不能纵欲过度。"每到这时候，秦始皇总是会想起带着五百童男童女出海的徐福。

若是徐福真的求回仙药，他第一个就把这些无用的寺医全数砍了，一点用都没有，还在他耳边不停地絮叨。可等来等去，徐福就像是蒸发一样，没有一点消息。

秦始皇每到这时都会把秦宫博士卢生找来，一遍又一遍地询问："这世上是不是真的有神仙？"卢生靠的就是方术才能留在秦始皇身边，回答秦始皇的答案也都是肯定的："有，不但有，而且鹤发童颜，久居终南山。"

秦始皇每每听到这些，心绪才会稍稍平复，继续期待着徐福能够尽快回来，让他赶紧吃下仙药。有了秦始皇的支持，焚书的事进行得格外顺利，就连焚书的圣旨都没怎么改，秦始皇懒得让人再去拟旨，而是直接让人把李斯的奏疏用圣旨誊抄下来，盖上宝玺就明发出去。

古往今来，读书的人无不钟爱古籍、孤本，更不要说像淳于越这种专心钻研学问的。就连李斯，如果不是为了自保，也不会这么狠心怂恿秦始皇焚书。焚书的圣旨一出，整个咸阳城都炸了，直接惹恼了以王绾和淳于越为首的博士和重臣。

新晋上任的咸阳令姚奢是姚贾的兄弟，两人虽然是同父同母，性格却极为不同。姚奢是在平定六国之后才来投奔姚贾，李斯碍于姚贾的面子，给他谋了一个咸阳令的肥缺，姚奢自知无才，为了讨好李斯，姚奢做起事情来显得尤为卖力。

姚奢以收缴作掩护，暗中找机会抓了一些读书人，然后扣上私藏史书、拒不上缴的罪名，给那些读书人戴上枷锁，送进姚贾的廷尉大牢。就这样忙碌了一个多月，才总算把李斯列的名单上的人全部抓住，无一漏网。

焚书的事进行得如火如荼，除了那些大儒、博士心中有苦难言，各自想办法藏书之外，一直不曾说话的公子扶苏终于按捺不住，起身去了咸阳宫求见秦始皇。

第七十六章

焚书堵住天下口　扶苏公子不赞同

扶苏受华阳太后的影响喜欢白色，所穿的衣物也以浅色为主，跟秦国嬴氏一族的喜好截然不同。潜移默化中，秦始皇对于扶苏这个儿子又爱又恨，爱他的聪慧、博学、仪表堂堂，绝对是大秦储君的不二人选。可因为扶苏和秦始皇的诸多不同，秦始皇本就生性多疑，渐渐地就对扶苏生出猜忌，甚至厌恶他的光明磊落、博学多才、处事大方，甚至嫉妒扶苏自小就有博学鸿儒教授。

扶苏轻易就能拥有的一切，却是秦始皇儿时可望而不可即的，而且这些猜忌随着秦始皇的年龄和身体变化在不断地发酵。秦始皇端坐在皇位上，看着年轻俊秀、衣冠楚楚的扶苏，心底生出一丝厌恶。

秦始皇的厌恶毫不掩饰，这让扶苏的心一阵酸涩，可他又能如何？碍于孝道，他连反驳秦始皇都是错的。明知如此，扶苏还是义无反顾地将写好的奏疏举过头顶。

赵高眼底也闪过一丝不耐烦，看了眼秦始皇的脸色，这才走过去拿起奏疏转身回到秦始皇身边恭敬地放下。因为李斯，秦始皇这几天看到奏疏就头疼，干脆没有去看，就直接问道："说吧，你所奏何事？"

扶苏闻言浑身一僵，从秦始皇连他的奏疏都懒得看这一点，扶苏就更加确定了秦始皇对他的不喜。作为儿子，大皇子，被父亲、国君不喜甚至是厌恶，只怕任谁心里都不舒服。

扶苏不禁有些苦涩，却还是朗声说道："父皇，切不可焚书。那些书籍都是圣贤所著，若是付之一炬，后人该如何评判？"扶苏原本只想劝说秦始皇放弃焚书，可他却不知其中内情，此话一出，刚好踩到了秦始皇的痛处，让原本就不耐烦的秦始皇瞬间恼怒。

"混账！朕是你父皇，你就这么跟朕说话？"秦始皇一句话吓得在场所有宫婢、寺人慌忙跪地，就连一旁的赵高都吓了一跳，赶忙细声安慰秦始皇："陛下，莫要动怒，莫要动怒，大皇子只是随意说说，并不是要跟陛下作对。"

赵高的心思远比李斯狠辣。试想一个十岁的孩子能凭借自己的努力搭上当时的内侍长赵兴，甚至还敢在李斯危难的时候出手相助，李斯在赵高这个年纪还在上蔡跟着小伙伴到处玩闹，自然是不能比的。

原本只是恼怒的秦始皇，被赵高一句话说得差点跳起来杀人，他冷冷地看着挺直腰杆站在殿中的扶苏，只觉得这个儿子就是来气他的，从五年前他巡游开始就一直在和他唱反调。

扶苏也没想到，不过是一句再平常不过的话，竟然惹得秦始皇暴怒，还好有赵高在一旁帮他解释，不然只怕又要惹恼父皇，那就实在不孝。单纯的他根本听不出赵高说这话的真实目的。

"父皇，儿臣说的都是实情。若没有那些古籍，后世的儒生再无典籍可查，前人的智慧将彻底断代，再不可能出现像孔子、老子、商君、韩非子甚至是吕相那样的能臣了！"

扶苏越说越错，如果只说前面几人，秦始皇也许不再动怒，可偏偏他说到最后，竟把吕不韦也带上了。扶苏的本意是想唤醒秦始皇对吕不韦的怀念，却没想到反而成了点燃秦始皇怒火的药引。

"放肆！扶苏，你还不给我滚出去！"秦始皇彻底怒了，作为一个父亲，他又没法告诉扶苏：我烧书都是因为你奶奶，你奶奶的艳史太多，就是因为你奶奶跟那个吕不韦不清不楚！所以扶苏越说越错，终于彻底激怒了秦始皇，骂完这句，秦始皇依旧不解恨，抬头对着殿外喊道："来人，将扶苏囚于华阳宫中，没朕的旨意不准他踏出华阳宫半步。"

听到秦始皇要把自己囚于华阳宫，扶苏彻底傻了，他呆呆地抬头看着高高在上的秦始皇，最终一个字都没再说。华阳宫在咸阳城外，郎官虽是奉命护送扶苏去华阳宫，但到底扶苏还是皇子，很可能是未来的太子，他们两边都不敢得罪，言语上也算客气。

扶苏知道他这一走，这咸阳城内的典籍和古书在劫难逃，车乘路过淳于越府门的时候，扶苏连忙出声，对着押送的郎官说道："几位，这里是我老师淳于越博士的家。出城之前我想去看看他老人家。"

那些郎官只是奉命，闻言虽然面露难色，却还是点了点头，不放心地叮嘱一句："大皇子，莫要耽搁时间，天色不早了。"扶苏感激地颔首，然后走进淳于越的宅子。淳于越此时正在书房，看着散落一地的古籍，恨不得将它们全都藏起来，一抬头就看到扶苏走进书房，他先是一愣："大皇子？"

扶苏只能苦笑，对淳于越点了点头，然后走过去将淳于越从地上扶起来，扶到一旁坐下，神色凝重地说道："老师，若是可以，你也要早做准备。焚书的事，已经没有回旋的余地。"淳于越闻言就是一愣，他激动地抓住扶苏的手："大皇子，你难道去劝陛下取消焚书令了？"

扶苏无奈地点头，说道："去了，不但被父皇驳回，还被父皇下令囚于华阳宫，无诏不得出。"淳于越恨得一拍大腿说道："哎呀，大皇子，你怎么这么糊涂！"淳于越虽然醉心学问，可他却不是闭门造车之人，对朝局对秦始皇的动向一直了如指掌，不然李斯在骊山下斩杀工匠和监工的事，他也不会知道。

这一次焚书的事，淳于越从一开始就看出这事不简单，不然以他对古籍和史书巨著的珍爱，岂会忍着不去找秦始皇争辩。一直没有行动，不过是因为他知道焚书已成定局，无论怎么做都会惹恼秦始皇，根本不会有丝毫转圜。

淳于越看着爱徒落到此番境地，不禁心痛如绞，都怪他太过耿直，忘了教授扶苏为人臣、为人子该有的审时度势，该有的以退为进，该有的迂回。思及此，淳于越不禁想起这一切的始作俑者李斯，他此刻恨不得亲手杀了李斯。都是这个无耻小人，为了阿谀奉承甚至不惜毁掉那么多前人留下的瑰宝，淳于越越想就越是恼恨。

他苦涩摇头，对着扶苏说道："大皇子糊涂啊！这件事你可以让我去，甚至是任何一个无足轻重的文官去。偏偏你不能去，你知道吗？唉，焚书的事，老师已经有了对策，你就不要再去过问，且记住，你是大皇子，当仁不让的储君，唯有你继承了陛下的皇位，才能将秦国推向鼎盛。秦国已经势同累卵，再也经不起任何风浪。"

淳于越说着慢慢起身，挺胸站直看着自己这个最喜爱的学生，笑了笑说道："从今以后，老师不能再辅佐你了。不过你要记住，君子言必信、行必果。作为大国之君，一人之荣辱可抛，一人之喜好可舍，救万民于水火才是国君的风范。"

扶苏连连点头，对淳于越的教诲他一直都铭记于心，可不知为何他总觉得此刻的淳于越有些不同，刚要询问，淳于越却继续说道："对了，我所藏的书籍，早在焚书令颁布当夜就已经命人送走。若将来大皇子继承皇位，还请大皇子帮淳于越把书取回，让那些巨著免于失传。"对于淳于越的要求，扶苏毫不犹豫地点头。记住淳于越所说的地址和人名之后也不敢继续耽搁，匆匆走出淳府，上了郎官所驾的马车出了城。

华阳太后早已去世，华阳宫也有近十年无人居住，扶苏什么都没带就被发配在华阳宫的事立刻在咸阳城传开了。李斯正坐在府中翻阅姚奢偷偷留下的典籍，遥想当年，他在吕不韦府上看到的那满屋子珍贵典籍，李斯就忍不住扬扬自得。

李由步伐轻松地走进书房，看着桌上堆积的典籍先是一愣，然后才对李斯说道："父亲，大皇子扶苏被陛下送去华阳宫了。"李斯一脸疑惑地问道："为何？"李由立刻答道："说是顶撞陛下，反对焚书。"

听到这里，李斯也不禁有些惊愕，毕竟焚书这件事不过是他为了消除流言借刀杀人的手段，怎么会牵扯到扶苏。秦始皇虽然不喜扶苏，却一直把扶苏当作储君来培养，怎么会突然发怒？

李斯想到扶苏的性格，不禁觉得牙酸，正在烦恼的时候，李由却继续说道："还有，扶苏离开咸阳之前曾去过淳于越的府上。派去监视的人说他们两人在书房密谈许久，淳于越似乎很不赞同扶苏的举动，最后还拉住扶苏的手小声叮嘱，不知道说了些什么。"

焚书的事，李斯虽然是冲着书去的，可他心里比谁都明白，整个咸阳城因为焚书最恨他的估计就是淳于越和王绾两人了。师徒书房密谈还能说什么，肯定是叮嘱扶苏将来若是继位，一定要找他李斯算账罢了。

父子俩正说着，这时一个个子不高、脑满肠肥的人突然冲了进来，也不敲门而是直接从门外扑了进来，张口就说："丞相……丞相不好了。"李斯和李由皆是一愣，同时看向冲进来的人，仔细一看才发现是姚奢。

只见姚奢脸色发白，不顾形象地看向李由，然后慌乱地对着李斯说道："淳于越……淳于越自焚了。"姚奢话一出口，李斯和李由都瞪大了眼睛，不可置信地看着姚奢。

第七十七章

一人之下万人上　权倾朝野扶新君

"你说什么？"书房里安静许久，李斯才不可置信地问道。姚奢还以为李斯已经知道了，所以才显得处变不惊，听到李斯询问，这才赶忙继续说道："淳……淳于越自焚了。"姚奢生怕李斯和李由听不明白，顿了一下又道，"就在不久前，下臣听说公子扶苏被陛下赶去华阳宫，就想到扶苏的老师淳于越，这些时日碍于公子扶苏，下臣一直不敢去淳于越府上搜查，所以就想趁着公子扶苏被陛下囚禁，那淳于越也就没靠山了，就带着手下去了淳府。我们刚进淳府就看到淳于越的院子里堆成山的竹简。这简直就是明知故犯，下臣刚要拿下淳于越，谁承想他竟然往竹简上倒了许多桐油，然后当着下臣的面把竹简点燃，然后……然后自己也跳了进去。"

李斯和李由刚好在讨论淳于越和公子扶苏说了些什么，转头就听说淳于越居然自焚了。两人瞬间想到淳于越最后和扶苏说的很可能是遗言。只是淳于越的遗言说了些什么，李斯和李由就不敢猜测。

书房里的气氛顷刻间变得压抑，姚奢也自知惹了祸，不敢出声，只能安静地瞅着李斯和李由，像是在等待审判的犯人。"父亲，这淳于越会不会……"李由没有把话说完，但脸上却闪过一抹杀意，意思不言而喻。李斯却摇了摇头，沉声说道："不会。淳于越就不是那样的人。他虽然恨我，却绝对不希望扶苏与我为敌，至少在扶苏继位之前不会，之后嘛，就不得而知了。"

　　李斯也同样没有把话说完，无论淳于越有没有叮嘱公子扶苏找李斯报仇，这个仇都算结下了。不说别人，就算是他李斯，若是有人逼着荀子自焚，他也是一定要为老师报仇的。

　　所以他李斯和扶苏的仇算是结下了。将来只要有机会，扶苏一定不会对他手软，搞不好他李斯最终连吕不韦的下场都不如。李斯越想越心惊，最后狠狠地瞪了姚奢一眼，说道："行了，死都死了，你现在做这副怕怕吓吓的样子做什么！"

　　姚奢被骂得有些不知所措，于是试探着问道："可是丞相，这事若是被公子扶苏知道了，下……下官……""你如何？看你办的好事！这事，扶苏迟早会知道，反正跑不了你也躲不了我。咱们自求多福吧。"李斯虽然这样说着，但脑子里却已经在努力盘算。

　　既然仇恨已经埋下，那他李斯总不能坐以待毙。把姚奢骂了一顿赶走之后，李斯安静地坐在书房中开始盘算如何应对公子扶苏接下来的报复，可思来想去都不得其法，这就是一个死局。只要公子扶苏继位，他就难逃一死，除非……除非扶苏不能继位！

　　虽然这个念头有些可怕，但一路走来，李斯见过的大场面也不少，只是犹豫了一下便下了决心。李斯是个行动派，既然做了决定，那么他就会立刻行动，暗算这种事，早一分准备就多一分的胜算。

　　李斯悄悄进了咸阳宫，却没有同往日那般去见秦始皇，而是直接去了胡亥的住所。秦始皇对夏阿房终究不同，即便是搬进咸阳宫，对胡亥还是格外照顾。此时胡亥已经十六，正是身材拔高的时候，看起来要比李斯高了许多。

胡亥自小就知道，他的母亲赵女夏阿房，临死之前曾把自己托付给李斯照顾，所以自小他就对李斯格外地亲切，一看到李斯就笑着扑了过去，不顾礼仪、尊卑地把李斯抱了个满怀。"李斯舅舅你怎么来了？"这声舅舅还是赵高让胡亥叫的，他对胡亥说若想李斯一直对自己好，就不能叫伯父，也不能叫李大人，要叫舅舅。

胡亥虽然比起扶苏不算聪慧，不过嘴巴却很乖巧，说出来的话总是让人心里舒服。李斯前脚刚到，后脚就有寺人从侧门离开，飞奔着跑向秦始皇所在的咸阳宫正殿。那人并不进去，而是对守在咸阳宫外的寺人耳语几句转身离开。

李斯是打心底喜欢胡亥，每次一看到胡亥，他就会忍不住想起当年他闯宫出来撞见夏阿房时的情形。听到胡亥叫舅舅，他的脸上更是慈爱，伸手摸了摸胡亥的头，问道："舅舅最近忙，一直没时间来看你。对了，你的功课如何了？"

胡亥最怕的就是李斯询问功课。他是真的不喜欢，更何况自己又小，即便没有明旨下发，满朝文武都知道，扶苏就是下一任的储君，他再争着抢着出人头地，必然会被十几个哥哥厌恶的。

李斯看出了胡亥的心思，若是以前他或许会夸胡亥聪明，不过该学的还是要学。但今日不同，他今日来看胡亥就是要告诉胡亥一个讯息，只要陛下一日没有明旨下发，那谁都有可能成为储君。谁做皇帝，主要还是看他李斯支持谁。

可不等李斯开口告诉胡亥，赵高就急匆匆走了进来，对着李斯笑道："我还想着这几天找个时间出宫见你，不想你今日就来了。"赵高的视线在李斯和胡亥身上扫过，最后微微一笑继续说道，"小公子，我与李大人有些话要说，你先去学堂。"

胡亥对赵高似乎有种超乎寻常的信任，闻言立刻冲着李斯笑道："那你们聊，我就先走了。"胡亥说着不去看李斯的反应，立刻往皇子们的学堂走去。门外果然有个年纪不大的寺人拎着食盒跟了上去。

　　李斯和赵高目送胡亥离去，直到周围都没有人了，赵高才看着李斯的侧脸，似笑非笑地问："大人，今日怎么有时间来看小公子了？"

　　李斯无奈一笑，又扫了眼周围，才对赵高问道："你出来，陛下那里怎么办？"赵高回道："陛下喝了酒已经歇下，不到一个时辰不会醒的。"李斯微微挑眉，然后客气地抬手对着赵高说道："原来如此。这里说话不方便，不如换个地方？"

　　赵高却毫不在意，自信满满地说道："无妨。整个咸阳宫，除了皇帝的正殿，你在哪里都可以放心说话。"赵高说话间满是倨傲，这还是赵高第一次如此对待李斯。李斯不禁有些迟疑，总觉得自从秦始皇第四次巡游没有带上他之后，很多人和事都变了。

　　李斯轻咳一声掩饰心底的情绪，说道："若是如此，倒也省事。淳于越的事，你怕是已经知道了吧？"赵高闻言点了点头。李斯看到他的反应，心却不由一沉。此时的李斯才终于强烈地感觉到，赵高不知从何时起彻底变了。

　　不，应该说是崛起了。李斯不得不承认，赵高是他见过的人里面最可敬也可怕的对手。先不说他是怎么一步一步坚定地爬到现在的位置，单看他能在秦始皇身边十几年始终屹立不倒，就说明赵高的心智绝非常人。

　　李斯努力笑了笑，不禁自嘲道："虽然淳于越的死非我所愿，到底是因我而死。他毕竟是公子扶苏的老师，以后李斯怕是要大祸临头了。"

　　赵高听了李斯的话，脸上却满是不屑，甚至有些不耐地瞟了李斯一眼，沉声说道："我与先生相识差不多三十年了吧？"李斯眸光一闪，装作不解地看向赵高说道："嗯，差不多。"察觉李斯的防备，赵高不禁一笑，饶有深意地缓缓说道："都这么长时间的交情了，先生怎么和我说话还要拐弯抹角？今日先生进宫，不只是来看望小公子吧？"

和聪明的人说话办事就是畅快。李斯被赵高看穿心思也不尴尬，反而坦然一笑对赵高说道："当年阿房姑娘曾数次救我，临终还把小公子托付给我，说实话这些年来我碍于身份一直未能尽心照顾。若不是有你帮衬，只怕阿房姑娘在地下都要怨我了。"李斯说到这里，话锋一转突然说道，"所以为了不让阿房姑娘失望，我想请高兄帮我。"

"你是想让我帮你除掉扶苏，推小公子继位？"赵高不等李斯把话说完，便冷冷说道。李斯浑身一颤，许久才坦然点头，说道："正是。现如今我已经得罪了扶苏，以他的性子日后若能继位，等到朝局稳固之后，势必找我算账。高兄，李斯走到如今不容易，更何况胡亥何其无辜，难道你要看着他成为第二个公子成蛟吗？"

胡亥毕竟是赵高亲自照看长大的，对于李斯的话，赵高显然更有体会。此时他那张俊秀的脸上瞬间爬满凝重，盯着李斯看了许久都没说话。不知为何，李斯对赵高的眼神总是格外地忌惮，会有一种被毒蛇盯上的感觉。"斯兄说的极是。"赵高不知想到什么，突然开口然后继续说道，"你准备怎么做？"

李斯想了想晦涩一笑，随即说道："让他老死在华阳宫或许对大家来说都是最好的结局。"赵高干脆扑哧笑出了声，看向李斯的眼神多了一些意味不明。两人许久才相视而笑，虽然没有订立什么盟约，但都知道合作的事成了。

李斯回到相府。回想起今日见到赵高的种种，才察觉以前那个彬彬有礼的少年，早已长成了一条饿狼。李斯甚至有些怀疑赵高究竟是被秦始皇影响，还是他本性就是如此。

时间飞快，焚书的日子很快就到了。那被高高堆起的书简就像一座大山，被桐油点燃之后，整整烧了三天三夜，无数典籍就这样付之一炬，后世再难找到哪怕只言片语。更有人谣传说在焚烧竹简的山上曾见过孔圣人、商君乘着浓烟而去，总之传言越来越诡异。

姚奢不小心逼死淳于越的事最终还是被姚贾知道了。姚贾和李斯不同，这些年姚贾一直在韩赵燕蛰伏，同那些贵族和重臣周旋，窥探人心的本领远比李斯更高。终于坐不住的他，找了个时间把李斯约到礼乐府。

两人同多年前一样漫步在礼乐府中的小径上，遥望小院中的那棵木樨树。姚贾忽然回身看着李斯说道："斯兄，后路你可想好了？"

第七十八章

急流勇退保自身　始皇痴迷求仙路

庭院深深，绿草茵茵，姚贾和李斯驻足在小院门前，无尽感慨。自两人相识于相府至今已有三十年，他们的情谊更甚友情。姚贾更是李斯在咸阳城唯一可以交心的人。听到姚贾的问题，李斯看了眼周围，随即拉着姚贾一同进了小院，坐在木樨树下，叹了口气："淳于越以命害我，我不得不为自己谋求一条活路。"

姚贾闻言眼皮猛地一跳，看向李斯的眼神也多了一丝变化，他没有立刻追问，反而仰头看向树冠，良久才好似喃喃自语地说道："你这是要对扶苏下手了？"李斯坦然点头："唯有如此，我才有一线生机。"李斯说着叹了口气，看向姚贾的脸上挂着意味不明的笑。姚贾略一挑眉，叹道："对不住，都是姚奢做事鲁莽，害了斯兄。"李斯却直接抬手打断了姚贾的话，摇了摇头说道："不，此事和姚奢并没有太多干系。那淳于越从一开始就打算玉石俱焚，姚奢不过是恰好撞上罢了。我既选择忠于陛下执行焚书的旨意，那就势必会得罪扶苏。"

姚贾陷入沉默，突然从怀中拿出一块绢布，对着李斯说道："这封密信或许能帮到你。不过斯兄，我若是你或许会选另一条路。急流勇退同样也是君子之选。""急流勇退？"这个词李斯已经不是第一次听到，顿弱离开的时候也曾对他说过，若要自保，急流勇退才是最好的选择。

李斯有些诧异地看向姚贾，以两人的性格都不是那种能轻言放弃的人，更何况姚贾和顿弱不同，顿弱本性内敛，不喜张扬，他的离去早就注定，可姚贾这是怎么了？

姚贾看出了李斯的心思，笑了笑说道："不要多想。我只是觉得以后的路会越来越难走，感叹一声罢了。这上面的内容足以帮你击垮王绾，运用得当牵连扶苏也会轻而易举，只是可能会害死很多人。"

姚贾说完就起身准备离开，却被李斯开口叫住："等一下。姚贾，如果是你，你会急流勇退吗？"姚贾一怔，而后笑着对着李斯回道："是了。我自己都做不到的事，又怎么去规劝别人。斯兄，若有需要，让人到我府上传信便是。今日我先走了。"

姚贾转身离开，李斯小心打开姚贾留下来的绢布，果然是一封密信，信上的内容是一位大儒写给王绾的。直到看完密信，李斯才理解姚贾那句这封信会害死很多人是什么意思。

淳于越自焚的事最终闹得尽人皆知，很多儒士都看不过去，其中有一位和王绾关系比较好的，就给王绾写了一封信。那些大儒写信都有一个坏毛病就是畅谈一下时局。这块绢布上写的就是那儒士给王绾的密信。

其他内容倒没什么，不过是发发牢骚，控诉一下李斯是个小人，可其中有几句话却牵扯到了秦始皇。他甚至大言不惭地直言求仙问药都是假的，那卢生和侯生他早就命人查探过底细，卢氏不过是楚国无赖，不知道从哪找来一本方术古籍，简单学了几天就自称是术士，自称见过仙人。皇帝也是贪生怕死才会相信这样的无稽之谈，被小人蒙蔽实在蠢笨。

看到这里，李斯不由心惊。卢生其实是李斯从外面找来的，为的是把那个胡乱插嘴的韩众赶走，却不想后来又牵扯出徐福，事情逐渐脱离了李斯的掌控。

李斯没想到姚贾手里居然能有这样的证据。他想了想，秦始皇求仙问药之举确实越来越离谱，整个咸阳宫里好几百个方士，弄得乌烟瘴气，秦始皇动不动就赏赐那些方士金银，甚至使那些术士都忘了分寸。有了这封密信，秦始皇也许会彻底清醒，放弃求仙问药的执念，消停几年。

不过卢生的事情，李斯还要事先做好准备，不然一旦卢生被抓，把他供出来可就坏了。想到这，李斯将绢布叠好放进袖中，然后快步走出礼乐府。回到府中李斯叫来孙林，压低了声音对他说道："你立刻想办法通知卢生，就说让他快逃。他的身份被人查到了，明日一早就会有人去陛下那里拆穿，再不走必死无疑。"

孙林闻言转身就走，一直到入夜才匆匆回来，对李斯回道："相爷，属下在城外找到了卢生，便把相爷的话告诉了卢生。卢生连城门都没进，就带着他的师兄侯生一起逃了。此时怕是已经找不到了。"

听到孙林说卢生是和侯生一起逃的，李斯也没在意，摆手让孙林下去休息，自己却在书房里待了一夜。第二日一早李斯终究还是决定把密信交给秦始皇。虽然他明知道，这封密信只要交出去，咸阳宫里那些术士，甚至是王绾都有可能会死，但仔细一想，这件事对李斯来说只有好处没有坏处，他实在找不出放弃的理由。

果然密信刚交到秦始皇手上，秦始皇的脸色就变了，尤其是那位儒士剖析秦始皇的话语，瞬间让秦始皇满脸涨红，"砰"的一拍桌子冲赵高问道："那侯生和卢生何在？"

赵高浑身一颤，连忙答道："回陛下，卢生和侯生昨日出宫，说是去拜访好友，彻夜未归。""到现在都没回来？"听到侯生和卢生一夜未归，向来多疑的秦始皇已经认定卢生和侯生肯定跑了。这……这真是把他当傻子来看了。

秦始皇怒从心生，脑中回想过往种种，还有那个走了三年依旧音讯全无的徐福。如果以前只是怀疑，那么他此刻足以认定，这些人根本就炼不出长生不老药，都是在把他当傻子。

匹夫之怒血溅五步，天子之怒浮尸千里。秦始皇当即决定让赵高派人去捉拿卢生和侯生两人。派出去的人一波又一波，整整追捕了半个多月，不但卢生和侯生没有找到，甚至连那个不到五尺高的术士韩众也不见了。

直到这时，秦始皇才彻底认定这些人都在骗他，哪有什么仙药，不过是一群地痞，整日在他面前吹嘘见过仙人，还说什么东海之上有仙府，骗人的，都是骗人的。秦始皇怎么可能承认自己被骗了，于是一道圣旨就那样轻飘飘地从咸阳宫飞了出去："凡与侯生、卢生和韩众交往过密者，都有叛国之嫌，查清之后，尽数坑杀。"

接到圣旨的李斯和姚贾两人相视一笑，毕竟这样的结果就在他们预料之中，依姚贾和李斯的心思，只要将那些宫里的术士和王绾解决了，然后伺机将扶苏牵涉其中，这件事就算完美落幕。可他们却没想到，螳螂捕蝉，黄雀在后，有人竟利用他们的计谋，狠狠地推了扶苏一把。

李斯向秦始皇递交的姚贾的密信上只罗列了宫里的那三百术士，还有王绾和写密信的人，却不想众朝臣却在这件事中看到了机遇，纷纷向秦始皇递交奏疏，上面罗列的都是自己看不惯、想要除掉的政敌、仇敌。被牵连的人就像滚雪球一样，越滚越多，等到李斯和姚贾察觉不对的时候，被牵连下狱的人数已经达到七百。

李斯和姚贾心有余悸地看着那长达七百人的名单，甚至还在上面看到了他们都熟悉的名字顿弱。看到这个名字的时候，李斯后背不禁冒了一层冷汗，再次想起顿弱离开时曾说过的话。

"贾兄，你我是不是惹祸了？"李斯不禁后怕地对着姚贾问道。姚贾却神情淡然，对着李斯回道："从一开始你我不就已经猜到了。既然选了，那就只能硬着头往下走！"李斯咽了咽口水，却找不到理由反驳，毕竟姚贾从一开始就警告过他。

李斯无奈，只能想办法亡羊补牢，那些被无辜牵连的人他会想办法救，但事情发展到现如今也该有个结果。想到这里李斯连夜起草奏疏给秦始皇，称凡有罪之人都已捉拿，可以尽快选个日子处置人犯。

秦始皇其实也心焦不已，被人当猴耍的感觉很不好，又气又恼的他感觉胸口总是突突地跳，也懒得再去管朝中之事，他干脆把事情都推给李斯和赵高处置，这件事也总算在李斯的操作下画上了句号。

整整七百人，除去三百术士，其余的人无一不是一代忠臣、当代鸿儒，甚至还有一个仅仅是因为登门造访被鸿儒拒之门外的。李斯一一查明，暗中操作。

就在坑杀儒生的前一天，从咸阳宫中驾出一辆马车，直奔咸阳城外，车乘到了华阳宫，从车上走下一人，掏出令牌给守门锐士看过之后，旋即扯碎身上的衣服，弄乱头上发髻，装作视死如归地闯进华阳宫。

那人见到扶苏先是哭得天昏地暗，然后绘声绘色地将淳于越是怎么跳入火坑和竹简一起被烧成飞灰、七百余人将要被坑杀的事情都说给了扶苏。

那寺人说得极为巧妙，没有说那七百人被抓的理由，而是悲戚地描述那些人的惨状，甚至如数家珍地将其中几位大儒一一说出。扶苏听完不禁气血上涌，一向稳重的他在听到淳于越跳进火中自焚之后，已经彻底失去了理智。一想到那个对自己谆谆教诲的老师被人逼着跳进火中，扶苏就感觉心疼到无以复加。

在华阳太后教导扶苏的礼数中，严师犹如慈父，而古往今来，杀父之仇不共戴天。此时的扶苏无比懊悔，当时淳于越告诉他，李斯在骊山陵寝残杀工匠和监工的时候，他为什么没有趁机参他一本，不然也就不会有焚书和老师被逼自焚的事了。

扶苏虽然性情温文儒雅，待人谦和，但他终究是秦始皇的儿子，骨子里带的坚韧和孤傲让他也无法听之任之。扶苏当时就不顾秦始皇的旨意，冲破锐士的阻拦，离开华阳宫直接冲到秦始皇面前。

秦始皇的身体每况愈下，最近这几日因为怒火攻心，他甚至都没怎么睡觉，猛然看到扶苏气鼓鼓地冲到眼前，还以为扶苏这是要反了，吓了他一跳。

哪知扶苏即便怒气滔天，却依然循规蹈矩、谨守孝道，恭敬地冲着秦始皇作揖说道："父皇，儒士不可杀。"扶苏以为自己的语气足够诚恳，可他却忘了这是他第一次违抗秦始皇，所以不等扶苏说出理由，秦始皇就怒了。

"孽子！你就是这么跟你父皇说话的？"

第七十九章

忠言逆耳勃然怒　坑杀大儒几百人

看着秦始皇震怒的脸，扶苏愣了，满腔的怒意堵在胸口。从小到大秦始皇在他眼中就是天，从不会犯错误的那种，畏惧更是自小就有。此时被秦始皇呵斥，扶苏整个人都愣住了。

扶苏心思依旧执拗，甚至还有些委屈，但他依然觉得自己没错，继续对秦始皇说道："父皇，儒士不能杀。"秦始皇被扶苏气得不行，胸口一阵刺痛，立刻喘着气对扶苏吼道："滚，滚！赵高！让人把这个逆子带出去。"

赵高心头暗喜，却依然走到秦始皇身后帮秦始皇顺气，看似关切地问道："陛下，现在就把大皇子送回华阳宫吗？大皇子虽然无诏私自离开华阳宫，但毕竟也跟陛下许久未见，要不要……"赵高的话听着像是在劝慰秦始皇，可他却在话语中巧妙地提到了一个词——无诏！

"无诏？对，扶苏，朕不是让你在华阳宫闭门思过，谁让你出来的？"扶苏被问得浑身一僵，他之前怒火中烧只想救人，现在冷静下来才猛然发觉自己做了蠢事。

闯宫在秦律中算是最严重的罪行，轻者黥面流放，重的直接烹杀。意识到自己闯了祸，扶苏立刻慌了，再没有之前的执拗，而是仓促间撩衣跪倒，却一个字都不敢说。

秦始皇见状就知道扶苏是闯宫出来的，气得猛烈咳嗽起来，伸出手颤颤巍巍地怒斥："好！好得很！扶苏，朕对你太过纵容，竟让你对秦律视若无睹。来人，赵高，将他绑了，送去上郡，让蒙恬给朕好好地看着，若他敢私逃，就地腰斩！"

扶苏虽然意识到闯祸了，却没想到秦始皇居然要把他送去军队，这在秦国历史上是从没有过的。脸色瞬间惨白，扶苏虽然很想对秦始皇解释，可他的傲气却让他一个字都说不出口，最后只是颓然起身，跟着赵高安排的押送锐士转身走出咸阳宫大殿。

扶苏原以为这次离别只是秦始皇一时气急，却没想到竟然成了永别。李斯得知消息的时候已经是第二日清晨，他不禁感叹冥冥中有如神助。伴随着扶苏被押去上郡的消息，坑儒的行动丝毫没有耽搁，七百余人的名单也不过是为了偷梁换柱，李斯和姚贾在知道有人借着追捕方士的由头谋取私利后，就又把名单仔细筛选了一遍，把其中一些德高望重的儒士秘密保护起来，最终真正被坑杀的也不过四百六十人。

毕竟这些人也算是被殃及的无辜。两人做得很隐晦，暗中把那些被牵连的大儒送去了鲁中，家人也全部搬离咸阳，经过焚书和坑儒的咸阳城差点沦为空城。

这次事件终究还是牵连到了王绾。不过结果却跟李斯和姚贾预料的不同，秦始皇的嗜杀成性到了王绾这里却有了改变。明明七百多人眼都不眨就下令坑杀，可面对王绾，秦始皇却只是轻飘飘地下了一道圣旨。

"王绾年迈不堪重任，即日起削去王绾一切官职，限期一月离开咸阳，返回祖籍养老。"秦始皇显然是想留下王绾的命，就如同当年的吕不韦一样。可这一次他又算错了。

王绾在得知坑杀大儒的起因竟是一封写给他的密信，然后又眼睁睁看着几百人被坑杀，甚至还得知那个举世无双的公子扶苏也因为反驳秦始皇坑杀儒士而被秦始皇厌弃，送去上郡充军之后，直接一病不起，据说在回老家的路上就病死了。

消息传到咸阳的时候，已经生病的秦始皇一个人在咸阳宫大殿坐了许久。没人知道他到底在想些什么，只知道自从王绾死讯传来之后，秦始皇对李斯就更加宠信了，甚至隐隐有了当年吕不韦吕相的趋势，无论是什么样的朝政大事，都会把李斯从宫外召进咸阳宫，和李斯商议定夺。

帝王的喜爱和信任就是风向标。随着秦始皇对李斯的信任日渐加深，满朝的文武逐渐成了李斯家的座上宾。相府门口更是车水马龙，络绎不绝。起初李斯还会找个理由推辞一下，但渐渐地他也被这些人的恭维腐蚀了。

李斯日渐得意妄为，同样被某些忠心的臣子看在眼中，有人甚至冒着风险将李斯的事写成奏疏。可奏疏呈上去之后却迟迟没有消息。秦始皇就像是默许了一样，无论是谁弹劾李斯，他都会直接让赵高把奏疏扔进火里烧了权当没看见。

李斯一开始还有些忐忑，毕竟秦始皇的心思向来阴晴不定，万一不高兴就会杀人，可渐渐地他才彻底放下了心。秦始皇终究老了，也像老人一样开始怀旧，想想那些以前跟随自己的人，走的走，死的死，似乎都不得善终，李斯成了最后一个跟随他的人，所以秦始皇才会对李斯如此纵容。

其实还有一点，那就是秦始皇求仙问药之心未死。即便秦始皇下令将咸阳所有的术士都抓起坑杀，但他的心里还是没有放弃求仙问药。秦始皇的心思不在朝政上，扶苏又被他流放到上郡去了，李斯就成了秦始皇唯一能依靠的人。

李斯能够看透的事情，其他的人虽然费了些时间，同样也能看透，有些人甚至不惜到姚贾府上请教。无论怎样，李斯都成了整个大秦最炙手可热的人物。就连李斯那几个不出挑的庶子、庶女都被人惦记上了。家里没有适龄儿女的，也不忘盯着李由和李尧。毕竟这两人可谓是咸阳城的风云人物。不知是谁突然说了一句："老臣记得，陛下的二公主早已及笄，一直没有婚配，跟大公子简直是天造地设的一对。"

　　说者无心，听者有意，正当那些人热火朝天吹捧李斯的时候，李斯也把目光放到儿子李由身上。平心而论，他的儿子李由确实一表人才，不但长相和母亲云姬相似，气度也比他这个父亲更加出挑，配公主，也不是不行。

　　李斯脑子一热，当夜就借着酒劲在书房写了一封奏疏，第二日一早带着奏疏进了咸阳宫。若是以前，大王的公主岂是普通朝臣能够肖想的，再不济也要嫁给一方诸侯、世家公子，但可惜因为秦始皇的废除分封，普天之下莫非王土，秦国已经彻底没了诸侯，秦始皇起初忙着统一，后来又忙着巡游，忙着求仙问药，闹得整个咸阳宫鸡犬不宁，所有人也就把公主的婚事给忘了。

　　秦始皇还是看到李斯替李由求娶二公主的奏疏，才猛地想起自己还有七个公主，二十多个儿子。或许是幼年他与夏阿房的经历，让秦始皇不太在意门第之别，只笑了笑让李斯明日带着李由进宫和二公主见一面，双方若是情投意合，那就择日成婚。

　　李斯原本还有些忐忑，就连求娶他都抱着别样的目的，一面想着若是秦始皇同意了，那他李家从此跻身贵族，再也没人敢质疑他的出身，若是秦始皇直接拒绝，那就说明自己在秦始皇的心里依旧只是臣子，所有的信任和宠信都不过是假的，那他就要格外留心了。

　　直到听见秦始皇让他明日带着李由进宫和二公主见面，李斯才猛地瞪大眼睛，对着秦始皇连连躬身作揖："李斯谢陛下成全，李斯谢陛下成全。"秦始皇的心情似乎不错，对着李斯摆了摆手，说道："对了，我记得你还有一个嫡子，是你家妾室生的，继在主母名下的，明日一同带来，让朕也瞧瞧。"

李斯激动得差一点乱了方寸，直接撩衣跪倒，对着秦始皇连连谢恩。按说秦国的礼数虽然严苛，却从没有让人屈膝下跪的规矩，李斯也很久没做了。秦始皇瘫坐在皇位上，静静地看着李斯感恩戴德，忽然有些怅然。

若是没记错，李斯作为郎官入宫与他初相识的时候就喜欢下跪，这一晃几十年了，秦始皇也没想到有生之年还能见到李斯这么卑躬屈膝的样子，不由大喜。

李斯第二日果然带着长子李由、次子李尧一同进宫。秦始皇难得运动一下，带着众人去了御花园，遥望假山和碧翠之间，四五个衣着华丽的妙龄女子正在捕蝴蝶。

李斯始终站在秦始皇身后，作为双方家长，两人识趣地找了个凉亭坐下，李斯让人准备了煮水的铜鬲，然后恭敬地伺候秦始皇喝蜜浆。跟吕不韦不同，李斯和秦始皇似乎都很喜欢喝蜜浆，唯有嘴里那淡淡的甜丝才会让两人的心彻底平静。

云姬端庄闲雅，容貌当年也是在上蔡出了名的，涟漪就更不用说了，若是平心而论，云姬也不如涟漪艳丽。李斯的两个儿子的容貌都像自己的母亲，自小又被李斯养在身边，举手投足都带了李斯十成十的气度，让人一看就移不开视线。

秦始皇的女儿虽然出类拔萃，但自小就生活在宫中，身边的人不是粗鄙的锐士和郎官，就是阴郁的寺人，突然看到两个长身玉立的青年瞬间动了心。二公主事先就得了消息，知道今日来的两人都是李斯的公子，年纪较大的那个很可能指婚给自己，相看起来也比其余几个妹妹都大方一些。李由虽然常在咸阳街头游走，见过的贵女不知几何，但他和李斯一样心比天高，自小就认为唯有天下最尊贵的女子才和自己相配。

李由和二公主算是一见钟情，同样动心的还有秦始皇的七公主。论起年龄七公主甚至要比李尧还大上几个月，但她却一眼就看中了不声不响、眼神灵动的李尧。只是李尧明显不知今天进宫的目的，心思始终放在不远处李斯和秦始皇所在的凉亭里，根本没看七公主一眼。

李尧越是这样满不在乎，七公主就越是喜欢。李斯带着李由和李尧刚走，七公主就迫不及待地去见了她那个几年不见的父皇。秦始皇虽然对儿子要求甚高，但是对女儿却格外宽容，听到自己的第七个女儿喜欢上了李斯的二儿子李尧，立刻笑着答应下来。

次日赐婚的圣旨就送到了李斯府上，赵高一脸高兴地当着李斯的面宣读圣旨。第一个圣旨是二公主和李由的赐婚圣旨，这事大家都心照不宣，所以也没有引起多大的骚动。谁知赵高宣读完第一份圣旨之后，却又拿出第二份，就连李斯都忍不住愕然，狐疑地看向赵高。

第八十章

帝王之女嫁李家　泼天富贵帝王恩

赵高依旧满脸笑意，打开圣旨继续宣读，当众人听到秦始皇居然把七公主许给李尧的时候，几乎所有人都愣了。一门两公主，这哪怕是在名门望族也从没出现过。李斯发呆，赵高也不着急，而是静静地等着李斯接旨。李由就站在李斯身后，见李斯迟迟没有反应，冲赵高笑了笑然后轻轻推了把李斯。

李斯这才回神，连忙笑着对赵高说道："臣谢陛下隆恩。"随即接过圣旨，侧身交给李由，这才回身对着赵高说道，"高兄难得来，不如去书房一叙。"赵高正有此意，闻言笑着点头对李斯说道："如此正好。"李家众人立刻各归各位，李斯则带着赵高直奔书房。

关上门，赵高便笑吟吟地开口："斯兄果然棋高一着，不但把公子扶苏赶出咸阳，现在连陛下的公主都有两位嫁入李家，这样的殊荣可谓是旷古烁今，绝无仅有。"

听着赵高的赞许，李斯却只是无奈摇头，十分坦诚地对赵高说道：

"我若有高兄的能耐也无须如此。这么做不过是为了保命罢了。"赵高闻言笑了笑："斯兄过谦了。我若是能有李由这么出众的孩子，宁愿整日提心吊胆。"

说者无心，听者有意，李斯知道赵高十岁就被牵累受了刑送进了宫，这辈子都不可能有孩子，所以才会对胡亥那么尽心尽力，完全就像是在照看自己的儿子。心思一动，李斯连忙对着书房门外喊道："孙林，去把李由叫来。"赵高一愣，显然猜到了李斯的意图，随即笑得脸上褶子都皱成一团，眼中满是深意。李斯假装没看见，静静地看向书房门口。不多时门外就响起了一串轻快的脚步声。

敲门声随即响起，李斯和赵高对视一眼，对着门外说道："由儿，进来吧。"李由立刻推门，转身关好房门，这才走到两人面前，先是拱手对着赵高作揖说道："李由见过叔父。"李由很聪明，对赵高的称谓格外亲切。

赵高对李由的举止十分满意，闻言笑着点了点头看向李斯。李斯立刻对着李由说道："由儿，你赵叔父十分喜欢你，所以我想让你认赵叔父为义父。以后等你义父年迈，不能效忠陛下的时候，就把他接出来和为父一起安享天伦。"李斯说得热闹，李由虽然有些愕然，但很快就想通了李斯这么做的深意，毫不迟疑地撩衣跪倒在赵高身前。

赵高也不推辞，直到李由行礼完毕才笑着伸手将他从地上扶起，然后转头看向李斯说道："果然一表人才。斯兄，把这么好的儿子给我，你舍得？"李斯自然笑着答道："当然。只要高兄不嫌弃由儿愚钝便好。"李斯和赵高两人你来我往，气氛格外地融洽。

赵高在李斯家中用过午膳之后才回到宫中，秦始皇的身体似乎越来越差，整日都恹恹的，见赵高回来也只是摆了摆手，有气无力地问了句："都办完了？"赵高答："圣旨都已送到。"

秦始皇再问："李斯是何反应？"赵高知道秦始皇这是想听好话，于是缓缓答道："李相激动不已，连连谢恩。李相这两个儿子果真是一表人才，陛下好眼光。"听到赵高的恭维，秦始皇不禁勾起嘴角，然后压着嗓子说道："哼，便宜他了。你过来扶朕去休息。"赵高闻言赶忙快步走到秦始皇身边，扶着他起身，然后一同走进寝殿。

走进寝殿的时候，赵高趁秦始皇分心，悄悄回头扫了身后的心腹一眼，然后对秦始皇说道："陛下，留心脚下。"那心腹仅凭赵高一个眼神就明白了他的意思，悄然转身快速跑出咸阳宫大殿，向着胡亥所在的宫殿跑去。不一会儿胡亥就被寺人带进咸阳宫大殿，看到赵高的时候甚至还一脸懵懂。

秦始皇这时已经睡熟，赵高悄悄对着胡亥招手，然后把人拉到一旁细声叮嘱："小公子，今日陛下身体不适，你也尽些心力，守在陛下身边帮他驱驱蚊虫、送风如何？"胡亥自小就很听赵高的话，闻言立刻点头，乖巧地走到床边，拿起宫婢用的半扇贴心地帮秦始皇摇扇。

秦始皇这一觉睡得很沉，梦里隐约看到一座仙山，高耸入云的山上，有一位鹤发童颜的老人冲着他笑。秦始皇刚想过去，却感觉腿上绑了千斤重担，无论他怎么努力就是不能移动半分。

秦始皇急了，发现不远处站着一人，看背影像是扶苏，于是连忙呼唤扶苏，让他过来救驾，可扶苏却始终没有回应，秦始皇怒极，用尽全身力气走到扶苏身边，刚要训斥不孝的儿子，结果却看到一张青灰色的脸，秦始皇被吓了一跳，几乎瞬间睁开了眼睛。

梦里的情形犹在眼前，秦始皇猛烈地喘息，半晌才总算平复呼吸，转头却看到一张清秀的脸。他微微一愣，总觉得这张脸十分熟悉，好一会儿才勉强想起，眼前的人正是他和夏阿房唯一的儿子。"嗯……"秦始皇长长叹了口气，才对着胡亥说道，"孩子，扶朕起来。"

秦始皇不喜欢扶苏，对其他的儿子其实也一样。每每看到那些年富力强的皇子，秦始皇总能强烈地感觉到自己的衰老，所以无论是哪个儿子他都不怎么见，对胡亥也是如此。

如果不是胡亥那张酷似夏阿房的脸，估计秦始皇还要再看一会儿。胡亥已经在床前跪了两个多时辰，不要说搀扶秦始皇，就连起身都有些困难。胡亥闻言略一迟疑，只能扶着龙床先慢慢起身，然后忍着膝盖的疼痛去扶秦始皇。

胡亥的嘴格外甜，可做这些的时候，他却一个字都没说，只默默地忍着。秦始皇何其敏锐，一眼就看出胡亥腿跪麻了，忍不住问道："你在这里守着朕多久了？"胡亥略一犹豫没有回答，而是笑着问道："父皇可是哪里不舒服？儿臣这就命人去找寺医。"

秦始皇闻言有些意外，看着胡亥那张脸，越看越喜欢。人老了总是止不住怀念一些故人或者往事。"胡亥，你知不知道朕为什么给你取这个名字？"胡亥见秦始皇没打算找人，于是揉了揉酸疼的膝盖，然后弯腰将秦始皇扶起来，才擦着额头上的冷汗回道："知道。中车府令说那是您和母亲相识的地方。"

秦始皇一怔，扭头看向儿子，胡亥的脸上始终挂着人畜无害的笑，举手投足间甚至还有阿房女的影子。秦始皇越看越喜欢，于是拍了拍胡亥的手臂，说道："你以后可以常来，多看看父皇，听到了吗？"

胡亥立刻笑着点头，甚至还不忘对秦始皇说道："父皇，您真好。"秦始皇微微一愣，笑着抬手摸了摸胡亥的头。这一次秦始皇突然有了种望子成龙的喜悦。

胡亥离开的时候，秦始皇的赏赐随之而来，流水一样地抬进了胡亥所住的宫殿。对于这一切，赵高只是看在眼里，没有说什么，毕竟时间还长，不能操之过急。

自那日之后，胡亥果然隔三岔五地就去看望秦始皇，父子之间的关系也越来越融洽，有时候胡亥隔一天没去，秦始皇还会忍不住派人去找。二公主和李由的婚事将近，李斯府上也开始忙碌起来，道贺的、送礼的更是络绎不绝。

这或许也是云姬一生中最高兴的时候，她从没想过有一日儿子居然能娶公主，整个人都显得年轻了许多，对于李由的婚事更是事无巨细，亲力亲为。

转眼就到了正日子，云姬早早就让人将喜果、祭品等一干餐肴摆在院中，不放心地又去检查了一遍新郎迎亲要穿的爵服，还有迎亲队伍的人数。

李斯满意地看着云姬忙得脚不沾地，自己则在前厅耐心地迎接每一位客人。眼看着吉时就到了，李由穿上云姬亲手给他缝制的爵服，外面套了一件浅绛色黑边的裳服，驾着黑漆马车，带着一众身穿玄端的仆从一起往咸阳宫赶。一路上火把照路，咸阳城难得取消宵禁，街道上围满了过来看热闹的人。

李由骑在马上，人生第一次经历这样的盛况，忽然有种高处不胜寒的感觉。马车第一次驶入宫门，一直到二公主的殿外才缓缓停下。一阵热闹之后，李由将载着公主的马车交给孙林，转身骑上大马赶回相府。

迎亲的队伍热热闹闹地离开咸阳宫，李由则快马赶回，站在相府门外耐心地迎接各路宾客，然后等待新娘子的马车。

因为是公主下嫁，所以规矩比起平民要更加烦琐一些，不过每个步骤云姬都事先同奉常反复确认过，过程虽然耗时，但好在顺利进行，没有闹出笑话。

宴请才是整个婚礼的重中之重，秦始皇因为身份不能出席，扶苏作为长子原本可以代替，但他却被秦始皇流放上郡也赶不回来，思来想去正在秦始皇思索让谁去的时候，赵高适时在他身后说了一句："不如就让胡亥公子去吧。等公子回来也好把相府迎亲的盛况同陛下好好说说。"秦始皇一听立刻应允，所以今天代替皇家出席的人变成了秦始皇的十八子胡亥。

愚者看热闹，惠者看门道。当宾客们看到胡亥坐在二公主长辈位置的时候，一个个都惊得瞪圆了眼睛。李斯也瞅准时机对胡亥表达出亲近和尊重，那些聪明人里的聪明人，立刻从这似是而非的举动中看出了苗头。

因为新娘子身份特殊，长辈也只有李斯夫妻，所以见礼的过程显得有些仓促。不过好在云姬准备充分。见过长辈之后，接下来的就是吃祭品，象征两人尊卑相同，相互扶持。

祭品分别是牛羊的肺、肝，菜酱、肉酱、猪肉等以及所有的谷物，每一样新人都要吃三次，这个过程十分耗时，最后就到了喝合卺酒的时候。

公主身份尊贵，云姬没有用寻常人家的匏瓜，而是让人专程打造了一对金匏瓜，双方各执一个饮酒，饮漱共三次，称为合卺。这之后仆人需将吃剩下的东西撤走交换食用，也就是女方剩下的送去给男方仆从，男方剩下的送去给女方的仆从，以此来昭告仆从，往后的时日新郎新娘也是他们的主人。

接下来就是相见，新郎和新娘在下人和仆从的簇拥下进入早就准备好的婚房。之后的事云姬和李斯作为长辈就不能继续参与。涟漪在这时主动接过云姬的重担看着仆人继续往下进行。公主带来的女婢悉心伺候新人脱去礼服，然后互相交换，新郎为新娘解下头上的发带，进行到这里，婚礼就算是完美地结束了。

涟漪笑着转身走出婚房，去到云姬和李斯所在的小院，将过程细细描述，云姬这才松了口气。第二日一早神清气爽的李由搀扶着二公主到前厅拜舅姑，其中的礼仪依旧分外地繁杂。

就这样忙碌了半个多月，云姬总算喝到了媳妇茶，彻底放下心来，一家人围坐一团打算用餐的时候，再次被下人告知有圣旨到了。李斯连忙带着身边的家人赶到门口，才发现又是赵高。

赵高明显特意地收拾过，身上穿着绛紫色宽袖交领长袍，笑吟吟地站在相府门外，看到李斯带着家人迎出来，立刻笑了："斯兄为何这样看我？我可是带着贺礼来的。"李斯微微一愣，李由却反应极快，连忙拉着公主走到赵高面前，对着赵高行礼，毕恭毕敬地叫了一声"义父"。

　　赵高挺直脊背，坦然地受了李由和二公主的礼，许久才笑着将小夫妻搀扶起来，然后从身后的寺人手中接过圣旨，清了清嗓子说道："李由接旨。"李由不敢怠慢，连忙再次行礼。

　　赵高尖细着嗓音高声唱和："李由，年轻有为，才思机敏，特封三川郡守，择日赴任。"

第八十一章

慧眼如炬识人心　携公主领旨上任

赵高读完圣旨，却迟迟不见李由接旨，侧头一看才发现，不只是李由，就连李斯都愣住了。依照秦律，官员升迁非常严苛，不要说像李由这种身无寸功的人，即便是久经沙场的将军，只有功勋没人推举，升迁之路依然坎坷。可赵高的圣旨却直接让李由去做三川郡郡守。以二十的年纪直接掌管一郡之地，将来的成就可想而知。

李斯终究要比李由更加老练，短暂的愕然之后便猜到其中的关键，连忙提醒李由领旨谢恩。赵高将圣旨放入李由的手中，然后不再言语，反而静静地看着李由，脸上隐隐有些期待。

李由又是一愣，有些摸不透赵高的心思。李斯却在这时赶忙对着赵高笑道："家中正在用餐，高兄不如一起？"赵高终于笑了，满意地看了李斯一眼，率先走进相府。

赵高昂首挺胸地走在人前，作为中车府令走在丞相前面明显僭越，李斯也察觉到了赵高日渐嚣张的气焰，却没有在意。毕竟在李斯看来，此刻扶苏的事情最是重要，赵高作为秦始皇身边的人，还有用处。

赵高高兴而来，乘兴而归，对李由更是赞不绝口。李斯带领家中众人一直将赵高送出相府，目送马车离开。相府众人转身回府，唯有李斯、李由和李尧父子三人依旧站在原地，每个人脸上的神情都有些凝重。

李斯回头看了眼两个儿子没有说话，摆了摆手示意两人跟着他一起去书房。关上门，李斯先是扫了眼李尧，然后才对着李由问道："今天之事，你有何想法？"

李由深吸一口气，犹豫了一下才对李斯回道："父亲，儿子有一事不懂，还望父亲解惑。"李斯不禁轻笑，对着李由说道："哦？说来听听？"李由突然伸手拉着身边的李尧走到李斯面前，压低了声音问道："父亲，依你看来，陛下的身体近来如何？"

李斯原以为李由只是看出了赵高的变化，却没想到儿子问的居然是秦始皇，微微一愣，李斯看着李由的眼睛，反问："为何这样问？"李由不由眨了眨眼，然后神色凝重地拿出刚刚收到的圣旨说道："儿子也不知，总觉得这圣旨不该出自陛下之手。即便是格外开恩，也有些过了。"

李斯怔怔地看着李由的眉眼。这半个月来他一直忙着李由的婚事，确实许久没有进宫，但要说秦始皇的身体出问题也不太可能。可李由的怀疑却让李斯心情忐忑，于是又问了一句："还有呢？"

李由见父亲询问自己，就猜到李斯怕是也这么想的，于是继续说道："还有就是，赵高这个人不能深交。"李由的话让李斯又是一愣，就连一旁的李尧都忍不住问道："兄长为何这样说？我看着这赵高对兄长十分亲近，难道这样也不对吗？"

李斯闻言也点了点头，父子两人同时看向李由。李由眉头紧皱，似乎在思索要怎么解释，书房陷入一片安静，李斯和李尧都耐心地等着李由开口。李由舔了舔嘴唇，这才继续说道："赵高看人的眼光过于幽深，这种人不但心狠，而且同豺狼无异，将来若遇大事必定倒戈。"

李斯和李尧都沉默了。李由的话对于李尧来说还有些神秘，但对于李斯来说却是醍醐灌顶。其实在李由说破之前，李斯就已经察觉赵高的变化，只是他一直没有细想，更何况他已经和赵高捆绑在一起，想要脱身已经不可能。

不过李由的话也确实提醒了李斯，与虎谋皮必然要多加防范，不然最后落入虎口，悔之晚矣。李斯老怀安慰地拍了拍李由的肩膀，说道："以你的见识，你去上任，父亲也能放心了。"李尧此时也勉强理解了父亲和兄长话中的意思，兀自点头。

圣旨虽然没有规定李由何时上任，但李斯还是不敢耽搁，第二天傍晚就告知李由让他明日带着二公主一起进宫当面给秦始皇请安，借着这个机会也让李由好好地观察一下秦始皇的状况，还有赵高的心思。

李由欣然应允，自从成亲之后，李由的心也比之前更加沉稳。不过终究是新婚，夫妻两人也蜜里调油过了两日，第二日一早，李斯就带着李由和二公主进宫。

自从坑儒的事情发生之后，秦始皇就不怎么接见大臣，今日听说李由带着二公主谢恩，才强打精神接见李由。大殿中，李由穿着郡守的爵服，比起第一次见面整个人都显得老成了许多，再看二公主粉面含羞，一看就知道两人的感情不错。

秦始皇坐的时间久了，会有一点喘息，但他还是很高兴地对李由和二公主招了招手，一脸亲切地说道："看来你们二人感情还不错。记住孝敬父母。"秦始皇这句话是对二公主说的，即便是自己的女儿，嫁做人妇也要谨守礼制，不然也会被人诟病。

秦始皇自从身体每况愈下之后，越发在意自己的名声，二公主自然乖巧地连连点头。李斯站在一旁适时开口，恨不得把二公主夸到天上去。秦始皇听了不禁呵呵笑了起来，然后指了指李斯，开玩笑地说了句："你呀，嘴巴越来越甜了。"

几人正说得其乐融融，赵高却在这时手捧小巧的金碗递到秦始皇面前，然后轻声细语地说道："陛下，药汤已经煮好了，温热正好。"秦始皇侧头看了眼赵高，毫不迟疑地拿过金碗仰头喝下。

这一幕或许在咸阳宫每天都会发生，但看在李斯和李由的眼中却是另一番景象。两人默默对视，却都在彼此的眼中看到了警觉。赵高眼看秦始皇把药喝了，视线也在这时冷冷地扫过李斯和李由，嘴角微微下压。

简单地聊了几句之后，李斯和李由见秦始皇有些疲惫，不再耽搁，李由拱手作揖对秦始皇说明日就要去赴任。秦始皇满意地点头，最后还不忘对李由叮嘱："路上注意安全。记得把公主一起带上。毕竟新婚，不要冷落了公主。"闻言李由和二公主激动得连连谢恩。秦始皇也确实累了，冲几人摆了摆手，就让赵高搀扶着自己转身走进寝殿。

李斯和李由带着公主一同离开，刚走到宫门处就被寺人拦下了。那人态度还算恭敬，对李斯说道："李相稍等。我家大人有话想同李相和公子说，还请两位随我移步。"

看到寺人的时候，李斯和李由心底就已经有了猜测，此时听到他的话，那原本模糊的猜测也登时清晰起来，不用猜就知道寺人口中的大人必然是赵高。赵高选择这个时候把他们叫回去，怕是已经察觉了他们父子的顾虑。

李斯走了几步，脚步猛地一顿，转头看着身边的李由。对于李由这个儿子，李斯说不出地喜欢，不单是因为李由聪明机敏，对他这个父亲更是格外地尊敬。一想到李由对赵高的评判，李斯的心里不禁生出警惕。

赵高找他们去，无非就是把秦始皇的身体状况和盘托出，而他们的计划是除掉扶苏，将胡亥扶上皇位。从他们制订这个计划开始，已经算是谋逆。如今李由娶了公主，若他对谋逆的事一概不知，将来一旦败露，秦始皇或许还会看在二公主的分儿上，留他一命。可这次他若是一起去了，就真的没法回头了。

李斯虽然认定让胡亥代替扶苏的事万无一失，可人心都是肉长的，但凡有一点危险，作为父母都不希望孩子参与其中。想到这李斯眉头一皱，突然对李由说道："由儿，让公主一人回去，为父觉得不妥，况且也不安全，你还是和公主一起回去吧，为父自己去便是了。"

李由一愣，从咸阳宫到李府不过两个街区，都是直道根本不会有危险。不过聪明如李由，立刻就看透了李斯的心思，他侧头看着父亲，眼底满是挣扎，最后还是默默地点头说道："是。父亲放心，儿子去去就回。"

那寺人见状有些迟疑，但最后什么都没说，只静静地看着李由转身离开。李斯见李由听话离开，这才悄悄松了口气，然后对着寺人笑道："见谅，公主身份尊贵，总要小心一些。"

那寺人不置可否，赵高认李斯的大公子为义子的事早已在宫中传遍，他们这些最卑贱的奴婢岂敢得罪。毕竟像他们这种自小就受了刑送进宫的残缺，对赵高能有孩子送终这件事心里都很羡慕的。

李斯默默跟着寺人一同到了御花园。秋意渐浓，尤其是到了午后，看着园中凋败的百花，李斯的心也不自觉凝重起来。正在这时，身后传来簌簌的脚步声，仔细一听似乎还不止一人。

李斯连忙转身，只见两人从远处走近，一个高大壮硕，一个有些瘦小，两人看到李斯就立刻笑着，胡亥更是唤了一声"舅舅"。

听到胡亥的声音，李斯不禁有些意外，视线猛地看向那个高大人影。李斯盯着赵高那张熟悉的脸，怒气翻涌。李斯以前一直以为赵高的"赵"是赵兴有意取的，后来赵兴死后，李斯才偶然得知，赵高的父亲其实是赵国王室一支没落的分支。离开赵国来到秦国之后，不小心犯了秦律。父亲被处刑入了秦宫，母亲则被收为官家的奴婢，而且是最卑贱的那种。

赵高和他的几个兄弟就是在这之后出生的，从出生开始就不知道自己的生父是谁，后来好不容易活到十岁，却依旧没有逃过秦律的责罚，同样被处刑送入了秦宫，而这时候他那个便宜爹早已经受不住劳累死了。小小的赵高只能凭借自己的能耐在秦宫中求存。

赵高不等李斯开口，就对着身边的胡亥说道："小公子，还不给你舅舅跪下。"

第八十二章

君臣有别不可逆　赵高阴险离间计

赵高的举动把李斯吓了一跳，脸上的血色瞬间都白了。胡亥虽小但他终究是秦始皇的儿子，君臣有别，礼不能废。李斯连忙快步走到胡亥面前，将正听话准备跪下的胡亥扶起，再看赵高的眼神也有了怒气。

"高兄，你这是何意？小公子是君，李斯是臣，君臣有别，高兄难道不知？"李斯不敢放手，依旧抓着胡亥的手臂对赵高质问。赵高却笑得怪异，伸手将胡亥抓到身边，然后阴阳怪气地对着李斯说道："哦，也对。君臣有别，所以斯兄是想反悔了？"

李斯被赵高问得一怔，不解地看着赵高，却听赵高阴恻恻地继续说道："斯兄如此忠君爱国，将来若是公子扶苏继位，斯兄准备如何？你我设计陷害扶苏的事，他虽然现在没有醒悟，但将来一定会明白，到那时，斯兄难道还要忠君爱国，奉旨杀了我和小公子？"

赵高一句话就把李斯推到了对立面，李斯一愣，下意识看向一旁的胡亥，果然看到胡亥脸上的笑容已经没了，甚至隐隐藏着戒备。李斯心中气愤难当，带着怒意说道："高兄，你有话直说，这么夹枪带棒的是要做甚？李斯自认从没做过对不起高兄的事，更不要说将来会听从扶苏的旨意，对高兄赶尽杀绝。"

听了李斯的反驳，赵高却笑了。他侧头看着身边的胡亥说道："小公子，我接下来说的话，你万万不可说给旁人，否则我们都将死无葬身之地。"

胡亥自小就被赵高照顾，对他的话更是言听计从，闻言立刻点头。赵高安抚好胡亥，才转头看着李斯，阴恻恻地说道："是吗？斯兄今日进宫难道不是为了探听陛下的近况？你是不是以为陛下已经被赵高害了？若真如你所料，你又打算如何？"

李斯被赵高驳斥得毫无还手之力，但他也不是傻子，这种对峙的时候赵高偏偏把胡亥叫来，明显就是在给他下套。若将来事成，胡亥继位，一个是自小照顾、贴身守护，甚至为他不惜性命的忠仆，一个是偶尔探望遇大事摇摆不定，甚至为了自己的名声还曾想过要放弃自己的人，会怎么选？好毒辣的心思！

李斯不禁感叹，索性直接承认："对，你说的没错。我今天进宫就是因为不放心陛下的身体，想要让李由帮我看看。但是高兄，我这么做可没有怀疑你的意思。"李斯干脆转头看向胡亥，满脸恳切地说道，"这么多年来，李斯曾不止一次对小公子说起，你降生的时候，夏夫人在弥留之际，强撑着一口气也要等李斯赶到，甚至不顾陛下在场，也要将小公子托付给李斯，李斯每每想起，都觉得愧对夏夫人所托，恨不得入宫时时守在小公子身边。"

赵高不过是近水楼台，若说名正言顺，只怕能和李斯相较的普天之下只有秦始皇一人。赵高的心思李斯之前没有防备，所以才不曾察觉，所幸有了李由的提醒，李斯才对赵高的种种异样举动有了更进一步的剖析。

赵高也没想到李斯不但看出了自己的意图，而且还成功地反击，多少有些意外。两人虽然还不能彻底撕破脸，但在胡亥这件事上却决不能退让，毕竟这关乎将来胡亥继位之后谁能更受信任，谁能权倾朝野、把持朝政，成为第二个吕不韦。

李斯和赵高对于胡亥来说都算得上是亲人，但有些事情一旦成了习惯，就再难改变。李斯虽然对胡亥很好，但比起半月甚至是一个月才能见一次的李斯，赵高才是胡亥长久以来依仗甚至信任的人。

见李斯和赵高明显是在争执，胡亥虽然看不透两人针锋相对的原因，但有一点胡亥知道，那就是李斯位高权重，赵高根本不能与之抗衡，他不能让李斯和赵高彻底撕破脸。胡亥连忙赔笑，对李斯说道："舅舅说的极是。胡亥也相信娘亲的眼光。舅舅同中车府令都是胡亥的亲人，你们就不要再争执了。"

舅舅和中车府令两种称谓，亲疏立现。李斯满怀安慰，甚至不自觉同情地看了赵高一眼，然后笑着对胡亥说道："小公子说的极是，高兄与我都是小公子的亲人，你我不和，只会让小公子为难，往后你我还是要共同勉励才是。"

看着李斯得意的样子，赵高却只是淡淡一笑回道："自然。对了，斯兄，我看陛下近来身体每况愈下，只怕时日无多，你我还是尽快做好准备才是。"

说到正事，李斯的脸上也变得凝重起来，他知道赵高说得没错，今日看秦始皇的情形，身体确实出了问题，至于还能坚持多久，李斯也无从猜测。

于是他点了点头，然后看向胡亥说道："小公子可有一统天下的宏愿？"李斯这还是第一次赤诚以待地询问胡亥的心思。相对于赵高一味地借着胡亥往上爬，李斯对胡亥的感情要更加纯粹，他也确实把胡亥当作是自己的孩子来疼爱，所以在一切不能更改之前，李斯想要询问一下胡亥的想法。

胡亥一愣，下意识看了眼赵高，随即问道："舅舅的意思是，胡亥还有别的选择？"胡亥的问题让李斯一愣，他没有注意到胡亥总是会不自觉看向赵高的举动，而是认真地思索，若是胡亥不争帝位，他有几成把握能护住胡亥不被将来的新君除掉，答案却是一半一半。

胡亥见李斯迟迟没有回答，于是继续问道："还有舅舅，是不是只有胡亥继位，你和中车府令才会安全？"李斯又是一愣，看着眼前一脸纯真的胡亥，李斯却下意识地点了点头，透过孩子的脸，李斯仿佛看到了当年的夏阿房。

"好，舅舅知道了。"李斯有些无奈，但最后却无比坚定地说道。随后扭头看向一旁的赵高："高兄，先让小公子回去休息，之后的事我你细聊。"

李斯原本是想保护胡亥，可他却忘了自己在胡亥心中从一开始就不如赵高亲切，这样的话说出来，怎么理解都可以。

赵高闻言笑了，点了点头对一旁的胡亥说道："小公子，既然李相都这么说了，那就请小公子先回去，一会儿赵高再去宫里看你。"胡亥闻言缓缓点头，转身的时候欲言又止地看了眼李斯。李斯对于养孩子一直都不曾费心，李由被云姬悉心教导得格外出众。涟漪虽然家世不好，但后来辗转多地，更是在相府中待了多年，对于礼仪和教育孩子她虽然比不上云姬，但也不差。所以李斯的两个儿子甚至是后来的庶子庶女，李斯只是偶尔关心一下他们的课业。

李斯以为天底下的孩子都是这么长大的，只要你偶尔关心一下，他就会感恩戴德，却从没想过胡亥终究是秦始皇和阿房女的孩子，永远也不会像李由和李尧一样对他无条件地信任。

李斯见胡亥不舍离去，于是故意板着脸对胡亥催促道："还不快去？"胡亥明显一怔，自此之后李斯在他的心里彻底被赵高取代。毕竟无论是谁，都希望被人毫不迟疑地选择和疼爱。

李斯并不知道被他认为是亲近的举动却在胡亥的心里种上了失望的种子。目送胡亥离开之后，赵高的心情似乎不错，主动对着李斯说道："陛下昨日又同我说起扶苏。他似乎也察觉自己的身体不妥，想着把扶苏叫回来，以防不测。在你看来这种情况下要怎么做？"李斯也没想到才过了不到半年，秦始皇就已经气消了，而且还准备将扶苏召回来，以防不测。他不自觉蹙眉，努力地思索破局的办法。

此时再说扶苏，被秦始皇流放到上郡之后，就一直萎靡不振。谨守孝道的他一度以为自己已经被秦始皇厌弃了，甚至连活下去的勇气都没了。作为和秦始皇一起长大的伙伴，蒙恬将扶苏的心事看在眼中，起初只以为扶苏是在和秦始皇置气。作为武将，蒙恬儿时也经常被父将责罚，所以并不在意。可看着扶苏渐渐连饭都不吃了，这才意识到情况不对，专程拎了两壶酒去找扶苏。酒历来都是男人的解愁良药，没有什么烦恼是酒解不开的，不能就再加一壶。

扶苏自小就被华阳太后养在身边，和臣子喝酒他还是第一次，起初还有些拘谨，不过喝了两杯之后也就渐渐放开了。虽然早已及冠，但扶苏还是第一次酒后和人聊天，而且还是跟蒙恬这种久经沙场、城府极深的人。一句话就把底露了："蒙将军和令尊可曾有过龃龉？"蒙恬一听就笑了，随即对着扶苏问道："大公子可是为了陛下将你发送到上郡这事郁郁寡欢？"

扶苏一愣，被人看透心思的他不禁脸上发烧，许久才叹了口气："算是吧。这一次我也许真的让父皇失望了。"蒙恬却连连摇头，对扶苏说道："公子可不能这么想，不然就真的枉费了陛下一片苦心。"蒙恬的话立刻让扶苏生出一丝好奇，他双眼迷离地看着蒙恬问道："将军此话何意？"

蒙恬有心开导扶苏，于是干脆说道："公子可知，陛下当年继位之后的处境？"扶苏有些意外，不过嬴政当年继位之后的事，鲜少有人提及，所以他知道的不多，于是他对着蒙恬摇了摇头，答道："不。宫中之人似乎都很畏惧，几乎无人说起。"蒙恬听到扶苏的回答，心下了然。当年的记忆依旧如新，如果换作是他，恐怕也不想听到有人提起当年事情，更何况是自己的儿子。

蒙恬笑了笑，他自小就不怎么喜欢说话，但为了开导扶苏，这次算是拼了。他在脑中整理了一下思绪，才淡淡说道："公子可想听听？"

第八十三章

公子长大谋长远　各为其主奔前程

营帐外大风呼呼刮过，吹得营帐猎猎作响。扶苏作为子女对父亲的崇拜就像生来具备的本能，闻言立刻兴奋地回道："愿意！扶苏愿闻其详。"蒙恬点了点头，随后举目看向远方，声音淡淡地开口："陛下继位那年不过十三，太上皇担心陛下年幼不能处理朝政，临危时颁下两道王诏，命当时的皇后也就是皇太后监国，当时的吕相辅政，陛下的处境……"

说起往事，蒙恬的语气明显低沉，突然顿了许久才扭头看向扶苏说道："公子能否想象一国之君却无实权、举步维艰的情形？"

蒙恬不太会说话，但他却很会问问题，一句话问得扶苏彻底愣住了，他从没想到一向果断、英武的秦始皇竟然也有被人处处节制、举步维艰的情形。见扶苏面露疑惑，蒙恬才继续说道："那时我已及冠在军中历练。蒙毅还小，一有机会就会逃出去闯祸。谁知突然有一日，父将带着我和蒙毅一起进了宫，说是陛下想要习武，需要两个帮手，日后我和蒙毅就留在陛下身边陪他一起习武。

"蒙毅那时还是个什么都不懂的孩子，原以为这是一个逃避操练的好机会。谁知陛下虽然比我年幼，但操练起来却比谁都刻苦。后来从宫中回到蒙府，我就被父将和祖父叫去了书房。"

蒙恬说到这里刻意顿了一下，生怕扶苏因为醉酒听不出他的话外之音："祖父说，陛下虽然年幼但智谋无双，刻意接近我和蒙毅是想提前扶持放心的武将，为将来顺利亲政做准备。"

扶苏果然一愣，疑惑地看向蒙恬问道："父皇为何如此，皇太后……"蒙恬叹了口气，犹豫了一会儿。若要解释秦始皇为什么会防备自己的母后还有吕相，这就要牵扯出一些不足为外人道的秘辛，然而这些秘辛一旦被扶苏知道，势必会颠覆他们在扶苏心目中的形象。说与不说似乎都不好，蒙恬的排兵布阵难逢敌手，行军打仗也可谓一流，谋算人心更是游刃有余，唯独对人情世故感到头疼。他在简单地权衡之后，最终还是决定挑能说的蒙混过去。蒙恬认为这或许也是秦始皇把扶苏送到他身边的原因。

"这事说来话长，皇太后虽然慈爱但终究是一介女流，对朝政知之甚少，所有的一切都要依仗吕相。公子应该也能想到，朝堂之上有人站在陛下身后，指点江山且一人独大会是什么样的后果。即便忠心，长此以往也会被利欲蒙蔽双眼，我倒不是说吕相生了反心，而是防人之心不可无。若不是陛下深谋远虑，嫪毐之乱也不会那么快平息。"蒙恬终究还是没有把关于吕不韦和太后的秘辛说出来，而是用嫪毐的事一笔带过。此时的扶苏像是想到了什么，猛然间瞪大眼睛看向蒙恬，欣喜地问道："也就是说，父皇将我发配来上郡不是因为厌弃？"蒙恬立刻笑了，终究还是秦始皇的儿子，一点就透，于是立刻点头说道："正是。陛下是有意将公子送到蒙恬这里，让公子与将士同吃同睡，将来若是公子继位，一旦出现意外，那么整个蒙氏家族都将成为公子最坚实的后盾。公子有时间也可以去军帐中走走，王翦将军之孙、王贲将军之子小将王离也在我的军中。"作为秦始皇的儿时玩伴，蒙恬也是最了解秦始皇心思的几人之一，于是对待扶苏，蒙恬是全心全意地辅佐。

扶苏虽然不太了解军中的关系，但听到蒙恬建议他去结识王离，立刻兴奋地点头，还不忘对蒙恬道谢："扶苏谢过蒙恬将军的提点。明日……明日扶苏就去找王离将军。"看着孺子可教的扶苏，蒙恬猛然想起自己十年未见的小儿，笑了笑回道："公子客气。蒙恬不过是在替陛下分忧罢了。"

蒙恬进退有度，不过分的阿谀奉承反而让扶苏格外喜欢，于是忍不住起身以师礼相待："蒙恬将军提点之恩，请受扶苏一拜。日后扶苏若是还有疑惑，也请蒙恬将军不吝赐教。"

对此蒙恬欣然接受。即便扶苏不这么说，看在他是将来储君的分儿上，蒙恬也会知无不言。蒙恬替扶苏解惑之后，神情却有些迟疑，似乎在犹豫什么。扶苏已经彻底把蒙恬当作恩人和老师，见状不禁问道："将军可是有什么为难？"蒙恬神色凝重地看了眼扶苏，问道："臣有一事不解，不知道当不当问？"

扶苏虽然碍于礼法和身份做事循规蹈矩，但骨子里也带着几分爽朗，再加上酒意正酣，也是立刻回道："但说无妨。"蒙恬闻言也不再纠结，径直问道："我听闻陛下将公子送来上郡是因为公子顶撞陛下，这事蒙恬总觉得哪里不对。公子可否将事情的经过细细讲来？"

扶苏听到蒙恬询问自己被送来上郡的原因，也觉得这事透着蹊跷，于是细细回想，将经过仔细地对蒙恬说了一遍。蒙恬虽然不喜人情世故，但他的观察入微即便是祖父蒙骜都自愧不如，闻言立刻皱眉，对着扶苏问道："公子仔细想想，那个拼死报信的寺人有没有在哪里见过？"

扶苏不解其意，摇了摇头说道："不曾。我身边的寺人都是华阳太后精挑细选，自小就跟在我身边的。那个寺人绝不是。"

蒙恬闻言眼眸眯起，声音都透着肃杀之气，又问："也就是说那个寺人并不是公子心腹，甚至都不曾认识？公子可曾想过，这事从一开始就是圈套？"扶苏一愣，面上满是狐疑，说道："应该，不会吧？我素来与人为善，应该不会有人这么费尽心思地想要害我。"蒙恬却笑了，随即别有深意地说道："旁人不会，那赵高绝对没安好心。他若不刻意说出公子闯宫的事，陛下也不会暴怒。公子自然就不会被陛下命人押着送来上郡。"

扶苏虽是君子，却不是傻子，之前困在情绪当中，一直没有去想这件事的蹊跷，此刻被蒙恬点破，瞬间醒悟。能够驱使寺人卖命的普天之下除了自己的父皇就只剩下一个赵高。

扶苏虽然还不知道赵高为何大费周章地陷害他，但有一点扶苏已经下定了决心，将来若是有机会继位，这样的宦官他决不能留。相对于扶苏的反应，蒙恬就更加直接，他立刻起身走向桌案，提笔就在竹简上写了起来。对于蒙恬的举动，扶苏虽然好奇，但碍于身份没有过去查看，闲来无事的他因为心中郁结，拿起酒爵继续喝酒。等到蒙恬把奏疏写完抬头的时候，扶苏已经趴在桌子上睡着了。蒙恬叹了口气，让人把扶苏送回营帐，自己却缓步走出营帐看着天上的明月，有些踟蹰。

奏疏虽然能让秦始皇知道扶苏的委屈，但若是不能送达秦始皇手中，反而得不偿失，万一落在赵高的手上更是祸患。思来想去，蒙恬也感觉自己离家许久，是时候回趟咸阳，于是又转身走进营帐再次提笔重新写了一份奏疏，称思念家中妻儿，有扶苏监军，王离暂时掌管军务，想要回家探亲。

蒙恬的奏疏果然送到了赵高的手上。看着奏疏上的内容，赵高的眉头紧皱。虽然是个寺人，但赵高这些年来从未放弃过提高自己。他身材原本就高大，不但自学了大篆和小篆，熟读商君、老子的《道德经》，甚至是墨子的著作，连孔子的《论语》都烂熟于心，不然也不会在秦始皇身边屹立二十年不倒。赵高明知蒙恬选择这个时候休沐，绝对不只他奏疏上所说的想念妻儿那么简单。他甚至隐隐有种预感，蒙恬这次回到咸阳应该是冲他而来，或许谋算扶苏的事已经被蒙恬看破了。

赵高明知不能让蒙恬回到咸阳面见秦始皇，可硕大的蒙氏一族却不是他此时能够招惹的。最起码在秦始皇的眼中，蒙恬和蒙毅都是他绝对信任的人，一旦他与蒙恬交恶，秦始皇的取舍赵高不敢去想。思来想去，赵高只能把奏疏压下。赵高原想只要他把奏疏压下，蒙恬碍于秦律，必定不敢擅离职守。只要再等一年，或许都不用，秦始皇一死，胡亥继位，那么蒙氏一族纵有天大的权势也无法动他。

赵高一心想得过且过，只要熬到秦始皇死了，一切就能迎刃而解，可谁想蒙恬却是个执着的人，又过了一月迟迟没有得到回音的蒙恬又写了一封奏疏，内容几乎和上一道奏疏完全一样。赵高越发认定，蒙恬绝对是醉翁之意不在酒，把奏疏做了同样的处理，原以为蒙恬还会继续写奏疏，却没想到蒙恬竟然改了办法，直接写信给家中族长，让族长求见秦始皇，顺带说起蒙恬许久没有归家，族长十分想念，想要见一见的意思。

蒙氏一族在秦国可谓是独当一面，掌握着秦国半数以上的兵力，绝对是李斯和赵高这种权臣不敢轻易招惹的。赵高在得知蒙氏族长突然求见秦始皇的时候，再想阻止已经晚了。他连忙找来李斯商议。

第八十四章

两位公子有助力　靠山出面显灵通

李斯信步入宫，他并不知道赵高两次拦截蒙恬的奏疏，一眼看到赵高就愣住了。原本趾高气扬的赵高今日看起来有些憔悴，李斯不禁面露狐疑地问道："怎么了？难道是陛下出事了？"赵高嗤笑出声，对着李斯说道："如果是倒也好了。若我猜得没错，只怕是扶苏那边出事了。"

李斯拧眉看着赵高，沉声问道："出事？"赵高点头，虽然有些犹豫但还是把他怎么拦截蒙恬奏疏的事说了出来，然后看向李斯不再说话。李斯闻言也瞬间重视起来，要知道蒙氏一族在秦国的权势连他这个左丞相都要畏惧，此事若处理不好，只怕……

"你打算怎么做？"许久李斯才再次开口。赵高没有回答，只是阴沉的脸上闪过一抹杀意，两人谁都没有说话，气氛却越来越凝重。许久李斯才淡淡开口："人处理干净了？"赵高点头，那个寺人用完之后就已经被处理了，现在就算天王老子来了，也没有证据。李斯见状松了口气，但看赵高的神情却心思一沉，咽了咽口水，扫过赵高身上那件用金丝绣制的交领长袍，说道："即便如此，你我最近还是收敛一些，最好按兵不动，看一看蒙恬究竟想干什么。没有证据，他即便告到陛下面前，也还有我。"

赵高等的就是李斯这句话，闻言他暗暗松了口气，面上却依旧装作心事重重，许久才对李斯说道："这，也只能如此。若陛下真的动怒，斯兄也不要为难，是生是死都是我赵高的命数。"赵高感慨地说着，李斯也默默听着，甚至忍不住生出些许感叹。然而赵高说完这句，随后又道："赵高死有何惧，只是可惜了小公子。若我死了，小公子就只剩下斯兄一人照顾。陛下二十多个儿子，唯有小公子没有母族，没有同胞兄弟，孤身一人若是被人欺负了，估计也只会默默承受。"

赵高的话瞬间击中李斯的软肋，那一刻李斯竟然也被赵高的话带动了情绪，当即就对赵高保证："高兄放心。只要有李斯在，定然不会让你出事。"李斯虽然人品不怎么样，但他至少言出必行。得到承诺之后，赵高的嘴角终于忍不住勾起，对着李斯真诚地道谢："如此，那赵高就先谢过斯兄。"若论情分，李斯和赵高绝对没到同生共死的地步，若论合作，赵高也不是唯一的选择，但是说起胡亥，李斯唯一能信任的只有赵高。

那一次李斯离开咸阳宫之后，就立即给已经赴任的李由写了封密信，让人星夜兼程送去三川郡。至于信中写了什么，知道的人甚少，就连孙林都没有打开过。第二日一早蒙氏族长果然入宫了，亦如他们预料的那般，蒙氏族老和秦始皇寒暄了几句就直接开门见山，说起蒙恬已经十年未归，若是再不回来，自己怕是临死都不能再见蒙恬一面。听到蒙恬，秦始皇也忍不住有些想念，他们毕竟从儿时就在一起，年纪越大越是怀念从前的时光。秦始皇闻言会心一笑，当即同意了蒙氏族老的请求，说道："既是如此，他倒是也该回来一趟。这样，我记得王贲的儿子王离在他帐下，让他安顿好军中事宜，回来住上一个月再走。对了，记得提醒他，朕有话要同他说。"族长一听激动得差点落泪，转身感激涕零地出了宫。回去之后，蒙氏族人立刻通知蒙恬，不到一个月蒙恬就带着几个亲随快马从上郡赶回。

蒙恬进城的时候已过申时，匆匆赶回蒙府，家中的族人却早就围坐一团，等着蒙恬解释一下这次大费周章回到咸阳的原因。

因为都是族中之人，蒙恬也没有隐瞒，思索一番便把扶苏讲述的过程一股脑又对族中的长辈说了一遍。蒙恬说完之后，厅堂却瞬间安静下来，一个个长辈蹙眉沉思，没有一人开口。蒙恬也不催促，视线在长辈的脸上一一扫过，静静地等候。仿佛过了许久，蒙骜的胞弟、蒙氏一族现任的族长缓缓开口："蒙恬，此事你做得太过鲁莽了。"

蒙恬不解地看向族长，只听老人继续说道："你既已知公子扶苏被人陷害，又知赵高牵涉其中，为何不暗中搜索证据，反而急着回咸阳面见陛下？没有证据，仅凭公子扶苏一面之词，你认为陛下会怎么做？此时你已经打草惊蛇，只怕证据早已被赵高处理干净，再想查明其中关键怕是难如登天，若是一味地追究，反而会害了公子。"

族长的话让蒙恬茅塞顿开，他只想着尽快替公子扶苏证明清白，却忘了搜集证据。族长说得没错，若是仅凭他一面之词，没有证据，即便他和秦始皇亲如兄弟也治不了中车府令赵高的罪。顶多让秦始皇对赵高生出嫌隙，而这样做的结果却是蒙氏一族和赵高交恶。蒙氏一族数百口的命绝不是他一人能够左右的。思及此蒙恬连忙认错："族长，蒙恬知错，请族长指点，此事蒙恬该如何应对？"

蒙氏一族代代都被秦王信任，托付中军。这样的知遇之恩，每一个蒙氏族人都感恩戴德，其中也包括老族长，蒙家人启蒙便是兵法，各个都能带兵，深知鲁莽的冲撞并不是解决事情的办法。

老族长略一沉吟便对蒙恬说道："你这样，明日进宫，不要提赵高，只对陛下言明公子扶苏仁孝，日日在营中向上苍祷告，期望陛下能长命百岁，找个机会劝说陛下将扶苏公子召回咸阳才是要紧。我月前进宫观陛下脸色灰败，怕是天命不久。"

老族长的话到此为止，在场人的脸色也都瞬间沉了下来。蒙恬更是连连点头，对着族长说道："蒙恬知道了。"

有了老族长的提点，第二日一早，蒙恬整理过后，神清气爽地进了咸阳宫，十年未见，蒙恬从未想过昔日挚友竟然会苍老成现在这样。看着那个体态臃肿的秦始皇，蒙恬愣了许久，直到秦始皇开口询问他才猛地回神。"何时进的咸阳？"蒙恬连忙躬身行礼，回道："臣昨日申时，城门快要落锁的时候才仓促进城。"蒙恬说着，视线不经意扫到秦始皇身后有个高大魁梧的男子，若不是他面上无须，蒙恬都要以为那人是新晋提上来的将军。那人也察觉到蒙恬的视线，缓缓抬头，一对三角眼仿佛能穿透人心，瞬间让蒙恬想到了他们行军打仗时在野外遇到的饿疯了的狼。

秦始皇默默算了算时间，从他答应蒙氏族长到今日差不多一个月的时间，确定时间没有问题之后，秦始皇才笑着对蒙恬问道："近来身体可好？"蒙恬被问得一怔，习惯性地准备回答身体一向都好，可蒙恬刚要开口，视线却再次瞥见赵高的衣角。

蒙恬抬头对上赵高，犹豫了一下才道："回陛下，都还好。只是年纪大了，身手比不得以前了，征讨匈奴时，左肩受过伤，阴天下雨总会隐隐作痛。"秦始皇原本看到蒙恬脊背挺直、走路生风还有些不舒服，一听蒙恬说身上有伤，时常会疼的时候，心情反而舒畅了许多。他们毕竟一同长大，秦始皇知道蒙恬这人和蒙毅不同，生性耿直，从不说假话。

秦始皇心生感慨，说道："是啊，你我都老了。"蒙恬连忙行礼，态度恭敬地说道："陛下千秋万世，臣哪敢与陛下相比。"秦始皇听着蒙恬的话，虽然明知是恭维，却还是不由心生愉悦。

因为有了族长的提点，蒙恬见秦始皇的心情不错，于是趁机开口说道："臣在上郡也时时刻刻惦记陛下。听公子扶苏说，陛下的身体近来常感疲惫，为此扶苏公子听说军中的寺医有强身健体的良方，还曾亲自去向寺医求方。"

　　蒙恬虽然不太熟悉人情世故，但也知道作为父亲都希望子嗣孝顺、处处惦记，一句话就把秦始皇说得鼻酸，大殿中瞬间安静下来。赵高听到蒙恬提到扶苏，不由紧张，浑身一颤，掌心沁出一层虚汗，阴恻恻地看向蒙恬。"扶苏就没有怨恨朕吗？"坑儒的事情过后，秦始皇早有悔意，这件事原本和扶苏就没关系，况且扶苏的话也确实在理。一国储君被逐上郡，沦落军中，将来继位如何立威，秦始皇有几次看到胡亥都想将扶苏从上郡召回，不过秦始皇后来一想，自己的身体还不错，扶苏留在蒙恬身边，一来能够借机熟悉军中事务，二来又能和蒙恬打好关系，若是孩子聪明能够和王贲的儿子王离也成为兄弟，那么将来纵使自己山陵崩，有了军中的支持，他也不用担心仁孝的扶苏会被其他的兄弟掣肘。

　　此时听蒙恬说起扶苏，想到儿子受了委屈不但不埋怨他这个父皇，甚至还为他的身体四处奔波，老父亲的慈爱瞬间占领理智。秦始皇看着蒙恬不由追问："那孩子最近如何？"蒙恬见自己的话起了作用，赶忙继续说道："不太好。公子一直惦记陛下，寝食难安，整个人都瘦了一圈。臣此次回来，原本还想带上公子，哪知却被公子婉拒，只能独自启程。"

　　"他为何不愿回来？难道是在埋怨朕？"蒙恬连忙解释："不，公子只是怕陛下余怒未消，生怕陛下见到他又要生气。"蒙恬虽然说得简单，秦始皇却从蒙恬的话语中听出了扶苏的纯孝，又是一阵心疼，刚要开口告诉蒙恬"你这次回去告诉扶苏，朕已经不生气了，让他回来吧"，可他刚欲开口就被赵高打断了："陛下，药汤熬好了，温热适宜，是否现在就喝？"

第八十五章

阴邪小人解圣意　良将忠臣被排挤

秦始皇看着赵高递到眼前的药汤，顺势将小金碗接到手中，将里面的药汤一饮而尽，慢条斯理地将金碗放上桌案，再等着赵高用锦帕将他嘴角沾染的汁液擦净，这才回身看向蒙恬。经过这么一通折腾，秦始皇早就把让扶苏回来的事忘到了脑后。

赵高虽然做得不着痕迹，却被蒙恬一眼看穿，他紧握双拳，连气血都不禁翻涌。

秦始皇对此无知无觉，扭头看着蒙恬却有些发呆，作为皇帝他可不想让蒙恬看出自己已经忘了刚才要说的话，只能含混问道："对了，你家族长身体可还康健？"蒙恬被问得一怔，心却越来越沉，看向赵高的眼神也越发凌厉。

正在这时，大殿之外的郎官突然走入殿内，对着赵高微微颔首，赵高心头一喜，连忙对着秦始皇说道："陛下，李丞相求见。"

秦始皇正有些词穷，听到李斯来了就像是见到救星连忙对赵高说道：

"快，快让李斯进来。"

李斯是昨晚得到的消息，说是蒙恬已经进城，他原以为蒙恬日夜兼程会休息一日，谁知林胜一大早就回相府报信，说蒙恬天不亮就进宫了。李斯紧赶慢赶还是来晚了。李斯急匆匆走进大殿，因为路上马车跑得太快，李斯被颠得不轻，脚步有些虚浮。

他先是停在蒙恬身边，恭敬地对秦始皇拱手作揖，然后才客气地对蒙恬长揖。李斯虽然赶得匆忙，却在路上就已经想好了说辞，毕竟在蒙恬目的不明的情况下，贸然暴露自己那是最愚蠢的选择。见蒙恬客气回礼，李斯才对秦始皇说道："陛下，昨日奉长询问下臣，半年后就是陛下的五十整寿，这一次该如何安排？"蒙恬闻言松了口气，就连秦始皇都有些愕然。秦始皇原本还以为李斯只是碰巧进宫，不想竟真有事。听到李斯是为秦始皇明年的整寿而来，蒙恬也稍稍松了口气，暗想还好李斯不是为了给赵高脱罪而来。若朝中两位重臣相互勾结、沆瀣一气，那这秦国可就真的毁了。

在场的人都各怀心事，大殿里突然安静下来，在场的几人同时看向李斯，李斯却始终一脸从容，仿佛根本不知他走进大殿之前都发生了什么。就在蒙恬准备再次提起扶苏的时候，李斯巧妙地再次开口："陛下五十整寿，是不是要普天同庆？毕竟这可是陛下称帝后的第一个整寿。"

秦始皇的表情立刻兴奋，显然对李斯的提议十分赞同，就连一旁的赵高都跟着笑道："可不是嘛。陛下英明神武，以后还要办六十整寿、七十整寿、八十、九十、一百……"赵高说得就像自己要过寿一样，谄媚的话不绝于耳。蒙恬几次想要开口都被打断，站在那里就像是个陶俑口不能言。他虽然看不出李斯和赵高是否勾结，却能看出只要李斯在，他想要劝说秦始皇把扶苏召回咸阳的计划已经不可为了。

蒙恬心中烦闷，冷眼旁观李斯和赵高在那里上演君臣同心的戏码，暗暗叹了口气，突然开口："陛下，蒙恬连日赶路，有些疲惫就先下去休息了。"秦始皇闻言有些不舍，他原本还想和蒙恬畅谈往事，但看了眼李斯，秦始皇终究还是点头说道："既是如此，你且先回去休息。另找一日进宫，陪朕说说话。"蒙恬面露欣喜，谢了恩便头也不回地走了。

　　回去的路上，蒙恬却越想越心惊。细细回想，蒙恬才终于认定今日的巧遇并不巧，李斯分明就是特意赶来。左相和宦臣沆瀣一气，秦国危矣。想到这，蒙恬不敢迟疑，一夹马腹直奔族长的府邸而去。蒙恬和蒙氏族长说了什么，旁人并不知晓，只是李斯在替赵高解围之后，转身出宫。他料定赵高一定会把他拦下，所以故意放慢脚程。果然在他即将拐入甬道之前，一名寺人步履匆匆地追了上来："李相留步，李相请留步。"

　　李斯长舒一口气，停下步子侧身看向寺人："可是你家中车府令让你来的？"那寺人却微微一愣，笑着拱手作揖回道："并不是。李相请随我来。我家公子有请。"李斯听到这不禁有些尴尬。这咸阳宫中敢这么明目张胆结交李相的公子只有一人。李斯这才想起，他跟胡亥距离上次见面已经一月有余，是该去看看那个孩子了。

　　想到这里李斯也笑了，客气地对寺人笑道："哦？确实许久未见，是该去看望一下。你家公子近来可好？"那寺人的态度始终恭敬，连忙笑着答道："还好。就是最近食欲不好，总是会做噩梦。"听到胡亥总是做噩梦，李斯的心又提了起来，对那寺人问道："哦？为何？可曾找寺医看过？"

　　两人一问一答就往胡亥居住的长安宫走去。在路上，李斯事无巨细地将胡亥最近的饮食起居都问了一遍，最后长叹一声，说道："原是如此。不过本相也有一事要叮嘱你们，尽心伺候小公子，若是存心懈怠，本相定然不饶！"李斯这样的身份，很多话其实不用说，下面的人就都懂了。一国左相想要弄死个寺人，简直轻而易举，不过更令他们感到恐惧的却是被送去修陵寝，那才是真的求生不得、入地无门。那寺人被李斯一句话吓得脸都白了，连连保证："李相放心，我们……我们绝不敢怠慢。"

说着两人已经到了长安宫。因为胡亥没有母妃，所以硕大的宫殿只有他一个主子，显得十分冷清，好在最近胡亥隔三岔五地去秦始皇身边尽孝，宫里的人也变得殷勤起来。李斯前脚走进大殿，目光立刻锁定大殿中那个高大魁梧的身影，脚步一顿。

见是赵高，李斯随即想通这其中的关窍，不禁挑眉，对赵高戏谑地说道："你倒是谨慎。"

赵高也很无奈，蒙家的人能够统领万军，绝对不是善类，赵高已经被蒙恬盯上，稍不留心被他抓住把柄，那可就是万劫不复。李斯深以为意，不然也不会刻意在宫中逗留，恨不得在宫里找个地方等着赵高。

赵高曾说过，在这整座咸阳宫里，李斯可以放心说话，也就是说整座咸阳宫都在赵高的控制之中，出了宫万一被别有用心的人看到，日后又是个麻烦。两人合作多时，也不用藏着掖着，赵高直奔主题："看蒙恬今日的情形似乎并不打算说破坑儒的事情。"

李斯闻言没有说话，他来得有些迟，之前的经过并不知晓，不过既然赵高这么说，那便是了。赵高见李斯没有答话，就知他也是这么想的，于是继续说道："不过，看他今日的言行怕是没有证据，不打算揪着坑儒的事情不放，而是准备让陛下尽快将扶苏召回咸阳。陛下对扶苏早已消怒，近来也时常提起。斯兄，若真让蒙恬得手，你我之前的努力岂不白费？"

听着赵高的话，李斯的神情也凝重起来，在长安殿中踱了几步，然后看向赵高说道："蒙恬留在咸阳就是个祸患，必须想办法让他尽快离去。"赵高对此十分赞同，但他终究只是个寺人，揣度人心，用一下阴邪的小伎俩害人还行，遇上军国大事，他就显得有些捉襟见肘。

李斯脑中思绪翻飞，赵高闻言连连点头，附和道："确实，只有蒙恬离开咸阳，你我才能彻底放下心来。不过陛下给了蒙恬一个月的时间探亲，若想让他提早离开，就必须有一个站得住脚的理由。"

李斯背着手在殿中再次走了几步，正在这时胡亥从殿外走进，看到李斯先是一愣，随即才笑着冲李斯拱手作揖道："舅舅，今日怎有空闲来看胡亥？"李斯正在思索要怎么把蒙恬赶出咸阳，也就没有留心胡亥对他的态度，敷衍地对胡亥颔首，顺口回一句："今日有些空闲。对了你今日食欲如何？"胡亥微微一怔，眼底闪过欣喜，乖巧回道："还好。那舅舅和中车府令你们先忙，我去把外裳换了。"说完胡亥连步子都轻松了许多，笑得如同孩子一般走进寝殿。李斯始终都在沉思，赶走蒙恬的办法不能太下作，更不能惹恼蒙氏一族，唯有蒙恬不得不自己离开这一点行得通。而让一个将军离家，披挂上阵的理由毫无疑问是最妥帖的，至于怎么做，怕是只有战事再起。

想到这，李斯却又为难起来。那匈奴居无定所，谁能预料他何时来犯，若是……李斯突然浑身一紧，作为秦相李斯深知自己刚才的念头有多可怕，若是真的那么做了，那他也就真的离死不远了。赵高对人一向观察入微，不然也不会把秦始皇伺候得那么贴心，李斯脸上的表情被他精准捕捉，立刻问道："斯兄可是想到什么？"

李斯心头一紧，连忙摆手回道："不，不过是一个念头。"

李斯越是避而不谈，赵高就越是认定李斯已经想到了办法，他不说无非就是两个原因：一个是这办法危险，可能会殃及自己；另一个可能就是李斯想要隔岸观火，置身事外。

赵高藏于袖中的手慢慢握紧，他皮笑肉不笑地对李斯说道："唉，斯兄聪敏睿智，必然已经想到了办法，说出来听听，若是行不通，不用便是。"

李斯终于察觉赵高语气不对，猛然转头看向赵高。赵高却比他快了一步，脸上的笑容也登时变得亲切起来。两人毕竟有三十多年的情谊，李斯也觉得自己有些杞人忧天，随即叹了口气说道："倒也没什么。若想让蒙恬离开，也不是没有办法，最简单的就是战事再起，一军主帅必须即刻回营。"李斯说着却又叹了口气，喃喃自语道，"只不过匈奴人居无定所，谁知道他们何时来犯。"

赵高听到这里，眼底冒出精光，哑着嗓子说道："他不来，我可以想办法让他来。"李斯闻言却猛地瞪大眼睛，对着赵高斥问："赵高，你此话何意？"

第八十六章

宦官无根心狠毒　狼子野心另立君

赵高对上李斯凌厉的眸光，立刻意识到祸从口出，生怕李斯误会，连忙笑道："李相多虑。赵高哪有本事驱使匈奴。我的意思是，无论有没有匈奴来犯，军报到了，他蒙恬也必须走！"

李斯一怔，虽然觉得赵高有些胆大妄为，但不得不承认这确实是解开眼前困局的好办法。想起赵高之前曾私下截留蒙恬的奏疏，事后只要照常行事，几乎万无一失。

李斯沉思之后，看向赵高颇为感慨地说道："看来是我多虑了。此计可行。只是军报真假等到蒙恬归营便能知晓，到时……"

对于李斯的疑虑，赵高却只是冷笑，此时的赵高已经认定，李斯之前的迟疑绝对是想置身事外。对于这样的盟友，赵高已经彻底寒心。正在两人沉默的时候，胡亥却在这时换好衣物从寝殿走出。他笑吟吟地向着李斯和赵高两人同时说道："中车府令你们谈完了吗？"李斯看向胡亥瘦削的脸颊不禁心疼，这孩子一个月不见果然瘦了不少，李斯想起寺人说过的话，便转头笑着对胡亥说道："谈完了。对了，小公子有没有什么想吃的，我回去让云姬给你做，下次进宫一定给你带来。"

李斯和赵高议事虽然从未刻意躲着胡亥，却也没有让他参与其中，甚至都没有明确告知胡亥，他们是要废了扶苏，立他为储君。所以胡亥也一直以为李斯和赵高只是在尽力护他，以防他将来落得个成蛟的下场。

听到李斯关心自己，胡亥也不客气，立刻笑道："记得儿时舅母曾做过一次桂花米糕，十分香甜。"李斯立刻笑了，自吕不韦死后，礼乐府的老板就照郑隗意思投靠了李斯，那桂花是老板得知云姬喜好做些茶点之后特意留下来晒干了送去丞相府的。

想到这，李斯笑着冲胡亥点头说道："好。下次我一定带来。"蒙恬的事既然已经有了决断，李斯也不好在宫里继续耽搁，免得误了出宫的时间，反而麻烦。

李斯笑着对胡亥说道："时候不早，今日我先回去。公子想吃的桂花米糕，我一定让云姬做好，下次进宫就给公子送来。"

胡亥知道身为外臣，李斯不能在秦宫久留，于是也不阻拦，笑着颔首："好。那舅舅慢走。"胡亥目送李斯离开才转头看向赵高，愕然发现赵高的脸色不太好。

对于这个一直对他照顾有加的宦官中车府令，胡亥是源自内心地信任，甚至远超李斯还有秦始皇。见赵高不悦，胡亥不由问道："中车府令，你怎么了？"赵高猛地回神，看着胡亥清澈的眸子，忽然计上心头。他原本并不在意李斯和胡亥的关系，觉得李斯作为盟友百利而无一害。因此他也从来没有阻拦胡亥和李斯亲近，可就在刚才，赵高才猛地意识到，大难当头，李斯这位盟友很可能会毫不迟疑地抛下他。

这对于自小就被家人牵累入宫，尝尽人间冷暖，凭着自己努力一步步往上爬的赵高来说，只这一点就足够李斯死十次。赵高刻意阴沉着脸，看向胡亥说道："小公子，赵高怕是不能再继续陪着你了。"胡亥一怔，甚至紧张地向前走了几步，刚要说话却被赵高拦下，只见他痛心疾首地继续说道："都是臣无用。为了保护小公子不受公子扶苏谋害，不得不用了些见不得光的手段，将公子扶苏赶出咸阳，谁知却被蒙毅看破，纸包不住火，臣怕是大难临头。"

胡亥对赵高的信任已经到了无论赵高说什么他都会无条件接受的程度，闻言立刻紧张地追问："那怎么办？"

看着胡亥焦急的脸，赵高脸上的表情更加悲戚，甚至不顾身份将胡亥搂进怀里，言辞恳切地叮嘱："小公子不必烦忧。臣若是躲不过，那便是命，但有一事小公子一定要记住，千万不要忘了。"

赵高声音格外凝重，说得胡亥都不自觉紧张起来，眨着眼睛看着赵高光洁的下颚，眼底满是疑惑。赵高却没有看他，而是像个父亲不舍孩子那样搂着胡亥，继续说道："李斯不可信。将来若是出现危急，公子万万不能将身家性命都交到李斯手上。赵高就是前车之鉴。"

赵高的话没有一字是在指责，却已经把李斯一棍打死，连辩驳的机会都没有。胡亥虽然年纪小，但他不傻，瞬间听出赵高话语中的含义，问道："中车府令的意思是，李斯对中车府令见死不救？"赵高却连连否认，一副生怕胡亥误会的样子，说道："不，不。小公子不是这样的。李相只是无能为力，他若出手，定然会被我连累。这么做是人之常情。"

胡亥闻言却不由发急，说道："可你为了我不惜以身涉险，以李斯的才智，想要救你应该不难啊？更何况父皇对你一向信任，李斯到底是不能救，还是明哲保身不想做？"

赵高假装迟疑，良久才放开胡亥，表情沉痛地说道："为小公子涉险，赵高甘之如饴。"赵高这句话看似什么都没说，却胜似千言万语。胡亥咬唇，像是在痛下决心："可是……可是中车府令，你若是没了，我以后可怎么办？"对比之下，胡亥越发觉得自己离不开赵高。一想到赵高若是死了，他一没有母族，二没有母亲护着，李斯又靠不住，下场可能还不如那个公子成蛟。

胡亥越想就越害怕，紧紧地抱着赵高的手臂，一刻都不敢松开。

赵高满意地看着胡亥哭红的眼睛，做出下定决心的模样，神色凝重地说道："小公子，莫哭。就算是鱼死网破，赵高也会想尽办法守在公子身边。"目的达到，赵高便让人送来膳食，细心地安慰着胡亥吃了饭，才转身离开。

有了李斯的计谋，赵高走出胡亥的长安宫，就立刻找来心腹，细细叮嘱，把假传军报的事安排下去。做完这一切，赵高依旧不放心，仰头看了眼秦始皇所在的咸阳宫大殿。咸阳宫卫尉琅迁是赵高一手提拔起来的，也是赵高手中至关重要的棋子，两人走到一旁，琅迁连忙对赵高拱手作揖行礼道："中车府令有何吩咐？"赵高左右看了看，压低声音对琅迁说道："你给我守住宫门，以后没我的吩咐，凡是蒙家人都不得入宫。"

琅迁闻言立刻颔首答道："是！中车府令放心，只要有琅迁在，蒙家人休想越雷池半步。"赵高对琅迁十分放心，闻言点了点头，然后转身走向咸阳宫。大殿中皇位上空空如也，赵高也只是淡淡扫了一眼便穿过咸阳宫向着大殿后的望夷宫走去。

赵高刚要推开望夷宫大门，就听到里面传来女子的喘息声，赵高脚步一顿，垂眸扫了眼龙床，见人影绰绰便没有说话，而是默默地转身退出望夷宫，抬手招来内侍说道："通知膳房，陛下操劳，备一棵老参给陛下煮汤，一会儿送来。"

内侍闻言立刻转身，赵高却候在望夷宫殿门外静静地听着，待到里面的动静歇了，才连忙召来内侍，端着刚刚备好的参汤走进寝殿。秦始皇斜靠在龙床上，看到赵高也只是抬了抬眼皮，被赵高伺候着喝了参汤才缓缓睡下。

赵高做完这一切便转身出了寝殿，就在刚才他忽然想到解决蒙恬去而复返的法子，那就是把秦始皇弄走。只要秦始皇不在咸阳，到时即便蒙恬发现被骗也无可奈何，至少半年他都是安全的。想到这赵高下定决心转身走出寝殿。

第二日一早，赵高照常伺候秦始皇起床洗漱，正要用膳的时候，太史令急匆匆进宫求见。自从爱上求医问药，秦始皇对天象就格外重视，听闻太史令求见立刻把人召了进来。

太史令高龄九十，走起路来颤颤巍巍的，见到秦始皇连忙作揖，脸上满是喜气地说道："恭喜陛下，贺喜陛下。昨夜老臣夜观天象，紫微星动利南方，将有仙人降世。"

对于求仙问药，秦始皇从未死心，尤其是近来他越发感觉身体每况愈下，便更期待能遇到仙人令他长生不老。此时听到太史令说南方将有仙人降世，秦始皇霎时心动，忍不住追问："仙人？此话当真？"

那老太史令虽年过耄耋，却耳不聋、眼不花，闻言连连点头回道："老臣愿以项上人头作保，绝无虚言。"听到老太史令回答，秦始皇的心彻底乱了，甚至有些失态地对着赵高笑道："朕就说嘛！前些时日，朕就曾梦到一位鹤发童颜的仙人对朕招手，原来都是真的。"

赵高连忙装作惊异，对着秦始皇连连说道："陛下天命所归，诚心感动上苍，降下仙人，这是要度陛下成仙，保陛下长生不老啊。"赵高的话让秦始皇越发开心，立刻答道："对。你说的不错，切莫让仙人久等，赵高你现在就去准备，一个月后，不，十日之后，朕就要出行，直奔南海。"

一切都如赵高预料那般，秦始皇果然迫不及待地想要出巡。他连忙躬身作揖答道："诺。臣这就去办，保证十日之内陛下可以出行。"赵高说着转身走出大殿，假模假样地开始准备，唯有那大殿中央的老太史令，眼中满是浑浊的泪，却又不敢让秦始皇看出端倪。

秦始皇简直高兴疯了，直接把老太史令扔在原地，起身追着赵高走出大殿。那模样像是恨不得亲自上阵，明天就出发一样。秦始皇只以为这次巡游定然能寻到长生不老药，却没想这次出行却是他的不归路。

李斯得到消息的时候，已经是三日之后。赵高让人急匆匆过来传话，让李斯一定要极力劝说秦始皇这次巡游带上胡亥，言辞之间貌似无意提到秦始皇已经开始依靠参汤吊命，这一次怕是有去无回。

第八十七章

始皇游历寿路尽　驾崩于沙丘平台

　　李斯站在相府庭院之中，仰看枝头的枯叶，脑中不自觉回想起他初次遇见赵高时的情形。时光荏苒，一去不回头，眨眼已是垂暮。又过了三日，秦始皇第五次巡游的圣旨终于颁布，随行的官员名单也由谒者一一通知，李斯细心打探下才知道秦始皇只带了十几个信任的官员，随行名单里果然没有胡亥，于是他匆匆入宫，想要赶在秦始皇出行之前，把胡亥也拉进巡游的队伍。

　　赵高虽然没有明说为何必须要让胡亥随行，但从赵高的只言片语中李斯猜到，赵高这是在做最坏的打算，而他能做的就是帮赵高达成计划。或许是有了希望，秦始皇这几天都显得尤为精神，看到李斯更是喜笑颜开，对着李斯说道："李斯，太史令的话你可听说了？"

　　李斯知道这是秦始皇想听好话，于是连忙揣测着秦始皇的心思说道："回陛下，李斯已经知晓。据臣推测，定然是陛下感动了上苍，才会降下仙人，成全陛下的一片赤诚。"听了李斯的话，秦始皇忍不住大笑，对李斯说道："对，你与赵高说的一样。再过三日就要启程，李斯你可准备妥当？"

李斯连连颔首对秦始皇说道："臣早已准备稳妥，只待时日一到就可追随陛下一同去寻仙人。臣这一次可要跟着陛下沾光，有幸一睹仙人之姿。"秦始皇越听越高兴，哪知李斯忽然叹了口气，怅然说道，"只可惜，阿房姑娘走得早，若是能跟陛下一同寻仙，同陛下一起长生不老就好了。"

夏阿房或许是秦始皇这一生中最大的遗憾，他能除掉嫪毐、驱逐吕不韦、统一天下、废除毒瘤分封制，却独独留不住夏阿房的命。听到李斯说起夏阿房，秦始皇的脸上也不禁流露出一抹伤怀，随即说道："赵高，你去告诉胡亥，让他准备一下与朕同行。"

赵高心头一喜连忙应是，抬头还不忘深深地看了眼李斯。对于李斯这种仅凭几句无关痛痒的话就能达到目的的盟友，他越发忌惮。说起夏阿房，李斯和秦始皇再次找到了共同话题，两人好似一对故友，说说笑笑的甚至忘了时间。

三天时间转瞬即逝，孙胜一年前生了场大病，身子彻底垮了，已经不能陪着李斯一同出行，孙林也老了，一个人跟着孙胜又不放心。郑隗半年前离开李府，去上蔡找他的家人去了。整个李府上下没有一个合适的人能够跟着李斯一同出行。正当大家为难的时候，李尧主动站了出来，他的剑法虽然不如李由，却也是李由自小带出来的。巡游的队伍全程都有郎官护卫，寻常不会遇到危险，当然张良那次算是意外。事情就这么敲定了，到了时间巡游的队伍早早就在咸阳宫外集结。

距离上次跟随秦始皇巡游已过四年，一开始的几天李斯晕得几乎下不了车，秦始皇却显得尤为兴奋，每到一个地方都到当地景色极佳的地方去看一看。

这一次的巡游路途比之前都要远，整整走了七个月，巡游的队伍路过一处两侧都是湖泊、中间一条坦途的大路，正在所有人被四周美景吸引的时候，一名白发老翁竟然凭空出现在秦始皇的马车前。

驾车的赵高被吓得连忙勒住缰绳，脸色惨白地看着那老者。若他没有看错那老头儿是凭空出现在车前的，这样的手段赵高还是第一次见。正当赵高准备呵斥老者的时候，那老者却突然幽幽开口："祖龙今日必死。祖龙今日必死……祖龙今日必死！"不知是谁不小心惊了马儿，马儿嘶鸣着扬起前蹄，赵高心中惊骇，为了不惊动秦始皇连忙安抚马儿，可等到马儿安静下来之后，那站在车头的小老头儿却又不见了。

这样的景象吓得赵高许久不敢出声，直到秦始皇觉察不对，冲着马车外问了一句："赵高，为何停车？"众人这才感觉呼吸顺畅起来，定睛一看那老头儿所站的位置竟然多了一个小布包，橙黄色的，看着亮闪闪的。

赵高不敢去碰，给身边的卫尉琅迁使了个眼色。那人立刻走上前去，小心地将布包拿起来，确定没有任何异常，连忙拿着布包走到赵高面前，将布包高举过头。此时跟在秦始皇马车后的李斯也觉察不对，连忙让李尧下车查看。

李尧年轻灵活，转身跳下马车快步走到赵高身边，满脸疑惑地看着赵高手上的黄布包。赵高冷静过后，终究还是忍不住解开黄布包，入眼却是块成色极好的玉璧。

此时在场的人都满脸狐疑，唯有李尧好奇地盯着那块玉璧问道："中车府令大人，这玉璧……"赵高也十分疑惑，可不知为何他总感觉这玉璧有些眼熟，咽了咽口水，赵高才将玉璧从黄布包中拿起来，仔细察看，忽然浑身一僵。

只见那玉璧上清清楚楚地刻了一行小字："始皇帝三年，沉璧于江，以敬水君。"赵高瞬间了然，怪不得他看这玉璧感觉熟悉，这明明就是他当年亲自命人雕刻，用来给秦始皇沉江的玉璧。

正在赵高惊疑不定，不知道要怎么处理这块玉璧的时候，马车的帘子突然被人打开，秦始皇表情微怒地看向赵高，还有赵高手上的玉璧。

"赵高，你在做甚？为何停车？"秦始皇显然不太高兴，视线落在赵高手上的黄布包上，面露狐疑，随即看到了玉璧上刻着的小篆："把玉璧拿来。"

赵高见秦始皇面色阴沉，有些犹豫，但还是把玉璧交到秦始皇的手上。蹙眉细看，秦始皇的脸色也瞬间白了，不可置信地看着赵高斥问："这玉璧从哪来的？"赵高正不知如何作答，忽然吹来一阵清风，之前那白发老人的声音竟然再次响起："吾乃水君，今日沉璧归还，祖龙必死。"

那声音时有时无，可秦始皇却听得格外清晰，手中玉璧瞬间变成烫手的木炭。秦始皇错愕地看着手中玉璧，径直扔了出去。走进马车，秦始皇突然感觉浑身无力，像是被人吸干了气力，浑身不自觉地颤抖。正当秦始皇心慌之际，那个梦境却再次闯入秦始皇的脑中。

他想起来了，梦中那个鹤发老人只是冲他招手，可他无论如何也过不去，后来扶苏出现，无论他怎么呼喊，扶苏就是不答应，而他一气之下走过去，才发现扶苏面色灰白，显然已经死了许久。

当时秦始皇被吓了一跳，醒了之后梦境也就忘了。此刻回想一切，秦始皇才猛然发觉，那梦境根本不是预示仙人降世，而是告诉他扶苏会死。

又惊又吓再加上连日来的精神透支，秦始皇当夜就病了，浑身发热，胸口难受，无论寺医怎么诊治都不见好转，眼看着巡游的队伍就到了帝王陨落之地——沙丘。作为一国旧都纣王曾死在附近，后赵武灵王也死于此，刚到沙丘平台秦始皇就朦胧地意识到，他怕是也要死于这帝王陨落之地。

此时的秦始皇已经不能进食，全靠参汤吊着一口气。住进沙丘行宫这一日，日头极好，秦始皇感觉自己胸口越来越疼，自知时日无多，终于认命。他想起那个梦境，不放心扶苏，于是在弥留之际把赵高和李斯都叫到跟前，用尽最后一口气对李斯说道："朕怕是回不去了。你二人作为朕的心腹，即刻命人去上郡接回扶苏，让他择日继位，还有……一定要把朕带回咸阳。"

简短的十几个字，就让秦始皇不停地喘息，他忽然手脚抽搐，眼睛瞪大，死死地盯着李斯，用尽最后的气力说出对皇位的安排："以兵属蒙恬，与丧会咸阳而葬。"

作为传奇，秦始皇的一生最终被这简短的十二个字画上了句号。可他却不知此行带出来的两个近臣才是想要杀死扶苏的罪魁祸首。

赵高一早就盼着秦始皇赶紧死，这样他就可以把胡亥扶上皇位，一旦胡亥继位，那么即便蒙家手握重兵也动他不得。

李斯却始终都没想过秦始皇会死。他的目的很简单，那就是自保，而淳于越的死却把他推到了扶苏的对立面。为了活命李斯不得不铤而走险，胡亥是他最后的救命稻草。

此刻发现秦始皇真的死了，李斯的心不受控制地升起一丝悲戚。细细回想，一路走来，同他相近的人几乎都已经死了。甘罗死了，死在最辉煌的年纪。嫪毐死了，死得无比惨烈，直到此时李斯还能清晰想起，当嫪毐看到两个孩子尸首的瞬间，那双目赤红充血的神情。韩非死了，死在李斯为了自保、为了前程所设下的陷阱中。吕不韦也死了，死在回家的路上，死在他心愿达成之后。淳于越死了，用自己的死狠狠将了李斯一军，最终死在烧毁古籍的那场大火中。王绾也死了，死在坑儒之后，回乡路上。顿弱走了，临走之前还曾特意来相府奉劝李斯急流勇退，现在不知所终。后来芈策也走了，竟然和顿弱一样，道了个别就再也没有出现。现在秦始皇也死了。李斯茫然回首这才发现，曾经的挚友、对手都死了，孤独感油然而生。

相对于李斯的感慨，赵高的举动就要干脆利落得多。他不等李斯回神，就转身走到秦始皇寝殿中的桌案上，拿起桌上的毛笔，模仿秦始皇的笔迹写下圣旨。

第八十八章

赵高假传皇帝命　赐死扶苏立胡亥

"朕巡天下，祈祷名山诸神以求长寿。今扶苏与将军蒙恬将师数十万以屯边，十有余年已，不能进而前，士卒多耗，无尺寸之功，乃反数上书直言诽谤我所为，以不得罢归为太子，日夜怨望。扶苏为人子不小，其赐剑以自戒！将军恬与扶苏居外，不匡正，宜知其谋。为人臣不忠，其赐死，以兵属裨将王离。"

赵高写得洋洋洒洒一挥而就，仿佛早就将这些话烂熟于心。李斯站在赵高身后，呆呆地看着赵高执笔手书圣旨，许久都没能回神。

赵高收笔之后，豪迈地将毛笔往桌案上一掷，拿起圣旨轻轻吹干上面的墨迹，然后扭头看向李斯。

李斯终于回神，单手指着赵高手中的圣旨，声音都有些干哑，问道："高兄，你这是何意？"

赵高不屑地扫视李斯脸上的惶恐，在他看来，当初他们约定一起谋划推胡亥上位，就算对杀了扶苏这件事达成同盟，李斯现在还想当好人，实在虚伪。"我欲如何，斯兄看不出来吗？"

李斯闻言眉头皱起，眼中满是惊疑地看着赵高。或许是秦始皇的事让他颇有感触，才会不禁想起曾经肝胆相照的吕不韦还有王绾。这一瞬李斯心底那一丝还未泯灭的忠君爱国之心再次燃起。

在他看来，扶苏生死还有待商榷，但蒙恬绝不能死。为国为民蒙恬都不能死，他作为武将驻守边疆十多年，以一人之力为秦国筑起一道防线，这样的将军堪比昔日李牧。若他死了，秦国只怕也会如同赵国那样再无一战之力。李斯毕竟师从大家，着眼之处远比赵高更加长远。虽然看出赵高眼中的鄙夷，但他还是沉声说道："扶苏生死可以再论，但蒙恬绝不能死！"

李斯的态度让赵高脸上的笑意慢慢散去，此时的两人已经从盟友转而成了敌人，起码在赵高心里是这么想的。"为何？"赵高握着圣旨的手都已经青筋毕露，但他还是隐忍着对李斯问道。

李斯的想法却跟赵高不同，他从没想过要把胡亥当作傀儡，心心念念想的都是怎么让秦国传承下去，所以他虽然为了自保陷害扶苏，但为了秦国不论是扶苏还是蒙恬都不应该死。

李斯看着赵高那张阴郁的脸，突然有些后知后觉地问道："赵高，你该不会是想效仿吕相，把持朝政吧？"

李斯的话吓得赵高浑身一僵，这样的念头在他当年远远看到吕不韦坐于朝堂的时候就有了，可他身份卑微，还是个寺人。有了嫪毐的前车之鉴，赵高就知道他这么想绝对是痴人说梦。后来赵高又从赵兴口中得知了父亲的身份，这个念头才再一次萌生。他原本就是赵国王族后人，只凭出身就比吕不韦一个商贾高了不知多少倍，凭什么不行。

赵高虽然有野心，却不傻，单就身份而言，即便将来胡亥能够继位，坐上帝位真正能够把持朝政的也是他李斯，自己不过一个中车府令，还是秦始皇法外开恩给的官职。他能有现在的成就和权势全部源自秦始皇的偏爱和纵容。此刻秦始皇不在了，他的依仗也就没了。

寝殿之中瞬间陷入寂静，唯有龙床上那具无声无息的尸体似乎在诉说着什么。赵高此刻也冷静下来，嬉笑着看向李斯说道："李相莫要开玩笑，我不过是个身体不全之人，纵有天大的胆子也不敢妄想。我只是在为你我的后路着想，蒙恬和扶苏绝不能留。"

赵高的话让李斯有些意外，此刻他也从刚才繁杂的思绪中回过神来。正在这时李尧察觉不对，小心翼翼地走进寝殿，见李斯和赵高正面对面站着，似乎正在争吵，犹豫了一下，壮着胆子走了进来："父亲，陛下可曾睡熟？"

李尧原本是想提醒李斯和赵高，这里是秦始皇的寝殿不是争执的地方，可他话音刚落，赵高却笑了，随即对着李尧招了招手，转头对着李斯笑道："李相仁义，愿意为了秦国繁荣甘愿留宿敌一命。不过李相可曾想过，一旦你随陛下而去，留下李由、李尧还有你家中那些庶子女该如何自处？"

赵高的话犹如一块烙铁在李斯的胸口狠狠一戳。他转头看向正小心走来的李尧，脑中思绪瞬间乱了。赵高话中的意思，他不是不明白，此时若是留下扶苏和蒙恬的性命，无异在给自己树敌，他有信心在活着的时候压着扶苏和蒙恬不让他们壮大，可他死了之后呢？

李由同二公主新婚，相信过不了多久他的第一个孙儿就会降生。李尧也跟七公主订了婚，原本打算这次巡游回去就给他们完婚，孩子都是好孩子，竟要被他牵累，李斯实在不忍。

李斯正在沉思，赵高却瞅准机会继续游说："李相你可要想清楚。车辙在前，你别忘了，自陛下继位之后，历任丞相都是怎样下场！那扶苏身后的楚系在秦国根基稳固，他若不死必定会成为下一个嫪毐。不，应该说是下一个皇帝。以他的才能，即便小公子继位，不出十年，甚至是五年，就能夺回皇位，到时你我必将死无葬身之地。赵高孤家寡人一个，死又何惧，可你李相不同，这么好的孩子，你真舍得？"

赵高就像吐着信子的毒蛇，正一点点地侵蚀李斯心中仅存的大义。正在李斯摇摆不定的时候，赵高却笑吟吟拉过已经走到两人面前的李尧，说道："不错，同你兄长一样，一表人才。叔父拜托你一件事，关系到你父和李家的生死存亡，你可一定要办好。"

李尧闻言眉头皱起，转而看向李斯，此时的李斯依旧陷入沉思。赵高的话虽然攻心却也不是全无道理，以他此时的能力确实能够压制扶苏和蒙恬，可等他死了之后呢？胡亥自幼胆小，平心而论秦始皇的二十几个儿子里面，胡亥只能算是最差的选择，没有他的辅佐胡亥根本镇不住扶苏。

李斯的心再一次发生了变化，大义小节都比不过骨肉亲情。赵高笑吟吟地看着李斯的表情，随即对李尧说道："侄儿莫怕，叔父给你写份圣旨，你拿去交给蒙毅，就说陛下昨夜梦到仙人在琅邪山出现，让他提前赶去祝祷，陛下随后启程。"

李尧更加疑惑，再次看向李斯，而这一次李斯却冲李尧缓缓点头，甚至主动转身走到桌案前，将赵高扔在一旁的笔拾起，研墨提笔想好措辞，快速地写下。李尧虽然不比李由，但他自小就跟在李由身边，自然也不差。见此情景李尧已经隐约猜到一些，但他却假装不知，默默地等着李斯将圣旨写好递到他手上。

李尧拿起圣旨，终究还是忍不住扫了眼龙床，然后快步走出寝殿。李尧一走，硕大阴冷的寝殿之中就只剩下李斯和赵高两人，可他们却相顾无言。李斯虽然同意了赵高的计划，但心底还是有些不舒服。赵高却对李斯彻底没了信任，无论做什么说什么都藏着戒备。

就这样过了半晌，赵高才将手里的圣旨放下，对着李斯说道："既然李相没有异议，那我这就去把公子胡亥叫来，咱们一同商议继位之事？"

赵高的话虽然看似商议，但李斯知道此刻他们只能如此。他们纵使计划得天衣无缝，胡亥不敢继位一切都是枉然，于是叹了口气说道："也好。"

赵高得了李斯的答复终于笑了，他隐晦地撇嘴，然后转身走出寝殿，站在寝殿门口向心腹说道："陛下身体有恙，去叫小公子前来。"然后又把写好的圣旨交给了心腹琅迁，压低了声音说道，"你带着圣旨亲赴上郡，记住若是蒙恬和扶苏不愿领旨赴死，你就拿着陛下的圣旨去找王离，让他监斩。无论如何扶苏和蒙恬都必须死。"琅迁闻言用力点头，拿上圣旨带上亲随翻身上马直奔上郡而去。

赵高背着手站在行宫之外，不多时就看见胡亥急匆匆走来，这才扫了眼左右，冷冷说道："你们给我守好这里，没有我和李相的允准，任何人不得入内。"随后便领着胡亥走进寝殿。

胡亥还以为秦始皇只是睡着了，而他只要装作孝顺，在旁边打扇就行，可刚走进寝殿他就隐约察觉不对。

胡亥紧张地回头看向赵高，见赵高脸色阴郁，他才暗叫不好，连忙四下找寻李斯，才发现李斯竟然坐在龙床边上，正在给秦始皇擦拭手背。

胡亥被吓得不轻，脚下一个趔趄差点摔倒，还好赵高及时发现，把他扶住，冷冷地说道："小公子，陛下薨逝，留下圣旨让小公子继位。"

胡亥虽然年幼、懦弱，但他却隐约知道李斯和赵高的计划，闻言胡亥最先想到了秦始皇的死因，惊骇地问道："赵高，我父皇是……"

硕大的寝殿透着丝丝阴冷，李斯和赵高猛然对视，赶忙解释："公子莫要乱猜，自从遇到水君之后，陛下的身体就一直不适，公子难道不知？"

胡亥刚才也是被吓坏了，此时听到赵高的反问，才渐渐冷静下来，仰头看着赵高眼底已经有泪，小心翼翼地问道："父皇真的将皇位传给了我？"秦始皇将扶苏作为储君培养了几十年，只要不傻都能看出来，继位的事即便是赵高亲口说的，胡亥还是不太相信。

李斯在一旁叹了口气，他和赵高不同，一直把胡亥当成是亲人，干脆说道："公子猜得不错，陛下的遗诏确实是将皇位传给扶苏，可公子不知，那扶苏与我们早已不合，若他继位，不单是我和中车府令，即便公子处处小心，只怕将来也会落得个公子成蛟的下场。"

公子成蛟一直是胡亥的噩梦。他自小就不止一次听赵高说起公子成蛟的事，此刻听到李斯又说起公子成蛟，胡亥的脸都白了。"我知道，我知道。可是舅舅，中车府令，我……我不行。我根本不知要如何做一国之君。"胡亥虽然嘴上推拒，但其实早就动了心，尤其是这些时日，他日日都去咸阳宫大殿服侍秦始皇。

见惯了奢靡的生活之后，试问只要是人，哪一个不会心动，不会渴望？由俭入奢易，由奢入俭难，只要胡亥一想到扶苏继位，自己又要回到那个爹不疼娘不爱，只能靠着一个寺人的生活，胡亥就感觉害怕。

可他虽然贪心却不想死。既然秦始皇的遗诏是要扶苏继位，那他此时继位就是谋逆，在秦国谋逆历来只有一个下场，那就是车裂。赵高对胡亥的心思了如指掌，闻言立刻笑着说道："公子多虑。即便是始皇帝也不是生来就会统御一国。更何况公子内有赵高照应，朝堂上有李相相助，你还有什么不放心的？"

第八十九章

一代枭雄始皇去　　无用胡亥成傀儡

　　阴冷的寝殿中，一代枭雄秦始皇刚刚死去，他的亲信就开始计划怎么杀了他最喜欢的大儿子，让最没用的十八子继位，以此来满足他们内心深处对权力的渴望。

　　胡亥听着赵高的安慰，忍不住抬头看向一直默默不言的李斯。他虽然不聪明，但却知道继位这件事只有赵高一人根本不能成事，唯有李斯也站在他的身边才有可能成功。

　　可因为之前李斯"一次又一次"的摇摆不定，让胡亥对李斯没有丝毫信任可言，所以才会在关键时刻再次征询李斯的意见。李斯还沉浸在秦始皇驾崩的悲戚中，只以为胡亥是想从自己身上获得一些安慰，终于不再恍惚对着胡亥说道："公子，大可放心，李斯必定举全族之力，辅佐太子继位。"

　　李斯说着看向赵高，语气淡淡道："你刚才写的圣旨准备如何送去上郡？"赵高闻言脸上闪过一丝得意，然后回道："圣旨我已在刚才命人送去上郡了，不用十日，应该就能听到扶苏自戕的消息。"

李斯一怔，看着赵高的眼神多少有些怒意，但转念一想李斯却只是叹了口气，对着赵高说道："你派去的可是武将？"赵高不以为意地回道："自然。"

这一次换作李斯冷笑出声，然后从龙床上起身走到赵高面前，面露不屑地说道："蠢货！你何时见过陛下传旨用武将？你的人去上郡，只怕圣旨还没拿出来，就被蒙恬识破。"赵高闻言额头瞬间冒了一层冷汗，就连一旁的胡亥都吓得浑身一哆嗦，惶恐地看向李斯。

李斯却突然放缓语气，继续对赵高说道："所幸那武将走的时间不长。你现在就去，寻一个能言善辩的心腹，对外就说是小公子的舍人，追上圣旨，一同赶往上郡。"李斯的要求让赵高和胡亥都有些愕然，见赵高迟迟不动，李斯也有些不耐，冷着脸说道："你若是陛下，已然决定让小公子继位，劝杀公子扶苏的圣旨便是为小公子立威最好的机会。以陛下的睿智难道会指派一个无关轻重的人去传旨吗？"

李斯一句话让赵高和胡亥都忍不住咽了咽口水。

立威？确实！以赵高对秦始皇的了解，他从不会做无用的事。那道圣旨虽然是赵高思量许久才决定的，却没有足以站得住脚的理由。经李斯这么安排，似乎一切都变得理所应当。

寝殿之外天色渐渐黑了下来，赵高也不敢耽搁立刻转身走出寝殿，在他仔细地思量过后，最终选定了一人，为了保密赵高更是亲自去安排。

此时寝殿中只剩下李斯和胡亥两人，自从有了隔阂，胡亥不再同以前那般期待和李斯亲近。此时在殿中待着，反而有些拘谨。

李斯脑中思绪烦乱，看了眼呆呆站在原地的胡亥，不禁有些心疼，于是叹了口气走到胡亥身边，用长辈的口吻说道："太子以后便是这大秦的皇帝，凡事都要有自己的想法。中车府令虽然对太子照顾有加，但太子还是需要多多留心。毕竟君臣有别，太子切不可过度依赖。"

胡亥正别扭和李斯单独待在死了人的寝殿，虽然那个死人是他的父亲，却没想李斯竟然还用这样的口气和他说话。一瞬间年轻人独有的逆反心理让胡亥差一点笑出声，一句"我不信他，难道信你吗"差点脱口而出，但最终胡亥忍住了。

　　他虽然年纪不大，但有一点胡亥心里清楚，他现在连太子都不是，万一和李斯翻脸，李斯扭头就能再找一个他的兄弟取代自己。胡亥心里想着，面上却对李斯努力挤出微笑，回了一句："舅舅说的是。胡亥记住了。"

　　之后就是沉默，足足过了半个时辰，赵高才急匆匆赶回，一走进寝殿就发现李斯和胡亥正默默地待着，心头一喜。"李相，人我已经照你的意思安排好了，是个善骑射的，应该用不了多久就能追上去送圣旨的人。"李斯闻言点了点头，既然扶苏的事情已经安排好了，那么接下来就该考虑如何处理秦始皇的尸体了。

　　现在是六月末，正是天气最炎热的时候。立即发丧，消息难免会走漏，万一被蒙毅得知，事情必定暴露。可若是秘不发丧，要等到什么时候？尸体肯定无法保存，有心人一眼就能看出来，他们要用什么理由蒙混过去？

　　赵高同样在想这件事。秦始皇已经死了这是不争的事实，但是要怎么公布天下，这却成了赵高最头疼的事。一旦处理不好，事情败露牵一发而动全身，圣旨的秘密怕也保不住。万一被咸阳城的嬴氏宗族还有各大名门望族，甚至是朝臣知晓，到时他和李斯必定死无葬身之地。

　　李斯看向赵高，猛地起身说道："陛下的尸首，你打算如何处置？"赵高沉吟着没有回答，而是目光灼灼地盯着李斯的脸。因为他认定李斯既然开口，一定是想到了办法。果然李斯见赵高不动，便没有了耐心，索性直接说道："既然中车府令还没有决断，那我这有个愚见说出来大家听一听。"

赵高和胡亥几乎同时抬头，论阴谋赵高确实要比李斯更胜一筹，但若论阳谋，普天之下无人能及李斯一人。所以即便还没有听到李斯的计划，赵高和胡亥就已经松了口气。

李斯垂首略作思索，然后说道："既然不能即刻就将陛下驾崩的消息昭告天下，干脆秘而不发，巡游的队伍继续按照原定路线行进，一切待到回咸阳之后再说。若是朝臣质疑，就将陛下遗诏要求回到咸阳再发丧的事告知他们。"

李斯说得很快，但赵高和胡亥却想不出比李斯这个决定更好的办法，他们此刻最需要的其实是定心丸，而李斯的沉稳和谋略便是他们最大的依仗。赵高闻言回道："妙。可是现在这么热，运回咸阳至少也要一个月，陛下的尸首……"

李斯自然知道赵高的顾虑，不过所幸赵高在秦始皇驾崩的第一时间就用圣旨把蒙毅支开了，这给了他们足够的时间来完成这一切。接下来他们唯一的难题就是怎么保护秦始皇的尸首安全回到咸阳。

赵高安排的人日夜兼程，路上跑死了两匹马，才比预计早了三天赶到上郡。按照赵高的叮嘱，送信人赶到军营就立刻亮明身份，但对于圣旨的内容却务必保密，不能让无关之人知晓。

那使者跟了赵高将近十年，做事一向周密。他并不知道圣旨是假的，也不知道赵高为何会这么反复叮嘱，自始至终都严格按照赵高的要求行动。刚到军营他便下马，将圣旨高举头顶，口中不断高声说道："圣旨到。公子扶苏、将军蒙恬接旨。圣旨到，公子扶苏、将军蒙恬接旨。"

接到消息的扶苏和蒙恬连忙赶到军营门口，两人看到使者高举圣旨，刚要领旨，却听那使者冷冷说道："两位稍等，还是到营帐中再接旨吧。"扶苏和蒙恬虽然心生疑惑，但一想也对，这人来人往的确实不庄重，当即同时闪身给使者把路让开，然后一同走进中军大帐。

此时的两人还不知道远在沙丘发生的一切，更不知道他们心心念念的那个陛下此时已经被装入仓促找来的棺椁之中，浑身覆盖着从行宫中找来的冰块。他们只以为秦始皇已经回心转意，想要把扶苏召回咸阳。可当他们听到使者宣读圣旨的时候，脸色瞬间都白了。

扶苏整个人都瘫在了地上，脸上满是不可置信。蒙恬的反应就显得更加耐人寻味，只见他双目圆睁怒视使者。那使者被蒙恬吓得心慌，努力维持表面上的冷静。"你是何人？"蒙恬看出使者的心慌，猛地起身，一把扯过使者手里的圣旨，细细察看。

蒙恬跟在秦始皇身边十余年，对他的笔迹可谓是了如指掌，看到圣旨的时候，蒙恬的心还是不由一缩。距离上次相见才不过一年，两人之间的亲近依旧如昔，蒙恬怎么也没想到再次听到秦始皇的消息，居然是一道逼着他自戕的圣旨。

"说，你是何人？"蒙恬虽然没能在圣旨上找到破绽，但他依旧认定秦始皇绝对不会突然让他自戕，更何况上次见面，如果不是赵高阻拦，秦始皇只怕已经把扶苏召回咸阳，怎么会突然在巡游的路上下旨要求扶苏自尽。

那使者个子不高，看着比自己高了一头的蒙恬，吓得腿瞬间一软，说起话来都有些磕巴，可无论蒙恬怎么质问，他都是一句话："圣旨是陛下亲自拟定，绝无伪造可能。"蒙恬看了眼已经倒在地上神情恍惚的扶苏，只能暗暗咬牙。这圣旨他接与不接都难逃一死，可这么不明不白地死，实在窝囊。

正在蒙恬和使者对峙的时候，扶苏却忽然起身，一把抽出蒙恬副将的佩剑就准备自尽，扶苏刚要用力，剑柄却被蒙恬一把握住："公子不可。以蒙恬对陛下的了解，陛下绝不会让公子自戕，我怀疑这圣旨是假的！"

那使者虽然畏惧蒙恬的高大勇猛，但一听到蒙恬居然怀疑圣旨有假立刻怒了，对着蒙恬喝道："大胆！蒙恬，你这是要谋反吗？圣旨是陛下亲手所书，你不是没看到。况且陛下已经册封十八子公子胡亥为太子，你以为陛下还会放着扶苏这么个不忠不孝的皇子将来同太子一争长短？"

第九十章

忠孝仁扶苏就死　勇蒙恬无力回天

使者的话成了击垮扶苏的最后一根稻草。原本已经被蒙恬劝得有些动摇的扶苏，在听见胡亥已经被册封太子之后，整个人都垮了。他被秦始皇当太子教导了二十多年，若不是他的父皇真的对他彻底失望，又怎么可能这么快就册封胡亥为太子。

蒙恬也是一惊，一把揪住使者衣领，把人拎了起来。此时的蒙恬也禁不住开始怀疑，究竟是不是他猜错了。和胡亥不同，扶苏除了皇帝几乎是孤家寡人。可蒙恬的身后站的却是整个蒙氏家族。

万一他猜错了，那么整个蒙氏都会被牵累，上千人被他一人所累，即便是蒙恬也不敢冒险。那使者看出蒙恬的迟疑，气焰也从一开始的小心翼翼变得越发嚣张，他一把将圣旨从蒙恬的手中抢回，将衣襟也从蒙恬手中扯出，当着扶苏的面将圣旨再次展开。

"蒙恬！你最好想清楚，抗旨不遵便是谋反，蒙氏全族上千口的人命可都攥在你的手里。"使者步步紧逼，说出来的每一个字都直击蒙恬和扶苏的软肋。

蒙恬一时怔住，眼底全是挣扎。为他一人牺牲蒙氏上千口？他的小儿子今年也不过才十岁，使者将蒙恬的挣扎看在眼中，不敢耽搁连忙把苗头转向一旁已经泪流满面的扶苏。

使者知道，他此行的目的其实是扶苏，只要扶苏一死，蒙恬死不死都活不了。于是转身蹲在扶苏的面前，拿起扶苏的手，将圣旨展开铺平在扶苏的眼前，声音徐徐地说道："陛下的笔迹，蒙恬将军不认得，公子应该烂熟于心吧。公子细看，这上面的每一个字都是陛下亲自书写，公子还在等什么？"他说着冲着身后抬手，身后的卫尉见状连忙抽出自己的佩剑，放到使者的手上，而使者则一刻不停地将佩剑放到了扶苏的手心。"公子快些上路吧。陛下还等着呢。这可是公子最后一次对陛下尽孝，公子还在犹豫什么？"

扶苏神情恍惚，看着手里明晃晃的佩剑和黑字白底的圣旨，心底的悲戚再难抑制。他虽然看似柔弱，却从不愚笨。从听到秦始皇已经册封胡亥为太子之后，他就知道他今日不惧死也要死，想活已是绝无可能。若是遵循圣旨，他的父皇或许还会留下他的妻儿，若是不从必定是要赶尽杀绝的。还有蒙恬，只要他说不想死，不相信父皇会逼他自戕，蒙恬必然会带领上郡的所有兵将随他一起打去咸阳，到那时不但蒙氏全族寸草不留，只怕整个秦国也会如大厦一般倾倒。

这就是一个死局，一个只有他死才有可能保住蒙恬的死局。扶苏缓缓抬头对着蒙恬颔首，然后毫不犹豫地拿起佩剑对着颈上一横，并没有预料中的刺痛，反而是一丝冰凉，紧接着便是无尽的黑暗。

扶苏鲜红的血水喷得到处都是，那使者毫无防备，整个人就像是在血水中泡过一样，他吓得连忙起身，可还是晚了。直到看见扶苏自戕，蒙恬才猛地回神，想要阻止却已经晚了。

整个营帐中静寂无声，唯有"呼呼"血水喷溅的声音让人头皮发麻。

解决了扶苏，那使者顶着满是血污的脸，将圣旨从扶苏已经垂落的手上拾起，然后起身看向蒙恬。

临来时赵高就已经再三叮嘱过他，若是蒙恬拒不赴死，不能强逼，实在不行就将他收押待到日后再处理，扶苏才是他此行的最终目的。

按照赵高的叮嘱，使者将拒不赴死、坚决要面见秦始皇的蒙恬囚于上郡，马不停蹄地将军权从蒙恬转交到王离手中，甚至还把随行的卫尉琅迁也留在了军营，自己则骑上快马一路顺着秦始皇巡游的路线往回赶。

为了不让秦始皇已经驾崩的消息被人察觉，赵高和李斯商定，回程的路依旧按照秦始皇原本的计划进行。队伍浩浩荡荡才走了十天，被赵高用计谋诳去琅邪山的蒙毅却意外回来了。蒙毅一回来就要面见秦始皇，李斯和赵高瞬间变色，只能将太子胡亥推出来阻拦。秦始皇册封胡亥为太子的消息已经在巡游的队伍中传开，随行的将士和百官对此早已深信不疑，以至于胡亥命人将蒙毅绑起来，押入囚车都无人反对。就这样蒙毅和蒙恬被李斯和赵高先后夺了兵权，一个囚于上郡，一个囚于代郡，而秦始皇巡游的队伍则继续前行。

渐渐地又过了三天，队伍里的人开始莫名其妙地闻到一股臭味，让人忍不住呕吐、头脑发晕的臭味。李斯和赵高也不由紧张起来。从行宫带出来的冰块早已用完。可他们想了各种各样的办法却依旧不能阻止秦始皇尸体腐烂发臭。

长此以往，秦始皇驾崩的事被人发现便是迟早的事。两人已经犹如热锅上的蚂蚁，直到有一天赵高猛然想起他跟在母亲身边生活的时候，曾经见过母亲将主家吃不了的肉放入粗盐中浸泡的情形。赵高立刻对一旁的李斯说道："我想到一个主意或许可用。"

李斯也已经慌了，一听有办法便连忙询问："什么办法？快说！"赵高虽然明知这个办法是对秦始皇大不敬，却还是咬牙说道："用盐。我幼时曾见过母亲将主家吃不完的肉泡进盐水中，那肉就不会发臭。"李斯一愣，挣扎了许久最终却点头答应了。他们用了赵高的法子，臭味果然小了，勉强能够正常地行进。就这样巡游队伍在李尧的护卫下用时一月终于回到咸阳。

棺椁刚入城，赵高就按照李斯的计策将嬴氏族人全数召进咸阳宫，当着所有人的面将赵高伪造的圣旨宣读。整座大殿一时间鸦雀无声，关内侯早已去世，现在的族长是渭阳君的儿子嬴绥，虽然年纪不大却比他父亲更加沉稳。嬴绥抬头看了眼大殿中遍布的郎官，已经大致猜到今日就是一个杀局。若他表现出一丝一毫的怀疑和抗拒，怕都走不出大殿。生死存亡之际，由不得嬴绥多想，只能咬着牙带头对着赵高高呼万岁。赵高见嬴氏族人已经搞定，暗暗松了口气，而这时一个内侍匆匆走进大殿，贴着赵高的耳朵说道："大人，李相说，事情已经办妥，可以放人了。"闻言赵高这才彻底放心，然后对着在场的嬴氏族人说道："既然各位大人都已经领旨，那就回去准备三日后太子胡亥的继位大典。一个月后将陛下的龙体送入帝陵。"

听到这里，嬴绥才终于意识到他们这是彻底被赵高算计了。如果他猜得不错，那圣旨只怕也是假的，现在醒悟已经彻底晚了。赵高既然有恃无恐，怕是已经有了辖制他们的后手，此时再想反击已经落了下乘。

嬴绥思量再三最后什么都没说，只默默地领旨带着嬴氏一族三十五口转身走出咸阳宫大殿，回到家中才知道族中但凡五岁以上没有束发的孩子都被公子胡亥接进了宫。

听到这个消息的时候，嬴绥忍不住庆幸，他没有沉不住气当众指出圣旨有问题，拆穿赵高的诡计。胡亥有了嬴氏的支持，继位的事再没人敢置喙，顺顺利利地成了大秦的二世皇帝。

胡亥继位之后，第一要务就是秦始皇的葬礼。或许是出于对秦始皇的内疚，他的葬礼无论是胡亥还是赵高和李斯，无不倾尽全力，恨不得将整个咸阳宫都给秦始皇塞进去。各种奇珍异宝更是应有尽有，足足一个月的时间，随葬品差一点都没搬完。李斯也按照他曾经给秦始皇描述的那样，以水银灌注，在墓中造了一条连接所有墓室的长河。然后是陶俑，几十万人耗时十年烧制的陶俑放眼望去气势恢宏，让人不禁胆寒，就连胡亥看了晚上都不禁做了个噩梦。为了防止被人察觉秦始皇尸身异常，胡亥甚至将所有见过秦始皇尸身的人，无论是宫中的嫔妃还是巡游一同归来的郎官，甚至是修墓的工匠，全数斩杀送进了墓道。直到封墓的那一刻，胡亥、李斯还有赵高才总算松了口气，他们知道从这一刻起，普天之下已经再没有人能知道他们的秘密，也再没有人能危及他们的生死。

据说当夜他们三人在咸阳宫大殿秘密饮酒，一夜未睡。第二日一早胡亥就身穿玄黑色绣五爪金龙的衮服走进大殿，堂堂正正、心安理得地坐在了皇位之上。

大事既定，接下来就是论功行赏，李斯作为左丞相已经位极人臣，再无晋升的余地。因此胡亥就把李斯的功绩记在了李尧身上。

中车府令赵高则被晋升为郎中令，位列三公九卿。虽然官职不高，但作为一个寺人，这已经是胡亥能给的最高官职。李尧因为护驾有功择日与七公主完婚，婚后直接升任卫尉。对此赵高即便眼红得要命却也无可奈何。

李斯原以为胡亥继位之后，他就可以高枕无忧，所以放心地准备李尧和七公主的婚事，甚至都不曾发觉继位之后的胡亥和赵高关系越来越密切，对他渐渐开始疏远。

相对于李斯的顺风顺水，赵高的心里并不满足，他可没忘了蒙恬几次三番为了扶苏差点置他于死地的事，既然现在位置变了，有仇不报非好汉，蒙恬就成了赵高第一个报复的对象。

赵高趁李斯忙于李尧婚事的空当对胡亥进言，在明知圣旨有假的情况下治了蒙恬一个抗旨不遵的罪名，连带被囚于代郡的蒙毅都没能逃过，两份圣旨秘密从咸阳发出，一份直奔上郡，一份送往代郡。

第九十一章

懦弱公子无大才　得势后贪图享受

李斯得到消息急匆匆赶往咸阳宫求见胡亥，哪知却被宫门外的内侍告知胡亥昨夜饮酒过量，刚刚睡下。

赵高为了更好地掌控胡亥，不顾胡亥年纪尚小，就从女婢之中挑了十几个年轻貌美的，整日陪着胡亥饮酒享乐。胡亥立刻沉醉其中。自他开始到咸阳宫贴身照顾秦始皇开始，就被秦始皇每日奢靡的生活深深地吸引，终于有了机会，胡亥折腾起来，甚至要比秦始皇更加大胆。

李斯根本不信内侍说辞，蒙恬和蒙毅的生死关乎北境安危，他一把推开挡在面前的内侍，大步走进咸阳宫。大殿中没人，他便径直向着大殿之后的望夷宫快步走去。

刚走进殿内，李斯就听到男女嬉笑的声音，他的脸色瞬间就黑了。李斯一直把阿房女的托付放在心里，把胡亥当成是自己的孩子，脑中一热就把寝殿大门推开，径直走了进去。

硕大龙床上，横七竖八地躺着四五个人，衣衫不整。胡亥更是脸色驼红地躺在正中，听到动静也只是懒懒地掀开眼皮瞅了一眼，便"嘿嘿"地笑了起来，对着李斯笑道："舅舅？不对，应该叫李相，要不要一起？"胡亥放浪形骸的样子气了李斯一个倒仰，差点晕过去。

此刻李斯彻底忘了，胡亥继位之后就是秦国的二世皇帝，再也不是需要他照顾的公子胡亥了。"胡亥，你给我从床上下来。你，还有你，都给我滚出去！"若不是还有一丝仅存的理智，李斯都恨不得跳上龙床将胡亥从床上踢下来。就在李斯愤恨地对着胡亥怒吼的时候，身后突然传来一声慢悠悠的讥讽："哟，听声音我还以为是始皇帝复活了，原来是李相啊！"

赵高不咸不淡的一句话却把李斯吓得浑身一颤，只一瞬李斯满腔的怒火彻底消弭。此刻再看床上那个已经被吓得双目圆睁的胡亥，还有四散逃开的女人，李斯猛然醒悟。他冷静、沉稳了一辈子居然在新君面前前功尽弃。这岂不是和几十年前的吕不韦一样！

李斯僵直地转身看向站在寝殿门口正笑盈盈的赵高，许久才总算回神："赵高，你……你明知陛下年幼，为何不予规劝？还有蒙恬固然可恶，你要杀蒙恬我也理解，甚至可以视而不见，可为何蒙毅也要死？你可知蒙毅死了，秦国北疆将再无良将，若匈奴来犯，你拿什么抵挡？"

赵高却懒得搭理李斯的质问，转头对着胡亥说道："陛下切莫动怒，李相怕是一时糊涂才会对陛下不敬，我这就让人把李相带下去。"听着赵高的话，李斯只觉得脸上一阵灼热，今日他若是被郎官从秦二世的寝殿拖出去，日后他怎么还有颜面去见百官。

但此时此刻已经容不得李斯据理力争，有错在先的他已经被赵高占了先机，要怎么办？赵高却不给李斯沉思的机会，直接转身对着后面的郎官说道："愣着干什么？陛下在休息，还不赶紧请李相出去！"

二世继位，整个咸阳宫早已经被赵高变得如铁桶一般，一声令下，郎官也不顾李斯的身份，走进寝殿就准备拖人。李斯是何人，千军万马中冲出来的，见势头不对，赶忙说道："陛下稍等，陛下息怒。李斯此行有事要启奏，还请陛下息怒。"

胡亥酒已经差不多醒了，他虽然昏聩糊涂，却也不算白痴。他才刚刚继位，皇位还没坐稳，此时若传出皇帝和丞相不和的消息，他那十几个兄弟还不望风而动，立马跑去巴结李斯，万一……

胡亥对赵高越是信任，对李斯就越是忌惮，那种生怕被李斯换掉的恐惧让他每次看到李斯都会止不住地惶恐，惶恐慢慢转化为怨恨。李斯却始终不知，胡亥对他已经从一开始的亲近变成了现在的忌惮，就像他从一开始就不懂吕不韦明明是为了嬴政好，却偏偏要选一个那么极端的方式。

胡亥佯装镇定地看了眼李斯，然后起身任由内侍过来伺候，一旁的赵高也在这时将胡亥的王冕拿起，恭敬地戴在胡亥头上。

李斯尴尬地站在那里，总有一种他和胡亥在对峙的错觉。犹豫了一下，李斯清了清嗓子对胡亥说道："陛下，老臣先去殿中候着。"

胡亥闻言，虽然心里巴不得李斯赶紧走，面上却依旧保持着从容，第一次对李斯敷衍地摆了摆手，吐出两个字："去吧。"那一瞬间，李斯差点产生错觉，错把胡亥看成是年少的嬴政。李斯自知犯了大错，根本没空去想赵高到底安了什么心，只能狼狈地转身走出寝殿。这样虽然狼狈，但总比被郎官拖出来要好一些。

说有事要报不过是李斯为自己解围临时找的借口，站在大殿之中，李斯脑中飞快闪过各种念头，最后只能忍痛做出了一个抉择。

胡亥和赵高的关系越发亲密，不过是因为近水楼台，他或许也应该送一个放心的人安插在胡亥身边，不然长此以往他迟早会成为赵高的绊脚石。从赵高对待蒙氏兄弟的态度来看，赵高做事全凭本心，丝毫不顾后果。李斯正想着，胡亥已经在赵高和内侍的簇拥下走出寝殿。或许是为了提醒李斯，他胡亥现在是秦国的二世皇帝，是君，路过李斯身边的时候，胡亥甚至故意停下脚步侧头看了李斯一眼。

国君止步，臣子俯首，李斯丝毫不敢迟疑，连忙对胡亥拱手作揖，态度恭谨。对此胡亥十分满意，他笑了笑甚至不忘得意地扫了赵高一眼，挺胸走上高台稳稳地坐于皇位之上。

"李相，你说有事要奏？"胡亥坐于席上，对着李斯问道。李斯不敢耽搁，连忙将他不久之前做的决定说了出来。

"是。臣有一事奏请，还请陛下允准。"李斯说着看了眼胡亥，见胡亥正一脸得意，脸上的神情僵了僵，随后说道，"陛下荣登大宝，后宫空虚，为大秦延续，臣奏请陛下大婚。"李斯的话让胡亥和赵高都有些意外。毕竟车辙在前，秦始皇嬴政二十二岁才大婚，胡亥还不到及冠之年，大婚会不会早了？

和赵高的惊愕不同，已经尝过人事滋味的胡亥瞬间心动。他下意识看了眼身边的赵高，见赵高没有反应，便忍不住对李斯问道："大婚？朕此时大婚会不会早了些？"

李斯立刻笑了，对着胡亥说道："陛下有所不知，及冠大婚那是以前。自先皇继位之后，已经几次更改秦律，为了增加秦国的人口，秦律规定，束发即可大婚！"

胡亥一听立刻笑了，毕竟女婢再怎么娇艳也比不得名门贵女的身姿妖娆。他曾无意间撞见过始皇帝和嫔妃嬉闹，那样的妩媚实乃人间绝色。

"真的？"胡亥此刻已经被大婚彻底吸引，脑中甚至不禁开始搜刮曾经听说过的美人。李斯心中早有盘算，连忙笑着颔首道："当然。陛下心中可有人选？臣立刻就去给陛下筹谋。"赵高终于看透了李斯的心思，虽然知道若是让李斯把人安排进来势必要费一番心思，却也不是绝对。若是利用得好了，反而会成为碾死李斯的最终手段。

于是他始终笑吟吟地看着，自始至终都不曾开口，更不准备阻止。李斯一心讨好，见胡亥迟迟不开口，只能继续说道："陛下，臣家中就有一女，是李尧的一奶同胞，长相甚至要比李尧更加出色，此时正待字闺中。"

听到李斯说起李尧，胡亥的眼睛瞬间一亮，巡游的时候胡亥就曾见过李尧，那可是一个长相比女人还要俊美的少年，不然七公主也不会不顾身份亲自去找秦始皇要求赐婚。

居然有人比李尧长得还美，胡亥瞬间心动，这一次他甚至没去看赵高的反应就忍不住问道："真的？比李尧还要俊美？"李斯缓缓点头，一脸自豪地对胡亥说道："老臣绝不敢欺瞒陛下。若是陛下有意，老臣愿意找个时间让云姬带着小女进宫同陛下见上一面。"

"当真？如此甚好！"胡亥激动得恨不得起身，努力压抑立刻就去李斯府上的冲动，装出一副沉稳的样子对李斯说道："如此，那就有劳李相了。今日之事都是误会，还望左相不要在意。"

胡亥只要一想到李斯家中的美人，之前的恼怒瞬间消弭，他心心念念这个美人，自然也要巴结一下美人的父亲。李斯暗暗松了口气，此时他才发觉自己不知何时竟然出了一身的冷汗，缓缓抬头看向胡亥的时候，视线却是冲着一旁赵高去的。

两人就那么静静地对视，明明什么都没说却像是经历了一场大战。李斯算是勉强脱困，更不要说帮蒙氏兄弟求情了，从咸阳宫大殿走出之后，时隔二十年，李斯再一次有了拔腿就跑的冲动。

回到府中，李斯丝毫不敢懈怠，连忙让云姬将涟漪和她的小女儿带进书房。儿时深情终究敌不过岁月，涟漪忐忑地带着女儿茹娘走进书房。这是涟漪第一次走进李斯的书房，若是猜得没错，只怕也是她此生唯一的一次。

涟漪看着许久未见的李斯，眼圈隐隐泛红，连忙拉着身边的小女儿对李斯福身。茹娘偷偷瞄了眼李斯，许久未见也有些想念，随即甜甜地叫了一声："父亲，茹娘好久没见到父亲了。"

随着家中女人越来越多，李斯的子女也逐渐增加，除了李由和李尧被他带在身边教养，其他的孩子几乎一个月甚至半年都见不到李斯一面。

茹娘算是他们之中最幸运的，李由把她当作嫡亲的妹妹，时不时还会带着她去李斯面前。可随着李由去了三川郡赴任，李尧成亲住进公主府，她就再也没有机会去见李斯了。

看着女儿绝美的小脸，李斯顿觉口中发干，那些关于要她进宫伺候胡亥，甚至对胡亥百依百顺、暗中给他传递消息的话，李斯迟迟说不出口。因为自小就跟着两个哥哥，李茹娘可不是普通女子，见父亲一脸为难，迟迟不曾说话，她便隐约猜到了一些。李茹娘虽然有些忐忑，却还是壮着胆子跪倒在地，对着李斯说道："父亲，女儿见父亲面露愁容，是否有事让父亲为难？"

第九十二章

送女进宫献胡亥　第一美人李茹娘

　　天已入秋，微风都带了寒意，茹娘身上穿着和涟漪一样的翠色深服，头戴东珠点翠的华胜，漆黑的美眸顾盼生辉。李斯一直都知道茹娘漂亮却从没想到茹娘还如此聪慧。

　　身为人父，李斯越发难以开口。他虽家世不好，但却从未想过要用儿女来换取仕途，若不是赵高步步紧逼，而他正逐步失去胡亥的信任，试问哪个做父亲的会想着让女儿去跟那么多人分享一个夫君？尤其是凭李斯现在的地位，无论茹娘嫁给谁，都必将是正妻，可入了宫……

　　茹娘见李斯迟迟不肯开口，隐约猜到李斯的想法。虽然李由和李尧最近都不怎么回家，但茹娘对朝廷上的事依稀能够有些猜测，能让父亲这么为难的，必然是件大事，而李斯已经位极人臣，她这个做女儿的能帮忙的地方很少，那么就只有一种可能。

　　"父亲，茹娘愿意。"李茹娘不等李斯开口，就缓缓跪地，对着李斯说道。李斯彻底愣住，声音都有些紧张地追问："你，你可知父亲是要让你做什么？”

茹娘依旧神色如常，温婉地回道："女儿愿意入宫。"见女儿不但猜到了自己的想法，甚至自始至终都没有丝毫的迟疑，李斯终于下定决心，对着一旁的涟漪说道："你去准备一下，带着茹娘去置办一些新衣、发饰，记住一切都要最好的。过两日，我带着你和茹娘一起进宫。"

涟漪起初还有些疑惑，直到此刻才陡然明白李斯将她和女儿叫来竟然是要把女儿送进宫去。涟漪虽然出身在小门小户，父亲还是个赌鬼，但她做事向来果决，不然也不敢才出头就威胁自己的父亲，还在吕不韦将她送给李斯之后果断地闭门不出，从没给吕不韦传递过一丝一毫的消息。可她也毕竟接触过这些，立刻意识到李斯将茹娘送进宫的真实目的。

自古以来，作为奸细的人无论男女都不会有好下场，更何况是那吃人不吐骨头的皇宫。可她一个妾室，茹娘一个庶女根本没有资格拒绝。闻言涟漪的眼眶瞬间红了，她低低地应了一声"是，涟漪知道"，就准备去把女儿扶起来。可她的手却被茹娘轻轻推开，只听女儿继续说道："父亲，女儿还有话要说，还请你让我母亲先到外面等着。"

李斯立刻颔首，抬头看向涟漪。涟漪却僵在原地，心疼地看了眼女儿，最终什么话都没说转身走了。听着书房的门被关上，李斯的脸上才总算有了一些笑意，对着茹娘问道："你可是有话要对父亲说？"

茹娘依旧规矩地跪在地上，闻言点了点头才对李斯说道："茹娘还请父亲据实相告，此行女儿要做些什么？可是陛下对父亲有了猜忌还是……"茹娘的询问让李斯十分满意。

他的手在桌上缓缓点动，随即说道："你先起来，到榻上坐下，为父细细给你讲。"茹娘闻言看向李斯所指的方向，起身走过去坐好，脸上始终不卑不亢，看不出喜怒。

李斯整理了一下思路，开口说道："你可知现在的郎中令赵高？"茹娘闻言缓缓点头。李斯继续说道："陛下年幼，又是自小就被郎中令赵高照顾长大，对他难免有些依赖。这本没什么，只是父亲近来才发现，那郎中令赵高狼子野心，似乎要对为父不利。可为父毕竟一国之相，又不能时时出入皇宫，就被那郎中令近水楼台。古往今来，凡是为相者若不能善终必然是满族被灭，父亲也是无可奈何。"

听到这里，茹娘的脸色才总算微微有了变化，猛地起身对着李斯拱手作揖，语气坚定地说道："女儿明白了。若能进宫，女儿一定尽力劝说陛下，远离狼子野心的郎中令，多亲近朝中的忠臣和父亲。"

李斯用力点头，老怀安慰地看着女儿。茹娘越是聪明，李斯就越是心疼，把这么好的女儿送进宫去讨好胡亥，他心里其实舍不得。可为了李氏一族几十口的人命，他又没的选。随后李斯也起身走到茹娘面前，拍了拍茹娘的肩头，语重心长地对着茹娘说道："你可尽力去试，若是不成父亲也不怪你。但你要记住，时时留心赵高的举动，然后让人报与父亲，实在是明枪易躲暗箭难防。"

茹娘用力点头，看着李斯说道："女儿知道了，父亲放心。"就这样，茹娘在涟漪的泪水、云姬的主持下添置了新衣，新的华胜、笄，一时间整个咸阳都知道，第一美人李茹娘要进宫为妃了。

始皇帝曾经定下的规矩，不立太子不立后，所以即便李茹娘姿色绝艳，进宫也只是为妃。眼看就到了李斯和胡亥约定的进宫的日子。涟漪身份不够，不能跟着进宫，于是只能由云姬带着李茹娘进宫。胡亥早早就等在大殿之中，兴奋得像个等糖吃的孩子。

赵高把胡亥的反应看在眼中，却什么都没说。蒙氏兄弟一死，他接下来的目标是嬴氏宗族，还有秦始皇那些曾经明里暗里讥讽过自己的皇子，对于李斯他现在还没打算下手，所以并不在意李斯为什么会突然把女儿送进宫。

看到李茹娘的瞬间，胡亥就从皇位上站了起来，甚至不由自主地走下台阶，一对大眼盯着李茹娘上下地看。李斯站在一边，脸色都忍不住隐隐发青。此刻的李斯已经开始后悔，当初他就不该把胡亥托付给赵高，堂堂的一国君主，始皇帝的庶子竟被一个寺人调教成现在这副样子，简直是……

可现在后悔为时已晚，他也只能尽力亡羊补牢，实在不行设计斩杀赵高，然后再慢慢图之。云姬和涟漪一样，也有一个女儿，作为李斯的嫡长女，嫁给了秦始皇的十二子公子子哀。李斯看着雍容大方的云姬，忽然萌生了一个石破天惊的念头，若是还不行，他就故技重施，让公子子哀取而代之。

不过这些都是后话，李斯自然也不敢把这个念头说出口。相看的过程十分顺利，李斯前脚刚走，封妃的圣旨就到了李斯府上。茹娘进宫的那一日，整个咸阳城的达官显贵几乎都到场道贺，就连李由都带着二公主千里迢迢地赶了回来。李尧和七公主更是不用说。

李斯站在前厅门口，看着园中熙熙攘攘的人群，突然后背一阵发凉，他猛地想起距离顿弱离开已经八年有余。若是顿弱的话没错，那他最多还有两年寿数。李斯一直以为顿弱的十年寿数指的是他会病死，可看现在的情形，李斯才猛然想起当年吕相府前的门庭若市，他的下场该不会……

李由此时已经升为人父，怀中抱着一岁多的小奶娃，见李斯站在石阶上发呆，不禁有些担忧，左右看了看见没有人留意自己，这才抱着孩子走到李斯身后，叫了一声："父亲，你有心事？"

李斯浑身一颤，这才猛地回神看了眼李由和李由怀里的孩子，那是他的孙子，又白又胖，那么可爱。若是他真的重蹈吕不韦的覆辙，只怕放眼整个咸阳都找不到人托付。李斯叹了口气，缓缓转身面向李由。这么多儿子之中，唯有李由是让他最满意、最放心的。

父母之爱子则为之计深远。从来不为自己留有退路的李斯，却在这一刻，第一次萌生了退意。可现在他却已经是骑虎难下，若是八年前，他退，秦始皇即便不舍也会保他一族活命。然而现在的秦二世胡亥，或许还能看在往日的情分上，饶他一命，但是赵高呢？

以赵高的毒辣手段，他是万万不会给自己将来留下祸根的。更何况他已经把茹娘送进了宫，成王败寇还未可知。在这种时刻是个血性男儿都不会退缩，一定会选择勇往直前。

李斯虽然决定最后一搏，可看到李由和孙儿的时候，李斯还是多了一个心思，于是对李由说道："由儿，你可还记得荆轲刺秦？"

荆轲刺秦的事，李由曾听李斯细细地讲过，闻言立刻点头，对着李斯说道："父亲可是有话要说？"李斯再次左右扫了扫，确定没人留意他们父子，这才压低了声音说道："今夜再说，你记得到书房来找父亲，父亲有话要说。"

李由立刻点头，毕竟周围都是人，确实不是商议事情的地方。宫里的车驾缓缓停在相府门口。虽然不是皇后，但李茹娘毕竟是胡亥第一个妃子，仪式还是要进行的。

众官员都跟着宫里的马车一同离开相府，马车进入咸阳宫后面的望夷宫，而百官则留在咸阳宫大殿继续宴饮，一直到酉时末宫宴才总算散去。胡亥喝得醉醺醺的，在赵高和内侍的搀扶下走进望夷宫。

灯下看美人，李茹娘原本就长得娇艳，此时再被烛光一打，显得仙气飘飘。胡亥只看了一眼，魂就丢了。与此同时，相府之中，李由和李尧正神情凝重地站在书房之中看着李斯。

此时的李斯已经有了高处不胜寒的感觉，他看着自己的两个儿子许久才缓缓说道："由儿、尧儿，你们可知为父为何突然要将茹娘送进宫去？"

李由和李尧虽然对李斯最近的处境知之甚少，但两人都曾见过赵高，对赵高的印象尤为深刻。能让父亲这么忌惮，不惜将女儿送进宫去做奸细的，也只有胡亥和赵高两人了。

李由看了眼李尧，低声开口说道："父亲，可是赵高要对父亲不利？"

第九十三章

大势将去铺后路　李斯叮嘱儿不归

　　秋夜的凉风最是残忍，将枝头的枯叶纠缠而下，扔进泥土里。李斯此时已经不打算瞒着两个儿子沙丘之变的真相。于是盯着书房中的铜制缠枝莲花灯，说道："始皇帝突发疾病而死，我想尧儿你应该已经猜到了。"

　　李尧闻言不自觉挪了挪步子，然后看了眼大哥，点头回道："嗯。当日儿子走进寝殿就察觉气氛不对，隐约猜到了一些。"李由自赴任以后就一直留守在三川郡，对咸阳城的消息也只能靠家书，但他同样也早有推测，闻言向李斯问道："所以父亲，传位于当今圣上的圣旨……"

　　李斯突然感觉喉咙有些发干，咽了咽唾沫才点头说道："确实。自淳于越自焚之后，父亲就同赵高达成了结盟。为了自保，唯有胡亥继位，对我们来说才是最安全的。"李斯虽然嘴里这样说着，但其实他的心里已经隐隐有些后悔。

　　此时回头看，当初决定推胡亥继位的时候，他李斯就已经被赵高算计了。不过李斯向来都不是容易退缩的人，即便被人算计，他也没有吃过亏。李斯暗暗想着，然后对着李尧和李由说道："父亲一时疏忽，被那赵高算计，所以才不得不将茹娘送进宫，但这绝不是长久之策。你们可知物禁大盛的道理，李家现在局势比之当年的吕相已是有过之而无不及，前车之辙犹可见，我今日叫你们来就是为了这事。"

原本还一脸轻松的李由和李尧，闻言脸色瞬间凝重起来。毕竟在他们看来，自己的父亲可谓是算无遗策，既然李斯都这么说了，那就是说他们现在已经到了生死存亡的危急时刻。

"父亲，你打算如何？"李由沉声问道。李斯的眼底闪过挣扎，手心手背都是肉，真的要他留一个、弃一个谁能舍得。见李斯久久不言，李尧想起茹娘离去时的神情，忽然福至心灵，沉声说道："父亲，不必为难。李尧虽然年幼，但也知道，兄长一家嫡子长孙，将来传承血脉当仁不让。无论父亲让李尧做什么，李尧都毫无怨言。"

李尧话音未落，李由的脸色就变了。他远在三川郡，虽然得到了一些消息，但从没想过李家也已经到了这种地步。于是他赶忙看向李斯，想要得到一个确切的答复。李斯长叹一声，对着李尧说道："你果然是父亲的好儿子。不过父亲的安排并不全是因为你兄长是嫡长子，你我身在咸阳，一旦出事根本逃不出去，但你兄长远在三川郡，是唯一一个远离咸阳险境的人。"

书房里陷入死一样的寂静，李由的嘴唇几次张合最后却都没能说出一个字。李尧则显得十分坦然，听到李斯的话，甚至还不自觉点头由衷地赞同。就这样过了许久，李斯才继续说道："由儿，你记住自今日起，你无论遇到何事、接到谁的消息都不要再回咸阳。"

李由用力咬唇，最终颔首。李斯却不曾迟疑，继续说道："若有一日，你接到为父写给公主的家书，无论上面写的是什么内容，都立刻诈死远遁。若是没有去处，就去上蔡老家寻一户李姓人家。郑隗你可还记得？"

李由猛地瞪大眼睛看向李斯。郑隗之所以突然消失，原来是被父亲安排到了别的地方，李由甚至不禁怀疑，父亲是不是在十年前就已经预料到今日的祸事，才会早早将郑隗遣走。

李斯见李由面露惊骇，猜到儿子这是误会了，但李斯却不想去解释，任由李由胡思乱想。事情已经商定，书房里父子三人都不再说话。今日在酒宴上，李由和李尧都喝得有点多。明日一早李由就要启程，他们便没再继续闲谈，各自回了自己的院落。

李斯这么安排原本只是为了以防万一，却没想到竟然真的成了他和李由的最后一面。

胡亥大婚，整整三日都不曾踏出寝殿。赵高对此也始终睁一只眼、闭一只眼，只对内侍简单地交代："李相爱女入宫为妃，你们都要尽心伺候，替我密切关注。只要发现茹妃往外传递消息，立刻来报。"

有了赵高的纵容，茹娘在宫中的生活除了胡亥有些难以应付，其他的都还过得去。茹娘虽然美艳，但终究也刚过及笄之年，被胡亥折腾了几天，就有些受不了，只能叫来寺医诊治。

胡亥食髓知味，根本不顾茹娘的身体。赵高对此不但不阻拦，甚至还日日嘱咐膳房给胡亥滋补，以至于胡亥日日夜宿，大婚不到半月原本娇艳的茹娘就瘦了一圈。

茹娘虽然苦苦支撑，但她也发现，自成亲开始，胡亥对她的态度一直不错，和赵高似乎也不怎么接触，也算是间接帮父亲解了围。可茹娘却不知道，这一切其实都在赵高的谋算之中。

胡亥沉溺于享乐，日日操劳让他根本就不愿早朝，更不要说打理朝政。赵高立刻投其所好对胡亥进言："陛下乃是真龙，日日操劳，臣身体不全，不能帮陛下解忧。唯有一手小篆勉强能看，陛下若是放心，批阅奏疏一事，臣愿替陛下效劳。"

胡亥根本就不在意朝政，奏疏更是懒得看，听到赵高居然愿意代劳，根本没有多想立刻答应下来："郎中令果然是朕的心腹之臣，不似那左相李斯，处处挑刺，实在不胜其烦。"

此时的赵高还没有抓住茹娘的小辫子，听到胡亥这么说，也只是笑了笑，继续对胡亥表忠心："该是如此。臣自幼跟着夏妃，早已认定陛下是臣的小主人，自然要处处为主分忧。李相不同，李相自入秦以来，先是投奔吕相，后背弃吕相追随先皇，甚至处处与吕相为敌，惹得朝野上下无不震惊。李相终其一生都在追随先皇，八成还没有习惯陛下的处事方式。"

赵高的话看似是在劝慰，但字里行间却又把李斯说成是心心念念不忘先皇，根本没有把胡亥放在眼里的佞臣。果然胡亥一听，脸色就沉了下来，冷哼一声说道："他李斯果然张狂，目无君主，怕是活腻了！"

赵高闻言不由欣喜，但他今天的目的却不是冲着李斯来的，于是赶忙开口劝慰胡亥："陛下息怒，李相只是年迈，反应慢些罢了，以后会明白的，不过……"

胡亥的情绪早就被赵高紧紧地拿捏，此时听到赵高突然话锋一转，连忙问道："不过什么？"赵高佯装为难地顿了顿，随后才缓缓说道："陛下即便对李相不喜，也要尽力隐忍。李相为官近三十载，朝中半数朝臣都与李相关系匪浅，尤其是上卿姚贾、右相冯长山都与左相肝胆相照，甚至将军冯劫、咸阳郡守姚奢、三公九卿半数以上都与李斯交往过密，在陛下总揽朝政之前，左相李斯不能动。"

听着赵高的一一列举，胡亥只觉后背一阵发凉，不想不知道，此时仔细一想，胡亥才想起李斯在朝中的地位，自己若要轻易动他，万一李斯不服，废帝而另寻他人……

胡亥越想越是后怕，扭头看向巍峨的望夷宫，猛然想起那娇艳欲滴的美人还是李斯的女儿，万一茹娘有孕……

胡亥越想越怕，赵高趁机继续劝慰，虽然把胡亥的怒火压了下去，却也让胡亥一阵后怕，对李斯的忌惮让胡亥对茹娘的热情也瞬间消散。当夜胡亥就去了别的宫殿夜宿，成亲三月以来第一次没有去找李茹娘。

胡亥一反常态，茹娘当即察觉不对，连忙派人四处打探，才总算在一个咸阳宫内侍的口中勉强听到了胡亥和赵高午后在殿中所聊的内容。

茹娘斜靠在龙床上，最近这几日她的身体越发犯懒，连食欲都变得萎靡不振，时不时就会疲乏，明显感觉精神也不如从前。

茹娘当初只以为是因为太过劳累，便没有细细探究，然而当她从内侍口中听到赵高跟胡亥说起李斯将三公九卿都握于手中的时候，只觉眼前一黑差点晕死过去。

茹娘只知赵高心思毒辣、睚眦必报，却从没想过赵高对李家竟然忌惮到如此地步，简直是恨不得斩草除根。越想越是惊惧，一向沉稳的茹娘第一次乱了方寸，连忙找来她从相府带来的女婢，将查到的消息对那女婢细细说明，然后命她连夜出宫，将这一切都说给李斯听。

关心则乱，若是平时，茹娘即便明知危急，却也能沉得住气，另寻一个妥帖的办法将消息传回相府，可偏偏茹娘最近疲累，整个人也显得比平时焦躁，没有深思熟虑做下错事，葬送了自己年轻的性命。

茹娘一心想要将探听的消息尽快告知李斯。赵高想要除掉李斯的心思已经昭然若揭，李斯越早知道，对李家来说就越是有利。可茹娘却忘了，此时她深处宫中，而咸阳宫里的所有人早已被赵高掌控，哪里又能跳出来一个为了国家大义不惜得罪赵高给她透露消息的内侍？

李家女婢刚出望夷宫就被人一把按下，绑住手脚送进暗牢，叫天天不应，叫地地不灵。茹娘在望夷宫焦灼地等候，可一天两天都过去了，父亲那里却迟迟没有动静，茹娘这才意识到不对，刚要放下身段去找胡亥，就被赵高拦在了宫门外。

第九十四章

赵高势大生歹意　无法无天欺茹娘

赵高身材壮硕，放眼整个朝堂无人能及，只是站在那里，就吓得茹娘浑身颤抖。然而身为丞相之女，茹娘即便害怕，却依旧保持着贵女的气度，对赵高客气说道："郎中令拦住茹娘去路，有事？"

赵高微眯着眼睛将茹娘上下打量。即便身体不全，但他也终究是个男人，茹娘原本就长得美艳，初为人妻更是娇艳欲滴，或许是连日劳累，脸色有些泛白，更是给她增添了几分病态的凄美。即便是身处宫中几十年，见过各种美人的赵高都不禁看呆了。

赵高突然生出一股怨毒，对自己父母和身体残缺的怨恨让他对眼前的女人也莫名生出一股别样的恨意。茹娘被赵高看得浑身都不自在，只能硬着头皮不顾赵高的阻拦继续往外走，却被赵高再次伸手拦住。赵高独有的嗓音再次响起："等等，茹妃不在宫中休息，这是要去哪儿？"

茹娘再次被赵高阻拦，脸上终于有了怒意，她毕竟是左相之女，即便只是二世胡亥的妃子，却也不是他小小一个郎中令能够羞辱的。更何况茹娘才刚得知赵高在算计李斯，胸中怒气翻腾，茹娘一气之下对着赵高的脸就打了下去。

"啪！"一声脆响让周围的人都为之一愣，茹娘更是气得面色潮红，冷冷地怒视赵高。赵高也有些意外，似乎没想到娇弱的茹娘竟然敢对他动手。那一瞬赵高的眼底迸射出杀人的冷意，随即抬头看向跟在茹娘身后的内侍，冷冷说道："都愣着干什么？茹妃身体不适，还不把人送回寝殿休息？茹妃娘娘可是李相的掌上明珠，若是有个万一，你们就是死也难辞其咎！"

这咸阳宫里的人，早已被赵高掌握，内侍看出赵高已经动怒，哪里还顾得上茹娘是李斯的女儿，是二世胡亥的妃子，立刻蜂拥而上，搀扶着茹娘就往望夷宫走。

尽管茹娘性子刚烈，却也敌不过内侍的力气，最后只能被内侍囚于望夷宫中。她叫天天不应，叫地地不灵，尽管聪明却也毫无办法，只能在望夷宫中焦急地来回踱步。

就这样过了一夜，胡亥竟然还没来，茹娘也彻底急了，聪明如她只能咬牙用出铤而走险的办法，对着另一个从相府带来的女婢使了个眼色，茹娘两眼一闭，倒在大殿之中。

看到茹娘晕倒，女婢立刻慌了，对着殿外焦急地呼喊："不好了，不好了，茹妃娘娘晕倒了。"大殿外的内侍都是一怔，他们只是收到不让茹娘走出望夷宫的命令，却没有人说过不用管茹娘的生死，于是立刻有人小跑着去找赵高。

赵高原本的计划是先架空李斯，再将胡亥的兄弟姐妹除尽，到时任凭李斯再有通天的手段，也无可奈何。所以他将茹娘囚禁起来不过是想要拖延时间，可若是让茹娘死了，这事就真的捂不住了。

赵高沉吟片刻便让内侍去找寺医，临走的时候还不忘叮嘱："记住让寺医好好医治，不死就行。"那内侍连连点头转身离开。赵高站在咸阳殿外看着红日初升，转身走进大殿。

赵高继续他的计划，茹娘也在努力给李斯传递消息。被内侍找来的寺医急匆匆赶到，茹娘以殿中人多看着头疼为由，将监视的内侍都赶出了寝殿。那寺医年纪四十左右，却不是经常到相府给李斯诊治的那个。

茹娘虽然有些不放心，却也不想浪费这唯一的机会。左右思索过后，茹娘只能将自己的首饰挑了几个成色最好的，也不让那寺医带东西，只说让他去相府传个口讯，告诉李斯她陪嫁的女婢不见了，让李斯帮着找找。

那寺医起初还有些迟疑，但看着茹娘手中拿着的金笄终究没忍住，收了东西也把事情应了下来。茹娘目的达成就准备让寺医离开，结果那寺医见茹娘的脸色不好，顺便就替茹娘诊了个脉。

那寺医原本还一脸的讨好，可随着他的手搭在茹娘的腕上脸色却渐渐沉了来，紧张地对茹娘说道："娘娘，您的右手。"茹娘见状也不由紧张起来，赶忙把另一只手递了过去。

在场几人见状心头几乎都提了起来，结果那寺医却突然笑了，对茹娘说道："恭喜娘娘，贺喜娘娘，您这是有孕了。"听到这个消息，茹娘许久没能回神。

望夷宫的众人也都暗暗松了口气，然而此时的赵高却正在一步步地完成自己的目标。

胡亥自从不去茹娘宫中，却变得更加奢靡，甚至突发奇想要睡遍所有的离宫别馆，将秦始皇活着的时候没做的事情都做一遍。赵高对此不但不加以阻拦，甚至不断怂恿，对胡亥的胡闹听之任之。

赵高继续游说胡亥，离宫别馆位置较远，一旦到了朝会的时候，胡亥就要早早起身，有时甚至三更就要启程，赵高更是故意将最远的那几个宫殿排在了胡亥最先体验的位置。

如此折腾了几天，胡亥也懒得再去朝会，不断在赵高的面前抗议朝会麻烦、费时，若是没有朝会就好了。这一切其实都是赵高计划好的，于是在胡亥第三次抗议的时候，赵高笑吟吟地开口说道："陛下说得没错。那朝会费时费力，其实大可不必。还有那冯长山和冯劫还有那姚贾几人完全就跟李斯沆瀣一气，每次朝会都会对陛下横加指责，简直是罔顾人伦，实在可恶。"

胡亥早起本就憋屈，听到赵高说起冯长山、李斯几人，心底的怨气再难压制，立刻说道："郎中令说得不错。那冯长山和冯劫二人实在可恶，竟然当众指责朕玩物丧志。这整个大秦都是朕的，难道要朕为了沽名钓誉，日日粗糠淡饭，甚至还要穿粗布麻服他才高兴！"

赵高连忙点头，顺势说道："陛下，臣以为那冯长山这么做无非就是想要彰显他的勤政，着实可恶。我若是陛下，必定将他冯家父子革职查办！"

赵高看似同仇敌忾的一句话却给了胡亥不小的提示，那一刻胡亥整个人都是一愣，看着赵高的眼神都在放光。"好极！"胡亥兴奋得禁不住想拍大腿，然后笑嘻嘻地对着赵高说道，"朕乃一国之君，君要臣死，他不得不死，何况只是革职！赵高，就这么办！"

赵高闻言先是一喜，随即又假装有些为难，看得胡亥都忍不住龇牙，烦躁地问道："又怎么了？难道这都不行？"赵高却对胡亥说道："怕是不行。冯长山毕竟是李斯的左膀右臂，官员任用必定都要经过李相的允准，只怕……"

"那就不要让他知道！赵高，你给朕记住了，这大秦是朕的大秦，这满朝文武皆是朕的臣子，他李斯即便位列百官之首，可他也只是臣子！不要弄错了君臣！"

赵高看着胡亥越说越生气，心下不禁暗喜，看来他之前所做的努力已经成功了，接下来只要稍作怂恿便可。

想到这，赵高继续说道："是。陛下放心，此事臣定然帮陛下办好。

只是他们几人一旦被革职，空出来的位置该如何处置？"

胡亥此时满脑子都是怎么出去玩乐，继位将近一年，他连朝堂上的百官都认不全，听到赵高的询问顿感一个头两个大，对赵高摆了摆手说道："去去去，你看着办就是了。朕只有一个要求，找几个听话的，别整天跟朕过不去就行！哦，对了，绝对不能跟李斯一样。"

李斯作为左相现在不能动，以后很长一段时间都不能动，这是赵高给胡亥留下的印象。所以一想到李斯，胡亥就烦得像是吃了苍蝇一样。

胡亥和赵高正在谋划架空李斯，而此时的李斯也有些焦头烂额，自茹娘进宫之后，他就再也没有得到茹娘的消息，只知道胡亥日日夜宿望夷宫，李斯也总算松了口气。

谁知就在这时，三川郡出事了。李由回到三川郡不足一个月，就传出那里盗贼四起的消息，云姬更是紧张得夜夜都睡不着，生怕盗贼太过猖獗，伤了李由的性命。李斯对此也很无奈，不过相对于云姬的恐惧，李斯却在这危急中看到了一丝生机。

就如同那夜他们父子三人书房密谈时商定的一样，万一李家出事，李由绝不可回咸阳，而是立即诈死远遁，实在不行就去上蔡找远房亲戚。

那些盗匪虽说危险，关键时刻却也能成为李由诈死遁走最好的掩饰。于是李斯当即决定修书一封送去三川郡，对李由的嘱咐只有一个：不可赶尽杀绝，圈而养之以备后用。

李由何等聪明的人，看到李斯的密信立刻就明白了李斯的心思。自此三川郡就出了个奇怪的现象，一旦有盗匪他们郡守就会立刻领兵围剿，可每一次总会有盗匪因为跑得太快而逃走。

对此百姓虽然略有微词，却也无可奈何。毕竟他们郡守只是个文臣，没有上过战场，会带兵围剿已经是勉为其难了。

三川郡的百姓不懂，朝中不知道李由曾跟樊於期在军中混迹三年的人也大有人在，知情的必然都是和李斯关系不错的，也不会往外说，这事反而没有一人怀疑。

　　再看李斯，茹娘进宫整整三个月，胡亥最近对他的态度也明显好转，李斯就没有时刻关注茹娘在宫中的消息。可是胡亥却突然又变回去了，不但毫无节制地享乐，甚至突然宣布以后不再朝会，百官有事上奏，呈上奏疏，无事也不再接见，李斯就知道一定是出事了。

　　听到消息之后，李斯急匆匆地赶去咸阳宫，掏出令牌就要进宫，可谁知却被赵高刚刚提拔的中郎将冷冷回道："李相对不住了，不是下官不放行，而是陛下有事出宫了，此时并不在咸阳宫中，李相就算进宫也见不到。"

第九十五章

安插人手守宫门　唯恐生变早安排

李斯的脸色瞬间黑透，莫不说他是左相，而且还是胡亥的岳丈，想要进宫何时被人拦过。李斯正要发火，却见身后急匆匆走来几人。

那人看到李斯的瞬间，眼睛立刻瞪大，不可置信地说道："李相，难道……陛下也把你革职了？"李斯闻言先是一愣，这才看向那个神色不对的人竟然是将军冯劫。刚想询问冯劫这话是何意，一辆马车突然闯入两人的视线。

李斯和冯劫全都一愣，然后目不转睛地看着挂着相府两字的马车停在两人面前，右相冯长山不等马车停稳就掀开帘子从车上跳了下来。同冯劫一样，冯长山看到李斯的瞬间就是一愣，然后一脸仓皇地走到李斯面前问道："左相？左相难道也被革职了？"

看着冯长山那张焦急又五味杂陈的脸，李斯的心也不由紧张起来。果然出事了，而且绝对是大事。先不说冯劫，单看冯长山这毫无风度的举动，李斯就知道能让冯长山有如此反应绝不是小事。

李斯看向两人，稳了稳心神才开口道："先不要急。冯兄你这话是何意？"冯长山和冯劫此时也冷静下来，看李斯那一脸茫然的表情，猜到李斯似乎并不知道他们被革职的事，对视一眼这才放缓语气，从袖中抽出一份圣旨，递给李斯。

李斯看到圣旨，心头先是一颤，按秦律凡皇帝颁发圣旨，左相都要过目，官员升迁也都需要左相参与。可这圣旨他却毫不知情，更别说有人找他商议。

李斯阴沉着脸，细细将圣旨上的内容扫过，因为恼怒，李斯的手都在不停地抖动。一旁的冯劫见状也将圣旨从袖中取出，递到李斯面前。李斯看到冯劫竟然也有圣旨就是一愣，快速将冯长山的圣旨收好，还给冯长山，然后接过冯劫的圣旨同样扫了一遍。

李斯将圣旨再次收好，放进冯劫的手中，然后看向冯长山问道："冯相，你可知这样的圣旨还有几封？"冯长山的脸色依旧难看，闻言蹙眉细想许久才回道："我听宣旨的内侍说，他们这一行出来五人。"

李斯脸色更加难看，猛地转身走向琅迁，不怒自威地说道："陛下去哪了？"那琅迁一直都是赵高的心腹，年纪不到三十就能从平民升任中郎将，可见赵高对他的器重。可是即便如此，琅迁还是被李斯眼中的怒气吓得不禁后退，咽了咽口水。

李斯见状，继续向前对着琅迁问道："我问你，陛下此刻在哪？""我……我哪知道。今日一早陛下就带着赵大人出宫了。至于陛下要去哪里，我哪敢去问。"

李斯从琅迁口中得知，胡亥被赵高带出了宫，就立刻猜到这一切都是赵高的谋划，毕竟以胡亥那个脑子，根本不可能想到用这种手段瞒着他先斩后奏。

此刻李斯才后知后觉地想起被他送入宫中的茹娘。赵高之心已经昭然若揭，茹娘入宫三月有余却迟迟没有消息，此刻胡亥又突然罢官，只怕这宫中已经出事。

李斯脸色凝重地看着冯劫和冯长山，语重心长地说道："两位大人的事，李斯已然知晓，我只能尽力而为。若是陛下执意为之，只怕我也无可奈何。"冯劫和冯长山都是忠臣良将，对秦国更是鞠躬尽瘁。他们看着李斯脸上的疲惫，虽然有很多话想说，但最后却都叹了口气。左相说得不错，若是陛下执意罢官，他们身为臣子又能如何？

冯长山叹了口气，后撤一步对李斯拱手作揖说道："如此，便有劳李相。既然陛下不在宫中，那我们父子就先回去了。"冯劫闻言只能和冯长山一样长叹一声，同样对李斯说道："如此，冯劫也告辞了。"

冯劫转身追上冯长山的脚步说道："父亲，我与你同行。"冯长山看了眼冯劫的马，淡淡一笑，猜到他怕是另有打算，便点了点头，两人一同上了马车。

李斯目送冯劫和冯长山的马车远去，却没有离开，而是再次拿出令牌对琅迁说道："让开，我要进宫。"

那琅迁的脸色此刻已经恢复正常，皱眉看着李斯手中的令牌说道："左相，不是下官为难你，陛下真的出宫了。"李斯却并不在意，只淡淡地说了句："我知道。我此行不是来见陛下，而是要见一见茹妃。"

听到李斯说出茹妃两个字的瞬间，那琅迁的脸色都白了，眼神左右闪躲许久才尴尬地回了一句："茹……茹妃也不在宫中，茹妃和陛下一同走的。"

"一同走的？"李斯闻言虽然有些疑惑，却没有继续质问琅迁。毕竟在李斯看来，胡亥对女儿茹娘是真的上心，以李斯的自信和对茹娘的了解，他便没有多想，点了点头转身离开。

回到相府，李斯就把孙林叫了过来。谁想今日走进书房的却不止孙林和孙胜，他们二人身后还跟着两个年轻人。李斯扫过两人的容貌，猜到这两人估计就是孙林和孙胜的儿子，便没有说什么。

"李相有何吩咐？"孙林微微佝偻着身子对李斯作揖问道。李斯叹了口气，虽然李斯对于两人的孩子同样信任，但有些事他还是不放心让孙林和孙胜以外的人去做。

李斯没有直接吩咐，而是饶有兴致地对两人问道："这两人……"孙林赶忙说道："哦，老奴竟忘了对相爷说了。孙瑜、孙束你二人上前，让丞相仔细看看。"

那两个年轻人闻言立刻上前，走到孙林身边同时对李斯作揖行礼："孙瑜见过李相。"

"孙束见过李相。"两人到底年轻，说话时声音洪亮、中气十足，李斯见状十分满意，然后看向孙林问道："你这是要让两个孩子出来做事？"

孙林跟了李斯三十年，心底早已把李斯当作自己的亲兄弟，只是面上依旧保持着对主人的恭敬，说道："正是。丞相，我与兄长都年事已高，身体不行了。孙瑜是我兄长的长子。这个混小子孙束是我的长子。这两个小子办事丝毫不比我与兄长差，为了防止我二人因为身体耽误丞相的事，从今日开始，就由他们二人帮相爷办事。相爷放心，这两个小子办起事来丝毫不比我和兄长差。"

孙胜不喜说话，这种说话的事一般都是孙林来，听到兄弟把话说完了，孙胜连忙点头赞同，说了一句："正是。丞相放心。"李斯目光如炬地看着孙林和孙胜，回想起这些年来二人对自己的万般保护，瞬间有了决断，开口说道："也好。正好我有事要人去做，孙瑜和孙束就很合适。"李斯说着不等孙林和孙胜开口询问，就继续说道，"由儿身在三川，盗匪四起。听说其中又以陈胜、吴广二人组织的匪患尤为猖獗。我同云姬对由儿的安全甚是担心，你二人正好可以赶去三川郡，替我这个父亲好好保护他。"

孙林和孙胜两兄弟，孙胜不爱说话，却是兄弟二人的主心骨，闻言孙林倒没什么，孙胜却明显一怔，但最后他却什么都没说，就只是对着自己的儿子说道："还愣着干什么，谢恩啊！"

孙瑜虽然不知其中缘由，但父亲让他谢恩，他便谢恩。孙束见孙瑜谢恩，连忙有一学一地跟着孙瑜对李斯道谢。李斯见状也不赘述，见两人谢恩完毕便对他们说道："好了，你们先下去收拾一下，明日启程。"

孙瑜和孙束闻言看向自己的父亲，得到首肯之后才一同起身转身走出书房。书房中此时只剩下主仆三人，孙胜扯了扯孙林的袖子，两人一同跪了下去："主人可是发现了什么？"这一次孙林没有开口，说话的反而是孙胜。

李斯和李由、李尧当日在书房密谈的事没有告诉任何人，所以孙胜能够察觉异常，全凭他平日的观察和敏锐的嗅觉。事到如今李斯也不想继续瞒着两人，压低了声音说道："高处不胜寒。我只怕李家要大难临头了。"

李斯一句话，孙胜没有任何变化，仿佛早就猜到李斯会这么说一般，倒是孙林先是一愣，继而焦急地询问："丞相为何如此说？"李斯叹了口气，将这段时间他和赵高相处的过程简单说了一遍，最后甚至把自己突然送茹娘进宫的原因也说了出来。孙胜依旧没有太多的反应，此时就连孙林都慢慢冷静了下来。

他虽然平时不怎么留意，但跟着李斯这么多年，看人看事的眼光还是有的，也立刻意识到李斯安排孙瑜和孙束去三川郡的真实目的。

李由的剑法自幼就是他和孙胜教授的，后来樊於期又死皮赖脸地把李由带去军中待了三年，只是后来樊於期叛逃，为了不必要的麻烦，鲜有人知李由和樊於期的关系。区区一群乌合之众，根本不需李由费神，至于为何直到现在还没有被铲除，两人唯一能想到的解释就是李由有意纵之。

既然是李由有意为之，那就说明李由应付这件事游刃有余，根本不需要派人去保护。可李斯却偏偏这么做了，派去的还是他们家中的长子，这么一想，唯一能解释李斯这么做的原因就只剩下一个——留根。

李斯见两人已经看破自己的意图，也不解释，只淡淡地说了一句："不过是有备无患罢了。接下来咸阳才是最危险的，也只有你们这两个老骨头，我才能放心安排。"

孙林和孙胜闻言已经感动得老泪纵横，连连对李斯说道："丞相吩咐，我二人虽死不辞。"李斯摆了摆手，示意两人不要那么悲观，沉吟了一下才对孙林和孙胜说道："我有两件事需要你们去做。一个是帮我守着咸阳宫的宫门，弄清楚陛下的行踪。"

第九十六章

偷鸡不成蚀把米　赔了夫人又折兵

李斯说着视线落在孙胜的身上，目的不言而喻。孙胜恭敬垂手说道："丞相放心，孙胜定然把事办妥。"李斯点了点头，这才看向孙林说道："至于你，这件事更加棘手，办不好被那赵高察觉，怕是会危及茹娘的性命。"

孙林闻言连忙以头抢地说道："丞相放心，孙林一定小心行事。"李斯也只是感叹一声，对于孙林和孙胜的能力他还是相信的，于是继续说道，"孙林，茹娘进宫已经四个月了，却没有任何消息。那宫中的寺人、锐士，甚至是宫婢都已经被赵高掌握，我担心茹娘已经出事了。"

听到李斯说茹娘可能已经出事，孙林脸色都变了，连忙对着李斯回道："丞相不必担心。孙林无论用什么办法，都会尽快联络到小姐。小姐自小聪慧，定然不会出事。"

孙林的话并没有安慰到李斯，其实在决定把茹娘送进宫开始，李斯就曾细细地想过，那宫里被赵高整顿得几乎稳如磐石，茹娘即便聪明，可比起赵高那个老谋深算的，怕是还差了一大截。

所以今日一听到胡亥竟然私下将右相冯长山革职，李斯就怀疑茹娘出事了。他虽然试图闯宫，但最终还是放弃。先不说他就算是闯进宫，见不到茹娘也是枉然。就算是在宫里找到了，为了自己的怀疑就闯宫，着实显得小题大做。

更何况还有一个虎视眈眈的赵高。只怕赵高正等着他自乱阵脚，也好以此为契机将他赶尽杀绝。李斯决不允许自己莽撞，所以才会想要孙林和孙胜先去查看。

听到这些，孙林和孙胜也强烈地意识到这件事的严重性，他们都是跟着李斯从长史一路升上来的，当年也经历过逐客令，两人丝毫不敢怠慢，对着李斯说道："丞相放心。我二人一定尽心尽力将丞相托付的事情办好。"

说完这句，孙林和孙胜便一同起身，缓缓地走出书房。李斯独自一人在书房坐了许久才缓缓地走了出来，因为心中愧疚，所以今夜他去了涟漪的房中。

李斯已经察觉不对，开始想方设法地联络茹娘，但他却不知，此时的茹娘正在生死线上挣扎。自那日寺医诊出茹娘已经有孕开始，胡亥就彻底放弃了茹娘，甚至听从赵高的挑唆，生怕茹娘一旦生下儿子，他这个被李斯扶上皇位的皇帝就会彻底失去利用价值。

胡亥对李斯早已满心怨怼，听了赵高的挑唆更是对茹娘肚子里的孩子都充满了忌惮。

赵高对胡亥的心思一向拿捏得极好，立刻对胡亥说道："陛下恕罪，臣有一事瞒着陛下，一直都不敢说出口。"胡亥早已经把赵高当成是自己的心腹，闻言虽然疑惑却还是忍不住问道："何事？若是小事，朕不怪你。"

赵高闻言装作感恩戴德地对胡亥连连谢恩，直到看出胡亥有些不耐烦才开口说道："臣前几日不小心在宫门口抓到一个想要逃走的女婢，没敢禀报陛下，就私自做主把她关进了暗牢，直到前天臣才从那女婢口中听到了一个不得了的消息。"

胡亥当即好奇地看向赵高，问道："哦？不得了的消息？"赵高装作迟疑，然后神神秘秘地对胡亥说道："正是。一个关于李相的，不得了的消息。"

听到这里，胡亥的脸色都变了，一脸凝重地看着赵高，斥问："说！""茹娘，哦，也就是茹妃娘娘其实是李相安排在陛下身边的奸细。她的女婢说，李相把李茹娘送进宫，其实是为了让李茹娘监视陛下的举动，然后偷偷告诉李相。"

听到赵高说李茹娘是奸细，胡亥的脸色都变了，但一想到李茹娘的美貌，胡亥还是忍不住又问了一句："当真？会不会是那女婢为了自保，胡乱攀扯？"赵高原以为胡亥只要听到他说茹娘是奸细，就一定会毫不犹豫地让他把李茹娘解决了，却没想到自己都这么说了，胡亥居然还舍不得，心头不由一紧。

赵高不敢继续栽赃，而是连忙改了口风，装作不太确定的样子说道："也……也不是不可能。等陛下累了，歇息的时候，臣再去拷问，若真是他胡乱攀咬，臣一定会让她求生不能求死不得！"

毕竟是自己朝夕相处了三个月的女人，胡亥即便混账，但若要他杀了茹娘终究还是舍不得。可他的舍不得和特殊对待却成了茹娘必须死的原因。

赵高虽然不敢对茹娘直接出手，却能暗地里下手，在茹娘的药汤里做手脚。茹娘并不知道那寺医出了望夷宫就被赵高扣下了，消息根本没有送出去。茹娘整日坐在望夷宫里等着她的父亲进宫来看她。

可她等了一天又一天，等到小腹经常抽痛，等到开始血流不止，整整十天却始终不见李斯进宫，茹娘才终于慌了。

以茹娘对父亲的了解，这么长时间李斯都不来就说明寺医绝对没有把口讯告诉李斯。茹娘甚至想到那寺医既然答应就应该不会食言，消息没有传出去，就说明那寺医怕是已经死了。

哀莫大于心死，再加上赵高日日在茹娘的汤药里做手脚，就这样怀孕四个月的茹娘小产了，血流不止，就在今早赵高怂恿胡亥去阿房宫巡视的时候，死在了望夷宫的龙床上。

一个十五岁的生命就这样被赵高毫不费力地铲除了。李斯对此并不知情，甚至还在尽心地谋划想要探听茹娘的消息。入夜茹娘小产的消息才传到胡亥的耳中，虽然并不想要那个孩子，但胡亥还是在听到消息之后，连夜赶回了咸阳宫。

清冷的宫殿里，那个曾不止一次对自己撒娇的女人脸色青灰地躺在床上，着实把胡亥吓了一跳，那一刻他甚至再次想起当年远在沙丘时秦始皇躺在龙床上的情形。

胡亥并不知道赵高的手段，只以为茹娘就是因为流产才死的，出于愧疚连夜就让谒者去了丞相府，通知李斯，茹娘因为小产死了。

李斯是在四更时分得到的消息，但他却没有立即进宫，而是以身体不适为由，先让谒者回宫，自己则披上衣服就把孙林和孙胜叫到书房。

书房中，火光摇曳，入冬之后连清晨的空气都是冷的。李斯眼眸微眯地盯着铜灯的影子，不知道在想些什么。孙林和孙胜在谒者到来的时候就已经知道了茹娘的消息，此时也静静地看着李斯，不敢打扰。

时间飞快流逝，就在孙胜和孙林第五次对视的时候，李斯才慢悠悠地开口："都是我的错。"孙林和孙胜都心疼地往前走了两步，嘴唇嗫嚅最终却一个字都没有说。作为人父，他们比谁都清楚，亲手把孩子推入火坑是什么滋味。李斯却在这时缓缓开口，对着孙胜和孙林说道："既然茹娘已经……已经没了，孙林你就不要去打探了，我要你想办法把人安插进咸阳宫，我要尽可能知道赵高在宫里的所有关系。赵高必须死！"

无论他们说茹娘是怎么死的，李斯都知道这其中一定少不了赵高在推波助澜，而且昨日冯劫和冯长山被革职的事也绝不是巧合，只怕是赵高早就谋划好的。

在这之前，李斯只想看着点胡亥，只要他做得不太过分，都能睁一只眼闭一只眼，可现在赵高的举动已经明显是冲着他来的，他和赵高已经到了鱼死网破的时刻。

孙林和孙胜闻言再次对视，从彼此的眼中都看到了对方的心思，同时对着李斯说道："丞相放心。我和孙林定然不负丞相所期，尽快把人安排进咸阳宫。"

李斯闻言长叹一声，茹娘的事涟漪还不知道，只怕让她知道了少不得一顿哭闹，望着天边的鱼肚白，李斯仿佛一夜之间老了十几岁，腰都有些佝偻了，缓缓地走出丞相府，上了马车。

马车停在宫外，李斯艰难地下车，然后一步步向着望夷宫走去。李斯走到望夷宫门前的时候，天都已经亮了。

李斯站在望夷宫前，抬头看着高大的宫殿，突然想起当年他作为郎官第一次看到朝会时的情形，惨然一笑。

李斯抬起脚缓缓地走进漆黑威严的望夷宫，迈步走上台阶，迈进寝殿，李斯的眼眶瞬间就红了。只见硕大的宫殿中只有一个瘦弱的女婢跪在地上，巨大的龙床上躺着一个瘦削的女子。

李斯脚下一个踉跄，站在原地却不敢继续向前。只一眼李斯就想起那夜他把茹娘叫进书房时的情形，想起艳如桃李的茹娘是怎么样主动请缨，要为他解忧的。深吸一口气，李斯的视线在寝殿中扫了一圈，除了那个瘦小的女婢，寝殿之中竟然再无旁人，甚至连一个伺候的内侍都没有，李斯的心不禁揪疼，见此情形李斯已经能够想到茹娘这段时间在宫中的处境，而他这个父亲却自始至终都没有为她想过。

李斯开始后悔，若他昨日没有退缩，而是选择硬闯，茹娘估计就不用死了。此时再想这些已经晚了，李斯走到床边，摸了摸女儿的手，冰凉的触感让李斯不禁头皮一阵发麻。

李斯对一旁的女婢说了一句："怎么就你一人？陛下呢？"小女婢被吓得浑身一哆嗦，见是李斯情绪瞬间就崩了，直接扑倒在李斯脚下将茹娘这四个月来的处境哭着说了一遍。

李斯听得心如刀绞，直到他听见女婢说茹娘为了传递消息曾派另一个女婢出宫，后来甚至装病找来寺医却都没能成功之后，心底的怒气已经彻底难以压制。

李斯声音冰冷地对着女婢说道："好，好得很。你在这里守着小姐，我去去就回！"

第九十七章

机关算尽太聪明　悔不当初信小人

清晨的日头没有丝毫温度，李斯转身走出望夷宫，站在大殿之外，转身遥望不远处的咸阳宫大殿，若是他猜得不错，此时胡亥和赵高应该都在那里。

李斯深吸一口气，逐级而下，自他来到大秦这些年，这还是第一次如此愤怒，若不是君臣有别，此刻李斯杀了胡亥的心都有。但他心底更清楚，此时那胡亥不过就是赵高手中的玩偶，真正的幕后黑手是那赵高。

他每一步都走得格外凝重，思绪却已经飞回了几年之前。李斯此时最后悔的是，任由淳于越将自己活活烧死，若非如此他也不至于铤而走险，被赵高蛊惑，扶持那烂泥一样的胡亥，更后悔自己当年一心想要建功立业，却连答应夏阿房的事情都没能做好，让胡亥成了赵高手中的棋子。

走到咸阳宫下，李斯再次拾级而上，迈步走进大殿的时候，原本热闹的大殿却在李斯走进的下一刻静寂无声。或许是心底有愧，皇位上正在和女婢嬉闹的胡亥，立刻将怀里的女人往外一推，一脸惊慌地起身看向李斯。

赵高却显得一切如常，如老僧一般站在胡亥身后，只是那双三角眼依旧泛着幽光。李斯不去理会胡亥，而是径直走向赵高，他的气势甚至吓得胡亥从皇位上一个趔趄滚了下来。胡亥勉强从地上爬起来，才发现李斯并不是冲自己，而是冲着赵高去的。

两人一高一矮、一胖一瘦相对而立，李斯虽然比赵高矮了一头，但气势上却毫不逊色，甚至让人感觉他那有些佝偻的背影蕴含着无尽的气力。反观赵高就显得弱了许多，眼眸微眯，脸上的横肉似乎在微微地抖动。

李斯冷冷开口："来人！"那殿中的内侍还有女婢都吓得浑身一哆嗦，却没有一人敢动。李斯也不气恼，看了眼皇位旁边的刀架，直接转身把帝王剑拿在手中，抽出宝剑就架在赵高的颈上："宦臣误国，本相今日就除了你！"

赵高的眼皮都已微微抖动，但他却依旧没有求饶，反而冷冷一笑对着已经冲进大殿的内侍、锐士们冷冷说了句："别动！李相在和我开玩笑，你们这是做甚？还不滚出去！"

那些锐士、内侍闻言不解地对视，但碍于赵高的命令，迟疑了一会儿便听话地全都退了出去。

李斯见状更是气得咬碎银牙，他原以为赵高之前的那些话多少有些夸张的成分，却从没想过赵高竟然真的把整个咸阳宫都握在了手中。这些锐士、内侍，无视他一国左相的命令，却对赵高一个郎中令的话奉为圣旨，怪不得他的茹娘进宫整整四个月，连一个消息都传不出去。

是他害了茹娘。越想李斯就越是恼怒，狠狠咬牙，手上用力，眼看就要砍下赵高头颅的时候，赵高却再次开口："李相，我若是你，就绝不会如此。且不说你杀了我能否安全走出咸阳宫，即便你走出去了，我也敢保证你李氏一族寸草不留。"

赵高的威胁让李斯手上的力道瞬间泄了，他惊疑不定地看着赵高那张白净的脸，努力权衡赵高这句话的真假，哪知赵高却笑着继续说道："你猜那日在沙丘伺候在始皇帝身边的内侍、锐士和郎中令都是谁的人？他们若是跑出去将那日在寝宫中发生的一切，将'以兵属蒙恬，与丧会咸阳而葬'，还有我模仿始皇帝的圣旨送到宗正嬴绥的手上，你猜嬴氏一族会不会活活吃了你的老婆和孩子？"

赵高的话让李斯后背一凉，那个瞬间李斯才意识到赵高早就谋划好了一切，若是他真的不顾一切杀了赵高，赵高一定会拉着他李氏一族陪葬。

赵高孤家寡人一个，而他李氏一族几十口，不值！李斯再次权衡利弊后的结果便是不能动赵高，即便明知这么做对不起他的茹娘，此时也不能杀了赵高，他除了茹娘还有十几个儿女，还有两个孙儿，代价太大了。

李斯虽然不敢和赵高硬碰硬却也不代表他就真的妥协了，宝剑从赵高脖子上抽回，李斯手腕一斜便在赵高的脖子上留下一道长长的血痕，然后转身看向胡亥。

"陛下，你糊涂！"这是李斯再次见到胡亥所说的第一句话，胡亥被吓得浑身一激灵，咽了咽口水盯着李斯手中的帝王剑，许久才说了一句："丞相莫要动怒，茹娘确实是流产而死，与朕没有瓜葛。"

李斯冷冷一笑，既然不能鱼死网破，他就只能再次妥协，将手里的帝王剑插回剑鞘，恭敬放回刀架，这才潇洒走向胡亥，然后对着胡亥作揖行礼："陛下，昨日臣收到战报，泗水县郫县大泽乡有一股乱军已经攻下大泽乡和郫县县城，正往西北进发，大王不可不防。"

李斯的转变让胡亥愣了足足十息才猛然回神。胡亥还是习惯性地看了眼赵高，见赵高正用巾帕捂着呼呼冒血的脖子冲他点头。胡亥这才猛然回神，拿出他作为皇帝的气势问道："李相可有应对之策？"

李斯银牙咬得咯吱作响，却依旧态度恭敬地说道："陛下，此路叛军不可姑息，一定要尽快派人围剿，若是让他们继续壮大，恐成秦国之乱。"

胡亥下意识又看了眼赵高，见赵高依旧默默颔首，这才清了清嗓子说道："啊，既是如此，那你就去办吧。"

李斯没想到胡亥会这么说，气得浑身一僵，缓缓抬头看向胡亥，见胡亥脸上都是畏惧，这才压下心底的愤恨，对着胡亥冷冷地说了句："诺。臣这就去安排。对了，臣昨日还得知一件事，还想陛下给臣解惑！"

李斯的话当即就让胡亥的脸色都变了，他不自觉轻咳一声，往赵高的身边挪了挪，心虚地问道："何事？"

李斯依旧脸色阴沉，然后缓缓说道："臣昨日在宫外偶遇大将军冯劫，还有右丞相冯长山，他们说接到圣旨，被革职了，可有此事？"

胡亥就知道这件事一旦被李斯知道，李斯少不了要来质问，可此时因为茹娘的死，胡亥心里多少有些愧疚，只想蒙混过关，于是清了清嗓子说道："是吗？朕记不清了。是不是谒者弄错了？"

胡亥越是如此，李斯就越是恼怒，对自己当初的决定懊悔，他阴沉着脸，视线扫过胡亥，最后停在赵高的脸上，脑中却在思索，胡亥的话究竟有几分真假。

以他对赵高的了解，这件事胡亥也有可能不知道，毕竟赵高都能眼睛不眨一下地伪造秦始皇的圣旨，更何况是胡亥的。

他此刻又不能动赵高，再这么纠结下去也没有多少用处，于是深吸一口气语气故作轻松道："弄错了？原来如此，那等过几天，臣就去告知冯劫和冯长山，让他们官复原职。"

革职的事李斯已经不准备继续纠缠，此刻唯一剩下的就是茹娘的后事。想到这，李斯的视线才从赵高的脸上移开，再次看向胡亥说道："这些事臣回去就办，但是茹妃娘娘后事陛下打算如何处置？"

听到李斯再次提起茹娘，胡亥浑身一僵，这次他甚至忘了去看赵高的眼色便快速地说道："就……就按皇后的规制葬了吧。待……待朕百年之后再跟茹娘同寝。"

李斯并不是迂腐不知变通的人，对于已死的茹娘来说，这或许是她最好的归宿。所以李斯长叹一声，最后对着胡亥行礼，转身走出咸阳宫大殿。他已经再一次对不住女儿茹娘了，葬礼的事李斯准备亲力亲为。

李斯刚走，胡亥就恼羞成怒地将面前的铜炉一脚踢翻，里面的香灰撒了一地，整个大殿都被浓烟笼罩，就在这时，一个内侍捧着两份奏疏一脸惶恐地走了进来。

胡亥瞅见奏疏，更是气不打一处来，直接抬脚就把内侍踢翻在地。赵高这时也从一旁走了下来，弯腰将地上的奏疏捡了起来。

他眯着眼睛将奏疏的内容笼统地扫了一遍，随即阴恻恻一笑，李斯刚才的羞辱他可没忘，虽然现在还不能对李斯下手，但其他人就不一样了。

既然李斯还想着让冯劫和冯长山官复原职，他倒要看看两个死人要怎么官复原职！赵高想到这嘴角一勾，然后佯装恼怒地对着胡亥说道："陛下，这……这冯劫和冯长山简直该死！"

胡亥正一腔怒火不知如何发泄，闻言立刻看过赵高递来的奏疏，扫了一遍。

冯劫和冯长山昨日一同离开，越想就越是恼怒，他们为秦国效力几十载，家中祖辈都是秦国的臣子，从没想过有一日就这么不明不白地被革了职。

冯长山还能忍，可冯劫是个武人，性子远比冯长山更加耿直，再加上不久前蒙恬和蒙毅被杀的消息传进咸阳，更使得冯劫对赵高深恶痛绝。于是和冯长山一同商议，写了这两份奏疏，原想着是向胡亥控诉赵高宦臣误国，劝谏胡亥远宦臣，亲贤臣，甚至还一一列举了李斯对秦国的种种贡献。

两人心中憋气，措辞自然也比平时都要尖锐，他们只想着让胡亥认清赵高的嘴脸，却不知这两个奏疏会成为他们的催命符。

胡亥正恼怒李斯目中无人，竟敢当着他的面用帝王剑威胁赵高，就看到两个被自己厌恶甚至革职的乱臣贼子一面诬陷赵高，一面还不死心地鼓吹李斯，简直就是找死。

这一次胡亥甚至都不用赵高怂恿，就将奏疏往地上一扔，然后对着殿外的郎官吼道："来人，将这两个乱臣贼子投入大牢。朕倒要好好看看，他们效忠的究竟是李斯还是朕！"

第九十八章

亲近小人远忠臣　排除异己陷坐牢

胡亥的声音在大殿中显得尤为响亮，殿外的郎官闻言立刻称是，在咸阳宫卫尉的带领下，转身就往宫外而去。

那卫尉也是赵高提拔起来的，揣测着赵高的心思，秘密把冯劫和冯长山抓进了廷尉大牢。

此时的李斯还待在望夷宫中，安排宫人给李茹娘换上唯有皇后才能穿的凤袍，然后将茹娘带进宫的珠翠挑了几个最素净的戴在了茹娘的头上。

身为父亲，李斯能为茹娘做的也就只有这些。皇帝没事，皇后的丧事也不宜太过隆重，停尸三日之后便有人抬着棺椁由咸阳宫正门而出，直接送去正在为胡亥修建的陵寝，待到胡亥百年之后，另行合葬。整整三日，李斯都不曾离开望夷宫，走出来的时候，整个人都瘦脱相了，他望着头顶的骄阳，第一次生出无力之感。

可他却不知道，此时远在廷尉大牢的冯劫和冯长山却是叫天天不应，叫地地不灵。他们怎么也想不通，不过就是写了个奏疏，劝慰皇上远小人亲贤臣，怎么就成了乱臣贼子，还要被廷尉日日逼迫去写认罪书。

冯劫和冯长山那都是有傲气的，连着被身为赵高的兄弟廷尉赵成折腾了三天，总算是看出了赵成和赵高的虎狼之心。

他们已经认定自己活不了了，若是再这么被赵成日日磋磨只怕一个不小心就会害了李斯。于是两人一商议，用自己的衣服绞成绳子，吊死在了廷尉大牢。

那赵成得到消息的时候，两人的尸首都已经硬了，赵成连滚带爬地冲进皇宫，悄悄将冯劫和冯长山吊死在牢中的消息告诉了赵高。

赵高闻言气得咬牙，却也无可奈何。他虽然为人毒辣，但对于这种士为知己者死的人还是比较敬重的，叹了口气便让赵成将冯劫和冯长山的尸首送回去。

李斯对此毫不知情，直到他将茹娘的棺椁送入胡亥的陵寝，回到相府的时候，才发现姚贾已经在府中等候许久。

李斯颇感意外，自从李斯和赵高协助胡亥继位之后，姚贾就和他不怎么来往了，尤其是蒙恬和蒙毅死了之后，李斯和姚贾即便在朝堂上遇见也不再说话。

姚贾突然到访，让李斯立刻意识到一定又出事了，于是赶忙快步走去书房，还没开口就听到姚贾声音低沉地说道："这三日你去哪了？"

李斯一愣，回道："贾兄难道不知，我女茹娘流产而亡，这三日我都在忙着茹娘的后事。"姚贾闻言脸上的表情越发古怪，许久才再次开口："冯劫和冯长山死了，你可知情？"

李斯的心咯噔一下，不可置信地追问姚贾："贾兄，此话当真？"李斯原想安排好茹娘的后事就去找冯劫和冯长山，让他们官复原职，却没想到再次得到他们的消息竟然是两人的死讯。

姚贾深深地看了李斯一眼，然后长叹一声对李斯解释道："这事发生在三日前，对了，应该就是茹娘薨逝的那日。咸阳宫的卫尉带着郎官秘密冲进他们二人的家中，把人押送到廷尉大牢。我得到消息已经是第二日，想要去廷尉大牢看望他们，却被赵成拦住了。想要进宫去找陛下求情，可那咸阳宫的中郎将琅迁却一直推说陛下不在宫中。我来找你数次，可你府中之人却也推说你不在府中。斯兄，你可知他们二人为何而死？"

姚贾是李斯唯一一个从相府一起走来的好友，两人无话不可明说，只是此刻姚贾看着李斯的眼神却满是埋怨，许久才缓缓开口："我听闻他们二人在狱中悬梁，便察觉不对，于是让人买通廷尉大牢的狱卒，这才从那狱卒口中得知他们二人自裁的原因。"

李斯闻言只觉喉咙有些发干，不由咽了咽唾沫，却没有追问，因为他知道既然姚贾亲自找他，必然会把事情和他说明。

姚贾看着李斯的眼神，从一开始的埋怨转而变作痛恨，满口银牙都被他咬得咯吱作响："那该死的赵高竟然唆使赵成对他们二人动刑，逼着他们写下攀诬你的认罪书。冯劫何等刚强咬牙硬生生忍了，可冯长山不同，他本就年迈，身体也大不如前，几次下来就扛不住了。"

李斯听到这里不禁有些紧张，毕竟李斯当年曾经掌管廷尉，对廷尉大牢里的刑罚早已烂熟于心，其中有几种还是李斯亲自开发的，迄今为止没人能熬过三种，就算最后招了，人也差不多废了。

对于冯劫的刚烈，李斯倒也放心，但姚贾说过，这一切对于已经古稀的冯长山来说根本受不住。姚贾似是看出了李斯的想法，恼怒地起身走到李斯面前，一字一顿地说道："李斯，你知不知道，直到两人把自己吊死，他们都没有写下一笔对你不利的话。还有你知道他二人为何会被陛下送入大牢吗？"

姚贾的话让李斯瞳孔骤然一缩，眼里满是不可置信地看着姚贾，喃喃道："你是说，他们是为了护住我，才不惜自裁？"姚贾不禁嗤笑，对着李斯缓缓点头，许久才叹了口气说道："据我所知，他们之所以被陛下押入大牢，正是因为两人不甘被贬，联合上疏，劝谏陛下远离赵高，重用你李斯。李斯此时此景，你可曾后悔？"

姚贾的一句话将李斯的心几乎搅成碎片，他默默无言地看着姚贾那张因为愤恨而扭曲的脸，许久才叹了一口气。

自从姚贾主动疏远自己，李斯就猜到当年沙丘之事根本瞒不过姚贾的眼睛，以姚贾的能力只怕连他们在寝殿之中说过什么都已经了然于胸，所以李斯也不曾主动去找姚贾。此时被姚贾质问，李斯直觉喉咙里一阵发痒，许久才吐出一句话："悔不当初，亦无可奈何。唯有亡羊补牢才能对得起先皇的信任。"

姚贾闻言目光灼灼地盯着李斯看了许久，最终却只是摇头苦笑，意味深长地说了一句："斯兄，大错铸成，即便是你怕也无力回天。"姚贾此行就是为了给冯劫和冯长山正名，他不能在明知冯劫和冯长山以死明志之后，还装作视而不见。

只是该说的话已经说了，该知道的人也知道了，对大秦已经失望透顶的姚贾也不想再继续纠缠，苦笑一声转身就走。此时的他背影像极了当年道别的顿弱，李斯心头一紧连忙把人叫住："等等。贾兄，你难道不想拼一拼？你若走了，我再无援手，孤木难支，这大秦可就彻底毁了。你难道就心甘情愿将你我奋斗一生的秦国任那阉人为所欲为？"

李斯的话让姚贾的身躯一震，脚步也在这时停了下来。李斯紧张地看着姚贾，此时的他确实孤立无援，若是姚贾也走了，那他就真的再无翻身的可能。

时间过了许久，姚贾才总算缓缓转身，看着李斯脸上满是挣扎。其实这次来见李斯，姚贾是准备道别的，冯劫和冯长山的下场让他看到了危机。

姚贾自认自己从来都不是那种为了功名利禄愿意冒险的人。年轻时孑然一身，他已经冲过了，也努力过了，现在老了，他只想安度晚年，哪怕是像顿弱一样无声无息地离开。

李斯的话却激起了他心底的不甘，甚至还有对冯劫和冯长山两人的愧疚。

"你，可有计划？"姚贾声音淡淡地问道。李斯见状就知道姚贾被他说动了，心头一喜连忙说道："赵高如此嚣张不过是因为他掌控了陛下，只要将陛下从赵高的掌控中解救出来，这事便能迎刃而解。"

姚贾闻言却缓缓摇头，说道："你怕是不知陛下对赵高的依赖已经到了何种程度，赵高不死，陛下就不可能脱离他的控制。"李斯听姚贾把话说得这么坚定，心头一震，忍不住猜测姚贾这话中的意思。他突然眼睛猛地瞪大，不可置信地看着姚贾问道："难道贾兄是要……"

姚贾没有任何迟疑，便郑重地点了点头，甚至直接询问李斯："你觉得如何？"李斯刚想回"不怎么样。这件事就是在找死"，可话到嘴边他才意识到姚贾的想法似乎才是对的。

与其去辅佐一个贪婪暴虐的蠢货，倒不如干脆换个明君，始皇帝二十几个皇子，无论选哪一个都要比胡亥合适。李斯想到这，脸色都变了。这事若是成了那他们就是功臣，若是败了，只怕全族都会被腰斩，代价太大了。

"斯兄，茹娘的死还不能让你清醒吗？"姚贾看出李斯的挣扎，继续说道。李斯浑身一僵，想起茹娘的死状，李斯也终于彻底下定决心。他主动对上姚贾的视线，坚定地对着姚贾说道："好！就这么说定了，不知贾兄意属哪位皇子？"

李斯的问题却让姚贾陷入踌躇，若扶苏不死，他定然是最好的选择，只可惜……这一次他们一定要好好地筛选，将这些皇子摸透，再做选择。

两人打定主意，姚贾自告奋勇让李斯想办法绊住赵高，而他则细细地调查其余皇子，两人分工合作，立刻动了起来。姚贾和李斯只想为秦国尽他们最大的努力，却不知一场屠杀正在酝酿，目标直指始皇帝的那十几个儿子。

第九十九章

各地起义揭竿起　陈胜吴广势破竹

李斯和姚贾着手想要除掉赵高和胡亥的第二日，一封家书就从咸阳城相府出发，直奔三川郡郡守府。密信的内容知道的人不多，其他人只知道李由在接到密信的当天把自己困在书房整整一日，再出来的时候，已经像是换了一个人。

原本隔三岔五就出去剿匪的李由突然生了病，说是病情极重，已经下不了床了。那些被李由追着到处跑的盗匪趁机和陈胜吴广结成了同盟，谋反的队伍瞬间壮大，据说短短几个月，就集结成了上万人的大军，骑兵和车乘更是数不胜数。

陈胜和吴广更是自立为王，定国号为"张楚"，在陈县兵分三路，准备直捣咸阳。李斯得到消息的时候，眼底闪过诸多情绪，最后却把消息压了下来，只每日都去宫门外声称想要面见陛下。琅迁得了赵高的叮嘱，每次都以陛下不在宫内为由，拒绝李斯进宫的要求，就这样僵持了三个月。

见陈胜吴广起义势如破竹，原本就蠢蠢欲动的六国旧贵族和权臣立刻响应，纷纷自立。其中以武原、魏咎、田儋、刘邦和项羽最为惹眼。此时得到军报的李斯也终于笑了，立刻拿着军报直冲咸阳宫，这一次他不是自己去的，而是带上了蒙恬和蒙毅的父亲——已经八十高龄的老将军蒙武。

琅迁一见李斯，想到这大半年来，李斯身为左相，却屡屡在自己这里吃瘪，态度不自觉地傲慢起来，直接让宫门锐士拦住李斯。琅迁慢悠悠从一旁走到李斯面前，如往日一般对着李斯说道："李相怎么又来了？"

李斯冷冷地看了琅迁一眼，将手里的战报高高举起，对琅迁说道："起开，紧急战报，凡延误军机者死！"琅迁根本就不放在眼里，只以为是李斯耍的手段，说道："战报？边疆早无战事，何来战报！"

李斯的脸骤然一沉，再次对着琅迁说道："琅迁，本相再说一遍，让开！凡延误战机者，定斩不饶！"那琅迁虽然被吓了一跳，但回想李斯这半年多来的行径，反而放下心来，依旧拦着李斯不让他走。

李斯见状不再开口，突然后撤一步，看向身后的戴着兜帽的老者。蒙武缓步前行。蒙恬和蒙毅的死对于这个八十岁高龄的老将军来说可谓是一生之痛，他在军中的副将曾在蒙恬死后就把事情原原本本地说了一遍。

蒙武早就知道，那去上郡送圣旨的人之中就有琅迁，可琅迁位居中郎将，为了蒙氏家族，蒙武只能隐忍。原以为儿子的仇他至死也不能报，却不想李斯昨日来到他的府上，只问了他一句："给你一个名正言顺斩杀琅迁的机会，你可愿冒险？"

这样的机会蒙武岂会放过，于是立刻答应，今日一早他便头戴兜帽跟着李斯来到宫门外。琅迁根本就不知道他的命早就被李斯盯上，此时还一副满不在乎的模样，对着李斯说道："李相，你可别随意栽赃，我只是说……"

琅迁后面的话再也说不出口。他虽然骁勇，自认剑术了得，但比起征战一生的蒙武来说，就是个稚童，根本不值一提。李斯静静地看着琅迁的头颅滚到自己脚边，转身对蒙武恭敬作揖说道："此件事了，老人家若不愿待在咸阳自可离去，三川、上蔡任君挑选，若不愿还请立刻回府，若有人问起，今日之事不必承认，李斯自有安排。"蒙武自始至终一个字都没说，收起佩剑，对着李斯恭敬拱手，转身就走。

李斯站在宫门口，眸光冷冷地看着在场的锐士，冷冷笑道："今日之事若有一人外泄，本相诛他九族。"那些锐士年纪都不大，听到李斯的话早就吓得浑身哆嗦，连连称是。

李斯见状冷哼一声，随即迈着步子走入咸阳宫。李斯之所以选择今日发难，是因为姚贾给了消息，赵高带着胡亥在华阳宫杀了人，因畏惧楚氏的报复，昨天连夜回了咸阳宫，估计一两天都不会出宫。

李斯一路上始终高举战报，无论是谁阻拦他都只有一句话："延误军情者死！"所过之处那些寺人和郎官、锐士都不敢上前，只能眼睁睁看着李斯凭一份战报，冠冕堂皇地走进咸阳宫大殿。

果然如同李斯和姚贾预料那般，胡亥估计是真的害怕了，不但没有继续出宫寻欢作乐，人也消停了很多，竟然在咸阳宫里喝酒，连女婢和妃子都没叫。赵高看神情已经得了消息，阴沉着脸看见李斯的瞬间恨不得吃人。

李斯对此视若无睹，他此行一共有两个目的。第一个就是让胡亥出兵镇压。赵高这人虽然学识不够，但做事极为小心，李斯只要提出派兵平叛，那么刚刚失去一条臂膀的赵高，势必会抓住机会，再培养一个心腹，只要能带兵，那么之后的升迁就是顺理成章的事。

叛军的猖獗其实离不开李斯和李由的纵容，虽然一开始李斯不让李由赶尽杀绝，是打算用这些人来制造混乱，必要的时候，李由可以借着这些叛军遁走上蔡。可谁知叛军的规模越来越壮大，甚至有了翻江倒海的势头，李斯只想借势却没打算养虎为患，是时候该杀一儆百，遏制一下叛军的势头。这对于李斯来说绝对是件一石二鸟的好事，既能将叛军这块烫手山芋扔给赵高，又能将赵高身边的心腹调走，一来二去赵高就相当于连失两员大将。

再说李斯的第二个目的，那就是鼓动胡亥和秦始皇一样出行。李斯和姚贾的计划此时已经进行到最关键的时刻。想要皇位换人，只有两个手段，一个是闯宫逼着胡亥退位，这一点只要赵高在就绝无可能，那么就剩下第二个办法，杀了胡亥。至于怎么除掉胡亥和赵高，又成了李斯和姚贾最棘手的事。

要知道咸阳宫早就被赵高经营得如铁板一块，不要说杀人，只是想要探听咸阳宫里的消息都难如登天。最后两人只能商定，想办法把胡亥引出咸阳城，那时候不要说胡亥，怕是连赵高都能一起斩杀。

这个办法的好处在于赵高虽是郎中令，却没有亲自领过兵，又是个寺人，军中之人向来瞧不起寺人，所以一旦出事，他们会不会听赵高的吩咐尚不可知。赵高只要离开咸阳就如同被砍去手脚的人彘，不要说害人，只怕活着都难。

李斯想到这，已经走到了胡亥面前，将手中的战报高举过头对着胡亥说道："陛下，李斯今日终于见到陛下了。"胡亥喝得醉眼迷离，看着李斯只觉得晦气，也不说话。一直站在胡亥身后的赵高却在这时阴恻恻地开口："李相好大的火气，私自斩杀朝廷命官，李相这是要造反吗？"

李斯和赵高唯一的不同就是他熟知帝王术，即便要算计一个人用的也都是阳谋，不像赵高只能使些阴谋诡计。虽然对赵高早已起了杀心，李斯却还是不急不慢地回了一句："郎中令此话，本相可不敢认。琅迁之所以被斩是因为他触犯了秦律，本相依律惩处，即便是廷尉来了，也找不出李斯的丝毫错处。"

赵高气得咬牙，这件事他已经从偷偷回来报信的锐士那里听说了。

虽然明知琅迁就是被李斯设计杀了，可李斯的理由十分的充足，他根本挑不出丝毫的错处。赵高这人睚眦必报，既然这件事上挑不出错处，那他就干脆从别的地方找，看着李斯手中那卷害死琅迁的战报，赵高只能问道："陛下已经醉了，暂时不能处理政务，李相若是放心，那你手中的战报赵高可以代陛下处置。"

若是平时李斯一定会问赵高越俎代庖难道是活腻了，居然敢当着陛下的面要帮陛下处置战报，不过今日李斯却什么都没说，立刻把手中的战报交给走过来的寺人，然后站在原地静静等着。

赵高阴恻恻地看着李斯，嘴角闪过一丝冷笑，随即当着李斯和胡亥的面，将战报缓缓打开，而后脸色却越来越难看。李斯默默数着大概过了十息之后，赵高的脸色也彻底变了，将战报猛地合上，对着李斯就问："李相，这战报上的内容……"李斯也不生气，反而恭敬地对着胡亥说道："禀陛下，战报上的消息李斯已经命人去核实过了，全部属实。"

赵高闻言眼睛几乎都瞪圆了，此时的胡亥似乎也察觉不对，看了眼李斯，然后扭头看向赵高，含糊问道："何事？赵君的脸色为何这么难看？"赵高此时也终于意识到事情的严重，赶忙将战报递到胡亥面前，根本不管胡亥能不能看清。

胡亥醉得连战报正反都看不出，迷迷糊糊地干脆对赵高说道："哎呀，赵君，有事直说，给我看这做甚？我看不清！"赵高急得咬牙，让他算计人可以，但若是让他调兵遣将着实为难。可胡亥已经醉得如同一摊烂泥，根本用不上，于是只能抬头祈求地看向李斯。

李斯等的就是这一刻，见状他淡淡一笑，对赵高说道："叛军已势同洪流，需立即派大军镇压，李斯此来就是想要询问陛下，派谁去镇压合适。"

第一○○章

双方斗智拼计谋　派出苦役平叛乱

　　李斯将他早就想好的说辞不急不慢地说了一遍。赵高眼底精光一闪而过，等到李斯把话说完便迫不及待地问道："既是如此，李相准备派多少大军镇压？"

　　赵高的反应被李斯看在眼底，继续说道："叛军人数已达十万之众，若要镇压需一蹴而就，所以本相认为陛下可以趁机大赦天下，调动骊山囚徒和苦役，迎头痛击，将那些叛军斩杀在函谷关外才能保咸阳平安。"赵高闻言原本还有些狐疑的心立刻打定主意，毕竟骊山苦役和奴隶加起来足有七十万之众，这么多人不要说镇压那十万乌合之众，就是谋逆都够了。

　　赵高生怕李斯看出自己的心思加以阻拦，于是连忙对一旁的胡亥说道："陛下，臣以为李相此计甚好，臣这里正好有一个合适的人选。"胡亥虽然醉了，但对赵高的话依旧言听计从，闻言立刻说道："哦？你说！"赵高忌惮地看了眼李斯，连忙说道："章邯英勇，可堪大用。"

听到赵高说出章邯这个名字的时候，李斯不由浑身一震，他虽然料到赵高不会放过这个机会，也料到赵高一定会借机将心腹安排领军，却没想到赵高竟然把章邯也收了。李斯越想越是后怕。还好他与姚贾谨慎，准备将胡亥诓骗出咸阳再动手，不然……后果难料。

李斯暗暗心想，但此时他占尽先机，所以无论赵高选择谁都不会影响计划。胡亥此时酒也醒了大半，听到章邯这个名字的时候，也只是笑着点头："不错。章邯确实不错，此事就按赵君所说，让章邯领七十万大军前去镇压。"

李斯为防赵高看出端倪，装作一脸的挣扎。赵高将李斯的反应看在眼中，心中一阵得意，不过一想到琅迁，赵高的心里还是不禁愤恨："陛下，臣这就去安排。时不我待，越早越好。"赵高生怕李斯暗中使绊子，对胡亥简单说了几句，便转身就往外走。

李斯默默看着，连忙开口阻止："唉，郎中令，出兵之事还需要……"赵高一听李斯的话，再次加快脚步跑得像只兔子。李斯不禁暗笑，他要的就是赵高自己离开，唯有如此他才好怂恿胡亥出宫巡游，若是赵高在场，依他的心性即便猜不到李斯的目的，怕是也会出手阻止。

果然看到赵高跑了，胡亥的酒也醒了，坐在皇位上和李斯大眼瞪小眼，半晌才清了清嗓子说道："李相，若无他事，你不如先……"胡亥话未说完，李斯就作揖行礼，淡淡说道："陛下，臣还有事要奏。"

胡亥的脸顿时垮了，一脸不耐烦地看着李斯，说了句："什么事，说吧！"胡亥的态度让李斯心寒，他从袖中抽出一卷竹简，高举过头然后对胡亥说道："臣为陛下的安危计，恳请陛下离开咸阳，到新城避险。"胡亥虽然没有仔细看战报，但他从赵高的反应中便能看出那些叛军怕是难以控制。李斯这么一说，胡亥果然心动，毕竟登基两年胡亥还没有离开过咸阳。

李斯见胡亥有些心动，赶紧乘胜追击说道："陛下若有顾虑，大可对外推说是为了巡游。先皇五次巡游，百姓夹道欢迎，陛下大德，自然也要走出咸阳，去领略一下各地的风土人情。臣建议陛下南下，去走一走当年楚国的疆域，听说那里盛产美女。"

听到美人，胡亥不禁想起已经去世的李茹娘，不禁越发心动："果真？那就如李相所说，尽快安排，朕要去楚都看看。"李斯如愿听到胡亥的回答，再次拱手作揖说道："是，臣尽快安排陛下南巡。"

胡亥虽然答应要去南巡，但一日未出宫门，都有可能横生枝节，此事还需尽快处理，免得被赵高看出纰漏。李斯思忖着疾步出宫，不敢停歇直奔姚贾住处，为防赵高察觉，两人分头行动，而这次见面便是他们最后一次谋划。相比相府，李斯更放心姚贾的府邸，毕竟姚贾一生都在与奸细打交道，对于奸细的防备更是周密。

两人不敢寒暄，一前一后直奔书房。关上房门李斯直奔主题把今日进宫的情况简单同姚贾说了一遍。姚贾的脸色并不好看，沉吟许久才对李斯说道："斯兄，事情怕是有变。我今日又去了一趟公子高的住处，却被公子高拦在门外，看样子是怕了！"李斯闻言心头一惊，差一点从席上站起来。姚贾不禁苦笑，仰头叹道："天要亡秦，莫可奈何。先皇二十多个儿子，竟没有一个性子能与先皇相似的！"

李斯见状缓缓坐直，姚贾的话让他不禁愧悔，他很想说"倒也不是，公子扶苏就很不错"，但他不能说，那人的死是他一手造就，谁都能说，唯他不行。两人面面相觑，谁都没有更好的办法。李斯忽然眼前一亮，对姚贾说道："公子将间！"姚贾一怔，不禁跟着李斯重复道："公子将间？"李斯连连点头，继续说道："我记得公子将间自儿时就喜欢跟在公子扶苏身边，是个处事果断、能够隐忍的人，你我不如去找一找公子将间！"

姚贾因一直在外奔波，甚少跟秦始皇的儿子接触，所以并不知道这些人的品性，但李斯不同。此刻听李斯对公子将间推崇备至，瞬间心动。

碍于姚贾的名声不好，所以这一次李斯准备自己亲自出马。

李斯欣喜若狂，做事也就变得毛糙起来，正所谓：君不密则失臣，臣不密则失身。几事不密则害成。李斯从未想过，千里大堤溃于蚁穴。他和姚贾密谋半年的事情，竟只因自己一时大意不但功亏一篑，而且还害了公子将闾。

李斯离开姚贾的府中，直接让孙林驾车去了公子将闾的府邸。若是以前李斯去皇子府上，没人会留意也没人会多想，可偏偏赵高不同，赵高是那种越是得意便越是小心谨慎的人。

天上掉馅饼的好事，赵高虽然看不出李斯在谋划什么，但他就是感觉李斯没安好心，于是暗中派人监视李斯的行踪，却没想到竟然真的有所收获。听寺人来报，李斯出宫就直奔姚府，离开姚府就又去了公子将闾的府邸，赵高瞬间意识到李斯这是在谋划什么。赵高虽然有所怀疑，却百思不得其解，直到听见胡亥说起李斯让他离开咸阳去新城避祸，一切瞬间了然。要知道沙丘之乱本就是赵高主导，只能说李斯的筹谋实在是太明目张胆了。

他们这是釜底抽薪要杀了胡亥，然后取而代之。思及此赵高不禁冷笑，准备来一个将计就计，斩草除根！胡亥还沉浸在自己像秦始皇一样巡游、百姓夹道的幻想中，就看到赵高突然跪倒在他面前的画面，胡亥吓了一跳，甚至直接从皇位上站了起来，一脸惊慌地看着赵高。赵高此时满脸是泪，哭得撕心裂肺，他越是这样，胡亥就越是心惊胆战，两人就这样一个干号、一个手足无措僵持了许久，直到赵高感觉气氛烘托得差不多了，才收了哭声，抽噎着对胡亥说道："陛下，你我的死期将近，是……是臣无能，不能保护陛下。"

胡亥本就胆小，听到赵高这么说，脸都白了，赶紧走到赵高面前询问："等等，你说什么？你和朕死期将至？谁？谁要杀朕？"赵高一边用衣袖擦拭他好不容易挤出来的泪水，一边对胡亥解释："陛下可还记得当年沙丘之事？"

沙丘的事是胡亥一生的噩梦，直到现在他偶尔做梦都还会梦到，秦始皇在梦中找他给扶苏抵命，让他把皇位交出去。听到赵高旧事重提，胡亥虽然没有说话，但脸色还是瞬间阴沉下来。赵高见状继续说道："那陛下可知，李相为何怂恿陛下离开咸阳，出去巡游？"

有了赵高提起沙丘之事做铺垫，胡亥不禁细细回想，随即被吓得浑身一激灵，不可置信地脱口而出："你是说，李斯要害朕？"时至傍晚，咸阳宫坐北朝南，硕大的宫门有一半都被外面如血的晚霞染红，霞光洒在殿前的立柱上，给人一种异样的喋血之感。胡亥喊出那句话之后，并没有得到赵高的回应，但他却已经认定了自己的猜测。不然那个动不动就对他说教的李斯，为何会突然这么和蔼，甚至还主动建议他去做劳民伤财的事？

胡亥越想越害怕，可他还是抱着最后一丝奢望冲赵高问道："可李斯为何要杀了朕？难道他想取而代之？嬴氏族人绝不会视而不理！这对他有什么好处？"赵高见胡亥还是不信，趁机开口提起了胡亥那些出类拔萃的哥哥们："陛下！他李斯确实不敢取而代之，可陛下不要忘了，你上面还有十几个哥哥，他们对沙丘之事从未停止过怀疑，对皇位始终虎视眈眈。臣听闻李斯出宫之后先去见了姚贾，出了姚府就直奔公子将闾的府上。陛下，李斯谋逆之心早已昭然若揭，陛下不可不防啊！"

第一〇一章

出师未捷身先死　壮志未酬尸骨寒

寒冬的风总是让人觉得冰冷，不知何时血色夕阳已经消散，一朵朵白色的小花无声无息地飘落。胡亥怔怔地看着赵高，许久才吞咽了一下口水。大殿之外的天色此时也渐渐黑了下来，仿佛有一只吞天巨兽正在慢慢吞噬咸阳宫。

赵高终于从地上爬了起来，搀扶着胡亥把他从地上拉起来，用最温柔的语调说着最残忍的话："陛下，为了自保，你那些兄弟不能再留了。今日是公子将闾，明日就有可能是其他公子，层出不穷、周而复始，陛下可别忘了，先皇足足有二十几个儿子，万一不查，陛下和老臣必将死无葬身之地！"

胡亥被赵高的话吓得六神无主，尤其是当他想起秦始皇被放在咸鱼之中运回咸阳时的惨状，就感觉脚底生寒。为了自保而已，杀人总比被人杀要来得畅快。这一次赵高都不用蛊惑，胡亥就已经把自己劝服，对赵高道："既如此那他们也就不必活了，赵高此事你亲自去办，记住一定不要让李斯那个老匹夫抓住把柄！"

赵高闻言立刻颔首，口中称是，转身就往殿外走，他将咸阳宫的卫尉再次叫来，唯一的叮嘱就是："你带着郎官速去公子将闾和他两个胞弟的府上，只要李斯一走，你们就立刻冲进去，同上次一样把人抓来秘密送入廷尉大牢，记住一定不要惊动任何人。"廷尉闻言虽然有些迟疑，却还是领命去营房点了三百郎官和两个副将悄悄出了咸阳宫。

公子将闾果然和李斯预料的那般，有气节，有胆识，甚至有野心，听到李斯的谋划只迟疑片刻便点头答应，甚至还主动对李斯承诺，事成之后尊李相为武安侯，秦国不灭武安侯不改。将闾的承诺对于李斯来说简直是意外之喜，他想到那封差不多送到李由手上的家书，长叹一声，恭敬地对公子将闾作揖说道："臣定不负所望。"李斯和将闾一直说到深夜才匆匆离开，回了相府。

只是他不知道，他的马车前脚刚走，公子将闾的府邸就被郎官围了个水泄不通，正在书房中仰天大笑的将闾也被宫中的郎官打晕悄悄带出了公子府。再次醒来的将闾看到的便是脏污不堪的廷尉大牢，身边还有他两个同胞兄弟，那一瞬将闾的脸色都变了。

以李斯的人品，将闾倒是没有怀疑李斯，但此刻的状况一目了然，他们想要斩杀胡亥取而代之的计划怕是还没实施就被人识破。壮志未酬，将闾虽然胸中悲愤却也不觉委屈，只是苦了他的两个兄弟，对于谋反之事毫不知情，却要被他牵连难逃一死！

那一夜甚少有人知道廷尉大牢中究竟发生了什么，等李斯得到消息，以左相之位要求面见公子将闾的时候，得到的消息却是公子将闾和他的两个弟弟已经写下认罪书自戕了。李斯仍旧不甘心，对赵成施压，最终见到了那三位公子的尸首。那是李斯第一次见到自戕的伤口能够那么深，几乎将脖子一分为二。

见三人确实死了，李斯就像是被人抽去筋骨，跌跌撞撞地走出廷尉府大牢，刚回到家就病了。因为他知道公子将闾绝不是自戕，胡亥突然对自己的兄弟下手，而且单单选了公子将闾，那就说明他们的计划还没实施就被赵高识破。出师未捷身先死，大势已去，大势已去！

就如同李斯预料的那般，先是将闾兄弟三人，紧接着公子高不知听了谁的谋略，竟然主动上疏要去给秦始皇殉葬，若是换了旁人，这绝对是以退为进的良策，可他却偏偏错估了赵高的残忍和胡亥的昏庸。一封奏疏反而成了公子高的催命符。不过好在公子高的死没有像公子将闾和他的那两个兄弟一样因为认罪书而祸及妻儿，被赵高杀得寸草不留。公子高主动求死，而且往日对胡亥照顾有加，所以胡亥大手一挥饶了他的家人。

李斯这一病犹如泄洪，彻底倒在床上起不来了，尤其是听到皇子被赵高用惨无人道的方法逐一诛杀的消息之后，李斯甚至有几次差点气绝，好在过了两个月从三川郡传来一个消息。

"报，三川郡郡守府被叛军夜袭，郡守李由和二公主及小公子都被叛军斩杀，尸首被一把大火化为灰烬。"听到战报，咸阳几乎满城嗟叹，叹息那如玉公子和贤惠的公主就这样被叛军斩杀，同时也对叛军升起了无尽的痛恨。李斯听到战报的时候，精神才总算好了很多，他从床上爬起来，让孙林搀扶着走去书房。

这三个月李斯在床上想了很多，听到儿子已经借机遁走，他才总算松了口气，准备自己的最后一搏。

李斯在床上思索三月，脑中早就定下了方向，一部《论督责书》也在他脑中逐渐成型。坐在案前，李斯深吸一口气，提笔写下：

夫贤主者，必且能全道而行督责之术者也。督责之，则臣不敢不竭能以徇其主矣。

此臣主之分定，上下之义明，则天下贤不肖莫敢不尽力竭任以徇其君矣。是故主独制于天下而无所制也。能穷乐之极矣，贤明之主也，可不察焉！

故申子曰"有天下而不恣睢，命之曰以天下为桎梏"者，无他焉，不能督责，而顾以其身劳于天下之民，若尧、禹然，故谓之"桎梏"也。夫不能修申、韩之明术，行督责之道，专以天下自适也，而徒务苦形劳神，以身徇百姓，则是黔首之役，非畜天下者也，何足贵哉！夫以人徇己，则己贵而人贱；以己徇人，则己贱而人贵。故徇人者贱，而人所徇者贵，自古及今，未有不然者也。凡古之所为尊贤者，为其贵也；而所为恶不肖者，为其贱也。而尧、禹以身徇天下者也，因随而尊之，则亦失所为尊贤之心矣，夫可谓大缪矣。谓之为"桎梏"，不亦宜乎？不能督责之过也。

故韩子曰"慈母有败子，而严家无格虏"者，何也？则能罚之加焉必也。故商君之法，刑弃灰于道者。夫弃灰，薄罪也，而被刑，重罚也。彼唯明主为能深督轻罪。夫罪轻且督深，而况有重罪乎？故民不敢犯也。是故韩子曰"布帛寻常，庸人不释，铄金百镒，盗跖不搏"者，非庸人之心重，寻常之利深，而盗跖之欲浅也；又不以盗跖之行，为轻百镒之重也。搏必随手刑，则盗跖不搏百镒；而罚不必行也，则庸人不释寻常。是故城高五丈，而楼季不轻犯也；泰山之高百仞，而跛羊牧其上。夫楼季也而难五丈之限，岂跛羊也而易百仞之高哉？峭堑之势异也。明主圣王之所以能久处尊位，长执重势，而独擅天下之利者，非有异道也，能独断而审督责，必深罚，故天下不敢犯也。今不务所以不犯，而事慈母之所以败子也，则亦不察于圣人之论矣。夫不能行圣人之术，则舍为天下役何事哉？可不哀邪！

且夫俭节仁义之人立于朝，则荒肆之乐辍矣；谏说论理之臣间于侧，则流漫之志诎矣；烈士死节之行显于世，则淫康之虞废矣。故明主能外此三者，而独操主术以制听从之臣，而修其明法，故身尊而势重也。凡贤主者，必将能拂世磨俗，而废其所恶，立其所欲，故生则有尊重之势，死则有贤明之谥也。是以明君独断，故权不在臣也。然后能灭仁义之途，掩驰说之口，因烈士之行，塞聪掩明，内独视听，故外不可倾以仁义烈士之行，而内不可夺以谏说忿争之辩。故能荦然独行恣睢之心而莫之敢逆。若此然后可谓能明申、韩之术，而修商君之法。法修术明而天下乱者，未之闻也。故曰"王道约而易操"也。唯明主为能行之。若此则谓督责之诚，则臣无邪，臣无邪则天下安，天下安则主严尊，主严尊则督责必，督责必则所求得，所求得则国家富，国家富则君乐丰。故督责之术设，则所欲无不得矣。群臣百姓救过不及，何变之敢图？若此则帝道备，而可谓能明君臣之术矣。虽申、韩复生，不能加也。

写完最后一笔，李斯长叹一声将毛笔往桌上一扔，然后昏厥过去。这督责书，他写得不甘心，写得心惊胆战，写得满腹憋闷，可他却又不得不写。设计胡亥的事情东窗事发，李斯不用想便知胡亥已经对他恨之入骨，李斯不怕死，他怕的是自己的妻儿一起死，所以这督责书是他为了保住妻儿的最后手段。

第二日李斯就带着他的奏疏，在庶子李泽的搀扶下走进咸阳宫。赵高和胡亥听到通报都不自觉看向对方，皆在对方眼中看到了杀意。且不说李斯和姚贾联合公子将间准备将胡亥诓出咸阳，杀了取而代之，只说李斯自胡亥继位后的种种举动，这两人就早起杀心，按兵不动不过是碍于李斯在朝中的地位。

孰料上天眷顾，李斯的长子李由在三川郡被叛贼杀了，这使得李斯少了一个臂膀。如果能降低他在百姓、百官中的威望，那么杀了李斯以绝后患的日子也就不远了。胡亥和赵高早已达成共识，唯有李斯还不知情，甚至为了讨好胡亥委曲求全，主动来讨好胡亥。

李斯在庶子李泽的搀扶下，躬身作揖将奏疏呈上，胡亥却没有心思查看，直接让寺人放到一旁，一脸兴味地看着已经瘦得皮包骨头的李斯，笑问："左相，朕听闻李由和二公主被叛贼杀了？老来丧子，左相可要节哀，莫要因为悲痛而伤了身体。"

第一〇二章

大势已去图挣扎　釜底抽薪被识破

　　胡亥今日没有喝酒，整个人也显得精神了许多，尤其是他看向李斯的眼神，就像是淬了毒的冷箭。李斯不由一僵，愕然地抬头看向胡亥。他满心等着胡亥看《论督责书》的反应，没想到胡亥居然会主动提及李由，而且言语之间都是讽刺。

　　胡亥见状忍不住冷笑，清了清嗓子刚想继续"安慰"几句，这时殿外冲进来一名头戴翎羽的传令官，高举战报大声说道："报……陛下，章邯将军大败周文叛军，已将周文赶出函谷关，逼得周文自戕。章邯将军乘胜追击，大败吴广，陈胜也被章将军的车夫庄贾斩于马下。至此章邯已经大败三股叛军，可谓大胜！"

　　胡亥听到章邯大胜的消息心中大喜，伸手错把李斯的奏疏拿了起来，展开一看不禁挑眉，本想随手放下却不想越看感觉越是精彩。胡亥心中大喜，不禁拍案而起，对着李斯一阵夸奖，随即允准。

　　见此情形，李斯却不知是该喜还是该忧，他痛心疾首地听着胡亥的夸奖，缓缓地拱手作揖："臣谢过陛下。"李斯从宫中走出来的时候，已经是午时，即使被庶子搀扶着，李斯依然觉得头晕。

他静静地看着庶子李泽。他此计可谓是破釜沉舟，若不能重获胡亥的信任，那他就只有一个结果。李斯叹了口气，拍了拍李泽的手背，缓缓地走出甬道，出了咸阳宫。

咸阳宫内胡亥爱不释手地看着李斯的《论督责书》，越看越是喜爱。赵高一直站在胡亥的身后，默默看着督责书上的内容。有了公子将间的前车之鉴，赵高对李斯的所有行径都格外小心，可这一次无论他怎么想都找不到头绪。赵高干脆不再去想，转而把目光放在了《论督责书》上，越看他的心就越是雀跃。

这册《论督责书》乍看之下没有什么，但仔细一想就能看出这书中的内容，过分严苛根本不能实行，完全就是为了迎合胡亥的喜好而写。赵高甚至忍不住想笑，李斯果然老了，他正苦恼要怎么架空李斯，李斯就把脖子伸过来了。他若是不能抓住机会，只怕自己都要气死。赵高想到这，立刻弯腰在胡亥的耳边谏言："陛下，臣观李相的《论督责书》写得极好，臣请陛下将这《论督责书》张贴在咸阳宫外，让百姓观阅，以此来彰显陛下的隆恩。"

赵高虽然智谋不如李斯、出身不如李斯，可赵高却有一样是李斯望尘莫及的，那就是赵高对胡亥的掌控，他略施小计就能牵着胡亥的鼻子走，这次也不例外。胡亥听到赵高说要把李斯对他歌功颂德的《论督责书》张贴到咸阳宫宫门之上，立刻对赵高笑道："善！赵君此计可行。快，将这《论督责书》拿出去誊抄下来，分往各地，命各地郡守按督责书上的内容实施。"

李斯迈着沉重的步子回到相府，他此刻几近疯魔，不顾一切地想要获得胡亥的信任，将胡亥从赵高身边夺走，然后将赵高腰斩，可他却忘了，赵高的行径之所以有用，那是因为他在胡亥儿时就一直在照顾，而他却不一样，胡亥孤苦无依的时候，正是李斯在官场翻云覆雨的时候，现在想要亲近胡亥为时已晚。

李斯急功近利反而给自己种下祸根。再说《论督责书》，胡亥昭告天下，无异于告诉天下的百姓，他们所遭受的苛政都是因为李斯想要巴结皇帝，于是对李斯恨之入骨，恨不得食其肉啖其骨，满朝文武更是对李斯失望至极，各地的叛军反而越来越多。

李斯对此毫不在意，他回了相府就直奔书房，扎在书房冥思苦想。李尧听说李斯把自己关在书房时，连忙从公主府过来探望，父子二人关好书房门，李尧略作迟疑问道："父亲，那《论督责书》过分严苛，父亲难道就不怕百官离心百姓咒骂吗？"李斯脸色越发难看，他盯着李尧看了许久，却答非所问道："李尧，你可曾怨过父亲？其实你也可以同你兄长那样假死避祸。父亲这次若是赌输了，整个李家怕是都会被斩尽杀绝。"

李尧脸色明显一白，他默默地看着李斯的眼睛，许久才释然一笑："不怨，身体发肤受之父母。李尧既然享受了父亲带来的尊荣和衣食无忧，自然就要陪着父亲一起承担风险。况且李尧也是秦臣，无论是为人子还是为人臣，李尧都没有退缩的余地，一切各安天命吧！"李斯听着李尧的话，迟迟没有开口，此时的他忽然想到了一个主意。

赵高之所以能时时处处掌控胡亥，无非是因为近水楼台，能够守在胡亥身边，若他搬出咸阳宫……思及此，李斯下了一个违背初心的决定，他要举荐赵高顶替冯长山的职位，成为右相。

李斯一直都是个行动派，既然下了决定，那他就会立刻行动。第二日一早李斯就带上连夜写好的奏疏，准备进宫面见胡亥，只是他没想到，这一次竟然被赵高亲自拦在了咸阳殿外。赵高脸上满是冷笑，语气却无比亲昵地说道："斯兄，陛下此时正在忙碌。你若进去定然会惹陛下不悦，何必呢！"

李斯站在咸阳殿外的石阶下，仰头看着石阶上原本就人高马大的赵高，虽然觉得憋闷，却依旧努力挤出笑意，同样客气地对着赵高说道："哦？原来是郎中令，几日不见你的身子越发健硕了，难得难得。"

两人就像多年未见的好友，客气地你来我往，李斯见赵高丝毫没有让路的打算，不由有些急躁，他握紧手中的奏疏，忽然想到一个主意，于是对着赵高继续说道："高兄可有兴趣私下聊聊？"

赵高不由细细打量着李斯。李斯的态度越是和善他就越是警惕，毕竟前车可鉴，公子将闾的血都还没有干透。不过面对李斯，赵高也同样不想彻底撕破脸，这与他的一贯作风不符，于是笑了笑说道："哦？那这边请。"赵高说着走下台阶，抬手示意李斯往东走，去花园谈谈。

李斯微微一顿，以他现在的状况着实不想和赵高待在一起，英雄迟暮，若是赵高突然发难，李斯根本没有招架之力。

不过转念一想，李斯便也释然，两人不分先后一同走进通往花园的小径。李斯见四下无人，便把奏疏主动拿出来，递给赵高，笑吟吟说道："高兄莫要记恨，李斯所作所为不过是老糊涂了，此时已经醒悟，只觉悔不当初，只想弥补一二。"赵高闻言不觉冷笑，他接过奏疏细细查看，直到看清李斯推举他做右相的时候，脚步猛地顿住。

赵高将奏疏又仔细看了一遍，随即似笑非笑地看着李斯问道："左相这是何意？"两人虽然没有彻底撕破脸，但早就你死我活，赵高可不相信李斯会良心发现，突然示好。他总觉得李斯此举定然包藏祸心，却一时之间看不出李斯的用心。

李斯看出赵高的心思，干脆停下脚步转身面向赵高，说道："高兄觉得以李斯这身残躯还能做什么？"李斯先是示弱，随即自嘲一下，继续说道，"我不过是想为自己谋个退路罢了。郎中令若是不信，李斯也无可奈何，只能尽人事听天命。"赵高静静地看着李斯，心底毫无波澜，顺势说道："若真是如此，赵高谢过左相抬爱。"

他说着便把李斯的奏疏收入袖中，准备回去就把奏疏递给胡亥。以他对胡亥的了解，定然会毫不犹豫地答应，到时他赵高就会成为秦国有史以来官位最高的寺人，比起那假寺人嫪毐也只差一个爵位。

两人各怀心事，走过不到二十米的小径，就已经彻底无话。李斯几次想要打听胡亥的近况，却都被赵高含糊带过，他只能作罢。自上一次公子将闾的事后，李斯无论做什么都格外小心，生怕再次露出马脚。

两人在沉默中不欢而散，李斯仰头看着高大的咸阳宫，怎么也想不明白，这一次他在与赵高的博弈中到底哪里错了，为何落到这般境地。赵高则站在原地目送李斯离开，出于谨慎他还是压抑住自己对右相的渴望，将奏疏带回自己的住处仔细查看。

赵高明知李斯肯定不安好心，可他无论怎么看都看不出奏疏哪里有问题。一人智短，赵高干脆叫上女婿阎乐一同商议。阎乐和赵高不同，出身名门望族，自小熟读老子《道德经》，自从娶了赵高的义女，也曾多次帮着赵高脱险，所以在赵高对某件事拿不准的时候，都会让阎乐一同商议。阎乐知道岳父赵高和李斯早已势同水火，甚至已经到了你死我活的地步。拿到李斯的奏疏，阎乐先是皱眉将奏疏仔细看了几遍，慢慢地在房中踱步。他的思考方式和赵高不同，赵高眼中都是右相之位，早已经热血沸腾根本无法冷静。阎乐则从右相出发，思索李斯这么做的目的，忽然脑中轰然炸响，猛地转头看向赵高，惊呼一声："这李斯果然非同凡响。他这是在釜底抽薪啊！"

第一○三章

聪明一世终徒劳　赵高设计除李斯

春寒料峭，忽然一阵东风将书房的窗户吹开，夹着寒风冻得赵高打了个寒颤。阎乐和赵高几乎同时看向窗棂，心底一阵后怕。赵高连忙走到窗前，将窗户关好，这才转身看向阎乐，冷声问道："你此话何意？"

阎乐不禁咽了咽唾沫，走到赵高身边，压低了声音说道："此事不难看透，岳父不过是被困在其中才没能看出李斯的高明之处。岳父细想，若你升任右相会如何？"赵高依旧摸不着其中关键，讷讷回道："自然是出将入相，万人敬仰。"阎乐不禁想笑，只能继续引导："岳父所想却也没错。不过岳父可曾想过，一旦升任右相，岳父就要离开咸阳宫，住进右相府，到那时岳父再想见陛下，可就没这么容易了。"

听到这里，赵高才恍然大悟，原来这才是李斯的目的。将他从胡亥身边弄走，取而代之，届时他一个右相，官职没有李斯高，还见不到胡亥，岂不成了任李斯拿捏的鱼肉？

赵高想到这不禁长叹一声，心中愤恨陡然暴增，此刻的他不再顾忌李斯在朝中的势力，一心只想将李斯赶尽杀绝。李斯不死，赵高寝食难安。

阎乐看出赵高的心思，不禁冷冷一笑，然后对赵高说道："义父莫要动怒，他李斯自掘坟墓，义父想要除之后快，其实不难。"赵高闻言心头一喜，连忙看向阎乐问道："哦，你且说来为父听听。"阎乐微微一笑，随后对着赵高说道："李斯此计不过是釜底抽薪，义父不妨将计就计，主动示好，跟那李斯说，奏疏已经呈给陛下，却被陛下拒了，然后恳请李斯在陛下面前美言，自己感激不尽。"

书房中慢慢安静下来，赵高和阎乐的眼睛却越来越亮。阎乐继续说道："李斯听到岳父的请求，一定会欣然同意，到时岳父只需推波助澜，在陛下最高兴的时候，把李斯推到陛下面前扫兴。哦，还有一人，岳父或许要多加留意。"

赵高听着阎乐的话，瞬间想到阎乐所说的是谁，沉声道："你说的可是姚贾？"阎乐缓缓点头，道："正是姚贾，自然还有姚贾的胞弟姚奢，这两人都是李斯同党，他们二人不死，想要诛杀李斯必会横生枝节，所以岳父若要下手，姚贾和姚奢不能留。"

赵高闻言在房中不停地踱步，他想的要比阎乐更多、更深，许久长叹一声喃喃自语："不单是姚贾，就是那李尧，也必须死。"对于赵高的忌惮，阎乐也深有体会，两人商议决定，先弄死姚贾，再对李斯出手。

李斯对此毫不知情。自他回到府中开始，就一直卧床，又惊又怒使得他的身体早已如同朽木，若不是心心念念除掉赵高，还有一口气撑着，怕是早就下不了床了。

三日后，一封密信自咸阳宫出，送入相府，来人自称是宫中的内侍长，有一封郎中令的密信需要交给左相亲启。李斯为了不让赵高探知自己的身体状况，只能强撑着从床上起来，踩着地上的积雪，走到书房接见。接过密信，李斯让人赏了那内侍一百刀币，把人送去前厅稍候，自己则坐在软榻上，拆开密信细细查看，直到他看见赵高说起奏疏被胡亥驳回的时候，手微微抖了一下。

李斯气得浑身直哆嗦，强打精神继续往下看，待到他看见赵高在信中对右相念念不忘，甚至表示想要李斯帮他美言之后，终于松了一口气。

李斯一早就知道，对于赵高这种人，高官厚禄绝对是他不能抵挡的诱惑，他放下密信，长叹一声然后提起笔，摊开一张布帛，细细写下对赵高的赞美之词，字里行间故意表露出自己对赵高的愧疚，想要和赵高重修旧好一同辅佐胡亥的决心，最后写下一句：

既是如此，斯当全力相助，若哪日陛下得空，高兄放心知会李斯，李斯一定会到陛下面前替高兄美言。

李斯写完这句，收了笔墨，然后细细吹干，卷好做蜡封之后，让孙林送去给前厅的寺人，吩咐他带回宫中交给赵高。做完这一切，李斯顿时感觉身体轻松了不少，就连胃口都好了，吩咐厨房做了些素食、米粥。

密信按时送到了赵高的手中，赵高随意拆开扫了一眼，便弃之一旁，然后对着阎乐笑道："果然是师出同门，李斯这文笔比起当年的韩子不遑多让。对了，姚贾的事，你办得怎么样了？"

阎乐闻言随即对着赵高淡淡一笑，说道："我使了些财帛，让魏国和赵国的商贾、旧臣日日到姚贾门前咒骂。哦，还有韩国的，日日对着姚府咒骂当日韩非死前的说辞，估计用不了几日，那姚贾就活不成了。"按说赵高想要杀了姚贾，其实不难，可他又怕惊动李斯，让李斯看出他们的谋划，于是选了这么个杀人诛心的手段。

姚贾的盗贼之名虽有隐情，却是他一生之痛，不然李斯能够做到左相，而他却只能是上卿，这还是秦始皇破例恩赏，所以"世监门子、梁之大盗、赵之逐臣"这些话对于姚贾来说绝对是禁忌。姚贾年逾七十，被人顶着门日日咒骂，无论是谁都承受不了。

自从公子将闾的事情过后，姚贾就知道赵高一定会找他报复，胆战心惊数月，没有等到赵高和胡亥的圣旨，却偏偏等来了一批无赖不由分说就对着他的府邸谩骂不止。起初姚贾还让人去驱赶，可无论怎么驱赶，那些人都会再次回来，然后用更加难听的话继续骂。

姚贾是何人，顿时察觉不对，私下命人去查，不过三日，姚贾就得到了答案。那些人看似是在无端谩骂，其实身后有人指使，而给他们财帛的人竟是赵高的女婿阎乐。听到这个消息，姚贾愣怔许久，一屁股瘫坐在地上。以姚贾的才智，立刻猜到赵高和阎乐这么做的目的，可他又能如何，他若乖乖就范，死的只有姚贾一人，若不识抬举，死的便是姚氏一族，如何取舍一目了然。

姚贾当夜把自己关在书房，奋笔疾书，写了两份书信。一个是给儿子的，一个是给李斯的，还特意叮嘱儿子唯有李斯亲自来府上送行，才能把这卷竹简交给李斯。姚贾之子看着两份竹简，虽然满腹疑虑，最终还是点了点头，恭敬地目送姚贾走出府门。

姚贾刚出姚府，就又遇上前来谩骂的无赖，他没有理会而是径直向着咸阳城南走去。那里有一条大河，这个时节咸阳城中贵族子女多喜欢去那里踏青。为了平息赵高的怒火，姚贾选择了最卑微的死法。

那一日春日正好，微风带了些许暖意，河边的草地上，年轻人三五成群，正在仆人的簇拥下嬉笑打闹，而姚贾就这样突然出现。姚贾在众人惊异的目光中，缓缓走进刺骨的春水，直到水面没过头顶。

姚贾的死吓坏了在场的贵族子弟，消息也瞬间在整个咸阳城传开，震惊了无数达官显贵。李斯得到消息的时候，姚贾的尸首已经被人捞了上来，送回了姚府。他吓得直接从床铺上摔了下去，踉跄着要去姚府查看。一旁的李尧心疼不已，连忙按下李斯，细细劝慰："父亲莫要急坏了身子，儿子替你去就是了。"李斯闻言固执地摇头，他和姚贾的情谊岂是一般人能够体会，尤其是姚贾的死太过蹊跷。以他对姚贾的了解，姚贾怎么可能寻死，必然是有什么他不得不死的理由。

李斯略一沉思就想到了公子将闾，虽然他还不清楚姚贾是弃车保帅还是被人逼迫。他用力抓着李尧的手臂，用力说道："不可，为父要亲自去一趟，去送一送我那好友。"

马车在天擦黑的时候出了相府，绕了两个街区才奔向姚府，最后缓缓停在姚府门前。

马车上，李斯因为急怒攻心不停地咳嗽，根本下不了车，李尧看在眼中，只能对孙林交代一声，自己下车走进姚府。

此时的姚府已经挂起白幡，院中仆人都面露悲色。姚贾一生奔波，或许是因为年轻时的遭遇，他只有一个侧室，并未再娶正妻，儿女也不算多，零零星星地跪了一地。下人通报李尧到场的时候，姚贾的长子起身迎接到府门，发觉只有李尧之后，神情瞬间冷了下来。

姚贾的儿子自然不傻，自己的父亲和李斯交好一生，临终李斯却不亲自到场，无非是为了避嫌，心中不免生出怨怼。他冷笑着引领李尧看过姚贾，就把人送走，其间一个字都没有多说。

李尧也感觉出了姚家人的疏离，回到车上只简单描述了一下姚贾的情况，便让孙林驾车回府，连夜入宫去请了寺医。李斯自姚贾死后，就夜夜噩梦，精神也越来越差。直到姚贾出殡的那一天，他刚想去送送老友，哪想咸阳宫里突然传来了赵高的密信，内容很简单：

"陛下今日心情大好，还请左相速速进宫。"

李斯不疑有他，姚贾的事已经让李斯方寸大乱，连忙换上官服，急匆匆地入宫去见胡亥。李斯已经没有退路，唯有把赵高弄出宫外，然后才能图谋其他，却不想这一次他已是有去无回，赵高和阎乐早已谋算好了一切，等着他去自投罗网。

第一〇四章

谋算一生荣华贵　一代名相遭腰斩

　　李斯接到密信，就匆匆赶到咸阳宫外，远远看到赵高正站在石阶前等候。两人寒暄几句，赵高就一脸期待地对李斯说道："李相快走，陛下正在望夷宫中看书，正是好时候。"李斯微微一愣，总觉得胡亥看书有些古怪，但他已来不及多想，伴随着赵高的催促，急匆匆奔向望夷宫，然后一把推开了望夷宫的大门。

　　时值正午，正是一天中日光最好的时候，李斯毫无预兆地推开门，把正在与宫女嬉闹的胡亥吓了一跳。他猛地抬头就看到一个人影背光而立，吓得胡亥一个趔趄直接从龙床上摔了下去。额头撞到床腿，划破了一层皮，血水顿时流了下来。

　　李斯也是急了，没有想到望夷宫中会是这样的情形，又看到胡亥直接从床上摔了下去，血流如注，顿时吓得六神无主，膝盖一软跌坐在殿门口。

　　赵高适时走了上来，先是对着殿外郎官大喝一声："来人，有人闯宫，给我拿下！"然后又看向殿内的胡亥，连忙扑过去把胡亥从地上扶起来，见胡亥满头是血，连忙又对殿外喊道，"快，传寺医。陛下遇刺！"赵高这简简单单的两句话，算是给李斯定了罪，无论哪一项都足够李斯抄家灭族。

李斯则呆呆地坐在望夷宫宫门之外，看着殿中的一切，忽然哈哈大笑起来，直到此刻他才看清一切。原来赵高惦记右相之位是假，惦记他李斯这条命是真。

可叹，他自认聪明一世，最终却死在赵高这个寺人手中。李斯恍惚抬头看向望夷宫中那张龙床，用尽全身力气，大喊一声："茹娘，你若天上有灵，一定要替为父报仇！"

李斯的声音吓得胡亥浑身一激灵，捂着头上的伤口猛地起身，对着门外的郎官大声斥道："你们都聋了吗？李斯谋反，还不把他带下去。相府……对，相府众人一个不留，全都给朕押入大牢！"胡亥这一次是真的动怒了，李斯开门的那一刻，他分明看到了李茹娘的身影，才会吓得从床上摔下去，李斯不死，他胡亥寝食难安！

听到胡亥的话，那些还在犹豫的郎官立刻弯腰，将还在大笑的李斯从地上拉起来，架着就往宫外走。谋逆不是小罪，按律需送往廷尉府，由廷尉查清同党，然后一同论罪。

李斯被送入廷尉府大牢的时候，住的竟然是韩非当年住过的牢房，这里的一切李斯都无比熟悉，可不等他感慨，牢门再次被人打开，一个接一个熟悉的身影被狱卒推进大牢。哭声和喊冤的声音接连响起，唯有李斯静静地坐着，无言地看着旁边监舍的云姬和涟漪。她们自看到李斯之后，就猜到了事情的始末，只静静地相互偎依着，眼中满是热泪。

李尧是被人扔进大牢的，浑身上下已经没有一块好肉，李斯隔着木桩只能眼睁睁地看着。直到这时，一个高大的人影走了进来。

赵高带着女婿阎乐隔着栅栏冷冷地看着李斯，脸上满是得意之色，笑吟吟对李斯躬身作揖："李相辛苦，在这牢中可还习惯？"李斯闻言恨不得食其肉，饮其血，可奈何他已是阶下囚，只能咬牙切齿地看着赵高，心中百般不甘，李斯终究还是忍不住问道："赵高，你究竟是如何蛊惑陛下对我日渐疏远，甚至是起了杀心？我不明白，更不甘心！"

赵高闻言扑哧笑出了声，得意扬扬地对着李斯说道："不甘，那又如何？左相怕是至死也不会知晓一个被父亲过分关注却无人可以依靠的稚童，在二十几个兄弟之中是怎么活下来的。那时若李相能像赵高一样挺身而出，将小公子护在怀中，任人打骂，陛下也会对李相信赖有加。李相，人心都是会变的，一旦有了比较，就会有长短！"

赵高说完这句，扭头看了眼身边的赵成，冷冷扔下一句："给你三日，我要李斯及其家眷的认罪书。不需详尽，只要李斯认罪即可！"赵高当着李斯的面说完这句话，便转身离开，留下一脸惊骇的李斯和浑身战栗的相府其他人。

三天，李斯眼睁睁看着李尧被狱卒从牢房抬出去，再也没有抬回来。然后是孙林、孙胜兄弟二人，站着走出去，半夜被抬着扔了回来，还没等到天亮，人就咽了气。再后来是云姬和涟漪，她们走的时候，眼睛都哭肿了，只深深地看了李斯一眼，随后笑着离开。三天，赵成用了整整三天，几乎将相府中人折磨了一遍，却始终没有问李斯半个字，只在李斯的牢门外放了一张矮几、一卷竹册、一支毛笔和砚台。

李斯悲愤不已，看着孙胜和孙林兄弟二人受罪，他写下了《狱中上书》，被赵成拿走之后送到了赵高的手上。赵高为了羞辱李斯，第二日就让人把《狱中上书》扔进了李斯狱中。李斯恨极却无可奈何。云姬和涟漪被带走的时候，李斯气急攻心，又用狱中给他准备写认罪书的笔墨写下了《言赵高书》，再次被赵成送到了赵高的手上。赵高反而把《言赵高书》送去胡亥的眼前，胡亥连看都不看，只问了一句："李斯是否认罪？"

次日，赵高拿着《言赵高书》去了牢中，将胡亥的反应跟李斯仔仔细细地说了一遍，最后得意挑眉，对李斯说道："左相，你还不懂吗？陛下要的不是真相，陛下要的是你死，我若是你就乖乖就范，换个痛快，总比看着亲人生不如死来得干脆！"

赵高的话终于成了压倒李斯的最后一根稻草，他看着周围的监舍，一张张熟悉的面孔，或浑身是血，或已神志不清，却没有一个人出卖自己。人生在世，得亲人如此相待，倒也不枉。李斯长叹一声，对着赵高冷笑道："赵高，杀人者人恒杀之。我死不久，你也会被人杀了，来地下陪我。"

李斯说完这句，便彻底放弃了抵抗，只求速死，却没想到赵高偏偏不如他所愿，四月被囚，生生拖到七月行刑。

那一日乌云密布，压得在场百姓呼吸都觉得难受，李斯被人推搡着走下囚车，仰头看了看天，却不由失笑。他被困于牢中将近半年，好容易出了牢笼，却还是个阴天，看不到日头。

李斯看着李家众人都被押上刑场，心中满是苦涩，眼前仿佛回到了儿时在上蔡的时候，绿水青山，孩童嬉戏，他本可以老死乡野，却偏偏要穷其一生，登堂入仕，落得如今下场倒也怨不得旁人。

李斯昂首走进刑场，视线缓缓扫过前来观刑的百姓，许久才对着人群微微摇头，勾唇轻笑。

那一日，血水染红了整个刑场，李斯却始终面带微笑，任五刑加身也不曾出声，围观的群众都不忍心看，纷纷低下了头。李斯没等刑罚结束，就已经痛死了，气息全无。

就算他死了，赵高仍然假借胡亥的名义，下令将李斯腰斩，赵高是恨透了李斯。他几次差点死在李斯的计谋下，最终李斯还是败在自己手里，他不想让这个人还有机会报复，哪怕是做鬼都不敢报复他，这才是赵高最想要的。李斯的死早在沙丘之时就埋下祸根，他为一己私利，假传始皇遗诏，又不知进退，想要扭转乾坤，最后误了自己的性命。

李斯血染刑场，不过三日，赵高代替李斯成为左丞相，总揽朝政。十个月后，赵高弑君，胡亥死于望夷宫龙床之上。十一个月后，子婴继位，车裂赵高。十二个月后，刘邦入咸阳，大秦帝国历二世亡。

李斯原是楚国一名小吏，一步步走到一人之下万人之上的秦国相邦的位置，本不是件容易的事。他却没有珍惜这得之不易的机会，而是任由野心膨胀，最终害了自己，也害了别人。